Weil du meine Seele streichelst

Subina Giuletti

AF178985

♫

Für alle unglücklichen Ehen

♫

Für die Ritter unter den Männern

♫

... und für Frauen, die ihre Männer nicht aufgeben

♫

Weil du meine Seele streichelst

Subina Giuletti

ISBN 978-3-945098-13-4

Coverbild: fotolia
Covergestaltung und Konzept:
popdesign✿

Impressum:
Dast Verlag
Kirschäckerstraße 25
96052 Bamberg
dast-verlag@t-online.de
Internet: www.subina-giuletti.de
E-Mail: info@subina-giuletti.de

Korrektorat und Lektorat: Susanne Marchev; susanne.marchev@gmail.com

Der Inhalt des Buches basiert auf einer erfundenen Geschichte. Jede Ähnlichkeit
mit lebenden oder verstorbenen Personen wäre rein zufällig.
Alle Handlungen, Geschehnisse und Charaktere sind frei erfunden.

Druck: www.druckterminal.de
KDD Kompetenzzentrum Digital-Druck GmbH
Leopoldstraße 68 * D-90439 Nürnberg

♫ Breathe again ♫
Sara Bareilles

Ein Buch liegt aufgeschlagen vor mir, aber ich lese nicht darin. Meine Augen flimmern über die Buchstaben, nein, ich meine, die Buchstaben flimmern vor meinen Augen und wollen mir etwas über die Göttin Vak erzählen – die Göttin der Sprache. Sprache als die große Vermittlerin zwischen Himmel und Erde, als Verbindung zwischen Immateriellem und Materiellem, den inneren und äußeren Welten des Menschen und ... ach, verdammt, mir ist nicht nach Philosophieren zumute! Damit füge ich den Millionen von Gedanken nur einen weiteren hinzu und das lenkt mich ab. Hin zum Trivialen. Weg, dahin zu schauen, wo es wehtut.

Oh, mein Gott, ich bin betrunken. Doch in dieser Trunkenheit wage ich Dinge zu denken, denen mein moralisch infizierter und spirituell positiv ausgerichteter Geist sonst einen Riegel vorschiebt. Ich lalle beim Schreiben, sofern das überhaupt möglich ist. Aber meine Hand, die den Stift hält, fliegt über das Papier, als sei sie ferngesteuert. Kann man im Suff den Draht zu einer höheren Instanz haben, so wie diese Engelsschreiber, die mit geschlossenen Augen Buchstaben und Worte zu Papier bringen, die man hinterher mit Erstaunen liest? Keine Ahnung, ob das nur Scharlatanerie ist, jedenfalls fühlt es sich für mich gerade so an. Nur, dass ich wohl morgen meine Ergüsse nicht erstaunlich, sondern eher peinlich finden werde.

Zum ersten Mal seit fünfundzwanzig Jahren bin ich so betrunken, dass mir schlecht ist. Ich schwöre: Sonst bin ich diszipliniert ... und so vernünftig ... oh, ja, so vernünftig ... und fünfzig bin ich auch ... und nein, das ist kein Krisengeschreibsel ... gar nicht! Ich meine, nicht deswegen. Ich habe kein Problem damit, fünfzig zu sein, auch, wenn dich so mancher anschaut, als hättest du eine tödliche Krankheit, wenn du dein Alter nennst. Vielleicht hat die Welt ein Problem damit? Ich jedenfalls nicht. Ich bin über fünfzig und kann noch Spagat. Ja, ich kann hören, was Sie sagen: ›Das ist so interessant wie der Sack Reis, der in China umfällt‹. Schon klar.

Ich ziehe meinen Rechner zu mir, klappe ihn auf, gebe in die Google-Suchleiste ein: Spagat mit fünfzig. Ich erwarte ein Tutorial – Google hat doch für alle Lebensfragen ein Tutorial, vielleicht auch dafür, was ich in meiner Situation tun soll. Aber kurioserweise bietet es mir diesmal Jean-Claude van Damme an, diesen absolut fantastischen Akrobaten, der einen Salto über eine Mauer direkt in ein mickriges Autofenster macht – was eines seiner kleineren Kunststücke ist.

Ich erfahre also: Jean-Claude van Damme macht noch mit dreiundfünfzig Jahren einen Spagat zwischen den Außenspiegeln zweier fahrender Trucks. Ich bin besoffen genug zu denken: und? Kann ich auch. Zumindest den Spagat. Das mit den Außenspiegeln ... okay, wenn sie stabil sind ...? Schwerer als van Damme kann ich nicht sein. Die eigentliche Herausforderung sind wohl die fahrenden Trucks, aber die schiebt mein sturzbetrunkenes Hirn eigensinnig weg.

Was es aber nicht wegschieben kann, ist diese fiese Sehnsucht nach ... ja ... nach dem Leben, nach Sich-Spüren, nach Unbeschwertheit, Leichtigkeit, jetzt, wo ich doch alt genug bin, meine jugendlichen Unsicherheiten hinter mir zu lassen, diese lästigen zermürbenden Gedanken, die mich das Leben nie so genießen ließen, wie es das schon immer verdient hat. Wofür lebt man denn? Um sich Minderwertigkeitskomplexe zu machen? Um das zu tun, was andere für richtig halten? Oder das Gegenteil?

Was heißt denn ›leben‹? Wann kann man von sich behaupten, gelebt zu haben? Wenn man alles ausgekostet und genossen hat? Wenn man erfolgreich ist? Einen großen Freundeskreis besitzt? Wenn man nach äußeren Maßstäben und eigenem Empfinden glücklich ist? Hat man dann ›gelebt‹? Das mit dem Glück hört sich ja gut an, aber im Grunde wirft es die gleichen Fragen auf: Wann ist man glücklich?

Es ist absurd. Wir können zum Mond fliegen, aber eine Formel fürs Glücklichsein haben wir nicht.

Mein Kopf rennt weiter, pickt Notizen, Schnappschüsse und Eindrücke aus seinem Portfolio:

Die Tage habe ich in der Zeitung gelesen, dass es in Zürich ein Fundbüro gibt. Das hat ja nun jede Stadt – aber Zürich legt noch eins obendrauf. Es hat zwei Fundbüros und sinnigerweise heißt das zweite ›Fundbüro2‹. Ein Kunstprojekt.

In diesem Fundbüro2 kann nur Immaterielles als vermisst oder gefunden gemeldet werden. Man kann also Dinge wie Trauer, Wut und Enttäuschung abgeben – und Freude, Liebe und was man sonst so braucht, finden. Praktisch, nicht?

Zur Erklärung:

Neulich kam dort ein Mann vorbei und sagte, er habe die Bereitschaft verloren, sich schlecht behandeln zu lassen.

Ein Student jubelte, er habe seine Zuversicht wiedergefunden.

Ein alter Mann berichtete, aufgrund der Eifersucht seiner Frau sich jeden kleinen Flirt versagt zu haben, und das, obwohl er für sein Leben gern getändelt und Frauen so bewundert hat – nicht nur seine Angetraute. Jetzt ist sie tot – und er alt. Er habe die Erkenntnis, dass es falsch war, auf die Eifersucht seiner Frau Rücksicht zu nehmen, zu spät gefunden. Und damit so vieles verloren, das in keinem Fundbüro der Welt mehr zu finden sein wird.

Das berührt mich.

Ich glaube, ich habe auch so einiges verloren. Ich bin nicht einfach so betrunken. Natürlich gibt es einen Grund dafür, ich kann ihn bloß gerade nicht so richtig in Worte fassen.

Bin allein im Haus. Liege auf dem Teppich im Wohnzimmer. Wenn ich die Augen schließe, dreht sich alles. Neue Gedanken, alte Gedanken, Erinnerungen, Frust – und ein Sonnenstrahl trotziger Hoffnung, wenn ich an das denke, was ich vorhabe. Ein Karussell an Emotionen wirbelt in meinem Kopf und ich denke darüber nach, was von dem, was ich verloren habe, das Wichtigste ist. Aber im Grunde weiß ich es:

Mich. Ich habe mich verloren. Wobei ich nicht weiß, ob ich mir wirklich jemals nah gewesen war. Und wie das ist, wenn man sich findet. Was das heißt.

Die Kerze ist heruntergebrannt. Die Flasche Sekt neben mir leer. Ich schleppe mich ins Bett und nichts wird besser. Liege zwischen den kühlen Laken und brenne. Der Alkohol wirkt enthemmend auf mich, so stark, dass ich zum ersten Mal in einer krassen Totalität und ohne jegliches Schamgefühl zu formulieren wage, wonach ich mich sehne.

Gott, denke ich, ich brauche einen Mann zwischen meinen Beinen, einen virtuosen Liebhaber, einen, der weiß, wie das geht mit dem Liebhaben. Ist Sex wichtiger, als ich dachte? Es hat mich doch all die Jahre nicht gestört. Im Gegenteil – es hat so oft Zeiten gegeben, in denen ich nicht gewollt habe. Warum gerade jetzt?

Ist es ein Aufbäumen, bevor alles erlischt? Wenn es so wäre, so funkt es durch meinen Kopf, wäre es doch wichtig, diesen körperlichen Appell nicht ungehört verklingen zu lassen. Aber ich riskiere so viel damit.

Missmutig schiebe ich diese Gedanken weg, schließe die Augen, aber sie öffnen sich wieder und fixieren die Decke. Mein ketzerischer Einfall von vorhin kommt mir wieder in den Sinn. Mein Vorhaben.

Ich muss mich endlich auf die Suche nach mir selbst machen. Bevor es zu spät ist – wie bei dem alten Mann vom Fundbüro2. Ich will nicht so lange warten wie er, will nicht zusehen, wie alles verloren geht. Will lieber finden statt verlieren. Auch, wenn ich nicht wirklich weiß, was ich finden werde, wenn ich suche.

♫ ♫ ♫

Übrigens, ich bin Lena. Wie alt ich bin, habe ich ja in meinem Suff schon verraten. Was mich umtreibt, umrissen, aber ich habe mich entschlossen, alles aufzuschreiben. Sie können mir ja mitteilen, ob Sie meine Geschichte interessant finden, sollten Sie sie lesen. Es ist keine besondere Geschichte. Und ich stecke in keiner besonderen Situation.

Vielleicht ist das einzig Ungewöhnliche daran, die Art, wie ich sie lösen will.

Ja, und ich werde in der dritten Person schreiben, dann kann ich so tun, als sei ich eine andere. Das ›Ich‹ ist etwas sehr Eigenartiges. Entweder will es immer das Schönste und Beste sein und sich in einem guten Licht darstellen oder es macht sich besonders klein. Dazwischen gibt es fast nichts. Wenn ich so tue, als sei ich der Beobachter dieser Person, die sich ›Ich‹ nennt, scheinbar losgelöst von der Situation, bin ich ehrlicher mit mir selbst. Ich registriere die spontanen Gedanken, die mir beim Niederschreiben kommen. Gedanken wie: ›Wow, darauf könnte sie doch stolz sein‹ oder ›... so schlecht ist das doch gar nicht‹, bis hin zu ›Oh, Mann, was für ein dummes Weib!‹ und ›Worüber regt sie sich eigentlich auf?‹

Lässt man das ›Ich‹ weg, ist es leichter, den größeren Rahmen zu erkennen.

Noch ein letzter kleiner Hinweis, bevor Sie weiterlesen, sollte ich Sie nicht schon abgeschreckt haben: Das ist *meine* Geschichte. Nicht Ihre. Was Sie mit Ihrem Leben machen, geht mich nichts an. (Ich will es auch nicht wissen.) Welche Entscheidungen Sie treffen, ist Ihre Sache. Denn eines ist mir jetzt schon klar: Die Situation, in der ich stecke, habe ich mir ausgesucht. Und die, in der Sie stecken, war Ihre Wahl. Jede Situation ist einzigartig, genau wie Sie. Aber ich hoffe sehr, es geht Ihnen gut und Sie waren schlau genug, ein gutes Leben zu wählen, eines, von dem Sie sagen können: Es ist ein schönes Leben. Eines, das Sie sagen lässt: Ich lebe, ich liebe, ich bin glücklich.

Falls dem nicht so wäre - hier ist die gute Nachricht: Sie könnten ja heute damit anfangen.

Das können Sie eigentlich immer.

♫ Opening ♫
Philip Glas

Ein paar Monate zuvor:

Seit Jahrzehnten stand Lenas Wecker auf 5.45 Uhr.
Es war Freitagnacht – und diesmal hatte sie ihn nicht gestellt. Doch ihre innere Uhr scherte sich nicht darum: Pünktlich um halb sechs blinzelte sie am Samstagmorgen das erste Mal auf die Digitalanzeige, machte die Augen wieder zu und zwang sich, liegen zu bleiben. Ihr Mann schlief noch tief und fest neben ihr, er war gestern spät von einer Fortbildung nach Hause gekommen. Sie träumte noch ein wenig, nickte wieder ein, wachte wieder auf, lauschte. Von unten drangen keine Geräusche herauf. Das Haus war still. Erneut ging ihr Blick zur Uhr. Sieben Uhr fünfzehn. Sie versuchte, noch ein wenig zu dösen.
Um acht Uhr dreißig wurde sie hibbelig. Leises Schnarchen drang von der anderen Betthälfte zu ihr. Blick auf seinen Wecker: Nicht aktiviert. Seufzend gab sie auf, schwang die Beine aus dem Bett, trödelte im Bad herum, horchte wieder nach Geräuschen – aber es nützte nichts: Als sie nach unten kam, war die Küche leer.
Sie deckte den Tisch wie jeden Morgen. Vier Teller, vier Tassen, Nutella, Honig, Marmelade ... bei den Extras zögerte sie. Tomate-Mozzarella, frisches Bircher Müsli ... mundgerecht geschnittene Obststücke ... still legte sie das Messer auf das Schneidebrett. Drehte sich um, lehnte sich gegen die Spüle.
Es war der Morgen ihres fünfzigsten Geburtstages. Niemand von ihrer Familie hatte sich die Mühe gemacht, ihr einen Frühstückstisch zu decken. Es wäre auch das erste Mal gewesen.
Sie zwang sich, positiv zu denken. Frühstückte alleine, in Ruhe, mit einem guten Buch, so, wie es liebte.
Die Kinder standen nicht auf, ihr Mann Max hauchte ihr eine Stunde später einen Kuss auf die Wange.
»Herzlichen Glückwunsch!«, gähnte er. »Heute Abend ist ja dann die Feier.«

Lena nickte. Er legte kein Päckchen auf den Tisch. Er schenkte ihr die Party – so war es vereinbart, dennoch hatte sie gehofft, er hätte sich die Mühe gemacht und etwas Kleines besorgt. Eine Rose vielleicht. Ein Buch, einfach etwas, das einem zeigte: ›Du bedeutest mir etwas‹, das einem sagte: ›Ich will dir eine Freude machen.‹

Sie zwang sich, positiv zu bleiben, ging duschen, zog sich an. Als sie wieder herunterkam, saß Max an seinem Schreibtisch und arbeitete Mails ab. Sie nahm ein paar Anrufe entgegen, las WhatsApp-, Facebook- und E-Mail-Glückwünsche ... ihre engsten Freunde traf sie am Abend, auf ihrer Party.

Um 14.00 Uhr quälten sich ihr Sohn Johannes und ihre Tochter Marie aus dem Bett. Johannes sagte: »Moin, was gibt's denn heute zu essen?«

Marie stieß ihn an und nach fünf Sekunden kam ein »Ach ja, hast ja heute Geburtstag! Alles Gute, Mom!«

Er hatte kein Geschenk.

»Scheiß Amazon«, schimpfte er. »Hab was bestellt. Ist nicht gekommen.«

Lena sagte nichts dazu. Sie wusste, er hatte nichts bestellt. Sie wusste, er würde es sich vornehmen, heute an diesem Tag, noch was zu ordern. Aber die Stunden würden vergehen. Ein nächster Tag würde anbrechen. Noch mehr Tage würden dahinfließen, der Geburtstag immer tiefer in die Vergangenheit sinken und damit auch das Pflichtgefühl, etwas schenken zu müssen. Der Geburtstag war doch eh vorbei. Es war nicht mehr nötig. Er würde es vergessen. Geld gespart, hurra!

Marie hingegen hatte etwas für sie. Ein Sampler-Package aus der Drogerie, das sie wohl bei ihrem letzten Einkauf als Dreingabe bekommen und noch hastig eingepackt hatte, bevor sie auf ihre Mutter traf. Schere und Geschenkpapierrolle lagen auf der Vitrine, bereit, von Lena weggeräumt zu werden.

Lena zwang sich, positiv zu bleiben. Zwang sich, an den Abend zu denken.

Sie hatte eine Feier in einem Edelrestaurant arrangiert und etwa vierzig Gäste eingeladen, darunter auch Max' Bekannte. Es war ein nobler Rahmen und Lena wusste, dass dieser Abend ihrem Mann mindestens dreitausend Euro kosten würde – die ihm nicht wehtaten. Er war erfolgreicher Zahnarzt, spezialisiert auf Implantologie, unterhielt eine gut gehende Praxis, hatte viele Freunde und Bekannte in Verbänden und sonstigen Organisationen, gab weltweit Vorträge, war oft nicht hier, aber ein absolut treuer Mann – dessen war sie gewiss – und dafür war sie dankbar. Auch dafür, dass sie mehr als finanziell abgesichert und vermögend waren. Ja, sie hatte ein schönes Leben, sie führten eine glückliche Ehe. Sie hatten sich nie großartig gestritten – und waren nach mittlerweile vierundzwanzig Ehejahren noch immer zusammen, was beileibe keine Selbstverständlichkeit war. Schon zu Grundschulzeiten lebten zwei Drittel der Eltern von Johannes' und Maries Mitschülern getrennt oder waren geschieden. Lena und Max waren das Sinnbild einer glücklichen Partnerschaft.

Seltsamerweise verstanden sie sich mit Ralf und Julia, dem Paar, das ebenfalls noch keine Scheidungspapiere eingereicht hatte, am besten. Mit Ralf hatte Lena etwas weniger zu tun, aber Julia war ihre Pferde-Klau-Freundin, die gleich um die Ecke wohnte. Ja, und dann gab es Britta, deutlich jünger als sie, Mitte dreißig, ein Urgestein, Veganerin, Erz-Feministin, impulsiv bis zum Abwinken und lesbisch. Britta, die Max immer mit so sonderbarem Blick ansah, als könne er nicht glauben, dass sie mit einer Frau verheiratet war – oder besser, als stelle er sich vor, was Britta mit Anke im Bett wohl so trieb. Anke wiederum war sanft und bestimmt – ein Grashalm, der sich immer wieder aufrichtete und vor allem jemand, der die manchmal fast kindischen Ausbrüche Brittas wunderbar abfangen konnte. Dass die beiden sich nebenbei auf Tantra-Massagen spezialisiert hatten, entspannte ihr Verhältnis zu Max nicht sonderlich.

Auch auf Volker freute sich Lena – ihrem ewig jungen Hippie aus alten Jugendtagen, der nicht erwachsen werden wollte, immer noch begeistert Tapes statt CDs oder MP3 abspielte und das Leben nahm, wie es kam. Volker war Lenas spiritueller Bruder. Mit ihm philosophierte sie bis in die Puppen und er bildete einen krassen Gegensatz zu ihrem Mann, der Spiritualität für Humbug hielt, gerne alles unter Kontrolle hatte und Sicherheit über alles liebte.

Als Lena an ihre Freunde dachte, hob sich ihre Laune. Sie hatte einen DJ organisiert und wollte heute Abend endlich mal wieder das tun, was sie unglaublich vermisste: Sich mal wieder so richtig austoben! Wie lange war es her, dass sie ausgelassen getanzt hatte? Zwanzig Jahre mindestens! In froher Erwartung hängte sie das neue Kleid heraus, das sie sich für diesen Anlass gekauft hatte, und freute sich auf die Party.
Sie blieb positiv.

Der Tag verlief normal. Johannes und Marie wollten etwas essen, und obwohl Lena nicht damit gerechnet hatte, an diesem Tag kochen zu müssen, öffnete sie den Kühlschrank und zauberte ihnen etwas Gutes. Immerhin waren die Kinder ja extra für ihren Geburtstag angereist. Sie studierten beide, kamen nicht mehr so oft nach Hause und der Drang, die beiden umsorgen zu wollen, wenn sie schon mal da waren, war in Lena so eingeprägt, dass es für sie normal war, sich an ihrem Fünfzigsten an den Herd zu stellen. Und für die beiden war es normal, sich verwöhnen zu lassen. Lena deckte den Tisch, kochte, räumte ab und machte die Küche sauber, während die Kinder am Tisch saßen und sich Espresso bringen ließen. Johannes fragte:
»Ey, Mom, müssen wir heute Abend mit auf die Feier?«
»Genau, wollte ich auch wissen«, meldete sich Marie. »Bei Boris steigt 'ne Party und wenn ich schon mal hier bin ...«
Lena presste die Lippen zusammen.
»Bei uns steigt heute auch eine Party«, antwortete sie verschnupft. »Und ihr seid eingeplant. Wir können euer Menü nicht mehr canceln.«
Sie erntete zwei Flunschen. Und zwang sich, positiv zu bleiben.

Von allem dennoch ein wenig angepisst ging sie nach oben, duschte sich den Küchengeruch vom Körper und zog das silberne, enganliegende Cocktailkleid an. Sie konnte das tragen – sie hatte eine gute Figur und etwas besser gelaunt drehte sie sich vor dem Spiegel. Ihr dunkelbraunes, glattes Haar sah fast schwarz aus und kontrastierte super mit dem Silber. Ihr Hintern war knackig, ihr

Bauch flach und ihre Beine kamen in dem Kleid gut zur Geltung – doch, sie konnte sich sehen lassen. Das Alter hatte ihr ein schmaleres Gesicht beschert und brachte ihre Wangenknochen reizvoll zur Geltung. Ihre nussbraunen, großen Augen blickten noch immer kindlich und ein wenig scheu in die Welt und ihr voller Mund, den sie mit einem schönen Pflaumenton schminkte, unterstrich ihr mädchenhaftes Aussehen. Zuversichtlich lächelte sie sich an. Sie gefiel sich und war gespannt, was Max zu dem Kleid sagen würde – zu ihrer gesamten Aufmachung. Der Abend würde geil werden! Sie hatte dem DJ eine Musikliste geschickt mit den Songs, die sie hören wollte, und sie konnte es kaum erwarten, auf die Tanzfläche zu kommen! Bestimmt – so schoss es ihr in den Kopf – hatte ihre Familie alle Überraschungen auf den Abend geschoben. Bestimmt war das der Grund, warum sie den ganzen Tag über eher zurückhaltend gewesen waren! Und die Frage ihrer Kinder, ob sie mit auf die Feier sollten, ein Täuschungsmanöver! Sie verkohlten sie und lachten sich einen ab über ihre Arglosigkeit – ganz sicher! Sie würden es doch nicht zulassen, dass dieser Tag für sie wie jeder andere verlief!

Sie war so gespannt, dass es ihr nicht auffiel, dass Max kein Wort über ihr Aussehen verlor, nicht eine Bemerkung darüber machte, dass ihr langes Haar diesmal besonders glänzte und das Kleid umwerfend an ihr aussah. Max war müde und gähnte während der Fahrt so oft, dass sie schließlich sagte:

»Himmel, ich glaube, du brauchst erst mal einen doppelten Espresso, wenn wir ankommen.«

»Einer wird nicht reichen«, erwiderte er verkniffen. »Mann, bin jetzt schon froh, wenn das vorbei ist und ich ins Bett komme.«

Fast schweigsam fuhren sie zum Restaurant und als er den Motor abstellte, seufzte er tief:

»Okay, dann bringen wir das mal hinter uns.«

Das war der Moment, in dem Lena eine vage, ungute Vorahnung beschlich. Eine, die sie wegschob, weil sie sie hier und jetzt nicht brauchen konnte. Dankenswerterweise wurde sie auch gleich abgelenkt – der DJ war da, die Gäste trafen ein, gratulierten, machten ihr Komplimente, brachten Blumen und Geschenke. Max stand neben ihr. Max, dessen blaue Augen einen reizvollen Gegensatz zu seinem noch immer glatten, jung wirkenden Gesicht und dem grauen Haar bildeten. Er war ein äußerst attraktiver Mann, sie beide ein schönes Paar. Lena und Max. Seit vierundzwanzig Jahren glücklich verheiratet.

Der DJ spielte romantische Songs und als jeder ein Sektglas in der Hand hielt und alle ihren Platz gefunden hatten, eröffnete Lena die Feier mit einer Rede. Sie stellte alle Gäste vor und bedankte sich für ihr Kommen. Sie dankte ihrer Mutter – der besten der Welt, dankte ihren Kindern – den besten der Welt, sie dankte sogar ihrer Schwiegermutter, obwohl sie die nicht wirklich leiden konnte – und die selbstredend auch ohne Geschenk gekommen war. Dann dankte sie Max – dem besten Mann der Welt, der doch immer so gut für sie gesorgt hatte. Sie dankte ihm für seine Liebe, für seine Zuverlässigkeit und seine Treue. Ihr Blick glitt zu ihm, während sie sprach, und er lauschte ihr, wie er einem Seminarvortrag lauschen würde: Mit kritischem Blick, zusammengezogenen Augenbrauen, den Zeigefinger an der Schläfe, den Daumen unterm Kinn. Die Kieferknochen, die sich heftig durch seine Wangenhaut drückten, verrieten ihr, dass er gerade krampfhaft ein Gähnen unterdrückte.

In diesem Moment wallte neben dieser dunklen Vorahnung kaum kontrollierbare Wut in Lena hoch und ihre Hand, die den Zettel hielt, zitterte plötzlich. Tapfer verlas sie die restlichen Worte. Gedanken, die sie sich über ihre Familie gemacht hatte – um ihr an ihrem fünfzigsten Geburtstag zu danken, für was auch immer. Es gibt ja immer etwas, für das man dankbar sein kann. Dann ließ sie den DJ das Lied von Silbermond einspielen.

»Du bist das Beste, was mir je passiert ist ...« Worte, die ausdrückten, was sie für ihren Mann fühlte, immer noch, nach vierundzwanzig Ehejahren. Eine Liebeserklärung an Max.

Die Gäste klatschten bewegt. Lena setzte sich. Max stand nicht auf. Er bestellte Espresso. Die Kinder standen nicht auf. Sie sahen auf die Uhr.

Der erste Gang wurde serviert.

Lena wartete. Und zwang sich, positiv zu bleiben. Der zweite Gang wurde serviert. Der dritte, der vierte, das Dessert, der Kaffee. Die

Leute unterhielten sich angeregt, tranken Sekt und Wein, ließen sich das exquisite Menü schmecken, prosteten Lena zu, lachten viel, die Stimmung war gut. Aber niemand aus ihrer Familie hatte irgendetwas für sie arrangiert. Nicht ihre Schwester, nicht ihre Mutter, nicht ihre Kinder – und auch nicht ihr Mann. Was hatte sie erwartet? Ein Feuerwerk?

Lena zwang sich, positiv zu bleiben. Sie hatte ja die Feier geschenkt bekommen. ›Sei nicht undankbar, Lena! Der Abend ist noch nicht vorbei‹.

Nach dem Essen kam der DJ zum Einsatz und sie hielt ihre zweite Ansprache. Witzelte, dass sie sich mit fünfzig genauso fühlte wie in der Zeit zwischen dreizehn und zwanzig. Unerklärliche Gemütsschwankungen ... Hormone, die verrücktspielten ... die zweite Pubertät ... »Wisst ihr noch, die ersten Annäherungen an das andere Geschlecht, die ersten Plattenpartys? Leute, ich habe es ja schon in der Einladung angekündigt: Heute können wir endlich mal wieder das tun, wozu man doch in unserem Alter immer weniger kommt: Tanzen bis zum Abwinken!«

Sie schloss mit einem passenden Zitat übers Jungbleiben und gab die Tanzfläche frei.

Der DJ spielte die ersten Songs. Nichts tat sich.

Lena sah sich um. War sie die Einzige, die tanzen wollte? Verstört blickte sie Max an, der in ein Gespräch mit einem Kollegen vertieft war. Das durfte jetzt nicht wahr sein! Ihr Blick traf auf ihre Kinder, die sich anschickten, zu gehen, und verschwanden, ohne sich von ihr zu verabschieden. Lenas Augen wanderten zu Julia. Die hob verständnislos die Schultern und nickte mit dem Kopf auffordernd zur Tanzfläche.

Verbissen stürzte Lena ein Glas Sekt hinunter. Mit einem Kloß im Hals stakste sie zum DJ und ließ ihn die heißesten Discoscheiben auflegen. Britta, Julia, Volker und Anke waren ihr gefolgt. Aber sie waren und blieben für etliche Runden allein auf der Tanzfläche.

Lena war das egal, sie tobte sich aus. In einer Mischung aus frustriert, trotzig und froh, wenigstens ein paar Gleichgesinnte um sich zu haben, schwang sie sich in eine verzweifelt gute Laune, lachte mit ihren Freunden und versuchte, die passiven Gäste auf die Tanzfläche zu locken. Ein paar kamen der Aufforderung nach, aber die anderen hatten Probleme, aus ihrem ›Essen-Trinken-Sich-Unterhalten-Programm‹ herauszufinden, obwohl ein guter Teil jünger war als sie.

Immer wieder suchten Lenas Augen Max und endlich stand er auf, endlich erwiderte er ihren Blick, ging zum DJ und besprach etwas mit ihm. Lenas Herz schmolz und sie hüpfte in ihrem sexy Kleid, erhitzt, angeschwipst und romantikbereit auf ihn zu. Kool and the Gang lief aus und etwas Ruhigeres ertönte, deutlich leiser als die Soulklänge vorher. Der Wechsel war etwas abrupt, fand Lena, aber wahrscheinlich hatte sich Max das gewünscht. Da war er auch schon und packte sie am Arm.

»Lena«, flüsterte er in ihr Ohr. »Es reicht, denke ich. Du solltest dich um deine Gäste kümmern! Es ist üblich, sich mal an jeden Tisch zu setzen und sich mit den Leuten zu unterhalten.«

Sie erstarrte, sah ihm ungläubig in die Augen. Regungslos sah Max zurück.

»Willst du nicht mit mir tanzen?«, fragte sie mit gepresster Stimme.

»Lena, ich bin müde und du weißt das. Du solltest endlich deinen Verpflichtungen nachkommen.«

Sie zwang sich, das positiv zu sehen.

Die Musik diente nur noch als Geräuschkulisse und im Augenwinkel registrierte Lena, wie enttäuscht der DJ war. Er hatte noch nicht einmal im Ansatz zeigen können, was er drauf hatte! Wozu war er denn engagiert worden? Das, was er spielen sollte, hätte ein MP3-Player ebenso gekonnt. Ihre Freunde standen noch ein paar Sekunden verdutzt auf der Tanzfläche, als sei ihnen der Stecker gezogen worden, und Lena wagte kaum einen Blick zu ihnen.

Sie ging von Tisch zu Tisch, machte Konversation, trank Espresso, trank kleine Schlucke Wein, trank Ramazzotti ... und kam schließlich wieder an ihrem Tisch an.

»Na, Süße«, begrüßte sie Julia. »Wie war dein Tag? Schön? Hast du dich kräftig verwöhnen lassen? Was hast du denn von Max bekommen?«

»Ähm ... ja«, antwortete Lena. »War super. Und Max hat mir ja die Feier geschenkt.«

»Okay«, tönte Britta, die nie ein Blatt vor den Mund nahm. »Ist das der Grund, warum er den DJ abgewürgt hat?«

»Nein, den DJ habe ich bezahlt.«

»Den DJ hast du ...?«

»Und warum wird dann nicht mehr getanzt?«, wollte Anke wissen. »Es ist doch deine Party!«

In Lena veränderte sich etwas, ohne dass sie es benennen konnte, und sie brachte kein Wort hervor.

»Und sonst hat er dir nix geschenkt?«, polterte Britta unsensibel weiter. »Ich meine, ist doch normal, dass er dir die Feier bezahlt! Hast du überhaupt schon mal deinen Geburtstag gefeiert? Ich meine, so wie hier? Den Vierzigsten jedenfalls nicht. Da hast du in der Küche gestanden und ...«

Lena bekam mit, wie Julia Britta unterm Tisch gegen das Bein trat und ihr einen bösen Blick zuwarf.

»Ist ja nicht so wichtig«, sagte Lena hastig und zwang sich, positiv zu bleiben.

»Dein Kleid ist übrigens rattenscharf«, warf Volker ein, aber sein Bemühen, ein anderes Thema zu finden, war zu offensichtlich. »Du bist noch eine echt heiße Nudel, Lena! Und hast 'ne bessere Figur als deine Tochter! Deine Kinder haben dich bestimmt heute richtig hochleben lassen und es dir so richtig schön gemacht, oder?«, fragte er aufmunternd.

»Ja«, antwortete Lena erstickt. »So richtig schön.«

»Und was haben sie dir geschenkt?« Schon wieder Britta. Warum war sie nur so hartnäckig?

»Es geht doch nicht um Geschenke«, wehrte Lena ab, aber ihre Augen waren groß und dunkel und sie war kurz davor, abzustürzen.

»Sie sind extra zu meinem Geburtstag gekommen.«

»Extra gekommen«, wiederholte Anke und ihrer Stimme war deutlich anzumerken, was sie davon hielt. In einer impulsiven Regung wandte sich Lena an Julia.

»Schenken dir deine Kinder was zum Geburtstag?«

»Ob mir meine ...« Julia verstummte, als sie in Lenas verzweifelte Augen sah.

»Also, wenn meine Mutter Geburtstag hat, dann gestalte ich ihr den ganzen Tag«, verkündete Britta, das Trampeltier. Sie war offenkundig wütend – und irgendwie tat das Lena gut, es war wie ein kleines Ventil, denn Britta drückte eine Wut aus, die Lena sich nicht zu empfinden erlaubte. Sie zwang sich, positiv zu bleiben, und sagte:

»Ist doch schön, dass sie an meinen Geburtstag gedacht haben. Ich meine, dass sie ihn nicht vergessen haben.«

›Wie so oft‹, wollte sie hinzufügen, aber sie schämte sich. »Sie haben mir gratuliert«, fuhr sie fort und weigerte sich, die großen, staunenden Augen ihrer Freunde angesichts dieser Aussage richtig zu deuten.

»Ja, meine Fresse«, raunzte Britta auch gleich. »Das ... das ist ja *ganz* toll! Sie haben ihr *gratuliert*! Na, wenn das mal nichts ist!«

Lena saß erstarrt auf ihrem Platz, zwang sich positiv zu bleiben und merkte, dass sie das maximal nur noch fünf Sekunden schaffen würde. Volker, der Hypersensible, stand unversehens auf, ergriff ihre Hand und zog sie hoch.

»Hey, weißt du was?«, sagte er fröhlich. »Wünsch' dir ein Lied vom DJ! Tanz mit mir! Wir jagen den Laden noch mal hoch!«

»YESSS!«, riefen Britta und Anke wie aus einem Mund und stellten ihre Gläser ab.

»Endlich mal eine vernünftige Ansage«, freute sich auch Julia. Aber sie waren mit ihren Hintern noch nicht wirklich vom Stuhl hochgekommen, da sahen sie, wie Max dem DJ mitteilte, er könne gehen, es sei ja eh nichts los, woraufhin der in Rekordgeschwindigkeit seine Sachen zusammenpackte und sein Mischpult ins Auto trug. Die meisten Gäste fassten seinen Abbruch als Aufforderung zum Gehen auf und einer nach dem anderen verabschiedete sich. Eine halbe Stunde später saßen Max und Lena wieder im Auto.

»Gott sei Dank!«, seufzte Max. »Das wäre geschafft.«

♫ ♫ ♫

Provokativ öffnete sie zu Hause – es war noch nicht einmal Mitternacht – eine Flasche Champagner und hielt Max ein Glas hin.

»Mein Geburtstag ist noch nicht vorbei«, sagte sie rau und zwang sich zu lächeln. »Trinkst du noch einen Schluck mit mir?«

Aber Max wehrte ab, ließ sie mit den zwei Gläsern in der Hand stehen und ging ins Bad. Frustriert goss sie den Champagner in die Spüle, folgte ihm ins Badezimmer, betrachtete sich im Spiegel. Das sexy Kleid, die großen Augen, ihre erhitzten Wangen. Sie sah gut aus! Aber für wen, wofür? Mit einem wehen Gefühl im Bauch schminkte sie sich ab und legte sich vor Max ins Bett.

Sie war angetrunken, sie war nackt. Sie war erregt. Keine Ahnung, warum. Der Abend hatte keinen Anlass dazu gegeben, aber ihren Hormonen schien das egal zu sein. Vielleicht wollte Lena auch einfach nur einen schönen Abschluss finden, den Tag nicht in dieser Stimmung beenden. Kühl und sanft schmiegte sich die Bettdecke an ihre heiße Haut, bewusst nahm sie ihren Körper wahr, spürte sie, wie es in ihr kribbelte und vibrierte, wie ihre Scheide pulste. Sacht strich sie sich über die Brüste, den Bauch, erschauerte, umarmte sich selbst.

Max kam aus dem Bad und legte sich mit dem Rücken zu ihr.

»Nacht, Maus«, murmelte er.

Ihre Hand streckte sich aus. Zog sein T-Shirt hoch, streichelte seinen Rücken, fuhr über seinen hübschen Hintern. Sie rückte an ihn heran, schlang ihren Arm um seinen Brustkorb, versuchte, ihn umzudrehen. Max sperrte sich. Versteifte sich. Nur nicht an der richtigen Stelle. Ihre Hand glitt in seinen Schritt, ihre Finger spielten mit ihm – nichts tat sich. Lena versuchte erneut, ihn auf den Rücken zu drehen. Diesmal ließ er es zu und mit einem leichten Keuchen beugte sie sich über ihn. Ihr Mund verharrte kurz vor dem seinigen.

»Ich liebe dich, Max«, wisperte sie.

»Ich dich auch«, murmelte er mit geschlossenen Augen und angespanntem Körper.

Sie wusste, was das bedeutete. Trotzdem machte sie weiter. Nackt kniete sie über ihm, zwischen ihren Beinen pochte es, schrie alles nach Erfüllung, ihre Hände liebkosten seinen Brustkorb, ihre Lippen hauchten kleine, zarte Küsse auf seinen starren Mund … auf den Bauch, seinen Unterleib … weiter nach unten. Mit einem unwilligen Laut packte Max ihre Arme und stoppte sie.

»Lena«, sagte er gereizt. »Ich bin müde! War ein anstrengender Tag.«

Kurz verharrte sie in ihrer knienden Stellung, dann machte er unmissverständlich Anstalten, sich auf die Seite zu drehen und zwang sie, zu weichen.

Still legte sich Lena auf ihre Bettseite. Ihre Augen waren weit offen.

»War aber schön«, ließ er sich noch vernehmen. »Der Tag.«

»Ja«, flüsterte sie. »War schön.«

Und endlich rollten die Tränen über ihre Wangen.

♫ Free ♫

Donovan Frankenreiter

Es gibt ein paar wenige Zeitpunkte oder Phasen im Leben eines jeden Menschen, natürliche Lücken, in denen man Dinge tun kann, die danach nur noch mit hohem Aufwand möglich sind. Eine dieser Phasen ist nach dem Abitur. Du bist frei. Du hast dich für noch nichts entschieden. Du kannst ins Ausland, die Welt erkunden … du hast die volle Entscheidungsvielfalt. Diese Lücke hatte Lena verpasst. In den 80ern war die Welt noch groß und eine Reise innerhalb Europas schon ein Riesenabenteuer. Außerdem hatte sie sich damals schon Hals über Kopf in Max verliebt und nicht weggewollt.

Die nächsten natürlichen Lücken sind vor dem ersten festen Job, bevor Urlaubszeiten und Routine einen engen Rahmen stecken … und vor der Hochzeit.

›Da hätte ich es noch mal wagen sollen‹, dachte sie. ›Ein Urlaub, der mir klarmacht, ob ich will, was auf mich zukommt. Aber die Wahrheit ist doch: Man weiß nicht, was auf einen zukommt. Man malt es sich aus. Es ist immer anders, als man sich es vorstellt.‹

Und jetzt tat sich eine weitere natürliche Lücke auf: Die Kinder studierten, gingen ihre eigenen Wege und kamen nur noch sporadisch nach Hause.

Lena und Max waren wieder auf sich zurückgeworfen und es war diese Zeit, die Lena klar machte, dass etliches nicht stimmte.

Sie hatte geglaubt, nun mit ihrem Mann wieder mehr unternehmen zu können, aber er war in seiner Arbeits-und Alltagsroutine und seinen tausend Vereinen gefangen. Er schlief nicht mehr mit ihr. Seit zwei Jahren schon nicht, während ihre Hormone verrücktspielten und sie in einem Zustand ständiger Erregung hielten. Im Gegensatz zu ihm war sie gierig nach Körperkontakt, wollte Neues ausprobieren, merkte, wie die Hemmungen, die sie als junge Frau gehabt hatte, von ihr abgefallen waren – aber es war offensichtlich: Max und sie hatten ein mieses Timing. Früher hatte immer er gewollt, da hatte sie nicht immer Lust gehabt, was ihn nicht daran gehindert hatte, sich dennoch zu holen, wonach ihm gewesen war.

Seit zwei Jahren herrschte bei Max körperlich komplette Sendepause – doch im Gegensatz zu ihm, lag Lena Nacht für Nacht im Bett und wusste nicht, wohin mit ihrem Verlangen. Max rührte sie nicht an und wollte auch nicht, dass sie ihn berührte – weil er sich bedrängt fühlte.

Dazu kam, dass ihr chaotischer Hormonhaushalt nicht nur für angenehme Gefühle sorgte, sondern sie manche Tage ungefragt in depressive oder aggressive Stimmungen schickte. Stimmungen, denen Max mit absoluter Verständnislosigkeit gegenüberstand. Sie versuchte, sie vor ihm zu verbergen, schaffte es aber nicht immer. Wurde er mit ihren Aufwallungen konfrontiert, reagierte er stets konsterniert. Was hatte sie denn? Sie hatte doch alles! Ein Traumleben, nach dem sich andere Frauen die Finger lecken würden! Einen Mann, der ihr alles zahlte, ihr ein schönes Zuhause bot, zweimal Urlaub im Jahr … aber nein, da kriegt sie Schwermutsanfälle! Eindeutig waren das Wohlstandsdepressionen, weil sie ja sonst nichts zu tun hatte! Sie war doch immer ein Sonnenschein gewesen! Genau deswegen hatte er sich in sie verliebt. Immer hatte sie gelacht, war immer gut drauf gewesen, hatte stets alles im Leben positiv gesehen ... immer! Max bekam das überhaupt nicht zusammen: Lena und Depris! Aber seit sie mit diesen Emanzen Britta und Anke zusammen war, fing sie schlicht an zu spinnen. Entwickelte sexuelle Fantasien, gerade jetzt, wo er verdammt noch mal selbst nicht verstand, warum das bei ihm nicht mehr klappte.

Noch dazu wollte sie seit ein paar Jahren auf einmal eigenes Geld verdienen und war durch einen dummen Zufall auf eine kleine Firma gestoßen, deren Inhaber, ein älterer Herr, mit dem modernen Marketing völlig überfordert war. Sehr zu Max' Missfallen hatte sich Lena da hineingestürzt und einen Internethandel mit absolut blödsinnigen Gesundheitsprodukten aufgemacht. Natürlich lief es nicht so, wie sie wollte – hatte er ihr doch gleich gesagt! Aber Max konnte sich nicht gegen die Vermutung wehren, dass ihr das gewaltig stank und sie ihm insgeheim finanziell Konkurrenz machen wollte.

Lena hingegen wusste, dass sie etwas brauchte, wenn die Kinder aus dem Haus waren. Sie war in jener Generation Frauen groß geworden, in der es keine Frage gewesen war, die eigene Karriere zugunsten einer Familie aufzugeben – um dann mit fünfzig vor dem Nichts zu stehen. Um mit fünfzig festzustellen, dass sie trotz Abitur und Studium nur noch für Hilfsjobs infrage kam. Ihre Berufsausbildung war veraltet – sie hätte ganz von vorne anfangen müssen. Das wäre kein Problem gewesen, im Gegenteil, es hätte sicher Spaß gemacht, noch mal etwas zu lernen. Aber welche Perspektive hatte sie denn auf dem Arbeitsmarkt in ihrem Alter? Sie stand in Konkurrenz mit jungen Frauen, die ihren Master und vier Kinder stemmten und mit beiden Beinen sowohl im Berufs- als auch im Familienleben standen. Was zählte es da, zu sagen: Ich war aber da, als die Kinder mich brauchten, wenn genau diese Kinder ihre Geburtstage vergaßen und sie das Gefühl nicht loswurde, ihnen wäre es auch lieber, eine erfolgreiche, im Arbeitsprozess stehende Mutter vorweisen zu können? Gerade Marie ließ sie das spüren. ›Bin mal nicht so blöd wie meine Mom und mache mich total abhängig vom Einkommen eines Mannes‹. Lena spürte, wie Marie den Werten der heutigen Gesellschaft unterlag, in der Frauen arbeiteten und die Kinder in die Krippe schoben, einer Gesellschaft, in der der soziale Status wichtiger schien, als einem Kind Wärme und Geborgenheit zu geben.

Und so sagte sie nichts, wenn die Kinder jeden Muttertag vergaßen, die meisten ihrer Geburtstage, und auch sonst keine Gedanken daran verschwendeten, ihr mal eine Freude zu machen. Max sagte immer: »Sind doch Kinder. Und Muttertag ist Kommerz.«

Genau wie der Valentinstag Kommerz war, Geburtstage und Weihnachten ohnehin – Anlässe, an denen selbst die gröbsten Stoffel dazu aufgerufen waren, jemandem, den man lieb hat, ein Leuchten in die Augen zu zaubern, statt nur an sich selbst zu denken. Aber Max stammte aus einer Familie, die wenig Wert auf Liebesbezeugungen legte. Sie erachteten Geschenke als so unnütz wie einen Sandkasten in der Sahara.

Lena kannte das nicht. Beharrlich zerbrach sie sich zu jedem Geburtstag von Max den Kopf, womit sie ihm eine Freude machen könnte. Das war nicht einfach, denn er hatte teure und spezielle Hobbys. Er liebte klassische Uhren, Sammlerstücke, die sie sich mit ihrem Haushaltsgeld nicht leisten konnte und außerdem kannte sie sich damit nicht aus. So wurde auch Max Geburtstag ein Frusttag für sie. Achtzig Prozent ihrer Geschenke lehnte er ab und bat sie, sie zurückzuschicken. Er freute sich nie und betonte nur immer, das sei doch unnötig.

»Du weißt doch, dass ich nichts brauche. Und wenn, dann kaufe ich es mir selbst. Geburtstag ist Kommerz.« Und: »Wir haben doch alles. Wir schenken den Kindern was, das reicht.«

Ja, Gott, die Kinder hatten eigentlich auch alles. Trotzdem erwarteten und bekamen sie Geschenke – die sie nicht brauchten. Marie war wie Max und hatte kein Problem, Sachen, die ihr nicht gefielen, zurückzuweisen.

»Ey, Mom, sorry, aber das geht echt nicht.«

Johannes war etwas gnädiger, er packte die Geschenke aus, die Lena ihm nebst Schokokuchen und Kerzen auf einen liebevoll gedeckten Frühstückstisch häufte, sagte ›Danke‹ und gab sonst keinen weiteren Kommentar dazu.

Geschenke waren unnütz. Ihre Kinder dachten so. Ihr Mann dachte so. Dass ein Geschenk so viel mehr war, als nur etwas zu geben, was man brauchte, war eine Einstellung, die keiner mit ihr teilte. Ihre Familie erwartete, dass sie sich nach ihren Wertvorstellungen richtete, dass sie ihren Kalender nach ihnen plante und ihre eigenen Interessen an letzte Stelle positionierte. Es war normal, dass Mütter sich an das Leben ihrer Kinder und das ihres Mannes anpassten. Sie hatten ja sonst nichts zu tun.

Lena schwieg, wenn Marie motzte, weil sie sie bat, für sie mal einkaufen zu gehen. Sie war ehrgeizig bis zum Abwinken und machte ihrer Mutter unmissverständlich klar, dass sie lernen müsse und nicht zum Lebensmittelbesorgen nach Hause gekommen sei. Wenn sie das gewusst hätte, wäre sie gleich in der Uni geblieben: »Und nein, Mama, ich kann die Treppe jetzt nicht kehren, später vielleicht«, Aber dann reiste sie natürlich ab, ohne auch nur einmal den Besen in die Hand genommen zu haben. Lena schwieg, wenn ihre Tochter ihr Zimmer in einem Zustand hinterließ, der eine Gesamtreinigung erforderte, im Bad alles stehen- und liegenließ, ihre leer getrunkenen Flaschen nicht wegbrachte, aber jeden Tag zweimal bekocht werden wollte.
Sie sagte auch nichts, wenn Johannes, ihr Erstgeborener – egal, welche Meinung Lena auch immer vertrat – stets alles besser wusste. Sie biss die Zähne zusammen, wenn er ihr erklärte, dass Homöopathie rein auf Placeboeffekt beruhe, der größte Mist und absolut wirkungslos sei. Bloß was für Dumme, bemerkte er, wenn sie sich Globuli in den Mund schob. Lenas Argumente wurden mit einem abschätzigen ›Mudder-du-hast-keine-Ahnung-Lächeln‹ abgeschmettert, meist unterlegt mit überheblichen Gebrabbel von wegen, er hätte so und so viele Studien gelesen, die alle belegen, dass ... implizit: Du Hausfrau! Ich Student!
Was sollte sie denn auf so etwas erwidern? Dass ihn Globuli im Alter von sechs Monaten innerhalb von zehn Tagen von einer heftigen Neurodermitis befreit hatten, als er noch keine Studien lesen konnte und ihm der Arzt die Kügelchen einfach in den Mund geschoben hatte? Na ja, sie war eben Mutter. Leicht zu

beeindrucken. Eine Hausfrau mit Küchenpsychologie. Glaubte an Homöopathie und ähnlichen Schwachsinn. In den ersten Jahren hatte sie sich mit den Kindern noch heftige Wortgefechte geliefert, aber mittlerweile schwieg sie dazu. Sie schwieg zu so vielen Dingen. Sind ja Kinder. Was haben wir gegen die Ansichten unserer Eltern rebelliert, einfach weil wir rebellisch sein wollten!

Aber die Dinge summierten sich, Stück für Stück. Fiese Kleinigkeiten. Alle nicht der Rede wert. Kleinigkeiten, wie gebrauchtes Geschirr, das immer *auf* der Spülmaschine stand statt *in* ihr, als ob der letzte Akt, die Teller hineinzustellen, eine immens große Herausforderung wäre. Die leere Rolle Klopapier, die keiner außer ihr ersetzte – lieber benutzten sie eine andere Toilette. Kleidungsstücke, die überall hingeworfen wurden, in der stummen Annahme, Lena räume sie schon auf. Der volle Müllbehälter, der leere Wasserkasten, Flaschen und Gläser im Wohnzimmer, vollgewichste Kleenex-Tücher und Socken neben Johannes' Bett. Ihr war es peinlich, ihn darauf anzusprechen, ihm war es nicht peinlich, sie liegenzulassen. Und Marie hielt penibel ihren Körper sauber und regte sich über ein Katzenhaar auf ihrem Pulli auf, während ihr Zimmer verdreckte.

Banale Dinge, über die man hinwegsehen sollte, weil sie ja damit obendrein die Xanthippe gab: »Mudder, jetzt reg dich doch nicht schon wieder so auf!«

Aber immer öfter dachte Lena, dass diese Dinge nicht banal waren, sondern Symbole, die ihr zeigten, zu welcher Rolle man sie degradiert hatte.

Es kam der Tag, an dem sie von ihrem Arzt erfuhr, dass ihre Blutwerte Anlass zur Besorgnis gaben und sie unter Umständen eine schwerwiegende Krankheit hätte. Den ganzen Tag über war sie stumm – niemand bemerkte ihre bedrückte Stimmung. Als sie ihrem Sohn dann beim Abendessen – beschwipst, weil sie zur Verdauung dieser Ansage ein unübliches zweites Glas Rotwein getrunken hatte – die Nachricht anvertraute, gab er folgende Antwort:

»Mudder, ich geh mal davon aus, dass du genügend Willensstärke besitzt, das nicht ausbrechen zu lassen.«

Lena schwieg dazu.

Ja, und der nächste – oder tausendste – Anlass war ein Schwindelanfall. So einer mit Übelkeit, bedrohlich dumpfen Gefühl im Kopf, kurz vor der Ohnmacht. Lena hatte Max davon erzählt, dass sie in letzter Zeit immer wieder mal unter solchen Anfällen litt, sie hatte es auch ihrem Arzt gesagt – beide hatten mit der Botschaft nicht wirklich etwas anfangen können.

»Es brummt in deinem Kopf? Was soll das denn sein?«, hatte Max geäußert.

An jenem Tag erlitt Lena einen besonders heftigen Anfall. Sie saß wie angenagelt auf dem Stuhl, spürte, wie Schweiß aus allen Poren ihres Körpers brach, wie Übelkeit nach oben kroch und die Sicht verschwamm. Ihr Mann saß mit ihr am Küchentisch, sortierte Uhrenteile, die er geliefert bekommen hatte, und zeigte sie ihr. Lena nickte schwach, unfähig, etwas zu sagen. Schweiß auf der Stirn, Schweiß auf der Oberlippe. Er fragte:

»Ist was?«

»Hab' wieder einen dieser Anfälle«, presste sie hervor. Ihr war so speiübel, dass sie nur still auf dem Stuhl sitzen konnte, bemüht, nicht herunterzufallen und den Mageninhalt nicht hochkommen zu lassen. Max sortierte weiter Teile. Er nickte noch nicht einmal – er reagierte überhaupt nicht. Nach ein paar schweigsamen Minuten, in denen sie innerlich wie äußerlich um Gleichgewicht kämpfte, schaffte sie es, aufzustehen und zur Couch zu wanken. Dort wurde ihr endgültig schwarz vor Augen. Sie hatte keine Ahnung, wie lange sie so lag. Lange genug, dass es, als sie wieder klaren Blick hatte, ›Klick‹ in ihrem Kopf machte.

›Irgendwas habe ich falsch gemacht‹, dachte sie, ›absolut falsch.‹

♫ Read all about it ♫

Emili Sande

Der Denkprozess war angelaufen. Die nächsten Tage ging sie mit sich in Klausur: Wer war sie?

Jemand, der jeden Morgen um 6.00 Uhr aufstand und schon ein schlechtes Gewissen bekam, wenn es mal 6.15 Uhr wurde. Jemand, der vor 22.00 Uhr im Bett lag, weil der Schlaf vor Mitternacht der beste sei. Es hieß, man bliebe dann länger jung. Aber sie fragte sich langsam: Für wen? Für was? Tagtäglich stand sie auf für einen Tag, der dem vorangegangenen ziemlich glich. Sie ernährte sich gesund, trieb dreimal die Woche Sport, trank kaum Alkohol, schaute nicht fern, weil sie überzeugt war, dass die meisten Nachrichten manipuliert und somit unnötig waren, unterschrieb aber fast jede Petition, in der sich Menschen für etwas Gutes engagierten, hatte zwei Patenkinder in Afrika, denen sie regelmäßig schrieb.

Bevor sie ihren am Abend vorher durchgeplanten Tag begann, meditierte sie. Sie liebte spirituelle Bücher, war normalerweise energiegeladen und fröhlich, engagierte sich gern und bewies dabei auch jede Menge Organisationstalent.

Als die Kinder ins Gymnasium kamen, trat sie dem träge vor sich hin dümpelnden Förderverein der Schule bei, besah sich die Situation, krempelte die Arme hoch und verdoppelte innerhalb von fünf Jahren die Mitgliederanzahl. Sie steigerte die Popularität des Vereins in Schule und Stadt, verzehnfachte das Kapital, indem sie ihre Kontakte nutzte, Aktionen fuhr, interessante Redner einlud und Spenden einsammelte. Oh ja, sie war aktiv – ihr Tag immer voll. Vielleicht, weil ihr Leben so leer war. Vielleicht, weil sie sich beweisen musste, dass sie auch etwas konnte.

Dann hatte sie per Zufall den Kleinunternehmer Paul Wohlleben und seine Umweltprodukte kennengelernt, Feuer gefangen und war schwer ambitioniert, einen Online-Handel hochzuziehen. Nicht nur, um etwas zu haben, wenn die Kinder groß waren, es war damals schon um mehr gegangen, aber erst heute gestand sie sich das ein.

Max und sie hatten getrennte Konten. Er war es, der das Geld verdiente, sie bekam einen Betrag überwiesen, um den Haushalt zu führen, Lebensmittel zu kaufen, Haus und Garten instand zu halten, Nachhilfe und Musikunterricht zu bezahlen. Das Geld reichte ihr gerade so. Und wenn was übrig blieb, sparte sie das, um Geschenke kaufen zu können, oder ab und an mal ein Kleid oder teureres Kosmetikprodukt für sich selbst. Streng genommen blieben für sie im Monat maximal ein- bis zweihundert Euro übrig, die sie auf ein Konto legte – wenn nicht gerade Weihnachten oder ein Geburtstag war – ein Hungerlohn, für das, was sie dafür erledigte. Aber niemand empfand das so. Max sah in erster Linie die Summe, die er ihr überwies und fand, das sei viel. Wenn sie etwas außerhalb des Betrags, der ihr zur Verfügung stand, brauchte, musste sie Max fragen. Das tat sie nun nicht gern, weil sie ihm ja dann erklären musste, wofür und warum sie das Geld brauchte. Sie konnte nicht einfach so herumspinnen wie ihr Mann, der sagte: »Wir kaufen das mal und sehen, ob es sich rentiert.«

Sie musste nach Möglichkeit vorher wissen, ob sich die Dinge, die sie mit Max' Geld ausprobierte, rentierten, damit sie eine Rechtfertigung für sich und für ihn hatte. Es war einfach ein dummes Gefühl, eines, über das man nicht redete. Sie fand es selbst irgendwie unangemessen, über Geld, das ein anderer verdiente, verfügen zu wollen.

So lief sie, obwohl sie einen hohen Lebensstandard und Vermögen hatten, auf Sparflamme. Sie litt darunter, kein eigenes Geld zu haben. Keinen Beruf, nichts, worauf sie zurückgreifen konnte. Und was hätte sie denn tun können? Max bitten, ihr mehr zu geben? Das verbot ihr der eigene Stolz. Sie hatte eine kleine Erbschaft gemacht und manchmal gab es eben die Zeiten, in denen sie ein wenig vom Haushaltsgeld zurücklegen konnte. Max wollte auch nicht, dass sie einen Vierhundert-Euro-Job annahm. »Aber Lena«, sagte er. »Wie sieht das denn aus?«

Es war also kein Wunder, dass sie sich auf Pauls Produkte und den Internethandel stürzte, stets in der Hoffnung, der Durchbruch käme am nächsten Tag.

Doch davon keine Spur. Max weigerte sich, sie zu unterstützen und in ein Geschäft zu investieren, an das er nicht glaubte. Sie hingegen war entschlossen, etwas aus dieser Chance zu machen, und griff für das Geschäft ihre eisernen Reserven an, was Max hirnrissig fand. Er rechnete ihr vor, wie viel sie mit ihrem Spleen schon verbraten hatte – und warum sie das denn überhaupt tue, sie hätte doch alles.

Lena konnte ihm nicht klarmachen, wie sich die finanzielle Situation für sie anfühlte. Kein echtes Gewicht zu haben, wenn es um die Entscheidung für ein neues Auto oder das nächste Urlaubsziel ging, weil er doch alles bezahlte. Max entschied – und sie hatte das tiefe Empfinden, dass er es nicht anders erwartete.

Er kaufte sich, was er wollte, aber zählte sie an, wenn sie mal vergaß, das Licht in der Küche auszuschalten. Wenn sie mit ihren Freundinnen in Kurzurlaube fuhr, mietete sie sich eine Ferienwohnung, weil das billiger war, während Max stets in gute Hotels ging. Wenn er sich einen neuen Anzug von Zegna leisten wollte, tat er das, während sie ihr neues Kleid damit rechtfertigte, es zum Sonderpreis bekommen zu haben – obwohl das gar nicht stimmte.

Max hätte ihr jedes Kleid bezahlt, jedes Paar Schuhe, um das sie ihn gebeten hätte. Aber das Problem war: Sie wollte nicht bitten. Sie fühlte sich wie der Teenager, der bei Papa um mehr Taschengeld für einen momentanen Spleen bettelt. Es ging nicht. Lieber verzichtete sie.

Der symptomatische Super-Gau war dann eine Bekannte, die von Lena wissen wollte, was sie Max zum Fünfzigsten zu schenken gedächte. Lena antwortete, sie habe ein Wochenende in England und ein Fahrer-Training in einem Aston Martin Rapide geplant.

Die Bekannte hatte meckernd gelacht.

»Na, mal sehen, ob dein Mann sich freut«, hatte sie gemeint. »Wenn du mit einem solchen *Prachtgeschenk* daherkommst, das er mit seinem Geld finanzieren muss. Klasse Sache. Echt!«

In Lena grummelte es. Es grummelte gewaltig. Und diesmal zwang sie sich nicht, positiv zu bleiben. Sie zwang sich, neutral und nüchtern ihre Situation zu betrachten.

Und als sie ihre Innenschau beendet hatte, befand sie, dass es Zeit war, etwas zu ändern.

Sie schloss sich in ihr Meditationszimmer ein und dachte nach. Ein Plan begann sich in ihrem Kopf zu formen. Und wurde immer konkreter.

Ein paar Stunden später spürte sie etwas in sich, was sie seit langem tot geglaubt hatte. Etwas, das sie in die Zeit zurückkatapultierte, in der sie noch nicht verheiratet gewesen war, als sie sich noch nicht angepasst hatte:

Abenteuerlust. Risikobereitschaft. Und Mut.

Statt sich depressiv zu fühlen, brach in ihr eine unbändige Lust auf das Leben auf – und auf alles, was es ihr zu bieten hatte. Von ganz tief unten schwang sich diese Sehnsucht hoch und breitete ihre Flügel aus.

Lena atmete tief durch.

Sie wusste nun mit absoluter Klarheit, was zu tun war.

♫ On hold ♫
The xx

»Max? Ich wollte nur sagen: Ich bin dann mal weg. Ich weiß nicht, für wie lange.«

»Ja, ist gut«, sagte er und schaute auf sein Handy, das gerade den Signalton für eine eingehende Nachricht absonderte. »Besuchst du deine Mutter?«

»Nein, ich gehe auf Reisen. Weiß nicht, wann ich zurückkomme.«

Endlich blickte er auf.

»Ähm ... du gehst ... auf Reisen?« Verwirrt senkten sich seine Augen wieder auf sein Handy, als ob die WhatsApp-Nachricht von Johannes eine Erklärung für ihre überraschende Ansage parat hätte.

»Ja«, erwiderte Lena. »Auf Reisen. Und ich möchte dich um etwas bitten.«

»Was denn?«, fragte er verdattert.

»Dass du mich für diese Zeit, in der ich weg bin, frei gibst. Dass wir so tun, als wären wir nicht verheiratet. Ich möchte einen vorübergehenden Ehestopp.«

»Du möchtest ... *was*? Einen ... *Ehestopp*?«

Er verschluckte sich fast an seinen eigenen Worten. Fassungslos legte er sein Handy weg und blickte ihr direkt in die Augen. Etwas, was er seit längerem nicht mehr getan hatte.

»... so tun, als ob wir nicht verheiratet wären?«, ächzte er. »Sag mal, geht's noch?«

Erst jetzt bemerkte Max den Koffer neben ihr. Den sehr großen Koffer. Das Handgepäck, den Rucksack, musterte sprachlos ihre Kleidung ... Jeans, Sneakers, wettertaugliche Jacke. Seine Gesichtszüge entgleisten.

»Ja« erwiderte sie. »Eine Auszeit von der Ehe, sozusagen.«

»Auszeit?«, wiederholte er ungläubig. »Von der Ehe? Was soll das bedeuten? Ich meine, wo gehst du hin?«

»Weiß ich noch nicht«, antwortete sie. »Und was die Auszeit angeht: Ich brauche Auszeit von mir. Und von dir. Von unserer Ehe. Und ich weiß nicht, ob ich zurückkomme.«

»Sag mal, Lena, spinnst du?«, fuhr er sie an, aber sein Herz klopfte wild. »Und das sagst du mir so einfach zwischen Tür und Angel?«

»Ja«, antwortete sie und schluckte. »Und wie erwähnt: Ich möchte von dir ein Okay, dass ich machen darf, wonach mir ist. Und du darfst machen, wonach dir ist. Ich meine, wir tun einfach so, als ob wir beide single wären, okay?«

»Lena! Du spinnst doch! Hochgradig!«

Ein ungläubiges Lachen entfuhr seinem Mund. Seine Augen waren ein Pool aus Fassungslosigkeit. Lena hatte Verständnis dafür.

»Max«, sagte sie leise. »Ich will die Zeit noch einmal zurückdrehen. Ich will wissen, was ich für dich empfinde. Und deshalb muss ich gehen. Ich gehe, damit ich dir vielleicht irgendwann wieder nah sein kann. Ich gehe, weil wir uns verloren haben.«

»Aber Lena«, rief Max. »Was redest du denn da?«

»Ich weiß genau, was ich sage«, erwiderte sie. »Ich muss gehen. Denn, wenn ich bleibe, würde ich dich wohl irgendwann hassen. Und dann wäre es zu spät für uns. Jetzt haben wir noch eine Chance. *Wenn* ich gehe. Und wenn du den Mut hast, mir meine Freiheit zu geben.«

Ihm stand der Mund offen, er brachte kein Wort hervor.

»Max, bitte, nur für diese Zeit!«, drängte sie. »Ich habe keine Ahnung, was dabei herauskommt. Aber glaub mir, es fällt mir genauso schwer, *dich* freizugeben.«

»Herrgott, Lena!«, stieß Max hervor. »Was ... wieso ... was ist denn mit dir los? Du kannst doch nicht einfach gehen! Und mich ... vor vollendete Tatsachen setzen!«

»Na ja, irgendwie kann ich das schon«, sagte sie und setzte sich auf einen der Küchenstühle. »Ich weiß, es ist fies, dich so zu überfallen. Aber ich kann nicht anders. Ich muss es so machen. Sonst habe ich nicht den Mut, das hier durchzuziehen.«

Sie sah, wie er Mühe hatte, das alles zu fassen. Noch immer saß er mit offenem Mund am Tisch und der Inhalt ihrer Worte sickerte nur langsam in sein Hirn, sehr langsam. Doch als er schließlich angekommen war, schoss die Panik so deutlich in ihm hoch, dass Lena sie spürte, als wäre es ihre eigene. Sie biss die Zähne zusammen und zwang sich, ruhig zu bleiben.

»Was soll das, Lena«, fragte er außer sich. »Dich freigeben? Das kann nicht dein Ernst sein ... das ... heißt, dass du ... du willst mit anderen Männern ... du willst ...«

Geschockt brach er ab.

»Nein«, unterbrach sie leise. »Ich will nicht mit anderen Männern ... und ja, es ist mein Ernst. Ich möchte, dass ich so tun kann, als ob ich frei wäre – und dass du so tust, als ob du frei wärst. Ich will wissen, ob wir uns noch einmal finden können. Ob wir uns wirklich wollen. Weil ich nicht mit dir zusammen sein will, nur, weil wir irgendwann mal geheiratet haben, verstehst du?«

»Nein!«, stieß er aufgebracht hervor. »Das verstehe ich nicht! Ich verstehe es absolut nicht! Wir sind glücklich! Wir führen eine total glückliche Ehe! Warum willst du gehen? Ich meine, wenn du Ruhe brauchst ... okay ... spann ein paar Tage aus ... und dann kommst du zurück ... und wir reden ...«

»Nein«, erwiderte Lena stur. »Ich will nicht reden.« Sie schaute auf ihre Koffer und unwillkürlich folgte sein Blick dem ihren, um danach mit unsäglichem Erstaunen und erneut aufkeimender Panik ihre Augen zu suchen.

»Du ... verlässt mich?«, krächzte er so fassungslos, als schieße die Erkenntnis wie eine Kanonenkugel in sein Hirn: »Lena ... sag, dass das nicht wahr ist ... du verlässt mich?«

Ihre Hand klammerte sich um den Träger ihres Rucksacks.

»Das weiß ich noch nicht, Max. Ich will weg, um zu sehen, ob es sich lohnt, wiederzukommen.«

»Lohnt? Wiederzukommen?« Er konnte nur ihre Worte wiederholen, weil er immer noch Schwierigkeiten hatte, die Situation zu begreifen. Und Lena hatte immer noch jedes Verständnis dafür. Aber trotzig hob sie ihr Kinn und fixierte ihn.

Sein Mund stand offen. Seine blauen Augen starrten sie hilflos an. Sein glattes Gesicht war wunderschön in seinem so ehrlichen Ausdruck und zauberte ihr ein zärtliches Leuchten in ihre Augen. Es war schwer erklärbar, aber in diesem Moment liebte sie Max so aufrichtig, wie eine Frau einen Mann nur lieben kann. Sie fühlte nichts von Genugtuung oder Rache oder sonstigen niederen Gefühlen, sondern nur diese Liebe zu ihm, fühlte, dass genau diese sie dazu trieb, das durchzuziehen, was sie vorhatte.

»Max«, sagte sie sanft. »Ich sehe einfach unsere einzige Chance darin, dass wir von vorne anfangen. Und deswegen möchte ich alles noch mal auf null drehen. Auf die Stufe, bevor wir eine Beziehung hatten, verstehst du?«

»Aber ... Lena ... wir *haben* eine Beziehung! Eine gewachsene! Eine schöne Beziehung! Wir haben so viel gemeinsam erlebt! Wir ... wir sind doch glücklich!«

»Nein«, antwortete Lena leise. »Nicht wir. Du vielleicht. Aber ich nicht. Und ich will auch glücklich sein, verstehst du?«

»Ja, aber darüber können wir doch reden!«

»Das habe ich oft versucht! Aber du hast mir immer klar gemacht, dass meine Gefühle eingebildet sind! Ich soll fühlen, wie du fühlst! Aber das geht eben nicht!«

»Das können wir doch ändern!«

»Genau das tue ich gerade.«

»Aber ... doch nicht mit so drastischen Mitteln! Komm, Lena, sei vernünftig ... pack den Koffer aus! Lass uns reden ... wir ... wir machen zusammen Urlaub ... ich ...«

»Nein«, beharrte sie entschieden. »Dadurch ändert sich vielleicht mal ein paar Tage etwas. Bestenfalls ein paar Wochen. Aber nicht grundlegend.«

»Was macht dich so sicher?«

Sie biss sich auf die Lippen, sah auf den Boden, dann auf ihn.

»Weil ich nicht weiß, was *ich* will, Max, und das muss ich herausfinden. Ich weiß nur, dass das, was ich hier vorfinde, nicht das ist, was ich mir wünsche.«

»Aber Lena, ich biete dir ein gutes Leben! Wir haben doch erst deinen Geburtstag gefeiert! Ich biete dir alles! Wofür schufte ich denn Tag für Tag? Für dich! Für die Familie! Dafür, dass du es dir hier gut gehen lassen kannst!«

»Okay, Max, das ist genau die Einstellung, die mich frustet. Noch mal: Es ist zu früh, um darüber zu reden ... und ich bin dir ja auch dankbar für alles, Max, aber ...«

Sich unwohl fühlend knetete sie ihre Hände. Sie wollte gehen, wollte diese Unterhaltung beenden, er hingegen versuchte, sie festhalten.

»Du bist dankbar! Das merke ich! Dankbar! Und das ist alles, was du dazu zu sagen hast?«

»Nein ... ja, doch, im Moment schon«, wand sie sich. »Ich will mich einfach wieder spüren, verstehst du?«

»Ich hab's gewusst! Du meinst den Sex! Bestimmt meinst du den Sex!«

»Ja, den auch. Aber nicht nur das.«

»Und das willst du dir jetzt einfach woanders holen? Weil es gerade bei mir nicht klappt?« Max wurde wütend.

»Ich will mir keinen Sex holen, Max«, sagte Lena. »Ich will ...«

»Hat dir das Britta mit ihrem Emanzenquatsch ins Ohr gesetzt?«, fauchte er erbost. »Ich sorge für dich, zahle für dich, wir haben ein schönes Haus, wir machen tolle Urlaube ... du hast alles ... einfach alles! Und das ist jetzt der Dank dafür?«

Lena fiel keine Erwiderung ein. Sie fühlte ja genauso, hatte sich das auch so oft gesagt: Sie müsste doch dankbar sein für dieses Leben hier. So viele Frauen liefen am Existenzminimum, allein oder zu zweit – und sie, sie hatte einen Mann, der ihr alles bot, der treu war – und wollte gehen? Hatte sie nicht einfach nur Luxusprobleme?

»Gib es zu, es ist der Sex, oder?«, drängte er weiter und sein Gesicht färbte sich rot. »Lena ... das ist nicht so einfach ... ich wünschte auch, es wäre anders ... ich wünschte, ich könnte das steuern, aber ...«

»Max, es ist okay, wenn es bei dir momentan nicht klappt. Ich meine, ich hatte auch Zeiten, wo ich nicht wollte ... versteh doch, ich suche nicht nach einer neuen Beziehung ... ich suche *mich*! Ich suche uns! Und hier ist zu viel Routine, sind zu viele Ketten, die uns an eine Schiene binden, die wir ewig abfahren, verstehst du? Ich muss herausfinden, ob du es bist, zu dem ich zurückwill!«

Etwas mutlos brach sie ab. Es hörte sich so falsch an, so schräg – sie konnte einfach nicht ausdrücken, was sie empfand, weil es ihr selber noch so unklar war. Aber sie war fest entschlossen durchzuziehen, was sie vorhatte. Max starrte sie entgeistert an – weil er genau das nicht von ihr gewohnt war. Ja, früher waren sie öfter unterschiedlicher Meinung gewesen, hatte sie ihren Willen durchsetzen wollen, aber mit den Jahren hatten sie immer mehr gleiche Vorstellungen entwickelt ... und nun erklärte sie ihm, sie habe sich nur angepasst? Ihre Entschlossenheit machte ihm Angst und ihre Worte: ›Ich muss herausfinden, ob du es bist, zu dem ich zurückwill‹, vergrößerten diese entsprechend. Warum wollte sie frei sein?

Lena kannte seine Einstellung zum Thema Seitensprung. Er hatte so oft gesagt, dass das für ihn ein Scheidungsgrund und eheliche Treue, Vertrauen und Gewissheit das Allerwichtigste zwischen zwei Partnern sei. In dieser Frage gab es für ihn nur Schwarz oder Weiß.

»Lena, wenn ich ... wenn es zurzeit nicht geht ... dann hat das nichts mit dir zu tun«, presste er hervor. Sie seufzte ungeduldig. Stand auf, holte zwei Espresso-Tassen vom Regal und betätigte die Kaffeemaschine. Wartend stand sie davor, beobachtete, wie die schwarze Flüssigkeit in die kleinen Tässchen floss, war froh, dass die Mahl- und Zischgeräusche das Reden für kurze Zeit unterbanden. Wortlos stellte sie den Espresso auf den Küchentisch. Max fasste diese Geste als Chance auf.

»Für uns Männer ist das nicht dasselbe«, setzte er hoffnungsvoll an. »Ihr Frauen könnt wenigstens so tun, als ob. Ihr könnt simulieren. Wir können das nicht.«

»Hey, Max, noch mal: Es geht nicht um Sex. Es geht um etwas ganz anderes!«

»Ja, aber letztlich ist es trotzdem genau das!«, rief er wütend. »Gib's doch zu! Warum willst du denn deine Freiheit, wenn es nicht so wäre?«

»Sag mal, hörst du überhaupt auch nur einmal zu, wenn ich etwas sage?«, rief sie ihrerseits verärgert zurück. »Ich sagte, ich suche *mich*! Ich habe das Gefühl, etwas gründlich falsch gemacht zu haben! Du und ich ... wir sind viel zu sehr in unseren Mustern gefangen! Und ich will wissen, was passiert, wenn wir den Mut haben, sie loszulassen!«

»Das ist doch ... Schwachsinn! Das ist blödes, esoterisches Gequatsche! Total verrückt! «

»Weiß ich nicht«, sagte sie rau. »Ich weiß nur, dass ich erst mal raus muss.«

»Und du meinst wirklich, ich gebe dir einen Persilschein? Zum Vögeln? Und warte, ob Madame mich dann für gut genug befindet, dass sie zu mir zurückkehrt?«

»Nein«, gab sie leise zurück. »Ich sage nur, dass du mich eher verlierst, wenn du mich zwingst, zu bleiben. Gib mich für eine Zeit frei. Damit wir eine Chance haben. Sonst gehe ich eben gleich ganz.«

Aber sein Gesichtsausdruck verriet ihr, dass er nur die eine quälende Botschaft hinter ihren Worten sah: den Freibrief, mit einem anderen Sex haben zu können. In seinem hübschen Kopf war nur noch Chaos. Chaos, das sie gewohnheitsmäßig so gern beseitigt hätte. Indem sie ihn die Koffer nach oben tragen ließ und sie wieder auspackte, mit dem vagen Gefühl, etwas verpasst zu haben, was wichtig für sie beide gewesen wäre. Sie dachte an die Sommerkleider im Koffer, falls sie sich für Sonne entschied. An die Pullis für die kühleren Regionen. An die Abend- und Cocktailkleider, die sie eingepackt hatte. Spürte wieder diesen Ruf nach Freiheit, die Lebenslust, die allerdings im Moment sehr unstet flackerte. Ihre Augen verdunkelten sich. Sie würde ihn und sich um etwas betrügen, wenn sie einfach so weitermachte wie bisher.

»Okay, Max«, sagte sie in abschließendem Ton. »Ich kann es dir nicht wirklich erklären. Wir können uns ja schreiben. Oder auch nicht. Wie du willst. Auf jeden Fall gehe ich. Mit oder ohne dein Einverständnis.«

»Das würde dir so passen«, knurrte er. »Mein Einverständnis! Das ist der Todesstoß für unsere Beziehung! Mach dir das klar!«

»Nein, es wäre die Chance für unsere Beziehung«, sagte sie traurig. »Den Todesstoß verpasst du uns — wenn du so redest. Es ist deine Entscheidung.«

Sie stand auf. Er auch. Instinktiv stellte er sich vor ihren Koffer.

»Lass mich vorbei, Max!«

Er wankte und sein Anblick brach ihr schier das Herz. Er schaute sich um, suchte unwillkürlich nach etwas Vertrautem. Aber diesmal lagen keine Zettel auf dem Küchentresen. Keine Notiz, wie man Brot aufbäckt, damit es wie frisch gekauft schmeckt, kein Hinweis, wie die Waschmaschine zu bedienen war, wann die Müllabfuhr kam und welche Tonne rausmusste ... sie hatte weder vorgekocht noch eingekauft. Auch Lenas Blick wanderte über die Anrichte, erst schuldbewusst, dann aber dachte sie:

›Sie werden schon zurechtkommen.‹

Max trat nicht einen Schritt zur Seite, seine Arme hingen nach unten. Er war wie gelähmt.

Sie ging um ihn herum, schleppte die schweren Koffer alleine nach draußen, erwartete nicht, dass er ihr dabei half. Ihre kleine Katze lief ihr über den Weg und maunzte kläglich. Sie spürte wohl, dass sie sich lange nicht mehr sehen würden. Mit klopfendem Herzen nahm sie sie hoch und vergrub ihre Nase im seidenweichen Fell:

»Hey, meine Kleine«, flüsterte sie. »Pass auf sie auf! Sie machen sonst Blödsinn.«

Max war nach draußen gekommen. Seine blauen Augen blickten noch immer verstört. Er fasste Lena am Arm, wollte sie festhalten, sie schüttelte ihn ab und drückte ihm das Kätzchen in den Arm. Instinktiv griff er danach.

»Sie verabscheut Whiskas«, sagte sie. »Und sie braucht ihre Streicheleinheiten.«

Scheu sah sie dann zu ihm hoch.

»Alles Gute, Max«, flüsterte sie, aber Max blieb stumm und stand wie erstarrt. Sie atmete tief ein, drehte sich um und stieg ins Auto, das von oben bis unten vollbepackt war. Gott weiß, wann sie das gemacht hatte ... warum hatte er nichts davon mitbekommen!? Er hatte nicht mitbekommen, dass seine Frau gepackt hatte! Hatte nicht mitbekommen, dass sie sich tage-, ja wochenlang auf diesen Moment vorbereitet haben musste! Max Kehle fühlte sich an wie wundgescheuert und ihm war, als risse ihn etwas aus seinem Leben.

Lena startete den Motor und fuhr aus der Garage, über den Hof, durch das Tor. Er stand am Gartenweg, sah ihr nach, konnte es immer noch nicht fassen. Sein Blick war panisch und er drückte das Kätzchen an sein Herz, als gäbe es ihm Halt. Lenas Blick fiel auf den Rückspiegel und sein verzweifelter, fassungsloser Gesichtsausdruck traf sie bis ins Mark. Abrupt trat sie auf die Bremse, stellte den Motor ab, riss die Tür auf, lief zu ihrem Mann und schlang ihre Arme um seinen Hals. Mit einem protestierenden Laut sprang die Katze herunter. Max drückte Lena an sich, küsste ihr Gesicht, strich mit beiden Händen durch ihr Haar, hielt sie umschlungen, presste seine heiße Wange an die ihre. Zum ersten Mal seit langem fühlte er sich wieder lebendig an, spürte sie ihn wieder bewusst, seine Körperwärme, seinen Atem an ihrem Ohr, seine Hände an ihrem Körper, spürte ihn in einer Gefühlstiefe, die sie schier umwarf.

»Max ... », flüsterte sie, »ich liebe dich.«

Ein schmerzlicher Laut entfuhr ihm.

»Ich dich auch, Lena«, sagte er heiser. »Ich liebe dich. Ich liebe dich!«

Er nahm ihr Gesicht zwischen seine Hände, senkte seinen nassen Blick in ihre warmen, braunen Augen, sein Mund öffnete sich, aber kein Laut kam hervor, seine Lippen bewegten sich, formten unter Tränen stumm die Worte:

»Bitte, Lena, bleib! Bleib bei mir! Bitte geh nicht!«

Ihr Kopf landete an seiner Brust, sie weinte. Max hielt sie so fest, wie er nur konnte und ein Hoffnungsstrahl flammte auf. Doch dann vernahm er ihre Stimme und sein Herz sank ins Nirgendwo.

»Gib mich frei«, flüsterte sie in sein Hemd. »Für diese Zeit. Bitte!«

Er atmete heftig, kniff die Augen zusammen, die Tränen sprangen hervor, tropften auf ihr Haar und er umschlang sie umso heftiger, unfähig, einen klaren Gedanken zu fassen, unfähig, sie gehen zu lassen. Sacht drückte sich Lena weg und widerstrebend lockerte er seinen Griff.

Wie zwei Kampfpartner hielten sie sich auf Abstand. Sie wartete auf Antwort.

»Okay, Lena«, sagte er mit leiser, rauer Stimme. »Ich gebe dich frei. Für diese Zeit. Aber nicht für immer.« Und als sie darauf nichts erwiderte, setzte er nach: »Hörst du? Nicht für immer!«

Mit großer Überwindung ließ er sie los. Seine Lippen waren zusammengepresst, seine Augen voller Wasser, die Wangenknochen drückten sich durch die Haut. Lena konnte seinen Anblick kaum ertragen, sah ihm noch einmal in die Augen, lief zwei Schritte rückwärts, dann drehte sie sich um, stieg ins Auto und fuhr davon.

Max ging in die Knie. Er weinte. Er lehnte sich gegen einen großen Stein in seinem Garten und wusste nicht, was er falsch gemacht hatte.

♫ ♫ ♫

Lenas Augen waren blind vor Tränen, sie hatte Mühe zu fahren. Sie lenkte den Wagen in den nächstgelegenen Wald, legte den Kopf auf das Steuer und brach in Tränen aus. Ihr Herz klopfte wild und heftig, sie fühlte sich schuldig. Sie wusste nicht, ob das richtig war, was sie da gerade tat. Sie hatte Max so schrecklich überfahren! Er tat ihr so leid, so leid! Aber dann dachte sie daran, wie es wäre, wenn sie jetzt wieder zurückginge ... nein, das ging nicht! Sie musste das durchziehen! Es war besser so.

Entschlossen wischte sie sich die Tränen aus den Augen.

Sie hatte eine neue Playlist auf ihr Smartphone geladen und der erste Song davon war ›Mr. Blue Sky‹ vom Electric Light Orchestra. Sie startete den Motor, das Telefon verband sich mit der Autosoftware, die Takte hämmerten wie Anfeuerungsrufe in den Fahrerraum.

»Okay, Mr. Blue Sky«, sagte Lena heiser und schaute auf den grauen Himmel über ihr. »Dann lass uns mal fahren. Ich hoffe, du wirst noch blau.«

♫ Oh Woman, Oh Man ♫
London Grammar

»Lena, wo bist du?«

»Gerade losgefahren, bin in zehn Minuten bei Volker.«

»Ich bin schon hier, wollte nur wissen, ob du okay bist.« Julias Stimme klang besorgt.

»Ja, soweit alles gut, wir sehen uns gleich.«

Ihre Freunde wussten Bescheid und sie hatten vereinbart, sich zu treffen, bevor die Reise wirklich losging. Volker lebte allein auf einem kleinen, abgeschiedenen Bauernhof und hatte ihr angeboten, die ganze Zeit bei ihm zu verbringen, aber das wollte Lena nicht. Er wohnte gerade mal zwanzig Minuten von ihrem Zuhause entfernt, und wenn sie auch noch keine Ahnung hatte, was sie als Nächstes vorhatte, so gingen ihre groben Vorstellungen in eine andere Richtung. Im Moment hatte sie nur zwei Dinge vor Augen: Ein paar alte Freunde besuchen und sich dann irgendwo ein paar Tage in ein Hotel einnisten, um konkrete Pläne zu schmieden.

Als sie bei Volker ankam, wartete Julia schon vor der Tür und breitete ihre Arme aus. Sie war eine hübsche, athletisch gebaute Frau mit hellbraunem Haar und klugen, blaugrauen Augen. Und wie Lena hatte sie ihren Beruf für die Familie aufgegeben, zwei Kinder und einen Mann, der den Hauptverdienst nach Hause brachte. Stumm umarmten sie sich und lehnten sich dann gegen das Auto.

»Geht es dir wirklich gut?«, wollte Julia wissen.

»Ich glaube, es geht mir besser als Max«, erwiderte Lena rau. Die Erinnerung an seinen Anblick tat ihr höllisch weh.

Julia zog eine Zigarette aus ihrer Handtasche. Sie war Gelegenheitsraucherin, Lena leidenschaftliche Nichtraucherin, aber heute griff sie nach dem Glimmstängel und nahm einen vorsichtigen Zug.

»Was hast du vor?«, fragte Julia. »Willst du komplett von ihm weg?«

»Nein, überhaupt nicht. Frag mich jetzt noch nicht. Frag mich irgendwann später.«

»Ja, ich weiß, es ist alles offen«, seufzte Julia. »Aber im Grunde geht es immer ums Gleiche. Geld und Sex.«

»Nein, das glaube ich nicht. Ich weiß nicht, ob es der Sex ist.«

»Es ist der Sex. Der ist immer das Problem. Der versaut einfach alles, wenn er nicht passt. Und Geld auch. Und beides zusammen ist dann der Abschuss, weil es sich bedingt.«

Heftig zog Julia an ihrer Zigarette.

»Was ist mit dir?«, fragte Lena mitfühlend und legte ihren Arm um ihre Freundin. »Mit dir und Ralf?«

Sie waren in der gleichen Situation und doch war es anders. Beide waren sie finanziell von ihrem Mann abhängig. Julia hatte allerdings das umgekehrte Problem: Ihr Mann wollte immer Sex, während sie sich schrecklich nach Zärtlichkeit sehnte. Danach, einfach nur mal mit ihm kuscheln zu können, ohne dass das Ziel das Eindringen in ihren Körper und sein Orgasmus war. Aber ihr Mann bekam das nicht in sein Hirn. Sowie er sie berührte, wollte er Sex. Und sowie sie ihn berührte, wollte er Sex. Was zur Folge hatte, dass Julia sich scheute, ihn zu berühren – und sich von ihm berühren zu lassen. Sie hatte schon alles versucht. Mit ihm geredet, ihm Gutscheine für Tantra-Massagen geschenkt – aber ihr Mann kapierte einfach nicht. Sie war seine Frau, es überkam ihn eben – und im Übrigen hatte er ein Recht darauf. Er sorgte dafür, dass sie zuhause bei den Kindern bleiben konnte – das war immerhin keine Selbstverständlichkeit.

»Was wäre, wenn du dich einfach weigerst?«, fragte Lena.

»Ach, Süße, du kennst das doch. Irgendwann kommt der Punkt, wo du denkst: Jetzt habe ich schon drei Mal hintereinander Nein gesagt – ein viertes Mal nimmt er mir übel. Dann hängt der Haussegen schief, die Kinder leiden ... und ich mache eben mit. Wobei er sich dann beschwert, dass ich einfach nur mitmache. Es ist scheiße.«

»Ja, kann ich nachvollziehen. Für mich war das auch schrecklich. Du weißt, du solltest ganz anders fühlen – und kannst nicht.«

Sie schwieg eine Weile, dann fragte Lena: »Meinst du, mit einem anderen Mann wäre es besser?«

»Weiß ich nicht. Manchmal denke ich, deine Situation ist leichter zu ertragen.«

Lena schwieg. Sie war die Spirituelle von ihnen beiden und hatte sich stets damit getröstet, dass Sex nicht das Wichtigste in einer Beziehung war. Im Gegenteil, sie fand, dass das Thema viel zu hoch bewertet wurde und wehrte sich dagegen, eine gute Beziehung durch guten Sex zu definieren. Sie sah so viele Ehen kaputt gehen, weil Mann oder Frau ihren Trieb nach Sex nicht im Griff hatte, Sex zum Maßstab der Beziehung erhob und ein momentanes Bedürfnis über so viele andere Werte stellte, die eine Ehe zu etwas Schönem machte.

Davon war sie noch immer überzeugt, musste aber ihre Meinung insofern revidieren, als unterschiedliche Einstellungen und Erwartungen bezüglich Sex ziemlichen Stress auslösten. Julia war die Einzige, mit der sie sich über diese intimen Dinge ausgetauscht hatte, sie konnte offen mit ihr reden und so antwortete sie:

»Ich glaube nicht, dass es nur um Sex geht, Julia. Auch bei dir nicht. Das ist nur ein Symptom für etwas Tieferes. Wenn ich gegangen bin, dann, weil ich herausfinden will, warum meine Situation so ist, wie sie ist. Es muss ja einen Grund haben.«

»Ja, der Grund heißt Max. Er will nicht wissen, was du fühlst. Und Ralf will nicht wissen, wie ich fühle.«

»Meinst du, die jetzige Generation macht das besser? Immerhin kennen die jungen Männer den Unterschied zwischen Bunt- und Weißwäsche und können sogar kochen! Außerdem ist für die Jüngeren Sex nicht so ein Tabuthema, wie es das für uns war. Aufklärung aus der BRAVO, Dr. Sommer ... und Angst, in die Hölle zu kommen, wenn man es sich selber gemacht hat!«

Sie kicherten beide.

»Geld und Sex sind nach wie vor Tabuthemen«, erklärte Julia und zog wieder heftig an ihrer Zigarette. »Auch in der jüngeren Generation.«

»Kann ich mir nicht vorstellen«, erwiderte Lena. »Die reden doch so offen drüber und ...«

»Und du meinst, das hat irgendetwas besser gemacht? Ich finde, es hat nur die Vorstellung inflationiert, dass Sex etwas Superwichtiges ist! Und wenn du mich fragst, ist der Sex dadurch auch ziemlich entwertet worden. Schau doch nur mal, wie die sich heutzutage daten! Sie treffen sich zum Sex. Nix Romantik, nix Einfühlsamkeit! All das geht verloren. Es wird alles zum Geschäft. Du gibst mir, ich gebe dir. Nee, echt nicht. Das kann's auch nicht sein.«

Lena nickte. Dieses Verhalten fand sie auch sonderbar. Es war schön, dass man offener mit dem Thema per se umging, aber der Sache die Seele zu nehmen, war schade. »Vielleicht waren wir ja ähnlich, als wir jung waren«, verteidigte sie die jüngere Generation dennoch schwach. »Vielleicht machen sie ja doch einiges besser ... sie lösen die klassische Rollenverteilung auf. Das haben die Jungen nicht mehr.«

»Und?«, gab Julia zurück. »Meinst du, die sind deswegen glücklicher? Keine Spur! Die sind nur mehr belastet! Das ist alles, was wir mit der Emanzipation erreicht haben! Es sind immer noch die Frauen, die die Kinder kriegen. Es sind immer noch die Frauen, die sich zwischen Karriere und Kinder entscheiden müssen, die bei gleicher Arbeit weniger verdienen – und einen Job nicht bekommen, *weil* sie schwanger werden können oder wollen. Und jetzt haben wir uns auch noch eine dritte Aufgabe aufgebürdet: So sein zu müssen wie ein Mann. Echt Scheiße, wenn du mich fragst.« Sie zuckte resigniert mit den Schultern und blies heftig Rauch aus ihrem Mund.

»Aber sie verdienen mit«, konstatierte Lena. »Mal ehrlich, Julia, wenn du eigenes Geld hättest, wenn du finanziell nicht von Ralf abhängig wärst, würdest du dann auch ein viertes und fünftes Mal Nein sagen?«

Julia warf ihr einen undefinierbaren Blick zu und in ihrem Kopf arbeitete es. Aber sie blieb ihr die Antwort schuldig, denn in diesem Moment trafen Britta und Anke ein, stürmten auf Lena zu, lotsten sie ins Haus und bombardierten sie mit Fragen.

Volker hatte Tee gemacht und in einer Mischung aus Aufregung und Besorgnis saßen ihre Freunde am Küchentisch.

»Und? Wie hat er es aufgefasst?«

»Wie ist es gelaufen?«

»Ist er ausgerastet?«

»Es ... es war hart«, erwiderte Lena und ihre Lippen zitterten. »Sehr hart. So hart, dass ich gemerkt habe, wie sehr ich ihn liebe. Und mich frage, warum ich all das tue.«

»Entschuldige mal,«, meldete sich Britta. »Das ist doch ziemlich offensichtlich: An euch beiden ist die Emanzipation vollständig vorbei gegangen! Du bist das Heimchen am Herd und er der große Macker, der das Geld nach Hause bringt!«

»Ist ja schon mal schön, wenn er Geld nach Hause bringt«, erwiderte Lena. »Das tun so manche Männer nicht.«

»Himmel, du bist ein hoffnungsloser Fall!«, regte sich Britta auf. »Echt, ich frage mich gerade auch, warum du gegangen bist, wenn du so eine Meinung vertrittst! Die Emanzipation ist schon so weit und du ... du schätzt dein gutes Leben mit Max, dass du alles andere darüber vergisst!«

»Was vergesse ich denn?«, erwiderte Lena etwas gereizt. »Welches andere?«

»Dass wir Frauen Jahrtausende lang von den Männern unterdrückt wurden! Die Art, wie du mit Max lebst, hat nichts mit dem zu tun, was wir Frauen wirklich wollen!«

»Interessantes Statement«, gab Lena zurück. »Und was wollen wir? Wenn du eine Antwort darauf hast, bin ich nämlich ein gutes Stück weiter!«

»Die Frage kann ich ziemlich zielgenau beantworten«, meldete sich Volker. »Frauen wollen einen Alphasoftie!«

Er holte einen Zeitungsausschnitt hervor und begann vorzulesen: »Eine repräsentative Umfrage vom Playboy! Der Mann soll im Job erfolgreich sein und privat Verantwortung übernehmen, Gefühle zeigen, gut zuhören, unterhaltsam sein, die Frau beschützen können, Sport treiben, sich pflegen und außerdem noch Hausmannsqualitäten haben. Ach, du meine Fresse, die eiermilchlegende Wollmilchsau – das ist ja grauenvoll!«

»Nein, das ist alles gar nicht wahr!«, wehrte sich Britta. »Wir wollen das, was das Wort ausdrückt: Gleichberechtigung. Wir wollen gleiche Rechte, weil wir nicht vom Geld eines Mannes leben wollen!«

Lena musste lachen. »Okay, meine Süße, wenn du das so definierst, ist die Emanzipation in den Köpfen der meisten Frauen nicht existent. Wenn ich sehe, wie die Anzahl der Groschenromane seit ›50 Shades of Grey‹ in die Höhe geschossen ist, deren Titel im wesentlichen zwei Worte beinhalten, nämlich – in Abwandlungen – Sex und Millionär, dann drängt sich mir doch wirklich die Frage auf, wo denn letztlich die Emanzipation geblieben ist!«

»Meine Rede!«, stimmte Volker zu. »Die meisten Frauen würden sich liebend gern in die Arme eines Millionärs werfen und hätten ganz bestimmt kein Problem, von seinem Geld zu leben.«

»Ach, was du nicht sagst«, meinte Britta anzüglich und legte demonstrativ den Arm um Anke. »Die Frage ist ja eher, ob die Mädels mit einem dickbauchigen Millionär, der Seinen nicht mehr richtig hochkriegt, ins Bett gehen oder lieber mit 'nem Sixpack. Bin sicher, sie nehmen den Sixpack.«

»Frauen sind gierig. Die wollen beides!«, rief Volker. »Sagt doch die Umfrage ganz klar! Was uns Männer echt unter Stress setzt.«

»Ja, Gott, wir stehen auch unter Stress«, meldete sich Lena zu Wort. »Wir müssen auch so allerhand Qualitäten aufweisen, um für einen Mann attraktiv zu sein – wo ist der Unterschied? Aber wenn Emanzipation unterm Strich bedeutet, sich gegenseitig mit immer höheren Anforderungen zu plagen ... ich weiß auch nicht.«

»Mann, Volker, dass du Frust schiebst, ist mir klar!«, erwiderte Britta sarkastisch. »Weil ... du hast ja gar nichts. Weder 'nen Sixpack noch Geld.«

»Okay, du Emanze, aber ich habe Sex – und das nicht schlecht – wie erklärst du dir das?«

»Ganz einfach«, sagte Britta. »Du bist ein guter Lustbefriediger! Du hast Sex, aber keine Beziehung! Das lässt doch tief blicken!«

»Frage an die Philosophen«, stöhnte Volker. »Wenn ich als Mann etwas sage, und gerade keine Frau in der Nähe ist, habe ich dann trotzdem unrecht?«

»Deine Beute sind die vernachlässigten, unemanzipierten Ehefrauen!«, geiferte Britta weiter. »Oder die, die dickbäuchige, impotente Geldverdiener zu Hause haben! Wie erklärst du dir umgekehrt, dass du keine von ihnen halten kannst? Am Ende gehen sie nämlich alle zurück zu ihrem Mann – der Geld hat.«

Britta war eine echte Germanin, kräftig gebaut, strohblondes Haar, stramme Waden und eine tolle Oberweite, die sie, obwohl sie offensichtlich der Mann in ihrer lesbischen Beziehung war, gerne zur Schau stellte. Und auf die Volker oft genug starrte, weil er sie so anziehend fand. Britta verhielt sich einfach rebellisch, tat häufig Dinge, die dem Klischee nach Männer taten, und meinte, das sei emanzipiert. Gerade, wenn Max und Ralf dabei waren, provozierte sie mit voller Lust. Lena konnte sich noch gut an den Abend erinnern, als sie zusammen ausgegangen waren und Britta Anke demonstrativ an die Brust gefasst und geküsst hatte. Max hatte gesagt:

»Ein Mann wäre dafür ins Gefängnis gewandert.«

»Sie ist meine Frau!«, hatte Britta anzüglich geantwortet.

»Okay, wenn ich dein Mann wäre und das gemacht hätte, hättest du mir eine gescheuert und die Scheidung eingereicht.«

Lena musste kichern, als sie daran dachte, während Volker inzwischen gekonnt Al Bundy nachahmte:

»I don't wanna understand women! Women understand women! And they hate each other!«

Sie brachen in Lachen aus, aber an Britta ging Al Bundys Humor komplett vorbei.

»Viele Frauen können körperlich Dinge, die ein muskelschwaches Hemd wie du gar nicht kann«, schwadronierte sie weiter. »Wollen wir mal zusammen Holzhacken? Bin gespannt, wer gewinnt!«

»Was die Genetik nicht ändert. Zehntausend Jahre Unterdrückung müssen ihre Spuren hinterlassen«, gluckste Volker. Er liebte es, Britta mit seinen Sprüchen auf die Palme zu bringen, ansonsten war er der sensibelste und einfühlsamste Mensch unter der Sonne – und keiner vergötterte Frauen mehr als er.

»Hey, Leute«, hakte Julia ein. »Wir müssen uns erst mal um Lena kümmern statt um Emanzipationstheorien! Also ... bevor das Ganze jetzt in einen sexistischen Kampf ausartet ...«

»Stimmt, sorry«, sagte Volker sofort. »Lenalein, was hast du jetzt vor?«

»Du solltest eine Liste machen, mit allem, was du schon immer mal machen wolltest!«, kam ihr Anke zuvor.

»Äh, Anke, ich sterbe nicht«, entgegnete Lena.

»Nein, du bist gerade schon tot!«, warf Britta dazwischen.

»Richtig«, lächelte Lena. »Und deshalb will ich einfach Dinge tun, die mich das Leben wieder spüren lassen.«

»Und das wäre?«, fragte Julia.

Lena seufzte. »Ach, Kinder, ich fahre erst mal los, alles Weitere wird sich ergeben.«

»*Wenn* sich was ergibt«, sagte Julia düster. »Männer haben doch inzwischen Angst, eine Frau anzusprechen.«

»Ja, genau«, erwiderte Volker gemütlich. »Da wären wir wieder. Das ist das Ding mit der Emanzipation. Wenn ein Mann einer Frau hinterherpfeift, ist er sexistisch und wird dafür belangt. Wenn eine Frau dasselbe bei einem Mann tut, passiert gar nichts. Wo ist das bitte gleichberechtigt?«

»Soll ich euch mal was sagen?«, hakte Lena ein. »Ich freue mich, wenn mir ein Mann hinterherpfeift. Weißt du, so ein ehrliches, bewunderndes Pfeifen, das mir sagt: Hey, du gefällst mir! Ich meine, wozu zwänge ich mich in ein Etuikleid und mache mich hübsch? Um gleichgültige Blicke zu ernten? Oder Männer, die nach unten schauen, weil sie Angst haben, dass ich mich belästigt fühle, so wie das in Amerika der Fall ist? Nee, ich finde das schrecklich.«

»Also, ich bin froh, dass ich diesen Zirkus nicht mehr mitmachen muss«, sagte Julia. »Diese High Heels und die engen Kleider und all das! Voll unbequem! Und dann glotzen sie dir auf den Hintern und checken, ob die Form passt ... nee, brauch ich nicht.«

»Aber darum geht es doch gar nicht«, erwiderte Lena. »Es geht darum, dass ein Mann dir noch sagen kann, dass er dich attraktiv findet, ohne dass er Angst haben muss, angezeigt zu werden.«

»Ja, genau, die meisten Männer fürchten inzwischen das Julian-Assange-Syndrom«, sagte Volker. »Ich habe ein paar Arbeitskollegen, die ...«

»Was ist denn das?«, unterbrach Julia.

»In Schweden ist die Emanzipation ziemlich weit«, erklärte Volker, »und da darf eine Frau vierzehn Tage nach dem Sex entscheiden, ob sie diesen nun gewollt hat oder nicht. Das ist Assange passiert. Zwei Frauen, mit denen er geschlafen hat, unterhalten sich, stellen zufällig fest, dass beide Sex mit ihm hatten und zeigen ihn an, weil jede von ihnen gedacht hat, sie sei die einzige.«

Britta zog einen Flunsch und überlegte sich eine böse Antwort, aber Lena sagte:

»Das geht mir echt zu weit. Ich meine, niemand will blöd angemacht werden von Männern, die meinen, sie dürften sich bei einer Frau alles erlauben, aber diese Kunst des Flirtens und der Galanterie ... das hat doch was!«

»Ja«, hakte Anke ein. »Das genießen wir unter uns Frauen auch.«

»Leute«, stellte Volker richtig. »Ihr verwechselt klassische Rollenverteilung mit Emanzipation. Wenn ein Paar in einer Ehe eine klassische Rollenverteilung lebt – warum gilt dann die Frau als nicht emanzipiert? Das ist doch die Frage, die ihr euch stellen müsst!«

»Ja, das ist die Frage«, sagte Lena stirnrunzelnd. »Irgendwo hast du gerade bei mir einen Nerv getroffen, Volker.«

»Oh, Mann, ich wusste es. Du bist hoffnungslos verloren«, grinste Britta breit und stupste sie freundlich. »Das Gute ist: Männer können keinen Rinderwahnsinn bekommen, weil alle Männer Schweine sind! Fühlst du dich nicht belästigt, wenn dich einer anmacht?«

»Nein, ich fühle mich nicht belästigt, solange er höflich bleibt, mich nicht angrapscht, und keine zotigen Bemerkungen macht.«

»Ist nicht dein Ernst, oder?«, sagte Britta verblüfft. »Höre ich jetzt richtig? Die wollen doch nur das Eine! Dich flachlegen!«

«Ja, und? Ganz ehrlich, wenn mir ein Typ gefällt, frage ich mich auch manchmal, ob ich mit ihm ins Bett könnte. Warum verdammen wir die Männer, wenn sie unterbewusst das Gleiche tun? Ich bin groß, ich kann ›Nein‹ sagen!«, erwiderte Lena bockig.

»Oh, mein Mädchen, nun weiß ich, warum ich dich so liebe!«, rief Volker. »Das ist genau der springende Punkt! Ich meine, keine Frage, wenn Männer zu weit gehen, gehen sie zu weit, aber wir müssen doch die Kirche mal im Dorf lassen und noch unterscheiden können, was blöde Anmache und Galanterie ist.

Können wir nicht das Ganze als das sehen, was es ist? Ein charmantes Spiel, in dem jeder die Regeln achtet? Das ist eine würdigere Art, als sich selbst auf Apps als Sexpartner anzubieten und sich jemanden zu suchen, mit dem man eine seelenlose Nacht verbringt! Was ist dagegen ein Abend, in dem ein Mann gekonnt eine Frau umgarnt?«

»Ach, komm!«, ereiferte sich Britta. »Der geistige Horizont eines Mannes ist der Abstand zwischen Bett und Hirn! Das weiß jeder!«

»Mal ehrlich, Britta«, sagte Lena und ihr Blick senkte sich auf deren fantastischen Busen. »Wenn dir einer hinterherpfeift ... was machst du dann?«

»Ich zeige ihm den Stinkefinger«, fauchte Britta wie aus der Pistole geschossen. »Und wenn er dann einen falschen Ton sagt, trete ich ihm in die ...«

»Schon klar«, unterbrach Lena. »...aber ich meine, wie fühlst du dich dabei?«

Das Schöne an Britta war ihre Ehrlichkeit. Sie war typisch Emanze, eine, die das Thema ziemlich schwarz-weiß sah: Männer sind schlecht, Frauen sind besser. Frauen werden benachteiligt und Männern wird alles in den Arsch geschoben. Aber als Lena sie das fragte, antwortete sie:

»Na ja ... kommt auf den Typen an. Kommt drauf an, wie er pfeift. Ich meine, Pfeifen und Pfeifen ist nicht dasselbe.«

»Das sagt eine Lesbe. Endlich kommen wir uns näher«, jubelte Volker und hob die Teetasse.

»Wenn eine Frau pfeift, finde ich das aber noch geiler«, setzte Britta nach. »Die pfeifen schöner. In jeder Hinsicht.«

»Apropos«, stellte Julia fest. »Sollte nicht eher Sekt auf den Tisch als Tee? Immerhin geht es hier um einen heftigen Neuanfang!« Sie lachten und Volker holte Rotwein – er hatte keinen Sekt.

»Ihr habt euch um das Schönste überhaupt betrogen!«, sagte er, als er die Flasche entkorkte. »Die Romantik! Das Flirten! Ich habe dauernd Angst, an eine Emanze zu kommen, die mich ohrfeigt, statt mich anzulächeln – nur, weil ich nett war!«

»Wenn du mir jetzt noch verrätst, was an eurer plumpen Anmache romantisch ist, dem Glotzen auf unseren Busen und auf unsere Ärsche ...«, ärgerte sich Britta, »dann ...«

»Warte – und ihr Frauen schaut nicht auf unsere Ärsche?«, konterte Volker.

»Nein! Wir schauen euch in die Augen!«

»Komm schon! Denk doch mal an die eben erwähnten Groschenromane! Sixpacks und sexy Hinterteile auf den Covers, wohin das Auge schaut! Keiner regt sich auf! Aber wenn wir Männer den Playboy lieben, weil wir Frauenkörper verehren ... «

»Häh? Frauenkörper verehren? Dass ich nicht lache! Und im Übrigen: Wer liest Groschenromane? Ungebildete, unemanzipierte Dumpfdösen!«, grätschte Anke dazwischen. »Mit denen will doch keiner in den Topf geworfen werden!«

»Vielleicht lesen das aber auch Frauen, die einfach nur Frauen sein wollen«, wandte Lena ein. »Vielleicht ist darin einfach die tiefe Sehnsucht enthalten, jemanden zu haben, der deine Rolle als Frau nicht infrage stellt, bei dem du Frau sein darfst ... und der ...«

»Lena!«, riefen Anke und Britta wie aus einem Mund und Anke setzte hinterher: »Na, ich bin mal gespannt, ob du überhaupt hundert Kilometer weit kommst! Du hörst dich an, als ob du jetzt gleich wieder nach Hause willst!«

Lenas Gesichtsausdruck sprach Bände und unwillkürlich legte Julia ihren Arm um sie. »Lasst sie in Ruhe«, sagte sie zu den anderen. »Das ist alles nicht so einfach, wie es aussieht. Fast fünfundzwanzig Jahre Ehe kannst du nicht einfach wegwischen – da stecken viele Gefühle drin.«

»Ja«, sagte Lena heiser. »Und die Kinder. Oh, mein Gott, meine Kinder! Ich habe ihnen gar nichts gesagt! Sie werden mich hassen!«

»Hör mal, was die an deinem Geburtstag gebracht haben, ist Grund genug, deine Kinder zu hassen! Was sonst noch vorgefallen ist, möchte ich gar nicht wissen!« Britta rollte mit den Augen und lachte.

»Und sie werden dich nicht hassen«, beruhigte sie Julia, aber sie sah unsicher aus.

»Wichtig ist, dass du zu dir stehst«, erklärte Volker. »Dafür bist du doch weg. Dass du zu dir selbst findest.«

»Oh, mein Gott, es wird philosophisch!«, prustete Anke. »Das macht Lena auch nicht glücklicher. Was sie braucht, ist ein Abenteuer!«

»Hört mal«, protestierte Lena entnervt, »reduziert das Ding nicht auf Sex! Ich will mir über einige Dinge klar werden. Ich will kein Abenteuer! Und überhaupt – wir schließen das Thema. Ich lasse es laufen.«

»Ja, gib uns Bescheid, wo du bist! Und wenn du dich nach uns sehnst: Wir kommen!«, grölte Volker, der wie Max Alkohol nicht vertrug und schon von hundert Milliliter betrunken war.

Lena lachte und umarmte ihn gerührt. Sie fühlte sich schon erheblich besser. Sie redeten und witzelten miteinander und Lena hörte noch so manchen Vorschlag, was sie alles unternehmen könne:

»Du könntest doch nach Indien fahren und in ein Kloster gehen!«

»Geh in den Europapark und fahr Achterbahn!«

»Buch dir mal einen Stripper, damit du mal ein wenig lockerer wirst!«

»Warst du schon mal mit einer Frau im Bett?«

Lena lächelte zu all dem und versuchte, sich an den Gedanken zu gewöhnen, frei zu sein. Es war prickelnd und beängstigend zugleich.

Mit erhitzten Gesichtern verabschiedeten sie sich schließlich nacheinander von ihr, drückten sie innig und wünschten ihr alles Glück der Welt. Weinselig sah ihnen Lena hinterher.

In diesem Moment hätte sie es vor lauter Lebenslust mit der ganzen Welt aufnehmen wollen. Und diese Lebenslust wollte sie sich bewahren, um sie auf ihrem Weg mitzunehmen.

Eigentlich, so überlegte sie sich, als sie in Volkers Gästebett lag, war das Leben gar nicht mal so schlecht, wenn man den Mut hatte, es jeden Tag bewusst neu beginnen zu lassen. In einem ihrer Bücher stand, dass jeder Schlaf ein kleiner Tod sei und jeder Tag ein neues Leben. Sie hoffte, dass auch Max das irgendwann so sehen konnte.

Mit einem Lächeln schlief sie ein.

♫ Mr. Blue Sky ♫
Electric Light Orchestra

Am nächsten Morgen brach sie auf und fuhr zu Paul Wohlleben und ihrer kleinen Firma.

»Paul, ich möchte für eine Weile verschwinden«, erklärte sie. »Aber ich kann unser Geschäft problemlos weiterführen. Wir bleiben per Telefon und E-Mail in Verbindung.«

»Sicher, kein Problem«, erwiderte Paul. Er schlurfte zu seiner Werkbank und stellte ein paar Sachen darauf.

»Was macht dein neues Produkt?«, fragte Lena. »Bist du weitergekommen?«

»Ja, ich habe ein paar Tests gemacht und erfreuliche Ergebnisse erhalten«, sagte er und sein feines, runzliges Gesicht hellte sich auf. »Aber ich muss noch ein bisschen weiter prüfen, bevor ich das rausgebe.«

»Um was geht es?«, wollte sie wissen.

»Ein Produkt, mit dem man E-Smog und Wasseradern unschädlich machen kann.«

»Davon gibt es schon so wahnsinnig viel im Netz«, erwiderte Lena enttäuscht. »Tausende Produkte, die diese Strahlungen angeblich eliminieren.«

»Das ist ja das Ding. Man kann sie nicht eliminieren«, sagte Paul. »Was da ist, ist da. Du kannst sie maximal unschädlich machen.«

Lena seufzte. Definitiv war es so, dass es genügend Scharlatane gab, die wertlosen Mist verkauften – und für den Kunden war es unmöglich, vorher herauszufinden, was funktionierte. Die Produkte von Paul hatten allerdings erstaunliche Ergebnisse erzielt. Sie hatte Produkttester eingesetzt, viel Geld investiert, die ersten Geräte umsonst oder für die Hälfte des Preises herausgegeben, hatte Sonderaktionen gefahren und jeden Kunden um eine Bewertung gebeten. Sie hatte die Internetseite neu erstellen lassen, den Bestellvorgang für die Kunden so einfach wie möglich gemacht, einen Namen für die Firma gefunden, der bei der Google-Suche möglichst weit vorne stand, aber da Google seine Algorithmen dauernd änderte, kam sie da nicht mehr hinterher. Irgendwann hatte sie aufgegeben, weil sie dem Softwarespezialisten mehr gezahlt hatte, als das Geschäft jemals abwerfen würde. Es hatte sich zwar etwas bewegt, die Verkäufe waren gestiegen, aber von einem Durchbruch waren sie ganz weit weg. Und wenn sie sich ins Gedächtnis rief, wie groß die Konkurrenz war, verlor sie manchmal den Mut.

In den ersten Jahren hatte sie ab und an Max ihr Leid geklagt, aber der hatte nur vielsagend die Augenbrauen hochgezogen – was sie maßlos geärgert hatte – und gemeint, was mache sie sich denn so einen Stress, das hätte alles keinen Sinn, es koste mehr Geld, als es welches bringe und sie hätte das doch alles nicht nötig. Seine ganze Haltung machte ihr klar, dass er nicht an Erfolg glaubte.

Ein wenig resigniert schaute sie auf Pauls Hände, die geschickt ein paar Teile zusammenschraubten.

»Schick mir die Daten, wenn du alles hast, ich versuche dann, was draus zu machen.«

»Ja, gut. Bin in circa drei Wochen soweit. Und du? Was hast du so vor?«, wollte Paul wissen.

»Ein bisschen umherreisen.«

»Allein?«

»Yep.«

»Was ist los, Lena?«, fragte Paul und hielt mit seiner Arbeit inne. »Gibt es Probleme?«

»Ja ... nein ... es ist eher eine Selbstfindungsreise, weißt du.«

»Klingt gut«, sagte Paul heiter. »Wird Zeit, dass du das tust.«

Erstaunt sah Lena auf. »Das heißt, du findest, dass ich das nötig habe?«

»Dringend sogar«, antwortete Paul und lächelte verschmitzt. »Eigentlich finde ich, dass du schon recht spät dran bist, aber was soll's. Es gibt für alles eine Zeit und jetzt ist eben die Zeit dafür gekommen.«

»Und warum findest du, dass ich es nötig habe?«, bohrte sie nach.

»Ich meine, ich habe dir privat ja nicht viel erzählt und ...«

»Das musst du auch nicht. Aber hast du dich nie gefragt, warum es geschäftlich bei dir nicht läuft?«

»Paul! Du meinst, das ist meine Schuld?«

»Schuld ist ein blödes Wort, Lena. Das solltest du gar nicht erst in den Mund nehmen. Aber du weißt doch – die Dinge hängen immer zusammen. Fahr erst mal weg. Und versprich mir, dass du einfach mal genießt, ohne dich zu fragen, ob das jetzt richtig ist.«

»Aber Paul«, sagte Lena verdattert. »Das ist mir ja ganz neu, dass du solche Ansätze hast. Du redest wie einer, der weiß, was auf mich zukommt!«

»Nein, woher sollte ich das denn wissen? Ich habe ja keine Ahnung, was du bereit bist zu ändern – also weiß ich auch nicht, welche Zukunft du für dich wählst. Aber ich wünsche dir alles Gute und hoffe, dass dein Mut belohnt wird.«

»Mensch, Paul! Das hört sich ja an, als ob du alles schon durchschaust! Kannst du es mir nicht einfach sagen? Das würde Zeit sparen!«

Aber Paul schüttelte den Kopf.

»Später, Lena, okay? Wir können ja telefonieren, wenn du Fragen hast.«

»Aber es würde mir wirklich helfen, wenn du konkreter werden würdest!«

Paul zögerte, dann sagte er:

»Tu einfach das, was sich in diesem Moment für dich richtig anfühlt und ...«

Er hob die Hand, da Lena Luft geholt hatte, um ihn zu unterbrechen. »Und jetzt kommt das Wichtigste«, fuhr er unbeirrt fort. »Wenn du etwas tust, dann schau nicht zurück und frag' dich, ob das richtig war, sondern genieße die Sekunde. Bleib einfach bei deiner Entscheidung.«

»Das hört sich ein wenig banal an.«

»Ist es aber nicht«, schmunzelte Paul. »Denn die meisten, und vor allem du, entscheiden sich für etwas und fragen sich dann dauernd, ob sie nicht lieber doch etwas anderes hätten tun sollen. Dann hängst du zwischen zwei Situationen, ohne eine richtig zu genießen. Und ich glaube, du musst lernen, dir die Dinge nicht anders zu wünschen als sie sind, weil sie genau in diesem Moment so sind, wie du sie brauchst.«

»Ja, aber es gibt doch auch Fehlentscheidungen«, wandte sie verwirrt ein. »Was ist denn damit?«

»Nein, es gibt nur Dinge, aus denen du lernen kannst. Und hättest du dich nicht falsch entschieden, wüsstest du es nicht und könntest dich nicht weiterentwickeln. Im Innehalten liegt das Potenzial für Veränderung – und genau das tust du ja jetzt.«

»Äh ... ja«, sagte Lena und zog die Nase kraus. »Okay. Hätte nicht gedacht, dass du das befürwortest.«

»Na, dann ... mach dich auf den Weg, meine Hübsche! Wir bleiben in Verbindung. Wie besprochen.«

♫ ♫ ♫

Eine knappe Woche lang tourte sie durch Deutschland, besuchte alte Freunde, die zu nichts anderem als zu billigem Small Talk in der Lage waren, kam in Schwulitäten, weil sie nicht über Privates reden wollte, und merkte: Das war nicht das, was sie weiterbrachte. In manchen Fällen war ihr, als spräche sie mit Robotern. Das waren Menschen, die ihren Alltag verinnerlicht hatten, deren Augen nicht mehr leuchteten und die einfach ihr Schema abfuhren, die im Grunde genau das taten, wovor sie ausriss. Ein wenig frustriert cancelte sie nach fünf Tagen weitere Treffen und startete durch für ihr erstes, echtes Ziel: Berlin.

Erstaunt stellte sie fest, wie recht Paul hatte. Sie fragte sich dauernd, ob sie nicht doch etwas anderes tun sollte. Ob sie nicht doch diesen einen Freund noch hätte besuchen sollen. Oder lieber gleich in einen Flieger gen Süden steigen, statt erst nach Berlin fahren sollte. Dauernd hatte sie das Gefühl, es sollte anders sein, als es gerade war ... die Gedanken ratterten mal wieder. Aber das Gespräch mit Paul im Kopf, schob sie energisch alle Fragen weg und beschloss, die Fahrt zu genießen.

Sie hatte ein Zimmer im alten Kempinski gebucht, das direkt am Ku'damm lag, von da aus konnte sie vieles zu Fuß unternehmen. Sie wollte sich von dieser umtriebigen Stadt zu ihrem nächsten Ziel inspirieren lassen und langsam ergab sie sich in dem herrlichen Gefühl, machen zu können, was sie wollte, ohne Rücksicht auf die Wünsche der Kinder und den Zeitplan von Max.

Erst auf der Fahrt nach Berlin fühlte sie sich richtig frei – nach dreißig Jahren endlich mal wieder! – und das tat so gut, dass sie meinte, wenn sie mal ein paar Tage auf diese Weise unterwegs war, jedes Problem mit Max lösen und zu ihm zurückkehren zu können. Diese Laune hielt an und gerade begriff sie wieder mal gar nicht, weswegen sie sich so viele Probleme machte.

Sie war noch nicht in Berlin angekommen, legte gerade einen Stopp ein und hatte ein Tablett mit Croissant und Kaffee auf einen Tisch gestellt, als mehrere Nachrichten von Max sie per Handy erreichten.

»Nachdem du jetzt schon eine Woche unterwegs bist – und immer noch nicht schlauer – wollte ich dir nur mitteilen, dass ich das Ding, das du da gerade durchziehst, nicht finanziere.«

»Wenn deine Ersparnisse aufgebraucht sind, bist du ja bestimmt eher bereit, zu reden.«

»Lange kann das ja nicht dauern.«

»Und nur zur Info: habe dir gerade die Vollmachten für alle Konten entzogen. Ich schufte nicht, damit du tust und lässt, was du willst!«

Zwei weitere Nachrichten poppten rein und die wütende Energie dahinter war so spürbar, dass Lena ihren Mann förmlich beim Tippen vor sich sah.

»Wenn du denkst, dass du so einfach abhauen kannst, hast du dich getäuscht! Das lasse ich nicht mit mir machen!«

»Ich werde Maßnahmen ergreifen, nur, dass du Bescheid weißt! Ich schaue nicht untätig zu!«

Lena erstarrte. Sie ahnte, dass diese Nachrichten seiner tiefen Verletzung entsprangen, aber dennoch machten sie ihr eines klar: Er hatte das Geld – und er spielte das aus.

Alles, was sie in die Ehe eingebracht hatte, ihre Zeit, die Erziehung der Kinder, ihre Arbeit, die ständige Flexibilität, den Verzicht, das Verständnis für Max' häufige Reisen, die sie letztlich zur alleinerziehenden Frau gestempelt hatten ... all das, was ihre Kinder und Max ohne ein Wimpernzucken von ihr forderten, damit alle ihr

Ding machen konnten, all das zählte nichts. Es war nichts wert. Sie war – Hausfrau, ein Begriff, der ihr jedes Mal in den Hals stieg, wenn sie ihn irgendwo eintragen musste. Ihr Beruf? Hausfrau. Billige, wertlose, dumpfe Hausfrau. Sie hatte sich willentlich auf diesen Deal mit Max eingelassen – dafür, dass er ihr jetzt die Vollmacht für die Konten entziehen konnte. Wie oft hatte er gesagt: Du hast doch ein schönes Leben! Aber unausgesprochen schwang doch stets mit: Weil es mich gibt! Ich kaufe dir doch ... ich sorge doch ...!

Ihre Augen verdunkelten sich und ihre Finger krampften sich um ihr Handy. Jetzt wusste sie wieder, warum sie gegangen war. Blind starrte sie auf den großen Cappuccino vor ihr. Dann machte sie das, was sie immer machte, wenn sie sich minderwertig fühlte: Sie rief den Sales-Report ihrer Firma auf – und schickte eine Message an Paul. Es war fast schon eine Programmierung, ihr Pawlow'sches Hundeglöckchen läutete schrill: Wenn Max von seinen Erfolgen berichtete – einem besonders guten Verdienstmonat, einem lobenden Artikel über ihn in einem Magazin, einem Vortrag, mit dem er die Fachwelt hatte begeistern können – schaute sie in den Sales-Report, mit glühendem Verlangen hoffend, dass es auch endlich bei ihr losging, dass auch sie endlich Erfolg haben würde.

Ihr Handy piepte schon wieder, aber diesmal war es Paul:

»Liebe Lena, kümmere dich mal nicht um das Geschäft. Genieße die Sekunde. Und denk dran: Sie ist genauso, wie sie zu sein hat. Sie könnte nicht besser sein.«

»Oh, verdammt«, sagte sie leise. »Besser könnte sie nicht sein?«

Doch wider Willen musste sie lächeln. Sie verstand, was er meinte. Und so trank sie bewusst ihren Kaffee und merkte plötzlich, wie sie diesem bitteren Gefühl in ihr einfach den Rücken zuwenden konnte. Sie war nicht bereit, sich von Max' Worten und den damit verbundenen Gedanken überwältigen zu lassen. Es war merkwürdig. Aber in dieser Sekunde flackerte für ein paar Sekunden die Erkenntnis auf, dass sie zu oft glaubte, was sie dachte. Dass sie sich in ihre Emotionen und Gefühle hineinziehen ließ und der Meinung war, dieser Wust wäre sie. Aber genau das wollte sie nicht sein. Sie wollte sich nicht auf momentane Gefühle reduzieren lassen.

Nachdenklich trank sie ihren Cappu aus und ging zurück zum Wagen. Noch siebzig Kilometer nach Berlin.

»Okay, Berlin«, sagte sie und schob alle miesen Gedanken weg. »Ich komme. Ich hoffe, du hast mir was zu bieten. Ich will dich genießen!«

♫ Comes and goes (in waves) ♫

Greg Laswell

Das Bristol gefiel ihr. Es war plüschig, groß, hatte nette Locations und befand sich inmitten von Berlin. Das KaDeWe war gerade mal einen Kilometer entfernt, und auf dem Weg dorthin machten namhafte Marken und Geschäfte Lust aufs Geldausgeben. Lena hatte eine kleinere Summe, geerbt, die sie sich geschworen hatte, nicht anzugreifen, aber mit einem Mal merkte sie, dass das Festhalten an diesem Polster schlicht die Angst vor schlechten Zeiten war. Sie ließ es nicht fließen, hielt es fest, und produzierte damit das, was sie vermeiden wollte: Mangel.

Ungeachtet dieser Erkenntnis war sie zwar weit davon entfernt, ihr Geld leichtfertig zu verschleudern, aber trotzig entschlossen, sich auch mal etwas zu gönnen.

Nachdem sie ihr Zimmer bezogen hatte, war es früher Nachmittag und sie machte sich auf den Weg, ihre nächste Umgebung zu erkunden, wollte den Kurfürstendamm entlang bis zum KaDeWe laufen. Aber es fing an zu nieseln, der Wind blies unangenehm und es wurde kalt. So hielt sie Ausschau nach einem gemütlichen Lokal, landete schließlich bei einem Vietnamesen und zog ihr iPad heraus, um beim Essen ein wenig zu lesen. Nach einer Zeit poppte WhatsApp auf.

Julia: »Gut angekommen?«

»Alles gut. Habe gerade Reis mit Gemüse und Kokosnusssoße gegessen. Lecker!«

»Pläne für heute Abend?«

»Bett. Bin müde. Wie geht es dir?« Smiley.

»Ralf hat mitbekommen, dass du weg bist. Du wirst lachen – ich merke, dass er ein wenig Angst hat, dass ich das Gleiche tue!«

»Ist das gut oder schlecht?«

»Gut! Es bewegt sich was! Muss Schluss machen. Melde mich, okay? Wünsche dir was!«

Julia schickte noch einen verdreht dreinschauenden Smiley hinterher und Lena lachte leise. Sie zahlte und wollte gerade das iPad wegstecken, als sich WhatsApp erneut meldete.

»Und? Bekomme ich noch nicht einmal mehr eine Antwort?«

Sie seufzte, ging nach draußen und rief ihn an.

»Hallo, Max.«

»Wo bist du?«

»Das möchte ich dir nicht sagen.«

»Weil ich nicht für dich zahle wie sonst?«

»Hast du es die Jahre über so empfunden?«, fragte sie tief verletzt zurück. »Dass du für mich zahlst? Umso besser für dich, wenn ich weg bin, nicht? Dann musst du es ja nicht mehr tun.«

»Lena, jetzt tu nicht so scheißbeleidigt! Du hast dir das alles nicht richtig überlegt! Das ist eine gottverdammte Kurzschlusshandlung!«

»Ja, das stimmt. Ich habe mir zum ersten Mal nicht überlegt, wo das wohl hinführt! Umso besser fühlt es sich an!«

»Komm zurück und lass uns reden!«

»Du hast mich für eine Zeit freigegeben, Max, was ist jetzt damit?«

»Ich habe es mir anders überlegt. Du hast mich einfach überfahren – ich hab ja gar nicht gewusst, wie mir geschieht! Ich kann das nicht, Lena. Ich kann dich nicht freigeben ... Ich meine, wie wird das, wenn du zurückkommst – von deiner ›Auszeit‹ ... wenn ich weiß, dass du ...«

»Dass ich was?«, fragte Lena stirnrunzelnd zurück.

»Wenn du das tust, weswegen du weg bist!«

Lena wurde wütend. »Ich bin nicht deswegen weg, Max. Und ich habe nicht vor, was du meinst, was ich vorhabe. Du solltest mal über deinen kleinen Horizont hinausdenken – falls das überhaupt möglich ist!«

»Kleiner Horizont!«

»Ja! Dein gottverdammter Horizont, was Frauen und Ehe betrifft! Ich meine, dass du die Zeit nutzen und dein Frauenbild untersuchen solltest, das du im Kopf hast! Dass du dir mal deine Mutter anschauen solltest und welche Ansichten sie so jeden Sonntag bei uns vertritt! Dieses ›der-Mann-ist-alles-und-die-Frau-ist-nichts-Gequatsche‹! Jedes Kind ist vom Elternvorbild geprägt ... und wenn ich mir das deiner Mutter ansehe, wird mir irgendwie schlecht!«

Bevor er etwas darauf erwidern konnte, feuerte sie erneut.

»Ich bin gerade mal ein paar Tage weg, Max. Beim Abschied hatte ich das Gefühl, du würdest etwas verstehen, zumindest versuchen, zu verstehen!«

»Ich verstehe nur, dass du rumspinnst! Das hattest du ja die letzten Monate öfter!«

Er spielte auf ihre wechseljahresbedingten Gemütsschwankungen an, unter denen sie selbst am meisten litt, und Lena platzte fast vor Wut. Sie hatte sich so oft beherrscht, so oft die Zähne zusammengebissen, damit er nichts merkte – es war nur ein paar Mal gewesen, dass er ihre dunkle Stimmung mitbekommen hatte, vielleicht zweimal in einem Vierteljahr?

»Okay, Max, wenn du meinst, das mache ich absichtlich, dann irrst du dich gewaltig«, biss sie zurück. »Hast du dich je gefragt, ob ich vielleicht auch darunter leide? Ich meine, wir reden über ein paar Stunden, in denen es mir schlecht geht und für die ich mich jetzt auch noch schämen soll! Ich tue hiermit das Gegenteil! Ich erwarte von dir, dass du das mitträgst!«

»Mitträgst? Deine schlechte Laune?«

»Ja! Verdammt noch mal! Als du mich geheiratet hast, hast du vor Gott gesagt: ›In guten wie in schlechten Zeiten‹! Jetzt habe ich mal stundenweise schlechte Zeiten und du hast null Verständnis für gar nichts! Was soll das werden? Du willst noch nicht einmal *wissen*, wie es mir geht! Du weißt es auch gar nicht!«

»Okay, Lena, das reicht. Die Konten bleiben gesperrt! Und ich weiß auch schon, was ich heute Abend tun werde: Ich ändere mein Testament! Genieß deine Auszeit. Ich werde sie auch genießen!« Zack. Und weg war er.

Lenas Augen brannten. Im Geiste sah sie, wie er das Smartphone auf den Tisch pfefferte und einen Fluch ausstieß.

Es machte die Situation nicht leichter.

♫ ♫ ♫

Am nächsten Tag wachte sie wie immer zeitig auf, frühstückte lange und hätte sich am liebsten noch mal ins Bett gelegt, aber die Reinigungskraft stand mit ihrem Wagen vor der Tür und so machte sie sich auf den Weg ins KaDeWe.

Sie war noch nie dort gewesen und die Angebotsfülle erschlug und begeisterte sie zugleich, aber da sie ja alle Zeit der Welt hatte, freute sie sich, alles in Ruhe anschauen zu können. Allein in der Damenabteilung konnte man einen Tag verbringen!

Verträumt schlenderte sie durch die zahlreichen Marken, zog ab und zu etwas heraus, aber probierte nichts an. Eine Verkäuferin fragte freundlich, ob sie ihr behilflich sein könne, aber Lena lehnte ab. Dann stach ihr jedoch in der nächsten Abteilung ein rauchblaues Seidenkleid ins Auge, das sehr sexy geschnitten war und das ihr extrem gut gefiel. Wieder tauchte eine Verkäuferin auf und bot ihre Hilfe an.

»Ist aus reiner Seide«, erklärte sie. »Und fällt groß aus. Ich glaube, Sie sollten es eine Nummer kleiner anprobieren.«

Eigentlich wollte Lena es nicht anprobieren, aber sie hatte nichts zu tun und so stimmte sie zu.

»Ist für eine junge Frau wie Sie wie gemacht«, sagte die Verkäuferin und hängte das Teil in die Kabine.

»Oh, du meine Güte, danke für die ›junge Frau‹«, lächelte Lena. »Ich habe mich gerade gefragt, ob man das anziehen darf, wenn man fünfzig ist?«

Die Verkäuferin lachte. »Mit Ihrer Figur auf jeden Fall«, meinte sie. »Überhaupt sollten wir Frauen anziehen, worauf wir Lust haben.«

»Ein wahres Wort«, stimmte Lena zu. Sie sah angezogen noch durchaus knusprig aus. Ohne Kleid war sie es nicht mehr ganz, aber aufgrund ihres Trainings knuspriger als manche Jüngere. Allerdings: nach zwei Kindern und zwei Jahren Stillzeit eben nicht mehr ganz so knusprig wie eine knusprige Jüngere. ›Pfeif drauf‹, dachte sie, als der weiche Stoff über ihren Körper glitt. Das Kleid fühlte sich fantastisch an. Die Seide war schwer und samtig, Lena war, als sei sie in eine rauchblaue Magnolienblüte gehüllt.

Sie kam aus der Kabine und drehte sich vor dem Spiegel. Der Schnitt war fantastisch, betonte ihren Po und ihre Taille, hatte einen schönen Ausschnitt – und die Farbe war einfach göttlich.

»Wow! Wie für Sie gemacht«, bestätigte die Verkäuferin begeistert. »Und es ist ein so außergewöhnliches Teil! Die Seide hat über zweiundzwanzig Momme ... Das macht das Kleid so schwer und so weich.«

Lena gefiel das Teil verdammt gut, aber als sie in der Kabine das Preisschild checkte, erschrak sie: Neunhundert Euro? Nein, es war leichtsinnig, ihr Geld für etwas auszugeben, was sie nicht wirklich brauchte.

Bedauernd gab sie der Kundenbetreuerin das Kleid zurück und sagte, sie müsse sich das überlegen. Ihre Gefühle stritten mal wieder in ihr und gedankenverloren erforschte sie weitere Stockwerke.

Schuhabteilung. Wie es der Teufel wollte, blitzten sie ein Paar Schuhe an, die hervorragend zu dem Kleid gepasst hätten. Sie probierte sie an, obwohl sie wusste, dass sie nicht kaufen würde, auch sie waren teuer und kosteten über fünfhundert Euro. Lena war hin- und hergerissen, schwankte zwischen Trotz und Vernunft und entschied sich für einen Mischmasch. Sie würde eine Nacht drüber schlafen, in Ruhe ihre Pläne machen, ihre Finanzen kalkulieren und sich dann vielleicht das Kleid leisten – und die Schuhe dazu. Gleichzeitig ärgerte sie sich, dass sie so rechnen musste. Wenn Max sich ein Auto kaufen wollte, kaufte er sich eines. Er gab fünfstellige Beträge aus, ohne je jemanden zu fragen. Und er musste auch nicht kalkulieren.

Ein wenig verdrossen machte sie sich auf den Weg zurück ins Hotel, döste eine Stunde auf dem Bett, dann klappte sie den

Rechner auf. Merkte, wie sie wieder der dringliche Wunsch überfiel, sich aus dieser Enge zu befreien – und schaute in den Sales-Report: Er war noch immer mies. Wenn sie Glück hatte, würde sie am Ende des Monats gerade mal fünfhundert Euro verdient haben. Frustriert betrachtete sie die klägliche Kurve, dann ihre Liste mit möglichen, weiteren Zielen, die sie zusammengeschrieben hatte. Aber gerade hatte sie auf gar nichts Lust.

Doch! Auf ein Glas Sekt! Und, verdammt noch mal, sie hatte auch Lust auf dieses geile Kleid und die Schuhe! Morgen würde sie sich die leisten – Sales-Report und Max zum Trotz!

Sie sah auf die Uhr – es war 17. 30 Uhr. Kurzerhand stand sie auf und zog sich was Hübsches an. Dann schnappte sie sich ihren Rechner, setzte sich in die im englischen Stil eingerichtete Gobelinhalle des Hotels, ließ sich einen Champagner bringen und öffnete Facebook.

Volker hatte ein Foto von seinem verwüsteten Wohnzimmer gepostet und einen blöden Kommentar darunter geschrieben. Unwillkürlich kicherte sie leise und etwas besser gelaunt setzte sie eine Antwort drunter. Auch Britta und Anke hatten ein Foto von sich geschossen und per Mail geschickt, wie sie ziemlich lädiert zusammen im Bett lagen. Typisch – Oberkörper frei, grinsend, glücklich und vollkommen ungeniert. Schmunzelnd dachte Lena daran, dass auch diese beiden ein Spiegel in ihrem Leben waren ... die zwei Mädels mit ihrer so offenen, unkomplizierten Sexualität.

Drei Freundschaftsanfragen waren in ihrem FB-Account oben rechts angezeigt – zwei davon Pornoseiten – die dritte Anfrage aber ließ Lenas Herz einen kleinen Sprung in die Höhe machen. Denn die kam von einer Person, die sie kannte und die sie seit ewiger Zeit aus den Augen verloren hatte: Beatrix, Trixi, ihre Freundin aus alten Tagen, aus sehr alten Tagen, die verrückteste Freundin, die sie je gehabt, mit der sie die heißeste und freiste Zeit ihres Lebens verbracht hatte. Trixi, die in starkem Kontrast zu Lenas biederer Einstellung gestanden war. Die sich einen feuchten Kehricht um gesellschaftliche Konventionen und Erwartungen geschert und stets gemacht hatte, was ihr in den Sinn gekommen war. Trixi, die damals schon, als Esoterik noch in den Windeln lag, spirituelle

Ansätze verfolgt und ihrem Leben nie ein Verbot auferlegt hatte. Sie war lebenslustig und herrlich tabulos gewesen, gesegnet mit einer gnadenlosen Unbekümmertheit und permanent guter Laune. Lena konnte es kaum glauben. Da war sie auf Facebook! Wann hatten sie sich zuletzt gesprochen? Sie wusste ganz genau, wann ihre Wege sich getrennt hatten: Als sie Max kennengelernt und sich in ihn verliebt hatte. Als es sich plötzlich abgezeichnet hatte, dass Lena einen anderen Lebensentwurf für sich entwickelte als ihre Freundin.

Oh, sie konnte sich noch gut an die tiefen, philosophischen Gespräche zwischen ihnen erinnern! Gespräche, so wurde sich Lena mit Erstaunen bewusst, die sich um eben diese Themen gedreht hatten, um die es heute wieder ging: Den Sinn des Lebens, Lebensgestaltung, das sich Binden an einen Mann, Heirat, Gründen einer Familie, für immer mit jemandem zusammen sein zu wollen. All diese Dinge waren normal und erstrebenswert gewesen, für Trixi aber damals schon No-Gos. Für sie war die Ehe ein veraltetes Modell, das es nicht wert war, angestrebt zu werden, einfach, weil es illusorisch war.

»Komm schon«, hatte sie damals gesagt, als sich Lena immer öfter mit Max statt mit ihr getroffen hatte. »Das geht eine Weile gut, dann lebt ihr euch auseinander. Spätestens, wenn die Kinder aus dem Haus sind – die ohnehin nur den Kitt für eine nicht funktionierende Beziehung spielen müssen – merkt ihr, dass ihr euch nichts mehr zu sagen habt. Aber dann ist deine Jugend vorbei. Und alles, was du hättest erleben können, ebenso. Wenn du ein Kind willst, brauchst du keine Beziehung dafür.«

Trixi war keine Emanze. Dafür liebte sie Männer viel zu sehr. Sie liebte Männer aller Art und kostete sie aus. Deshalb band sie sich auch an keinen, weil sie nie wusste, wer ihr als Nächstes über den Weg laufen würde.

Max, der aus einer erzkonservativen, katholischen Familie stammte, war Trixis Gesinnung suspekt gewesen. Sie war ihm zu hippiemäßig, zu abgedreht, zu esoterisch, zu unstet erschienen und ihre sexuelle Offenheit hatte ihn abgeschreckt, während sie ihn als spießig und kleinbürgerlich bezeichnet hatte.

Ja, und Trixi wollte die Welt sehen, die ihr damals schon nicht groß genug hatte sein können. Ihr Rucksack war gepackt, und sie war fest davon überzeugt, dass Lena sie begleiten würde. Nach Neuseeland, nach Afrika, Asien, nach Indien vor allen Dingen, weil sie diesen Hang zur Spiritualität hatte – und Lena damit angesteckt hatte. Doch der Ablösungsprozess war eingeleitet worden. Lena hatte immer mehr Zeit mit Max verbracht, immer weniger mit Trixi. Die hatte gedrängt, was denn nun wäre ... sie wollten doch losziehen, ein Jahr lang die Welt sehen, bevor sie sich einem Studium und Broterwerb widmen müssten ... Lena war hin- und her gerissen gewesen zwischen diesen Angeboten. Zwischen Max, der sie mit seinen blauen Augen angeleuchtet und klar gewusst hatte, wohin er wollte, der sich so heftig und auf den ersten Blick in sie verliebt und daraufhin einen Plan fürs Leben geschmiedet hatte.

Den hatte Trixi zwar auch in petto gehabt, aber Lena war zu besorgt gewesen, Max zu verlieren, wenn sie seinerzeit gegangen wäre – und schließlich hatte sie Trixi eröffnet, nicht mit ihr die Welt anzusehen, ihr Studium gleich beginnen zu wollen – um in Max' Nähe zu sein. Trixi war am Boden zerstört gewesen, als sie mitbekommen hatte, wie ernst es Lena mit Max damals schon gewesen war.

»Du lässt dir ganz schön was entgehen«, hatte sie gesagt und heute wusste Lena, dass sie recht gehabt hatte. Das Jahr hätte ihr so gutgetan! Sie hätte Zeit gehabt, sich klar zu werden, wer sie war und was sie wollte. Sie hätte reifen und sich die Fragen stellen können, die sie heute eingeholt hatten.

Aber sie hatte es verpasst. Schlicht und ergreifend. Und nun, nun saß sie hier im Bristol, eine Fünfzigjährige, die Champagner trank, den Klosterfrau-Melissengeist der gefrusteten Frauen, und die etwas nachholen wollte, von dem sie noch nicht einmal wusste, was genau das war und ob es überhaupt nachholbar war.

Satte dreißig Jahre lagen zwischen ihrem letzten Kontakt mit Trixi und heute. Nachdenklich betrachtete Lena das Profilbild, das ihre alte Freundin eingestellt hatte: Es zeigte sie aus genau dieser Zeit nach dem Abi – eine vor Lebenslust übersprudelnde Trixi, das Gesicht von wilden, blonden Locken umrahmt, die auf dem Steg eines Sees die Beine baumeln ließ und selbstbewusst in die Kamera grinste. Lena kannte das Foto. Ihr Urlaub am Bodensee! Sie hatten eine Woche gezeltet – Oh, Mann, es war eine so tolle Zeit mit ihr gewesen! Jede Sekunde ein Abenteuer!

Sie klickte auf ›Bestätigen‹. Ihre Finger verweilten über der Tastatur, da sie ihr noch eine Nachricht schreiben wollte, und als sie in Gedanken versunken in die Ferne blickte, wurde sie einer schnellen Bewegung gewahr und meinte zu sehen, wie an der offenen Seite der Halle jemand weghuschte. Hatte sie da gerade jemand beobachtet? Leicht beunruhigt widmete sie sich wieder ihrem Laptop.

»Trixi!«, schrieb sie. »Ich freue mich so, dass du dich gemeldet hast! Wie geht es dir? Wo bist du? Kann ich deine Nummer haben?«

Mit einigem Missmut stellte sie dann fest, dass sie sich tatsächlich in genau der Situation befand, die Trixi vor dreißig Jahren so ungünstig beschrieben hatte: Lass mal die Kinder aus dem Haus sein, dann stellt ihr fest, dass ihr euch nichts mehr zu sagen habt. ›Scheiße‹, dachte Lena, ›echt peinlich!‹

Nachdenklich nahm sie ihr Glas, trank einen Schluck und meinte erneut, einen Blick auf sich zu spüren. Unruhig sah sie sich um, konnte aber niemanden entdecken außer den Gästen, draußen im Foyer, Menschen, die sich unterhielten, wartend an der Rezeption standen ... vielleicht war ja tatsächlich der Blick des einen oder anderen umhergeschweift und rein zufällig auf die Frau mit dem Computer gefallen, beruhigte sie sich.

Sie begann Urlaubsportale aufzurufen und Angebote zu checken. Es war April – die Saison noch jung – sie würde vieles günstiger bekommen. Ein kleiner Block lag neben ihr, auf dem sie alles festhielt, was ihr spontan zur Gestaltung der nächsten Wochen einfiel. Die Gobelinhalle füllte sich nach und nach mit Gästen. Engländerinnen, die sich neben sie setzten und Tee bestellten. England, dachte Lena. Hm, da könnte ich auch mal hin – ein Auto mieten ... oder Spanien, Italien, die Balearen, die Kanaren ... oder erst mal in Deutschland bleiben?

Ein Chatfenster öffnete sich, es war Trixi:

»Lena! Meine liebe, süße Freundin! How are you!?« Sie schickte eine Lawine an Smileys hinterdrein.

»Trixi!«, schrieb Lena aufgeregt. »Ich fasse es nicht! Oh, mein Gott, es ist dreißig Jahre her, seit wir uns zuletzt gesprochen haben!«

»Ja, unglaublich, nicht? Dreißig Jahre! Wie geht es dir? Wo bist du? Was machst du?«

»Das Gleiche frage ich dich!«

Sie konnte Trixi lachen hören, dieses giggelnde, lässige Lachen, das jedem klarmachte, dass ihr die Welt und jede Meinung egal waren.

»Kennst mich doch! Mal hier, mal da. Bin Yoga-Lehrerin und Lebenscoach. Momentan in Deutschland. Mache gerade ein Schweige-Retreat, mal ausspannen von den vielen Menschen und Aktionen.«

»Das passt zu dir«, antwortete Lena. »Warst du damals in Indien, so wie du es geplant hattest? Du hast dich all die Jahre nicht gemeldet. Fand ich schade!«

»Du hast dich ja auch nicht gemeldet.«

»Wusste ja nicht, wo du steckst!«

»Ja, Gott sei Dank gibt es Facebook! Da findet man alle seine Freunde wieder. Und ja, natürlich war ich in Indien. Mehrmals! Hab die Welt bereist! Und du?«

»Ich sitze gerade in Berlin«, schrieb Lena. »Im alten Kempinski und trinke Sekt.«

»Mit Max? Seid ihr noch zusammen?«

»Ja, sind wir. Aber Max ist nicht hier. Ich mache gerade auch so etwas wie ein Retreat.«

»Ooookay...? Hört sich ein wenig nach Ehe-Retreat an!« Ein grinsender Smiley folgte.

»Nein, ist es nicht«, tippten Lenas Finger, aber bevor sie es abschickte, merkte sie, wie sie bei Trixi das Image der glücklich verheirateten Frau aufrechterhalten wollte. Trixi, die von Beginn an gesagt hatte: Das geht schief. Sie biss sich auf die Unterlippe, dann löschte sie die Buchstaben wieder, holte tief Luft und schrieb:

»Ja, genau das ist es. Ich mache Urlaub von der Ehe.«

»Oh, cool! Was genau heißt das?«

»Das heißt, dass ich Max für unbestimmte Zeit freigegeben habe. Und er mich.«

»Lach! Er dich? Kann ich mir nicht vorstellen! Das macht der doch nie!«

»Du hast ihn schon immer falsch eingeschätzt. Von Beginn an.«

»Glaube ich nicht. Menschen wie Max sind berechenbar. Deswegen wolltest du ihn doch haben.«

»Wie meinst du das?«

»Na ja, man kann sich auf ihn verlassen. Das war dir wichtig.«

»Das weißt du noch? Ja, das stimmt. Ich schätze seine Zuverlässigkeit und Verlässlichkeit sehr.«

»Okay, und jetzt ist dir das zu langweilig? Reicht dir nicht mehr?«

»Nein, ich schätze das immer noch.«

»??? Wozu dann das Ehe-Retreat? Willst du nachholen, was du all die Jahre verpasst hast?«

»Ich habe nichts verpasst«, schrieben Lenas Finger und sie merkte, dass sie ein wenig sauer wurde – und sich dagegen wehrte, die Zeit mit Max schlechtreden zu lassen. »Es waren wunderbare Jahre.«

»Warum musst du dir dann freinehmen? Von der Ehe! Du könntest auch einfach Urlaub machen!«

Lena biss sich auf die Lippen. Das war Trixi – unverblümt, unkonventionell und direkt. Sie konfrontierte Lena mit Fragen, die sie in diesem Stadium nicht beantworten konnte.

»Sag mal, Trixi, wo wohnst du?«, fragte sie. »Ich habe die nächsten Tage Zeit. Ich könnte dich besuchen! Wenn dein Retreat vorbei ist. Und wir könnten reden.«

Das Nachrichtenkästchen blieb leer. Eine Minute, drei, fünf ... das war nichts Ungewöhnliches. Vielleicht hatte es bei Trixi an der Haustür geklingelt ... vielleicht machte sie sich Tee ... Lena war begierig darauf, diese alte Freundschaft wieder aufleben zu lassen, und warf immer wieder ein Auge auf das Chatfenster. Aber Trixi blieb erst mal stumm und so widmete sie sich erneut ihrem Brainstorming: Trixi besuchen, eine Kreuzfahrt machen, eine Ferienwohnung mieten, neue Lösungen für den Internethandel ausdenken ... mein Gott, die Gesundheitsprodukte – das war doch genau Trixis Ding! Sie war doch so außerordentlich kreativ! Wiederholt lugte sie auf das Chatfenster, aber es blieb leer.

Lena war gerade dabei, Hotels zu vergleichen, als sie zum dritten Mal das Gefühl beschlich, beobachtet zu werden. Unauffällig sah sie sich um. Neben ihr die älteren Engländerinnen, etwas weiter hinten ein Ehepaar, das sich anschwieg. Drei Jugendliche, die auf der Couch fläzten, sich ebenfalls nichts zu sagen hatten und mit ihren Smartphones kommunizierten. Voller Schuldgefühl fiel Lena ein, dass sie ja auch ihre Kinder besuchen könnte. Johannes studierte in der Schweiz und Marie in Baden-Württemberg – das waren reizvolle Ziele für eine Reise und noch dazu gut miteinander zu verbinden. Mit einigermaßen schlechtem Gewissen stellte Lena fest, dass sie keine Lust darauf hatte. Ein Ton erklang, Trixi war wieder da.

»Schätzchen, sorry, musste grad mal kurz weg – und was deine Frage angeht: Ich wohne momentan an der polnischen Grenze, da ist nichts los.«

»Es muss ja nichts los sein. Polnische Grenze! Da bin ich ja gar nicht so weit weg von dir! Sag mal, da gibt es doch sicher Ferienwohnungen, oder?«

»Ja, klar, aber wenn, dann kommst du doch zu mir!«

»Das wäre fantastisch … wie ist das mit deinem Retreat?«

»Das beginnt offiziell erst in zwei Wochen. Ich wollte vorher schon mal abtauchen und runterfahren und habe mich hier eingemietet. Direkt am Fluss! Es wird dir gefallen.«

»Oh, Trixi, ich freue mich schon so darauf, dich wiederzusehen! Wie lange dauert dein Retreat?«

»Vier Wochen.«

»Okay«, schrieb Lena enttäuscht. »Das ist lange. Das sind ja insgesamt sechs Wochen! Aber wir bleiben in Verbindung?«

»Klaro, Liebes, unbedingt!«

»Bist du eigentlich verheiratet?«

»Spinnst du? Was soll denn die Frage?«

»Na, weil du doch Kinder wolltest.«

»Hat nicht geklappt. Ist sicher besser so. Bin viel in der Welt herumgezogen – aber ich bereue nichts. Nicht eine Sekunde. Ich war überall. Hab alles gesehen und erlebt! Fast alles.«

»Ja«, schrieb Lena frustriert zurück. »Ich hätte damals mit dir reisen sollen. Das war eine der wenigen Zeiten, die man bewusst nutzen kann, um herauszufinden, was man will.«

»Diese Zeit gibt es immer«, antwortete Trixi. »Dazu nutzt du ja die Zeit jetzt auch. Bereust du, Max geheiratet zu haben?«

Lena schloss kurz die Augen. Es war so schön, mit jemandem reden zu können, der sie verstand, der wusste, wie sie damals gewesen war, bevor sie Entscheidungen getroffen hatte. Sie spürte, wie etwas zwischen ihr und Trixi zu fließen begann. Diese alte Verbundenheit wieder zu spüren, machte sie froh und sie lächelte leicht.

»Nein, auf keinen Fall«, schickte sie zurück. »Ich bereue es höchstens, ihn zu früh geheiratet zu haben. Wir hätten das Jahr schon irgendwie überbrückt.«

Eine sanfte Energie begann zu strömen, als Lena auf Trixis nächste Zeilen wartete, eine Verbindung, die sich gesponnen hatte und ihr das Gefühl gab, nicht allein zu sein.

»Damals wart ihr noch nicht so lange zusammen«, antwortete Trixi und Lena sah sie vor sich mit dem konzentrierten Blick, wenn sie zuhörte. »Es hätte auch auseinandergehen können.«

»Irgendetwas sagt mir, dass Max auf mich gewartet hätte.«

»Ja, das glaube ich auch. Max ist ... hm ... hartnäckig, wenn er was will.«

»Du bist sanfter geworden, Trixi.«

»Mag sein – wäre ja schlimm, wenn es anders wäre. Geht es dir gut, Lena?«

»Ja, es geht mir gut. Vor allem, weil du mit mir chattest. Das tut so gut! Ach Trixi, ich freue mich so, dass du wieder in meinem Leben bist!«

»Mich freut das auch! Mich freut das sogar sehr! Und ich wünsche mir so sehr, dass du in meinem Leben bleibst! Für immer!«

Ein Smiley folgte, der das Pathos ihrer Worte etwas entschärfte. Dennoch war Lena gerührt von der Tiefe zwischen ihren Zeilen.

Die Pausen zwischen ihnen wurden größer, Trixi war wohl nebenbei mit etwas anderem beschäftigt. Und während Lena abwechselnd in den Rechner schaute und ihre Notizen vervollständigte, wurde sie wieder leicht nervös. Sie bekam einfach das Gefühl nicht los, dass jemand sie beäugte. Zum x-ten Mal glitt ihr Blick über die Besucher und streifte schließlich den Ober, der das als Aufforderung auffasste und diensteifrig auf sie zukam. Sie bat um die Rechnung, schrieb Trixi noch eine abschließende Nachricht und packte ihre Sachen zusammen. Doch als sie aufstand und zum Aufzug lief, verdichtete sich das Gefühl, dass ihr jemand hinterherschaute. Wurde sie jetzt paranoid?

Eigentlich hatte sie noch im Hotelrestaurant zu Abend essen wollen, aber die Lust war ihr vergangen. Sie bemühte den Zimmerservice, setzte sich aufs Bett und fühlte sich plötzlich wieder wie ein Teenager, der das Leben vor sich hatte. Aber hatte man sein Leben nicht immer vor sich? Und ... Trixi ... es konnte kein Zufall sein, dass sie ausgerechnet jetzt wieder darin aufgetaucht war!

Sie nahm ihr Handy – und entdeckte eine WhatsApp-Nachricht von Max, die er kurz nach seinem letzten Anruf geschickt hatte.

»Noch mal, damit das klar ist: Das mit dem Ehestopp kannst du knicken! Wir sind verheiratet. Fertig. Ich ziehe hiermit mein OK offiziell zurück!«

Sie hatte wenig Lust, darauf zu antworten, ging ins Bad und legte sich dann schlafen. Zwang sich, an das Kleid und die Schuhe zu denken. Es war ein Ausweichmanöver, ein Frustkauf, das war ihr klar, aber sie brauchte das dringend im Moment.

♫ ♫ ♫

Vier Übernachtungen hatte sie im Bristol gebucht, danach wollte sie eine größere Reise unternehmen. Inzwischen hatte sie eine Vielzahl an Möglichkeiten auf ihrer Liste stehen, aber noch keine Reihenfolge. Der dritte Tag war angebrochen und sie suchte sich im gut besuchten Frühstücksraum eine ruhige Ecke, holte sich vom Buffet alles, was sie brauchte, und verschanzte sich dann hinter ihrem Buch. Aber ihre Gedanken schweiften ab. Zu Max. Zu den Kindern. Zum gestrigen Chat mit Trixi. Zu ihrer Liste. Wohin sollte sie fliegen? Gedankenverloren glitt ihr Blick durch den Raum, als sie ganz deutlich wieder dieser Präsenz gewahr wurde, die sie gestern Abend in der Gobelinhalle schon beunruhigt hatte. Da war doch jemand! Unauffällig blickte sie sich um, aber wieder konnte sie niemanden entdecken, der in ihre Richtung sah, schnell den Blick abwandte oder sich verdächtig benahm. Es war ein seltsames Gefühl. Sie war sich sicher, sie wurde beobachtet. Sie wusste es so sicher, dass ihr unwohl wurde und sie aufstand, obwohl ihr Teller noch halb voll war und sie gern noch ein oder zwei Tassen Kaffee getrunken hätte.

Mit einem mulmigen Gefühl im Magen verließ sie den Frühstücksraum, froh, dass niemand im Aufzug mitfuhr. Und erst oben, kurz vor der Zimmertür, verließ sie das Empfinden, beobachtet zu werden. Das Schild ›please-make-up-the-room‹ hing nicht mehr an der Türklinke, was hieß, dass die Reinigungskräfte schon aktiv gewesen waren.

»Wow«, dachte Lena. »Das ging heute aber schnell.«

Sie drehte das Schild auf ›bitte-nicht-stören‹, öffnete die Tür und blieb wie angewurzelt stehen.

Das Zimmer duftete. Nicht nach dem üblichen Saubergeruch, nein, es war ein intensiver Raumduft nach Zitrone und Orange, der das Zimmer durchzog. Und als sie weiter ins Zimmer ging, entdeckte sie zudem einen großen, wunderschönen Blumenstrauß auf dem Schreibtisch.

Verwundert suchte sie nach einem Kärtchen – und fand keines. Max? Garantiert war der Strauß von ihm – ihm tat seine Reaktion von vorgestern leid und nun hatte er Blumen schicken lassen ... aber woher hatte er gewusst, wo sie war? Er musste es von einem ihrer Freunde erfahren haben! Gott weiß, wie er das geschafft hatte, aber einer von ihnen musste wohl schwach geworden sein!

Dann bemerkte sie das Paket. Es war auf dem Bett platziert, in blauglänzendes Papier eingeschlagen und mit einer einzelnen, weißen Rosenblüte obenauf dekoriert.

Misstrauisch ging Lena ins Bad und schaute hinein. Es war niemand da. Sie schaute sogar in den Schrank, obwohl der keinen Platz für einen Erwachsenen hergab. Ihr Blick fiel wieder auf das Paket, das wie ein Signal auf dem weißen Bezug leuchtete. Zögernd streifte sie ihre Schuhe ab, setzte sich auf das Bett und begann, es zu öffnen. Ein Karton kam zum Vorschein. Als sie ihn aufklappte und das Seidenpapier zurückschlug, hielt sie die Schuhe aus dem KaDeWe in der Hand. Darunter, ebenfalls in Seidenpapier eingeschlagen, lag das graublaue Seidenkleid – und auf dem Kleid: ein kleiner Briefumschlag.

In Lenas Kopf rotierte es. Sie öffnete das Kuvert und zog einen mit Füllfederhalter geschriebenen Brief heraus. Ihre Augen flogen über die ersten Worte und ihr wurde zunehmend anders, je mehr sie las.

»Eine ungewöhnliche Bitte ... an eine ungewöhnliche Frau ...
Hatten Sie schon mal ein Blind Date? Ich nicht. Haben Sie den Mut, eines einzugehen? Ehrlicherweise muss ich sagen, dass es nur ein halbes Blind Date wäre – denn Sie wissen nicht, wer diese Zeilen geschrieben hat, aber ich weiß, wer sie liest.
Es ist viel verlangt, das ist mir bewusst – ein Essen mit einem Unbekannten, der obendrein die Unverschämtheit besitzt, Ihnen ungefragt Kleid und Schuhe zu schenken. Aber beides sah so traumhaft an Ihnen aus – ich konnte nicht widerstehen. Ja, ich weiß, das alles ist unkonventionell, um nicht zu sagen verrückt oder dreist. Trotzdem hoffe ich, Sie fassen es nicht als Beleidigung auf. Mehr noch hoffe ich, dass Sie mir die Chance geben, zu erklären, was mich zu all dem getrieben hat. Das möchte ich nicht schriftlich, sondern lieber persönlich tun.
Es wäre so schön, wenn Sie mir die Ehre erweisen, heute Abend mit mir zu essen (hier im Hotel, damit Sie sich sicher fühlen).
Glauben Sie mir, ich könnte mir keine größere Freude vorstellen. Wie wäre es, wenn wir uns vorerst in der Bar treffen? Dann habe ich Gelegenheit, diese doch etwas wirren Zeilen aufzulösen – und Sie können entscheiden, ob Sie ein Dinner mit mir wagen wollen.
Ich warte einfach. Ab 19.30 Uhr werde ich unten sein. Aber bitte fühlen Sie sich frei. Ich werde jede Entscheidung von Ihnen respektieren.

Hoffnungsvolle Grüße,
Ihr
Matt Wolters«

Völlig vor den Kopf gestoßen stand Lena im Zimmer, den Brief in der Hand, und wusste nicht, was sie denken sollte. Doch in der nächsten Sekunde begriff sie, begriff schlagartig, wer diesen Brief geschrieben hatte, und ihre Augen verengten sich.

»Matt Wolters!«, dachte sie. »Oh, Max, das ist so erbärmlich von dir! Du bist fieser, als ich dachte!«

Sie lief wie ein Tiger umher, unschlüssig, was sie tun sollte. Wie hatte Max das erfahren? Er war es, der sie beobachtet hatte! Er war hier! Hatte sie bis ins KaDeWe verfolgt! Aber ... das Telefonat! Das passte doch gar nicht zusammen! Doch! Es passte sogar sehr gut! Er wollte sie testen! Er wollte auf eine absolut plumpe und widerliche Art wissen, ob sie bereit war, sich von einem Unbekannten Schuhe und Kleid schenken zu lassen und mit ihm essen zu gehen! Er wollte wissen, ob sie auf ein Abenteuer aus war! Erbost betrachtete sie den seltsamen Brief noch einmal. Es war nicht Max Schrift, klar, wie auch, sie sollte ja nichts spannen! Sensibilisiert durch diese neue Erkenntnis klappte sie den Rechner auf und las den gesamten Schriftverkehr mit Max auf WhatsApp noch einmal durch.

›Ich werde Maßnahmen ergreifen, nur, dass du Bescheid weißt! Ich werde nicht untätig bleiben!‹

War Max da schon im Hotel gewesen? Vielleicht sogar im Zimmer neben ihr? Eines war ihr inzwischen klar: Er war in Berlin.

Sie machte die Probe aufs Exempel und rief in der Praxis an.

»Ich möchte meinen Mann sprechen«, bat sie die Sprechstundenhilfe.

»Der war heute den ganzen Tag nicht da – und gestern auch nicht«, antwortete die. »Er hat wegen einer Reise kurzfristig alle Termine abgesagt und ...«

»Danke«, unterbrach Lena, »dann weiß ich Bescheid.«

Sie war wütend. Er war ihr nachgefahren! Hatte sie ausspioniert! Würde er ihr auch heute folgen? Sie musste davon ausgehen. Aber den ganzen Tag deswegen im Zimmer zu bleiben kam auch nicht infrage.

Zornig beschloss sie, am Abend ein für alle Mal reinen Tisch zu machen. Und ebenso zornig buchte sie ein sündhaft teures Wellnesspaket und verbrachte den Tag in der Spa-Abteilung des Hotels. Nachdem sie sich das Geld für Schuhe und Kleid gespart hatte, konnte sie es ja mal so richtig krachen lassen! Und so ließ sie nichts aus – Massage, Pediküre, Maniküre, Gesichtsbehandlung, Körperpeeling – sie war beschäftigt bis in den Nachmittag. Dann aß sie eine Kleinigkeit in der Cafeteria des Wellnessbereiches und versuchte, sich mit ihrem Buch abzulenken.

Als sie am späten Nachmittag zurück ins Zimmer kam, fand sie ein weiteres Kuvert auf ihrem Schreibtisch mit einer kurzen Notiz: *»Falls Sie kommen – ich sitze ganz hinten links in der Bar.«*
Lena presste die Lippen zusammen und rüstete sich für Max. Für das Gespräch ihres Lebens. Sie wusste, es würde hart werden.

♫ ♫ ♫

»Oh, Mann, wie blöd bist du eigentlich?«
Wütend auf sich selbst maß Max sein einsames Wohnzimmer mit großen Schritten ab. Dann ging er zum Barschrank und goss sich einen doppelten Whiskey ein. »Verdammt – schlimmer hättest du es nicht bringen können!«
Gereizt ging er zurück zu seinem Laptop, beäugte den Whiskey. Er vertrug kaum Alkohol. Er stellte das Glas ab und dachte an die Worte, die er gerade eben seiner Frau entgegen gepfeffert hatte.
»Okay, Lena, das reicht. Die Konten bleiben gesperrt! Und ich weiß auch schon, was ich heute Abend tun werde: Ich ändere mein Testament! Genieß deine Auszeit. Ich werde sie auch genießen!«
Meinte er, sie so zurückholen zu können? Sie war erst eine gute Woche weg und er vermisste sie wie verrückt. In den ersten Tagen hatte ihm die Wut geholfen zu überleben, aber ab dem dritten Tag

war sie von Panik abgelöst worden und er konnte das Gefühl nicht ertragen, dass sie nicht mehr neben ihm schlief.

Zum ersten Mal machte er sich Gedanken darüber, wie sie das wohl empfunden haben mochte, als er sie Nacht für Nacht abgeschmettert hatte. Immer hatte er nur im Kopf gehabt, dass sie das ja auch mit ihm gemacht hatte ... allerdings keine zwei Jahre hindurch, das war wahr, eigentlich noch nicht mal eine Woche hindurch. Irgendwann hatte sie seinem Drängen immer nachgegeben, aber oft genug hatte er eben das Gefühl gehabt, dass es genau das war: Dass sie nur seinem Drängen nachgegeben hatte. Dass sie nicht mit ihm hatte schlafen wollen. Aber immerhin – sie hatte es getan. Manchmal war die Lust beim Akt gekommen, manchmal nicht. Doch heute wurde ihm in kristaller Schärfe bewusst, dass es ihn nie wirklich interessiert hatte, ob sie auf ihre Kosten gekommen war. Er hatte mal gelesen, der Orgasmus einer Frau sei ein Buch mit sieben Siegeln, ein Mysterium, zu schwer zu entschlüsseln. Dieser Meinung hatte er sich nur zu gern angeschlossen.

Und nie, wirklich niemals hätte er geglaubt, dass es ihm mal so ergehen könnte ... dass er mal nicht mehr in der Lage sein würde, mit ihr ... dass er keinen mehr ... diese Sache eben mit der ... mit der ... fuck, diese unaussprechliche Sache eben, die einem Mann das Mannsein nimmt!

Obwohl er allein war, wurde er rot. Ja, er konnte nicht, warum auch immer. Das Versagensgefühl war nicht schön und hätten ihn ihre Annäherungsversuche früher sicher erfreut, so waren sie jetzt jedes Mal schmerzliche Erinnerung, kein echter Mann mehr zu sein. Er hatte sich nie untersuchen lassen – wer gibt so was schon gerne zu? – und für sie beide war klar, dass Viagra nicht infrage kam. Zu viele Nebenwirkungen. Lena hatte ihm sogar verboten, es zu nehmen.

»Es macht mir nichts aus«, hatte sie ihm wieder und wieder versichert und er hatte sich verarscht und bedrängt gefühlt, wenn sie dann doch so manche Nacht angefangen hatte, ihn zu streicheln ... sie hatte ihn damit so unter Druck gesetzt!

›Jetzt weißt du wenigstens, wie sie sich jahrelang gefühlt haben muss!‹, schoss es ihm durch den Kopf.

Sein Telefon klingelte. Hektisch nahm er ab, ohne auf die Nummer zu schauen. Er hoffte so sehr, dass es Lena war. Aber die Stimme seines Sohnes drang an sein Ohr. Johannes, der noch gar nichts wusste. Zumindest nicht von ihm.

»Hi, Vadder«, grüßte er. »Ich hab da ein Problem mit dem Praktikum und wollte dich fragen ...«

Max war kaum in der Lage zuzuhören, aber er zwang sich, die Fragen seines Juniors zu beantworten, es lenkte ihn ab, das tat gut.

Da fragte Johannes:

»Gibst du mir mal Mama? Ich wollte noch was wegen der Wäsche wissen.«

»Sie ist nicht da«, antwortete Max heiser.

»Wann kommt sie denn wieder? Ich brauche meine Hemden am Wochenende und ich weiß nicht, wie ...«

»Sie ist weg, Johannes«, entfuhr es Max. Schwer ließ er sich auf seinen Bürosessel fallen.

»Wie weg?«, fragte Johannes verwirrt und alarmiert vom Tonfall seines Vaters.

»Richtig weg. Von mir. Von uns.«

Schweigen. Johannes war wie vor den Kopf gestoßen.

»Ihr ... ihr lasst euch scheiden?«, fragte er dann mit dünner Stimme.

»Nein, davon hat sie nichts gesagt. Noch nicht jedenfalls.«

Max war verzweifelt und fragte sich, ob es gut war, mit seinem Sohn darüber zu sprechen. Es drängte ihn, sich jemandem mitteilen zu können, aber Johannes war doch nicht der Richtige! Konfrontiert mit einer solchen Nachricht brauchte er eher Trost, den Max ihm aber gerade überhaupt nicht geben konnte. Er war selbst am Ende.

»Ja, aber ... sie kommt doch wieder? Sie kommt wieder, oder?« Johannes hörte sich an wie ein kleines Kind.

»Ich weiß es nicht, Johannes. Sie hat gesagt, sie weiß nicht, ob sie wiederkommt.«

»Papa, das ist jetzt aber nicht wahr, oder?« Mit Erschrecken hörte Max, dass sein Sohn den Tränen nah war.

»Doch«, sagte Max heiser. »Es ist wahr. Leider.«

»Ihr wart doch immer so glücklich! Wir ... ich meine ... wir waren so froh, Eltern zu haben, die zueinanderstehen! Habt ihr euch gestritten? Ist was vorgefallen?«

»Nein, das ist es ja, was ich nicht begreife«, antwortete Max und fuhr sich mit der Hand durchs Haar. »Wir haben uns nicht gestritten. Es gab gar nichts! Und vor ein paar Tagen stand sie plötzlich mit dem Koffer vor mir. Einfach so.«

»Das passt doch gar nicht zu ihr! Papa, es muss was gewesen sein! So war Mama doch nie! «

»Ja, genau, das macht mir auch so zu schaffen! Sie war nie so! Sie hat gar keinen Grund! Sie hat das alles aus einer Laune ...«

»Vielleicht hast du bloß nicht gemerkt, dass sie was hat? Und musst nur herausfinden, was es ist? Dann kommt sie wieder?«

Johannes Stimme klang wieder so kindlich, dass Max das Herz wehtat. Die Worte seines Sohnes trafen ihn zusätzlich, weil er merkte, wie oft er Lenas Stimmungen einfach verurteilt statt verstanden hatte. Wie oft er von ihrer schweren Stimmung einfach nur angepisst gewesen war. Eine Flut an Gedanken raste durch seinen Kopf und er war kaum fähig, seinem Sohn etwas Zuversicht zu geben. Zuversicht, die er selbst brauchte. Aber Johannes nächster Satz zerstörte das völlig.

»Vielleicht hat das ja was mit ihrer Krankheit zu tun«, sagte er und sein Unbehagen drang dick wie Rauchschwaden über den Äther. Max fiel ein dicker, schwerer Stein in den Magen.

»Mit ... ihrer ... *Krankheit?*«

»Meinst du, das ist schlimmer geworden? Ich habe ihr damals gesagt ...«

»Schlimmer geworden?«, krächzte Max entsetzt. »Krankheit? Johannes! Wovon redest du?«

»Na, von dieser ... sorry, Vadder, ich hab den Namen vergessen, aber sie hat gesagt, sie war beim Arzt und der hat gesagt, da wuchert was. Es war aber kein Krebs. Oder noch nicht.«

»Da *wuchert* was?« Max wurde es schwarz vor Augen. »Er hat gesagt ... da wuchert was? Verarschst du mich gerade? Warum weiß ich davon nichts?«

»Na, ich nehme an wegen des Arztgeheimnisses«, erwiderte Johannes, aber insgeheim fragte er sich auch, warum sein Vater nicht darüber informiert war. »Die dürfen doch nichts sagen ohne ausdrückliche Erlaubnis ... obwohl ... du bist doch ein Familienmitglied ...«

Er stoppte abrupt, als sich so langsam die Absurdität der Situation vor ihm entfaltete – und was das alles wirklich bedeutete. Bedeuten konnte. In ihm rumorte ein unguter Mischmasch an Emotionen. Beide, Vater und Sohn, hingen stumm am Telefon.

Max hatte es komplett die Sprache verschlagen und wie auf Kommando fiel sein Blick wieder auf die Zeilen, die er seiner Frau geschrieben hatte.

»Oh, mein Gott«, flüsterte er heiser. »Oh, mein Gott.«

»Hey, Vadder«, sagte Johannes beunruhigt. »Ich glaube nicht, dass es so schlimm ist, mit der Krankheit, meine ich ... sie hat gesagt, dass es nicht ausbrechen muss. Es ist wohl das Stadium davor.«

»Wann hat sie dir das gesagt?«, fragte Max. »Seit wann weißt du das?«

»Seit ungefähr zwei, drei Monaten? Aber ich hab ihr Mut gemacht und ihr gesagt, dass sie bestimmt die Willenskraft aufbringt, das nicht ausbrechen zu lassen.«

»Mut gemacht«, wiederholte Max erschüttert. »Du hast ihr Mut gemacht.«

»Ich hab's gut gemeint!«

»Wie kannst ihr so was an den Kopf brettern?«

›Was hast du ihr alles an den Kopf gebrettert?‹, meldete sich sein Kopf.

»Sorry, Johannes, aber ich muss auflegen. Ich muss das klären. Behalt' erst mal alles für dich, okay? Wir kriegen das hin. Bestimmt! Ich melde mich.«

♫ ♫ ♫

Völlig paralysiert saß Max auf dem Stuhl und in seinem Kopf war Leere. Eine Leere, in die nur einzelne Gedanken hinein sickerten, Gedanken, die schweres Gewicht hatten.

Die Türglocke unterbrach den Denkprozess. Der Nachbar brachte Päckchen und Briefe, die der Postbote bei ihm abgegeben hatte. Uninteressiert legte Max alles auf die Vitrine. Ein paar Sekunden später fiel ihm ein, dass ja Rechnungen dabei sein könnten und er begann die Absender durchzusehen und die Briefe zu sortieren.

Das meiste war Werbung, doch plötzlich hielt er einen mit Handschrift adressierten, dicken Brief in der Hand, der mit Blumen- und Herzchenaufklebern versehen war – für Lena – dicht gefolgt von einem Kuvert mit schwarzem Rand, adressiert an Familie Burghof. Er riss ihn auf – und las. Der Inhalt der Karte fegte einen weiteren Sturm an Gedanken in ihm hoch.

Er drehte den mit Blumen verzierten Brief um. Er kannte den Absender – und war schwer versucht, ihn zu öffnen. Doch inmitten dieser Grübeleien schoss ihm eine Idee durch den Kopf. Ob es eine gute war, wusste er nicht. Er wusste nur, dass er etwas tun musste, und das hier schien ein schicksalhafter Aufruf zu sein. Wieder drehte er den Brief in seiner Hand hin und her und legte ihn auf seinen Schreibtisch. Ein Entschluss begann in ihm zu reifen. Der Entschluss, Lena nicht kampflos aufzugeben. Seine Ehe nicht kampflos aufzugeben. Er liebte sie. Und er war immer so glücklich über seine intakte Familie gewesen, wahrscheinlich so glücklich, dass er nicht mehr auf Details geachtet hatte, oder so glücklich, dass er nur noch sein eigenes, bequemes Glück, aber nicht das seiner Frau im Auge gehabt hatte. Wieder sah er auf den Brief – und wusste plötzlich eines sicher: Er würde ihn Lena persönlich geben. Entschlossen setzte er sich an den Rechner und vertiefte sich darin. Ein paar Stunden später hatte er, was er wollte. Danach rief er Julia an, sprach lange mit Volker, atmete tief durch, bevor er die Nummer von Britta und Anke wählte.

Einen Tag später packte er ein paar Sachen und fuhr los.

Nach Berlin.

♫ ♫ ♫

Als er dort ankam, hatte Lena ihm auf seine letzten Worte, die ihm nun doppelt mies vorkamen, eine Antwort geschrieben. Er rief sich den Wortlaut des Telefonats noch einmal ins Gedächtnis und sein Herz krampfte sich zusammen:

›... ich meine, wir reden über ein paar Stunden, in denen es mir schlecht geht und für die ich mich jetzt auch noch schämen soll! Ich tue hiermit das Gegenteil! Ich erwarte von dir, dass du das mitträgst!‹

›Mitträgst? Deine schlechte Laune?‹

›Ja! Verdammt noch mal! Als du mich geheiratet hast, hast du vor Gott gesagt: ›In guten wie in schlechten Zeiten‹! Jetzt habe ich mal stundenweise schlechte Zeiten und du hast null Verständnis für gar nichts! Was soll das werden? Du willst noch nicht einmal wissen, wie es mir geht! Du weißt es auch gar nicht!‹

›Okay, Lena, das reicht. Genieß deine Auszeit. Ich werde sie auch genießen!‹

Lena hatte – zwölf Stunden danach – geschrieben:

»Ich möchte nur eines klarstellen, Max: Ich werde diese Zeit genießen. Ob es dir nun passt oder nicht. Und auch, wenn du mir die Konten sperrst.«

Lena hatte diese Zeilen verfasst, als ihr klar wurde, dass Max herausgefunden hatte, wo sie war. Sie sollten eine Vorwarnung sein, um ihm klarzumachen, dass sie von ihren Plänen nicht abweichen würde, wenn sie gleich aufeinandertrafen.

Max wiederum wusste nun auf grausame Art und Weise, wie sie das mit dem Zeitgenießen gemeint haben könnte.

♫ All Of Me Loves All Of You ♫
John Legend

Kurz vor ihrer Abreise hatte sie sich ein neues Kleid geleistet, schwarz, raffiniert geschnitten und figurbetont. Sie ließ ihr langes Haar offen, schminkte sich in aller Ruhe und war vor der Zeit fertig. So fuhr sie ihren Laptop hoch und loggte sich in Facebook ein. Trixi hatte wieder geschrieben.

»Was machst du denn heute Abend? Zeit zum Chatten?«

»Nein, tut mir leid, ich gehe gleich in die Bar.«

»Ja, dann viel Spaß! Bin auch beschäftigt! Vielleicht danach?«

»Kann ich noch nicht sagen ... wir sehen!«

Lena nutzte die restliche Zeit, um ein paar E-Mails zu beantworten und ein Selfie von sich zu schießen, das sie an ihre Crew schickte mit den Worten:

»Ready to fight ... alles Weitere später!«

Dann schnappte sie sich das Paket und hoffte, dass Max die Etiketten für den Umtausch aufbewahrt hatte. Noch auf dem Weg nach unten hatte sie die Reaktionen ihrer Freunde auf dem Schirm:

»Ready to fight? Was soll denn das bedeuten?« Eine besorgte Julia.

»Hoffentlich ist es ein attraktiver Kampfpartner!« Volker.

»Hast du es schon mal mit einer Frau versucht? Die sind in der Regel zärtlicher!« Britta und Anke. Letztere hatte noch hinzugefügt: »Und schöner! Und einfallsreicher! Und ausdauernder!«

»Good Luck!«, feuerte Volker noch hinterher. »Sag mir, wer gewonnen hat!«

Lena lächelte, stellte sich in den Aufzug, betrachtete sich im Spiegel und hatte dennoch ein mulmiges Gefühl. Sie ahnte, warum sie sich so aufgehübscht hatte. Es war eine Rüstung, ihr Kampfanzug. Doch dann fiel ihr der Geburtstag ein, an dem Max ihr Aussehen so egal wie nur irgendetwas gewesen war, und ihr Lächeln schwand.

Es war besser, sich zu wappnen und nicht darauf zu hoffen, dass ein hübsches Kleid Max sanfter stimmen würde. Nach dem, was er ihr gestern geschrieben hatte, konnte das nur unangenehm werden. Max war auf etwas anderes fixiert. Das musste ihr klar sein.

♫ ♫ ♫

Max war aufgeregt wie ein Vierzehnjähriger vor seinem ersten Date, als er sich übernervös in die Bar setzte, links hinten auf einen Platz, der hinter einem Paravent halb verborgen und nur aus wenigen Winkeln einsehbar war. Seit einer Stunde schon saß er hier und wartete auf Lena. Seine Lena. Er wusste, sie würde kommen.

Die Aufzugtüren öffneten sich, Lena atmete tief durch und ging mit etwas wackligen Beinen Richtung Bar, das Paket unter den rechten Arm geklemmt. Ihr Herz klopfte heftig und sie bemerkte nicht, wie ihr die Männer hinterher sahen. Krampfhaft hielt sie sich am Karton fest und fixierte die hintere, linke Ecke der Bar. Der leichte Stoff des Kleides wehte beim Gehen verführerisch auf und gab ihre Beine bis zum Oberschenkel frei. Auf halbem Weg trat ihr ein aufmerksamer Ober in den Weg und bot sich an, den Karton zu tragen. Sie überließ ihm das Teil und lief weiter in die linke Ecke, während der Ober mit dem Paket folgte. Sie spähte nach hinten und ja, da saß er, in einem der großen Ohrensessel. Sie konnte nur die Beine sehen. Als sie sich näherte, stand er auf und sein Gesicht leuchtete in einer so immensen Freude auf, dass es ihr die Kehle zuschnürte – und sie langsamer ging, weil sie davon wie benommen war. Das Strahlen in seinen Augen warf sie schier um.
Es war nicht Max.
Es war Matt Wolters.

♫ ♫ ♫

Max sah Lena in die Bar kommen und ihm war, als sähe er eine fremde Frau. Sie sah so wunderschön aus! Sie war noch so unglaublich attraktiv und man sah ihr die fünfzig Jahre nicht an. Seine Frau! Es war seine Frau, die mit einem unglaublichen Sex-Appeal die Blicke der Männer auf sich zog! Er merkte, wie seine Brust anschwoll, merkte, wie stolz er war, sagen zu können: Seine Frau. Ja, du Säftel, vermeldete sein Hirn. Die du vernachlässigt hast. Schwer vernachlässigt hast! Die du wie ein Möbelstück behandelt hast! Er schluckte und beobachtete Lena weiter, wie anmutig sie ging, wie aufrecht ihre Haltung war.

Verborgen hinter dem kleinen Bambus und dem Paravent, beobachtete er, wie sie in seine Richtung lief. Er wollte schon aufstehen, als sie einen kleinen Schwenk machte, weg von ihm und auf einen ihm fremden Mann zuging, einem Mann, dem die Freude über ihr Kommen so deutlich aus den Augen sprang, nein, nicht nur aus den Augen, sein ganzes Sein drückte etwas so Intensives und Tiefes aus, dass es Max ganz anders wurde. Er sah in kristaller Detailschärfe, wie der Mann schluckte, wie seine Arme zuckten, als wolle er sie um Lena legen – um seine Frau! Besitzerinstinkt wallte in ihm auf wie Lava aus einem ausbrechenden Vulkan.

›Sie gehört mir, du Arsch!‹, schrie eine Stimme in ihm und er konnte sich kaum beherrschen. Aber sein Kopf fing sofort an, ihn zu schützen, vor dem Schmerz, dem Begreifen dessen, was es bedeutete, dass Lena auf einen Mann zuging, der sie zu kennen schien.

Er assoziierte schnell ... Sie hatte einen Lover! Sie war schon längst von ihm weg! Sie hatte ihm diese Scheiße mit der Auszeit erzählt und dabei Gott weiß was im Sinn gehabt!

›Es geht nicht um Sex, Max!‹, schrieb sich der Satz von ihr in sein Gehirn. Oh, doch, es ging um Sex! Und wie es verdammt noch mal um Sex ging! Wenn er diesen Mann da betrachtete, den Ausdruck in seinen Augen, die Freude, die Sehnsucht, die der Kerl ausstrahlte ... das war unerträglich, es war schlicht unerträglich! Keine Botschaft war klarer als diese: Dieser Mann liebte seine Lena, das sah jeder Idiot, das stand dem Typen so deutlich im Gesicht, als schreie er es in die Welt.

Totenbleich saß Max in seinem Klubsessel. Lena und der Unbekannte standen schräg neben ihm, sie waren nur getrennt durch den Paravent und Max wechselte noch einmal den Platz, um besser hören zu können, was gesprochen wurde. Der Schock saß tief. Seine Frau betrog ihn. Sie hatte einen anderen.

♫ ♫ ♫

Lena stand wie angewurzelt vor Matt Wolters und brachte keinen Ton hervor. Dieser Blick! Diese graugrünen Augen! Dieser Ausdruck darin! Ihr Herz stürzte fünfhundert Meter in die Tiefe. Sie konnte ihre Augen nicht von ihm abwenden und war sich mit einer tödlichen Sicherheit bewusst, dass sie diesen Menschen nicht zum ersten Mal traf. Sein gesamtes Inneres schien Botschaften an sie zu senden, die sein Mund nicht aussprach. Ihre vollen Lippen zuckten und bevor sie es verhindern konnte, wurden ihre Augen feucht. Stumm starrten sie sich an.

Die Aura um die beiden war so greifbar, dass der Ober ganz vorsichtig den Karton auf einen freien Sessel stellte und sich geräuschlos entfernte, ohne eine Bestellung aufzunehmen.

Behutsam streckte Matt seine Hand aus, als hätte er Angst, sie zu verschrecken, und sie reichte ihm die ihre. Er umhüllte ihre Finger mit beiden Händen und ihr war, als schließe sich ein Kontakt, als finge plötzlich etwas an zu strömen, als belebe die Wärme seiner Haut ihr ganzes Sein. Sie bekam weiche Knie.

»Guten Abend«, sagte er mit einer leisen, leicht heiseren Stimme. »Ich bin Matt ... Matt Wolters.«

»Burghof«, antwortete sie mechanisch. »Lena Burghof.«

Er räusperte sich und lächelte vorsichtig.

»Sie können sich nicht vorstellen, wie sehr ich mich freue, dass Sie auf meine kuriose Einladung eingegangen sind.«

Er lächelte etwas mehr – und es war ein so traumhaftes, warmes, aufrichtiges und glückliches Lächeln, dass Lenas Herz Kapriolen schlug. Verlegen zog sie ihre Hand aus seiner Umhüllung.

»Ich ... es tut mir leid, aber da liegt ein Missverständnis vor«, sagte sie betreten. »Ich dachte, Sie seien mein Mann.«

Sie wurde blutrot, als sie gewahr wurde, wie sich das anhörte, angesichts dieser nicht zu leugnenden Verbindung zwischen ihnen. Schnell setzte sie hinzu: »Ich meine, ich dachte, mein Mann wollte mir einen Streich spielen und hat sich deswegen als ein anderer ausgegeben.«

Matts Augen hatten sich bei ihrer Aussage verdunkelt.

»Oh. Okay. Sie sind verheiratet.«

»Ja«, sagte Lena. »Bin ich.«

»Das heißt, Sie wären nicht gekommen, wenn Sie gewusst hätten, dass ich ein anderer bin.«

»Nein, vermutlich nicht«, erwiderte sie. »Umgekehrt hätten Sie mich sicher nicht eingeladen, wenn Sie gewusst hätten, dass ich verheiratet bin.«

»Das weiß ich nicht«, erwiderte er leise. »Ich vermute, ich hätte trotzdem nicht anders gehandelt.«

Ihr Blick fiel auf den Karton. Sie lächelte zaghaft: »Ich hoffe, dass Sie die Quittungen noch haben und das wieder zurückgeben können.«

Er nickte. »Schade, ich hätte Sie zu gerne darin gesehen ... es tut mir leid. Ich weiß, es ist dreist, aber ich konnte einfach nicht widerstehen. Es war so, wie ich es geschrieben habe, ich hatte das tiefe Empfinden, das tun zu müssen.« Verlegen brach er ab.

»Ja, das ... das hört sich einigermaßen schräg an«, antwortete sie und runzelte die Stirn. »Ich meine, Sie sind mir gestern ins KaDeWe gefolgt? Und haben mich beobachtet, wie ich das Kleid anprobiert habe?«

»Nein, ich bin Ihnen nicht gefolgt. Ich habe Sie im KaDeWe entdeckt, als Sie gerade das Kleid in der Hand hielten ... als Sie es anhatten und es wieder wegbringen ließen.«

»Sie sind mir gefolgt«, stellte sie richtig. »Was ist mit den Schuhen? Und woher wussten Sie, wo ich übernachte?«

»Ach, so meinten Sie das, ja, stimmt, danach bin ich Ihnen gefolgt.«

Ihre Stirn runzelte sich erneut, sie setzte zu einer Erwiderung an, als er mit einem entwaffnenden Lächeln fragte:

»Setzen Sie sich trotzdem ein Weilchen zu mir?«

»Ja, warum nicht?«, erwiderte sie. »Ich würde nämlich gern noch einiges wissen.«

»Dann ... sind Sie nicht sauer, dass ich Sie so angemacht habe?«

»Nein, ich finde es schön, dass Sie mich anmachen – solange Sie anständig dabei bleiben«, entfuhr es ihr und sie lachte leicht.

»Wobei das mit dem Kleid und den Schuhen eindeutig zu viel war.« Er lachte verdutzt und amüsiert. »Das ist ja eine sehr entspannte Einstellung zum Flirten.«

»Ja«, sagte sie. »Besser gesagt: Ich versuche gerade, zu entspannen, was das angeht.«

Sie schlug die Augen nach unten, als sie sich setzte, und dachte: ›Oh, mein Gott, Lena, was wird das hier? Du redest gerade totalen Bullshit!‹

Als sie wieder aufsah, ruhte sein Blick auf ihr. Mit einem skeptischen Lächeln sah sie ihm in die Augen.

»Ich glaube, Sie sind mir noch eine Erklärung schuldig.«

Matt lächelte zurück und sein Lächeln war unfassbar schön. Ihr war, als öffne sich ihr Herz, als sich dieser Kranz um seine Augen bildete, seine Lippen sich teilten, seine weißen Zähne zum Vorschein kamen ... und sich ein verdammt anziehendes Glitzern in seine Augen stahl. Etwas in seinem Lächeln war so anders, wirkte fast verwundert, fast so, als wolle er sagen: ›Ich habe selbst keine Ahnung, was hier abläuft.‹ Etwas war überhaupt vollkommen anders hier. Die Stimmung war von Beginn an mit Elektrizität und Magie gefüllt und legte sich wie eine glitzernde Wolke um sie beide.

Der Ober bot eine willkommene Unterbrechung, als er sich nach ihren Getränkewünschen erkundigte und Matt sie fragte: »Was halten Sie von einem Glas Champagner?«

»Viel«, antwortete sie. Während er sich mit der Karte beschäftigte, nutzte sie die Gelegenheit, ihn genauer zu studieren. Er trug Jackett und Hemd ohne Krawatte, war groß, größer als Max, wirkte trainiert, hatte ein markantes Gesicht, in dem das Auffallendste seine graugrünen Augen waren. Sein Haar war dunkel, mit wenigen weißen Fäden durchsetzt und er trug einen leichten Bart – was ihm einen verwegenen und gleichzeitig vertrauenswürdigen Anstrich gab. Lena schluckte. Bis auf die Augen sah der Typ aus wie eine Mischung aus Christian Bale und Keanu Reeves – was wollte der von ihr?

Als er die Bestellung aufgegeben hatte, beugte er sich vor und seine Körperwärme wehte zu ihr wie ein warmer Wind.

»Sie sehen bezaubernd aus«, sagte er leise.

Sie war Komplimente nicht gewohnt, wurde rot und sah ihn fragend und unsicher an. Und wieder veränderte sich mit ihrem Blick der Ausdruck in seinen Augen, wurde so zärtlich, dass ihr die Luft wegblieb. Gewaltsam riss sie sich zusammen.

»Danke«, erwiderte sie. »Aber verzeihen Sie, ich bin doch etwas misstrauisch, das können Sie mir schlecht verdenken.«

Matt setzte zu einer Antwort an, aber der Ober unterbrach erneut, kam mit einem Eiskübel und dem Champagner, stellte Gläser auf den Tisch, ließ Matt auf das Etikett sehen und begann die Flasche zu öffnen. Keiner von ihnen sagte ein Wort. In Lena tobte ein Sturm. Sie wollte dieses Schweigen unterbrechen, aber solange der Ober neben ihnen stand, war eine intime Unterhaltung nicht möglich. Erschrocken registrierte sie, wie intim die Atmosphäre von Beginn an mit diesem Mann gewesen war. Sie rettete sich in unverfängliche Fragen:

»Leben Sie hier in Berlin?«, fragte sie.

»Nein, aber ich komme ursprünglich von hier. Mittlerweile lebe ich in England. Meine Wahlheimat.«

»Gute Wahl«, lächelte sie. »Das Land ist so schön!«

»Ja, das ist es«, sagte Matt. »Und ich habe eine besonders schöne Ecke erwischt.«

»Wo in England leben Sie? In Cornwall?«

»Nein, in den Cotswolds.«

»Das kenne ich nicht. Wo liegt das?«

»Im Südwesten Englands, in der Nähe von Wales. Es ist eine von drei Landschaften in den UK, die den Titel ›Area of Outstandig Beauty‹ innehaben. Und das zu Recht. Es ist so idyllisch dort! Wenn man durch die Dörfer fährt, meint man, die Zeit sei stehen geblieben.«

»Hört sich traumhaft an«, erwiderte sie. »Ich wollte so oft schon nach England reisen, aber irgendwie sind wir dann immer wieder im Süden gelandet.«

Der Ober entfernte sich endlich und sofort baute sich eine extrem elektrisierende Verbindung zwischen ihnen auf. Matt nahm die zwei Gläser hoch, drückte ihr eines davon in die Hand und sah ihr in die Augen.

»Danke«, sagte er. »Danke, dass Sie gekommen sind. Auch, wenn Sie dachten, ich sei Ihr Mann.«

Er stieß an ihr Glas, fuhr fort: »Aber ich werde trotzdem jede Sekunde genießen«, und lächelte sie so innig an, dass ihre Hand leicht zitterte. Unsicher lächelte sie zurück und trank einen Schluck. Sie hatte wenig gegessen und nach der Sauna nicht genügend Wasser getrunken, weil in der Minibar keines mehr gewesen war. Und so entfaltete der Alkohol rasch seine Wirkung und nahm ihr, Gott sei Dank, ein wenig die Anspannung.

»Okay«, sagte sie, als sie ihr Glas abstellte. »Herr Wolters ... Sie sind dran. Wie kommt es, dass wir hier sitzen?«

»Wollen Sie nicht Matt zu mir sagen? Dann könnte ich Sie auch beim Vornamen nennen, das wäre doch schöner.«

»Ja, gut, wenn es Ihnen dann leichter fällt, sich zu erklären!?«

»Ich fürchte, da gibt es nicht so viel zu erklären«, antwortete er. »Es hört sich ziemlich bescheuert an, aber ich war gestern im KaDeWe und ... ja ... und wie erwähnt ... da habe ich Sie entdeckt ... dich entdeckt.«

Sie zuckte ein wenig zurück und ihr Gesichtsausdruck sprach Bände. Das Du war wie ein Stich in ihr Herz. Matt verstummte, kämpfte sichtlich um Worte. Sein Blick senkte sich auf seine Finger, die er nervös knetete. Schließlich sah er sie mit einem fast gequälten Gesichtsausdruck an und ihr Herz flatterte schon wieder. Es flatterte so sehr, dass sie am liebsten ihre Hand darüber gelegt hätte, um es zu beruhigen, als sie diesen Mann ansah, den sie nicht kannte, und der ihr dennoch zutiefst vertraut vorkam.

»Das lässt sich nicht wirklich erklären ...« Seine leicht raue Stimme jagte ihr Schauer über den Rücken, seine nächsten Worte aber umso mehr: »Aber in dem Moment, als ich dich gesehen habe, wusste ich, du bist es.«

»Bitte?« Ihre Lippen bebten, ihr fehlten die Worte.

»Ich weiß, es hört sich dumm an.«

»Nein, es hört sich eher ... «

»Du bist misstrauisch.«

»Ja, sehr. Bin ich. Es hört sich stalkermäßig an. Du könntest mir ja hier alles erzählen.«

Sie brach ab. Beide empfanden es als natürlich, beim Du zu bleiben. Es war unheimlich, was da eben ablief, und Lena war verstört.

»Ja, das stimmt. Aber ich war gestern wie ferngesteuert. Und nein, das ist keine Masche. Ich habe so etwas vorher noch nie gemacht – aber klar, du kennst mich nicht, und du hast ja recht, ich könnte alles Mögliche zusammenlügen, aber diese Sekunde ... als ich dich gesehen habe ... als du dieses Kleid in der Hand hattest ...« Er brach ab.

»Okay, mal langsam«, erwiderte Lena völlig überfahren und mahnte sich innerlich zur Vorsicht. Wollte ihr da gerade jemand ein ›Liebe-auf-den-ersten-Blick-Ding‹ verklickern?

»Was soll das? Entschuldige bitte, aber es ist abgedreht, fremden Frauen zu folgen, sie bei der Anprobe zu beobachten und ihnen Kleider und Schuhe zu schenken. Und ...« Sie wurde rot. »... du musst mich ja bis ins Hotel verfolgt haben, wenn du das Paket auf das Zimmer legen lassen konntest! Das ist nicht gerade vertrauenerweckend.«

»Ich weiß«, sagte Matt. »Das weiß ich alles. Es war im Nachhinein betrachtet ganz sicher ein Fehler. Ich hätte dich im KaDeWe ansprechen sollen, zum Kaffee einladen ... aber ... wie gesagt, es war eine sehr impulsive Regung. Ich habe nicht nachgedacht. Normalerweise mache ich Frauen nicht an. Und ich weiß nicht, ob du auf eine Einladung zu einem Glas Sekt reagiert hättest. Dann wäre alles mit einem einzigen Nein beendet gewesen. Weißt du ... ich bin ziemlich ungeübt in solchen Dingen. Ich entschuldige mich hiermit in aller Form, aber es tut mir trotzdem nicht leid. Habe ich jetzt alles versaut oder gibst du mir noch eine Chance?«

Unwillkürlich musste sie lachen. »Eine Chance wozu?«, fragte sie zurück. »Du bist aber nicht auf Bezness spezialisiert, ein Love Scammer oder sonst irgendetwas in der Richtung?«

Sie hatte ihr Glas schon fast leer und der Ober schenkte nach. Gefährlich. Sehr gefährlich. In ihrem Kopf drehte sich alles – nicht nur wegen des Alkohols. Matt beobachtete sie und in seinem Blick lag etwas, was Lena unendlich schwach machte. Er betrachtete sie auf eine Weise, die ihr guttat. Es war kein lüsterner ›Komm-schon-Baby-zieh-dich-aus‹-Blick.

Kein ›Wie-viele-Minuten-dauert-es-bis-ich-dich- rumkriege-Blick‹. Nein, es war ein interessierter, bewundernder Blick, einer der registrierte, was sie gern registriert haben wollte. Ein Blick, der den Glanz in ihren Augen sah, über ihren Mund glitt, als ob er mit seinem Finger darüber führe, der ihre Lippen zum Zucken brachte und ihr Herz öffnete. Seine Augen wanderten über ihre Gestalt in einer Weise, die ihr das Gefühl gaben, schön zu sein, dass ihm gefiel, was er sah, auch, wenn sie nicht perfekt war. Matt nahm sie als Frau wahr. Sein Blick war pure Wärme und Lena erinnerte sich plötzlich daran, dass sie sich in einer Auszeit befand und dass sie das hier genießen sollte. Sie wusste nicht, ob Matt ein Betrüger oder einfach nur ein Spinner war, der so etwas dreimal täglich abfuhr. Vielleicht hieß er gar nicht Matt Wolters. Darüber wollte sie gerade nicht nachdenken. Sie spürte nur dieses Prickeln und Kribbeln, diese Elektrizität in ihrem Körper, die ihr sagte, dass sie so lebendig war wie seit langem nicht mehr.

»Selbst, wenn ich dir eine Visitenkarte geben würde, würdest du denken, sie ist gefälscht«, schmunzelte er. »Am besten ist es, du googelst mich.«

»Oh, schon mal gut, dass man dich googeln kann«, antwortete sie. »Ehrlich, Matt, ich habe keine Ahnung, was ich davon halten soll. Vermutlich ist das schon eine Masche von dir? Du spionierst Frauen aus, die Kleider anprobieren, die sie sich vielleicht nicht leisten können, und überraschst sie dann damit?«

»Oh, Mann, Lena, ich wusste es! Ich hätte das nicht tun sollen! Da gibt es doch wahrlich billigere Methoden, eine Frau herumzukriegen!«

»Ja, das stimmt allerdings«, lachte sie. »Übrigens wollte ich mir das Kleid heute ohnehin holen. Und die Schuhe auch.«

»Das trifft sich doch gut! Jetzt hast du schon alles!«

»Hast du die Quittung?«, fragte sie. »Ich gebe dir das Geld für die Sachen. Alles andere ist indiskutabel.«

»Okay. Unter einer Bedingung!«

»Die wäre?«

»Ein Abendessen mit dir in diesen Teilen!«

»Du meinst aber nicht, dass ich mich jetzt noch mal umziehen soll!«

»Nein, ich meine, dass du noch ein zweites Mal mit mir essen könntest!«

Lena lachte verdutzt. Zum einen, weil sich der Ton ihrer Unterhaltung so schnell gedreht hatte und zum anderen, weil es so natürlich und normal schien, so offen und ungezwungen miteinander umzugehen.

»Das geht nicht«, entgegnete sie. »Ich reise morgen ab.«

»Wohin?«

»Weiß ich noch nicht. Wohin der Wind mich treibt. Außerdem geht dich das nichts an.«

»Wohin der Wind dich treibt? Das hört sich spannend an! Hast du dir schon Gedanken über die Windrichtungen gemacht?«

»Ja, einige. Ich habe eine ganze Liste voll mit Zielen, aber noch keine Reihenfolge.«

»Wie lange wirst du unterwegs sein?«

»Weiß ich auch noch nicht.«

»Warum bist du überhaupt unterwegs? Und warum weißt du nicht, wie lange du unterwegs bist? Du hast gesagt, du bist verheiratet. Was sagt denn dein Mann dazu?«

»Warum kaufst du fremden Frauen Kleider und steigst ihnen in Kaufhäusern hinterher? Warum bist du nicht liiert, obwohl du ein so offensichtliches Sahneschnittchen bist?«

»Könnte ein Thema für das Abendessen werden.«

»Oh, das wird gehaltvoll«, seufzte Lena. »In jeder Hinsicht.«

»Wie meinst du das?«

»Na ja, irgendetwas sagt mir, dass du viel zu erzählen hast – also wird es inhaltlich gehaltvoll. Und da das alles Zeit kostet, müssen wir wohl mindestens drei Gänge bewältigen – physisch gehaltvoll.« Matt lachte befreit auf. »Wow, klingt das etwa so, als ob unser Dinner heute Abend doch noch stattfindet?«

»Warum nicht? Ich habe Hunger! Du könntest mir etwas über die Cotswolds erzählen! Und über dich natürlich.«

»Das mache ich! Unbedingt! Und da du Hunger hast … gehen wir?«

»Ja, gern!«

Vergnügt stand Lena auf und lächelte ihn strahlend an. Matt stand dicht vor ihr und schaute ihr von oben in die Augen. Er sagte nichts. Das musste er auch nicht. Jedes lebende, fühlende Wesen im Raum bekam mit, dass er keine Worte fand für das, was er im Herzen trug.

♫ Hurt Lovers ♫

Blue

Niedergeschmettert saß Max in seinem Sessel und sah die beiden gehen. Er hatte während des Gesprächs nicht viel sehen können, aber gegenüber befand sich eine Kommode mit einem Spiegelaufsatz, der ihm partiell Blicke auf Lena erlaubt hatte. Doch diese letzte Szene hatte er komplett mitbekommen. Die Art, wie Matt seiner Frau in die Augen geschaut hatte. Er hatte sie mit nicht einem Finger berührt – und doch hätten diese Sekunden intimer nicht sein können. Es war ein genauso schreckliches Gefühl, als hätte er die beiden zusammen im Bett erwischt. Zwischen ihnen schwang etwas, das ihn schier wahnsinnig machte. Eine unausgesprochene, tiefe Verbindung, die ihn absolut ohnmächtig zurückließ.

Er hatte das gesamte Gespräch mitverfolgt – und fast wäre es ihm lieber gewesen, er hätte Lena der Untreue bezichtigen können, es wäre leichter zu ertragen als das hier. Er hatte sie nicht immer sehen können, aber oft genug, um das Aufleuchten ihrer Augen mitzubekommen, ihren strahlenden Blick, den sie einem anderen schenkte, ihre geröteten Wangen, ihr Lachen, in das er sich in jungen Jahren verliebt hatte ... und das er immer noch liebte. Er hatte geradezu spüren können, wie sie aufblühte, sich aufrichtete, wie eine Blume, die endlich Sonne und Wasser bekam. Lena traf diesen Mann zum ersten Mal. Sie hatte gedacht, Matt wäre er, Max. Er konnte ihr nichts vorwerfen, sie hatte sich korrekt verhalten. Und dieser Matt hatte sich auf den ersten Blick in Lena verliebt, so wie er selbst vor dreißig Jahren.

Warum, verdammt noch mal, war er nicht aufgestanden? Warum hatte er sich nicht zu erkennen gegeben? Warum hatte er diesem Matt Wolters nicht einfach gesagt, er solle sich verpissen? Warum ließ er zu, dass seine Frau nun mit diesem verdammt attraktiven Kerl beim Essen saß?

Aber Max wusste, warum: Weil er sie, hätte er auch nur eines davon getan, umso schneller verloren hätte.

»Noch etwas zu trinken, der Herr?«

Ohne nachzudenken, sagte er: »Einen doppelten Whiskey und einen doppelten Espresso«, und wusste nicht, welcher Regung er nachgeben sollte: Den Espresso trinken, weil er noch nach Hause fahren wollte – oder den Whiskey, weil er nicht nach Hause fahren wollte. Die Zeit, in der er auf die Getränke wartete, nutzte er, um Matt Wolters zu googeln.

Das Ergebnis gab ihm den Rest. Matt war Unternehmer. Einer von der ganz großen Sorte. Einer, dem Geld egal sein konnte. Er war geschieden, seit zehn Jahren schon, war ein Jahr älter als Max, dreiundfünfzig, wirkte aber jünger, hatte keine Kinder und im Gegensatz zu ihm nur wenig graue Haare. Er besaß namhafte Firmen, überall auf der Welt Immobilien – und war als Ehrenmann bekannt. Zahlreiche Hilfsorganisationen schwärmten von ihm als Wohltäter, er hatte Krisenländer bereist und selbst mit Hand angelegt. Sein Ruf war tadellos – selbst seine Exfrau fand nur gute Worte für ihn. Musste ausgerechnet so einer Lena schon in den ersten Tagen ihrer Schnapsidee-Reise über den Weg laufen? Hätte dieser Matt nicht einfach ein blödes Arschloch sein können, vor dem er sie hätte warnen können? Ein mittelloser Kracherbsentyp, den man getrost vergessen konnte? Aber nein! Der Typ war perfekt! Besser ging's nicht! Max war am Boden zerstört, als ihn der letzte Gedanke wie ein Kinnhaken traf: Matt hatte bestimmt nicht mit den Schwierigkeiten zu kämpfen, die er gerade hatte.

Gott sei Dank hatte er Lena geschrieben, dass sie das mit der Auszeit knicken konnte! Wenn er sich vorstellte, dass sie ... oh, mein Gott, nein! No way! Er wusste, dass Lena sich daran halten würde. So wie sie sich all die Jahre nach ihm gerichtet hatte. Dann wurde ihm wieder heiß: Sie war gegangen, um Dinge zu ändern, und ihre Worte ›Wenn du mich nicht freigibst, gehe ich eben ganz‹ hämmerten schmerzhaft in seinem Kopf.

Blutleer saß er auf seinem Sessel. Seine Kehle fühlte sich an wie mit Draht umwickelt und er hatte Mühe zu atmen. Nach ein paar Minuten holte er sein Handy hervor und starrte es an. Er überlegte lange. Sehr lange. Schließlich gab er sich einen Ruck und drückte den WhatsApp-Button. Mit zitternden Fingern tippte er.

»Lena, ich halte mich an unsere Abmachung. Du bist frei – für diese Zeit. Aber nicht für immer.«

Leise flüsterte er: »Nicht für immer, Lena. Bitte. Lass es nicht für immer sein.«

Er trank den Espresso. Starrte den Whiskey an. Sein Tablet warf ihm das strahlende, charmante Lächeln von Matt zurück. Unwillkürlich hob Max den Kopf und der Kommodenspiegel reflektierte sein eigenes, bleiches Gesicht, das graue Haar, die müden Augen, den Bauchansatz. Das war er. Seine Frau sah besser aus denn je – und saß mit einem vermögenden Strahlemann-Typen beim Essen.

Erneut öffnete er WhatsApp.

»Wollte nur sagen, das mit dem Konto war nicht ernst gemeint.«

Er wusste instinktiv, das war ein verzweifelter Versuch, mit jemandem wie Matt konkurrieren zu können. Genau wie die beiden gegenseitig fühlte er diese alte tiefe Verbindung zwischen ihnen, die nicht wegzudiskutieren war. Jeder hier im Raum hatte das gespürt und genau das machte ihm Angst. Max stierte das Whiskeyglas an, stellte sich vor, wie es wäre, wenn er Lena vor der Zimmertür

abpassen würde. Was sie sagen, was sie denken würde. Was er sagen
sollte.

Er ließ den Alkohol stehen und stand auf.

Wie ein geprügelter Hund verließ er das Hotel und fuhr los. Nach
Hause. Das keines mehr für ihn war – ohne seine Frau.

♫ Big Jumps ♫
Emilia Torrini

Alles mit Matt war einfach und leicht. Alles kunterbunt und schillernd. Selbst wenn die Köche das gesamte Essen hätten verbrennen lassen – es wäre keinem von ihnen aufgefallen.

»Woher kommt der Name Matt?«, fragte sie ihn neugierig aus.

»Schlicht und ergreifend von Matthias. Aber da ich in England lebe, ist schnell Matthew draus geworden und dann Matt.«

»Seit wann lebst du dort?«

»Seit dreißig Jahren. Ich habe beide Staatsbürgerschaften.«

»Dann hast du aber früh gewählt.«

»Ein Grund war Cynthia, meine Ex-Frau. Sie ist Engländerin. Ich habe in Deutschland mein Abitur gemacht und dann in England studiert – und Cynthia kennengelernt.«

»Hast du Kinder?«

»Nein, leider. Oder Gott sei Dank. Ich bin geschieden, seit zehn Jahren, und es wäre mit Kindern nicht so leicht gewesen.«

»War es denn leicht?«, fragte sie.

»Ja, wir verstehen uns heute noch gut.«

»Und was machst du in Berlin?«, wollte Lena wissen. »Bist du geschäftlich hier?«

»Ja, ich habe einige Projekte, die ich persönlich betreue, aber ich arbeite maximal vier Tage am Stück, dann fliege ich wieder zurück nach England.«

Lena fragte viel und Matt antwortete – unkompliziert und ehrlich. Sie erfuhr, dass er gerne wanderte, Pferde hatte und Unternehmer war. Es beruhigte sie, dass er so offen von sich berichtete und bereitwillig Auskunft gab. Matt tat das ausgesprochen gern, weil er es mochte, wie sie ihn anschaute, es mochte, wie sie seine Worte in sich aufnahm, bevor sie eine nächste Frage stellte. Er mochte ihr Lächeln und ihre glänzenden, braunen Augen, die mit so ehrlichem Interesse auf ihn gerichtet waren. Er konnte nicht verhindern, dass sein Herz unregelmäßig klopfte und er aufgeregt war wie beim allerersten Date. Und immer wieder erinnerte er sich an die Szene in dem riesigen Kaufhaus, als er sie inmitten von Tausenden von

Menschen entdeckt hatte, wie sie bei den Kleidern gestanden war und ab und zu einen Bügel herausgezogen hatte. Er war gerade auf der Rolltreppe nach unten gefahren und in diesen Sekunden war ihm, als schwebe er zu ihr hin. Sie hatte so aus der Masse herausgeleuchtet ... hatte sich anders bewegt, war nicht wie die anderen blind vor sich hin gestolpert, ihre Bewegungen waren bewusster, ihr Blick intensiv und voll. In so vielen Gesichtern hatte er geforscht und nie das gefunden, was er gesucht hatte. Aber das war nicht alles. Er hatte sie schon so oft gesehen ... und plötzlich war sie leibhaftig vor ihm gestanden. Für ihn war es ein echtes Déjà-vu.

Ja, und das Kleid ... als sie da aus der Kabine gekommen war, die Seide auf ihrem Körper, da hatte einfach etwas ausgesetzt. Egal, wie verquer das war, letztendlich hatte es ihm dieses Abendessen ermöglicht.

Die Unterhaltung entfaltete sich mühelos, sie war spritzig und heiter und sie lachten oft und viel miteinander. Mit Begeisterung erzählte ihr Matt von seinen Tätigkeiten als Unternehmer und vor allem von seinem Hauptwohnsitz in England, den er so liebte.

Lena war ebenso verblüfft wie erleichtert, zu erfahren, dass Matt kein Unbekannter für die Öffentlichkeit war und somit er und seine Worte leichter zu verifizieren waren. Sie hatte also weder einen mutmaßlichen Meuchelmörder noch einen Sonderling vor sich, sondern einen äußerst attraktiven und vor allem bodenständigen Mann. Und er sah sie immer so verliebt an! Damit kam sie gar nicht klar, sie hatte sich so lange nicht mehr begehrt und als Frau gefühlt. Zudem war er witzig, charmant und aufmerksam, etwas, was sie während der letzten Jahre in ihrer Beziehung mit Max extrem vermisst hatte. Aber ihr war auch klar, dass man ein erstes Date nicht mit einer fast fünfundzwanzigjährigen Beziehung vergleichen durfte.

»Ist das ein OM-Zeichen?«, fragte er, als er den Anhänger ihrer Kette betrachtete.

»Erstaunlich«, sagte Lena. »Das erkennt kaum einer.«

»Ich schon. Ein OM in einem Herzen ... sehr schön. Und ungewöhnlich.«

»Woher weißt du, wie ein OM-Zeichen aussieht?«

»Warum trägst du eines?«

»Weil es meine unverbesserliche idealistische Weltanschauung repräsentiert?«

»Was ist an OM idealistisch?«

Sie lachte. »Weil OM Vollendung und Ursprung symbolisiert und die wenigsten es für erstrebenswert halten, sich damit zu beschäftigen!«

»Tust du das?«

»Ja, schon. Ich finde, ein höheres Ziel zu haben, gibt unserer Welt Sinn und Rahmen. Und du? Glaubst du an so etwas?«

»Bedingungslos«, antwortete er, ohne zu zögern. »Warst du schon mal in Indien?«

»Nein, das fehlt noch in meiner Sammlung. Unter anderem. Unter vielem anderen.«

»Fliegst du mit mir da mal hin?«

Sie lachte verdutzt. »Nein! Natürlich nicht! Ich kenne dich gerade mal drei Stunden und soll mit dir nach Indien fliegen? Hast du sie noch alle?«

»Okay, ja, sorry, das verschieben wir hiermit. Ich bin wie immer zu schnell, nicht?«

»Viel zu schnell! Erschreckend schnell ... woher kommt das, Matt? Das ist doch unlogisch.«

»Als ob Gefühle logisch wären«, antwortete er. »Dagegen kann man sich nicht wehren und außerdem ...« Er brach ab.

»Und außerdem?«

»Nein, nichts, das kann ich dir nicht sagen, sonst hältst du mich endgültig für einen Psychopathen.«

»Ach, das mag ich gar nicht! Erst machst du mich neugierig und dann sagst du nichts!«

Er schmunzelte. »Nein, ich wollte nur sagen: Du hast recht. Ich bin zu schnell.«

»Nein, du wolltest etwas anderes sagen«, insistierte sie. »Traust du dich nicht?«

Er zögerte. Dann fragte er:

»Glaubst du an Bestimmung, Lena?«

»Nein, eher an den freien Willen. Der uns Entscheidungen treffen lässt, leider auch Fehlentscheidungen. Da ich aber Idealistin bin, denke ich, dass wir letztlich alle dazu bestimmt sind, glücklich zu sein. Weißt du, dieses grundlose Glücklichsein, das keine äußeren Umstände braucht. Aber den Weg dahin – den bestimmen wir mit unserem freien Willen, verstehst du, was ich meine? Unsere Sehnsucht nach Glück funktioniert quasi wie ein Navi. Es gibt ein Endziel und du kannst die Reiseart wählen, die zu dir passt. Langsam, schnell, direkt, auf Umwegen ... aber wenn du mal auf der komplett falschen Route bist, sagt es dir eben: ›Bitte wenden‹ oder es rechnet einen anderen Weg aus.«

»Ja«, sagte er und sein Lächeln war geradezu zärtlich. »Das verstehe ich sehr gut. Und du hast recht. Das Ziel ist klar, der Weg individuell. Apropos Ziel: Verrätst du mir, warum du unterwegs bist – mit unbestimmtem Ziel und von unbestimmter Dauer?«

»Du hast mir noch nicht erzählt, warum du Frauen in Kaufhäusern ...«

»Doch«, unterbrach er. »Habe ich. Du hast das nur nicht ernst genommen.«

»Matt, das ist doch ... Unsinn«, entgegnete sie unwillig. »Entschuldige, aber ich bin kein kleines Mädchen mehr.«

»Lena ...«

»Ich weiß, alles hier ist nicht normal«, unterbrach sie ihn. »Normalerweise hätte ich dir das Paket an den Kopf werfen sollen. Ich habe keine Ahnung, wie das kommt, dass wir stattdessen beim Abendessen sitzen. Und dann verhältst du dich, als seist du überzeugt ...« Sie wurde flammend rot und lachte verlegen. »Worüber reden wir hier überhaupt?«

»Darüber, dass so etwas manchmal in einer Sekunde entschieden ist«, antwortete er bestimmt.

Seine Augen senkten sich in die ihren und schlagartig wich die heitere Stimmung einer tiefen Intensität.

»Und ich weiß auch, warum das so ist«, setzte er mit seiner leicht rauen, erotischen Stimme fort. »Ich kann es dir nur hier und jetzt noch nicht erklären.«

Sie schüttelte leicht den Kopf. Sacht ergriff er ihre Hand. Ein elektrischer Schock fuhr ihr durch den Körper. Alle Härchen stellten sich auf und Lena durchfuhr das unbedingte Verlangen, mehr von ihm spüren zu wollen, ihn ganz spüren zu wollen. Ihn sofort spüren zu wollen. Erschrocken zog sie ihre Hand zurück und sah ihn mit großen Augen an.

»Was ist das nur?«, fragte sie leise. »Warum nur habe ich das Gefühl, dass ich dich kenne? Warum ist das alles so ungezwungen mit dir? Entschuldige, aber das flasht mich gerade etwas.«

»Ja, ich kann dich verstehen. Lass es doch einfach so stehen.«

Sie öffnete den Mund, um zu protestieren, als er fortfuhr. »Du hast recht. Wir kennen uns ... gerade mal drei Stunden. Wir sollten nicht über solche Themen reden.«

»Was hast du da gerade ausgelassen?«

»Ausgelassen?«

»Ja, zwischen ›wir kennen uns‹ und ›drei Stunden‹. Du wolltest noch etwas dazwischen setzen.«

Er lächelte leicht.

»Ich wollte dazusetzen: in diesem Leben.«

»Warum hast du Probleme, das zu sagen, wenn ich doch ein Herz mit einem OM-Zeichen an meinem Hals trage?«

»Wahrscheinlich wegen der drei Stunden?«

Er lachte – ein zärtliches Lachen, das ihr erneut eine Gänsehaut über ihren Körper jagte.

»Waren aber schöne drei Stunden«, erwiderte sie.

»Ja, sehr schöne«, bestätigte er. »Wunderschöne! Ich wäre so froh, wenn es nicht die letzten wären.« Er räusperte sich. »Darf ich wissen, was du vorhast? Hast du schon Pläne?«

»Keine konkreten. Sonne wäre nicht schlecht. Ich könnte auf die Balearen ... oder Kanaren, aber am Strand liegen, umgeben von Touris ... hm, macht mich gerade nicht an. Hast du einen Tipp für mich?«

»Portugal«, schlug er vor.

»Die Algarve?«

»Für jemanden, der nicht im Touri-Getümmel sitzen will, kein gutes Ziel. Nein, ich meine den Südwesten. Das ist der grünste Teil

Portugals ... du könntest nach Cascais ... das ist eine ganz reizende, kleine Stadt, direkt am Meer, mit tollen Hotels und schönen Stränden. Dort kann man stundenlang durch die Dünen wandern, abgelegene Klöster besuchen ... allein Sintra hat so viel zu bieten! Und Lissabon ist nur eine halbe Fahrstunde weg.«

»Hört sich super an! Danke! Das mache ich!«

Überrascht schaute er sie an. »Das geht aber schnell bei dir.«

»Klar, ich muss ja auch morgen abreisen«, sagte sie und zog ihr Handy raus, um die momentanen Temperaturen in Cascais zu checken. »Einundzwanzig bis dreiundzwanzig Grad!«, freute sie sich. »Absolut ideal!«

»Nimmst du mich mit?«, fragte Matt.

»Nein, Matt ... du weißt, ich bin verheiratet, das wäre keine gute Idee.«

Matt schwieg. Lena wollte das Handy schon wieder in die Tasche stecken, als WhatsApp einen Signalton von sich gab und die Nachricht von Max ausspuckte:

»Lena, ich halte mich an unsere Abmachung. Du bist frei – für diese Zeit. Aber nicht für immer.«

Ihr wurde anders. Verwirrt steckte sie das Handy weg. Fragend schaute Matt ihr in die Augen.

»Alles okay?«

»Ja«, sagte sie leise. »Alles okay.«

Du bist frei – für diese Zeit. Aber nicht für immer.

Und Matt saß vor ihr. Mit brennenden Augen und einer Präsenz, die ihr schier den Atem raubte.

♫ ♫ ♫

Sie standen im Foyer, es war Zeit, sich zu verabschieden. Sie sahen sich in die Augen und Lena war schwer versucht, ihn zu einem Absacker einzuladen, als er fragte:

»Was hältst du davon, wenn wir noch zusammen frühstücken, bevor du abreist?«

»Hört sich gut an«, antwortete sie erfreut. »Sehr gern! Und vielen Dank für den Abend ... er war mehr als schön!«

Er lächelte leicht, stand wieder dicht vor ihr wie in der Bar und strich diesmal mit einem Finger über ihre Wange.

»Ich habe zu danken«, sagte er leise. »Dass du es trotz meines Überfalls gewagt hast, mit mir essen zu gehen.«

»Ihr Taxi, Herr Wolters.«

Er zögerte und sie las in seinen Augen, dass er sie umarmen wollte, aber plötzlich, wie ein Warnsignal, gab ihr Handy erneut einen Signalton ab. Unwillkürlich wich sie einen Schritt zurück.

»Wie wäre es um neun?« Sie hielt das Handy fest in der Hand. »Passt das für dich?«

»Immer. Bis morgen, Lena, ich freue mich!«

»Ich mich auch! Bis morgen, Matt!«

Er drehte sich um und folgte dem Concierge, der ihm höflich die Tür aufhielt. Lena sah ihm nach. Und wünschte sich, er hätte sie umarmt.

♫ ♫ ♫

Max fühlte sich wie in Plastikfolie verschweißt, als er nach Hause fuhr. Manchmal glaubte er, keine Luft mehr zu bekommen, manchmal schwitzte er, vor allem, wenn er sich bewusst machte, dass er Lena mit einem sehr attraktiven Mann alleine ließ – und ihr gerade einen schriftlichen Freibrief per WhatsApp erstellt hatte. Ein paar Mal war er versucht, umzukehren, trotzdem vor ihrer Hotelzimmertür zu warten ... sie zum Reden zu zwingen, wollte wissen, ob sie alleine nach oben kommen, ob sie schon diese erste Nacht nutzen würde. Ihm war nach Heulen zumute und er musste zweimal anhalten, weil der Schmerz in seiner Brust ihn zu zerreißen drohte.

Doch dann straffte er sich. Rettete sich in Aktivitäten. Nahm sich vor, mit ihrem Arzt zu sprechen, nahm sich vor, sie nicht kampflos aufzugeben. Er würde etwas unternehmen – was, wusste er noch nicht so genau. Aber er würde sie nicht einfach so gehen lassen.

Und doch, wenn er daran dachte, was Lena wirklich fehlte, verließ ihn der Mut. Er konnte ihr nicht geben, wonach sie sich sehnte. Er konnte nicht! Sein Körper konnte nicht! Er fühlte sich wie behindert und absolut kampfunfähig.

Aber eines war ihm klar: Er musste sein Leben überdenken, und, Lena hatte recht, seine Einstellungen. Wenn er ehrlich zu sich war, so hatte er wirklich geglaubt, sie durch die finanzielle Sicherheit fest an sich gebunden zu haben. Ja, es war ein Anspruchsdenken, ein Denken nach der Logik: ›Ich gebe ihr doch alles, dann kann ich doch auch erwarten - Denken‹. Wieder kam ihm dieser Moment in der Bar in den Sinn, als er geglaubt hatte, Lena käme auf ihn zu. Der Moment, als der Andere aufgestanden war und sie angesehen hatte, der Moment, als Google ihm verraten hatte, wer sein Gegenspieler war. Einer, der ihr unendlich viel mehr bieten konnte. Finanziell – und in jeder anderen Hinsicht. Max war übel. Er war nach der langen Fahrt todmüde und konnte nicht schlafen. Lag im Bett mit hinter dem Kopf verschränkten Armen und starrte die Decke an. Der einzige Gedanke, der ihn aufrecht erhielt, war, Lena nicht einfach so aufzugeben. Vielleicht doch noch irgendwo eine Chance zu haben. Aber er fühlte sich wie jemand, der untrainiert und unerfahren zu einem Schwergewicht in den Ring steigen musste.

Dann wurde ihm heiß, als er an das Gespräch mit Johannes dachte. Was, wenn Lena wusste, dass sie nicht mehr viel Zeit hatte? War das der wahre Grund? Dass sie das Leben einfach noch mal auskosten wollte? Max wollte Lena wieder – aber gleich mit mehreren Möglichkeiten konfrontiert zu werden, sie zu verlieren, brachte ihn fast um den Verstand. Morgen würde er ihren Arzt anrufen und einen Termin vereinbaren. Er brauchte Gewissheit. Und er musste herausfinden, wo Lena war. Er musste am Ball bleiben, er musste wissen, wie sie tickte, was sie umtrieb, warum sie gegangen war, er musste informiert bleiben – das war das Wichtigste.

♫ ♫ ♫

Lena war heiß. Sie lag im Bett und konnte nicht schlafen. Im Zimmer war es so warm, aber es war zwecklos, mitten in Berlin ein Fenster öffnen zu wollen, um frische Luft zu bekommen. Zu Hause hätte sie die Balkontür ihres Schlafzimmers weit offengelassen, hätte das Rascheln der Eichen gehört, die in Massen um ihr Haus standen, das Gurgeln des kleinen Baches, das Quaken der Frösche in ihrem Teich. Ihr Haus. Vierundzwanzig Jahre Ehe. Zwei Kinder, wunderschöne Zeiten. Ihre Erinnerungen zogen durch die Jahre mit Max, als sie sich ineinander verliebt hatten. Für ihn war es Liebe auf den ersten Blick gewesen, für sie fast. Sie erinnerte sich an die Zeit, als er sie umworben hatte ... an seine blauen Augen ... sein Lachen ... sein Versprechen vor dem Altar, sich um sie und ihre kleine Familie zu kümmern. Er hatte sein Versprechen gehalten. Und ja, es war doch normal, dass das Leben eine gewisse Routine gewann. Routine bedeutete auch Sicherheit, sie war ein angenehmes, aber auch gefährliches Polster ... und es war doch ihre und seine Aufgabe, ihr Leben nicht vollständig darin ersticken zu lassen.

Überreagierte sie gerade? Aber irgendetwas sagte ihr, dass dem nicht so war, dass sich hinter all dem etwas Tieferes verbarg.

Ihre Gedanken schweiften zu Matt und diesem ungewöhnlichen Tag. Szenen schwebten vor ihrem inneren Auge vorbei, Details, die sich ihr eingeprägt hatten ... der Ausdruck seiner Augen, der offene Hemdkragen, der ihr erlaubt hatte, seine Halsschlagader klopfen zu sehen, seine Hände, die ein paar Mal in ihre Richtung gezuckt hatten, seine weichen Lippen ... und immer wieder dieser so offensichtlich verliebte Blick. Unwillkürlich dehnte sie ihren Körper unter der Decke, spürte sie Matts Präsenz, wie seine graugrünen Augen tief in die ihren sanken und unversehens stöhnte sie leicht auf. Ihr Körper reagierte, ihr Unterleib brannte, ihre Brustwarzen stellten sich auf. Lena presste die Augen zusammen, drehte sich auf den Bauch, schlang ihre Arme um ihr Kissen und wünschte sich, es wäre ein Mann. Max, Matt ... verdammt, sie war doch nie so lüstern gewesen ... waren das Auswirkungen der Wechseljahre? Musste sie einfach warten, bis das abklang? Aber es

fühlte sich so herrlich lebendig an! Nach Leben und Genuss und –
Erfüllung.

Und – verdammt, zwei Jahre totale Enthaltsamkeit ... mehrere Jahre
kaum Zärtlichkeit, viele Jahre Gleichgültigkeit ... Sex war nie
prickelnd für sie gewesen und mit den Jahren war sie einfach zu der
Überzeugung gelangt, wohl keine besonders leidenschaftliche Frau
zu sein. Aber sie hatte stets darunter gelitten, nicht das empfinden
zu können, was sie doch empfinden sollte, das, was sie mitempfand,
wenn Liebesszenen in einem Buch beschrieben wurden. Aber das
war wohl nur für andere so – irgendwann hatte sie Sex als etwas
abgetan, das nicht wichtig war. Hatte sich ihrer spirituellen
Entwicklung gewidmet und da gehörte ja dieser Trieb zu den
unteren Chakren, war also nicht besonders erstrebenswert. Diese
Gedanken hatten sie einigermaßen aufrechterhalten, aber jetzt, da
körperliche Zuwendung komplett fehlte, merkte sie, dass sie dem
wohl einen falschen Stellenwert zugeordnet hatte. Dieses ›Gar
nichts‹ war schlimmer, als sie geahnt hatte, denn genauso kam sie
sich vor: Wie ein ›Gar nichts‹. Wie jemand, der Klopapierrollen
auffüllte und dem man vollgewichste Socken hinterließ.

Erneut glitten ihre Gedanken zu Matt. Zu seinem athletischen
Körper. Seinem verwegenen Dreitagebart. Den sanften, weichen
Lippen zwischen den Stoppeln. Sie hatte noch nie einen Mann mit
Bart geküsst ... wie sich das wohl anfühlte, diese Haare auf ihrem
Gesicht, heiße Lippen, die sich auf die ihren senkten, eine Zunge,
die sich fordernd in ihren Mund schob, Hände, die sie packten,
Haut auf ihrem Körper ... mit einem unwilligen Laut schlug sie die
Bettdecke zurück, lief ins Bad und stellte sich nackt vor den Spiegel.
Betrachtete ihre Brüste, ihren Po, ihre Beine, ihr ungeschminktes
Gesicht. Herrgott, sie war keine dreißig mehr und man konnte es
sehen!

In diesem Moment wurde ihr klar, was sie da dachte. Dass sie sich
– schon nach einem Abend – fragte, wie Matt wohl ihren Körper
fände und wie es mit ihm wäre.

Wie lange würde es dauern, bis eine knackige Dreißigjährige dann
doch den Vorzug bekam? Eine, die Emanzipation mit der
Muttermilch aufgesogen hatte ... und nicht wie sie, Lena, der dünne

Ausläufer einer Hippie-Generation war, deren Free-Love-Anspruch abrupt von AIDS ausgebremst worden war? Ihre Jugendjahre waren langweilig im Gegensatz zu den jetzigen Jungen, die mal eben für ein Musical nach London jetteten, zwei Mastertitel innehatten, für den TedTalk nominiert waren und in den nächsten Wochen die Welt retteten, weil sie ein Konzept gegen Plastikmüll erfanden.

»Oh, Gott, Lena, du hast dich gründlich in etwas verrannt«, flüsterte sie ihrem Spiegelbild zu. »Nur, weil ein Mann mit dir mal essen gegangen ist, denkst du, du kannst die Sterne vom Himmel holen. Bilde dir bloß nichts ein! Du bist verheiratet. Du hast zwei Kinder. Du bist nicht wirklich wettbewerbsfähig.«

Einigermaßen ernüchtert von diesen Gedanken ging sie zurück ins Bett. Aber verdammt. Das Kribbeln zwischen den Beinen wollte nicht aufhören. Und Matts Gesicht tauchte ungewollt dauernd vor ihren Augen auf. Doch als sie sich vorstellte, er läge neben ihr, erschrak sie. Nein, das ging nicht! Nur, wenn es ganz dunkel wäre! Damit schob sich die nächste Gedankenkette an:

›Meine Güte‹, dachte sie: ›Ich war unsicher mit zwanzig, weil ich noch nichts wusste. Mit dreißig war ich unsicher wegen der Kinder ... mit vierzig war ich unsicher, weil ich älter wurde und jetzt, mit fünfzig habe ich eine handfeste Krise. Und fühle mich genauso unsicher wie mit fünfzehn, wenn es um Beziehungen geht. So unsicher, dass ich die Tür lieber zustoße, als mir etwas Neues zuzutrauen, als daran zu glauben, dass ich noch für irgendjemanden attraktiv genug bin, geschweige denn für jemanden wie Matt.‹

Nachdenklich betrachtete sie ihr Smartphone, das auf dem Nachttisch lag. Das Smartphone mit den Nachrichten von Max.

»Das mit dem Konto war nicht ernst gemeint.«

Sie kannte Max. Sie glaubte ihm, dass er es nicht so gemeint hatte. Er war nie bösartig gewesen und immerhin hatte sie ihm wahnsinnig viel zugemutet, als sie ihm die Pistole auf die Brust gesetzt hatte.

Und doch gab ihr seine erste Reaktion, seinen Verdienst und seinen Status als Haupternährer als Druckmittel einzusetzen, zu denken.

Sie schrieb zurück: »Ich will dein Geld nicht nehmen, Max.«

Zwanzig Sekunden später war seine Antwort da. Sie sah auf das Display. Uhr. Es war 2.30 Uhr.

»Deines wird nicht lange reichen. Was machst du, wenn du keines mehr hast?«

Max Herz klopfte zum Zerspringen, während er auf eine Nachricht von ihr wartete. Was machst du, wenn du kein Geld mehr hast? Sie konnte so vieles antworten:

Ich brauche deines nicht mehr. Ich habe jemand anderen ...

Aber Lena antwortete nicht. Sie wäre im Leben nicht darauf gekommen, was sich hinter seiner Frage verbarg: Ein schlicht verzweifeltes ›Kommst du dann zurück? Zurück zu mir?‹

Sie lag im Bett und fühlte sich angepisst, weil sie seinen Satz ganz anders interpretierte. Er klang wie eine Drohung. Eine Erpressung. Ein Machtanspruch.

Ihre Gedanken drehten sich im Kreis, dann sagte sie sich, dass sie am Anfang ihrer Reise stand und nicht am Ende.

Und dass sie sich vorgenommen hatte, in sich zu gehen. Das war doch das eigentliche Ziel. Sie sollte sich darauf konzentrieren – und auf nichts sonst.

♫ No Other Plans ♫

Jillian Edwards

Am nächsten Morgen stand Lena mehr oder weniger ernüchtert auf, konnte aber dennoch nicht umhin, sich sehr auf Matt zu freuen, schlüpfte in enge Jeans und wählte eine einfache Hemdbluse und High Heels dazu.

Als sie aus dem Aufzug kam, stieß sie fast mit ihm zusammen. Wartend stand er vor den Vitrinen mit dem Schmuck und seine Augen leuchteten auf, als er sie sah.

»Bin ich zu spät?«, fragte sie. »Guten Morgen, Matt!«

»Guten Morgen! Nein, du bist oberpünktlich.«

Bewundernd glitt sein Blick über ihre Gestalt und in seinem Gesicht lag wieder diese Freude, die sie so gar nicht auf sich beziehen konnte. Er trug Jeans und T-Shirt und hatte eine Laptoptasche quer über seinem Brustkorb hängen.

»Wow, was hast du denn vor?«, fragte sie und grinste. »Sieht nach Arbeit aus.«

»Nein, gar nicht! Ich konnte nicht schlafen und habe dir ein paar Routen zusammengestellt, falls du noch vorhast, nach Portugal zu fliegen.«

»Verrat mir mal, wie du es dann schaffst, so frisch auszusehen, wenn du dir die Nacht um die Ohren schlägst?«, neckte sie ihn.

Munter plaudernd betraten sie den Frühstücksraum, da erlebte sie eine weitere Überraschung: Er hatte einen Tisch in einer ruhigen Nische reservieren lassen, auf dem ein üppiges Frühstück stand, sodass sie nicht zum Buffet laufen mussten. Ein Blumenstrauß schmückte den Tisch, der Kellner schob gerade eine Platte mit besonderen Häppchen dazu und der Inhalt zweier Sektgläser perlte einladend vor sich hin.

Gerührt wandte sie sich an Matt.

»Ich bin sprachlos«, sagte sie. »Hast du das auch nachts arrangiert? Danke, Matt! Das ist so lieb von dir! Das ist ja ... das ist ja wie Geburtstag!«

Unwillkürlich zuckten ihre Lippen, als sie an ihren Fünfzigsten dachte, der noch nicht so weit zurücklag, und sie drehte den Kopf ein wenig zur Seite, damit Matt ihre kurze Melancholie nicht mitbekam. Aber er bemerkte den Stimmungswechsel und sie wiederum merkte, dass er es mitbekam. Da war es wieder – diese Synchronizität zwischen ihnen, die sie zu gleichen Teilen beunruhigte, wie faszinierte.

Still setzte sie sich ans Fenster und betrachtete ihn, wie er sich zwanglos dazu setzte. Er hatte sich rasiert, die Jeans und das einfache, langärmelige Shirt verstärkten das unkomplizierte Gefühl, das sie von Beginn an bei ihm verspürt hatte. Er wirkte so vertraut und kuschelig und Lena schluckte einmal mehr, weil er so gefährlich attraktiv war. Unvermittelt kamen ihr ihre nächtlichen Gedanken in den Sinn – als sie nackt vor dem Spiegel gestanden war, als sie sich selbst ihre Makel aufgezählt hatte – das war ernüchternd genug, um ihr ihre Contenance zurückzugeben.

»Trinkst du Kaffee?«, fragte er.

»Leidenschaftlich gern!«, antwortete sie, was er mit einem erfreuten Lächeln quittierte. Er gab dem Ober einen Wink und reichte ihr den Brotkorb.

»Na, dann lass uns mal loslegen! Und wundere dich nicht über all das hier ...«, seine Hand strich über den opulent gedeckten Tisch.

»Reiner Eigennutz! Wenn es nach mir ginge, könnte ich von morgens bis abends frühstücken.«

Lena lachte. »Sehr sympathisch! Da haben wir schon mal was gemeinsam!«

Er grinste sie charmant an und zog dann ein paar Zettel aus der Laptoptasche.

»Ich habe gestern ein bisschen was zusammengeschrieben. Bezüglich Portugal ... weil du ja so entschlossen warst, dort hinzufliegen.«

Lenas Herz klopfte, als er dichter an sie heranrückte, aber es war ein so natürliches Gefühl, dass ihr Arm zuckte, um ihn um seine Körpermitte zu legen. Erschrocken nahm sie das wahr. Matt schob ein paar Sachen auf dem Tisch zur Seite, stellte seinen Laptop auf, nahm sich ungezwungen ein Brötchen und begann zu erklären.

»Ich habe dir ein paar Routen zusammengestellt und drei Hotels aufgeschrieben – unterschiedlicher Preisklasse, aber wenn es dir nicht auf einen Euro rauf oder runter ankommt, würde ich dir dieses hier empfehlen ...«

Er rief die Internetseite des Hotels auf. »Es liegt direkt am Strand und der ist wirklich meistens so wenig besucht wie hier auf dem Foto.«

Lena staunte, je länger er erklärte. Er hatte ein Wochenprogramm aufgestellt, mit Ausflügen nach Lissabon, Cascais und Sintra, zum Palacio da Pena, dem Palacio de Monserrate, den er ihr sehr empfahl, daneben noch diverse Klosteranlagen. Er drückte ihr eine Liste mit Restaurants in die Hand, in denen sie auch als Vegetarierin satt werden würde – was in Portugal wohl nicht so einfach zu sein schien, hatte Locations für den Abend aufgelistet – falls sie ausgehen wolle – zusammen mit der Adresse eines deutschsprachigen Freundes, den er über ihr Kommen informiert hatte und der in Notfällen oder auch als Reiseführer zur Verfügung stehen könne.

»Matt, das ist unglaublich«, sagte sie und besah mit leuchtenden Augen die Blätter in ihrer Hand und die Fotos auf dem Laptop. Das war ein klarer Plan und sie war dankbar bis in die Zehenspitzen dafür.

Begeistert hörte sie zu, wie Matt von diesem oder jenem berichtete, beobachtete, wie er manches mit Textmarker herausstrich oder Sternchen und Bemerkungen auf sein Blatt setzte. Sie unterhielten sich angeregt, lachten viel, schauten sich am Laptop die Wanderrouten an, den Strand nebst der Kult-Bar, in der man den besten Sangria Spumante bekam. Lena konnte es kaum erwarten, dort zu sein.

»Mir fehlen die Worte, Matt«, sagte sie warm. »Das ist so lieb, dass du all das für mich tust. Du warst der schönste Auftakt, den man sich für eine Reise nur wünschen kann!«

Sie lächelte ihn an und er lächelte schief zurück. Er hatte sehr wohl bemerkt, dass sie in der Vergangenheitsform gesprochen hatte und es war spürbar, dass er nicht nur ein Auftakt sein wollte. Stumm faltete sie die Karte zusammen, holte einen Briefumschlag aus ihrer Tasche und schob ihn ihm hin.

»Ich habe im Internet nachgeschaut, was das Kleid und die Schuhe kosten«, sagte sie. »Hier ist das Geld.«

»Und? Sehe ich dich in den Sachen?« Sein Blick flackerte.

»Das weiß ich nicht, Matt, es ...«

»Es geht zu schnell, ich weiß.«

»Und ich reise heute ab.«

»Du könntest doch noch eine Nacht bleiben. Oder deine Reisepläne nach England verlegen!«

Sie lachte verblüfft und er setzte schnell nach: »Oder steigst du heute schon in den Flieger nach Lissabon?«

»Vermutlich nicht, ich hatte ja noch keine Gelegenheit etwas zu buchen.«

»Schreibst du mir, wenn du angekommen bist?«

Sie schwieg ein paar Sekunden.

»Matt ... ich ... weiß nicht, ob das gut ist ... du hast recht. Es geht so schnell und es erschlägt mich gerade etwas, weil ... ich deine Zuneigung nicht wirklich verstehe.«

Sie war mit ihren Worten feuerrot geworden, weil sie ihm ja auch so zugeneigt war, mehr als zugeneigt war ... und, verflixt, das verstand sie ja noch weniger. Was, wenn er doch nur auf ein paar Nächte aus war und sich innerlich einen ablachte, weil sie so furchtbar naiv war? ›Aber warum sollte er das tun?‹, hielt eine innere Stimme ihr entgegen. ›Er hat es nicht nötig, auf ein paar Nächte zu spekulieren. Nicht mit diesem Aufwand, nicht mit seinem Hintergrund und schon gar nicht mit diesem Aussehen.‹

Matt hatte ihr Mienenspiel beobachtet und ein zärtliches Lächeln stahl sich in seine Augen. Wie gestern strich er mit einem Finger über ihre Wange.

»Ja, es geht schnell«, sagte er sanft. »Und ich will nicht schon wieder mit der Tür ins Haus fallen. Deswegen wollte ich dich fragen, ob wir uns schreiben können?«

»Ja, das wäre klasse«, erwiderte sie. Sie wollte ja auch nicht, dass er so einfach aus ihrem Leben verschwand. Nachdenklich sah sie ihn an und tausend Gedanken schwirrten in ihrem Kopf umher. ›Du hast Auszeit! Max hat dich freigegeben! Du hast Kinder! Die haben dich nicht freigegeben! Du kennst ihn kaum! Du bist durcheinander und in einer sensiblen Lebensphase! Mach jetzt keine Dummheiten! Ich will aber Dummheiten machen! Endlich mal! Ja, ich will dumm sein! Mit Matt!‹

 Genervt von diesen Gedanken schüttelte sie den Kopf.

»Was ist?«, fragte er beunruhigt. »Komme ich dir wieder zu nahe?«

»Nein, alles gut«, sagte sie. »Ich ... ich habe nur gerade eine Million Gedanken im Kopf und keiner setzt sich wirklich durch. Mit anderen Worten: Ich bin durcheinander. Und da sollte man keine tief greifenden Gespräche führen oder gar Entscheidungen treffen, verstehst du?«

»Ja, da hast du recht«, schmunzelte er erleichtert und wieder hatte sie das Gefühl, er hätte sie am liebsten umarmt. Stattdessen kramte er in seiner Tasche.

»Okay – hier hast du meine Kontaktdaten – Handy, E-Mail, die Nummer von meinem PA und meine Adresse in England. Vielleicht willst du mich ja mal während deiner Tour besuchen? Du bist jederzeit herzlich willkommen! Ich zeige dir ganz England! Du wirst begeistert sein von den Cotswolds, das weiß ich jetzt schon! Und ... du entscheidest, ob du mir deine Funknummer geben möchtest, okay?«

Sie musste wieder lachen ob seiner Begeisterungsfähigkeit und schüttelte leicht den Kopf. »Du bist wirklich süß, Matt, weißt du das? Du bist so erfrischend, ein echtes Erlebnis! Ja, so machen wir's! Danke noch mal!« Sie legte ihre Hand auf ihr Herz. »Ich hoffe, ich kann mich irgendwann mal für deine Freundlichkeit revanchieren.«

»Das hoffe ich auch«, sagte er. »Das hoffe ich sogar inständig!«

Diesmal grinste er sie so überaus frech und ungeniert an, dass sie unwillkürlich losprustete.

»Matt, ich fühle mich wie fünfzehn!«

»Ich habe noch nie einen Gedanken daran verschwendet, eine Minderjährige zu verführen«, sagte er. »Aber bei dir mache ich eine Ausnahme.«

»Oh, mein Gott, ich muss weg!«, lachte sie. »Ich fürchte, wenn du mich auch nur anfasst, schmelze ich!«

»Darf ich dich anfassen?«

»Nein! Untersteh dich!«

»Warum nicht?«

»Weil ich dann schmelze?«

»Würdest du wirklich schmelzen?« Sein Blick senkte sich in ihre Augen und sie konnte spüren, wie sein Herz schlug. Das ihrige schlug nicht minder, sie wurden still und die Anziehungskraft zwischen ihnen wirkte so intensiv und stark, dass es Lena schwindlig wurde.

»Ja«, sagte sie schließlich leise. »Ich kenne dich noch keine vierundzwanzig Stunden und weiß, du würdest mir gefährlich werden. Sehr gefährlich sogar.«

Sie senkte den Blick und rückte ein wenig von ihm ab. Die unausgesprochenen Worte und Gefühle lasteten auf ihnen. Lena dachte an ihre Familie und war vollkommen überfordert. Schließlich gab sie sich einen Ruck.

»Matt«, begann sie schließlich. »Ich befinde mich im Moment in einer neuralgischen Situation in meinem Leben. Du hast mich gefragt, warum ich als verheiratete Frau allein reise und das hat seine Gründe ... über die ich hier nicht mit dir reden will. Aber ich liebe meinen Mann. Und ich habe Kinder, die ich ebenso liebe.«

»Ja, Lena, ich weiß. Ich will deine Situation auch nicht ausnutzen. Wirklich nicht. Aber du schreibst mir?«

»Ja, ich schreibe dir«, antwortete sie und die Röte stieg ihr ins Gesicht. »Wenn du nichts weiter hinein interpretierst ... wenn ich dir schreiben kann, ohne meine Worte überlegen zu müssen ... wenn ...«

»Schschsch ...«, machte er und legte einen Finger auf ihre bebenden Lippen. Es war nur eine kleine Berührung. Eine hauchzarte Geste. Und doch war ihr, als hätte er sie damit schlicht ausgeknockt, als verlöre sie das Bewusstsein, als fiele sie allein durch diesen sanften Kontakt in einen tiefen, endlosen Schacht. Sie schloss die Augen, kostete das Gefühl seines warmen Fingers auf ihren Lippen aus, der eine brennende Stelle hinterlassen hatte, schaffte es kaum, ihn anzusehen. Doch als sie die Augen wieder aufschlug, traf ihr Blick auf seine schönen graugrünen Augen, in denen ein Ausdruck lag, der mit Worten nicht zu beschreiben war. Ihr Herz sank ihr irgendwohin.

»Es ist gut, Lena«, flüsterte er. »Ich akzeptiere alles – eine andere Wahl habe ich ohnehin nicht. Wir lassen es laufen und das Schicksal entscheiden, okay?«

»Okay«, flüsterte sie zurück. »Ja, lassen wir das Schicksal entscheiden.«

Wie am Abend zuvor verabschiedete er sich an den Aufzugtüren, wünschte ihr eine schöne Reise nach Portugal und wartete, bis sich die Türen geschlossen hatten.

Lena hatte das Gefühl, sie führe eher nach unten, als nach oben. Sein Blumenstrauß stand noch im Zimmer und duftete. Sie kam sich vor, als hätte sie Max betrogen, weil sie solche Gefühle für einen anderen Mann hatte.

Dann riss sie sich zusammen. Morgen schon würde sie anders über die Sache denken. Morgen, wenn das alles, wenn vor allem Matt weiter weg sein würde. Sie war emotional einfach zu aufgewühlt. Mein Gott, sie kannte den Mann keinen vollen Tag! Ihr Kopf fand vernünftige Argumente und sie sah auf die Uhr. In einer Stunde musste sie hier raus sein und wissen, wo sie hinwollte – in jeder Hinsicht.

♫ Say Something ♫

A great big world/Christina Aquilera

Am nächsten Tag klingelte Max' Telefon. Er bekam fast einen Herzinfarkt, als er sah, dass es Lena war.

»Lena!«, rief er. »Wo bist du? Wie geht es dir?«

Lena war von seiner echten Freude überrascht und gerührt und ihre Hand umschloss den Hörer etwas fester.

»Es geht mir gut, Max«, sagte sie. »Ich hoffe, dir auch.«

»Ja. Nein. Ich vermisse dich.« Sie antwortete nicht darauf und Max unterdrückte mit Gewalt die Fragen, die er auf der Zunge hatte: Wo bist du? Was machst du? Mit wem bist du zusammen? Wie verbringst du deine Tage? Kommst du zurück? Können wir reden? Die unausgesprochenen Fragen schwangen zwischen ihnen, er musste sie nicht aussprechen.

»Hast du ... hast du meine Nachricht bekommen?«, fragte er schließlich.

»Ja, Max, danke, aber ich werde nach Möglichkeit dein Konto nicht antasten. Ich verstehe, dass das nicht passt.«

Sein Konto! Auf einmal wünschte er sich brennend, dass es ihr gemeinsames Konto wäre. »Lena, ich ...«

»Ich wollte dich eigentlich nur um etwas bitten«, unterbrach sie ihn.

»Dass du den Kindern noch nichts sagst.«

»Johannes weiß es schon.«

»Oh, okay .... Wie hat er es aufgenommen?«

»Er war schockiert. Und verwirrt.«

Lena biss sich auf die Lippen. »Und Marie?«

»Ich glaube, die ist noch ahnungslos – wenn Johannes ihr nichts gesteckt hat. Sie macht ja gerade das Auslandssemester. Kann aber sein, dass sie über Pfingsten nach Hause kommt. Wie willst du deine Abwesenheit erklären?«

»Sag ihr, dass ich geschäftlich unterwegs bin, dass ich versuche, Kontakte zu knüpfen. Und das mit einem längeren Urlaub verbinde ... für den du keine Zeit hast.«

»Klingt nicht sehr glaubhaft.«

»Warum nicht?«

»Weil du immer deine Pläne geändert hast, wenn die Kinder nach Hause kamen. Weil du noch nie so lange allein unterwegs warst. Weil wir immer gemeinsam Urlaub gemacht haben.«

»Das stimmt nicht. Ich war oft allein unterwegs, wenn du nicht gleich mitkonntest. Du bist dann später zu uns gestoßen.«

»Das könnten wir doch jetzt auch machen. Ich könnte dich besuchen! Wo immer du auch bist!«

»Nein, das ist keine gute Idee.«

Max presste den Hörer an sein Ohr. »Warum nicht? Bist du nicht alleine?«

»Doch«, antwortete sie und Max hoffte, dass sie nicht log. »Ich bin alleine. Und ich will es auch bleiben.«

»Hast du ... hast du ... denn schon Bekanntschaften gemacht? Ich meine ... du bist ja nun schon fast zwei Wochen weg ... und ...«

»Ich bin gestern Abend mit jemandem essen gegangen und reise heute ab.«

Max wurde es heiß vor Freude. Seine Lena! Sie war ihm treu, es war noch nichts zu spät!

»Lena«, sagte er mit warmer Stimme. »Bitte lass uns reden. Ich ... ich weiß nicht, was ich falsch gemacht habe, aber ich würde es gerne erfahren. Und wenn es etwas gibt, was ich ändern kann, werde ich das tun. Nur, bitte, komm wieder!«

»Ach, Max«, sagte sie. »Wie du gesagt hast – ich bin gerade mal zehn Tage weg. Die verändern nichts. Nichts bei dir und nichts bei mir.«

»Aber ... Lena, vielleicht muss sich auch gar nicht so viel ändern ... vielleicht ist das alles nur ein Missverständnis.«

»Das ist es ganz sicher nicht«, erwiderte sie. »Ich bin durch meine Einstellungen in diese Situation gerutscht – und ich will das für mich klären. Das kann ich nicht, wenn ich einfach so weitermache wie bisher.«

»Aber du setzt dabei unsere Ehe aufs Spiel!«

»Ja, das tue ich«, erwiderte sie. »Weil ich so eine Ehe nicht will.«

»Wir haben eine gute Ehe geführt, Lena«, sagte er bitter. »Eine sehr gute.«

»Ja, für dich war es eine gute. Für mich aber nicht immer.«

»Aber es ist doch nur fair, wenn ich nach vierundzwanzig Ehejahren zumindest die Chance bekomme, zu erfahren, was dir stinkt!«

»Ja, das stimmt. Die Chance hast du ja jetzt. Ich finde es für mich heraus und wenn ich es sicher weiß, sage ich es dir. Dann reden wir.«

»Das heißt, du weißt gar nicht, was dir nicht passt? Wir könnten es auch gemeinsam herausfinden! Wäre das nicht sinnvoller?«

»Daran glaube ich nicht. Ich denke, dass jeder von uns noch zu sehr in seiner Position steckt und es dann mehr ums Überreden ginge statt ums Verstehen. Und um Schuldzuweisung und Verteidigung. Ich ... ich bin gerade im Prozess, Max. Gib uns doch die Zeit, uns klar zu werden, was wir wollen.«

»Ich weiß, was ich will, Lena«, sagte Max und seine Stimme klang rau. »Ich will dich. Ich habe nie eine andere Frau gewollt. Wir hatten so viele gute Zeiten, mehr als schlechte. Wenn ich ehrlich bin, kann ich mich noch nicht einmal an eine schlechte erinnern.«

Lena blieb stumm auf diese Ansage, zum einen, weil seine Treue und Liebe sie rührten – und zum anderen, weil er recht hatte. Sie hatten sich nie groß gestritten. Wenn, dann waren sie beide in der Lage gewesen, die Dinge wieder relativ schnell auf normal zu stellen. Max spürte den Spalt, den er gefunden hatte, und wagte sich weiter vor:

»Lena ... ist es vielleicht doch der Sex?«

Sie schwieg immer noch. Max Herz klopfte. Dann sagte sie:

»Jein. Ich glaube fest, dass eine gesunde Beziehung auf mehr basiert als nur Sex. Das heißt, wenn alles andere passen würde, wäre diese

Situation für mich kein Thema. Und es ist für mich definitiv kein Problem, dass du nicht kannst, Max, auch, wenn du das nicht glauben magst. Nie wäre ich deswegen gegangen, niemals. Aber Max, bitte ... ich möchte das Gespräch an dieser Stelle abbrechen, einfach, weil ich mir selbst noch nicht klar bin. Dafür bin ich ja unterwegs, verstehst du?«

Max verstand es nicht. Er wollte weiter mit ihr reden, wollte ihre Stimme in seinem Ohr haben, wollte sie nicht gehen lassen, aber er schluckte seinen Protest hinunter und sagte: »Ja, ich verstehe dich.«

»Oh«, entfuhr es ihr leise. Sie hatte sich auf Gegenwehr eingestellt und war perplex.

Für Sekunden sagte sie nichts und ihre Zuneigung für Max drang durch das Telefon, erreichte ihn, so deutlich, dass Max meinte, den Strahl zu sehen, der sie verband. »Danke, Max«, sagte sie in diese Schwingung hinein. »Das bedeutet mir so viel. Dein Verständnis.«

Max durchfuhr es heiß bei ihrer Antwort und etwas in ihm machte ›Klick‹. Ein winziges Schräubchen verdrehte sich in seinem Kopf und setzte eine Kettenreaktion in Gang, zwang alle damit verbundenen Fixierungen ebenso die Richtung seiner Denkweise zu ändern, öffnete die Tür zu größerer Erkenntnis. Verständnis. Sie war dankbar für sein Verständnis. Ja, vielleicht brauchten sie beide doch noch Zeit. Vielleicht musste er tatsächlich erst ein paar Dinge verstehen. Eine andere Basis schaffen.

»Okay, Lena«, sagte er und hatte keine Ahnung, woher die Worte kamen, die aus seinem Mund flossen. »Ich ... dann gehe ich wie du auf die Reise. Auf eine innere Reise. Ich werde herausfinden, was ich dir geben kann, damit du zu mir zurückkommst.«

Lena stiegen die Tränen in die Augen.

»Ach, Max«, erwiderte sie. »Du hast mir schon so viel gegeben. Du musst dich nicht für mich ändern. Ich bin es, die sich finden muss. Dann kann ich dir das alles auch viel besser erklären. Jetzt würde ich nur herumstammeln, weil ich es selbst noch nicht begreife. Ich kann dir nichts versprechen, ich habe nur das Gefühl, dass ich es fließen lassen sollte. Dass ich einmal etwas Höheres über unser Leben verfügen lassen muss, das es besser weiß als wir. Verstehst du das? Etwas, das das größere Bild kennt. Etwas, das sehen kann, was noch nicht ist. Und dem ich nicht mit meinem Kopf und meiner Vernunft dazwischen funken will.«

»Das heißt, du beobachtest einfach, was kommt?«

»Ja, das ist perfekt ausgedrückt, Max. Ich beobachte.«

»Aber du wirst Entscheidungen treffen müssen und ... «

Er brach ab und sie spürte seine Angst.

»Max«, sagte sie sanft. »Ich möchte, dass du weißt, dass ich unsere Ehe nicht verteufele – im Gegenteil – ich bin gern mit dir verheiratet ... ich ... bin auch sehr dankbar, für das, was du für mich und für unsere Familie getan hast. Ich schätze das. Und ich will nicht einfach so wegwerfen, was wir zusammen hatten.«

»Das beruhigt mich, dass du das sagst, Lena«, erwiderte er. »Sehr.«

Wieder schwiegen sie und Max schloss die Augen. Er wollte so gerne wissen, wie Lena dachte, wollte es aus ihr herauskitzeln und wusste, sie würde bei weiteren Fragen blockieren. So blieb ihm nur, zu schweigen und über das Telefon die Verbindung aufrechtzuerhalten, sie zu fühlen – und da – in diesem Schweigen, in dieser Stille, lief auf einmal ein Film ab, eine Geschichte, die ihm Lena erzählte und die mehr ausdrückte, als Worte es je vermocht hätten. Sie erzählte von ihren Sehnsüchten, ihrem Durcheinander, ihren eigenen Fragen, ihrer Unsicherheit, Zerrissenheit ... und ihrer Liebe zu ihm. Und dieses Gefühl war so echt und so klar, dass er zum ersten Mal seit Tagen etwas zuversichtlicher wurde.

»Ich liebe dich, Lena«, flüsterte er. »Von ganzem Herzen. Und ich gebe dir alle Zeit, die du brauchst.«

Lena liefen die Tränen hinunter. Am liebsten wäre sie mit fliegenden Fahnen zu ihm zurückgekehrt, aber sie spürte, es war zu früh. Die Änderung war eingeleitet, aber sie stand noch auf der Kippe, und die Gefahr, zu schnell in alte Bahnen zu geraten, war zu groß. So sagte sie mit Wärme:

»Ich liebe dich auch, Max.«

Damit legte sie auf. Bevor er noch mehr sagen konnte.

Er war so anders! Etwas war heute völlig anders gewesen als sonst! Sie war verwirrter denn je.

♫ ♫ ♫

Das Telefonat mit seiner Frau hatte Max Mut gemacht. Lena würde nicht sagen, dass sie ihn liebte, wenn es nicht so wäre. Sie hatte es beim Abschied gesagt und jetzt wieder. Tausend Gedanken rumorten in ihm, mehr als tausend, er musste so viel bedenken, seine gesamte Welt stand Kopf.

Als er das Telefon wieder in die Station steckte, schweifte sein Blick über das Bücherregal im Büro. Eine Hälfte war für ihn, die andere für Lena. Ihre Seite war vollgestopft mit Büchern, und da sie sich von keinem trennen konnte, standen die Bände schon in zweiter Reihe. Seine Seite war voller Ordner.

Wieder glitt sein Blick zu ihrem Regal. Dann stellte er sich davor und zog wahllos ein Buch heraus. Es hieß: ›Innere Schätze‹. Er hatte sich stets ein wenig lustig gemacht über diesen spirituellen Kram und ihn als ziemlich nutzlos erachtet. Da musste es doch einem schon richtig schlecht gehen, wenn man meinte, dass Meditation im täglichen Leben half! Er war der Meinung, dass nur Taten zählten. Und wenn Lena versucht hatte, ihm klarzumachen, dass Taten doch ein gutes Fundament bräuchten und am besten aus einer liebevollen Quelle stammen sollten, hatte er innerlich oft die Augen nach oben verdreht.

Peinlich, aber wahr: Er wusste nicht, wie seine Frau dachte und was sie umtrieb. Aber er wollte ihr nah sein, wollte in ihre Gedankenwelt eintauchen und so schlug er das Buch auf. Ein fett markierter Satz stach ihm in die Augen:

›Liebe und Licht sind etwas so Feines, Zartes und Subtiles – das ist der Grund, warum wir sie nicht die ganze Zeit erfahren können. Aber wenn wir selbst immer feiner und transparenter werden, können wir Licht und Liebe zu jeder Zeit empfinden. Dafür sind wir hier.‹

Die Aussage traf ihn. Er blätterte weiter und fand weitere hervorgehobene Zitate:

›Die Dinge, die du kontrollieren willst, kontrollieren in Wirklichkeit dich.‹

Max war wie vor den Kopf geschlagen. Das Buch sprach mit ihm! Und dann las er einen Satz, der sich ihm unwillkürlich einprägte, ein Satz aus einer alten Schrift, den Lena mehrfach unterstrichen hatte:

›Du machst Fehler – und lernst aus ihnen. Wenn du Fehler machst und dich vor ihnen versteckst, bleibst du leer zurück. Du hast gar nichts. Wenn du Fehler machst und dich ihnen stellst, findest du Liebe.‹

Das berührte ihn auf eine Weise, die ihm fremd war. Es folgte ein Satz von Spinoza, der ebenfalls unterstrichen war:

›Je klarer wir uns selbst und unsere Emotionen verstehen, desto mehr lieben wir, was ist.‹

Auch diese Worte klangen in ihm nach, jeder Buchstabe rührte an Stellen in seinem Bewusstsein, die plötzlich zu vibrieren schienen. Er nahm das Buch, setzte sich an den Schreibtisch, fing an zu blättern und las sich fest. Viele Textabschnitte spendeten so großen Trost, dass er weitere Bücher aus dem Regal nahm und sie auf seinen Schreibtisch legte.

Er dachte nach. Schnappte sich das Buch und hockte sich auf den Teppich vor seinem großen Wohnzimmerfenster und starrte nach draußen auf die Bäume, die sich im Wind wiegten. Wie schön es wäre, wenn Lena jetzt da wäre! Sie würde ihren Kopf auf seine Beine legen und mit ihm reden, sie würde Tee machen – sie hatte immer Tee gemacht, hatte diesen für ihn während seiner Arbeit an den Schreibtisch gebracht. Hatte er sich je für den Tee bedankt? War er je ihrem Wunsch nachgekommen, zusammen Tee zu trinken? Er biss sich auf die Lippen. Wieder blätterte er in dem Buch:

›Lauf nicht weg vor scheinbar nachteiligen Geschehnissen in deinem Leben. Das, von dem du glaubst, es sei gut, ist vielleicht gar nicht so großartig. Und das, wovon du denkst, es sei nachteilig, kann sich als dein größter Vorteil entpuppen. Lächle deinem Schicksal zu! Denn, wenn du das tust, säst du den Samen für Glück in der Zukunft.‹

Ein Ruck ging durch ihn und jäh stand er auf und rief Volker an.

»Hey, Kumpel«, sagte er. »Ich brauche deine Hilfe. Kann ich mal vorbeikommen?«

»Jederzeit«, antwortete der. »Für ein Gespräch, immer! Sehr gern sogar!«

»Ja, ich meinte für ein Gespräch«, sagte Max und fuhr sich mit der Hand durchs Haar. »Ich ...«

»Wie geht es dir?«, fragte Volker mitfühlend.

»Den Umständen entsprechend«, sagte Max wacklig. »Ich fühle mich wie ein Tiger im Käfig. Dauernd meine ich, etwas tun zu müssen, um Lena wiederzubekommen. Es macht mich wahnsinnig, nur herumzusitzen.«

Er war den Tränen nahe und Volker spürte das. Volker spürte ohnehin Dinge, die andere nicht spürten, und sein Herz lief über vor Mitgefühl.

»Hey, Max«, antwortete er. »Am besten ist, du lässt sie erst mal los.«

»Das ist genau das, was ich nicht kann«, sagte Max heiser. »Genau das will ich auch nicht.«

»Aber es ist das Beste, was du tun kannst. Sie loslassen und dich um dich selbst kümmern.«

Max blockte ab, das Gerede konnte er gerade nicht gebrauchen, aber er vereinbarte einen Termin mit Volker.

Das wollte er auch mit Britta, Anke und Julia tun, weil er hoffte, von ihnen Infos zu bekommen. Julia war Lenas beste Freundin, sie würde wohl am zögerlichsten sein. Bei Volker hoffte er auf männliche Solidarität und bei Britta auf ihre sprichwörtliche Impulsivität, mit der sie schon ein paar Mal Vertrauliches verraten hatte.

Dann fiel sein Blick wieder auf Spinozas Zitat:

›Je klarer wir uns selbst und unsere Emotionen verstehen, desto mehr lieben wir, was ist.‹

Lieben, was ist. Wie konnte man eine solche Situation lieben?

›Indem du deine Emotionen verstehst‹, sagte eine Stimme in ihm.

›Verdammt‹, murmelte Max vor sich hin. ›Was zum Teufel heißt das?‹

Er hatte sich nie bemüht, seine Emotionen zu verstehen, und ihm wurde klar, dass er dann auch die Emotionen anderer nicht verstehen konnte. Wie auch?

Vielleicht brauchte man wirklich manchmal Schicksalsschläge, weil sie einen zumindest für Momente introvertierten. Momente, die einen Spalt schufen, aus dem das Licht schien.

♫ Cake By The Ocean ♫

DNCE

Nachdem Lena aufgelegt hatte, mit einem tiefen Gefühl für Max im Bauch, wählte sie die nächste Nummer. Sie saß auf dem Hotelbett, Matts Zettel in der Hand und fragte die Hotels in Portugal an. Das Teuerste der drei hatte Zimmer verfügbar, die anderen erst in zwei Wochen. Sie checkte die Flüge. Um 12.50 Uhr ging ein Flug nach Lissabon und es waren noch drei Plätze frei. Wenn sie sich beeilte und rechtzeitig zum Flughafen kam, könnte sie heute schon fliegen! Das klang richtig nach Abenteuer!

Kurzerhand buchte sie den Flug, informierte das Hotel und saß bereits eine halbe Stunde später in einem Taxi, das sie durch ein regnerisches Berlin zum Flughafen brachte. Fünf Stunden später landete sie in Lissabon, wühlte sich durch das Car-Rental-Prozedere, saß endlich im Leihwagen, gab ihre Zieladresse ins Navi ein und fuhr los.

Beglückt sah sie sich um. Der Himmel war blau, die Sonne schien, das Land war grün und sie konnte das Meer schimmern sehen. Lenas Stimmung stieg, die Fahrt verlief problemlos, Musik spielte im Radio und ihr Herz wurde immer leichter. Es war noch hell, als sie um halb acht das Hotel erreichte, ein schmuckloses, maurisches Gebäude, dessen karger, äußerer Anblick gehörig täuschte. Es war ein Luxushotel, innen wunderschön ausgestattet und mit herrlichen Ausblicken aufs Meer. Mit einem Begrüßungscocktail in der Hand bezog Lena gut gelaunt ihr Zimmer und öffnete weit die Balkontür. Das Rauschen des Meeres drang herein und tief sog sie die frische salzige Luft in ihre Lungen. Kurzerhand verschob sie das Auspacken auf später, zog etwas Leichtes an und lief hinunter ans Meer. Oh, das war so schön! Es fühlte sich so frei an!

Der Wind blies ihr ins Gesicht, der Sand war noch warm, der Strand fast menschenleer. Die Schuhe in der Hand schlenderte sie am Wasser entlang. Paragleiter warfen ihre bunten Schirme in die Luft und setzten sich malerisch gegen den blauen Himmel ab. Es war genauso, wie Matt gesagt hatte: Ruhig und weit und wunderschön. Am Ende des Strandes, der durch große Felsbrocken begrenzt war, traf sie schließlich auf die Bar, die er erwähnt hatte. Sie stieg die Planke nach oben, bestellte sich einen Sangria Spumante, ließ sich den Wind um die Nase wehen und schaute auf das unendlich scheinende Meer. Zum einen hatte sie das Gefühl, endlich runterfahren zu können, aber auch das Empfinden, ihr Abenteuer ginge hier erst so richtig los.

♫ ♫ ♫

Der Mond stand schon am Himmel, als sie sich auf den Heimweg von der Bar ins Hotel machte. Weiße Schaumkronen umspielten ihre nackten Füße, graue Wolken zogen in rascher Folge über den Sichelmond, umrahmten ihn, verdeckten ihn und Lena konnte sich an diesem Schauspiel nicht sattsehen. Sie fühlte sich rundum wohl hier in der Natur und mit dem ewigen Rhythmus des Ozeans im Ohr.

Das Bett war schon aufgeschlagen, als sie ins Zimmer kam, und das Fliegengitter an der Balkontür erlaubte es, das Fenster geöffnet zu lassen.

Sie legte sich aufs Bett, klappte den Laptop auf, wählte sich in das Netz des Hotels ein und war sehr versucht, eine Mail an Matt zu schreiben, sehr versucht, ihm das Foto ihres ersten Sangrias, das sie ihren Freunden geschickt hatte, ebenfalls zu senden – und ihm damit ihre Nummer und weiteren Eintritt in ihr Leben zu gewähren. Aber sie scheute davor zurück. Stattdessen rief sie Facebook auf, gab Matts Namen ein, fand ihn nicht und wollte gerade einige Google-Einträge über ihn lesen, als Trixi sich meldete:

»Hey, Lena, meine Süße, was macht Berlin?«

»Hi, Trixi ... bin nicht mehr in Berlin, bin schon weiter!«

»Ich staune – wo denn?«

»Ja, ich staune auch – du wärst stolz auf mich! Portugal!«

»Portugal! Ach, du meine Fresse! Wie kommst du denn dazu! Hört sich krass an! Aber diesmal mit Max, oder?«

»Nein, Max ist nicht hier.«

»Was soll ich denn davon halten?«, spottete Trixi. »Ein Ehe-Retreat ... du allein im Ausland ... oder bist du nicht allein?«

Sie setzte einen Smiley mit hochgezogenen Augenbrauen dahinter.

»Doch, ich bin allein«, antwortete Lena. »Gerade das tut gut.«

»Und was machst du so mit deiner Zeit?«

»Hier gibt es viel zu sehen. Bin ja gerade erst angekommen. Die nächsten Tage schaue ich mir die Umgebung an. Oder liege einfach am Strand. Gedanken schweifen lassen.«

»Das ist alles? Hört sich langweilig an. Die Portugiesen sind doch total attraktiv!«

»Hey Trixi, in dieser Hinsicht hast du dich echt nicht geändert!«

Grinsender Smiley.

»Du auch nicht, Lena! Du warst schon immer zu brav! Kannst du dich noch an die zwei Typen erinnern, als wir am Bodensee gecampt haben? Die uns beim Feuermachen geholfen haben? Wie hießen die noch mal ...?«

»Ach, du Schande!«, lachte Lena. »Warte ... ich glaube, der eine hieß Rick und der zweite ...«

»Thomas!«

»Genau! Rick und Thomas! Die waren so scharf! Zwei echte Sahneschnitten!«

»Ja, genau. Und die standen beide auf dich! Und was macht meine Lena? Sie kneift! Das wäre doch mal ein Erlebnis gewesen! Zwei Männer! Du warst jung, knackig und nicht liiert!«

»Bin halt nicht der Typ, der einfach so Sex mit jemandem hat. Und schon gar nicht Gruppensex.«

»Rick hätte es auch sehr gern mit dir alleine gemacht.«

»Genau. In einem Zweierzelt – mit dir und Thomas auf zehn Zentimeter Abstand daneben. Nee, sorry. Würde ich auch heute nicht bringen.«

»Also, auf ein Abenteuer bist du schon mal nicht aus.«

»Ach, Trixi, kannst du an nichts anderes denken?«

»Komm schon, Lena, mir brauchst du nichts erzählen! Wenn du ein Ehe-Retreat machst, lässt das doch tief blicken.«

»Aber Treue ist ein wichtiger Faktor für mich«, schrieb sie. Doch dann dachte sie über ihre Antwort nach. ›Eigentlich‹, so gab sie vor sich zu, ›hätte ich gern mal ein Abenteuer. Gleichzeitig habe ich Angst davor und bin mir zu schade dafür, einfach mit irgendjemandem zu schlafen, der keine großen Gefühle für mich hat. Denn mit jemandem zu schlafen ist doch genau wegen der großen Gefühle so schön. Weil diese großen Gefühle etwas Besonderes aus dem Akt machen. Ein Abenteuer wäre auch das Todesurteil für meine Beziehung. Nein, ich will doch lieber keines!‹

»Okay, dann erzähl doch mal: Warum bist du weg?«, schaltete sich Trixi in ihre Gedanken. »Mich interessiert das sehr. Ist Max nicht nett zu dir? Habt ihr Stress miteinander?«

»Nein, gar nicht. Max ist ein total lieber Mensch.«

»Ja, super – dann hattest du ja allen Grund, wegzugehen. Komm schon, Schätzchen, nun spuck's schon aus!«

Lena kaute auf ihrer Lippe. Sie stand auf, sah den Laptop an. Sollte sie sich Trixi anvertrauen? Sie war so lange ihre beste Freundin gewesen, ihre intimste noch dazu ... vor allen Dingen die unkonventionellste und offenste. Sie hatten damals wirklich über *alles* geredet. Als sie wieder zum Laptop kam, stand die nächste Nachricht im Kästchen:

»Lena? Bist du noch da? Hast du Angst darüber zu reden?«

»Ja, bin da. Können wir telefonieren?«

Diesmal war es Trixi, die keine Antwort gab.

Lena war müde von der Reise, ging ins Bad, duschte, machte sich bettfertig und legte sich dann mit dem Laptop wieder aufs Bett. Trixi hatte inzwischen einen Text verfasst:

»Aber Lena, ich schweige doch gerade.«

»Na ja, chatten ist auch nicht schweigen.«

»Aber immer noch vertretbarer, als die Zunge zu benutzen.«

»Sorry, wollte dich nicht drängen. Das mit dem Schreiben dauert immer so lang. Übrigens, was macht dein Job? Du bist Yogalehrerin?«

»Ja, plus ein paar Nebenjobs. Du weißt ja, ich bin Coach! Total interessant! Was die Leute einem alles so erzählen!«

»Ja, das passt zu dir«, lachte Lena. »Bist du noch so gelenkig wie früher? Kannst du noch Spagat?«

»Mit neunundvierzig?«

»Ich kann ihn noch!«

»Fuck, irgendwas mach ich falsch! Apropos«, fragte Trixi, »wie war dein Geburtstag? Wir haben ja beide einen runden dieses Jahr! Zusammen Hundert!«

»Ja, und deiner steht noch bevor. Feierst du? Ich hätte dich so gern an meiner Party dabei gehabt! Schade, dass du dich nicht früher gemeldet hast.«

»Du hast gefeiert? Wie war's?«

Lena seufzte, dann ergab sie sich in die Situation.

»Ganz ehrlich, eine Firmenfeier wäre lustiger gewesen.«

»Ehrlich jetzt – schlechte Orga?«

»Nein, ich hatte alles durchgeplant – sogar einen DJ habe ich gebucht. Hat aber nix genützt. Irgendwie war der ganze Geburtstag scheiße.«

»Aber warum denn, Schätzchen? Was ist schiefgelaufen?«

Lena saß auf dem Bett und merkte, wie sie wieder in diese miese Stimmung fiel, die sie seit ihrem Geburtstag befallen und dazu geführt hatte, dass sie nun auf einem Hotelbett saß.

»Eigentlich alles«, tippte sie zögerlich, dachte an Trixi. Sie erinnerte sich daran, wie das damals immer gewesen war. Trixi, die mucksmäuschenstill dagesessen und sich Lenas Sorgen angehört hatte. Ein warmes Empfinden stieg in Lena hoch, trat aus ihr heraus und flog über den Äther zu ihrer alten Freundin, die es aufzunehmen schien, die es umwandelte in Trost, in Aufnahmebereitschaft. Lena schloss die Augen, öffnete sie wieder – und ihre Finger machten sich selbstständig:

»Der Geburtstag war symptomatisch für mein ganzes Leben! Max nimmt mich nicht wahr, meine Kinder nehmen mich nicht wahr. Ganz ehrlich – mir wäre eine Bratwurst in einer Kneipe lieber gewesen, wenn Max dafür bemerkt hätte, wie ich aussehe. Er hat an diesem Tag von nichts anderem geredet, als dass er diese Feier endlich hinter sich bringen will. Und der Tag selbst ... niemand hat mich gefeiert. Weißt du, ich wäre schon glücklich gewesen, wenn meine Familie mir einmal ein Frühstück hingestellt hätte. So mit Rosen und so. Wenn sie sich einmal überlegt hätten, was mir Freude macht – statt danach zu gehen, was sie für richtig halten. Ich wäre so dankbar gewesen, wenn Max mich schlicht und ergreifend noch als das sehen würde, was ich bin: Eine Frau. Aber ich glaube, das bin ich schon lange nicht mehr für ihn. Ich bin etwas, an das er sich gewöhnt hat. Ein Gegenstand.«

»Aber du hast doch sicher mit ihm darüber gesprochen! Was hat er denn gesagt?«

»Worüber soll ich denn mit ihm sprechen? Dass er mir an meinem Geburtstag mal 'ne Tasse Kaffee machen soll? Das sind Dinge, die kann man keinem diktieren! Außerdem hört er nicht zu. Er ist geistig immer abwesend. Er spannt gar nichts!«

»Vielleicht hast du es ihm nur nicht auf die richtige Weise gesagt. Vielleicht ... ich will dir ja nicht zu nahe treten ... warst du aggressiv und er hat allein darauf reagiert?«

Lena lachte ein wenig verärgert auf.

»Trixi, du warst es doch, die mich vor Max gewarnt hat! Du warst es, die gesagt hat, dass er der Routine-Typ ist und es einfach nur gemütlich haben will! Leider hattest du damit recht! Und nun solche Worte aus deinem Mund?«

»Weißt du, ich bin auch älter geworden. Und ich verstehe nun einige Dinge, die ich früher vielleicht zu einseitig gesehen habe.«

»Kann sein, dass ich nicht immer gut drauf war, aber was ist das für ein Partner, der angepisst ist, wenn es mich mal beutelt! Ich war knapp dreißig Jahre sein Sonnenschein! Du als Frau müsstest doch wissen, wie das in den Wechseljahren ist! Du stürzt von einer Sekunde zur anderen in ein Loch und würdest dich am liebsten vor den Zug werfen! Und dann hast du so einen Holzklotz vor dir, der dich anmacht, weil du ›schlecht gelaunt‹ bist ... oh, ich könnte gerade kotzen!«

»Oh, Schätzchen, das tut mir so leid!«

»Muss dir nicht leidtun.«

Lena hatte genug, sie wollte raus aus dem Chat. Sie wollte diese Stimmung nicht haben. Nicht hier an diesem wunderschönen Ort! Aber Trixi stellte schon die nächste Frage:

»Noch mal ... dein Geburtstag ... Lenalein, was war da los? Du hast doch gesagt, ihr habt gefeiert. Du hattest einen DJ organisiert!«

»Den ich selber zahlen musste! Und dann durfte ich gerade mal eine halbe Stunde lang tanzen, bevor mein Mann mir klargemacht hat, dass ich mich um meine Gäste kümmern soll!«

»Okay ... aber er hat es doch sicher gut gemeint.«

»Fuck, Trixi, du hast dich echt geändert! Ich weiß gerade nicht, ob ich das gut finde! Sich um die Gäste kümmern! Denen ich geschrieben habe, dass ich gerne TANZEN möchte! Denen ich geschrieben habe, dass ich mich darauf FREUE, zu tanzen. Und wer tanzt nicht mit mir? Max. Er sitzt am Tisch und gähnt. Verstehst du, ich mache ihm vor allen Leuten eine Liebeserklärung – und er? Nichts! Wäre es nicht an ihm gewesen, mir eine zu machen an diesem Tag? Aber nein! Er hat mir ja die Feier bezahlt! Das reibt er mir ständig unter die Nase! Weißt du was? Ich fühle mich hochgradig verarscht! Und wenn du es genau wissen willst: Keiner meiner Kinder hat mir etwas zum Geburtstag geschenkt. Sie vergessen meine Geburtstage, sie denken nie an den Muttertag. Und mein Mann macht mir nur klar, dass es doch Ego ist, wenn ich mir das wünsche! Ich meine, wenn ich 'ne Rabenmutter gewesen wäre, hätte ich's noch verstanden! Aber so! Und weißt du was? Ich logge mich jetzt aus, weil ich gerade so wütend bin, dass ich fünf Stunden Holzhacken könnte!«

»Lena, warte! Geh nicht!«

»Trixi, ich bin müde!«

»Bitte! Du bist gerade so gut in Fahrt! Bleib hier! Bitte!«

»Nein, vielleicht ein andermal, Trixi, ich bin total gefrustet!«

»Damit solltest du nicht ins Bett gehen! Schreib mir, was dich stört ... weißt du, so eine Art Brainstorming, alles, was dir durch den Kopf geht. Ohne nachzudenken, ob das berechtigt ist oder nicht, verstehst du? Dann hast du es vor dir. Und ich auch. Vielleicht kann ich dir helfen – ich würde mich wirklich freuen, dir zu helfen.«

»Ja, das mit dem Aufschreiben hört sich nach einer guten Idee an«, zögerte Lena.

»Prima! Dann los!«

»Was, jetzt?«

»Warum nicht! Nutzen wir die Gunst der Stunde! Schreib! Liebst du Max nicht mehr?«

»Doch«, antwortete Lena, »ich liebe ihn. Wir sind seit achtundzwanzig Jahren zusammen und vierundzwanzig davon verheiratet. Wir haben Kinder miteinander. Das bedeutet mir sehr viel.«

»Ja, das ist auch viel«, bestätigte Trixi.

»Wie ist das mit dir? Bereust du, nie eine feste Bindung eingegangen zu sein?«

»Nein! Auf keinen Fall! Du kennst mich doch! Ich kann wirklich sagen, dass ich gelebt habe! Ich habe mir nichts verweigert!«

»Ja«, seufzte Lena. »Darum beneide ich dich. Aber trotzdem gibt es Dinge, auf die du dafür verzichten musst.«

»Auf Familie? Spießigkeit? Auf einen Mann, der jeden Tag sein Essen haben will und seine gebügelten Hemden im Schrank? Auf das, worunter du jetzt leidest?«

»Darunter leide ich nicht wirklich. Das ist es nicht. Nein, ich meine Sicherheit. Vertrauen. Verlässlichkeit. Ich frage mich, ob Leben bedeutet, alles auskosten zu wollen. Es gibt immer etwas, was man nicht hat. Wenn es danach ginge, wäre man ja nie fertig, nie zufrieden, nie glücklich.«

»Das bist du auch nicht.«

»Nein, bin ich nicht.«

»Hast du einen anderen?«

»Nein!«

»Täte dir doch mal ganz gut.«

Lena biss sich auf die Lippen, dachte an Matt. Ihre Finger tippten, löschten wieder, tippten erneut, bis sie einfach nur fragte:

»Warum denkst du das?«

»Na, ich bitte dich! Wie viele Männer hattest du denn in deinem Leben? Ich bin wahrscheinlich die Einzige, die weiß, dass es nur zwei waren.«

»Wobei der eine mich nur entjungfert hat. War ätzend. Das wünsche ich mir nicht zurück.«

»Und Max?«

»Max hat viele Qualitäten, sonst wäre ich ja nicht so lange mit ihm zusammen.«

»Du hast meine Frage nicht beantwortet. Wie ist das so mit Max?«

»Im Bett?«

»Ja, klaro, mein Spezialgebiet. Bei was anderem kann ich nicht wirklich mitreden.«

»Na ja ... er kommt sehr schnell.«

»Schneller als du.«

»Ja, schneller als ich.«

›Viel schneller als ich‹, setzte Lena flüsternd für sich noch hinzu. Dann stand sie auf, ging zur Minibar und holte sich einen Rotwein heraus. Sie goss die Hälfte des Viertelliter-Fläschchens in das bauchige Glas, das auf dem Schreibtisch stand, nahm einen tiefen Schluck und las Trixis Antwort.

»Und das stört dich? Das ist bei den meisten Männern so. Wahrscheinlich findet er dich so attraktiv, dass er sich nicht lange beherrschen kann. Ist so was wie ein Kompliment, weißt du.«

»Aber ich habe eben Mühe, es in der gleichen Zeit zu schaffen«, hackte Lena genervt in die Tasten und mit einem Mal schoss unsagbare Wut in ihr hoch. »Eigentlich habe ich es nie in der gleichen Zeit geschafft! Eigentlich kotzt es mich an, dass ich es schnell schaffen muss, nur, damit er bekommt, was er will! Weil die Bilanz eine traurige ist: Achtundzwanzig Jahre lang Quickies! Achtundzwanzig Jahre lang liege ich ohne jede Befriedigung neben ihm! Und er kommt nicht einmal auf die Idee, dass ich auch Bedürfnisse haben könnte! Er hat achtundzwanzig scheißlange Jahre gemeint, dass es meine Schuld sei, wenn es bei mir nicht klappt! Herzlichen Dank für das Kompliment, Trixi, aber das kannst du dir gern irgendwohin stecken!«

»Lena ... das tut mir leid ... ich wollte nicht ...«

»Und wenn wir schon dabei sind«, hetzte Lena weiter, »dann erzähle ich dir noch ein wenig von unserem ach so tollen Sexleben! Er weiß bis heute nicht, was mich anmacht! Er hat sich bis heute nie die

Mühe gemacht, das herauszufinden! Noch nicht einmal im Ansatz! Er hat bis vor kurzem noch genau die Dinge getan, die ich einfach schrecklich finde! Er hat mich knapp dreißig Jahre lang genommen, auch dann, wenn ich nicht wollte! Und war sauer, wenn ich keine Lust auf seinen Fünf-Minuten-Sex hatte!«

»Schätzchen ... das ist ja ... das ist furchtbar ... warum hast du ihm das nie gesagt? Und was meinst du mit ›seit kurzem‹? Hat sich doch etwas gebessert?«

»Natürlich habe ich es ihm gesagt! Und ja, es hat sich gebessert! Und wie!«, giftete Lena, kippte einen guten Teil des Rotweins hinunter und schrieb wieder drauflos: »Achtundzwanzig Jahre sind eine lange Zeit, Trixi, eine sehr lange Zeit! Jetzt ist er an der Reihe, keine Lust zu haben ... oder einfach ... im Moment ... nicht zu können ... du weißt schon, was ich meine, so die totale Sendepause!«

»Ach du Scheiße, das auch noch. Das muss ja schlimm für dich sein!«

»Keine Spur! Das macht mir gar nichts aus!«

»Das macht dir nichts aus? Häh? Ist doch furchtbar – für euch beide – wenn er keinen mehr hochkriegt!«

»Nein, es ist nicht furchtbar! Was hätte ich denn davon, wenn er ihn hochbringen würde? Fünf-Minuten-Sex!? Was schrecklich ist, Trixi, was wirklich schrecklich ist, dass es ihm nicht für eine Sekunde einfällt, sich mal um mich zu kümmern, jetzt, wo er doch alle Zeit der Welt dafür hätte! Weißt du, sich mal Gedanken zu machen ... einfach mal zärtlich zu sein, ohne miteinander zu schlafen! Er hat Probleme ... und was passiert? Gar nichts! Er lässt mich einfach liegen! So, wie er mich immer hat liegen lassen! Als er noch konnte und ich nicht wollte, da ist er einfach in mich rein – ich bin ja seine Frau! Und jetzt: Er kann nicht, also läuft nichts! Und ausgerechnet jetzt bin ich so aufgepeitscht, dass ich manchmal nicht weiß, wohin damit! Ich hatte nie einen Orgasmus mit ihm! Nie! Und ihn hat's auch nie interessiert! Ich weiß nicht, wie das ist, Erfüllung im Sex zu finden, weil ich ihm das nie wert war! Ich komme halt schwer! Ist ja mein Problem! Trixi, ich weiß bis heute nicht, wie das ist, zusammen mit einem Mann diese Höhen zu erleben, verstehst du? Ich hätte es aber so gern mal erfahren – mit

Max! Ich habe dreißig verdammte Jahre drauf gewartet! Ich hätte so gern einmal erlebt, wie das ist, wie sie das in Liebesromanen beschreiben! So gern einmal so gefühlt! Und ich glaube dran, dass es auch bei mir geht! Ich bin kein Freak! Und wenn man es sich selbst macht, ist das nur ein billiger Ersatz. Es hat nichts mit dem zu tun, was zusammen möglich wäre! Ich will unsere Ehe nicht auf Sex reduzieren, wirklich nicht, ich wäre schon glücklich gewesen, wenn wir einfach so mal einen Nachmittag im Bett verbracht hätten, verstehst du? Mit Streicheln und so ... aber alles, was er mir sagt, wenn ich das Thema anspreche, ist: Ich biete dir doch ein gutes Leben! Fuck! Dreimal fuck! Manchmal denke ich, es wäre besser ...«

Sie kam aus Versehen auf die Sendetaste und der Text wurde abgeschickt. In der Zeit, in der Trixi ihn las, fühlte Lena ihr ganzes Elend. Der Geburtstag, die Reaktionen ihrer Kinder, die doch ihren Betterlebnissen so ähnlich waren – keiner wollte wissen, wie sie die Dinge empfand, alle handelten nur nach ihren eigenen Bedürfnissen. Ihre Augen glühten vor Wut und sie goss den Rest der Flasche in ihr Glas. Sie dachte an Matt, an das, was sie in diesen wenigen Stunden mit ihm gespürt hatte und war verzweifelt. Wo sollte das verdammt noch mal hinführen?

»Manchmal denkst du, es wäre besser ...? Was wäre besser? Sag's mir, meine Süße.«

Lena seufzte, weil Trixi nicht locker ließ, aber sie zwang sich, das Ding zu Ende zu denken:

»Manchmal denke ich, es wäre besser, ich hätte wie du gelebt. Manchmal denke ich, es wäre besser, es auch mal mit einem anderen Mann ausprobieren zu dürfen, ohne, dass die Ehe gleich kaputt geht. Einfach, weil ich dann dieses Gefühl nicht hätte, ich wäre an der Misere schuld. Um einmal zu erfahren, dass ich kein Neutrum, sondern eine richtige Frau bin.«

Lena stürzten mit dem letzten Satz die Tränen aus den Augen. Trixi blieb stumm. Nach fünf Minuten schrieb Lena frustriert:

»Okay, Trixi, ich bin raus. Gute Nacht.«

»Warte! Ich bin noch da! Ich war nur ... Lena, ich bin total schockiert! Ich sitze vor dem Rechner und suche eine Antwort!«

Aber Lena loggte sich aus. Sie hatte keine Lust mehr auf Katastrophen. Sie war in Portugal. Sie hörte das Meer rauschen, sah den Mond am Himmel und fühlte sich benommen – vom Alkohol und diesem Chat, der sie wieder mit ihren Themen konfrontiert hatte. Zu früh konfrontiert hatte. Sie wollte im Moment einfach nur leben! Was immer das auch bedeutete. Und bitter dachte sie daran, dass man das doch eigentlich mit fünfzig Jahren wissen sollte. Was das bedeutete. Leben.

♫ ♫ ♫

»Lena, Max hat sich wieder bei uns gemeldet. Er will sich mit uns treffen.«
»Was? Mit euch allen? Zusammen oder einzeln?«
»Ich glaube, einzeln.«
»Okay, dann hoffe ich, dass ihr dichthaltet. Julia, ich brauche ein wenig Abstand! Bin kurz davor, alle meine Geräte zu deaktivieren! Mit diesem Hightech-Kram ist man gar nicht richtig weg!«
»Ja, mach das mal – wir schaukeln das Kind schon, keine Sorge! Britta hat schon ihre Rüstung angezogen!«
Julia schickte ein Bild aus einem Comic von einer Wikingerfrau und Lena musste lachen, weil das tatsächlich ein bevorzugtes Kostüm von Britta an Fasching war.
»Verratet mir, was er wollte ... und wie es ihm geht! Passt auf ihn auf!«
»Okidoki! Wo bist du gerade?«
»Am Meer! In der Nähe von Cascais!«
»Fantastisch! Dann tauch ein! Ins Meer und ins Geschehen!«

♫ ♫ ♫

Max saß bei ihrem gemeinsamen Hausarzt, den sie schon seit Urzeiten konsultierten – ein Homöopath mit klassischer, medizinischer Ausbildung. Sie waren auch privat miteinander befreundet, Ernst kannte Lena und Max seit ihrer Hochzeit.

»Was führt dich zu mir?«, fragte er Max, als sie sich gesetzt hatten.

»Wobei ... Lena hat mir ja schon ein bisschen was gesteckt ...«

»Was hat sie denn gesteckt?«, fragte Max verständnislos.

»Na, dass du die gängigen Problemchen bekommst ... nachts nicht mehr durchschlafen kannst, weil du zur Toilette musst ... herzlich willkommen im Klub!«

»Hör mal, Ernst«, sagte Max. »Ich bin vor allem wegen Lena hier.«

»Oh, okay. Was ist mit ihr?«

»Sie ... ist sie gesund?«

»Ach ... das meinst du.« Ernst lehnte sich zurück. »Hm. Lena hat mir gesagt, sie möchte das für sich behalten, weil noch nichts klar ist.«

»Was heißt das?«, bohrte Max nach.

»Das heißt, dass wir abwarten, wie sich das alles entwickelt. Aber ich kann dich schon mal so weit beruhigen, dass es nichts Ernstes ist.« Max wollte schon aufatmen, als der Arzt hinzufügte: »Im derzeitigen Stadium. Und bezogen auf das erste Blutbild.«

»Ernst! Was soll das bedeuten!«, rief Max beunruhigt. »Komm schon, ich bin Mediziner wie du!«

»Fein. Dann brauche ich mit dir über das Thema Schweigepflicht ja nicht reden.«

»Ja, aber Lena hat ...«

»... mir ausdrücklich verboten, jemand anderem Auskunft zu geben.«

»Aber ich bin ihr Mann!«

»Klär das mit ihr selbst, Max! Ich habe Lena schon darauf angesprochen, dass ich ihr Blut noch mal untersuchen lassen möchte. Aber sie ist nicht gekommen. Sie hat den Termin abgesagt.«

»Was? Abgesagt? Aber warum denn?«

»Ich denke, sie will es einfach nicht wissen. So nach dem Motto: ›Was ich nicht weiß, macht mich nicht heiß‹. Sie fokussiert sich auf Gesundheit.«

»Aber das ist total leichtsinnig! Ernst, sag mir, was sie hat!«

»Max, bitte. Es besteht im Moment absolut kein Grund zur Sorge«, beschwichtigte ihn Ernst so resolut, dass Max einen Teil seiner

Bedenken verlor. Ernst war ein vernünftiger, ruhiger Mensch und sie waren nicht umsonst schon seit dreißig Jahren bei ihm. »Wir machen bald ein neues Blutbild, dann sehen wir weiter. Kümmern wir uns doch lieber mal um deine nächtlichen Toilettengänge. Nochmals: Willkommen im Klub! Wie oft musst du denn nachts aufstehen?«

Er ging zur Routine über, erzählte, dass er demnächst drei Wochen Urlaub machen wolle, verschrieb Max ein Mittelchen und ließ ihn ein paar Globuli schlucken. Eine halbe Stunde später stand Max wieder draußen an seinem Auto, um ein paar Milliliter Blut, aber auch um eine dicke Sorge ärmer: Durch die beruhigende Aussage, dass Lena gesund sei.

♫ Wherever You Will Go ♫

The Calling

Drei Tage lang tat Lena nichts anderes als sich zu sonnen, in der Guincho-Bar Salat zu essen und am Abend eines der Restaurants aufzusuchen, die Matt ihr empfohlen hatte. Noch immer hatte sie ihm keine Nachricht geschrieben – und hatte es auch nicht vor.

Sie war zu dem Entschluss gekommen, diese kurze Episode zu beenden, bevor sie überhaupt anfing. Der Gedanke, wieder mit Matt zusammenzutreffen und es selbst provoziert zu haben, fühlte sich falsch an. Zu sehr war sie mit ihrem Treuegelübde verwoben. Das bedeutete ihr etwas und sie empfand es als wichtig, Werte zu leben. Aber Matt einfach zu vergessen, war alles andere als leicht. Seine Zettel lagen auf dem Schreibtisch, seine Empfehlungen und Routen, von denen sie noch keine einzige absolviert hatte, forderten sie jeden Tag neu auf, ihm doch zumindest eine kleine Nachricht zu schreiben. Und in der Nacht verfolgten sie seine schönen Augen, sein markantes Gesicht, die wenigen Berührungen. Hin- und her gerissen zwischen diesen Empfindungen tat sie gar nichts. Der Akku ihres Handys war leer und sie hatte ihn erst heute wieder aufgeladen. Weder hatte sie Facebook aufgerufen noch Mails gecheckt. Es tat gut. Die Gedanken kamen etwas zur Ruhe und so langsam war sie auch bereit, sich die Dinge anzusehen. Sie dachte an den letzten Chat mit Trixi.

Ging es tatsächlich um Sex? Was wäre, wenn der Sex zwischen Max und ihr okay wäre? Wenn sie und er erfüllt davon wären? Wäre dann alles besser? Nein, sie spürte, das Ganze lag tiefer. Es ging um das, was guter Sex nur kaschiert hätte. Und was schlechter Sex katalysierte.

♫ ♫ ♫

Am vierten Tag nahm sie sich vor, endlich eine der Touren zu erforschen, die Matt ihr vorgeschlagen hatte. Stundenlang wanderte sie vormittags durch die Dünen, beobachtete, wie der Wind ständig neue Sandformationen bildete, die in der nächsten Minute wieder der Vergangenheit angehörten. Sie fand, das Leben war auch so. Dinge veränderten sich. Paare fanden sich, trennten sich, verbanden sich neu, bildeten andere Formationen – und jede war für sich schön. War die Ehe ein rudimentäres Organ, das in der heutigen Zeit keiner mehr brauchte? Ein Ding mit Verfallsdatum? Oder waren das von einer Wegwerfgesellschaft infiltrierte Gedanken?

Wenn sie darüber nachdachte, war es immer noch ein gutes Gefühl, mit Max alt zu werden. Etwas Beständiges, Vertrautes zu haben in dieser sich immer rascher verändernden Welt. Mit Wärme dachte sie an das letzte Telefonat mit ihm.

Von der Sonne erhitzt und müde vom Laufen kam sie schließlich wieder in der Nähe der Strandbar heraus, wollte noch kurz etwas essen, um sich dann im Hotel umzuziehen und den zweiten Teil der Tour anzugehen.

Doch als sie die Planke betrat, die nach oben zur Bar führte, spürte sie ihn schon. Und als sie hochblickte, fand sie ihre Intuition bestätigt. Er saß an einem der Tische, eine Flasche Wasser vor sich, und spielte mit seinem Handy. Er war nervös, sehr nervös sogar. Wiederholt schaute er an das Ende der Planke, die ins Restaurant führte, an die Stelle, an der die Gäste eintraten. Lena konnte nicht verhindern, dass sein Anblick ihr einen süßen Stich versetzte, sie diese unbekannte, vertraute Sehnsucht nach ihm fühlte und Freude in ihr aufflatterte, wie ein Vogel, der das offene Käfigtürchen erwischt und ins Freie fliegt. Der Wind spielte mit seinem halblangen, glatten Haar und er hatte leichte Stoppeln im Gesicht. Er trug blaue Leinenhosen und ein weißes legeres Hemd, dessen obere Knöpfe offen waren. Der Wind wehte kräftig, riss am Stoff, gewährte Einblicke auf eine muskulöse Brust. Er sah verdammt gut aus.

Lena stopfte ihre Schuhe in ihren Rucksack, raffte ihren langen Rock und ging barfuß nach oben, die Augen auf die Bretter der Planke gerichtet. Ihr Herz klopfte.

Sein gefühlt hundertster Blick hing an der kleinen Pforte der Bar, als sie eintrat. Langsam legte er sein Handy weg. Sie konnte sehen, wie die Ader an seinem Hals pulste, wie sein Herz pochte, wie unsicher er war, aber seine Augen bei ihrem Anblick einen warmen Glanz bekamen – es rührte sie. Ihre Lippen teilten sich und sie lächelte ihn so offen an, dass er leicht in seinem Stuhl zurückwich und geradezu scheu zurücklächelte.

»Tut mir leid«, sagte er, als sie sich wortlos zu ihm setzte. »Ich hab's nicht ausgehalten. Es ist der vierte Tag ohne eine Nachricht von dir. Und wenn du von hier abreist, habe ich kaum noch eine Chance, dich zu finden. Ich hatte ohnehin Bedenken, dass du schon weiter sein könntest.«

»Aber ich hätte dich finden können«, antwortete sie. »Ich habe deine Kontaktdaten.«

»Bin mir nicht sicher, ob du mich jemals hättest finden wollen.«

Mit einem ernsten Lächeln sah sie ihm in die Augen.

»Matt, was denkst du, wird das hier?«

»Keine Ahnung, Lena. Ich bin einfach meiner inneren Stimme gefolgt.«

»Und wie lange hast du vor zu bleiben?«

»Ich habe drei Tage, dann muss ich zurück. Aber ich möchte dich nicht bedrängen. Wenn dir das zu viel ist, ist es okay, dann fahre ich wieder.«

Sie biss sich auf die Lippen, überlegte. Er beobachtete sie.

»Okay, Matt«, sagte sie schließlich. »Ich möchte dich etwas fragen: Kannst du diese drei Tage mit mir einfach genießen? Ohne Erwartungen zu haben?«

Überrascht sah er auf. Sein Gesicht hellte sich auf.

»Ich bin dankbar für jede Sekunde«, antwortete er und wagte noch nicht zu lächeln. »Mehr kann ich gar nicht erwarten.«

Sein Blick war wieder so schön, dass alles in ihr zu ihm hindrängte.

»Ich kann nicht leugnen, dass ich mich freue, dass du hier bist«, sagte sie. »Aber du weißt, ich bin verheiratet. Und ich bin keine total unglücklich verheiratete Frau. Vielleicht eine, die gerade eine Krise hat. Und ... ich ...« Sie verstummte, unfähig, zu erklären, was ihr Herz so vollmachte.

Sanft legte Matt seinen Finger unter ihr Kinn und zwang sie, ihn anzusehen.

»Ich habe dir doch gesagt, ich will deine Situation nicht ausnutzen«, erinnerte er sie.

»Ja, das hast du gesagt.«

Sie unterdrückte ein Beben, erschrocken, wie stark ihr Körper auf jede Berührung von ihm reagierte. Es reichte ein Hauch und sie hatte das Empfinden, sich ihm an den Hals werfen zu müssen.

»Okay, Matt«, begann sie erneut und ihre Mundwinkel hoben sich. »Ein alter Freund hat zu mir gesagt, ich solle die Reise nutzen, um zu lernen, spontan zu sein. Normalerweise bin ich überlegt, vernünftig und diszipliniert. Und meine neu erwachte Spontaneität sagt mir: Ich würde wahnsinnig gerne diese Tage mit dir zusammen verbringen. Einfach so. Ich kann dir nichts bieten. Ich kann dir nichts versprechen und ich will nicht, dass du mir etwas versprichst. Du müsstest damit leben, nur diese drei Tage zu haben. Aber ich würde sie gerne nutzen, um dich näher kennenzulernen.«

»Wir kennen uns schon. Dieses Gefühl hatte ich bei dir von der ersten Sekunde an.«

»Ja«, lächelte sie, »vielleicht haben wir schon so einige Leben miteinander verbracht. Anders kann ich mir diese Vertrautheit mit dir auch nicht erklären. Vielleicht finden wir ja auch gemeinsam heraus, welche Rolle ich wirklich in deinem Leben spiele. Und du in meinem.«

Sein Gesichtsausdruck war undefinierbar. Lena sah ihm an, dass er eine Antwort darauf hatte, sie aber nicht aussprach. Stattdessen fragte er:

»Warum hast du mir nicht geschrieben?«

»Weil ich wusste, dass ich damit etwas einleiten würde, was wir eventuell nicht mehr zurückdrehen könnten. Und ich weiß nicht, ob das Schmerz bedeutete.«

»Hättest du mich einfach so vergessen können?«

»Nein, ganz sicher nicht, Matt. Aber ich bin nicht unterwegs, um einen anderen Mann zu finden.«

»Aber ...« Er biss sich auf die Lippen, wollte ihre letzte Antwort nicht so stehen lassen. »... wir *haben* uns gefunden, Lena. Du bist mir über den Weg gelaufen und es hat ›Klick‹ gemacht. Und zwar so gewaltig, dass ich selbst erschrocken bin.«

»Du bist erschrocken?«

»Ja, bin ich. Ich dachte, ich bin über solche Gefühle hinweg.«

»Wow, wie kann man je über die Liebe hinweg sein?« Sie lachte und sah ihn zugleich kritisch und amüsiert an.

»Wenn sie hoffnungslos ist«, antwortete Matt und zum ersten Mal sah sie einen Schatten über sein Gesicht huschen.

»Aber ... Matt ... dann bist du nicht darüber hinweg. Liebe ist nie hoffnungslos, sonst wäre es keine Liebe – das weißt du doch.«

Er blickte ihr direkt in die Augen, es war leicht zu erkennen, was er dachte, und ihr Herz rutschte ihr wieder irgendwo hin. Diesmal war sie es, die ihm leicht über die Wange strich. Sanft nahm er ihre Hand und drückte einen Kuss darauf.

»Lena? Auch, wenn es sich blöd anhört, aber ich weiß, welche Rolle ich in deinem Leben spiele.«

Er warf das so leicht dahin und wirkte so sicher dabei, dass sie ihn verblüfft ansah.

»Frag nicht nach«, grinste er sie an. »Sonst komme ich in Schwulitäten. Ich denke, ich mache mir dein Spontaneitätsvorhaben zunutze und klinke mich hiermit drei Tage in dein Leben ein! Hast du dir sonst noch irgendetwas vorgenommen, außer, spontan zu sein?«

»Ja, ich glaube, ich habe vergessen, wie man lebt. Und das will ich wieder herausfinden!«

»Hört sich fantastisch an!«, meinte er und seine Augen blitzten. »Drei Tage mit dir, in denen du spontan sein und leben willst! Und ich darf dabei sein!«

»Hey, Matt, was wird das?! Ich habe gerade ein wenig Bedenken, dass du den ersten Teil der Message ganz spontan vergessen haben könntest?«

»Gar nicht!«, lachte er. »Egal, was passiert, es werden herrliche Tage! Es ist jetzt schon herrlich!«

»Ja, du meine Güte, du bist vielleicht drauf!«, kicherte sie.

»Ja, ich freue mich so! Und keine Angst! Ich bin anständig ... die Prämisse, spontan zu sein, und leben zu wollen, kann besser nicht sein! Mehr brauchen wir gar nicht!«

»Wahre Worte, aber warum beruhigt mich das gerade gar nicht? Ich glaube, das mit dem Spontansein muss ich noch ein wenig revidieren.«

»Oh, nein, bitte nicht! Apropos spontan: Welche von den Routen hast du schon gemacht?«

»Ähm ... nur die Dünenwanderung?« Schuldbewusst zog sie die Schultern hoch. »Ich schwöre, ich wollte heute Nachmittag damit anfangen!«

»Perfekt!«, grinste er und beugte sich ganz nah zu ihr, bis sich ihre Gesichter fast berührten. »Ich bin genau im richtigen Moment gekommen.«

Lena versank in seinen Augen und konnte sich des Gefühls nicht erwehren, dass diese Aussage tiefer ging, als sie im ersten Moment schien.

»Wow, Matt, also, wenn das so ist ... ich denke, wenn wir diese Tage miteinander verbringen, dann sollte eines gelten: totale Offenheit. Meinst du, das kriegen wir hin?«

»Das ist gefährlich, was du da sagst.«

»Ach, herrje, du hast recht!« Sie wurde flammend rot. »Ich nehme das zurück!«

»Nein! Tu das nicht! Was mich angeht: Ich bleibe dabei! Ich werde total offen sein und dir alles sagen, was mir so in den Kopf kommt!«

»Worauf habe ich mich da nur eingelassen!«, stöhnte sie und vergrub ihr Gesicht in ihren Händen.

Er lachte: »Bleib locker, Lena, wir genießen einfach jede Sekunde, okay?«

»Ja!«, rief sie glücklich. »Genau mein Ding! Das machen wir! Und da habe ich doch gleich eine erste Frage an dich!«

»Die wäre?«

»Trinkst du einen dieser göttlichen Sangria Spumante mit mir?«
Matt lachte laut auf.
»Immer!«, rief er. »Ein klasse Auftakt! Der beste, den man sich vorstellen kann!«

♫ Falling Slowly ♫
Glen Hasard & Marketa Iglova

Es war ein Auftakt. Matt holte eine ganze Karaffe voll von dem Zeug, das mit den frischesten Früchten und aromatischer Minze angereichert war, und Lena fühlte sich kurz vorm Abheben. Die Sonne schien, das Meer rauschte, der Wind wehte, die Wolken spielten am Himmel, die Stimmen spielender Kinder drangen zu ihnen und sie saß hier mit Matt in einem luftigen Sommerkleid, barfuß und voller Lebenslust.

Dass sie vorab die Bedingungen klar definiert hatten, machte sie frei. Und so war sie offen und spritzig und gab sich, wie sie war. So wie sie schon lange nicht mehr gewesen war, stellte sie für sich fest, aber es tat so verdammt gut! Sie witzelte mit Matt herum, gab dem vertrauten Gefühl, das sie mit ihm empfand, Raum, ließ innerlich los, fing sogar an, ihn zu berühren, wenn sie etwas erzählte, stupste ihn am Arm oder strich manchmal über seinen Handrücken.

Matt war hingerissen – und er war glücklich. So offenkundig glücklich über jedes kleine Ding von ihr, jede kleine Geste, jede Berührung, dass Lenas Herz schmolz, und es nichts nützte, sich zu sagen, dass sie angetrunken war, Matt viel zu gut aussah, sie zu lange keine Komplimente bekommen hatte, sein Körper ihr unsagbare Schauer über den Rücken jagte und die Atmosphäre viel zu romantisch war, um echt zu sein. Sie war echt. Alles war echt mit ihm. Nichts war gekünstelt, nichts gezwungen, es gab keine Peinlichkeiten, keine Unsicherheiten, kein Abtasten, kein vorsichtiges Heranwagen. Sie lachten und scherzten miteinander, als wären sie uralte Freunde, mehr noch, es prickelte und kribbelte zwischen ihnen wie in einer Hochspannungsleitung.

Lena trieb auf den Wellen ihrer Empfindungen dahin, ohne sich zu fragen, wie das wohl bei ihm ankam. Und Matt genoss das, öffnete sich wie sie – es gab nicht die geringste Barriere zwischen ihm und ihr.

Angeregt sprachen sie über Länder, in denen sie gewesen waren, über Dinge, die sie mochten oder nicht mochten, fanden tausend Gemeinsamkeiten – beim Frühstück Lesen, Wandern in der Natur, Lieblingsautoren, Lieblingsfilme – und obschon die Themen nicht intim waren, war es dennoch ein tiefgründiger Austausch, verstanden sie sich auf einer Ebene, die Unausgesprochenes mühelos zwischen ihnen transportierte und einen Konsens spiegelte, der für sie beide frappierend war. Der Alkohol half zusätzlich, das Innere nach außen zu kehren, half Fragen zu stellen, die man normalerweise nicht stellt, wenn man sich erst das zweite Mal sieht.

Lenas Gesicht war von der Sonne, vom Sangria und Matts Gegenwart erhitzt. Seine Augen strahlten in einer betörenden Intensität, sein Körper kam ihr manchmal gefährlich nahe, wenn er etwas in ihr Ohr flüsterte oder ihr eine Strähne aus dem Gesicht strich. Diese Gesten waren so natürlich und so innig. Für Lena waren sie wie Lebenselixier und sie spürte, wie sie sich an ihn verlor, wie schnell das ging, wie sehr er sie anzog. Er war so schön und so sexy und der Drang, ihn berühren zu wollen, in manchen Momenten so stark, dass sie die Augen schloss, um dieses Verlangen stumm auszukosten.

Immer wieder suchte sie seinen so schönen graugrünen Blick, während er ebenfalls nicht genug von ihr bekam. Er freute sich daran, wie sich das Sonnenlicht im Braun ihrer Augen reflektierte und kringelte sich über ihre fast pantomimische Weise zu erzählen.

Stunden vergingen wie Minuten, sie bekamen Hunger, aßen frischgefangenen Fisch und Gemüse und es schmeckte einfach himmlisch in dieser rauen, salzigen Luft. Leise Pianoklänge untermalten die Kulisse, während die Sonne langsam unterging und den Himmel als Leinwand nutzte, um sich ständig neu zu präsentieren. Spielerisch, absichtslos färbte sie Wolken rot, orange und pink, zog goldene Ränder um sie, stahl sich als heller Strahl vorwitzig zwischen ihnen hindurch, um im nächsten Moment von einer dunkelgrauen Wolke verdeckt zu werden und hinter ihr mit einem Glanz zu erstrahlen, der schlicht überirdisch zu sein schien. Fasziniert beobachteten Matt und Lena dieses farbenprächtige Spektakel, das sich sekündlich änderte.

»Die Welt ist so schön, dass ich manchmal heulen könnte«, sagte Lena in diese Kulisse hinein. »Manchmal nur wegen eines Blattes, das sich im Wind wiegt, oder der Sonne, die den Horizont auf immer neue Weise gestaltet. So viele Millionen Jahre besteht die Erde schon und nie hat sich ein Sonnenuntergang wiederholt. Das ist wahre Kreativität! Wenn man das beobachtet, dann entsteht, so finde ich, echte Lebensfreude. Und dann verstehe ich nicht, warum wir uns das Leben so schwer machen. Dann denke ich, dass es doch eigentlich nur darum geht, diesen Zustand der Dankbarkeit und Fülle in sich zu erhalten. Geht es dir manchmal auch so?«

»Ja, immer, wenn ich in der Natur bin«, antwortete Matt. »Oder meditiere. Dann empfinde ich genauso. Dann weiß ich auch nicht, warum wir uns überhaupt Probleme machen.«

»Hast du Probleme, Matt?«

»Nein, nicht wirklich.«

»Das heißt?«

»Das heißt, dass ich mehr habe, als ich jemals brauchen werde. Ich führe ein gesegnetes Leben und bin dankbar dafür.«

»Und wenn du noch tiefer gehst, wie ist das dann?«

»Dann merke ich, dass es noch ein paar Dinge gibt, die ich mir wünsche. Und auf die ich nicht verzichten will.«

»Die wären?«

»Mit der Liebe meines Lebens alt werden zu können«, sagte er und richtete seinen Blick auf sie.

»Wie lange bist du schon allein?«

»Zehn Jahre.«

»Die vollen zehn Jahre seit deiner Scheidung?«, fragte sie bestürzt. »Und nichts dazwischen?«

»Doch. Gelegenheitssex. Und so mancher Versuch.«

Lena schwieg. Auch er blieb stumm und beide wandten sich wieder der Sonne zu. Sie stand schon tief, es wurde schnell dunkel und sie beschlossen, zu gehen.

Gemeinsam liefen sie die Planke hinunter. Der Strand war leer. Das Rauschen des Meeres ließ eine delikate Stille in ihnen entstehen und weder Matt noch Lena verspürten das Bedürfnis zu sprechen. Das innige Gefühl verstärkte sich und es wäre so natürlich gewesen, sich an die Hand zu nehmen, aber Lena scheute davor zurück.

Erfüllt von diesem wundersamen Zauber zwischen ihnen liefen sie die erste Zeit schweigend nebeneinander, dicht am Wasser entlang, wo Schaumkronen über den Sand spülten und sich in ihm verloren. Dann tauchte der Mond zwischen den Wolken auf und Lena blieb stehen. Matt stellte sich still neben sie.

»Das ist so schön, Matt«, sagte sie leise. »So schön.« Sie wandte sich ihm leicht zu. »Und es ist so schön, dass du da bist.«

Er erwiderte nichts darauf, sah sie nur an. Lena steckte ihren Rock ein wenig hoch, lief weiter vor, bis sie wadentief im Wasser stand, schloss die Augen, spürte, wie die Wellen den Sand unter ihren Füßen wegspülten, wie der Wind sanft ihren Körper umschmeichelte. Sie fühlte sich so leicht und frei, breitete ihre Arme aus, drehte sich um sich selbst, trunken von der Schönheit der Natur und der Gegenwart Matts.

»Oh, Matt!«, rief sie. »Du hättest den Sangria nicht karaffenweise bestellen sollen!«

Das Kleid wehte um ihre schlanke Gestalt, der Wind verwirrte ihr langes Haar und sie lachte wie ein Kind. Matt konnte die Augen nicht von ihr nehmen. Sie wirkte so geschmeidig und weich und zugleich muskulös. Ausgelassen drehte sie sich noch ein paar Mal um sich selbst, als Matt sie packte und an sich riss.

Ein erschrockener Laut entfuhr ihr, umso mehr, als sie spürte, welche Wirkung dieser Kontakt auf sie hatte. Eine Stichflamme schoss hoch, die alles in Brand setzte, die sie willenlos machte und ihr unanständige Gedanken in den Kopf setzte.

»Lena«, flüsterte Matt in ihr Ohr. »Ich ...«

»Oh, mein Gott, Matt, lass mich los ... bitte lass mich los ...!«

Aber ihr Körper sprach eine andere Sprache, tat genau das Gegenteil, er drückte sich an Matt heran, wollte ihn spüren, alle Bedenken wegfegen, unvernünftig sein. Matts Arme lagen um sie und sie konnte sich fast nicht mehr beherrschen. Alles in ihr glühte nach ihm und es war so stark, dass es ihr einen Schock versetzte. Fast gewaltsam drückte sie sich von ihm weg.

»Hast du nicht versprochen, anständig zu bleiben?«, versuchte sie zu scherzen, aber sie keuchte leise und ihr Blick war ernst.

»Darf ich das zurücknehmen?«, fragte er. Seine Augen glitzerten.

»Nein!«, rief sie. »Das wäre fatal! Wo kämen wir denn hin! Du liebe Zeit!«

Sie lief ein paar Schritte rückwärts.

»Ich weiß genau, wo wir dann hinkämen«, sagte er. »Und ich hätte nichts dagegen.«

Sie sah ihm in die Augen, die hungrig, sehnsüchtig auf ihr lagen und schüttelte den Kopf, sich in Erinnerung rufend, wie lange sie Matt kannte.

»Das ist so absolut verrückt mit dir«, murmelte sie und lächelte verwundert. »So verrückt! Schon nach so wenigen Stunden habe ich das Gefühl, fliegen zu können! Wie machst du das nur?«

Sie lachte, um der Situation die Spannung zu nehmen, aber er griff wieder nach ihr und sie wich aus.

»Hey, Matt«, sagte sie. »Ich bin nicht so betrunken, dass ich nicht mehr weiß, was ich tue! Und ich hoffe, dass du nicht darauf spekulierst!«

»Nein, Lena«, sagte er leicht erschrocken. »Ganz sicher nicht. Ich will nicht, dass du das denkst. Es ist nur ... verdammt schwer, nicht auf dich zu reagieren.«

Sie sagte nichts darauf, schweigend liefen sie weiter. Die erotische Spannung zwischen ihnen war fast unerträglich.

Kurz vor dem Hotel fragte sie: »Hast du dich hier eingemietet?«

»Ja, ich habe das Zimmer neben dir – ist Zufall!«, beeilte er sich dazuzusetzen und hob seine Hände, als sie ihm einen gespielt skeptischen Blick zuwarf.

Kichernd und scherzend betraten sie das Foyer, stiegen die Treppe hoch und standen wieder einmal voreinander. Sein Körper neigte sich ein wenig in ihre Richtung und sie wich einen Schritt zurück.

»Gute Nacht, Matt«, sagte sie warm. »Ich freue mich höllisch auf die nächsten drei Tage mit dir!«

»Gute Nacht, Lena. Ich mich bestimmt noch mehr als du. Ja ... dann ... bis morgen!«

Er zögerte, sie zögerte. Dann drehte sie sich um, schenkte ihm noch ein Lächeln und schloss ihre Tür auf.

Es war ein eigenartiges Gefühl, zu wissen, dass nur eine Wand sie trennte, zu wissen, dass er im Bett lag und ganz sicher an sie dachte. Und dass er wusste, dass sie an ihn dachte. Aber sie dachte auch an Max. An ihre Kinder. An ihre Familie.

♫ ♫ ♫

»Und? Hast du schon dein Brainstorming gemacht?«

»Hi, Trixi! Nein, ich habe die nächsten Tage viel vor, außerdem ist mir gerade gar nicht danach.«

Lena lag im Bett und hatte noch mal Facebook aufgerufen.

»Was hast du denn vor?«

»Ich erkunde die Gegend, hab ein paar Routen geplant.«

»Seit wann planst du Routen? Das war noch nie dein Ding.«

»Daran kannst du dich erinnern?« Lena lächelte.

»Ja, Karten lesen und Wanderführer ... Katastrophe! Oder Busfahrpläne! Du warst ohne mich aufgeschmissen! Hast du keine Angst, dass du dich verirrst?«

»Nein, bin mit einem Reiseführer unterwegs. Und das Auto hat GPS.«

»Wo in Portugal bist du?«

»In der Nähe von Cascais. Im Fortaleza! Es ist richtig schön hier.«

»Hör mal, Lena, das, was du beim letzten Mal geschrieben hast – das hat mich tief berührt. Mehr, als du meinst. Können wir darüber reden?«

»Trixi, bitte, ich komme schon klar. Ich will heute nicht darüber reden.«

»Aber es ist doch auch wichtig, dass du das Max sagst. Damit er sich ändern kann. Damit er die Chance dazu hat.«

»Ich will Max nicht ändern.«

»Du willst ihn nicht ändern? Hast du ihn schon aufgegeben?«

»Nein, weil ich keinen domestizierten Mann neben mir möchte, der nicht sein darf, wie er will! Weil ich nicht die Tussi sein will, die sagt, sie habe ihren Mann gezähmt. Komm schon, wer will das schon?«

»Aber nur, wenn er sich ändert, hat er doch eine Chance, dass du zurückkommst!«

»Nein, nur, wenn ich mich ändere, haben wir eine Chance!«

»Wow!«, schrieb Trixi und sie schien bewegt. »Das hört sich danach an, dass du ihm eine einräumst. Vor allem finde ich es bewundernswert, dass du ihm keine Schuld zuweist.«

»Wie könnte ich? Ich liebe ihn.«

Lena hatte das hingeschrieben, bevor ihr Kopf sich einschalten konnte. Und mit einem Mal kamen ihr Max' blaue Augen in den Sinn, sein Lächeln, das er ihr früher so oft geschenkt hatte, und ihre Stimmung wandelte sich augenblicklich. Plötzlich fühlte sie Sehnsucht nach ihm und sie loderte so hoch, als hätte die Unterhaltung mit Trixi ein Streichholz an einen trockenen Stoß Holz gelegt. Gleichzeitig gingen ihre Gedanken zu Matt.

Sie war verwirrt. Trixi offenbar auch, denn sie brauchte eine Weile, bis sie antwortete. Lena starrte auf das leere Gesprächskästchen des Messengers, sah, wie die Worte »Trixi schreibt« erschienen, verschwanden, wiederkamen, spürte erneut, wie sich dieses unsichtbare Feld zwischen ihnen aufbaute, fein, zart, und eine innige Verbindung schuf. Sie seufzte tief. Es fühlte sich gut an und es erdete sie auch ein wenig – etwas, was sie nach den Stunden mit Matt dringend brauchte.

»Hey, Lena«, schrieb Trixi gerade. »Wie machst du das nur? Jede andere Frau hätte Max zum Mond geschossen! Und warum hast du das so lange mitgemacht? Diesen Fünf-Minuten-Sex? Warum nie was gesagt?«

»Habe ich doch. Er wollte es nicht wissen.«

»Oh, Mann, das ist echt Kacke.«

»Ja, das ist es. Aber Trixi, selbst, wenn er zugehört hätte, was wäre dann passiert? Er hätte sich bemüht ... und das ist genau das, was ich nicht will. Ich will nicht, dass er sich bemüht, sondern dass er es von sich aus will. Das ist der Grund, warum ich weg bin. Warum fallen ihm all diese Dinge nicht von allein ein? Warum denkt er nie darüber nach, wie es mir geht? Weil er mich nicht wirklich will? Vielleicht ist er mit einer anderen glücklicher? Damit er das herausfinden kann, habe ich ihn freigegeben. Verstehst du?«

Das Schweigen, das sich nach diesen Zeilen zwischen ihr und Trixi ausbreitete, war voller unausgesprochener Emotionen. Lena schloss die Augen und spürte so deutlich, wie Trixi mit ihr litt, wie sie ihr helfen wollte und ja, da war noch etwas Tieferes. Und als sie sich darauf konzentrierte, fühlte sie Liebe. Liebe, die zwischen ihr und ihrer alten Freundin hin- und herschwang, so stark, dass ihr die Tränen in die Augen traten.

»Lena«, schrieb Trixi in diese delikate Atmosphäre hinein, »Max ist nicht der Typ, der sich nach einer anderen Frau umsehen würde.«

»Ja, weil er sich an mich gewöhnt hat.«

»Nein, weil er dich aufrichtig liebt, Lena. Vielleicht war ich deshalb am Anfang so gegen ihn. Weil ich diese echte Liebe gespürt habe, eine Liebe, die ich mir selbst nie gegönnt habe. Weil ich nie bereit war, die Opfer für eine Familie zu bringen, die du so ganz selbstverständlich erbracht hast.«

»Ja, sieht nur keiner«, seufzte Lena.

»Ja, das ist wahr. Daher ist es ganz gut, dass du mal weg bist, damit das allen bewusst wird. Damit sie wissen, was sie an dir haben.«

»Das ist Wunschdenken. Ich war ja schon mal zwei Wochen weg. Als ich wiederkam, wurden sie nicht müde, mir zu sagen, dass es keine Kunst sei, einen Haushalt zu führen. Sie haben den Müll nicht rausgebracht, den Garten nicht gegossen, die Wäsche nicht gewaschen, die Böden nicht gesaugt, ganz zu schweigen von Dingen wie Fensterputzen, Heckenschneiden ... na ja, du kennst das ja. Sie versorgen sich mit Lieferdienst und Fertigprodukten und meinen, das sei Haushalt.«

Trixi schickte einen verdreht grinsenden Smiley, der die Zunge herausstreckte.

»Hast du denn eine Lösung?«

»Nein«, schrieb Lena. »Eine Lösung nicht. Nur ein Übergangsrezept. Hier ist es so schön, Trixi. Ich habe das Meer vor meiner Balkontür und liege tagsüber in der Sonne. Das ist alles, was ich will. Weiter will ich nicht denken.«

»Aber damit kommst du doch nicht weiter!«

»Doch, ich komme zur Ruhe. Ich fange an, meinen Gedankensalat anzuschauen. Ich brauche Abstand. Und ich will die Kontrolle nicht verlieren.« Wieder dachte sie an Matt.

»Ja, das mit der Kontrolle ... Weißt du, man macht so seine Pläne fürs Leben und plötzlich werden sie umgestoßen und man muss eine andere Richtung einschlagen. Ich habe gemerkt: Im Grunde kann man die Dinge nicht kontrollieren. Das kannst du nie. Vielleicht ist das der Trugschluss im Leben – dass wir denken, wir haben die Kontrolle, aber da gibt es einfach etwas Größeres, das uns leitet und das uns immer wieder auf Wege bringt, die uns zum Glück führen. Nur, dass wir das nicht gleich sehen.«

»Wow, Trixi«, schrieb Lena. »Weise Worte. Du hast ja immer alles laufen lassen.«

»Versteh mich nicht falsch! Ich meinte damit eher Vertrauen zu etwas Größerem. Denn hinter Kontrolle verbirgt sich Angst. Und Vertrauen hat etwas mit Annehmen zu tun. Das ist schwer. Ich arbeite selbst daran.«

»Ja. Das ist schwer. Vor allem, wenn man durcheinander ist.«

»Insofern ist es gut, wenn du deinen Gedankensalat anschaust. Was machst du morgen?«

»Ich will nach Sintra. Da gibt es tausend Sehenswürdigkeiten! Ich schicke dir Fotos, okay?«

»Ja, gerne! Ich freu mich drauf! Gute Nacht! Lieb dich!«

»Lieb dich auch!«

»Lieb dich noch mehr«, fügte Trixi noch hinzu – aber Lena hatte sich schon ausgeloggt und sah es nicht mehr.

♫ ♫ ♫

Der nächste Tag begann mit Frühstück bei strahlendem Sonnenschein, einem blendend gelaunten, charmanten Matt, viel Gelächter und Vorfreude auf den Tag. Mit dem Leihwagen fuhren sie nach Sintra, tranken in der Stadtmitte noch einen Cappuccino und begaben sich dann auf den Wanderpfad zum Schloss Pena und der Burgruine Castelo dos Mauros.

Von Beginn an ging es über eine gewundene Strecke stetig bergauf, durch einen Kastanien- und Eichenwald, der mit bizarren Felsbrocken durchsetzt war. Sie trafen auf die Villa Sassetti, einen mittelalterlichen, romanischen Bau in italienischem Stil, organisch in die Natur hineingebaut und umrankt von einer Fülle an Kamelien. Überhaupt säumten Kamelien in allen erdenklichen Farben den gesamten Weg und je höher man stieg, umso prächtiger war der Anblick der unzähligen, verschiedenfarbigen Teesträucher, Rosen, Rhododendren und Azaleen, die sich unter ihnen ausbreiteten. Lena blieb alle zwei Minuten stehen, um Fotos zu schießen, und stieg mit wachsender Begeisterung den immer steiler und teilweise schmaler werdenden Fußweg hinauf.

Leute kamen ihnen von oben entgegen und sie mussten in kleine Buchten ausweichen, die eigentlich nur Platz für eine Person gaben. Matt ging immer als erstes zur Seite, Lena stellte sich vor und manchmal neben ihn, bis der Weg wieder frei war. Jedes Mal berührte ihr Rücken seinen Oberkörper, jedes Mal spürte Lena, wie ihr der Schweiß ausbrach, wie gefährlich es war, ihm so nahe zu sein. Beim vierten Mal rutschte ein Stein unter ihrem Fuß weg, sie strauchelte und Matt griff von hinten um ihre Mitte und zog sie an sich. Als er ihren Po an seinem Unterleib spürte, entfuhr ihm unwillkürlich ein Laut. Seine Arme schlangen sich fester um sie, seine Wange schmiegte sich an die ihre.

In Lena griff das Verlangen nach diesem Mann wie ein Flächenbrand um sich und ehe sie überhaupt nachdenken konnte, drückte sie sich enger an ihn, stumm, entsetzt, wie willenlos sie in seinen Armen war, wie deutlich sein Unterleib reagierte und wie sehr sie das genoss. Beide standen in dieser Umarmung, beide beherrschten sich, beide konnten nichts weiter tun, als zu hoffen, dass dieses animalische Begehren wieder abflaute. Aber das tat es nicht, eher wurde es stärker. Mit übermenschlicher Anstrengung legte Lena ihre Hände auf Matts Unterarme, zog sie auseinander, machte einen großen Schritt vorwärts und starrte ihn an.

Mit glühendem Blick starrte er zurück. Sie schüttelte leicht den Kopf.

»Das ist ... das ist unheimlich«, sagte sie aufgelöst. »Matt, das ist ...«

»Das ist ... was?«, fragte er und stellte sich vor sie. Allein das machte sie schon schwach. Er war noch immer aufgepeitscht, sah sich instinktiv um, ob jemand in der Nähe war und Lena konnte seinem Gesicht ablesen, dass er kurz davor war, sie gegen den großen Felsen hinter ihr zu drängen und zu küssen.

»Das geht wieder mal viel zu schnell«, erwiderte sie gepresst, obwohl alles in ihr nach seiner Berührung schrie, diesen Kuss ersehnte – und noch mehr – und Matt, der Seismograf, witterte es.

»Lena«, sagte er leise und trat einen winzigen Schritt auf sie zu. Sie wich zurück.

»Nein«, sagte sie heiser. »Du hast gesagt, du bleibst anständig!«

»Ja, das habe ich«, sagte er und senkte seine Augen in die ihren. »Aber es ist so verdammt schwer, Lena, ich ...«

Er näherte sein Gesicht dem ihrigen und Lena merkte, wie ihre Augen sich schließen wollten, wie ihr Körper sich selbstständig machte ...

Abrupt drehte sie sich um und setzte sich in Bewegung. Dann wurde der Weg breiter, sie konnten endlich wieder nebeneinander gehen und im Bemühen, die Spannung herauszunehmen, versuchte sie sich in trivialen Fragen. Wie lange es noch dauere, bis sie oben wären. Ob er schon Hunger habe. Er antwortete, aber es nützte nichts. Dieses greifbare Band aus körperlicher Anziehung stand unter Hochspannung. Sie lief zügig eine Steigung hinauf, in der Hoffnung, die Anstrengung würde den Druck herausnehmen. Die Anhöhe war steil, dennoch beschleunigte sie ihr Tempo, kam außer Atem und hielt schließlich an, um sich zu erholen. Matt war ein Stück zurückgeblieben und schloss nach ein paar Minuten auf.

»Meine Güte«, keuchte er. »Hast du einen Zahn drauf!«

»Kannst du noch?«

»Was soll denn die Frage?«, entgegnete er entrüstet. »Natürlich kann ich noch!«

Sie lehnte an einem Baum und holte eine Flasche Wasser aus ihrem Rucksack. Er trat auf sie zu und sie wollte ihm die Flasche geben, aber er hatte einen Ausdruck in den Augen, der ihr schier den Atem nahm. Es war offenkundig: Er wollte ihr nah sein, wollte sie berühren. Lena stand wie festgemeißelt, wusste nicht, was sie tun sollte. Ihr Körper, ihre Seele wünschten sich mit aller Macht dasselbe wie Matt – und sie konnte nicht.

Max' blaue Augen waren in ihrem Kopf – sie konnte einfach nicht. Starr stand sie an den Baum gelehnt und eine Flut an Lust stieg in ihr hoch. Sie bekam Fantasien in ihren Kopf, die sie vorher noch nie gehabt hatte – und das, obwohl er sie mit keinem Finger berührte. Hektisch schlug sie die Augen nieder, um sich nicht zu verraten, aber selbst das war unmöglich. Es war unmöglich mit Matt, er schien alles zu spüren, was sie spürte, sie konnte nichts, aber auch gar nichts vor ihm verbergen. Er wusste, was sie empfand, sah, dass ihr Körper reagierte, dass jede Faser nach ihm schrie.

Ermutigt davon fasste er mit einem Arm langsam um ihre Taille und Lena meinte, in Ohnmacht zu fallen. Ihre Knie waren butterweich und sie hätte sich am liebsten mit ihm hier auf den Boden gelegt und seine Zunge in ihrem Mund gespürt, seine Hände auf ihrem Körper, ihm am liebsten die Kleider vom Leib gerissen. Sie fühlte sein Glied an ihrem Körper, und oh, mein Gott, sie konnte sich nicht dagegen wehren, es zu genießen und ihren Unterleib eine Winzigkeit ihm entgegen zu schieben. Er stieß Luft aus, sein Arm schlang sich fester um sie.

»Du machst mich wahnsinnig«, flüsterte Matt. »Ich ...«

»Nein, Matt, lass mich los«, wisperte sie in sein Hemd. »Bitte! Es geht nicht!«

Minutenlang standen sie wieder umschlungen auf dem Pfad, verbunden, in ihrem Verlangen, den Körperkontakt auskostend, beide sich fragend, wie sich der andere wohl nackt anfühlte.

Schließlich löste sie sich von ihm und reichte ihm die Flasche. Er trank schweigend und sie machten sich wieder auf den Weg. Beide waren tief in Gedanken versunken und keiner von ihnen sagte ein Wort, bis sie oben am Palast angekommen waren.

In Lena rumorte es gewaltig. Ihr wurde mit einem Mal klar, dass das mit der Auszeit keineswegs so einfach war, wie sie gedacht hatte.

Sie hatte einfach mental frei von allen Bindungen sein wollen, aber nie geglaubt, auf jemanden wie Matt zu treffen, nie geglaubt, dass es so etwas gab, eine solche Vertrautheit von Beginn an, ein solch starkes körperliches Begehren, die vielen Gemeinsamkeiten ... es war irrsinnig.

Was hatte sie zu Max gesagt? ›Ich will einfach wissen, was passiert, wenn wir beide so tun, als ob wir frei wären.‹

Jetzt war etwas passiert – so schnell passiert! – und sie kam überhaupt nicht damit klar. Sie hatte sich wiederentdecken wollen, stattdessen hatte sich Matt auf die Leinwand ihres Lebens katapultiert. Sie musste an Trixis Worte denken: ›Wir glauben, wir haben die Kontrolle, aber das stimmt nicht.‹

Nun war sie schon den insgesamt vierten Tag mit Matt unterwegs und es fühlte sich an, als wären sie seit Jahrhunderten zusammen. Und gerade im Moment hatte sie nicht das geringste Problem, auch das nächste Jahrhundert mit ihm zu verbringen.

♫ ♫ ♫

Endlich waren sie oben angekommen und mischten sich unter die vielen Touristen, die sich auf dem Areal tummelten.

Im Prospekt las sie, dass der Palast, den die Portugiesen oft auch als ihr Märchenschloss bezeichneten, auf den Ruinen eines maurischen Klosters stand und Elemente der Neo-Renaissance und der Neo-Gotik mit maurischen Bauweisen verband, was einen überaus reizvollen Anblick ergab. Die Mauern waren in sattem Gelb, tiefem Rot und blauen, bemalten Fliesen gehalten und mit Trompe- l'œil-Malereien versehen. Es wirkte kitschig und eindrucksvoll zugleich.

Massen von Menschen drängelten sich auf den Wegen, auf den Plätzen, in den Gärten und Selbstbedienungsrestaurants, rempelten gegen sie und Matt, waren laut, stritten sich um Plätze auf der

Terrasse und mit all dem Aufruhr in ihr drin wurde es Lena schon nach zwanzig Minuten zu viel.

»Matt«, bat sie ihn. »Könnten wir irgendwo hingehen, wo nicht so viele Leute sind? Ich meine, es ist schön hier, aber ich würde es vorziehen, irgendwo zu sein, wo wir Ruhe haben.«

»Was ist mit der Klosterruine?«

Er deutete auf den langen Weg, der zu ihr führte und der ebenso von Menschen bevölkert war. Lena schüttelte den Kopf. Erleichtert nickte er und reichte ihr seine Hand, die sie ohne Zögern ergriff.

Zielsicher bugsierte er sie aus dem Gewimmel der Leute auf einen kleinen, kaum frequentierten Trampelweg, der durch kühle Waldstücke nach unten führte. Der Pfad war still, er war schmal und sie mussten hintereinander laufen, was ihnen Gelegenheit gab, ihre Gedanken zu sortieren.

Sie brauchten das auch dringend.

♫ ♫ ♫

Unten angekommen fragte er:

»Hunger?«

»Und wie!«, lächelte sie. »Ich hoffe, du nimmst es mir nicht übel, dass ich mich als Kulturbanause geoutet habe.«

»Keine Spur«, erwiderte er. »Ich bin auch nicht gerne unter Massen – aber manche Objekte sind einfach schön – und man muss sie gesehen haben.«

»Ja, der Palacio war sehr schön«, stimmte sie zu. »Aber noch schöner war der Weg nach oben.«

Sie wurde rot, als sie an seine Umarmungen dachte und setzte nach:

»Ich meine, die Natur, diese Kamelien ... das war gigantisch.«

»Ja«, antwortete er versonnen und sie hatte das Gefühl, dass er an alles andere als die Kamelien dachte: »Es war gigantisch.«

Dann klärte sich sein Blick. »Gleich hier um die Ecke ist ein supersüßes Lokal mit Dachterrasse«, teilte er ihr so eifrig mit, dass sie schmunzeln musste. »Manchmal haben sie Risotto auf der Karte, vielleicht haben wir ja Glück!«

Sie hatten Glück. Es gab Spargelrisotto und hier, im Restaurant, war die Stimmung zwischen ihnen wieder entspannt und nicht mehr ganz so aufgeladen.

»Wenn du mehr auf einsame Plätze stehst, dann könnten wir zum Convento dos Capuchos fahren, das ist ein altes Kloster, das gerade restauriert wird. Da ist garantiert kaum was los«, erklärte er beim Essen. »Und es ist schön dort.«

»Kloster hört sich gut an«, erwiderte sie. »Und dass dort nicht viel los ist, hört sich noch besser an. Oder gefährlich. Genau ... wenn ich es recht bedenke, weiß ich nicht, ob das eine gute Idee ist.« Sie grinste schief.

Er schwieg ein wenig, dann sagte er: »Lena, es tut mir leid, ehrlich. Ich hätte nie geglaubt, dass das so stark ist.«

»Ja«, sagte sie. »Ich kann das auch nicht verstehen. Es verunsichert mich ziemlich.«

»Wird es dir zu viel?«

Nachdenklich sah sie ihn an. »Die Wahrheit ist, dass ich die Zeit mit dir genieße. Aber ich ... ich bin nun mal verheiratet.«

Er wartete, dass sie mehr sagte, dass sie etwas aus ihrem Leben erzählte, aber sie blieb verschlossen und wich aus: »Du scheinst Stille zu mögen. Und dich für Spirituelles zu interessieren. Du hast erwähnt, dass du meditierst.«

»Das hat einfach mein Leben mit sich gebracht. Ich wollte Antworten auf gewisse Fragen. Als es mit Cynthia auseinanderging, war ich ziemlich durch den Wind. Ich bin umhergereist und habe einige Einsiedeleien besucht.«

»Wer von euch wollte die Scheidung?«

»Beide. Wir haben sehr genau gespürt, dass das nichts wird zwischen uns. Wir hatten keine Kinder, nichts, was uns band.«

»Bist du der Meinung, Kinder hätten euch eine Chance gegeben?«

»Nein, nicht in unserem Fall. Ich glaube, es wäre nur qualvoller gewesen. So ist alles gut. Cynthia und ich sind gute Freunde. Ein Jahr nach unserer Trennung hat sie ihren Traummann kennengelernt und ihn geheiratet. Sie ist ein Pfundskerl – ich würde sie dir gern mal vorstellen.«

»Aber ... wenn du sagst, du warst durch den Wind ... dann hat dir die Scheidung wehgetan. Oder etwas anderes?«

»Etwas anderes, Lena. Mir hat der tiefe Grund der Scheidung wehgetan. Damals habe ich etwas erfahren, was mir gar nicht geschmeckt hat – und ich habe Antworten in allen Teilen der Welt gesucht. Bis ich gemerkt habe, dass ich sie nur in mir finden kann. Aber das kann ich dir jetzt nicht erklären, weil es zu abgefahren ist.«

»Noch mehr Abgefahrenes! Wie abgefahren kann es bitte zwischen uns noch werden? Ich will nicht aufdringlich sein, aber wenn du dich meinetwegen zurückhältst, täte mir das sehr leid.«

Er schenkte ihr einen Blick, der nicht einzuordnen war: wissend, hoffend – und wehmütig.

»Wie wäre es, wenn wir zum Kloster fahren würden?«, schlug er vor. »Dort hätten wir Zeit und Ruhe.«

Sie lächelte: »Gute Idee. Das machen wir.«

Lenas Neugierde war geweckt und während der Fahrt bombardierte sie Matt mit Fragen und Überlegungen:

»Wenn du diese Reisen unternommen hast, dann hat dich die Trennung trotzdem verletzt.«

»Nein, gar nicht. Es war keine Dramatik dahinter, Lena. Wirklich nicht. Wir sind zum Notar, haben die Scheidung durchgezogen und sind dann essen gegangen. Ich glaube, wir haben uns danach besser verstanden denn je.«

»Was hast du dann in diesen Einsiedeleien gesucht?«

»Glück. Frieden. Damals war ich vierzig. Ich habe mit dreißig geheiratet, war zehn Jahre mit Cynthia zusammen. Und habe mich wie jeder Mensch irgendwann nach dem Sinn des Lebens gefragt.«

»Aber ist das Ziel jeder Meditation nicht letztendlich, die Liebe in sich zu entdecken?«

»Ja, das ist sicher das Ziel. Unsere eigene Energiequelle in uns zu finden, sich damit wieder zu vereinen – und damit unabhängig vom Auf und Ab der Welt zu werden. Aber es ist so schön, einen Menschen zu haben, dem man diese Liebe schenken kann.«

»Du hast recht«, sagte Lena versonnen. »Wenn man Liebe spürt, ist das ein Strahl, dem man folgen kann zu der eigenen Liebe im

Inneren. Alle holen sich Liebe von außen, aber wahre Liebe ist edler. Hast du in deinen Meditationen nicht diese grundlose Liebe erlebt? Die dich so erfüllt, dass du denkst, du brauchst nie mehr etwas anderes?«

»Doch«, bestätigte er. »Oft sogar.«

»Und die würde dir nicht reichen? Ist das nicht so viel mehr als die Liebe zwischen zwei Menschen?«

»Natürlich, wie gesagt, sie ist das Endziel. Und ja, ich habe sie gespürt, aber kann das noch nicht halten, verstehst du?«

»Ja, mir geht es genauso. Manchmal verliere ich sie sogar komplett. Aber wäre es für dich eine Lösung, nur diese Liebe zu suchen?«, forschte sie weiter.

»Lena, auf was willst du hinaus?« Er runzelte die Stirn. »Willst du mir gerade klarmachen, dass das mein Schicksal ist, weil du verheiratet bist?«

Etwas überrumpelt, weil er das so direkt ansprach, antwortete sie: »Ja, das will ich damit sagen.« Sie wurde rot. »Ich könnte es nicht ertragen, dich unglücklich zu sehen.«

Er lachte leicht. »Mach dir nicht so viele Gedanken, Lena, es hat keinen Sinn, in die Zukunft zu schauen. Wir haben uns doch entschlossen, jede Sekunde zu genießen.«

»Ich genieße ja«, antwortete sie. »Gerade genieße ich es, mit dir zu reden. Und du hast wieder mal mehr Geheimnisse aufgeworfen, als Klarheit geschaffen. Du hast gesagt, dir hat der tiefe Grund der Scheidung wehgetan. Was war nun der tiefe Grund? Und warum meinst du, es ist zu abgefahren, um darüber zu reden?«

»Weil ...« Er presste die Lippen zusammen und bog in eine Seitenstraße ein.

»Weil?« Sanft stupste sie ihn an und er wandte sich ihr zu.

»Weil einfach die Zeit noch nicht reif ist«, sagte er leise. »Und ich dich tatsächlich an dieser Stelle um dein Vertrauen bitten muss.«

Er klang bedrückt und sie konnte das nicht nachvollziehen. Das Auto war gesättigt von einem Mix aus unausgesprochenen Gedanken, Fragen, Erotik und Magie.

Mit einem Mal fragte er:

»Liebst du deinen Mann, Lena?«

»Ja«, sagte sie. »Ganz aufrichtig.«

»Warum bist du dann weg?«

»Ich bin ja nicht weg. Ich mache nur eine Ehepause.«

»Wie denkt dein Mann darüber?«

»Er leidet«, erwiderte sie erstickt. »Und das lässt mich nicht kalt.«

»Und was suchst du?«

»Mich«, antwortete sie spontan. »Und komischerweise habe ich dich gefunden. Das macht mich einigermaßen nervös, wenn ich ehrlich bin.«

Sie war tiefrot geworden mit ihren Worten, sie waren ihr einfach so herausgerutscht und nun konnte sie sie nicht mehr zurücknehmen. Verlegen sah sie aus dem Fenster, sah Bäume, Büsche, Blüten vorbeifliegen. Vorsichtig wagte sie einen Seitenblick zu Matt. Er lächelte nicht. Sein Ausdruck war undefinierbar.

♫ ♫ ♫

Am Parkplatz des Convents standen genau zwei Autos. Ihres war das dritte, was sie beide sehr begrüßten. Lena bestand darauf, den Eintritt zu zahlen, und sie machten sich auf den Weg.

Matt hatte eine kleine Karte vom Kloster in der Hand, die Lena ihm überließ, aber selbst er suchte eine ganze Weile den Eingang in die Anlage. Er lag versteckt zwischen zwei Felsplatten, die vor einem riesigen Baum standen und durch deren schmalen Spalt man gehen musste. Die Nachmittagssonne schien durch die Zweige und sowie sie den Felsspalt passiert hatten, standen sie an einem kleinen Tor, über dem zwei gewaltige Felsblöcke aneinanderstießen. Die Klosteranlage war noch immer durchdrungen von den vielen Gebeten und Gesängen der Mönche, dem einfachen, schlichten Leben und der spürbaren Dankbarkeit für die Fülle der Erde. Sie besichtigten die alten Gebäude, den uralten Steinofen, staunten über die Schlafräume der Mönche – echte Zellen, jede gerade einmal eineinhalb Meter lang und so niedrig wie ein Sarg, denn die acht Kapuzinermönche hatten ihr Leben der Buße gewidmet, und durften ihre karge Schlafstatt nur mit der eigenen Körpertemperatur erwärmen.

Langsam fanden sie ihre gute Laune wieder, scherzten miteinander, erkundeten mit dem Auto noch ein wenig die Gegend, hielten an, wo es ihnen gefiel, liefen eine Weile an einem besonders schönen Stück Strand. Matt kaufte an einem fahrbaren Stand zwei Waffeltüten mit Eis und sie setzten sich damit ans Meer, unterhielten sich, schäkerten miteinander und vermieden es tunlichst, sich zu berühren.

Ja, die Zeit mit Matt war göttlich und sie wurde immer schöner.

Auch der nächste Tag wurde ein Volltreffer. Mit der Bahn fuhren sie nach Lissabon, wanderten kilometerweit durch die Stadt, aßen Eis, lachten und giggelten miteinander, bummelten durch die Einkaufsstraßen und besuchten drei Designer-Läden, die Lenas Reiseführer empfahl.

»Echte Designermode«, stellte Lena fest, als sie den dritten Laden hinter sich ließen. »Das Zeug kann doch keiner anziehen!«

»Ja, verstehe ich auch nicht wirklich«, sagte Matt. »Aber besser als in England! In manchen Gegenden kriegst du echt nur Küchenschürzen! Wenn du was Anständiges willst, musst du bis nach London fahren!«

Seine Augen blitzten sie an, wenn die Sonne hinein schien, wurden sie tiefgrün, eine Strähne seines halblangen Haars fiel ihm ins Gesicht und so manche Frau drehte sich nach ihm um, als sie durch die Straßen bummelten. Aber Matt hatte nur Augen für Lena. Oh ja, er war ohne Frage gefährlich. Und die Zeit verflog mit ihm, sie war herrlich, sie flimmerte – es war Leben pur.

Am späten Nachmittag nahmen sie wieder Kurs auf das Hotel.

»Was machen wir heute Abend?«, fragte er. »Worauf hast du Lust?«

»Wir könnten nach Cascais! Ich habe vom ›house of wonders‹ gelesen, einem vegetarischen Restaurant, das tolle Bewertungen hat! Was hältst du davon?«

»Passt hervorragend! Der Concierge hat mir gesteckt, dass heute Abend in Cascais ein kleines Festival stattfindet, mit Tanz und Bars, die an der Straße aufgebaut werden. Ist das was für dich?«

»Klingt bombastisch!«

»So in zwei Stunden?«
»Perfekt! Ich freue mich!«

♫ ♫ ♫

Lena ließ sich Kaffee aufs Zimmer bringen und warf sich aufs Bett.
Ihr Handy hatte während der Fahrt ständig gebimmelt. Britta und
Anke, Volker und Julia wollten wissen, wie es ihr ging. Sie schickte
Fotos und versprach, demnächst ausführlicher zu werden.
»Hat Max schon mit euch gesprochen?«, wollte sie von Julia
wissen.
»Bei mir hat er sich seitdem nicht mehr gemeldet, aber mit Volker
hat er schon geredet ... muss was Längeres gewesen sein ... und auch
was ausgemacht.«
»Wie geht es ihm? Weißt du was?«
»Gar nichts, leider. Und du? Wie geht es dir?«
»Ach, Julia, ich wünschte, du wärst hier! Es gibt so viel zu erzählen!
Aber was ist mit dir und Ralf?«
»Wir diskutieren viel. Ist anstrengend, aber ich habe das Gefühl, es
bewegt sich was.«
»Wow«, machte Lena und bekam ein schlechtes Gewissen. »Das
hört sich gut an. Muss ich wohl mit Max auch machen.«
Auch Trixi war auf dem Display, Lena hatte ihr ihre Handynummer
gegeben, damit sie über WhatsApp chatten konnten.
»Hey!«, stand da mit vorwurfsvollem Smiley. »Dein Brainstorming!
Ich langweile mich hier! Weiß gar nicht, auf was ich mich da wieder
eingelassen habe. Ein Niemandskaff und auch noch Schweige-
Retreat! Welcher Affe hat mich nur gebissen?«
Lena lächelte. Das war typisch Trixi. Ihr konnte es normalerweise
nicht bunt genug zugehen – ein Schweige-Retreat musste die totale
Herausforderung für sie sein.
»Hab doch gesagt, im Moment kann ich das nicht angehen.«
»Ja, die Tour mit dem Reiseführer. War's schön?«
»Mehr als schön! Palacio da Pena! Ein unglaublich toller Bau!
Warte, ich schicke dir Fotos. Hörst du nun auf zu schweigen?
Damit wir endlich reden können?«

»Ich denke scharf darüber nach, wirklich. Wenn du zu mir kommst, wäre das schon mal ein hinreichender Grund!«

»Ja, ich komme! Ich freue mich so sehr darauf, dich wiederzusehen! Will dich endlich mal wieder in meine Arme schließen!«

»Und ich erst! Wie sehr, kannst du gar nicht wissen! Also besuchst du mich?«

»Ja, natürlich! Nach Portugal habe ich sowieso noch nichts vor.«

»Wie lange bleibst du noch?«

»Noch vier Tage.«

»Und was machst du heute Abend?«

»Oh, Trixi, stell dir vor: Heute Abend gehe ich *tanzen*! Ist das nicht herrlich? Ich habe seit fünfundzwanzig Jahren nicht mehr getanzt – mit Ausnahme der halben Stunde an meinem Geburtstag! Und ein bisschen bei Volker.«

»Warum bist du nie mit Max tanzen gegangen?«

»Er war die ersten Jahre viel weg. Da war ich alleine – und die Kinder klein. Und danach hatte er nie Lust.«

»Aber du hast doch eine Oma in der Nähe, du hättest doch mit anderen was unternehmen können!«

»Nee, echt nicht, die kann ich immer noch nicht richtig leiden. Ich habe sie ja jeden Sonntag zum Essen hier und das Gequatsche ist einfach grauenvoll. Du würdest ihr wahrscheinlich trotz ihrer achtzig Jahre die Suppe ins Gesicht schütten.«

»Warum lädst du sie dann ein?«

»Weil sie achtzig und allein ist? Weil Max so lange an mir rumbohren würde, bis endlich ein Ja von mir käme? Er hätte dafür kein Verständnis.«

»Sag mal, der Typ scheint ja für gar nix Verständnis zu haben! Im Übrigen ziehe ich dir hier einen Grund nach dem anderen aus der Nase. Dein Brainstorming wäre hilfreicher.«

»Wir reden doch. Das ist auch schön.«

»Lena, wenn du noch mal zwanzig wärst ... würdest du es trotzdem tun? Ich meine, Max heiraten? Kinder bekommen?«

Lena zögerte mit der Antwort. Lange.

»Das ist eine diffizile Frage, Trixi«, schrieb sie dann. »Das erörtere ich lieber mit dir, wenn ich komme.«

»Nein, schreib es mir! Es interessiert mich brennend! Gib mir Schlagworte! Hau sie raus! Einfach so! Ungefiltert! Das ist therapeutisch!«

Lena musste lachen. Wieder einmal typisch Trixi! Ungeduldig und impulsiv.

»Ich wäre in jedem Fall mit dir gereist, Trixi, das weiß ich jetzt sicher. Ich frage mich, was passiert wäre. Vielleicht hätte ich dann jemand anderen getroffen?«

»Wünschst du dir das?«

»Es ist müßig, darüber zu reden. Ich bin nicht mit dir gereist.«

»Aber du reist jetzt. Hast du einen anderen getroffen?«

»Warum glaubst du das?«

»Es steht zwischen deinen Zeilen. Du sagst, du hast Max freigegeben, damit er die Chance hat, sich neu zu verlieben. Willst du das insgeheim auch? Aber die Frage ist doch, ob er sich neu verlieben kann, wenn er unglücklich ist. Wenn er eigentlich dich will.«

»Ja, schon, aber vielleicht denkt er ja in ein paar Wochen anders drüber.«

»Glaubst du das wirklich?«

»Sag mal, Trixi, wieso ergreifst du Partei für meinen Mann, den du von Beginn an nicht richtig leiden konntest? Früher warst du knallhart. Wenn dir einer nicht in den Kram gepasst hat, wurde er innerhalb von Minuten verabschiedet!«

»Wie gesagt, ich bin nicht mehr so. Ich bin neunundvierzig und frage mich so langsam, ob das, was du hast, nicht etwas sehr Wertvolles ist. Wie du es neulich gesagt hast: Jemand, der einen nicht im Stich lässt, auch, wenn es einem schlecht geht. Dieses Verlässliche. Vertraute.«

Lena kaute an ihrer Lippe. »Aber Max ist nicht da, wenn es mir schlecht geht«, erwiderte sie. »Noch schlimmer: Er will das nicht sehen. Er macht mich an deswegen. Und er behandelt mich auch nicht wirklich wie seine Frau.«

»Okay«, schrieb Trixi. »Schreib es mir. Arbeite mit mir. Ich bin da.«

Lena sah auf die Uhr. Sie hatte noch gut eine Stunde Zeit. Ihre Finger zögerten über der Tastatur, aber dann holte sie tief Luft und

schrieb sich alles von der Seele. Die Geldgeschichte, Max'
Gleichgültigkeit ... seine Art, über ihre Zeit zu verfügen, alles,
worunter sie litt:

»... alle erwarten, dass ich Haus und Garten sauber und in Ordnung
halte, und tun selbst nichts dafür. Ist das Familie? Ich dachte, das
ist etwas Gemeinsames? Ach, Trixi, ich weiß, einzeln genommen
sind es Kleinigkeiten. Zusammengezählt ergibt es aber für mich
einen Riesengroll, verstehst du? So, und deshalb sitze ich hier im
Fortaleza, einem der teuersten Hotels im Umkreis. Ich GÖNNE
mir das einfach, verstehst du? Weil Max keine Blume, kein
Geschenk und auch sonst nichts für mich übrig hat, mich anzählt,
weil ich die Sauna zu lange laufen lasse, während er tut und lässt,
was er will!«

Lena hatte in einzelnen Nachrichten geschrieben, sodass Trixi alles
nacheinander lesen konnte. Und mit jeder Message hatte sie sich
wieder mal in eine heilige Wut hineingesteigert und entfernte sich
innerlich von Max. »Und das erste, was er gemacht hat, als ich ging,
war: Er hat mir die Konten gesperrt. Das lässt tief blicken, nicht?«

»Aber wovon bezahlst du das jetzt hier alles?«

»Wovon wohl! Vom einzigen privaten Geld, das ich habe.«

»Und was machst du, wenn das aufgebraucht ist?«

»Keine Ahnung.«

»Dann kehrst du zurück zu Max? Vielleicht denkst du dann anders
über ihn?«

»Trixi!«

»Entschuldige, ich versuche nur, realistisch zu bleiben. Welche
Alternative hast du denn? Dich in die Arme eines anderen zu
werfen? Und hoffen, dass der es anders macht?«

Konsterniert und frustriert saß Lena vor dem Rechner. Warum
musste Trixi die Dinge immer so unschön auf den Punkt bringen?

»Versteh doch, ich konfrontiere dich einfach«, schrieb sie weiter.
»Das soll nicht heißen, dass ich diese Situation befürworte.
Überhaupt nicht. Im Gegenteil. Ich finde es scheiße, was Max da
macht.«

Lena blies Luft aus. »Okay, mal langsam, Trixi. Dafür bin ich doch
weg. Weil es keinen Sinn hätte mit einem anderen, solange noch

etwas in mir ist, das genau diese Situation anzieht. Die Jahre der Meditation sind nicht spurlos an mir vorübergegangen. Ich bin nicht so blind, wie du glaubst – und das ist übrigens auch ein Punkt, der mich stört: Dass Max sich über meine Meditationen lustig macht.«

»Macht er?«

»Ja, ich kann dir einige markige Sätze von ihm zitieren.«

»Okay, das sind niederschmetternd viele Gründe, auszubrechen.«

»Ich will nicht alles schlechtreden, Trixi. Du hast mich um das Brainstorming gebeten und nun stehen da geballt negative Punkte. Aber Max hat auch viele gute Seiten und wir haben schöne Zeiten miteinander verlebt. Aber hier geht es erst mal um mich und dazu habe ich eine Frage: Du kennst doch bestimmt jemanden, mit dem ich das bearbeiten kann, keine ›Einmal-Klatschen-und-all-meine-Probleme-sind-weg-Dinger‹, ich will was Bodenständiges. Kannst du mir nicht jemanden empfehlen?«

»Doch, kann ich sicher! Ich stöbere mal in meiner Liste und suche dir jemanden raus, okay?«

»Super! Muss jetzt Schluss machen, will mich noch ein wenig aufhübschen, du weißt schon, heute Abend ... TANZEN!«

»Wohin gehst du?«

»Nach Cascais. Da findet heute ein Straßenfest statt!«

»Dann viel Spaß! Und ich wünsche dir von Herzen, dass in deiner Reisegruppe jemand ist, der mit dir tanzt. Es ist schön, mit dir zu chatten! Danke, dass du mir so viel anvertraut hast! Lieb dich!«

»Lieb dich auch!«

Lena schmunzelte. Obwohl sie am Anfang nicht in dieses Thema hatte eintauchen wollen, hatte der Chat sie dennoch weitergebracht: Sie hatte ein nächstes Ziel vor Augen und hoffte, Trixi würde ihr ein paar gute Kontakte vermitteln können.

♫ Catch My Disease ♫
Ben Lee

Der Chat mit Trixi hatte einen zusätzlichen Effekt: Lena war aufgeputscht bis zum Geht- nicht-mehr und einmal mehr wusste sie mit klarer Sicherheit, dass zumindest die Auszeit richtig war. Das mit Matt stand auf einem anderen Blatt, aber sie war entschlossen, den Abend bis zur Neige des Schicklichen auszukosten, und konnte sich beim besten Willen nicht vorstellen, dass Matt zu gähnen anfing, wenn sie mit ihm durch die Straßen zog. Im Gegenteil. Seine Augen würden sie anstrahlen, er würde sie sicher durch die Menschenmassen dirigieren und ihre Hand nehmen, wenn es sehr dicht werden würde, damit er sie nicht verlor.

›Verflixt, Lena‹, dachte sie an dieser Stelle. ›Das sind ketzerische Gedanken!‹

Aber sie waren da und wie so oft in letzter Zeit rettete sie sich, indem sie sich auf den Moment konzentrierte und alles andere zur Seite drängte.

Abwägend schob sie die Kleiderbügel im Schrank auseinander. Das blaue Seidenkleid? Ihre Finger strichen über den Stoff, aber sie hängte es zurück. Sie würden viel laufen und dieses Kleid wollte sie mit den passenden High Heels anziehen – es war noch nicht der richtige Moment dafür. Schließlich fand sie etwas, machte sich zurecht, schoss ein Foto von sich, schickte es ihren Freunden und schrieb darunter: »Festival in Cascais!« Danach machte sie sich auf den Weg.

Matt wartete im Foyer auf sie und wie sie es erahnt und erhofft hatte, leuchteten seine Augen auf, als er sie sah. Gut gelaunt segelte Lena auf ihn zu, gut gelaunt stiegen sie ins Auto, schwatzten munter drauflos, lachten über ein paar seltsame Touristen, die sie am Vormittag gesehen hatten, und fanden wie stets mühelos zueinander.

Die Stadt war voll, Matt musste etwas außerhalb parken und Lena war einmal mehr froh, keine High Heels angezogen zu haben. Sie liefen gut zwei Kilometer in das Zentrum, aber das gab ihr Gelegenheit, die schönen Bauten zu würdigen. Cascais war blitzsauber, eine kleine Märchenstadt mit ihren vielen beleuchteten Türmen, dem unverkennbar maurisch-afrikanischen Einfluss und dem bunten Treiben am Hafen. Matt und sie passierten die Fußgängerzone, die Läden waren geöffnet und sie erreichten das Haus der Wunder, aus dem es verführerisch nach orientalischen Gewürzen duftete und in das sie Matt einlud. Die Inneneinrichtung war rustikal, die Wirtin herzlich, das Personal jung und freundlich. Sie tranken kühlen Rosé, ließen sich das Mezze schmecken und bestellten unterschiedliche Gerichte, von denen sie sich gegenseitig Kostproben gaben.

»Oh, das schmeckt so lecker!«, rief Lena. »Das musst du probieren! Der Koriander ist total intensiv! Und die Mango ist orange und nicht gelb wie bei uns!«

»Deins kann nicht besser sein als meins! Mach mal das Mündchen auf, jetzt kommt was ganz Tolles ... Aubergine ... und verrat mir mal, was das für ein Gewürz ist, ich komme nicht drauf ...«

Brav öffnete Lena den Mund, als er ihr die Gabel vorsichtig hinschob.

»Oh, mein Gott, du bist so süß, wenn man dich füttert«, lachte Matt. »Du öffnest den Mund so ... speziell! Darf ich noch mal?«

Lena verschluckte sich fast am Essen, so sehr musste sie lachen.

»Ach, du Schande, so weit kommt's noch!«, japste sie. »Vielleicht möchtest du noch einen Latz und den Kinderstuhl da drüben ordern? Aber ich vermute, dafür ist mein Hintern dann doch zu dick.«

»Du hast keinen dicken Hintern! Der ist ziemlich knackig!«

»Oh, danke! Woher weißt du, wie mein Hintern aussieht?«

»Weil du gestern vor mir ziemlich lange ziemlich viele Stufen hinaufgestiegen bist? Selbst, wenn ich gewollt hätte, ich meine ... ließ sich irgendwie nicht verhindern, draufzuschauen. War ja direkt auf Augenhöhe ... und ...«

»Matt! Jetzt weiß ich, warum du dich kaum beherrschen konntest!«
Entrüstet sog sie die Luft ein und sagte dann: »Okay. Ich denke, es
ist Kreuzkümmel.«
»Bitte?«
»Oder Bockshornklee. Oder Garam Masala. Vielleicht auch
Chakalaka? Also keine Ahnung. In deiner Aubergine.«
Matt prustete fast den Wein aus dem Mund:
»Sag bloß, du kannst nicht kochen!«
»Spinnst du? Was meinst du, was ich die letzten zwanzig Jahre
gemacht habe? Was ist mit dir? Bist du einer, der vor dem vollen
Kühlschrank verhungert?«
»Exakt. Ich verhungere. Mir ist es schon passiert, dass ich
Spülmittel statt Olivenöl in die Pfanne getan habe – und ich wusste
auch nicht, dass man Kartoffeln kochen muss, bevor man sie essen
kann.«
»Ich glaube dir kein Wort! Du warst in Klöstern!«
»Da gab es Brei!«
Sie witzelten und blödelten und es war so herrlich unbeschwert und
sorgenfrei. In bester Laune machten sie sich nach einem mit
Kardamom gewürzten Espresso auf den Weg ins Zentrum.
Schon von Weitem drangen die Musik und das Gelächter der
tanzenden Menschen zu ihnen und froh gelaunt mischten sie sich
unter die Leute. Unversehens fragte Lena:
»Bist du müde?«, und merkte, dass das einer Gewohnheit entsprach.
Max war nach dem Essen immer müde. In der letzten Zeit auch
vor dem Essen, wenn er aus der Praxis kam. Lena hatte wirklich
Verständnis dafür, aber sie war froh, dass Matt nicht nur energisch
mit dem Kopf schüttelte, sondern sie auch verständnislos ansah.
»Müde?«, fragte er. »Der Abend hat doch noch gar nicht
begonnen!«
Lena lächelte breit auf diese Aussage, fasste ihn aufgeregt an der
Hand und sagte: »Oh, hör doch, was sie spielen! Magst du so was?
Können wir tanzen? Hast du Lust?«
»Heute stellst du wirklich seltsame Fragen«, antwortete Matt und
ließ sich von ihr in die Mitte der Straße ziehen, wo schon viele

Menschen sich zu den Rhythmen bewegten und sich treiben ließen.

Lena schloss die Augen und atmete tief ein. Die Nacht roch nach Rosen und Jasmin, nach Gewürzen und Essen, zu beiden Seiten befanden sich kleine Bars und Cafés, saßen Menschen an Tischen mit rot-weiß karierten Tischdecken. Die vielen Aperol-Spritz' leuchteten wie Laternen, die Häuser waren mit Lichterketten geschmückt und die Musik dröhnte mit sattem Bass auf die Straße. Lena tanzte. Weltvergessen, selbstvergessen, losgelöst, mit allen Sinnen genießend. Als eine von vielen stand sie in einer wogenden Menge, die diese ausgelassene Stimmung mit ihr teilte, lachte wildfremde Menschen an, tanzte mit Unbekannten, tanzte wieder für sich, verlor sich im Rhythmus, im Beat, in den Melodien, ließ ihren Körper bestimmen, wo er hin und was er tun wollte.

Sie bekam kaum mit, dass Matt sie beobachtete, mit hungrigen Augen, mit sehnsüchtigem Blick, bekam kaum mit, wie er nach einer Weile kurz wegging, einen kleinen Tisch besetzte, auf den ein Kellner zwei Gläser, eine Flasche Champagner und Wasser stellte. Sie vergaß die Zeit und ihr war, als ob das Tanzen sie von allen inneren Blockaden und Zwängen befreite.

Schließlich wechselte der DJ zu einem für Lena weniger ansprechenden Musikgenre und sie sah sich um. Matt kam auf sie zu, nahm sie an die Hand und zog sie zum Tisch. Mit einem Seufzer ließ sie sich auf den Stuhl fallen und streifte die Schuhe ab.

»Matt, du bist der Beste!«, rief sie. »Das ist eine Punktlandung!«

Durstig trank sie das Glas Wasser leer, während er ihr schmunzelnd nachschenkte und sie das zweite ebenso schnell hinunterstürzte.

»Immer noch nicht müde?«, fragte sie ihn.

»Was hast du denn immer mit diesem Müdesein?«, fragte er verwundert zurück.

»Oh, sorry ... vielleicht Gewohnheit. Vielleicht ein wenig Angst, dass du dich langweilst.«

»Langweilen? Mit dir? Ich hoffe, ich sehe nicht so aus!«

Vergnügt schüttelte sie den Kopf und nahm das Sektglas in die Hand.

»Matt Wolters, du bist ein absolut verrücktes Huhn«, erklärte sie mit leuchtenden Augen. »Du hast mir schon so viele schöne Momente beschert! Ich weiß gar nicht, wie ich das jemals wiedergutmachen soll! Worte können jedenfalls nicht ausdrücken, was ich empfinde!«

»Dasselbe gilt für mich. Du weißt, ich liebe jede Sekunde mit dir!«

Etwas ernster geworden stießen sie an und Lena genoss den prickelnden, eiskalten Champagner.

»Ich erkläre dieses Getränk hiermit zum offiziellen Heilmittel aller speziell weiblichen Befindlichkeiten«, giggelte sie, »angefangen von Pubertätswirren bis hin zu Wechseljahren, Depressionskiller, Lebenströster, Gutelaune-Macher ...«

»Vergiss nicht: Ultimativer Anmacher!«

»Genau. Ultimativer Anmacher. Nur du musstest natürlich außerhalb der Norm liegen und hast statt einfachem Champagner ein Kleid benutzt.« Sie lachte wieder.

»Wann trägst du es denn mal?«

»Wenn die Zeit dafür gekommen ist.«

»Salomonische Antwort. Und wenn diese Zeit nie kommt?«

»Auch diese Möglichkeit besteht.«

Sie sah ihm kurz in die Augen, senkte dann den Blick und ließ ihn über die Menge schweifen. Die Nacht war hereingebrochen und Tausende von Glühbirnen hingen an Hauswänden, Dächern, in Bäumen, in den Kletterrosen.

»Schwer romantisch, das alles«, ließ sie sich vernehmen. »Das ist alles sehr gefährlich mit dir, Matt, ich habe keine Ahnung, wo das hinführen soll. Und jedes Mal, wenn ich überhaupt nur darüber spreche, kommt mir, wie wahnsinnig das ist. Dann wird mir bewusst, dass wir gerade mal drei Tage unterwegs sind.«

Er blieb stumm auf ihre Worte. Sie wusste ohnehin, was er geantwortet hätte: Dass sie sich schon ewig kannten.

»Ich würde die Situation gerade gerne noch ein wenig gefährlicher machen«, sagte Matt und stand auf. Fragend schaute sie zu ihm hoch. Er reichte ihr die Hand, sie ergriff sie mechanisch und ließ sich vom Stuhl hochziehen.

»Madame?«, sagte er formvollendet und mit einem winzigen Lächeln in den Augen. »Darf ich um diesen Tanz bitten?«

Lenas Lippen bebten, sie schaffte es nicht, ihm weiter in die Augen zu schauen. Sie wusste, das war ein Spiel mit dem Feuer, und er wusste es auch. Verlegen schlug sie die Augen nieder.

»Ehrlicherweise weiß ich nicht, ob ich es noch kann«, sagte sie leise.

»Mach dir keine Gedanken, ich halte dich.«

Lena schluckte. Sie hatte keine Ahnung, wie sie den Körperkontakt mit ihm ertragen sollte, wenn schon die kleinste Berührung von ihm sie zum Glühen brachte.

»Und dir wird das wirklich nicht zu viel?«, fragte sie unsicher.

Matts Blick sagte ihr alles. Er traf sie mit voller Wucht, dieser Blick, in dem eine ganze Welt lag. Seine Sehnsucht, sie berühren, mit ihr zusammen sein zu können, sein Wunsch, mit ihr noch so viel mehr tun zu können, als nur zu tanzen. Nicht nur diesen Abend und den nächsten Tag mit ihr zu haben, sondern die Chance, mit ihr ein Leben aufzubauen. Er gab in diesen Sekunden so viel preis, und das in einer solchen Intensität, dass ihr Herz vibrierte und ihre Lippen erneut bebten.

»Oh, Matt«, flüsterte sie. »Ich weiß nicht, vielleicht sollten wir es lassen.«

Doch er zog sie an sich, hob mit dem Finger wie neulich ihr Kinn und sagte leise:

»Tu's für mich. Tanz mit mir!«

Stumm schlüpfte sie in ihre Schuhe.

»Ich hoffe, ich trete dir nicht auf die Füße«, murmelte sie.

Sanft, strich er über ihr Gesicht, griff in ihr dichtes, langes Haar, ließ dann seine Hand nach unten gleiten in die ihre, und führte sie auf die Tanzfläche. Die Menge war dicht, aber schließlich fanden sie ein freies Plätzchen und standen voreinander.

Seine große, warme Hand glitt auf ihre schmale Taille. Er bot ihr seine offene Hand und Lena legte die ihre hinein. Jede Bewegung war so bewusst, so schön, so überaus intensiv, allein dieser Auftakt war ein erotisches Erlebnis.

Die Musik hüllte sie ein und sie machten die ersten Schritte. Lena spürte seine Körperwärme, sog seinen Geruch ein, der ihr mit jeder

Bewegung in die Nase stieg, fühlte seine Hand an ihrem Rücken, die sie sicher und einfühlsam führte. Sie schloss die Augen, ließ sich leiten, ging mit ihm, spürte, wie weich und biegsam sie wurde, wie mühelos es war, sich auf ihn einzustellen. Als sie sicherer geworden waren, schob er sie von sich und drehte sie. Es klappte problemlos und sie lachte ein wenig. Nach ein paar weiteren Takten wussten sie, dass sie sich aufeinander verlassen konnten, dass ihre Körper sich verstanden. Die Songs wurden ein wenig schneller und Matt wirbelte Lena herum. Sie freuten sich an der Synchronizität und Harmonie ihrer Bewegungen, es war ein Rausch, ein erotisches Aufeinandereinstimmen, ein völliges Sich-ergeben in die Musik, gepaart mit dieser so vitalisierenden Elektrizität zwischen ihnen. Lena war, als ob sie fliegen würde – sie fühlte sich völlig entrückt.

Dann legte der DJ Kuschelrock und schließlich Glenn Miller auf und Lena schluckte. Die heute erlebten Szenen mit Matt kamen ihr in den Sinn und sie versuchte, Abstand zu halten, aber Matt ließ das nicht zu. Sie spürte, wie er sie ganz leicht am Rücken liebkoste, immer wieder ihre Finger in seiner Hand küsste, sein Arm sich fester um sie legte, bis irgendwann ihr Kopf an seiner Brust lag. Sie brannten beide, aber Lena wollte nicht denken, wollte sich keine Fragen stellen, genoss jeden Takt, bis die Runde zu Ende war.

Ein Schwung junger Leute stürmte die Straße. Der DJ passte sich an und switchte mit einem Medley auf Trance und House.

Matt und Lena tranken die letzten Schlucke Champagner, dann brachen sie auf und fuhren zum Hotel.

»Danke, Matt«, sagte Lena, als sie vor ihren Zimmertüren standen.

»Danke für diesen wunderschönen Abend. Ich werde ihn nie vergessen.«

Sie schloss ihre Tür auf, drehte sich um und lehnte sich gegen den Rahmen.

»Wann musst du morgen gehen?«

»Am Abend«, antwortete er.

»Wo wirst du dann sein?«

»Ich fliege zurück nach England.«

Sie nickte.

»Und du?«, fragte er.

»Ich habe noch drei Tage. Kann mir gar nicht vorstellen, wie das wird ohne dich.«

Erfreut lächelte er. »Einen Tag haben wir ja noch ... morgen, neun Uhr, Frühstück?«

»Ja, klar! Immer!« Sie lächelte. »Gute Nacht, Matt!«

Schnell trat sie in ihr Zimmer und schloss die Tür. Sie wusste nicht, was sie getan hätte, wenn er sie noch eine Sekunde länger so angeschaut hätte.

Drinnen lehnte sie sich gegen das Holz und vermisste ihn. Hielt es kaum aus, zu wissen, dass er wie sie allein im Bett lag.

»Oh, verdammt«, entfuhr es ihr leise. Ihre Gedanken wanderten zu Max.

Und ihr Herz tat ihr weh.

♫ When I Was Your Man ♫
Bruno Mars

Max war auf dem Weg nach Portugal. Er hatte herausgefunden, wo sie war. Und nicht nur das: Er wusste inzwischen Dinge, die er nie im Leben erahnt hätte, und diesmal wollte er sie zum Reden zwingen. Keine Ahnung, was das werden sollte, aber zu Hause herumsitzen und warten, bis sie zurückkam, war so ziemlich das Letzte, was er ertrug. Und irgendetwas sagte ihm, dass die Zeit gegen ihn lief. Er hatte gehörigen Bammel davor – ihrem ersten Aufeinandertreffen seit ihrem Abgang.

Volkers Warnung fiel ihm ein. Volker, der gesagt hatte, es wäre zu früh, er sollte sie loslassen, aber verdammt, er konnte nicht! Er musste sie sehen! Es machte ihn wahnsinnig, nicht mit ihr reden zu können. Ihr letztes Telefonat war so zärtlich gewesen und hatte ihm eine ganz andere Dimension eröffnet. Diesen Weg wollte Max weiterverfolgen, aber sein Herz klopfte vor Aufregung und Nervosität.

Berlin kam ihm in den Sinn. Da hatte er auch mit ihr sprechen wollen! Oh, meine Güte, wenn es dazu gekommen wäre, sie hätten sich nur gestritten! Insofern hatte Volker recht, der gesagt hatte, er sollte darauf vertrauen, dass alles, was kommt, das Beste für ihn wäre, auch, wenn es im ersten Moment nicht so aussähe, auch, wenn es schmerzhaft wäre. Alles würde sich erst mit der Zeit zeigen.

Trotzdem, ein Streit mit Lena an jenem Abend in Berlin wäre ihm lieber gewesen als zu sehen, wie sie mit diesem Über-Konkurrenten essen ging. Er spürte den Schock noch immer, rief sich ins Gedächtnis, dass es nur dieser Abend gewesen war – sie war ja danach abgereist.

Zufälligerweise war er kurze Zeit später über einen Zeitungsausschnitt gestolpert, den er, wäre er nicht auf den Namen Matt Wolters sensibilisiert gewesen, bestimmt nicht gelesen hätte. Aber so hatte Max auf den kleinen Bericht reagiert und festgestellt, dass Matt in den Tagen, da Lena nach Portugal geflogen war, in England an einer Gala teilgenommen hatte. Das hatte ihn beruhigt. Heute würde es anders sein. Sie würden reden können. Lena hatte doch immer eingelenkt! Immer! Aber inzwischen wusste er, dass genau das dazu geführt hatte, dass sie weg war. Inzwischen wusste er, dass sein Ansinnen, wenn sie mal was diskutiert hatten, immer darauf ausgerichtet gewesen war, Lena zu eben diesem Einlenken zu bringen.

Max musste während des Fluges schon ein paar Mal auf die Toilette und in dem Hotel in Cascais ebenfalls. Er bezweifelte sehr, dass das an seiner Prostata lag. Unruhig ging er im Zimmer auf und ab, klappte den Laptop auf, versuchte, sich zu beschäftigen, las Dokumente, die ihn nicht interessierten, und sah ständig auf die Uhr.

Dann stand er auf und betrachtete sich im Spiegel. Er hatte abgenommen – was ihm gut stand. Er war nach wie vor ein attraktiver Mann. Er hatte kaum Falten, und sein graues Haar war zwar nicht sehr dicht, aber die Kombination mit den blauen Augen ein echter Hingucker. Etwas zuversichtlicher sah er wieder auf die Uhr.

Er war gegen 16.00 Uhr in seinem Hotel angekommen – im Fortaleza waren keine Zimmer mehr frei gewesen – und so hatte er sich direkt in Cascais eingemietet. Das Meer rauschte vor seinem kleinen Balkon und wehmütig sah er nach draußen. Das würde er jetzt so gern mit Lena teilen! Mit ihr am Strand wandern, mit ihr reden ... Er rief in ihrem Hotel an und erfuhr, dass sie unterwegs war.

Erneut setzte er sich an seinen Laptop, recherchierte, wo man in Cascais vegetarisch essen konnte, doch dann trudelten Informationen ein, mit deren Hilfe sich ein fantastischer Plan in ihm entwickelte. Ein richtig guter Plan!

Er würde sie überraschen! Er würde sie wieder für sich gewinnen! Er würde sie zurückholen! Und er wusste nun auch genau, wie er das anstellen konnte.

Etwa eine Stunde später befand er sich in der Stadt, sah sich neugierig um und mochte, was er sah. Es war so schön hier! Der Wind wehte ihm um die Nase und die salzige Luft tat ausnehmend gut. Er wünschte sich, Lena an die Hand nehmen und mit ihr durch die Straßen schlendern zu können. Warum hatte er solche Dinge nicht mehr gemacht? Wann war das verloren gegangen? ›Routine ist doch wirklich ein hinterhältiges Miststück!‹, dachte er. ›Du merkst erst, dass sie dein Leben vollständig übernommen hat, wenn es zur Katastrophe kommt.‹

Es gab schöne Boutiquen in dem kleinen Städtchen und Max blieb vor allen Damengeschäften stehen und stellte sich vor, wie er morgen mit Lena hierher zurückkommen, ihr einige Kleider zeigen würde, die ihm gefielen und die bestimmt super an ihr aussehen würden. Seine Mundwinkel hoben sich. Ja, das würden sie alles tun. Es war noch nicht zu spät.

Es war noch hell, als sein Martyrium begann. Max stand am Haus der Wunder, als er Lenas Stimme hörte. Sein Ohr hätte sie aus Millionen Stimmen herausgefiltert, die Stimme seiner Frau, die Stimme, die noch immer so kindlich und jung klang. Sie lachte gerade über etwas und er hörte, wie sie klar und deutlich sagte: »Oh, danke, woher weißt du, wie mein Hintern aussieht?«

Sein Herz tat einen Knall. Es gab keinen Stich, nein, es explodierte, löste sich in seine Bestandteile auf. Und diese Explosion tat schrecklich weh, so weh, dass er sich ans Herz fasste, und meinte, die Stücke fielen aus seinem Brustkorb.

Max bekam kaum Luft, als er sich mit weichen Knien auf die Steintreppe seitlich vom Restaurant setzte, dessen Fenster weit geöffnet waren. Er konnte nicht alles verstehen, aber alles sehen.

Und da saß sie. Mit Matt Wolters, der sie wieder mit diesem verdammt verliebten Blick ansah. Dessen Augen leuchteten, wie seine, Max' Augen, doch hätten leuchten sollen. Lena saß mit dem Rücken zu ihm, brachte Matt mit ihren Bemerkungen zum Lachen ... Es gab keinen Zweifel: Die beiden verstanden sich super.

Max folgte ihnen unauffällig, als sie zum Festival aufbrachen und seine Gedanken rasten. Sie war mit Matt hierhergereist! Hatten sie auch ein gemeinsames Zimmer? Oh, sein Herz schmerzte so bestialisch und doch ahnte er, es war noch nicht zu Ende, diese Qual, sein Kreuzweg, dieser nicht endenwollende Fall. Er setzte sich in eine Ecke. Beobachtete. Und alles, was er mit seinen Sinnen aufnahm, fügte ihm weiteren Schmerz hinzu.

Er sah, wie sie tanzte, das war ja noch okay. Sie tanzte mit vielen Menschen, sie tanzte mit Unbekannten, das taten alle hier, aber dieser Matt war ständig in ihrer Nähe, sie war mit ihm hier! Und dieses Strahlen in ihren Augen! Dieses Lächeln auf ihrem Gesicht! So satt, so überirdisch glücklich! Wie konnte sie so glücklich sein, wenn er so unglücklich war? Er sah, wie sie den Tanz genoss, die Musik genoss, das genoss, was er ihr so kaltschnäuzig an ihrem Geburtstag verwehrt hatte, weil ihm die Etikette wichtiger gewesen war. Weil ihm seine eigene Müdigkeit wichtiger gewesen war.

Seine Frau glühte, war voller Lebenslust und so überaus lebendig. Und nun stand dieser Matt vor ihr und forderte sie zu Kuschelrock-Songs zum Tanz auf. Max ertrug Lenas Anblick kaum. Ihre Augen, die einen anderen Mann anblickten auf eine Weise, die ihm Angst machte. Die Art, wie sie sich von ihm auf die Tanzfläche führen ließ, sich an die Hand nehmen ließ, einem anderen Mann folgte. Für ihn war es ein Sinnbild.

Max weinte. Er saß an seinem Platz und konnte die Tränen nicht aufhalten, als die beiden voreinander standen. Und wieder war es so wie in Berlin. Jeder Blinde konnte sehen, was sie füreinander empfanden, dass da zwischen ihnen etwas schwang. Etwas so Tiefes, so Echtes, so Natürliches, dass es Max bis in seine Ecke spürte. Etwas, das ihn vollständig lähmte. Und Matt ... Matt machte alles richtig. Er tat alles so bewusst. So intensiv. Mit zugeschnürter Kehle registrierte Max, wie er die Hand auf den Rücken seiner Frau legte, wie langsam er das tat und wie genug das für sie beide war, diese Hand auf einem Stück Haut. Und er konnte spüren, wie Lena diese sanfte Berührung auskostete, wie sie die Augen schloss, konnte fühlen, was ihr das bedeutete, wie sehr sie sich danach gesehnt hatte, nach diesem bewussten Wahrnehmen ihrer selbst. Es musste gar nicht mehr sein. Eine Winzigkeit. Eine Hand, die sich auf ihren Rücken legte, eine Hand, die sagte: Ich schütze dich, ich leite dich, ich ehre dich, ich werde nie etwas tun, was du nicht auch willst, diese Hand, die es schaffte, mit einer einzigen Bewegung zu sagen: Ich liebe dich. Alles lag in dieser Geste, und noch mehr ...

Als Lena ihre Finger in die sich anbietenden von Matt schob und die Tanzposition damit vervollständigte, war das wie ein stilles Einverständnis, wie die Vervollkommnung eines Kunstwerkes, wie das Schließen eines Stromkreises, die Komplettierung einer Verbindung. Diese einzelne Geste allein war in sich so fein, so subtil – und inhaltsschwer. Sie ließ Max zum ersten Mal verstehen, was Lena gemeint hatte mit ihrer Bemerkung, es ginge nicht um Sex.

Ihre Wimpern senkten sich, ihre Hand verflocht sich mit der von Matt und sie begannen, sich in einem Gleichklang zu bewegen, der jede Hoffnung in Max zusammenstürzen ließ.

Er tat sich alles an. Bis zum Schluss. Bis zum letzten Song, der sie zueinander trieb und Lena dazu brachte, sich an die Brust eines anderen zu schmiegen. Noch war es nur ein Tanz, ein Tanz in romantischer Umgebung, sie tanzten, wie alle hier tanzten ... Und doch war es mehr, es war der ideale Auftakt, ein bestens vorbereitetes Sprungbrett für eine gemeinsame Nacht.

Wie unter Zwang zückte Max sein Handy, rief im Fortaleza an, und verlangte Matt Wolters zu sprechen.

»... tut mir leid, Herr Wolters ist nicht auf seinem Zimmer erreichbar. Sollen wir eine Nachricht hinterlassen?«

Er legte auf. Matt hatte ein Zimmer im Fortaleza. Lena hatte ein Zimmer im Fortaleza. Oder hatten sie zusammen eines?

Max stand auf.

Er war erledigt.

Er hätte sich am liebsten von der Brücke gestürzt.

Wie er ins Hotel kam, wusste er nicht. Die Zeit floss zäh, sie schien unwirklich. Alles war in diffuses Licht getaucht, schien trostlos, leer und sinnlos.

Sein Rechner lag auf dem Bett. Er fixierte ihn und eine verzweifelte Hoffnung, die ihn vor dem Totalabsturz rettete, formte sich in seinem Kopf. Langsam klappte er den Monitor hoch.

Worte tönten in seinem Kopf. »Ich gebe dich frei, Lena. Für diese Zeit, aber nicht für immer.«

Oh, mein Gott, er musste wahnsinnig gewesen sein!

Der Rechner. Er war seine einzige Hoffnung.

Und das Gerät war gnädig: Es gab ihm Hoffnung. Eine halbe Stunde später fühlte sich Max wenigstens ein bisschen besser. Aber viel half es nicht.

♫ ♫ ♫

Lena lag im Bett und konnte nicht schlafen. Ihr Körper brannte wieder mal. Der Tag war angefüllt gewesen mit sexueller Erregung und sie wälzte sich von einer Seite auf die andere, glühte, wünschte sich, Matt wäre hier, wünschte sich, Max wäre hier, sie war völlig durcheinander. Matt hatte noch einen Absacker in der Hotelbar vorgeschlagen, aber noch eine Minute länger mit ihm – und Lena hätte für nichts garantiert.

Ihr Handy piepte. WhatsApp. Es war Julia.

»Hier wird es immer schlimmer! Ich komme dich besuchen!«

Lena, froh über die Ablenkung, antwortete über den Laptop zurück.

»Immer, Julia«, tippte sie. »Ich nehme dich mit, wenn ich wieder in der Gegend bin!«

Sie sah auf die Uhr, es war kurz nach Mitternacht. Zu spät zum Anrufen.

»Hey, Süße, bist du noch wach?«

Trixi hatte ihr eine Nachricht über den Messenger geschickt. Ja, genau, das war jetzt das, was sie brauchte! Jemanden zum Reden – zum Chatten!

»Trixi! Na, du Nachteule!«

»Wow, du bist tatsächlich noch wach? Selber Nachteule! Wie geht es dir?«

»Kann nicht schlafen.«

»Geht mir auch so. Wäre so schön, wenn du jetzt hier wärst. Dann würden wir zusammen ein Glas Wein trinken ... So wie wir es früher immer gemacht haben.«

»Ja, das wäre herrlich«, schrieb Lena. »Das wäre so perfekt! So schade, dass du nicht bei mir bist!«

»Ja«, schrieb Trixi, »sehne mich gerade sehr nach dir.«

Etwas Verzweifeltes flutschte durch Elektronik, Datenkanäle und Fiberglas zu Lena. Der Satz, obwohl geschrieben, drückte eine so tiefe Traurigkeit aus, dass sie aufmerksam wurde.

»Bist du okay, Trixi? Ist alles in Ordnung mit dir? Kann ich dir helfen?«

Trixi antwortete nicht gleich. Doch schließlich zeichnete sich eine Nachricht ab.

»Ja! Du könntest kommen! Fühle mich heute verdammt einsam. Ich vermisse dich.«

Lena blieb für ein paar Sekunden regungslos vor ihrem Laptop. Trixis Stimmung flog mühelos durch Raum und Zeit und landete in Lichtgeschwindigkeit bei ihr. Ihre Sehnsucht war wie eine Wolke, die sie einhüllte, und sie war so stark, dass es ihr wehtat. Lenas Herz floss über und sie wünschte sich in diesen Sekunden wirklich, bei ihr sein zu können.

»Trixi, du bist nicht okay. Was ist los?«

»Nein, Süße, alles gut, wirklich. Bin etwas angeschlagen, gesundheitlich, meine ich. Ist nicht so einfach.«

»Bist du krank?«, fragte Lena erschrocken.

Trixi zögerte mit der Antwort und Lenas Unruhe wuchs.

»Hey, Liebes«, schob sie hinterher. »Alles gut? Du weißt, ich komme, wenn du mich brauchst.«

»Ja, ich glaube, ich brauche dich.«

Lena saß am Laptop und diese verzweifelte, eigenartige Stimmung war wie ein Pfeil, der sie traf. Was war nur mit Trixi los? Sie zog den Rechner näher heran, als ob sie damit auch ihre Freundin näher bei sich hätte.

»Trixi, weinst du?«

»Woher weißt du das?«

»Das spüre ich. Bitte sag mir doch, was du hast. Ich würde dir so gern helfen!«

Trixi blieb stumm. Woher wusste Lena, dass sie vor ihrem Rechner saß und auf die Tastatur starrte? Dass ihre Finger ratlos über die Tasten strichen? Lena schloss die Augen. Eine feine Energie flimmerte zwischen ihnen und je länger Trixi schwieg, desto stärker und deutlicher empfing Lena Trixis Botschaften. Lena spürte, wie sie nach innen sank, wie sie ihrem Herzen näher kam, spürte, wie sehr diese Schwermut von etwas Hohem, Erhabenen getragen wurde. Ihr Herz wurde mit einem Mal weich, ihre Unruhe schwand und zurück blieb ein seliges Gefühl.

»Trixilein«, schrieb Lena verträumt. »Wenn du jetzt hier wärst, würden wir wieder kuscheln, wie wir es früher gemacht haben. Wir haben den Wein so oft im Bett getrunken und sind dann eingeschlafen.«

»Ach, Lena, sag nicht solche Sachen. Nicht heute Abend.«

»Bitte schreib mir doch, was dich belastet. Ist es, weil du allein bist?«

»Ja«, schrieb Trixi zurück und Lena konnte sie flüstern hören. »Weil ich allein bin. Weißt du, du hast eine Familie ... das ist so schön.«

Lenas Finger verharrten über der Tastatur. Trixis Worte lösten so viel in ihr aus. Sie suchte Worte des Trostes und fand keine. Alles, was ihr einfiel, war, noch einmal die Augen zu schließen, sich auf ihre Gesprächspartnerin zu konzentrieren und sich vorzustellen, wie sie einen dicken Strahl Liebe zu ihr sandte. Das Feld zwischen ihr und Trixi schien sich zu verdichten, sich erwärmen und etwas Heilendes schwang zwischen ihnen.

Lena wusste nicht, wie lange sie die Augen geschlossen hielt, aber sie spürte eine deutliche Resonanz, spürte, wie auch Trixi sich endlich entspannte. Sie öffnete die Augen, wollte ihr schreiben, als schon Trixis Worte aufleuchteten.

»Ach, meine süße Lena! Danke! Danke dir so sehr. Das war so schön!«

»Du hast es gespürt?«

»Ja«, tippte Trixi und ihre geschriebenen Worte waren wie ein Wispern. »Ich habe es gespürt. Ganz deutlich.«

»Weiß gar nicht, wie ich so lange ohne dich sein konnte, Trixi! ... lieb dich! Gute Nacht!«

»Lieb dich auch«, schrieb Trixi und sandte ein Herz. »Sehr.«

♫ ♫ ♫

»Lena, ich bin soweit. Sei so gut und ruf mich an.«

Sie erledigte das noch vor dem Frühstück.

»Hallo Paul«, sagte sie. »Du bist soweit? Klasse! Hast du auch schon die Testberichte?«

»Ja, hab alles hier. Diesmal haben wir sogar von Ökotest eine gute Bewertung bekommen! Was sagst du nun?«

»Das ist ja fantastisch«, freute sie sich. »Das hatten wir noch nie! Gutes Zeichen, oder?«

»Ja, das hört sich alles gut an. Wollen wir hoffen, dass die Kunden uns vertrauen. Die Testergebnisse sind jedenfalls äußerst positiv.«

»Reicht es, wenn ich das dann erst morgen ins Netz setze? Ich werde wohl einen ganzen Tag brauchen, bis ich die Seite aktualisiert habe.«

»Hat doch keine Eile«, sagte Paul. »Ich muss eh noch die Fotos machen.«

Insgeheim war Lena erleichtert, denn um nichts in der Welt hätte sie eine Minute mit Matt für ein Geschäft opfern wollen, das ohnehin nicht lief.

»Kommst du zurecht?«, fragte sie trotzdem nach. Obwohl Paul Physiker war, waren seine Fotos nie der Brüller.

»Das Foto für Ökotest krieg ich schon hin. Aber ich fürchte, für die Website wirst du mal bei mir vorbeischauen müssen.«

»Ja, natürlich«, versprach sie. »Ich fliege in drei Tagen nach Deutschland, dann machen wir alles dingfest.«

Sie legte auf, checkte ihre Mails und WhatsApp-Nachrichten.

Julia: »Max hat sich mit mir verabredet! Ich hoffe, er verpasst mir keine Schweigepflicht dir gegenüber. Aber ich würde dich gern vorher sprechen. Rufst du mal an?«

Britta und Anke: »Hey, Süße, Max will sich mit uns treffen. Wann kommst du zurück?«

Volker: »Lena, wie geht es dir? Könnten wir mal reden? Max war bei mir.«

Lena runzelte die Stirn, das hörte sich alles etwas seltsam an.

Und auch Trixi war wieder auf dem Schirm. Ihre Melancholie schien verflogen.

»Hab gestern gar nicht gefragt: Wie war's denn? Bist du zum Zug gekommen? Endlich mal aus dir rausgegangen?«

Lena sah auf die Uhr. Es war 8.15 Uhr, sie hatte noch Zeit.

»Wie meinst du das, zum Zug gekommen?«

»Du wolltest tanzen!«

»Ja, ich habe getanzt«, schrieb Lena und lächelte dabei.

»Hoffentlich mit jemand Interessantem!«

»Och ... das war ein Straßenfest ... da war allerhand los. Da tanzt jeder mit jedem.«

»Die Portugiesen sind ja echt hübsche Männer ... oder warst du mit deiner Reisegruppe weg?«

»Trixi, ich bin in keiner Reisegruppe. Ich war mit einem Bekannten dort.«

»Ein Bekannter? Ich dachte, du bist allein unterwegs!«

»War ich ja auch – die ersten drei Tage. Aber vorgestern ist er plötzlich aufgetaucht und wir unternehmen halt was zusammen.«

»Kenne ich ihn?«

»Nein, den kennst du nicht. Sag mal, hast du schon in deine Kontaktliste geschaut, wer für mich infrage käme?«

»Ja, deswegen wollte ich noch mal chatten, mir ist nicht ganz klar, was du suchst. Therapiemäßig meine ich. Jemanden, der es dir leichter macht, dich von Max zu lösen? Weil dich die Situation mit ihm ankotzt?«

»Trixi, noch mal. Ich mache eine Auszeit. Von einem Ablöseprozess bin ich noch weit entfernt.«

»Nimm es mir nicht übel, aber ich habe ein etwas anderes Gefühl. Oder ist es so, dass du noch nicht weißt, ob du dich lösen willst?«

»Es kann alles sein. Aber im Moment werfe ich unsere Ehe nicht einfach weg.«

Lena war es mulmig zumute. Die ganze Situation war so irreal. Sie fühlte sich mit Matt wie in einer anderen Welt und Trixi holte sie immer wieder zurück. Vielleicht war das ja ganz gut so.

»Hat Max denn eine Chance?«, schrieb sie gerade. »Ich meine, du sagst ihm nicht, was dich stört, und du willst ihn auch nicht ändern. Ich verstehe, was du meinst – er muss es von sich aus wollen. Aber andererseits kann er das doch nicht, wenn er nicht Bescheid weiß. Wenn ich eines gelernt habe, dann, dass Kommunikation das Wichtigste ist. Wenn jeder vor sich hin schweigt, kann das nichts werden.«

Lenas Augen verdunkelten sich. Trixi hatte verdammt noch mal recht. Sie dachte an Matt, an diese wunderbaren, sorglosen Tage, an den gestrigen Abend – und Schauer durchliefen sie. Sie hatte sich in Matt verliebt, das konnte sie nicht leugnen, aber sie konnte auch nicht sagen, Max nicht mehr zu lieben. Im Gegenteil. Fast war es so, dass sie immer mehr gute Eigenschaften an Max erkannte, je länger sie von ihm weg war. Sie fühlte sich zu beiden hingezogen.

»Bist du noch da?«

»Ja, bin noch da. Trixi, du hast recht. Ich muss mit Max reden.«

»Ja, aber ich hoffe, du hattest wenigstens Gelegenheit, deine Statistik ein wenig zu verbessern.«

»Wie meinst du das?«

»Na, du hattest doch gestern die Gelegenheit für deinen ersten One-Night-Stand! Ein Festival! Du im Ehe-Stopp! Und mit einem *Bekannten* unterwegs! Erzähl mir bitte nicht, dass du diese Chance nicht ergriffen hast! Vielleicht ist ja deine beeindruckende Männeranzahl von zwei auf drei gestiegen?«

»Ach, Trixi, das ist nicht so einfach. Ich kann das nicht. Es geht nicht. Das weiß ich jetzt.«

»Aber du sehnst dich doch so nach sexueller Erfüllung! Du hast gesagt, du brennst! Dass du es noch nie erlebt hast ... und ... ja, es so gerne mal erleben möchtest!«

»Ja, schon, aber auch, wenn du dich über meinen hohen Ehrenkodex immer lustig gemacht hast – ich spüre, dass mit dem Treuegelübde so viel mehr verbunden ist. Das sind alles Dinge, die ich noch nicht sortiert habe. Such mir einen passenden Therapeuten und schick mir die Nummer so bald wie möglich, okay?«

»Okay, meine Süße, das mache ich auf jeden Fall. Aber ich habe noch eine Frage, bevor du gehst.«

»Stell sie!«

»Dieser *Bekannte*. Bedeutet er dir etwas?«

Lena zögerte. Sie dachte an die tiefe Stimmung gestern Nacht zwischen ihr und Trixi und sie wollte nicht ausweichen.

»Ja, er bedeutet mir etwas. Kann ich nicht leugnen.«

»Bist du in ihn verliebt?«

»Weiß ich nicht.«

»Was ist, wenn es so wäre? Wie viel wiegen dann deine Familie und dein Ehrenkodex? Würdest du ehrenhalber mit deinem Mann zusammenbleiben und auf eine vielleicht große Liebe verzichten?«

Lena biss sich auf die Lippen. Verdammt, schon wieder traf Trixi den Nagel auf den Kopf!

»Trixi, diese Frage lässt sich nicht in fünf Minuten beantworten. Ich denke darüber nach und hoffe, dass du bezüglich deines Schweige-Retreats endlich inkonsequent wirst und wir reden können! Die Schreiberei geht mir echt auf den Senkel!«

»Ja, hast ja recht. Smiley. Was machst du heute?«

»Ein weiteres Schloss besuchen – und abends muss ich was arbeiten. Paul schickt mir neue Daten für die Homepage. Jetzt muss ich aber los! Ciao!«

♫ Time Is Golden ♫
Abby

Der Tag mit Matt war wie immer göttlich. Das Wetter war herrlich, die Stimmung ausgelassen und fröhlich, gewürzt mit dieser so starken Erotik zwischen ihnen. Diesmal hatte er den Palacio de Monserrate auf dem Plan, ein Anwesen, das etwas außerhalb von Sintra lag und Lena schon am Eingang in Begeisterungsrufe ausbrechen ließ.

Der Palast war ein Traum mit seinem wunderschönen Atrium, in dessen Mitte sich ein Alabasterbrunnen in maurisch-andalusischer Tradition befand und der zu allen Seiten von Terrassen umrahmt war, die auf das eigentliche Kunstwerk hinwiesen: den Park. Allein der Baum vor dem Haus war ein ungewöhnlicher Gigant, mit Ästen, so breit, dass man darauf liegen konnte, und umgeben von einer Artenvielfalt, die ihresgleichen suchte.

Mit offenem Mund lief Lena durch diese Pracht, jeder Meter war ein Erlebnis.

»Hat ein Engländer gemacht«, erklärte ihr Matt selbstzufrieden. »Geht gar nicht anders – die Engländer sind die Meister der Gärten und den Einfluss siehst du hier.«

Er hatte recht. Cook, der ehemalige Besitzer des Palacios, hatte zu den ohnehin schon über Tausend einheimischen Pflanzen seltene Bäume und Sträucher aus aller Welt einfliegen lassen. Es gab exotische Baumriesen, knapp dreißig Palmenarten, einen Rosengarten, ein Mexico-Tal, Tränenzypressen aus China, Bunya-Bunya-Bäume aus Australien und blühende Kakteen, die Lena noch nie vorher gesehen hatte. Weiter hinten entdeckten sie einen japanischen Garten, ein ›Tal der Farne‹ in einem eigens angelegten Sumpfgebiet, einen Wasserfall und lauschige Ecken, die zum Verweilen einluden.

Der Park wie das Schloss waren ein gelungener Mix aus maurischen, gotischen und indischen Elementen – eine Kombination, die Lena unglaublich ansprach.

»Wenn du Gärten so magst, musst du unbedingt mal nach England kommen«, sagte Matt. »Gerade in den Cotswolds gibt es ein paar besonders schöne Exemplare.«

»Matt, ich komme vor lauter Aktionen mit dir gar nicht zum Nachdenken«, lächelte Lena. »Dabei ist das doch das eigentliche Ziel meiner Reise.«

»Was hast du als Nächstes vor?«

»Ich muss nach Deutschland zurück wegen einer geschäftlichen Sache.«

»Gehst du dann nach Hause?«

Sie zögerte kurz, dann sagte sie. »Nein. Ich werde bei einem Freund übernachten und dann weiterziehen.«

Matt schwieg. Sie weigerte sich noch immer, über ihr Privatleben zu sprechen, und er wollte nicht nachbohren.

»Was macht eigentlich deine Firma?«, fragte er stattdessen. »Darüber hast du nur wenig erzählt.«

»Ich fürchte, du lachst mich aus, wenn ich dir mehr darüber sage«, murmelte sie und dachte an Max' Reaktion, als sie ihm zum ersten Mal davon berichtet hatte.

»Lena«, hatte der gesagt. »Das ist totaler Quatsch! Wissenschaftlich null bewiesen! Da will nur jemand Geld mit dir machen! Geräte gegen Elektrosmog und Wasseradern! Wenn ich das schon höre!«

Sie wurde nachträglich rot, als sie an die Szene dachte. Für einen guten Start hätte sie Geld gebraucht, eine größere Summe. Zwanzigtausend Euro, um eine attraktive Internetseite aufzubauen, um entsprechend Werbung betreiben zu können ... sie hätte Vollgas geben müssen, um Stand auf dem Markt zu gewinnen.

Sie hatte Max erklärt, dass aus der Sache etwas zu machen sei, wenn man es richtig anpacke ... Aber Max hatte den Wink mit dem Zaunpfahl nicht verstanden oder ihn nicht verstehen wollen. Und ja, letztendlich war es so, dass sie bei ihrem Mann hatte betteln müssen, und das war ein schreckliches Gefühl, weil er ja weder an die Produkte noch an die Branche noch an sie glaubte. Sie war sich megablöd vorgekommen, je mehr er ihr klargemacht hatte, wie fadenscheinig das alles wäre. Es wäre sein hart verdientes Geld, das sie für ein suspektes Geschäft in den Wind schießen wollte!

Schließlich hatte sie ihren gesamten Mut zusammengenommen und ihn doch gefragt. »Ich zahle es dir zurück, wenn das Geschäft läuft«, hatte sie schnell hinzugefügt. »Es macht mir nichts aus, wenn ich die ersten Jahre nichts verdiene.«

»Lena, das ist doch Quatsch! Du wirst nie etwas verdienen! Du wirst ein paar Produkte bei deinen Bekannten verkaufen, die gutgläubig genug sind oder dir halt einen Gefallen tun wollen! Danach verläuft das Ding im Sand. So einfach ist das. Nein, machen wir nicht.«

Kurz danach hatte er auf Anraten seiner Bank dreißigtausend Euro in Aktien investiert, die innerhalb von einem Dreivierteljahr nichts mehr wert gewesen waren.

Lena hatte dazu geschwiegen und zu Max' Erstaunen das Geschäft dennoch begonnen – ohne seine Zustimmung. Doch er hatte sie gerade in der ersten Zeit jeden Tag wissen lassen, was er davon hielt. Gar nichts.

Trotzig hatte sie zehntausend Euro von ihrem eigentlich unantastbaren, einzigen Polster genommen, um das Nötigste zu finanzieren, aber es war eben zu wenig. Der Umsatz war ein wenig gestiegen, aber letztendlich konnte sie nur hie und da ein bisschen Geld reinkleckern, und so lief die Firma denn auch. Es war nichts Halbes und nichts Ganzes, zum Sterben zu viel, zum Leben zu wenig. Schließlich war es so gekommen, wie Max prophezeit hatte: Es kam im Grunde nichts dabei raus. Der Sales-Report blieb im Keller und Lena verzichtete oft genug auf ihren Anteil, um ihn Paul hinzuschieben.

»Warum sollte ich dich auslachen?«, holte Matts Stimme sie wieder in die Gegenwart zurück. »Wie kommst du denn darauf?«

»Weil du Geschäftsmann bist, und erfolgreich noch dazu! Und meine Firma in deinen Augen nur eine mickrige Spielerei mit blödsinnigen Produkten ist, die kaum Umsatz bringen!«

»Aber Lena, wie kannst du denn so was sagen? Schieß los! Ich entscheide dann selbst, was ich davon halte – ich werde dich bestimmt nicht auslachen!«

»Okay«, seufzte sie. »Wenn du wirklich nicht lachst?«

Matt sah sie wieder auf diese zärtliche Art an, nach der sie schon nach diesen wenigen Tagen süchtig geworden war. Noch immer war sie über diese Vertrautheit zwischen ihnen verblüfft, aber gerade an diesem Tag ergab sie sich völlig darin – weil sie wusste, sie hatten nur noch wenige Stunden.

Sie lagen auf dem Bauch im Gras und Lena erklärte ihm die Produkte und deren Wirkung. Matt hörte aufmerksam zu. Er stellte Fragen, wollte wissen, was sie marketingmäßig unternommen hatte, ob es Testberichte und Referenzen gab, und schaute sich auf ihrem Handy die Internetseite an.

»Was ist der Grund, warum du so wenig in Publicity investierst?«, wollte er wissen. »Eure Produkte sind alles andere als schräg. Ihr habt Alleinstellungsmerkmale, die kein anderer Anbieter zu haben scheint, ihr habt sogar physikalische Erklärungen – und nutzt es nicht?«

»Weil es Geld kostet, Matt«, antwortete sie. »Ich meine, ich bin nicht arm«, setzte sie schnell hinzu und wurde rot. »Aber ich bin kein Publicity-Spezialist und offengestanden gehe ich vor der Werbung mit Google und dem Internet in die Knie. Ein Spezialist ist teuer. Natürlich habe ich einen engagiert, aber ich bin eben Laie und kann noch nicht einmal beurteilen, ob er gut war. Ein bisschen was hat sich auch bewegt, nur viel zu wenig. Leider kann ich es mir nicht leisten, einfach etwas auszuprobieren und mal kurz Geld in den Sand zu setzen. Ja, im Grunde fehlt uns Geld für die Werbung, stimmt schon.«

Matt sagte nichts dazu und die Frage, die er im Kopf hatte, konnte Lena spüren. Warum ihr Mann nicht dieses Abenteuer mit ihr ging. Warum sie sagte, sie hätte wenig Geld. Sie hatte ihm erzählt, dass Max gut verdienender Zahnarzt war.

Lena war das unangenehm. Sie wechselte das Thema, steckte das Handy weg und fragte:

»Habe ich noch Gelegenheit, dich zum Essen einzuladen, bevor du gehst? Ein Abschiedsessen?«

»Wird es denn ein Abschiedsessen?«, fragte Matt ernst.

»Für heute. Für Portugal«, erwiderte sie.

Sie schwiegen beide. Zweimal war es Matt gewesen, der die Begegnung zwischen ihnen möglich gemacht hatte. Ein drittes Mal würde er es nicht tun. Das wusste sie. Wenn sie sich nach diesen dreieinhalb Tagen nicht mehr melden würde, war das ihre Antwort. Das wusste er. Sie hatte seine Adresse. Und er noch immer nicht ihre Nummer.

Sie lagen auf dem Gras, Matt blickte gedrückt vor sich hin, zupfte Grashalme, zerrieb sie zwischen seinen Fingern. Sie dachte an gestern, an seine Hand, an das Gefühl, als sie miteinander getanzt hatten, an seine Arme, die sie umschlungen hatten, daran, wie sehr sie sich jeden Morgen darauf freute, ihn zu sehen.

Und sie dachte an Max, ihren Mann, der zu Hause saß und unglücklich war. Der ihr eine – und das konnte sie jetzt erst ermessen – unglaubliche Erlaubnis gegeben hatte.

Sie drehte sich vom Rücken auf die Seite und stützte ihren Kopf in die Hand.

»Matt?«

Er blickte auf.

»Ich glaube, ich sollte mich erst mal komplett zurückziehen. Es wird Zeit, das anzugehen, wofür ich losgezogen bin.«

»Brauchst du Hilfe?«

»Wie meinst du das? Von dir?«

»Nein, dafür wäre ich nicht der Richtige. Aber ich kenne jemanden. Sie heißt Nicole, hat eine lange Ausbildung hinter sich, macht das schon seit über zwanzig Jahren und bearbeitet Themen auf einer sehr tiefen Ebene.«

Elektrisiert richtete sich Lena auf. »Das hört sich grandios an«, sagte sie aufgeregt. »Matt, das ist genau das, was ich suche!«

»Wenn du möchtest, gebe ich dir ihre Kontaktdaten.«

»Ob ich möchte? Klar möchte ich! Am besten gestern statt heute! Wo ist diese Frau?«

Er lachte schon wieder aufgrund ihres Enthusiasmus'. »Sie lebt in Santa Fe in New Mexico und ...«

»Ach herrje! In die Staaten wollte ich nicht unbedingt!«

»Musst du vielleicht auch nicht. Sie stammt aus Berlin und im Frühling und Herbst besucht sie ihre Eltern. Sie ist also Deutsche, damit wäre auch die Verständigung einfacher. Wenn du Glück hast, ist sie noch im Land. Und wenn du besonderes Glück hast, hat sie vielleicht noch einen Termin frei.«

»Berlin«, sagte Lena versonnen. »Warst du deshalb in Berlin, Matt? Weil du mit ihr gearbeitet hast?«

»Genau. Vier Tage lang. Und am vierten bin ich dir begegnet.«

»War es das erste Mal?«

»Dass ich dir begegnet bin? Nein.«

Sie stupste ihn an und lachte. »Ich meine, das erste Mal, dass du so etwas machst!?«

»Auch nein. Ich mache das seit fünfundzwanzig Jahren und bin inzwischen bei Nicole gelandet. Sie ist wirklich kompetent.«

»Wow«, sagte sie. »Kein Wunder, dass du so ausgeglichen und sonnig bist.«

»Aber ... es ist nicht billig«, gab er vorsichtig zu bedenken.

»Egal«, erwiderte sie entschlossen. »Wenn du sie empfehlen kannst, ist mir das jeden Cent wert.«

»Ja, ich empfehle sie sehr. Vielleicht verstehst du dann auch mehr.« Und als sie ihn erstaunt anblickte, setzte er hinzu: »Das mit dir und mir. Und deinem Mann. Und warum ich mich nicht mehr binden wollte, seit meiner Scheidung.«

♪ ♪ ♪

Sie trafen sich für ein letztes Abendessen im Hotel. Matt hatte es sich nicht nehmen lassen, sie einzuladen, und ein vegetarisches Sechs-Gänge-Menü bestellt. Damit der Abend etwas länger werden würde, schmunzelte er, aber seine Augen blickten wehmütig.

Dann schob er ihr eine Adresse über den Tisch.

»Das ist ein Webdesigner, der richtig gute Internetseiten macht und sich auch sonst mit Netzwerken auskennt. Er hat vernünftige Preise. Du kannst ihn ja mal fragen, was es kostet, deine Firmenanzeige in den Suchmaschinen nach oben zu bringen, und eventuell hat er noch den einen oder anderen Tipp für dich.«

»Danke, Matt«, lächelte sie und hielt die Karte an ihr Herz.

Die Unterhaltung floss dahin, mal ernst, mal leicht, Wie immer verflogen die Stunden, wie immer lag dieser Zauber über ihnen, der sie einhüllte, der ein eigenes Universum für sie schuf, in der es nur sie und ihn zu geben schien.

Ein Gang nach dem anderen wurde serviert und beide scheuten sich, auf die Uhr zu sehen. Aber sie konnten die Zeit nicht aufhalten – der Abschied rückte immer näher. Die Küche hatte die Gänge auf Matts Abreisepläne ausgerichtet und schließlich blieben ihnen nur noch fünf Minuten, bis das Taxi ihn zum Flughafen bringen würde.

»Du hast noch immer nicht das blaue Seidenkleid getragen«, stellte Matt fest. »Und weißt du was? Ich bin froh, dass du es noch nicht anhattest – dann bist du mir noch was schuldig.«

Versonnen lächelte sie zurück.

»Ich mag gar nicht glauben, dass du gehen musst, Matt. Die Tage mit dir waren so schön! Jede Minute, jede Sekunde. Ich bin dir so dankbar!«

»Wofür denn«, wehrte er ab.

»Du weißt, wofür. Und das mit Nicole ... irgendetwas sagt mir, dass mich das weiterbringt. Danke, Matt, tausendmal Danke! Du hast mein Leben bereichert, mit deinen Worten, mit allem, was du für mich getan hast, allein damit, dass du da warst!«

»Keine Ursache. Und du fliegst direkt zu Paul?«

»Ja, und dann gleich zu Nicole.«

»Und danach?«

»Das weiß ich noch nicht.«

»Du könntest mich doch in England besuchen!«, schlug er vor. »Ich zeige dir die Cotswolds! Du bräuchtest kein Hotel, nur den Flug. Ich habe eine Ferienwohnung, getrennter Eingang, Küche, Bad ... du hättest alles, was du brauchst.«

»Matt! Bitte!«

Frustriert, weil sie nicht darauf einging, sah er auf die Uhr. Und schon stand der Kellner vor ihnen und teilte ihm mit, dass das Taxi wartete.

Schweigend gingen sie nach draußen. Sein Koffer war schon verstaut, er musste nur noch einsteigen.

»Okay, dann ...« Er drehte sich zu ihr um, schluckte, sagte heiser: Dann wünsche ich dir noch schöne Tage hier in Portugal.«

Lena war zerrissen. Sie wusste, sie durfte nicht so für einen anderen Mann empfinden, den sie so kurz kannte – aber wie sollte sie denn diese Gefühle leugnen? Sein Blick hing an ihr und instinktiv trat sie einen Schritt auf ihn zu.

»Matt«, flüsterte sie. »Ich habe am Anfang dieser drei Tage gesagt, dass ich dir nichts geben kann, dir nichts versprechen kann. Und du mir nichts versprechen sollst.«

Er nickte, senkte den Kopf, wollte etwas erwidern, als sie, fast verzweifelt, weiterredete:

»Ich ... ich habe keine Ahnung, was die Zukunft bringt, Matt, keine Ahnung, was morgen sein wird und ...«

Sein Blick richtete sich voll auf sie. Da kam sie einen weiteren Schritt näher, ganz nah, stand dicht vor ihm, blickte hoch in seine Augen und flüsterte:

»Aber ich kann dich nicht gehen lassen, ohne dir zu sagen, dass ich dich liebe.«

Matt zuckte zusammen, atmete ein, seine Arme schlangen sich um sie, er atmete aus, schmiegte sein Gesicht an das ihre, fühlte sie, roch sie, presste sie noch fester an sich, schloss die Augen, machte sie wieder auf.

Lena drückte sich weg. Ihre Blicke trafen sich. Ihr Gesicht sagte ihm alles.

Er wusste, sie liebte auch ihren Mann.

♫ Open Book ♫

Josè Gonzalez

Max war völlig zerschlagen aus Portugal zurückgekommen. Er schleppte sich zur Arbeit, schleppte sich nach Hause, kümmerte sich um gar nichts und hörte sich die nervigen Beschwerden seiner Mutter an, weil er schon zum dritten Mal das Sonntagsessen absagte.

Er schwankte zwischen Hoffnung und Verzweiflung, aber noch immer hatte die Hoffnung Oberhand, noch immer war er nach wie vor entschlossen, etwas zu ändern.

Seine Termine mit der Clique standen, er hatte schon öfters mit Volker telefoniert und heute seine erste persönliche Verabredung mit ihm.

»Hi, Volker«, sagte er, als der ihm die Tür aufmachte. »Danke, dass ich kommen kann. Ich weiß, dass du mehr auf Lenas Seite stehst.«

Volker lächelte. »In erster Linie stehe ich auf der Seite der Liebe«, antwortete er und zwinkerte Max zu. »Wie geht es dir?«

»Na ja«, antwortete er mit etwas wackliger Stimme und dachte an Portugal. »Fühle mich einigermaßen zermatscht.«

»Oh, Mann, ich kann es so nachfühlen!«

Volkers schlichte Zuneigung tat ihm gut – und sie rührte ihn. Er hatte Tee gemacht, sie saßen im Wohnzimmer auf dem Boden, den Rücken an die Couch gelehnt, sein kleiner Ofen bullerte, es war schwer gemütlich und Max entspannte ein wenig.

»Wie kann ich dir helfen?«, fragte Volker und sah ihn aufmerksam an.

»Indem du mit mir sprichst. Das ist alles, was ich im Moment brauche. Mit mir über Frauen sprechen. Du hattest doch so viele.«

»Na, so viele waren es nicht«, verteidigte sich Volker. »Und wie du siehst, bin ich immer noch allein. Irgendwas mache ich wohl auch falsch, also weiß ich nicht, ob ich der Richtige für so was bin.«

»Bin schon froh, wenn ich überhaupt drüber reden kann.«

»Ja, dann tu dir keinen Zwang an.«

Aber Max tat genau das. Er blieb stumm, weil er keinen Anfang fand und weil es ihm trotz allem peinlich war. Volker half ihm.

»Was hast du denn vor?«

»Ich will sie unbedingt zurück, Volker. Ich lese viel. Ich lese sogar Frauenromane, um herauszufinden, wie Frauen ticken. Aber vor allem lese ich Lenas Bücher. Ich versuche, mich in ihre Welt einzufinden. Ich würde alles tun, um sie wiederzubekommen.«

»Aber das sollte nicht dein Ziel sein. Du solltest alles tun, um glücklich zu sein«, erwiderte Volker. »Das muss vielleicht auch ohne Lena gehen.«

»Sag nicht so was, Volker! Sie ist gerade mal drei Wochen weg! Das heißt noch gar nichts!«

»Ja, stimmt schon, aber ...«

»Was aber?«, fragte Max misstrauisch. »Was weißt du?«

»Gar nichts, Max. Das ›Aber‹ hat sich darauf bezogen, dass keiner den Ausgang der Geschichte kennt.«

»Volker«, brach es da aus Max heraus. »Sie ... sie hat sich von mir einen Freibrief erbeten! Und ich weiß, dass sie jemanden kennengelernt hat. Jemanden, der definitiv hinter ihr her ist! Und der ihr auch nicht gleichgültig ist! Das macht mir höllisch Angst!«

»Kein guter Ratgeber, die Angst«, brummte Volker. »Und ... ähm ... Max, so doof wie sich das jetzt anhört: Am besten, du konfrontierst dich mit dem Schlimmsten: Dass sie dich für den anderen verlässt.«

Max war wie vor den Kopf geschlagen.

»Sag mal, spinnst du? Ich bin hier, damit du mir hilfst, und du knallst mir solche Hämmer an den Latz? Ich will ein Leben mit Lena!«

»Mal langsam, Max. Ich habe nicht gesagt, dass du nicht um sie kämpfen sollst. Aber wenn du diesen Ausgang einkalkulierst, wirst du ruhiger, weil du das Monster anschaust, vor dem du Angst hast. Wenn du sie mental loslässt, kannst du dir dein Inneres anschauen, das, was dich in diese Situation gebracht hat, verstehst du?«

Max rollte gedanklich die Augen nach oben. Er hatte die Ausdrucksweisen dieser für ihn vollkommen blödsinnigen New-Age-Szene noch nie leiden können. Er war auch Lena oft über den

Mund gefahren, wenn sie solche Begriffe in den Mund genommen hatte. Ihre Bücher zu lesen, fiel ihm deshalb verdammt schwer, auch wenn einiges ihn schon zum Nachdenken angeregt hatte. Er biss die Zähne zusammen und kämpfte um Beherrschung. Dachte an das letzte Telefonat mit Lena, das Telefonat, in dem sie gesagt hatte, dass sie ihn liebte. Volker bemerkte seinen Kampf und versuchte es noch einmal:

»Schau, irgendetwas rumort in euch beiden, was euch in diese Situation gebracht hat. Du musst herausfinden, was das bei dir ist. Die Frage ist also: Warum muss Lena tun, was sie tut?«

»Sorry, Volker«, ächzte Max. »Das hört sich dermaßen beknackt an! Ich meine, wenn irgendein Hirni da draußen eine Bombe wirft, dann frage ich mich doch auch nicht, was ich in meinem Inneren habe, dass der Typ so 'ne Scheiße fabriziert!«

Entsetzt bemerkte er, dass er laut und giftig geworden war, obwohl Volker ihm doch zu helfen versuchte.

»So blöd sich das auch anhört – es ist tatsächlich so. Wenn wir Menschen weniger Groll und Wut im Bauch hätten, wenn wir tatsächlich anfangen würden, die Verantwortung für äußere Geschehnisse im Inneren zu suchen, würde es vielleicht weniger Typen geben, die Bomben werfen«, erwiderte Volker unbeeindruckt. »... aber so weit will ich gar nicht gehen. Wir reden über dich und Lena. Ich kann's dir trotzdem nur aus meiner Sichtweise erklären. Wenn du das nicht hören willst, ist auch okay.«

»Nein, schon gut«, murmelte Max resigniert und sah auf die Uhr.

»Hey, Max, wenn du eine Chance auf Glück haben willst ... es muss nicht Lena sein, die dich glücklich macht.«

»Doch, es muss Lena sein. Ich liebe sie. Ich will keine andere Frau!«

Volker seufzte. »Okay, Max, ich sehe, das mit dem Loslassen fällt dir schwer. Fangen wir mit banaleren Dingen an. Warum hältst du sie so kurz, wenn du sie doch so liebst?«

Max wurde rot. »Ich überweise ihr jeden Monat einen stattlichen Betrag«, erklärte er bockig. »Sie kann jederzeit sagen, wenn sie mehr braucht.«

»Aber du zwingst sie, dich fragen zu müssen. Du bestimmst, ob sie Geld bekommt oder nicht. Warum habt ihr kein gemeinsames Konto, wenn du doch eine Gemeinschaft mit ihr willst?«

Max wurde womöglich noch roter. »Ich kenne das eben so! Mein Vater hatte sein Konto, meine Mutter den Haushalt.«

»Aber du weißt, dass Lena es gerne anders hätte – was hält dich ab, es zu tun?«

In Max rumorte es. Es rumorte sehr. Er dachte an die Ehe seiner Eltern und eine Antwort blitzte in ihm auf, zu kurz, um sie fassen zu können. Aber Volker wurde aufmerksam.

»Max?«, hakte er nach. »Das, was du da gerade gedacht hast ... was war das?«

Geschockt blickte Max ihn an. Volkers Sensibilität war ihm zutiefst suspekt. Gleichzeitig wurde ihm bewusst, wie unsensibel er selbst wohl war, und so blieb er stumm, weil der Gedanke, den er gehabt hatte, schlicht schäbig war.

»Komm schon«, forderte Volker ihn auf. »Du hast doch nichts zu verlieren. Ist das deine Methode, deine Frau an dich zu binden? Ein kleines Ego- und Machtproblem? Oder ... um ein bisschen tiefer zu schürfen ... einfach: Angst? Angst, nicht gut genug zu sein? Angst, sie anders nicht halten zu können?«

»So ein Schwachsinn!«, begehrte Max auf. »Es ist einfach Gewohnheit! Meine Eltern haben es so gehalten und meine Mutter hatte kein Problem damit.«

»Da wäre ich mir nicht so sicher. Wenn du deine Mutter anschaust – könnte es sein, dass sie diesen Groll heute noch in sich trägt? Und deswegen diese sexistischen Sätze von sich gibt, weil sie insgeheim Lena kein anderes Leben gönnt, wenn sie es selbst auch nicht hatte?«

Völlig verdattert blickte Max auf Volker, der im Schneidersitz vor ihm saß und in aller Gemütsruhe einen Hammer nach dem anderen herauswarf – und noch nicht fertig damit war: »Und wenn du das Ding zu Ende denkst«, machte er gnadenlos weiter, »dann ist doch im Grunde genau das passiert, was du verhindern wolltest, weil Mentales zu Realem wird: Lena ist gegangen. Du konntest sie nicht halten mit deinem Geld und deinem sozialen Status.«

»Und du glaubst, sie käme wieder, wenn ich ihr freie Hand über unser ganzes Vermögen gäbe?«, fragte Max und merkte, dass er tatsächlich ein Problem damit hatte. Dass er tatsächlich dachte: ›Ich bin es doch, der für das Geld schuftet! Man sieht doch, dass sie das alleine nie hinbekäme! Sie hat keinen Erfolg mit ihrer Firma! Sie würde ohne mich verhungern!‹

»Oh, oh«, machte da Volker. »Alter, echt, sehr unsympathisch das alles, was du da denkst!«

»Scheiße, Mann, wie machst du das?«, platzte Max heraus. »Das wird mir langsam unheimlich!«

Volker lachte. »Hättest dir vorher überlegen sollen, mit wem du es zu tun hast!«

Gut gelaunt schlug er Max auf den Rücken. »Also, leben willst du mit ihr, teilen nicht. Hm, ehrlich, da wäre ich auch auf und davon. Vor allem, wenn man so aussieht wie Lena ... die kann schon noch was reißen!«

Mit Unbehagen dachte Max an Matt Wolters, der so viel mehr hatte, *so viel* mehr! In jeder Hinsicht mehr! Und ohne es wirklich wissen zu können, sah der nicht so aus, als ob er rumgeizen würde. Ihm wurde übel.

»Dann wäre mein Problem gelöst, wenn sie über mein Geld verfügen könnte?«

»Nein, natürlich nicht!«, erwiderte Volker. »Wir decken gerade mal ein Symptom auf. Aber das zeigt dir doch schon mal eine Baustelle in dir: Du hast Angst. Du glaubst im Grunde, nicht gut genug zu sein. Und das wird dir jetzt gespiegelt.«

Ungewollt entfuhr Max ein erstaunter Laut.

»Also, wenn du das ändern willst, musst du an den Ursprung dieser Angst kommen. Insofern ist es super, dass Lena rebelliert, weil es dir hilft, deine alten Muster zu sprengen – das ist das Ziel. Eines, das dich völlig unabhängig vom Ergebnis eurer Ehekrise macht.«

»Echt, Volker, du redest Bullshit!«, fauchte Max genervt. »Ich kann mit diesem esoterischen Kram nichts anfangen!«

»Warum willst du dann Lena zurück? Sie will mit dir auf dieser Ebene reden!«, gab Volker seinerseits ein wenig erbost zurück.

»Dann such dir doch ʼne Frau, die zufrieden damit ist, neben dir dahinzuvegetieren, und Sinnfragen als schwachsinnig abstempelt! Lena hat dich freigegeben, damit du so jemanden finden kannst!«

»Ich will keine andere, verdammt noch mal! Ich will Lena!«, schrie Max unbeherrscht.

»Dann nimm die Situation als das, was sie ist! Als eine Möglichkeit, zu wachsen! Dich mit diesen Dingen zu beschäftigen! Dich selbst zu erforschen! Damit du glücklich wirst!«

»Ich wüsste nicht, wie Spiritualität in meiner Situation helfen soll«, echauffierte sich Max weiter. Er war kurz davor, gegen die Wand zu laufen.

»Sie hilft dir, Dinge auf einer tiefen Ebene zu verstehen! Sie hilft dir, zu erkennen, dass das wahre Glück woanders liegt! Nicht darin, dass deine Frau zurückkommt! Nicht darin, dass du bekommst, was du willst. Und wenn das für dich zu abgehoben ist – wie erwähnt – da draußen laufen zig Frauen herum, die froh wären, einen Mann wie dich zu kriegen! Vielleicht wärst du wirklich mit einer anderen glücklicher? Du siehst gut aus! Du hast Geld! Du hast einen angesehenen Beruf! Und du hast auch einen Freibrief von Lena! Warum nutzt du ihn nicht?«

»Weil ... weil ...« Max kämpfte und brachte kein Wort hervor.

»Weil?« Mit hochgezogenen Augenbrauen sah Volker Max an. »Na, los, trau dich!«

»Volker, weil ... weil ich keine neue Frau mehr kennenlernen kann!«, brach es wütend und verzweifelt aus Max heraus. »Weil ich mit keiner mehr schlafen kann, wenn du verstehst, was ich meine! Und das macht mich so wütend, weil ich weiß, dass Lena sich jetzt einfach jemanden sucht, der sie durchvögelt ... und der ...«

»Stopp, stopp, stopp!«, unterbrach ihn Volker mit gerunzelter Stirn. »Mal langsam, so denkst du über deine Frau?«

»Sie hat gesagt, sie will sehen, was kommt!«, fauchte Max aufgebracht, gefangen in seiner ohnmächtigen Wut. Ohnmächtig, weil sein Körper nicht so reagierte, wie er wollte, weil er zum ersten Mal in seinem Leben machtlos war. Und er war wütend auf Lena, die immer in der Lage war, mit einem Mann zusammen zu sein, einfach, weil Frauen passiv bleiben konnten. Mit einem wilden Blick auf Volker fuhr Max fort:

»Und wie erwähnt, sie hat auch schon jemanden kennengelernt! Das hat sie mir selbst gesagt! Jemanden, der ihr alles bieten kann! Alles, verstehst du? Alles! Und ich? Ich kann nicht einmal mehr mit einer Frau ins Bett!«

Max schnürte es die Luft ab. Seine Augen färbten sich rot. Volker beobachtete ihn mitfühlend.

»Max«, sagte er leise »Da hast du doch den Teufel beim Namen genannt. Heißt das, du willst Lena nur zurück, weil du meinst, eine andere würde dich nicht mehr nehmen?«

»Ja!«, stieß Max hervor, um im nächsten Moment zu rufen: »Nein! Natürlich nicht!«

»Keine gute Intention. Wirklich nicht! Wenn du eine Chance haben willst, kommst du nicht dran vorbei, dich mit dir selbst zu beschäftigen.«

Zutiefst frustriert und wütend starrte Max vor sich hin. Das Gespräch kotzte ihn in hohem Maße an. In so hohem Maße, dass er am liebsten auf und davon wäre. Aber er blieb sitzen. Er spürte, Volker war noch nicht fertig. Und er spürte, er war deswegen so angepisst, weil der Typ mit den langen Haaren da vor ihm erbarmungslos in der Wunde bohrte.

»Zwei Dinge dazu«, erklärte Volker auch penetrant weiter. »Dein Machtproblem. Du willst Macht ausüben, weil dir das deine Eltern so vorgelebt haben. Du machst das über dein Geld. Das Geld ist Lena gerade egal. Sie ist trotzdem weg. Dann haben wir Männer auch Macht, weil wir in die Frauen eindringen können. Das ist bei dir jetzt auch weg. Spannst du langsam was?«

»Hervorragend«, hörte sich Max giften. »Ich spanne, dass irgendein Scheiß-Schicksal mir alles nimmt, was das Leben lebenswert macht!«

»Okay Max, ich mache trotzdem weiter«, seufzte Volker. »Das Zweite: Wie kommst du auf die Idee, dass mit einer Frau zu schlafen nur bedeutet, ihr deinen Pimmel zwischen die Beine zu stecken? Erzähl mir bitte nicht, dass du so fantasielos bist!«

Max drehte fast durch und wurde brandrot. Es war ihm unmöglich, etwas darauf zu antworten.

»Also, ich finde es fantastisch, was dir gerade passiert«, sagte Volker und klang so begeistert, dass Max meinte, er müsse auf der Stelle aufspringen und ihm eine in die Fresse feuern.

»Echt, Volker, nimm's mir nicht übel,« kotzte er. »Aber im Moment glaube ich, dass das das dümmste Gerede ist, was ich jemals gehört habe!«

»Nein, ist es nicht. Du musst dich nur in diese Denkweisen ein wenig hineinfinden. Und wichtig dabei ist die Prämisse, dass es nur einen gibt, der für dein Glück verantwortlich ist: Dich. Und nur dich. Nicht Lena. Du hast doch tausend und eine Möglichkeit, mit ihr zusammen zu sein, im Bett, meine ich. Und dadurch, dass es jetzt bei dir so ist, wie es ist, kannst du doch deiner Fantasie freien Lauf lassen. Endlich! Du hast alle Zeit der Welt, weil du nicht zu früh kommst! Ist doch genial! Das Schicksal ist wirklich intelligent, findest du nicht?«

Volker fand seine eigenen Ausführungen höchst vergnüglich und steigerte sich hinein, was Max an den Rand seiner Beherrschung trieb.

»Mannsein ist so viel mehr, Max, so viel mehr! Und Liebe ist auch so viel mehr, als du ahnst. Der Akt selbst ist doch das Billigste daran. Das kannst du jetzt entdecken! Du hast die Wahl: Du kannst die Situation verteufeln, Pillen schlucken und krampfhaft versuchen, einen Zustand wiederherzustellen, der dich doch eigentlich erst in diese Situation gebracht hat. Oder du erkennst, dass das jetzt die Chance schlechthin ist und der Aufruf, andere Wege zu gehen. Was hört sich intelligenter an?«

Max schwieg verbissen. Er wusste, Volker hatte recht. Das war ja das Schlimme.

»Hey, Max«, sagte Volker. »Lass Lena erst mal los. Du darfst dich jetzt nicht um sie kümmern. Du musst dich um *dich* kümmern. Du musst erst die Blöcke in dir lösen, bevor du wieder was mit ihr startest. Wieso sollte sie denn zurückkommen, wenn alles so bleibt, wie es war?«

Demoralisiert stierte Max ihn an. Er hatte einfach Angst, dass es zu spät sein könnte, wenn er die Dinge laufen ließ. Aber Volker war unendlich geduldig mit ihm.

»Schau, Max, das eigentliche Ziel für uns Menschen ist doch, glücklich zu sein. Du sagst, du liest Lenas Bücher, darin steht ganz sicher, dass es ein unabhängiges Glück gibt. Ein Glück, das in dir drin und das jederzeit abrufbar ist. Ich weiß, es hört sich total bescheuert an, aber in dir ist eine riesige Quelle an Liebe und Glück. Wenn du das nur mal für möglich erachtest, hast du den ersten und wichtigsten Schritt getan.«

Max seufzte. Das war alles so anders als das, was er hatte hören wollen. Er hatte mit Volkers Hilfe einen Plan entwickeln wollen, um Lena zurückzubekommen, aber dieses Gelaber hier war ihm zutiefst zuwider.

»Okay«, sagte er gottergeben und in der Hoffnung, Volker gebe dann endlich Ruhe. »Ich habe ein unendliches Glücks- und Liebespotenzial in mir drin ... und weiter?«

Volker sah ihn skeptisch an, aber er fuhr fort. Selbst Max bewunderte ihn in diesen Sekunden für seine Geduld.

»Das Nächste ist, dass alles, was in deinem Leben passiert, dazu dient, dieses Potenzial zu entdecken«, erklärte er weiter. »Kannst du dir vorstellen, dass etwas in dir deine momentane Situation kreiert hat, damit du genau das erreichst? Dass alle Situationen im Leben im Grunde nur auf dieses Ziel ausgerichtet sind? Denn wenn du das finden würdest – die Liebe zu dir, zu Max, zu dem in dir, was dich überhaupt Max sein lässt, wärst du glücklich – egal, wie es im Außen gerade aussieht. Du wärst frei.«

»Diese Liebe hört sich so unpersönlich an«, murmelte Max erschlagen. »Diese blöde, universelle Liebe, von der ihr dauernd redet. Und dieses ›Sich-Selbst-Lieben‹ klingt so egoistisch, weil es doch so schön ist, wenn du einen anderen lieben kannst, und weil es so schön ist, geliebt zu werden.«

Es fiel ihm schwer, in diese Gedanken zu tauchen, und doch brachten sie etwas in ihm zum Klingen.

Volker lächelte warm. »Ja«, sagte er. »Das ist wahr. Aber im Grunde kannst du einen anderen nur dann lieben, wenn du dich selbst liebst. Es ist kein Egoismus, sich selbst zu lieben. Es ist Egoismus, Liebe vom anderen zu fordern. Liebe ist eine Einbahnstraße, sie fließt immer nur von innen nach außen. Und wenn du sie im Außen suchst, tut es weh. Früher oder später.«

»Ich will Lena trotzdem wieder«, beharrte Max.

»Verstehe ich doch, Alter. Das eine schließt das andere doch nicht aus. Im Gegenteil. Du solltest nur endlich die Botschaft dahinter sehen. Es geht immer nur darum, sich selbst zu finden. Immer. Daran kommt keiner vorbei.«

Volker blieb dran, erklärte ihm so vieles, redete offen mit Max über Sex und empfahl ihm am Schluss eine Internetseite. Max traute seinen Augen kaum.

»Sexspielzeug?«, krächzte er. »Das ist doch pervers!«

Er fiel um, als er sah, was es da alles gab, mit dem sich eine Frau beglücken konnte, und war vollkommen überfordert – vom Gespräch wie von der ungewohnten Palette, die sich da vor ihm ausbreitete.

Aber er war bereit, sich darauf einzulassen. Er war zu so vielem bereit.

Obwohl das Gespräch überhaupt nicht so verlaufen war, wie er sich das vorgestellt hatte, hatte ihm Volker einen gehörigen Schubs verpasst. Vor allem weil er nicht gelacht und ihn bemitleidet hatte, als er das mit der Erektionsstörung erfahren hatte.

Sie vereinbarten weitere Termine, Volker drückte ihm noch einen Zettel in die Hand, und als er nach Hause ging, war Max fest entschlossen, diesen Weg weiterzugehen, auch, wenn er hart war. Trotz allem fühlte er sich besser.

Er machte sich eine Tasse Tee und nahm sich den Zettel von Volker vor. Es war ein Spruch aus dem Tao-Te-Ching:

Obwohl sie zum ganzen Universum wird,
verliert sie nie ihre makellose Reinheit.
Obwohl sie zahlreiche Formen annimmt,
bleibt ihre Identität unversehrt.
Was wir auch sehen oder nicht sehen,
was auch immer existiert oder nicht existiert,

ist nichts anderes als das Spiel dieser höchsten Kraft ...
Lausche ihrer Stimme,
höre sie durch die ganze Schöpfung widerhallen.
Unfehlbar enthüllt sie ihre Gegenwart,
unfehlbar führt sie uns zu unserer eigenen Vollkommenheit.

Nachdenklich betrachtete er die Zeilen. Irgendwie verstand er, was sie ihm sagen wollten. Tief innen wusste er auch, worauf Volker hinauswollte. Und doch. Es war nicht leicht. Mit einem Seufzer legte er das Blatt zur Seite.

Und hatte ein wenig Bammel vor seinem nächsten Anruf.

♫ ♫ ♫

»Was willst du denn schon wieder?«
»Mit euch reden?«
»Britta, gib mir mal den Hörer, na los!«
Anke übernahm und Max war erleichtert.
»Hallo Max«, sagte sie herzlich. »Wie geht es dir?«
»Geht so. Ich wollte fragen, ob ich mal bei euch vorbeikommen könnte ...?«
»Wehe, du versuchst zu spionieren!«, hörte er Britta im Hintergrund drohen.
»Klar, kannst du. Jederzeit«, antwortete Anke.
»Aber lass deine Macho-Ansichten zu Hause!«, schrie Britta und Max seufzte. Das konnte ja heiter werden.

♫ ♫ ♫

Entsprechend skeptisch stand er ein paar Tage später vor Brittas und Ankes kleinem Reihenhäuschen. Er kalkulierte fest die Möglichkeit ein, dass Britta mit einer Axt hinter der Tür stand.

Gottlob war es Anke, die ihm die Tür öffnete, ihn hereinbat und ihre Augen vielsagend nach hinten rollte, als Warnung, dass eine kampfbereite Britta im Wohnzimmer wartete.

»Möchtest du was trinken?«, fragte sie freundlich.

Max bat um Wasser und Anke ging in die Küche. Währenddessen stand er mit Britta im Wohnzimmer. Sie funkelte ihn an.

»Dass du dich das traust!«, griff sie ihn auch gleich an. »Du weißt doch, auf welcher Seite wir stehen!«

»Ja, weiß ich«, sagte Max. »Deshalb bin ich ja hier.«

»Weil du uns umpolen willst? Da bist du aber an der falschen Adresse!«

»Fahr runter, Britta«, hakte Anke ein, die mit Gläsern und einer Flasche Wasser ins Zimmer gekommen war. »Lass ihn doch erst mal sagen, was er zu sagen hat.« Und zu Max gewandt: »Setz dich doch!«

Er setzte sich. Britta setzte sich. Anke setzte sich.

Stumm schenkte sie Wasser ein. Niemand sagte etwas. Die Stimmung war explosiv, Max fand keinen Anfang, das Schweigen dehnte sich aus. Fragend sahen sich die beiden Frauen an und richteten dann den Blick auffordernd auf Max.

»Na, los!«, sagte Anke.

»Okay«, räusperte er sich. »Ich hätte mehrere Punkte.«

Brittas Augenbrauen schoben sich schon an dieser Stelle misstrauisch aneinander und Max war unwillkürlich genervt von ihrem Getue. Aber er schluckte das hinunter und wandte sich an Anke.

»Ihr könnt euch vorstellen, dass die Situation nicht leicht für mich ist ... ich meine, ich kenne Lena, sie ist oft so verdreht und sie war noch nie allein im Ausland. Ich mache mir Sorgen und ...«

»No way, wir verraten gar nichts!«, fuhr ihm Britta, sofort energisch dazwischen, sprang auf und stellte sich breitbeinig vor ihn hin. »Ich hab's gewusst! Du willst uns nur ausquetschen! Du Macho! Du Generationen-Verschlepper, du ...!«

»Jetzt mach mal halblang, Britta«, schnaubte Max genervt. »Ich beschimpfe dich ja auch nicht als Emanze – obwohl du eine bist! Eine gewaltige! Und eine von der unsympathischen Sorte!«

»Das kann nur einer sagen, der in der Vorkriegsgeneration hängen geblieben ist und der klassischen Rollenverteilung frönt!«, hetzte Britta.

»Ich sag dir mal was von klassischer Rollenverteilung!«, schoss Max hitzig zurück. »Die habt ihr zwei auch! Bei euch spielt auch einer den Mann! Erzähl mir doch nichts! Und das ist sogar so eindeutig, dass jeder weiß, dass du den Mann mimst und sie die Frau!«

Mit dem Kopf nickte er zu Anke.

»Ich mime keine Frau, ich bin eine«, stellte Anke ungerührt fest. »Und ich bin gern eine Frau. Aber ich will eben nicht von einem Mann gef...«

Sie verstummte und wurde rot.

»Aber von einer, die so tut, als sei sie einer! Verstehe ich nicht!«, rief Max. »Die sich ein Plastikteil umbindet, nur weil ihr Männer verachtet!«

»Wir verachten keine Männer, wir lieben uns und ...«

»Ja, fein, wenn ihr euch liebt, ist ja alles okay! Aber lasst uns Männer in Frieden! Wir haben genug an der Backe!«

Die Brühe war jetzt schon verschüttet, aber Max wollte weitermachen, weil er auf einen von Brittas informativen Wutanfällen hoffte.

»Oh, mein Gott, ich wusste es, er ist für das alte Rollen-Tatü-Tata«, ereiferte sie sich auch schon. »Kein Wunder, dass Lena weg ist, wenn du sie so behandelst wie deine Mutter! Bäh! Da kommt mir ja das Kotzen!«

»Und du meinst, das bringt dich weiter, wenn du so tust, als seist du ein Mann? Du hast trotzdem keinen Penis zwischen den Beinen!«

»Nein, ich will nur so bezahlt werden, wie einer, der einen Penis zwischen den Beinen hat«, fauchte Britta. »Das ist Emanzipation, mein Guter. Ansonsten bin ich ganz glücklich mit meiner Vagina.«

208

»Leute, Leute, Leute!«, schob sich Anke beunruhigt dazwischen. »Ihr fahrt jetzt mal beide runter, okay? Das wird sonst nichts hier.« Entschlossen stand sie auf, ging an den Barschrank, holte drei Shotgläser raus und goss sie voll.

»Los! Trinkt das!«, befahl sie, als sei es Medizin. »Dann seid ihr wenigstens ein wenig lockerer!«

Max schüttete das Zeug so schnell hinter die Binde, dass beide Frauen ihn erstaunt ansahen und sich dann einen besorgten Blick zuwarfen.

»Ich hab' echt Angst vor dir«, sagte er dann zu Britta und hielt Anke das Glas hin, um es noch mal vollschenken zu lassen. »Am Ende kommst du mit 'ner Keule und haust mir den Schädel ein. Genauso siehst du nämlich aus!«

»Ja, verdammt, die Vermutung ist schon mal nicht schlecht«, verkündete Britta befriedigt. »Und nun erklär' endlich, warum du hier bist!«

»Aber eines muss klar sein«, mischte sich Anke wieder ein. »Wo Lena ist, verraten wir nicht.«

»Ja, ist ja gut«, erwiderte Max. Er betrachtete den Shot, setzte an und kippte den Inhalt erneut mit einem Ruck nach hinten. »Wäh!«, machte er und schüttelte sich.

Wieder sahen sich Britta und Anke verwundert an. Max vertrug kaum Alkohol. Und dass er Schnaps verabscheute, war hinreichend bekannt. Doch mit Todesverachtung hielt er Anke das dritte Mal das Glas hin. Sie sah auf die Flasche, dann auf ihn.

»Nein, Max«, sagte sie und nahm ihm das Glas ab. »Das reicht. Es fängt ja gerade erst an zu wirken. Scheint dich ziemlich Mut zu kosten, was du sagen willst.«

»Ja«, bestätigte Max unglücklich und bekam Schluckauf. »Es kostet mich Mut. Sehr sogar.«

»Okay. Schieß los. Warum wolltest du uns sprechen?«

»Weil … weil ihr Frauen seid«, stieß er so schnell hervor, als hätte er keine Zeit. »Weil ihr miteinander schlaft. Weil ihr Sex miteinander macht ohne einen Mann, der einen Pimmel hat … ich meine, ihr braucht irgendwie keinen und habt trotzdem Spaß … also, da … weil … wie gesagt … ich …«

Er brach ab und starrte nach unten. Sein Kopf begann sich zu drehen und er fand kein einziges Wort darin, das ihm weiterhelfen konnte. Er hatte nicht viel gegessen und der Alk kreiste in seinem Blut. Verständnislos beobachteten ihn Anke und Britta.

Max nahm allen Mut zusammen und hob seinen Blick. »Versteht ihr?«, fragte er und seine Stimme wankte. Ob das allerdings vom Alkohol kam, wussten sie gerade nicht, denn mit seinen nächsten Worten hätte wohl auch eine nicht alkoholisierte Stimme gewankt.

»Weil ihr Frauen seid ...«, versuchte er es wieder, »... und ich im Grunde keine Ahnung von Frauen habe, dachte ich ... dachte ich ... ich meine ... fuck ... ich dachte ...« Er verstummte wieder, mit hochrotem Kopf, fuhr sich durchs Haar und wagte kaum, den Blick zu heben.

»Was dachtest du?«, half ihm Anke und ihre Stimme klang weich. Selbst Brittas Augen hatten sich aufgrund Max' jämmerlichen Gestammel und seinem inneren Kampf vor Mitgefühl verdunkelt und jede Aggression war von ihr gewichen. Gespannt beugten sich beide zu ihm vor.

»Na ja«, begann Max von neuem und schwitzte unsäglich. Seine blauen Augen schwammen in Qual und Brittas Gesicht zerfiel vor Mitleid.

»Weil ihr doch ... also ich dachte ... ich meine, ihr seid Fffrauen ...« Jetzt lallte er schon und er hatte das Empfinden, sein Hirn bestünde nur noch aus Brei. »Ihr seid Fffrauen«, setzte er nach. »Und ich ja von Fffrauen nich' viel weiß ... Und ihr ja Fffrauen seid ... versteht ihr?«

»Das hast du schon gesagt«, hakte Anke sanft ein. »Wir sind Frauen. Und weiter?«

»Vielleicht ... könnt ihr mir ja sagen, wie das geht, ... eine Frau lieb zu haben«, flüsterte Max. »Ich hab' mir Bücher gekauft, wisst ihr ... aber die sind so ... so ... ich weiß nich' ... so technisch ... die meisten find ich sogar eklig. Und wisst ihr ... bin ja aus 'ner andern Generation ... 'ner ganz anderen Generasion ...« Er schluckte, stieß auf, der Alk war in seinem Kopf. »Schuldigung«, lallte er. »Aber, weil ich das eben alles nicht weiß ... es iss' so ... es iss' nun mal so ... ich hatte grade mal swei Ffffrauen in meim Leben ... waren nur swei ... wisst ihr ... Und ihr ... könnt mir doch sagen, was ihr so mögt ... was euch anmacht ... wie das geht ... im Bett und so ... Nachhilfe eben ... Gott verdammich!«, stieß er dann verschwitzt, verzweifelt und mit Blick auf die Schnapsflasche hervor: »Das Zeuch issdie Hölle!«

Dann verstummte er, blutrot im Gesicht, und duckte sich unwillkürlich, als rechne er damit, dass Britta nun endgültig ihre Streitaxt herausholte.

Aber bewegtes Schweigen füllte den Raum. Als er aufsah, bemerkte er zu seinem Erstaunen, dass Anke die Tränen liefen, und in der nächsten Sekunde fiel ihm die große Britta um den Hals und schluchzte:

»Ach, Max, Mäxchen, mein Süßer, du bist ja so süß ...! Du bist so süß! Wer hätte gedacht, dass du so süß bist! Ich nehme alles zurück! Alles! Und Lena geht es gut! Du musst dir keine Sorgen machen! Sie ist in Portugal, in Cascais!«

»Britta!«, zischte Anke.

»Ach, fuck!«, rief Britta. »Das muss er doch wissen! Siehst du nicht – der Mann leidet! Er macht sich Sorgen!«

Dann brach sie in Tränen aus und Max verstand die Welt nicht mehr.

♫ Move ♫
Enya Haas

Lena vermisste Matt und war doch froh, wieder für sich zu sein, weil alles so durcheinander war. Und plötzlich lief auch die Zeit davon. Sie hatte noch zweieinhalb Tage in Portugal, würde zwei Nächte bei Paul sein und dann nach Berlin zu Nicole fahren.

Das Wetter in Cascais war nach wie vor ein idealer Mix aus Sonne, Wolken, Wind und angenehmen fünfundzwanzig Grad. Sie lag am Strand, das iPad in der Hand und ging, angestachelt durch Matts Worte, die Website durch. Sie überprüfte die Angebotspalette, verglich ihre Seite mit Konkurrenten und stellte fest: Sie hatten weniger Referenzen, weniger wirksame und schon gar nicht wissenschaftlich untermauerte Produkte, aber einen besseren Internetauftritt.

Als sie den Laden mit übernommen hatte, hatte Paul gerade mal drei Artikel im Sortiment gehabt – nun waren es auf ihr Drängen hin fünfzehn. Fünfzehn brauchbare, praktische Dinge, die man mühelos in den Alltag integrieren konnte. Mit jedem Produktlaunch war ein Umsatzschub einhergegangen, aber immer nur kurz, danach war die Firma wieder in der Versenkung verschwunden. Sie hatte darauf gehofft, dass positive Kunden neue Käufer anziehen würden, aber trotz der begeisterten Referenzen hatten sich die Kunden nicht multipliziert. Sie begriff: Positive Kunden hatten zwar einen Effekt, gutes Marketing aber umso mehr.

Nun hatte sie erneut der Ehrgeiz gepackt und sie beschloss, noch einmal in die Website zu investieren, arbeitete neue Artikelbeschreibungen aus, sammelte Ideen für weitere Produkte, stöberte im Netz nach Impulsen und machte eine Liste von Gesundheitsmagazinen, Zeitschriften und sonstigen Printmedien, in denen sie einen Artikel oder eine Anzeige platzieren konnte, und kalkulierte die Kosten.

Der erste Tag ohne Matt verflog und sie saß nachts noch immer und rechnete. Dann fiel ihr ein, dass sie Trixi Bescheid geben musste, und rief den Messenger auf:

»Hi, Trixi, hab jemanden gefunden! Musst dich nicht mehr bemühen! Trotzdem danke!«

Sie schickte es ab und hatte fünf Minuten später schon eine Antwort.

»Wen denn?«

»Ich kenne sie noch nicht. Eine Frau namens Nicole aus Santa Fe.«

»Du fliegst in die Staaten?«

»Nein, sie ist dankenswerterweise in Deutschland. Apropos: Es ist kurz vor Mitternacht ... du bist noch auf?«

»Ja, kann nicht schlafen. Du bist ja auch noch auf. Warst du aus? Mit deinem Bekannten?«

»Nein, der ist weg. Bin den ganzen Tag schon am Rechnen ... Paul hat ein neues Produkt und ich kalkuliere gerade alles neu.«

»Wer ist Paul?«

»Ach, das habe ich dir noch gar nicht erzählt! Wollte ich ohnehin mit dir besprechen, vielleicht hast du Lust, mit an Bord zu kommen?«

In kurzen Worten beschrieb Lena ihrer alten Freundin, was sie machte.

Trixi schien begeistert.

»Ich werde noch mal in die Tasche greifen und die Internetseite aufhübschen«, erklärte Lena ihr gerade.

»Die Jetzige sieht doch nicht schlecht aus.«

»Ja, aber es reicht nicht. Ich muss Geld verdienen.«

»Heißt das, du hast dich entschlossen, nicht zurückzugehen?«

»Ich habe mich lediglich dazu entschlossen, kein Geld von Max zu nehmen. Ich habe keine Ahnung, was die Zukunft bringt, Trixi. Wenn meine Reserven aufgebraucht sind, was mache ich dann? Der Grafiker reißt mir bestimmt auch ein gewaltiges Loch in mein Polster.«

♪ ♪ ♪

Es war, als hätte Matt ihr mit seinen kleinen, positiven Bemerkungen Leben und Tatkraft eingehaucht. Auch am zweiten Tag saß sie in der Bar, am Strand, im Hotel und plante. Plötzlich sah sie neue Möglichkeiten, erkannte sie ungenutztes Potenzial und das beflügelte sie ungemein.

Am Nachmittag telefonierte sie mit Matts Empfehlung.

»Ja«, sagte der, »hört sich nicht sehr kompliziert an. Kann ich nebenbei machen, gar kein Problem. Schicken Sie mir mal Ihre Quelldateien, ich schau mir die Homepage an und mache Ihnen einen Kostenvoranschlag.«

Lena war begeistert. Der Mann war nett und so unbürokratisch! Ganz anders als der Typ, den sie vorher konsultiert hatte, und bei dem sie nie den Verdacht losgeworden war, dass er ihr Geld nahm und lange nicht so kompetent war, wie er vorgab.

Sie schickte Matt eine Nachricht: »Deine Empfehlung ist super! Hab den Mann heute kontaktiert! Tausend Dank!«

Damit hatte er ihre Nummer.

Fünf Minuten später hatte er schon zurückgeschrieben.

»Danke für deine Nummer, Lena! Ich freue mich! Viel Erfolg – und viele Erkenntnisse in Berlin!«

Ein fröhlicher Smiley folgte. Sie beherrschte sich, nicht gleich zu antworten – es wäre ganz sicher in einen Chat ausgeartet, aber sie wollte weiterarbeiten und fühlte, dass ein wenig Abstand ganz guttat.

Dann packte sie und flog nach Deutschland.

Mit etwas schlechtem Gewissen dachte sie daran, dass sie sich auch bei Max melden müsste. Und bei Marie und Johannes, mit denen sie bislang nur allgemein über WhatsApp in Verbindung gestanden war.

Als sie gelandet war, sandte sie eine Message an Max:

»Hi, Max, hoffe, es geht dir gut. Ich denke an dich. Oft.«

♫ ♫ ♫

Max hatte sich wieder ein wenig gefangen, aber es fiel ihm schwer. Verdammt schwer. Die Portugalszenen nagten an ihm. Es war nun das zweite Mal, dass er einen Versuch gestartet hatte, mit Lena zu sprechen – und zweimal war er auf die ganz fiese Tour in die Jauche gefallen. Zweimal war er auf Matt Wolters gestoßen.

Er musste arbeiten, er musste funktionieren – was ihm ebenso schwerfiel, und doch hatte ihn die Hoffnung noch nicht ganz verlassen. Die Gespräche mit Volker – inzwischen hatte er das dritte hinter sich – das Erlebnis mit Britta und Anke, die Termine, die mit ihnen anstanden, die Bücher, die er hartnäckig las und auch die kleine Message von Lena, hielten ihn über Wasser, ließen ihn die Zuversicht nicht ganz verlieren.

Marie schickte über den Family-Account eine Nachricht, dass sie demnächst kommen wolle. Lena hatte schon darauf geantwortet.

»Bin leider nicht da, Marie, bin geschäftlich unterwegs. Wie lange bleibst du?«

»Ich wollte eine ganze Woche bleiben!«

»Wie schade. Da werden wir uns wohl diesmal nicht sehen.«

»Was? Wo bist du denn?«

»In Berlin. Ich mache ein Seminar. Tut mir leid, Schätzchen, ich hätte dich so gern getroffen, aber das kann ich nicht canceln.«

Marie antwortete nicht mehr darauf – vielleicht war sie ja beleidigt.

Max schrieb seiner Tochter, dass er da sei und sie gerne kommen könne.

»Ja, aber ich muss lernen«, verkündete sie wie so oft. »Und ich dachte, Mama kann mir wenigstens die Wäsche machen und das Kochen abnehmen!«

»Wir können doch essen gehen«, schlug Max vor.

»Das kostet zu viel Zeit!«

»Dann bestellen wir halt was. Geht auch mal.«

♫ ♫ ♫

Als Lena nach drei Wochen wieder heimatliche Gefilde erreichte, kam es ihr vor, als tauche sie in eine andere Welt.

Sie war doch erst seit kurzem weg und doch erschien ihr das alles anders. Die vertraute Gegend löste mehr in ihr aus, als ihr lieb war und als sie durch ihre Stadt kam, ergriff sie wilde Sehnsucht nach ihrer Familie. Sie fuhr an ihrem Haus vorbei und fragte sich, wie es wohl drinnen aussah. Wo Max wohl gerade war. Was er machte. Was er dachte. Wie es ihm ging. Welcher Ausdruck in seinen so schönen blauen Augen war.

Und mit einem Mal schwappte die Liebe für ihn und ihre Familie in einer so überdimensionalen Welle nach oben, dass sie anhalten musste und ihr die Tränen liefen. Oh, sie vermisste sie! Sie vermisste sie so sehr! Und Matt ... mein Gott, Matt, den vermisste sie auch! Herrgott, was sollte das nur werden? Was hatte sie da nur angezettelt?

Sie brannte auf Berlin – und hoffte dort auf ihre Katharsis. Vorher wollte sie nicht reden. Dazu fühlte sie sich nicht bereit.

Sie bezog ihr Gästebett bei Paul, berichtete von ihren Neuigkeiten, und besah sich das neue Produkt. Zu ihrer Freude erfüllte es diesmal viele Anforderungen, die sie bei so manchen Teilen vorher vermisst hatte. Es war klein, handlich, sah stylish aus und lag überdies in einem guten Preisleistungsverhältnis, was eine höhere Gewinnmarge bedeutete.

»Ein klasse Teil«, freute sich Lena und wog das Gerät in der Hand. »Damit haben wir echte Chancen am Markt!«

»Ja, glaube ich auch«, sagte Paul zufrieden. »Die letzten Tests laufen, dann kannst du es auf die Homepage setzen.«

Der Grafiker war der Hammer. Er hatte einen Kostenvoranschlag geschickt, der Lena nicht eine Sekunde zögern ließ, und er arbeitete so schnell und effizient, dass sie gar nicht glauben konnte, dass er sich nur nebenher um ihr Anliegen kümmerte. Sie fotografierte noch einmal alle Produkte, scannte die Testberichte ein und schickte ihm alles.

»Geben Sie mir eine knappe Woche«, sagte er, »dann habe ich alles verlinkt und Sie können Ihr neues Produkt launchen. Ich lege die Website für drei Tage lahm, danach müsste sie wieder funktionieren.

»Passt hervorragend«, freute sich Lena. »Ich bin die nächsten Tage ohnehin nicht da und wenn ich wiederkomme, können wir starten.«

»Wie viele Artikel hast du auf Lager?«, fragte sie Paul, angestachelt durch die ganzen Aktivitäten. »Und wie schnell kannst du produzieren?«

»Keine Sorge«, sagte Paul augenzwinkernd. »So schnell werden die Preußen ja nicht schießen.«

♫ ♫ ♫

Am nächsten Morgen rief Volker sie an.

»Lena«, sagte Volker. »Ich weiß, du bist noch nicht so lange weg. Aber Max ist im Prozess ... irgendwie auf einem guten Weg. Ich will nicht allzu viel sagen, aber es tut sich so viel bei ihm. Ich glaube, ihr solltet reden.«

»Ja, okay, mache ich. Aber erst nach Berlin, Volker.«

Sie wollte sich eigentlich noch mit Julia treffen, aber dazu war tatsächlich keine Zeit. Einen Tag später saß sie schon wieder im Auto und fuhr Richtung Berlin. Dorthin, wo alles begonnen hatte.

♩ ♩ ♩

Max wusste, dass Lena in seiner Nähe war, aber er wollte sie nicht anrufen. Er hoffte, dass sie es tun würde. Aber nun war schon ein Tag vergangen und außer der kleinen Nachricht auf WhatsApp hatte sie nichts von sich hören lassen. Er war enttäuscht. Und unruhig.

Er traf sich mit Julia, die vorgeschlagen hatte, einen Waldspaziergang zu machen.

Julia erschrak, als sie ihn sah.

»Mann, Max, das mit dem Spaziergang war eine gute Idee, wann bist du denn zuletzt an der frischen Luft gewesen?«

Max dachte an Portugal. »Gar nicht so lange her«, grinste er schief. Ihr Gesichtsausdruck änderte sich von verhalten auf mitfühlend.

»Was wärt ihr Männer nur ohne uns Frauen«, seufzte sie. »Ihr könnt noch nicht mal für eure eigene Gesundheit sorgen!« Sie entschärfte den Satz mit einem Lachen, aber Max spürte den Ernst dahinter.

»Julia, kann ich offen sein?«, fragte er.

»Klar, dafür laufen wir«, erwiderte sie. »Ich kann dir nur nicht versprechen, ob ich alle Fragen beantworten kann.«

»Nein, ich will nicht wissen, wo Lena ist«, nahm Max vorweg. »Ich habe ein paar intime Fragen. Was weißt du über mich und Lena?«

»Viel«, antwortete sie ernst. »So viel, dass du dir keine Hemmungen antun musst. Und beruhigt sein kannst – ich bin die Einzige.«

»Okay, ja, das beruhigt mich wirklich«, sagte Max. »Wobei – Volker weiß es jetzt auch. Ist trotzdem nicht so leicht, drüber zu sprechen.«

»Tja, das denken die meisten. Ist aber falsch.«

»Wie meinst du das? Würde es dir nichts ausmachen, wenn dein Mann nicht mehr mit dir schlafen würde?«

»Nein«, sagte Julia so spontan, dass Max sie verblüfft ansah.

»Nicht?«

»Nein«, erwiderte sie und presste die Lippen zusammen. »Ganz ehrlich, ich wäre so erleichtert.«

Max war schockiert. »Aber Julia«, sagte er. »Vielleicht sagst du das nur, weil ... weil du es dir andersrum nicht vorstellen kannst. Vielleicht würde dir dann doch was fehlen!«

»Nein«, antwortete sie wieder impulsiv und marschierte mit so großen Schritten vorwärts, dass Max kaum hinterherkam. »Du kannst dir nicht vorstellen, wie das ist, wenn du dauernd nur herhalten musst.«

»Aber warum sagst du nicht Nein?«, fragte Max und wand sich innerlich, weil er sich an die Zeit erinnerte, in der Lena auch nicht gewollt hatte und ihr das Argument, sich nicht wohlzufühlen oder eben einfach keine Lust zu haben, auch nicht immer genutzt hatte. Er wusste genau, wie Ralf sich fühlte. Und er wusste aber leider inzwischen auch, wie Julia sich fühlen musste. »Hast du mit ihm darüber geredet?«

»Natürlich. Das tun wir gerade dauernd. Ich habe aber nicht das Gefühl, dass er wirklich versteht, was ich meine.«

Wieder wand sich Max – er hatte es auch nicht verstehen wollen.

»Hast du dann Ähnliches vor wie Lena?«, fragte er.

»Ich habe große Lust dazu.«

Max schwieg. Er wusste nicht, wie er weitermachen sollte. Stumm liefen sie eine Weile nebeneinander her.

»Max«, sagte Julia schließlich. »Warum wolltest du dich mit mir treffen?«

»Weil ich wissen will, wie Frauen denken«, erwiderte Max. »Weil ich meine Frau verstehen will. Und du ihre beste Freundin bist. Vielleicht kannst du mir Dinge klarmachen, die ich vorher nicht begriffen habe. Oder nicht begreifen wollte – so wie Ralf.«

Überrascht sah Julia ihn an. »Wow, Max!«, entfuhr es ihr leise. »Das hört sich ... das hört sich schön an. Total schön. Dafür könnte ich dich küssen!«

Max wurde tatsächlich rot vor Freude. »Wirklich?«, fragte er.

»Weißt du, ich tue alles, damit ich ihr wieder nah sein kann, verstehst du? Damit ich weiß, was sie glücklich macht.«

»Aber Max«, sagte Julia und lächelte warm. »Vielleicht steckst du in dieser Situation, damit du lernst, wie *du* glücklich wirst? Bist du wirklich der Meinung, du könntest einen anderen Menschen glücklich machen? Niemand ist für das Glück eines anderen verantwortlich. Und auch nicht für dessen Unglück.«

»Ja, aber ... wie verbindest du das mit deiner Situation?«, fragte Max verwirrt. »Du bist nicht glücklich, wenn ich das so mitbekomme. Und ...«

»Ja, das stimmt«, sagte sie. »Aber ich muss selbst herausfinden, was ich für mein Glück brauche. Wenn ich der Meinung wäre, Ralf müsste mich glücklich machen, oder ich ihn, kann das nur schiefgehen. Ich denke nicht, dass es gut ist, wenn Partner sich füreinander verbiegen. Aber weißt du ...« Sie blieb stehen und sah Max in die Augen. »Lena hat mich einmal gefragt, ob ich gehen würde, wenn ich finanziell von meinem Mann unabhängig wäre. Ob es mir leichter fiele, Nein zu sagen, wenn ich mein eigenes Geld verdienen würde. Damals bin ich ihr die Antwort schuldig geblieben. Aber ich habe oft darüber nachgedacht und bin zu dem Schluss gekommen, dass es mir *nicht* leichter fiele. Dass ich immer noch Probleme hätte, Nein zu sagen, auch, wenn ich mich hinterher fühle wie ein Behälter für Spermaabfälle.«

»Aber warum?«, fragte Max verwundert und konnte auf einmal Frauen wie Britta verstehen, die sich plakativ gegen so etwas auflehnten.

»Weil ich ihn liebe«, antwortete Julia und lächelte. »Weil ich will, dass es ihm gut geht. Ich wünschte nur, er würde mir dasselbe gönnen.«

Die Unterhaltung, so kurz, wie sie war, wirkte nachhaltig auf Max. Und veränderte ein weiteres Stück in ihm.

♫ Save Myself ♫ Man in the Mirror ♫
Ed Sheeran/Michael Jackson

Und wieder war sie im Kempinski – und traf Nicole, eine sanfte, unaufgeregte, fröhlich wirkende Frau, zehn Jahre jünger als Lena und so normal wie nur was. Sie fanden extrem schnell ins Gespräch und innerhalb von einer Stunde hatte Lena sie über ihr Leben unterrichtet, dem Verhalten ihrer Kinder, von Max, ihren Sexerlebnissen, von Matt und ihrem gesamten Dilemma. Lena tat das ausnehmend gut. Sie hatte in den letzten Wochen Themen angerissen – mit Trixi, für sich alleine, aber nie zu Ende gedacht.
Nicole nahm sich jeden Punkt vor und sie war äußerst kompromisslos. Leidenschaftlich berichtete Lena über das neue Produkt und ihre Firma.
»Gerade jetzt ist es wichtig, dass ich dranbleibe«, erklärte sie ihr. »Ich habe kräftig Geld investiert ... ich muss das Ding jetzt hochpeitschen!«
»Aber meinst du, dein Geschäft läuft, wenn du Max etwas beweisen willst?«, fragte Nicole.
»Deswegen mache ich es ja nicht«, verteidigte sich Lena trotzig. »Ich mache es, weil es mich reizt! Und weil ...«
»... du Max und der Welt beweisen willst, dass du etwas wert bist«, unterbrach sie Nicole. »Und das ist genau der falsche Ansatz. Und der Grund für dein Desaster.«
Lena blieb stumm. Nicole sah sie an und lächelte.
»Ich vermute, du weißt schon, worauf ich hinauswill«, sagte sie. »Du solltest das Ganze als Spiel sehen, es mit Freude machen. Wenn du es machst, weil du ein Defizit bei dir füllen willst, wird es verkrampft. Agierst du aus der Fülle, dann kann sie auch entstehen.«
»Aber Nicole, ich will es *mir* beweisen, nicht Max.«
»Das ist nicht ganz wahr, Lena, du willst es dir und ihm beweisen«, entgegnete sie. »Und du weißt das auch. Du musst dir über deine

Absichten im Klaren sein, wenn du Erfolg willst, verstehst du? Du gibst dem Ganzen sonst eine falsche Dynamik! Welche liegt denn deinem Streben wirklich zugrunde? Warum bist du von deiner Familie weg? Wenn du einen Auslöser nennen solltest – nur einen – welcher wäre das dann?«

»Weil sie mich nicht schätzen!«, entfuhr es Lena. »Und nicht nur das! Ich bin ihnen gar nichts wert! Noch nicht einmal eine miese, kleine Wiesenblume, die sie an meinem Geburtstag für mich gepflückt haben!«

Sowie sie diese Worte sagte, wurde ihr bewusst, wie recht Nicole hatte. Trotzdem ließ sie ihre Wut vollständig heraus. Der Rahmen erlaubte es – die Dinge mussten ohnehin auf den Tisch – und sie war schockiert, was da an Groll in ihr schlummerte.

»Ich habe vieles, was andere Frauen nicht haben, und doch wurmt es mich, dankbar sein zu müssen! Im Grunde will ich nicht dankbar sein! Weil ich das Gefühl habe, damit das Ego meiner Familie zu bauchpinseln! Ja, vielleicht hat Max recht, Kinder sind Kinder … aber ich habe ihnen dieses egoistische Verhalten nie vorgelebt! Wenn du mich fragst, hat mich diese ganze Spiritualität nicht sehr weit gebracht. Ich bin freundlich. Ich versuche, ein guter Mensch zu sein. Und nun sitze ich hier und beschwere mich über mein Leben! Ich kapiere das nicht!«

Nicole ließ sie toben. Sie saß ruhig auf ihrem Sessel und bekundete ihre Aufmerksamkeit damit, dass sie Blickkontakt hielt, aber sie lachte innerlich, Lena konnte das deutlich fühlen.

»Uiuiui«, machte sie, als Lena schließlich geendet hatte. »Nur eine Frage, Lena, wenn jemand freundlich ist und innerlich aber totalen Groll nährt, was meinst du, kommt dann beim Gegenüber an? Du sagst, du kapierst es nicht, aber du hast es doch klar ausgedrückt: Du bist stinkesauer. Und das ist das, was dein Spiegel dir zeigt.«

»Ich war nicht immer sauer!«, wehrte sich Lena hitzig. »Ich habe vieles aus Liebe getan!«

»Klar, deswegen war ja dein Leben auch nicht gänzlich schlecht«, schmunzelte Nicole und sagte dann einen Satz, der Lena erst recht zur Weißglut brachte: »Du weißt doch, das Problem liegt nie im Außen. Das ist nur die Leinwand, auf die der Film projiziert wird.«

»Ach, verdammt!«, entfuhr es ihr. »Entschuldige, Nicole, du hast das jetzt nicht verdient ... aber ich hab die Nase gerade voll von dem Gerede von der eigenen Schuld und Verantwortung! Meine Kinder benehmen sich total beknackt! Punkt. Und Max auch. Das ist Tatsache und ich will sie nicht beschönigen oder mit esoterischen, leeren Hülsen zukleistern.«

Verdrossen fixierte sie die Teetasse auf dem Tisch. »Es ist einfach frustrierend, verstehst du? Max kommt immer mit seinem Geld und dem schönen Leben. Ich meine, ist ja toll, dass er für mich sorgt ... aber ... verdammt noch mal: Wenn er es nicht gerne macht, soll er es doch lassen! Ich will nicht dauernd dankbar dafür sein müssen, wenn sie umgekehrt kein Stück dankbar sind für das, was ich tue! Wenn seine und meine Aufgabe mit zwei Ellen gemessen wird!«

»Und machst du die Dinge gerne, Lena?«, hakte Nicole nach. »Könnte es sein, dass deine Familie dir nur zurückwirft, was du in deinem Inneren trägst? Dein eigenes Denken über dich selbst? Denn würdest du nicht so fühlen, müssten sie es dir doch nicht so deutlich zeigen.«

»Nicole!«, rief Lena missmutig. »Ich ... das ist ...«

»... die Wahrheit! Und du weißt das! Aus der Nummer, dass die Verantwortung bei dir liegt, kommst du nicht raus. Das solltest du als Erstes akzeptieren. Wenn du denkst, dass deine Kinder dich nicht schätzen für das, was du tust, dann liegt das Problem in dir. Deine Kinder, dein Mann ... die sind das Bild auf der Leinwand. Und gerade schreist du die Leinwand an, weil sie das widerspiegelt, was du drauf projizierst. Das ist deine Nemesis. Du magst das Bild nicht, okay! Und was tust du? Was ist deine Lösung dafür? Du willst erfolgreich werden, damit du in den Augen deiner Familie mehr wert bist – ein fataler Denkfehler, der dich umso enttäuschter zurücklassen wird. Darauf gebe ich dir Brief und Siegel. Und vielleicht ist es ja auch genau der Grund, warum dein Geschäft nicht läuft. Weil dein Beweggrund ein ganz falscher ist. Weil dein Herz dir damit ein völlig falsches Fazit gäbe – vor allem deinen Kindern! Du machst ihnen nämlich klar: Man braucht nur erfolgreich zu sein und eigenes Geld verdienen, dann ist man wertvoll. Dann ist man glücklich! Ist das wirklich die Botschaft, die du ihnen für ihr Leben mitgeben willst, Lena? Im Grunde suchst du nach Liebe, deiner eigenen Liebe, und strebst gleichzeitig nach Erfolg, in der Annahme, du hättest dann Liebe *verdient*? Du weißt, dass das ein ganz falscher Schluss ist, den so viele Menschen auf dieser Welt ziehen. Liebe ist kein Handeln, Liebe ist ein Zustand.«

»Ja«, knurrte Lena verdrossen, gefangen in ihrem bitteren Gedankenrausch. »Ich weiß schon. Jetzt kommt die Stelle, in der du sagst, dass Glück nie im Außen zu finden ist und all der Kram ... aber das tröstet mich gerade gar nicht, Nicole. Im Gegenteil: Ich werde total wütend, wenn ich das höre.«

»Das ist nicht der einzige Schluss, den du daraus ziehen kannst. Schau dir doch deine Marie an. Warum ist sie so, wie sie ist? Warum muss sie so sein? Warum lernt sie so verbissen und hilft dir nicht im Haushalt? Sie hat euch als Vorbild. Dich und Max!«

»Aber Nicole! Ich habe sie immer umsorgt, immer verwöhnt, war da, wenn sie mich brauchte ... während sie mir einen Sampler aus einer Drogerie schenkt, auf dem noch groß und mächtig GRATIS draufsteht!«

»Lena, du hörst gerade nicht zu! Du sagst, deine Kinder schätzen dich nicht. Wenn sie eine Projektion deiner Seele sind, woher kommt dann diese Geringschätzung? Was trägst du denn in dir? Wut! Weil du – in deinen Augen – Dinge tun musst, die keinen Wert haben. Aber wer gibt den Dingen denn einen Wert? Wir sind es, die sie wertvoll oder wertlos machen. Wir sind es, die sie mit guter oder schlechter Energie füllen. Jetzt denk das Ding doch mal zu Ende: Du ärgerst dich. Du tust Dinge mit Groll ... du fühlst eine Wut, die du unbewusst auf deine Kinder überträgst, du willst verbissen Erfolg – wie Marie – um dich hernach zu wundern, wenn sich das manifestiert. Und dann machst du das, was alle tun: Du schreist deine eigene Schöpfung an. Das ist, als ob du Disteln pflanzt und dann die Pflanzen anmachst, weil es keine Rosen sind. Das ist so blödsinnig! Und du weißt das.«

»Ja«, gab Lena missmutig zu. »Hört sich echt einigermaßen bescheuert an.«

»Du bist belesen genug, Lena, um zu wissen, dass die wichtigsten Dinge unterschwellig ablaufen. Du sagst, du verwöhnst deine

Kinder, aber innerlich nährst du diese Wertlosigkeit. Deine Kinder haben eine Mutter, die ihnen tagtäglich das Gefühl gibt, dass Muttersein doch eigentlich etwas ganz Schreckliches ist, weil man dann auf das verzichten muss, was in der Gesellschaft anerkannt ist. Dein Sohn lernt unterbewusst, dass er eine Familie ernähren und seine Frau nur halten kann, wenn er genügend verdient. Das ist das Muster von Max – unter anderem. Marie lernt, dass Ehe Abhängigkeit und Unzufriedenheit bedeutet und dass Kinderbekommen und für Kinder da zu sein das Aufgeben jeder Individualität ist.

Was bitteschön sollen denn deine Kinder tun? Sie strengen sich in Schule und Studium an, damit sie gute Noten schreiben, damit sie später mal einen tollen Job bekommen. Johannes und Marie nehmen an der Jagd nach Erfolg und Wohlstand teil. Ist ja nichts dagegen einzuwenden, erfolgreich sein zu wollen. Aber wenn sie eine gute Beziehung möchten, wenn sie glücklich sein wollen, dann gehört da mehr dazu. Dafür ist das Vorbild der Eltern sehr hilfreich. Das ist die Chance, die du deinen Kindern geben kannst. *Deine* unguten Muster zu lösen. Max hat seine – welche sind die deinen? Du kannst deine Kinder nicht ändern, Lena. Du kannst Max nicht ändern. Du hast das selbst gesagt und doch beschwerst du dich über sie.«

»Aber ... aber dadurch wird nichts besser«, antwortete Lena schwach. »Ich meine ... es muss doch auch die Möglichkeit geben, Dinge zu ändern – und darüber zu reden!«

»Ja, natürlich kann und soll man reden. Das eine schließt das andere doch nicht aus! Aber versteh doch – wenn du nicht herausfindest, warum du so denkst, wie du denkst, was der wahre, tiefe Grund für deine Misere ist, dann gibst du deine alten Kohlensäcke an die Kinder und an Max weiter. Genau das passiert jetzt. Wenn du sie aber löst, hast du an deinem Projektor und nicht an der Leinwand gearbeitet – dann erscheinen logischerweise andere Bilder. Und deshalb solltest du wirklich dankbar sein, dass deine Familie dir so klar zeigt, wo dein Problem liegt.«

»Okay, und es liegt in meiner eigenen Wertlosigkeit? Dass ich glaube, wertlos zu sein?«

»Du brauchst ja nur deinen Ausbruch von vorhin resümieren«, lächelte Nicole verschmitzt. »Da war doch alles drin, was du so über dich denkst.«

Lena wurde rot und rekapitulierte ihre Gedanken: ›Sie schätzen mich nicht, ich bin ihnen nichts wert ... ich habe das Gefühl, dass sie mich gar nicht lieben.‹

Sie bezog es auf sich: ›Ich schätze mich nicht, ich bin mir nichts wert, ich liebe mich nicht.‹

Nicole beobachtete sie und nickte zufrieden. »Genau«, meinte sie. »Du hast dich so viel schon mit spirituellen Gedankengängen beschäftigt. Du weißt, du erschaffst deine eigene Welt. Mach eine Praxis draus, Lena, es ist keine Theorie! Und was Max angeht: In euch beiden schwelen Vulkane voller Altlasten mit Gedanken wie: Ich begebe mich in die Abhängigkeit des Mannes. Oder: Sie nimmt mein Geld, das gehört doch gar nicht ihr – sicher nährt Max unterbewusst noch andere Gedanken. Und was du denkst, weißt du selbst, du hast es ja hier klar ausgesprochen: Was ist meine Arbeit schon wert? Was bin ich wert? Was bin ich in der Gesellschaft wert? Gar nichts. Und dann verurteilst du deine Marie, dass sie auf dich herabschaut? Du sendest ihr doch alle Signale! Also, wo musst du ansetzen, wenn du das ändern willst? Bei Marie?«

»Aber ... Nicole ... ich verstehe, was du meinst, aber was die Rolle einer Mutter und Hausfrau angeht, ist das trotzdem so ziemlich das letzte Image, das man sich wünscht!«, verteidigte sich Lena. »Du giltst wirklich nichts in der Gesellschaft als ... als *Hausfrau*! Das ist so! Es ist sogar ein Schimpfwort geworden: Hausfrauen-Romane, Hausfrauen-Gerede ... du weißt das!«

»Schau, Lena, niemand kann dir einen Wert geben, wenn du es nicht tust«, erwiderte Nicole unaufgeregt. »Niemals. Kein Gesetz der Welt kann dich emanzipieren. Das kannst immer nur du selbst tun. Wenn du dich selbst schätzen würdest, wäre es dir egal, was andere über dich denken, und du würdest automatisch Wertschätzung erfahren, weil es das ist, womit du deinen Projektor fütterst, verstehst du?«

»Ja, schon, aber trotzdem ist es einfacher, sich gut zu fühlen, wenn man finanziell unabhängig ist«, trotzte Lena weiter. »Das mit der eigenen Wertschätzung fällt mir schwer. Weil das, was ich als Mutter und Hausfrau ›schaffe‹, keine Bedeutung hat. Für niemanden. Und am Allerwenigsten für die Kinder, für die ich das alles gemacht habe, weil ich bei ihnen sein wollte. Und es ist verdammt schwer, sich einzureden, dass man was geleistet hat, wenn es sozial nicht anerkannt wird.«

»Okay, du bist also nichts wert, weil Leute im Außen das nicht schätzen? Siehst du nicht, dass darin ein eklatanter Kausalfehler liegt? Dass dir die Wertschätzung im Außen nicht begegnet, *weil* du dir nichts wert bist? Weil du dich selbst so klein machst? Hast du so den Führerschein gemacht? Indem du gesagt hast: Erst, wenn ich Autofahren kann, setze ich mich in einen Wagen?«

»Oh, Mann, Nicole«, lächelte Lena gequält. »Das ist hart, was du sagst.«

»Wenn Geld und Erfolg tatsächlich Wertigkeit vermitteln würden, warum fühlen sich dann berühmte Leute mit Geld oft mies und klein?«

»Ja, schon aber ...«

»Okay, Lena, ich will vielleicht eines noch klarstellen«, unterbrach Nicole. »Ich rede nicht von Affirmationen, die du dir täglich einreden sollst. Wenn unterbewusst ein tiefes Programm abläuft, dann kannst du Affirmationen machen, bis du umfällst. Sie werden nicht wirklich helfen. Du musst ganz tief graben. Du musst herausfinden, wo deine wahre Größe steckt. Nicht in deiner Leistung, Stellung, oder dem sozialen Status. Du wirst ewig im Außen nach Liebe und Wertschätzung suchen und sie nie dort finden. Nicht bei deinen Kindern und nicht bei Max. Das ist der Grund, warum sie tun müssen, was sie tun. Sie stoßen dich mit der Nase auf die Tatsache, dass du nicht bereit bist, deine innere Quelle zu erforschen. Ich weiß, es ist eine abgedroschene Phrase, zu sagen, du solltest dich selbst lieben, aber letztendlich geht es genau darum. Dein wirklicher, echter, wahrer Wert ist innen, ist dein Herz, und du weißt das.«

»Ja, es ist abgedroschen«, murmelte Lena. »Sich selbst zu lieben. Ich kann es wirklich nicht mehr hören.«

Sie saß auf dem Bett im Hotelzimmer und ließ sich entmutigt in die Kissen fallen.

Sich selbst lieben – das ausgelutschte Thema der Esoteriker. Klar, sie verstand, was Nicole ihr sagen wollte. Irgendwo ahnte sie, dass das niemals eine dauerhafte Lösung sein würde: Ihren Selbstwert von einer Verkaufskurve und dem Verdienst abhängig zu machen. Sie wusste, dass es letztlich darum ging, sich selbst zu lieben, aber verdammt noch mal, dieses blöde ›Sich-Selbst-Lieben‹ hatte sie bislang auch nicht weitergebracht! Sollte sie sich all das aufzählen, was sie gut an sich fand? War das nicht auch nur eine Reduktion auf ihren Körper, auf Leistung, auf alles Äußere, auf das auch die Außenwelt Wert legte?

»Ja, das ist das, was oft falsch verstanden wird«, griff Nicole ihre Gedanken auf. »Wenn die Leute meinen, sie müssten sich lieben, dann fangen sie an, Attribute aufzuzählen. Sie lieben ihr Haar und ihre Fingernägel und das, was sie geleistet haben, und inflationieren damit nur ihr Ego.«

»Genau«, sagte Lena. »So ist das. Und welche Antwort hast du darauf?«

»Dass es nicht heißen müsste: Liebe dich selbst, sondern: Liebe *dein* Selbst. Wenn die Alten und Weisen sagen: Sei du selbst, dann meinen sie nicht deine momentane Erscheinung, sondern dein höheres Selbst, dein göttliches Selbst. Und das hört sich wiederum für die meisten so schräg an, dass sie es nicht beachtenswert finden. Lieber suchen sie doch wieder irgendwo im Außen ihren Wert und Liebe bei einem Partner, statt in sich selbst. Das ist wie Tabletten schlucken. Du kriegst für eine Zeit das Symptom weg, die Ursache aber nicht.«

Nicole beugte sich ein wenig zu Lena vor:

»Wenn die Welt, wie du das glaubst, wirklich Projektion ist und du ein schönes Bild sehen und glücklich sein willst – was kannst du denn dann anderes tun, außer dich selbst zu lieben? Du meditierst seit Jahren, Lena. Wofür denn? Nur, um entspannter oder ruhiger zu werden?«

»Weißt du, ich habe immer darauf gehofft, etwas Wunderschönes in den Meditationen zu erleben. Aber es ist immer nur ruhig und still. Irgendwann habe ich nicht mehr daran geglaubt, dass ich innere Erlebnisse haben werde.«

»Schon wieder Erfolgsdenken«, seufzte Nicole. »Geht es denn nur darum? Diese Ruhe, diese Stille, die du fühlst, das ist dein inneres Kraftwerk. Das Ego kommt und meint, es müsste etwas ganz Eklatantes passieren, weil es ja was Besonderes sein will. Und darüber vergessen so viele, diese Ruhe und Stille zu schätzen und zu erforschen. Das *ist* das Selbst, Lena. Es ist das Selbst an seiner Oberfläche! Und du kannst darin eintauchen. Es ist viel einfacher, als die meisten das glauben. Mit diesem Selbst kannst du kommunizieren. Es ist Du in deiner edelsten, reinsten Form. Es ist dein Freund, den du jeden Tag besser kennenlernst, wenn du dir die Mühe machst, ihn aufzusuchen und mit ihm zu reden. Jeden Tag, an dem du dir die Zeit dafür nimmst, näherst du dich deinem Herzen, der Quelle, die dich leben lässt. Es ist ein Freund, der dir alles gibt, der immer für dich da ist, der dich nie im Stich lässt. Wenn du dich nicht um diese Freundschaft bemühst, kann sie nicht wachsen, verstehst du? Wenn du dir nie Zeit nimmst, verlierst du die Freundschaft mit dir selbst. Dann verlierst du deine Liebe. Und das projiziert sich nach außen. Dann dauert es nicht lange, bis du glaubst, keiner liebt dich. Dann ist dein Kopf danach ausgerichtet, Beweise dafür zu finden. Alle Menschen, die sagen, sie würden nicht geliebt, pflegen keine Freundschaft mit sich selbst und schieben die Schuld anderen zu. Meditation, mit dem Inneren in Kontakt zu kommen, ist ein, tiefer, mysteriöser, alchemistischer Prozess. Wenn du dich in deiner Quelle, deinem Herzen, in dieser unendlichen Fülle verankerst, dann findest du dort unendliche Liebe, dann fühlst du dich wertvoll, egal, was andere sagen. Und dann spiegelt dir die Außenwelt das wider.«

Mit großen Augen sah Lena Nicole an, die spürte, dass sie nun endlich den Zugang zu ihr hatte, und weitermachte:

»Mach dir klar: So wie du mit dieser Energie umgehst – oder lass mich sagen, ›Herz‹, das ist metaphorischer – also, so wie du mit deinem Herzen umgehst, so erscheint das in deinem Leben. So gehst du mit dir um. Hast du nicht gesagt, Max vernachlässigt dich? Also: Vernachlässigst du dein Herz? Er nimmt dich nicht mehr wahr? Nimmst du dein Herz, dein Inneres wahr? Du möchtest Zärtlichkeit? Bist du denn zärtlich mit dir oder malträtierst du dein Herz, weil du meinst Erfolg zu brauchen, um wertgeschätzt zu werden? Du willst, dass Max dich liebt? Es ist nicht seine Aufgabe, dich zu lieben. Es ist deine.«

Lena war endgültig verstummt und hatte Mühe, den Wust an Erkenntnissen zu sortieren. Die Analogien waren zu heftig – und so war sie schockiert, wie sehr das alles zutraf und wie gering sie im Grunde den Effekt der Meditationen eingestuft hatte.

»Stell dir einfach vor, dass das ganze Universum in dir ist«, setzte Nicole nach. »Du bist eine Sonne, die ständig explodiert und neue Universen schafft. Eine Energiequelle, die unaufhörlich produziert. Was unaufhörlich produziert wird, sind Gedanken. Und diese Gedanken werden meist genährt von alten Mustern, Kindheitserlebnissen und Prägungen. Und sie führen dich zurück in dein Innerstes. Nur kurz noch etwas dazu, Lena, dann reicht es zu diesem Thema. Zum einen: Erst, wenn du das, was du in dir vorfindest, vorbehaltlos und ohne Urteil akzeptierst und dir nicht böse bist, dass es so ist, wie es ist, hast du den Nährboden für Veränderung geschaffen, verstehst du?«

Lena nickte.

»Und zum anderen: Könntest du mal versuchen, Wunder im Guten und im vermeintlich Schlechten zu sehen? Es gibt nichts Schlechtes per se. Wäre das nicht so passiert, hättest du dich nicht auf die Suche gemacht. Das ist das Schöne am Leid.«

»Ja, okay, das leuchtet ja ein«, erwiderte Lena nachdenklich. »Aber wenn ich ein Muster entdecke – wie löse ich das dann auf?«

»Indem du es entdeckst«, entgegnete Nicole vergnügt. »Genau das tun wir ja hier. Es geht gleich richtig zur Sache. Aber es wäre so schön, wenn du dich einfach mal so magst, wie du jetzt gerade bist. Mit allen Fehlern und Ecken und Kanten. Deine Kinder wären dir so dankbar! Wenn du sie wirklich liebst – und das tust du, das weiß ich – dann kannst du ihnen keinen größeren Liebesdienst erweisen, als dich selbst zu lieben. Und wenn du eine gute Beziehung willst, dann arbeite an dir. Max spiegelt nur. Er dich, du ihn. Es hat keinen Sinn, ihm böse zu sein. Genau gesagt ist es hirnrissig.«

»Okay«, sagte Lena leise. Sie dachte an Max, dachte an den Tag, als sie gegangen war, und fühlte auf einmal tiefe Sehnsucht nach ihm. Doch wie immer ging ihr zweiter Gedanke zu Matt.

»Du hast so viel gelesen, Lena. Du hast in den Upanischaden gelesen, dass du aus Liebe geboren bist und in die Liebe zurückkehrst. Das ist keine Theorie. Wann fängst du endlich an, daran zu glauben? Daran zu glauben, dass Liebe in dir ist? Dass du aus Liebe entstanden bist? Wenn du eine liebevolle Welt willst, musst du den entsprechenden Film einlegen. Wenn du einen Film einlegen willst, musst du an den Projektor herankommen. Wenn du an den Projektor herankommen willst, musst du dich nach innen wenden.«

Lena schluckte.

»Ja«, sagte sie leise. »Ja, du hast recht. So recht. Aber ...«

Sie schwieg eine Weile. Dachte wieder an Max, an Matt. Dann sagte sie:

»Aber ... kann es sein, dass ich meinen eigenen Wert finde und es mit Max trotzdem nicht funktioniert? Oder gerade deswegen nicht? Weil er vielleicht eine Frau, die sich wertig fühlt, nicht will? Weil er die Lena gewohnt ist, die sich nach ihm richtet?«

»Ja, das kann sein. Beziehungen sind immer Schlüssel-Schloss-Geschichten. Viele trennen sich, wenn es Stress gibt, ohne ihre Muster zu lösen, und meinen, mit einem neuen Partner sei alles anders. Aber solange das gleiche Muster in ihnen ist, können sie nur wieder denselben Schamott anziehen. Vielleicht merkst du, dass du mit Max eine Weile zusammen warst, damit er dir deine Blockaden zeigt, die du lösen sollst. Wenn du das änderst, gibst du auch Max die Chance dazu, denn konfrontiert mit der jetzigen Situation wird ihm das Bild auf seiner Leinwand wohl auch nicht gefallen. Wenn er dann mit dir nicht mehr klarkommt, weil er sich selbst nicht bewegt, dann geht es auseinander. Aber im Normalfall hat es sehr weitreichende Folgen, wenn du an dir arbeitest, Lena. Wenn du deine Muster änderst, gibst du vielen Menschen eine Chance. Max wird es spüren, deine Kinder werden es spüren. Aber der wichtigste Ehepartner im Leben ist deine innere Stimme, dein Selbst. Jede Ehe ist eine Metapher für diese innere Ehe. Kannst du dein eigener bester Freund sein?«

Nachdenklich blickte Lena Nicole an und fragte sich, was es bedeutete, dass Matt in ihrem Leben aufgetaucht war.

Aber der Tag war noch nicht zu Ende, denn die Gespräche bereiteten nur vor, die eigentliche Arbeit wartete noch auf sie.

Matt hatte Lena davon erzählt, dass es bei diesen Sitzungen darum ging, an alte Erlebnisse und Muster heranzukommen, die in der Tiefe schlummerten und die vordergründig nicht zu erkennen waren. Muster, die einem das Leben vermiesten und einen ständig Dinge tun ließen, die man nicht tun wollte.

»Du musst nicht an Reinkarnation glauben«, erklärte Nicole kurz, bevor es wirklich losging. »Du kannst das, was du siehst, auch einfach als Analogie für dein Leben hernehmen.«

»Ja, kein Ding, aber ich glaube an Reinkarnation«, erwiderte Lena und dachte an Matt, daran, wie vertraut er ihr von Beginn an gewesen war.

Sie war mehr als begierig darauf, Altlasten loszuwerden. Und so fiel sie leicht in den entspannten Zustand, den man dafür brauchte. Aber was sie dabei erlebte, war für sie trotzdem ein harter Brocken. Es war so viel an Erkenntnissen, dass sie sich danach nur noch im Hotelzimmer einigelte und versuchte, das alles zu verarbeiten.

Ja, es war anstrengend. Und am nächsten Tag würde es um das Thema Sex gehen.

♫ ♫ ♫

Max war unruhig. Er wusste, Lena war in Berlin, auf diesem Seminar, und sie war auf keinem Kanal erreichbar. Er war sauer, dass sie ihn nicht angerufen hatte, und beschwerte sich bei Volker darüber.

»Sie will es gleich nach Berlin machen«, beruhigte der ihn. »Ich glaube, das ist auch ganz gut so, weil sie jetzt das macht, wofür sie losgezogen ist.«

Aber Max hatte Angst. Er hatte Angst, dass sie nach diesen Tagen der Einkehr zu dem Entschluss fand, sich scheiden lassen zu wollen. Seine Unruhe und Niedergeschlagenheit traten so klar zutage, dass Volker ihn mitleidig ansah und sagte:

»Ey, Alter, fahr runter. Wie wäre es, wenn wir uns mal hinsetzen und zusammen atmen?«

»Oh, fuck!«, stieß Max hervor. »Geh mir weg mit diesem Gelaber!«

»Aber vielleicht würde es helfen!«

Volker bohrte an ihm herum, Max war angepisst, aber die Alternative, in ein leeres, großes, einsames Haus zu gehen, war noch weniger attraktiv, so ließ er sich aus reiner Verzweiflung auf den Deal ein. Volker bemerkte, wie schwer es in Max rumorte, und beschloss, doch lieber eine CD einzulegen. Er kramte ein paar Minuten herum, während sich Max mit grimmigem Gesicht auf den Boden setzte und versuchte, eine einigermaßen bequeme Stellung zu finden.

»Also gut«, sagte Volker mit Blick auf Max' mürrischen Ausdruck. »Atme einfach dreimal tief ein und aus. Und dann hör einfach zu. Wenn du nach zehn Minuten immer noch angepisst bist, stehst du auf und gehst, okay?«

»Ja, gut«, sagte Max erleichtert. »Damit kann ich leben.«

Volker verdunkelte den Raum, zündete eine Kerze an und drückte auf Start. Eine Tambura erklang, leise, stetig, monoton. Max atmete tief ein und als er ausatmete, kam es ihm vor, als speie er einen Berg an Müll nach außen. Verwundert tat er den zweiten Atemzug, mit der gleichen Wirkung. Beim dritten ergriff ihn ein leichtes Schwindelgefühl und sein Kopf wurde angenehm leicht und leer. Plötzlich hatte er Jasminduft in der Nase und die Stimme von der CD sagte ein paar Sätze, die tief in sein Inneres drangen. Max war erstaunt. Schon nach drei Minuten war er so entspannt, dass sich seine Mundwinkel unwillkürlich nach oben bogen. Aufmerksam hörte er auf die Stimme, die nach ein paar Minuten verstummte, während die Tambura verblieb. Max sank. Und sank. Er hatte das Empfinden, als ob er in die stille, ewige Tiefsee tauchte. Seine Wirbelsäule streckte sich und Friede durchdrang ihn. Ihm war, als dehne er sich aus und mit einem Mal schoss etwas in einer solchen Intensität vom Steißbein bis hoch durch seinen Kopf, dass er einen leisen, verwunderten Laut von sich gab. Fasziniert hielt er die

Augen geschlossen und spürte, wie etwas über seinem Scheitelpunkt schwebte. Es war eine so sanfte, zarte, liebevolle, alles elektrisierende Energie. Sie nährte ihn, sie war wie kühle Salbe auf vielen kleinen Wunden und auch sein Herz fühlte sich angenehm kühl an, wie ein stiller See. Unwillkürlich seufzte er auf. Und sank noch tiefer, in eine wunderbare, samtige Ruhe.

♪ ♪ ♪

Eine Hand rüttelte ihn sanft an der Schulter, eine Stimme versuchte, zu ihm durchzudringen.

»Max, Kumpel, ich will nicht unhöflich sein, aber ich muss weiter … und will dich ungern alleine hier sitzen lassen.«

Die Stimme sagte noch so einiges, aber Max brauchte eine Weile, bis die Worte in sein Bewusstsein drangen. Verwirrt öffnete er die Augen. Volker stand über ihm und fragte mit einem seltsamen Ausdruck in den Augen:

»Alles okay?«

»Klar«, antwortete Max und erkannte seine eigene Stimme nicht wieder, so dumpf klang sie. Er versuchte, aufzustehen, und stieß unversehens einen Schmerzenslaut aus. Seine Beine waren eingeschlafen und er wäre umgefallen, hätte Volker ihn nicht gehalten.

»Verdammt! Ich kann mich nicht mehr bewegen!«

»Langsam, Max … mach langsam.« Volker kniete sich vor ihn hin und massierte Max' Beine, während der sich auf den Rücken legte und sich merkwürdig fühlte. Dieser selige Zustand schwang noch in ihm nach.

»Mann, Mann, Mann«, hörte er Volker sagen. »Kein Wunder, dass deine Beine eingeschlafen sind. Du hast zwei Stunden gesessen! Wahnsinn! Und du hast das heute zum ersten Mal gemacht? Versteh ich nicht!«

Max sagte nichts darauf. Er verstand das ja noch weniger.

♪ ♪ ♪

Lena hatte in den ersten zwei Tagen mit Nicole schon erheblich mit ihren Erlebnissen zu kämpfen, mehr noch aber mit der Tatsache, dass sie immer öfter an Max denken musste. Sie war neugierig darauf, zu erfahren, wie Nicole über die Sex-Sache dachte.

»Genauso«, statuierte Nicole ungerührt. »Was hast du dazu beigetragen, dass Max nicht mehr kann?«

»Wie bitte?«

»Ja, was ist dein Anteil daran? Du bist in der Situation, sie ist dein Spiegel, also schau hin – was siehst du?«

»Aber Nicole! Ist das jetzt nicht ein bisschen weit hergeholt? Du haust ganz schöne Hämmer raus!«

»Keine Spur«, erwiderte sie und lächelte leicht. »Schau mal, du hast dir jahrelang gewünscht, dass er dich in Ruhe lässt. Jetzt lässt er dich in Ruhe.«

Mit offenem Mund starrte Lena in Nicoles heitere Augen. »Das ... das ist jetzt nicht dein Ernst, oder?«

»Doch, mein voller«, lachte Nicole, aber Lena konnte partout nicht mitlachen. Sie dachte an Julia, die sich dasselbe wünschte, was aber bei Ralf überhaupt keine Auswirkungen hatte.

»Das sind andere Seelen und eine andere Situation«, stellte Nicole klar. »Wir reden über dich. Kannst du dich vielleicht mit dem Gedanken anfreunden, dass dein Mann dich so sehr liebt, dass er dieses Opfer für dich bringt? Unterbewusst?«

»Nicole!«, japste Lena. »Ich ...«

Sie war sprachlos. Und schämte sich unwillkürlich. Weil sie es nie so gesehen hatte, weil sie zugelassen hatte, dass in ihr Groll statt ihre Liebe gewachsen war.

»Was war denn deine erste Reaktion, als du gemerkt hast, er lässt dich in Ruhe?«, bohrte Nicole weiter.

»Die erste Zeit war ich erleichtert«, gab sie zu. »Aber das will doch keiner in dieser krassen Form! Vor allen Dingen will ich nicht, dass Max darunter leidet!«

»Max hat seine eigenen Themen, die er lösen muss. Wir schauen uns heute deine Sexualität an – die du bisher komplett unterdrückt hast.«

»Ich dachte eben, ich bin keine leidenschaftliche Frau«, sagte Lena leise. »Ich dachte, manche haben es halt, manche nicht. Es gibt Menschen, die können ohne Sex nicht leben. Und welche, denen ist es egal. Ich habe gelesen, dass es, je mehr man sich mit spirituellen Dingen beschäftigt, umso unwichtiger wird.«

»Das ist Unsinn«, sagte Nicole. »Grundsätzlich: Sex ist ein Trieb und wie bei allen Trieben kann man es damit übertreiben. Wie bei allem ist das Maß entscheidend. Essen zum Beispiel – du musst essen, aber es kann zur Sucht werden und wenn du das nicht mehr steuern kannst, kommt es zu gesundheitlichen Problemen. Das Beherrschen der Sinne ist für uns alle ein Thema, aber darum geht es hier nicht. Du darfst nicht vergessen, dass Sex Lebensenergie ist. Du sagst, es ist ein unteres Chakra und nur die oberen seien die Feingeistigen und Wichtigen. Und das stimmt nicht. Alle Chakren sind wichtig. Vielmehr ist es entscheidend, dass du sie in Einklang miteinander bringst. Das Sexualchakra ist pure Lebensenergie, man erschafft sogar neues Leben damit! Und jetzt stell dir vor, was passiert, wenn du genau das unterdrückst! Wenn Sex ein Thema zwischen dir und deinem Mann ist, deutet das auf ein gewaltiges, ungelöstes Problem hin. Und jetzt einfach wegzugucken und zu sagen, es ist doch das unterste Chakra, ist ein wenig kindisch.«

»Warum leben dann Mönche enthaltsam?«, fragte Lena verständnislos.

»Weil man diese Energie auch für anderes nutzen kann, aber du hast dir kein Mönchsleben gewählt, Lena. Du bist hier auf die Erde geplumpst – als Frau, die auch eine sein will. Du willst Erfüllung im Sex, sehnst dich danach und bekommst sie nicht. Irgendetwas in dir verweigert sich dem.«

»Ja … nein, nicht wirklich, weißt du …« Lena brach ab. Nicole wartete. »Was ist dann mit Matt?«, fuhr Lena leise fort. »Warum ist er in meinem Leben? Warum jetzt?«

Und wieder fühlte sie sofort dieses erotische Kribbeln in ihrem Körper, wenn sie nur an ihn dachte. Nicole saß ihr aufmerksam gegenüber und beobachtete sie.

»Wow«, meinte sie. »Was war denn das eben?«

Lena erschrak. »Das hast du mitbekommen?«

»War ziemlich stark«, grinste Nicole. »Da ist ja jede Menge Sexualenergie in dir. Schön!«

»Kann ich gerade nicht finden«, murrte Lena. »Weil ich sie mit Max nicht ausleben kann. Und mit Matt nicht darf. Und das Schlimme ist: Ich fühle so viel für beide. Ich weiß einfach nicht, was das soll! Ich will keinen unglücklich machen! Mich aber auch nicht!«

»Ja, das ist eine Sache, die du jetzt noch nicht durchschauen kannst, das braucht noch ein wenig Zeit«, sagte Nicole und Lena drehte fast am Rad.

»Nicole! Nicht du auch noch!«, rief sie. »Matt hat schon in Rätseln gesprochen und jetzt tust du ebenso geheimnisvoll! Ich möchte wissen, was ich tun soll!«

»Das Erste, was wir tun, ist, uns um deine Sexualität zu kümmern«, bestimmte Nicole resolut. »Alles Weitere folgt.«

Und wieder ging es ans Eingemachte, tauchte Lena in uralte Erlebnisse ein und löste Knoten für Knoten auf.

Am Ende dieser vier Tage fühlte sich Lena wie wundgescheuert. Es war oft so hart gewesen, aber die Muster waren weg, nur noch ihre Abdrücke spürbar.

»Dauert ein Weilchen«, bestätigte Nicole. »Dann ist das ganz verschwunden. Dann wirst du dich ganz frei fühlen.«

Lena nickte. Vieles war ihr immer noch unklar.

»Nicole«, sagte sie. »Ich ... die Sache mit Matt ... weißt du, ich liebe ihn. Ich würde lügen, wollte ich etwas anderes behaupten. Aber ich liebe auch Max. Sehr sogar. Nach diesen vier Tagen und dem, was ich jetzt weiß, sogar noch mehr. Aber ich kann nicht mit beiden zusammen sein. Ist es am Ende doch nur Kalkül? Wie viele Menschen mache ich mit meiner Entscheidung unglücklich? Welches Opfer muss ich bringen? Was ist vernünftiger?«

»Manche Dinge entfalten sich erst«, erwiderte Nicole und sie war ernst. »Manches kann man wirklich noch nicht sehen, wenn man mittendrin steckt. Lass es laufen und versuche nicht dauernd, zu kontrollieren. Matt und Max brauchen diese Situation ja auch, so wie sie ist, um ihre Blockaden zu lösen.«

»Aber Matt hat doch schon so viel gelöst – er arbeitet seit fünfundzwanzig Jahren auf diese Weise!«

»Ja, er hat viel gelöst. Und ich denke, er ist durchaus in der Lage, das große Bild zu sehen, glaub mir!«

Lena warf ihr einen wenig überzeugten Blick zu. Nicole lachte: »Matt ist gefestigt, er weiß, was er tut«, sagte sie vergnügt. »Und bei dir geht es darum, zu vertrauen. Zu lernen, auf deine innere Stimme zu hören, sie wieder wahrzunehmen, sie zu kultivieren und dir endlich selbst nah zu sein. Du hast jetzt alle Voraussetzungen dafür.«

»Und ... was rätst du mir?«, fragte Lena, kein Stück befriedigt von dieser Antwort.

»Nichts. Was könnte ich dir je raten, was du nicht selbst schon weißt?«

♫ Breakeven ♫
The Script

Als Lena nach diesen vier Tagen in Berlin ihr Handy wieder aktivierte, stürzte ihr eine Flut an Nachrichten entgegen. Der Alltag hatte sie wieder. Julia, Volker, Anke und Britta ... die Kinder ... und Trixi. Letzterer hatte sie Bescheid gegeben, dass sie für eine knappe Woche untertauchen würde und so war nur eine Nachricht von ihr auf dem Schirm:

»Meine liebe, süße Lena ... ich bewundere dich, dass du das tust! Bin in Gedanken bei dir!«

Lena lächelte und meldete sich bei allen zurück.

Noch immer fühlte sie sich wie abgeschrubbt und vergrub sich in geschäftliche Belange. Die Erlebnisse in Berlin mussten sich erst setzen, auch Nicole hatte ihr dringend geraten, noch ein wenig Zeit verstreichen zu lassen, bevor sie ihr Beziehungsthema anging, aber Lena war klar, dass das Gespräch mit Max überfällig war.

Sie fuhr zu Paul, nistete sich in seinem Gästezimmer ein und warf sich ins Geschehen.

Der Webdesigner war schwer aktiv gewesen. Er hatte die Homepage aufgemöbelt, ihre Firmenseite mit einer Vielzahl zusätzlicher Plattformen verlinkt, sonstige Spielereien eingebaut, die sie im ersten Moment gar nicht alle überschauen konnte, aber der Effekt war bereits jetzt schon spürbar – die Umsätze stiegen leicht an. Die Firma erschien nun in den Suchmaschinen an den ersten Stellen. Lena hatte keine Ahnung, wie der das geschafft hatte, und auch Paul war positiv überrascht.

Jedenfalls war sie allein schon wegen des etwas höheren Bestellvolumens gut mit dem Verpacken von Artikeln beschäftigt – das kam gerade recht, denn ihr war mulmig zumute, wenn sie an die neu entstandenen Kosten dachte. Paul und sie konnten das kleine Umsatzplus gut gebrauchen.

Doch dann rief der Grafiker an und sagte, er hätte die Berichte und Untersuchungsergebnisse gelesen, das sei doch mega, und warum sie nicht großen Firmen Testprodukte anbiete, die das als Werbung für sich nutzen könnten – seht her, wir schützen unsere Leute – und mit der Bitte, über mögliche Effekte zu berichten. Lena war begeistert von dieser Idee und stand plötzlich vor einem Riesenberg Arbeit.

Morgen sollte das neue Produkt auf die Website sowie ins Internet, auf Facebook und sämtlichen anderen Plattformen platziert werden, die dieser sagenhafte Computerspezialist für sie ausfindig gemacht hatte. Bisher hatte Lena nur Facebook genutzt – und sie hoffte inständig auf den üblichen Anfangsboom, um den Grafiker bezahlen zu können.

Die To-do-Liste, die sie in Portugal erstellt hatte, wurde immer länger. Den ganzen Tag hing sie am Telefon, sprach mit Journalisten und konnte sage und schreibe drei Interviews mit Paul herausschlagen. Für Lena gab es so viel zu tun, dass sie Mühe hatte, sich mit Julia zu verabreden.

Aber ihre Laune stieg zusehends. Sie merkte jeden Tag, wie viel leichter und gelassener sie geworden war, wie anders sie dachte, wie anders sie reagierte – nur, weil diese alten Muster endlich weg waren, die sie immer wieder dieselben leidvollen Gedanken hatten denken lassen.

Wenn sie morgens aufwachte, spürte sie tief innen eine leise Freude. Das war ihr noch nie so ergangen und es war fantastisch, den Tag so beginnen zu können. Genau das wollte sie vertiefen. Nicole hatte gesagt: Kultiviere dein Herz. Kultiviere die Güte deines Herzens. Und jeden Tag spürte sie mehr, wie gewaltig diese Güte war.

♫ ♫ ♫

Julia umarmte sie innig, als sie sich trafen.
»Wie geht es dir?«, fragte sie neugierig.

»Fantastisch!«, strahlte Lena. »Ich hatte so tolle, schöne Erlebnisse, allein in diesen paar Wochen! Julia, ich kann dir gar nicht sagen, was in dieser kurzen Zeit alles passiert ist!«

»Erzähl doch, was hast du gemacht? Du wirkst so ... heiter!«

Julia war die Einzige, der sich Lena vorbehaltlos anvertraute, die Einzige, die von Matt erfuhr und wie es um Lena stand.

»Oh, fuck«, sagte sie. »Und was jetzt? Was ist mit Max?«

»Ich weiß es nicht. Ich warte einfach ab, wie das ist, wenn ich ihn wiedersehe.«

»Wie kannst du nur so ruhig sein in dieser Situation?«

Lena lachte. »Weil mir nichts anderes übrig bleibt? Und weil die Situation sich nicht ändert, wenn ich in Leid versinke. Im Gegenteil.« Sie lächelte vor sich hin. Julia schüttelte leicht den Kopf und schweigend liefen sie eine Strecke, dann fragte Lena:

»Wie geht es Max?« Ihre Stimme klang dunkel.

»Ich glaube, er hat sich ein wenig gefangen. Lena, weißt du ... das mit Max ... er hat mit mir geredet und er war ganz anders als sonst. Echt, ich war total geflasht. Außerdem redet er viel mit Volker.«

»Mit Volker? Der war ihm doch immer zu buddhistisch?«

»Ja, aber anscheinend geht da was.«

»Ich staune!«, sagte Lena und legte den Arm um ihre Freundin. »Und du?«, fragte sie. »Wie geht es dir und Ralf?«

»Es bewegt sich viel. Ausgelöst durch eure Situation.«

»Das hört sich doch gut an, Julia«, sagte Lena. »Ich würde mich so freuen, wenn ihr einen Weg findet.«

Sie grinste Julia an. »Apropos Geld und Sex – ich könnte Hilfe in der Firma gebrauchen. Hast du Zeit? Ich hätte einen Vierhundert-Euro-Job für dich.«

»Was?«, schrie Julia. »Du hast einen Job für mich? Oh, mein Gott! Vierhundert Euro mehr im Monat!«

»Ja, und es wäre von der Arbeitszeit her flexibel! Ich brauche jemanden, der Firmen anschreibt, die sich für unsere Produkte interessieren, mit ihnen in Verbindung bleibt, die Artikel verschickt, Testergebnisse auswertet ... das sollten wir systematisch machen – und das ginge auch problemlos von zu Hause aus.«

»Mein Ding!«, rief Julia begeistert. »Das wäre ja herrlich! Ab wann hast du das vor?«

»Sofort! Jetzt! Gestern! Fang an!« Sie strahlte Julia an und hüpfte auf der Stelle. »Wir haben viel vor! Und dich mit an Bord zu haben, wäre so super!«

»Oh, Mann, Lena, du wirkst komplett anders als vor vier Wochen!«, sagte Julia. »Ein guter Monat! Was ist nur aus dem Mäuschen geworden, das du warst?«

♪ ♪ ♪

Lena war aufgeregt. Diese Nacht sollte das neue Produkt auf die Website. Ihr neuer Web-Berater hatte alles so vorbereitet, dass es nur noch einen Klick brauchte, um es in die Welt zu setzen. Gerade hatte sie noch mit Paul die Interviewfragen beantwortet und an die Journalisten geschickt, als er auf die Uhr sah.

»Bald zwölf«, stellte er fest »Weißt du was? Wir warten bis Mitternacht und setzen es dann zur Geisterstunde ins Netz – was meinst du?«

»Oh, das haben wir noch nie gemacht!«, rief Lena begeistert. »Eine super Idee! Hast du einen Schampus da? Das müssen wir doch begießen!«

Paul lachte. »Ja, du liebe Zeit, Lena, so kenne ich dich ja gar nicht!«, meinte er. »Sonst hast du immer mit Zittern und Zagen die Produkte hochgestellt und sehnsüchtig auf die ersten Bestellungen gewartet!«

»Genau! Und heute geben wir der Sache mal einen anderen Drive!«, verkündete sie. »Wir *feiern*! Egal, was daraus wird!«

Aufgeregt stöberte sie in Pauls Kühlschrank, fand eine Flasche, stellte zwei Gläser dazu und sah auf die Uhr.

»Noch fünf Minuten, Paul. Ich klicke, wenn die Glocken läuten.«

»Aber du versprichst mir, nicht gleich morgen in den Sales-Report zu schauen«, mahnte er schmunzelnd. »Du bist nämlich gerade so gut gelaunt!«

Sie musste lachen. »Ich wundere mich, wie locker du das nimmst – du bist doch der Erfinder! Bist du nicht auch gespannt?«

»Ach, ich freue mich eigentlich mehr über deine gute Laune, Lena«, sagte Paul und zauberte ihr damit ein gerührtes Lächeln ins Gesicht. »Und wenn du dir das bewahren kannst, wäre das noch schöner.«

»Das ist so lieb von dir«, erwiderte sie. »Und versprochen, ich warte ein Weilchen, bevor ich den Umsatz checke. Also dann, Paul, auf dein neues Produkt!«

Die Glocken läuteten Mitternacht. Lenas Finger klickte. Das Produkt war on. Zwei Gläser stießen aneinander. Vergnügt sah ihr Paul in die Augen.

»Macht Spaß mit dir, Lena«, sagte er. »Das ist es doch allein schon wert.«

»Ja«, erwiderte sie lächelnd. »Das stimmt. Dich zu kennen bedeutet mir viel.«

Eine halbe Stunde später lag sie im Bett und dachte voller Dankbarkeit an Matt. Er hatte ihr den Webdesigner vermittelt – und Nicole. Sie stand noch einmal auf, suchte ihr Handy, Matts Profil, und tippte hinein:

»Neues Produkt ist online! Drück uns die Daumen!«

Sie konnte nicht verhindern, aufgeregt zu sein. Und nicht verhindern, zu hoffen, dass es diesmal klappte. Endlich mal klappte! Oh, bitte, bitte, lieber Gott, lass es einmal klappen!

♫ ♫ ♫

Am nächsten Morgen, sie hatte sich gerade angezogen, fixierte sie den Rechner.

»Nein«, dachte sie. »Ich bleibe standhaft! Ich werde nicht nachschauen. Es ist noch viel zu früh! Du enttäuschst dich nur wieder selbst, Lena.«

Paul hatte ihr ein Frühstück hingestellt und war zu einem Lieferanten gefahren. Sie arbeitete ein paar Sachen weg, beschäftigte sich, es wurde Mittag, es wurde früher Nachmittag.

Lena machte sich Kaffee und setzte sich an Pauls Küchentisch.

Es war so still hier draußen in seinem kleinen Häuschen. Die Uhr tickte. Die Sonne fiel durch das Fenster, die Staubkörnchen tanzten ... Lena hielt es nicht mehr aus. Mit klopfendem Herzen fuhr sie den Rechner hoch, nahm sich vor, nicht enttäuscht zu sein, wenn wieder nur fünf Artikel verkauft sein würden. Fünf! Andere verkauften tausende am Tag! Daran durfte sie gar nicht denken.

Aber als sie das Dashboard anklickte, hatte sie keine fünf Artikel verkauft. Sie hatte gar keinen verkauft. Null. Die rote Verkaufslinie war eng mit der Horizontalen des Diagramms vereint. Es gab keine Verkäufe.

Trotz ihrer Vorsätze rutschte ihr das Herz vor Enttäuschung metertief nach unten. Noch nie war der Start eines Produktes so schlecht gelaufen! Sie hatten immer zumindest einen kleinen Gewinn machen können.

Lena war am Boden zerstört, versuchte, sich damit zu trösten, dass das Produkt ja erst ein paar Stunden on war, es konnte alles noch werden ...

Zwei Stunden später schaute sie wieder nach. Es hatte sich nichts getan. Gar nichts.

Und das änderte sich den ganzen Tag nicht mehr – bis in den späten Abend hinein nicht. Selbst ihre schlechtesten Erwartungen waren unterboten worden.

Ihr Handy piepte. Mutlos schaute sie drauf. Es war Matt.

»Herzlichen Glückwunsch! Natürlich drücke ich!«, hatte er geschrieben und sie fühlte sich umso mieser. Sie hoffte, er würde nicht nachfragen, wie es lief.

Bitter klappte sie den Laptop zu. Ihr schien Erfolg nicht vergönnt zu sein.

♪ ♪ ♪

»Hey, Trixi«

»Hi meine Süße. Hör mal, Retreat – Ende! Das hält ja keiner aus! Hast du Lust mich zu treffen?«

»Klar! Immer! Gib mir deine Adresse, ich komme hin!«

Mit einigem Unbehagen dachte sie daran, dass sie gar nicht mehr so viel reisen durfte, sie hatte genug Geld in den Sand gesetzt. Verdammt, und Julia hatte sie ja auch schon verpflichtet! Die war fleißig dabei, eine riesige Firmenliste zu erstellen, aber angesichts des heutigen Tages war Lena mehr als verzweifelt. Nun musste sie Julia das Geld zahlen – und den Firmen jede Menge kostenlose Artikel zur Verfügung stellen! Ein weiterer Batzen, der den Bach hinunterfloss! Und Trixi hatte sie auch auf einen Job angesprochen! Welcher Affe hatte sie da nur gebissen? Verzagt presste sie die Lippen zusammen.

Da spielte Trixi auch schon auf ihr so enthusiastisch verfasstes Angebot an:

»Wie war das mit dem Job? Hast du wirklich einen für mich?«

»Ja, unter Umständen. Muss erst abwarten, wie das neue Produkt einschlägt und noch ein paar Werbemaßnahmen realisieren.«

Aber sie fragte sich, welche Ideen sie denn noch verwirklichen wollte – sie hatte keine mehr. Sie berichtete Trixi von den Interviews, die Sache mit den Firmen, dem neuen Produkt – aber sie brachte es nicht fertig, ihr zu sagen, dass es ganz offensichtlich ein Flop war.

»Hört sich fantastisch an«, antwortete Trixi. »Bin aber nicht sicher, ob das was für mich ist, kennst mich ja. Bin nicht so der Materialist.«

»Ja, kein Ding«, schrieb Lena erleichtert. »War nur so eine Idee.«
»Wie geht es dir inzwischen? Triffst du Max, wenn du in der Ecke bist?«
»Bisher hatte ich noch nicht den Mut dazu.«
»Mut? Meinst du nicht, dass er sich freuen würde?«
»Das weiß ich nicht. Ich habe ihn über einen Monat nicht gesprochen. Und die Erlebnisse in Berlin waren hart. Nicole hat gemeint, das sollte sich erst setzen.«
»Okay, das kann ich verstehen. Erzählst du mir davon?«
»Hey«, tippte Lena. »Wenn du das Schweigen aufgegeben hast, dann könnten wir doch skypen! Ich brenne darauf, dich zu sehen! Und richtig zu sprechen!«
»Nee, nicht um diese Uhrzeit! Du kriegst ja sonst einen Schock!«
Lena sah auf die Uhr. Es war kurz vor elf.
»Seit wann bist du so eitel?«
»Na, hör mal, wenn ich dich nach so langer Zeit wiedersehe, will ich das feiern!«
»Ja«, lächelte Lena. »Okay, ist nachvollziehbar. Das geht mir auch so.«
Eine Pause entstand. Lena saß im Bett und starrte auf das Gesprächskästchen. Ihr Herz war so voll. Und da Trixi nichts mehr schrieb, klickte sie automatisch wieder die Verkaufskurve an. Sie war immer noch flach, vollkommen flach. Verzweifelt presste sie die Lippen zusammen.
»Vermisst du Max eigentlich?« Trixi. Da war sie wieder.
»Ja, ich vermisse ihn.«
»Und dieser Andere? Du hast gesagt, er bedeutet dir etwas.«
»Ja, das tut er.« Lena war nicht in der Laune über ihren Beziehungstumult zu chatten, aber Trixi blieb hartnäckig.
»Was heißt das genau?«, fragte sie.
»Ach, Trixi, ich bin durcheinander. So durcheinander, dass ich nicht weiß, was ich dir schreiben soll. Es ist alles so verquer. Ich meine, mit Max bin ich über ein Vierteljahrhundert zusammen!«
»Das ist kein Argument, eine Beziehung aufrechtzuerhalten«, antwortete Trixi. »Entscheidend ist doch die Frage, ob du Max liebst.«

»Nein, das ist nicht die entscheidende Frage.« Lena wurde ein wenig ungeduldig. »Und ich will jetzt nicht drüber reden.«

»Ja, verstehe. Ist blöd, wenn man zwei Männer im Orbit hat.«

»Warum sagst ausgerechnet du das? Du warst immer in mehrere gleichzeitig verliebt! War das nicht anstrengend?«

»Nein, wieso denn? Wie kommst du denn darauf?«

Lena fiel ein, wie traurig neulich Trixi gewesen war und hatte ein schlechtes Gewissen, weil sie nicht nachgefasst hatte.

»Trixi? Wir reden immer nur über mich – aber wie geht es dir? Was war das neulich?«

»Ein kleiner Einbruch, sonst nichts.«

»Komm schon! Wem willst du das erzählen!? Das war viel zu tief!«

»Ja, es war sehr tief.«

Diesmal war es Lena, die nicht antwortete. Die Unterhaltung war wie ein Tanz ums Feuer. Es war Geplänkel. Beide wussten, dass sie eigentlich etwas anderes ansprechen wollten und keine von beiden fand den Mut dazu. Lena war, als lauere Trixi auf etwas, als wolle sie etwas aus ihr herauskitzeln, was sie unterbewusst spürte. Ihre Finger streichelten die Tasten, sie tippte ein wenig, löschte wieder und legte schließlich entmutigt den Laptop etwas weiter nach hinten. Wieder dachte sie an die Umsatzkurve und ihre Stimmung stürzte total ab.

Der Signalton erklang.

»Lena? Schreib doch einfach, was du auf dem Herzen hast.«

Ihr wurde anders. Zögernd zog sie den Laptop wieder zu sich her.

»Wenn du schreibst, was du auf dem Herzen hast?«

»Deal!«

»Okay, dann ... ach Trixi, das Ding mit der Firma läuft scheiße, scheiße, scheiße!«, brach es dann aus ihr heraus und sie konnte gar nicht schnell genug schreiben, so heftig wirbelten die miesen Gedanken in ihrem Kopf. »Das neue Produkt ist der totale Reinfall! Dabei war ich so sicher, dass es diesmal was wird! So sicher! Ich könnte heulen! Ich habe keine Ahnung, wie das in der Zukunft werden soll!«

»Aber ... bist du denn von diesem Geld abhängig?«

»Ja! Inzwischen bin ich davon abhängig. Meine Reserven sind fast aufgebraucht. Ich habe in Werbung investiert, in den Grafiker, dachte der Produktlaunch ersetzt mir wenigstens das ... aber jetzt ...«

»Aber Max hilft dir doch sicher. Du kannst immer zurück.«

»Das ist doch kein Grund, zurückzugehen. Trixi, das wäre echt schäbig. Und das hätte Max nicht verdient.«

Trixi antwortete nicht.

»Und du?«, fragte Lena. »Was ist mit dir?«

»Lena, ich glaube, das kann ich dir nur persönlich sagen ... weil ... weil es so viel ist. Wir treffen uns, okay? Ich freue mich so darauf, dich in meine Arme schließen zu können. Schreib mir, wann es bei dir geht! Und bitte lass es bald sein!«

Zack – und weg war sie.

♫ ♫ ♫

»Lena! Wach auf!«

Ein beunruhigter Paul klopfte an ihre Zimmertür. »Wir müssen reden!«

Sie schoss hoch und zog sich eilig an.

»Paul, was ist los?«, fragte sie, als sie die Treppen nach unten gestolpert war. »Du klingst so ...«

Bestürzt sah sie ihn an. Er saß vollkommen aufgelöst auf dem Küchenstuhl. So niedergeschmettert hatte sie ihn noch nie gesehen.

»Lena«, sagte Paul schwach. »Hast du die Umsätze gesehen? Ich denke, das war's. Wir sind erledigt.«

»Ja«, erwiderte sie unbehaglich. »Es tut mir so leid, Paul, ich ...«

»Wir müssen uns überlegen, ob wir das wollen! Ob das Sinn macht!«

Sie biss sich auf die Lippen.

»Ach, Paul, heißt das, du willst aufgeben? Wir haben doch noch die Interviews und ...«

»Das ist es ja, das ist es ja! Wenn die dann auch noch dazukommen, das schaffen wir doch nie! Was soll denn das werden! Wir haben uns das gar nicht richtig überlegt!«

»Paul«, sagte Lena verwirrt. »Sag mal, wovon redest du überhaupt?«

»Vom Umsatz! Vom Umsatz! Wir sind erledigt!«

»Das wird schon ... ich kurbele noch an ein paar Stellen und dann ...«

»Bist du wahnsinnig?«, rief Paul und seine Stimme überschlug sich fast. »Hast du eine Ahnung, was hier los ist? Ich drehe bald durch und du willst *ankurbeln*? Du musst bremsen! Bremsen musst du! Und zwar so schnell wie möglich!«

Paul verschluckte sich fast, so aufgeregt war er. Entgeistert starrte ihn Lena an und konnte sich keinen Reim darauf machen. Ihr Telefon klingelte, der Softwareentwickler war in der Leitung.

»Tschuldigung Paul, das Gespräch muss ich annehmen.«

Die Stimme des Grafikers tönte in ihr Ohr.

»Meine Fresse!«, sagte er. »Da haben doch Ihre Umsätze gestern das ganze Ding gesprengt. Tut mir echt leid, aber mit diesem Ansturm hab ich nicht gerechnet. Ich musste das Datenvolumen erhöhen, das ganze Programm ist zusammengebrochen!«

Lenas Knie wurden weich.

»Datenvolumen erhöhen?«, stammelte sie und ihr Herz fing wild an zu klopfen. »Umsätze? Wir haben Umsätze?«

»Ach ja, sorry, Sie konnten das ja nicht sehen, wegen des Kollaps. Müsste aber jetzt wieder gehen. Können Sie mal prüfen, ob das bei Ihnen funktioniert?«

Lenas Finger zitterten, als sie die bekannten Reiter auf dem Monitor anklickte. Homepage, Dashboard, Sales-Report.

Eine steile Linie nach oben präsentierte sich vor ihr, eine Linie, die in einem fast 90 Grad Winkel nach oben geschossen war und am gestrigen Tag die 1000-er Marke durchbrochen hatte. Sie sah auf die Uhr. Es war neun Uhr morgens und der Verkauf des heutigen Tages hatte schon die Hälfte vom Vortag erreicht.

Mit offenem Mund standen sie vor dem Rechner und Paul stieß einen entsetzten Schrei aus. Er rannte in sein Büro und zeigte ihr aufgelöst das Bündel Papiere, das ihn so beunruhigt hatte: Über hundert Bestellungen waren gestern per Email gekommen, eine davon von einem Großhändler, der eine immense Summe an Artikeln geordert hatte.

»Ach du Schande!«, flüsterte sie und sank auf einen Hocker. »Paul, du hast recht. Wir sind erledigt. Das schaffen wir nie!«

♪ ♪ ♫

Hektische Tage begannen. Sie saß mit Paul zusammen, mit Julia, mit Britta und Anke und entwickelte einen Schlachtplan, wie sie innerhalb kürzester Zeit die Produktion in die entsprechende Höhe schrauben konnten, um diesen Ansturm in Griff zu bekommen.

»Mädels, wir müssen flexibel bleiben«, sagte Paul. Er war nervös. So nervös hatte ihn Lena noch nie erlebt. Sie hatte den Eindruck, er wäre mit einem Misserfolg besser klargekommen als mit dem, was jetzt ablief. »Wenn die Kurve wieder zusammenklappt, haben wir langfristige Verträge geschlossen und Leute eingestellt, die dann bezahlt werden müssen.«

Aber vorerst sah nichts danach aus, im Gegenteil. Am Wochenende erreichten sie ein weiteres Umsatzhoch, durchbrachen die 2000er-Marke, und ein Ende war nicht in Sicht. Lena rotierte, telefonierte, organisierte und saß bis spät in der Nacht im Büro.

Paul räumte einen Raum frei, sie fuhren zum Baumarkt, kauften Biertische, bestellten Kartons und Klebeband, Etiketten und Füllmaterial, während Julia und Lena jeden Bekannten aktivierten, von dem sie wussten, dass er Geld brauchte, stellten die Leute an die Biertische und ließen sie Artikel verpacken. Julia kümmerte sich um die Buchführung, Lena um Lagerhallen, um Lieferanten, um die Logistik und Paul um den Rest. Sie mussten von Null auf Hundert eine echte Firma aus dem Boden stampfen.

Britta und Anke machten Nachtschicht und überbrückten die Verwaltung. Sie schrieben Tausende von E-Mails, baten die Kunden um Geduld, erklärten, dass es Lieferschwierigkeiten gebe, ihre Bestellung notiert sei und sie so schnell wie möglich ausgeliefert werden würde.

Innerhalb der folgenden Woche hatten Lena und Paul einen enormen Betrag verdient und fassungslos betrachteten sie die tägliche Verkaufskurve, die sich auf ein Niveau einpendelte, das sie nie für möglich gehalten hatten.

♫ England Skies ♫
Shake Shake go

»Hi, Matt! Kannst du mich zurückrufen?«
Es war das erste Mal, dass sie ihm eine Nachricht auf Band sprach. Matt meldete sich sofort.
»Lena, ich freue mich so, deine Stimme zu hören«, sagte er glücklich. »Wie geht es dir?«
»Wie es mir geht? Es geht mir hervorragend! Ach, Matt, es ist so fantastisch, ich kann es immer noch nicht glauben, aber stell dir vor – unser Umsatz ist dermaßen in die Höhe geschnellt, dass wir totale Lieferschwierigkeiten haben! Das ist so grandios!«
Sie hüpfte vor Freude herum, ihre Stimme schwankte und überschlug sich fast vor Jubel. »Das habe ich dir zu verdanken!«, sprudelte sie weiter. »Sag mal, in welchem Teil der Cotswolds wohnst du? Im Norden oder im Süden?«
»Im Süden. Warum?« Sein Herz klopfte wild bei der Frage.
»Im Süden! Ich habe mir gerade Hotels angeschaut und ein supersüßes im Norden und ein tolles im Süden gefunden. Darf ich dich die nächsten Tage zum Essen einladen? Bitte! Ich möchte mich wenigstens ein bisschen erkenntlich zeigen für das, was du für mich getan hast!«
»Natürlich gehe ich mit dir essen!« Er presste den Hörer dichter an sein Ohr. »Und ich freue mich so für dich, dass der Knoten geplatzt ist! Das ist so wunderbar!«
»Ja, das ist wunderbar! Ich freue mich noch mehr, ich weiß im Moment gar nicht, wohin mit so viel Glücksgefühlen im Bauch! Und ich freue mich auch darauf, dich wiederzusehen! Wann kannst du?«
»Immer. Ich mache es möglich!«

Sie lachte. »Okay, dann checke ich das mit dem Hotel und gebe dir Bescheid!«

»Warte, Lena, du kommst doch sicher nicht nur für einen Tag, oder? Gönn' mir noch ein wenig Zeit mir dir – und die Gelegenheit, dir die Cotswolds zu zeigen!«

»Oh, Mann, Matt, hier ist die Hölle los! Diesmal habe ich nicht unendlich viel Zeit!«

»Wie viele Tage gehen?«

»Zwei?«

»Das ist okay«, sagte er befriedigt. »Zwei Tage mit dir. Ich bin dankbar dafür, Lena.«

Lächelnd legte sie auf. Das mochte sie so an ihm. Er war immer dankbar. Egal, was passierte.

♫ ♫ ♫

Max bekam mit, wie es bei Lena lief. Er war sprachlos. Genauer gesagt war er vollkommen durch den Wind und fand sich ziemlich demontiert bei Volker ein.

»Das Ding ist ja echt durch die Decke gegangen«, sagte er und wirkte so geschockt, als habe ihm jemand eine Ohrfeige verpasst.

»Ja, Hammer, oder? Sie haben sieben Leute eingestellt! Sagenhaft! Und was Lena verdient, will ich gar nicht wissen!«

»Oh, Schande«, sagte Max und musste sich setzen. »Das ... das macht mich gerade fertig. Ehrlich, ich kann mich nicht freuen. Irgendwie habe ich das Gefühl, dass ich jetzt noch weniger Chancen habe, dass sie zu mir zurückkommt.«

»Ja, Mann, ist ja klar, weil du alles auf dein verdammtes Geld gesetzt hast! Jetzt ist das endgültig den Bach runter!«

»Endgültig«, wiederholte Max schwach und zitterte. »Scheiße, Mann!«

»Hey, Max, hast du wirklich geglaubt, das ist ein Argument für sie, zurückzukommen? Und hättest du das gewollt? Tatsache ist: Jetzt gibt es nichts mehr, womit du ihr Druck machen kannst.«

Max saß auf seinem Stuhl wie ein Häuflein Elend.

»Ich glaube, es ist vorbei. Ich habe nichts mehr, was ich ihr bieten kann.«

Volker betrachtete ihn ein wenig ungnädig.

»Mensch, Max, versteh doch, es musste so kommen! Du hast einfach zu lange auf das falsche Pferd gesetzt! Es ist überhaupt nichts vorbei! Denn nun ist alles, was du in die Waagschale werfen kannst, deine Liebe zu ihr. Und damit wird das Ganze endlich ehrlich – und fair.«

Und als Max ihn mit großen Augen ansah:

»Lass dir was einfallen, Alter. Deine Kreativität ist gefordert. Nicht dein verflixtes Geld. Und auch nicht deine Männlichkeit.«

Er lächelte leicht, weil Max ihn mit seinen blauen Augen ansah wie ein Kind den Weihnachtsmann. »Und glaub bloß nicht, dass ich dir Tipps gebe! Das ist ganz allein dein Ding!«

♫ ♫ ♫

Max drehte am Rad. Die Ereignisse überschlugen sich für ihn und er wusste gerade überhaupt nicht, wo ihm der Kopf stand.

Er vermisste Lena mit jeder Faser seines Herzens, aber er war auch wütend, weil sie ihn nie anrief, weil sie für ihre Freunde Zeit fand und für ihn nicht eine Sekunde übrighatte. Sie tat, was sie wollte, ließ ihn in seinem Elend zurück und kümmerte sich scheinbar überhaupt nicht mehr um ihn.

»Alter, du hast auch die ganzen Jahre gemacht, was du wolltest«, hatte ihm Volker klargemacht. »Jetzt kommt das halt zurück. Und denk dran. Du hast es Jahre gemacht, sie erst ein paar Wochen. Und im Übrigen hast du ihr auch nicht geschrieben. Nicht ein Wort!«
Aber Max war verzweifelt. Er sah seine Felle davonschwimmen. Eines nach dem anderen. Lena hatte alles, was sie wollte – einen Mann, der sie vergötterte ... und nun war sie auch noch beruflich erfolgreich! Brauchte sein Geld nicht! Brauchte ihn nicht.

Er schwankte zwischen Wut und Verzweiflung und zwang sich mit übermenschlicher Anstrengung, sich zu fassen.

Er ging in die Praxis, weil ihn das ablenkte, aber er war so belastet, dass er es kaum dort aushielt. Marie hatte sich angesagt und wollte für eine Woche bleiben. Was sollte er ihr nur sagen? Er fühlte sich völlig überfordert, seine Tochter mit den neuesten Meldungen zu versorgen.

Als sie dann kam, war der Kühlschrank leer, das Haus müffelte, die Wäsche stapelte sich im Keller und im Bad, auf den Möbeln lag Staub und der Rasen im Garten war kein Rasen mehr, sondern eine Wiese.

Sprachlos sah sich Marie um. Dann blickte sie noch fassungsloser auf ihren Vater. Registrierte, wie stark er abgenommen hatte, wie schmal sein Gesicht war – und wie freudlos und resigniert seine Augen blickten.

»Papa?«, fragte sie beunruhigt. »Wie lange ist Mama schon weg?«
»Fünf Wochen«, erwiderte Max und fühlte sich unwohl. Marie fühlte sich auch unwohl. Sie fühlte sich unwillkommen. Der Unterschied zu sonst war so krass. Lena hatte sich immer wie

verrückt gefreut, wenn eines ihrer Kinder nach Hause gekommen war. Sie hatte das Haus auf Hochglanz poliert, die Zimmer superschön hergerichtet, Lieblingskuchen gebacken und Lieblingsessen gekocht und war an die Tür geflogen, wenn es geklingelt hatte.

»Fünf Wochen?«, wiederholte Marie schockiert. »Mama ist seit *fünf* Wochen weg?« Und dann ängstlich: »Papa ... was bedeutet das?«

»Ähm ... sie ist geschäftlich unterwegs. Hat sie dir ja geschrieben. Seminar in Berlin. Und das Geschäft boomt auch momentan.«

»Papa!« In Maries Stimme mischte sich Panik. Obwohl sie einundzwanzig war, befiel sie die Angst, ihre Eltern könnten sich scheiden lassen. »Was ist los? Habt ihr euch gestritten?«

»Nein, nicht wirklich.«

»Aber warum ist sie dann weg? Jetzt sag doch endlich, was Sache ist!«

»Ja, es ist so«, er räusperte sich. »Sie ... sie ist ... ähm ... vorübergehend weg. Nur für eine Zeit. Wir sind noch nicht auseinander. Es ist nur eine ...«

Marie brach an dieser Stelle schon in Tränen aus.

»Aber Marie«, sagte Max hilflos und legte unbeholfen den Arm um seine Tochter. Sie schüttelte ihn ab.

»Lass mich!«, rief sie. »Oh, fuck! Und du lässt mich hier einfach ins Messer laufen? Warum hast du nichts gesagt? Dann wäre ich nicht gekommen!«

»Aber ich bin doch da!«

»Ja, du bist da!«, fauchte sie. »Du hast es ja noch nicht einmal geschafft, Brot zu kaufen, obwohl du wusstest, dass ich komme!«

»Das besorge ich noch. Ich gehe einkaufen, okay? Du kannst ja mitkommen, du weißt eher, was wir brauchen.«

Marie weinte noch mehr. »Du hast Mama vertrieben!«, rief sie und schnäuzte sich laut.

Sie hatte sich so gefreut, nach Hause zu kommen und sich von Lena verwöhnen zu lassen. Es tat immer so gut, mal umsorgt zu werden, die Füße unter den Tisch zu stellen und ein liebevoll gekochtes Essen zu bekommen. Mal wieder Kind sein zu dürfen und sich vom Erwachsensein auszuruhen.

Max war verstört und planlos. Er konnte nicht noch mehr Katastrophen verkraften, hatte selbst mit sich zu tun und musste nun auch Maries Leid mittragen. Warum bemitleidete sie ihn nicht? Das hätte er jetzt besser gebrauchen können!

Er versuchte, sie zu beruhigen, aber Marie stürmte in ihr Zimmer und vergrub sich in ihren Büchern. Sie kam nicht zum Abendessen, obwohl Max Pizza bestellt hatte. Als er ihr Bescheid sagte, schnappte sie sich den Karton, trug ihn in ihr Zimmer und aß die Pizza beim Lernen.

Max verstand immer weniger. Mutlos saß er im Wohnzimmer und hätte nie gedacht, dass er sich noch mieser fühlen konnte, als er es ohnehin schon tat.

Als er am zweiten Tag morgens in die Küche kam, saß Marie bereits über ihre Bücher gebeugt am Küchentisch, eine Tasse Kaffee neben sich. Und als er von der Arbeit nach Hause kam, schien sie sich keinen Zentimeter fortbewegt zu haben.

»Mensch, Marie, warum bist du so ehrgeizig? Lass doch mal locker«, sagte er. »Das Leben ist zu kurz für schlechten Kaffee.«

»Das Leben ist zu teuer, um lockerzulassen. Das müsstest du am besten wissen«, murrte sie verkniffen und verschanzte sich hinter ihren Statistiken.

»Na, du wirst ja hoffentlich mal jemanden finden, der für dich und guten Kaffee sorgt«, versuchte er zu scherzen.

»Ja, so wie du für Mama«, erwiderte sie heftig. »Damit du ewig die Kralle drauf hast, was geht und was nicht.«

»Was?«

»Meinst du, ich bin blind? Ihr Männer zwingt uns, unseren Beruf aufzugeben, weil ihr Kinder und Familie wollt, und geizt dann hinterher mit dem Geld rum. Nee, danke! Ich kann verstehen, dass Mama weg ist! Was ich nicht verstehe, ist, dass sie es uns nicht gesagt hat. Aber wenn ich sehe, wie du sie behandelst, dann habe ich auf so etwas keine Lust!«

»Wie ... wie behandle ich sie denn?«

»Wie etwas, was dir gehört. Wie etwas, an das man sich erinnert, wenn es gerade nützlich ist. Wie jemanden, der für alles Angenehme da zu sein hat, mit dem man aber nicht wirklich sein Leben teilen will! Und schon gar nicht sein Geld! Du hast Mama auch nie unterstützt! Und ich weiß, sie ist deswegen weg. Ich habe in den nächsten Wochen Prüfungen und muss mich darauf konzentrieren, aber danach will ich zu ihr und mit ihr reden.«

»Was willst du denn mit ihr reden?«, fragte Max mit zugeschnürter Kehle.

»Ich will ihr sagen, dass ich auf ihrer Seite stehe. Ich weiß nicht, was zwischen euch vorgefallen ist, aber ich vermute, dass sie nach Jahren endlich mal den Mund aufgemacht hat! Gott sei Dank! Ich dachte, sie tut das nie mehr!«

»Aber ... Marie! Du hast ihr noch nicht einmal was zu Muttertag oder zum Geburtstag geschenkt! Du brauchst grade etwas zu sagen! Sie war dir doch nie eine Blume wert!«

»Ach! Dass dir das auffällt! Du bist doch der Erste, der uns beigebracht hat, dass Geschenke Kommerz sind!«

Wütend starrte Marie ihren Vater an. Aber Max stand da wie ein Häuflein Elend, mit hängenden Armen, seine Augen wurden rot und Mitgefühl regte sich in Marie. Resigniert legte sie den Stift weg. »Weißt du, Papa, neulich war ich bei einer Freundin eingeladen – und deren Mutter hatte Geburtstag. Keinen Fünfzigsten. Einen ganz normalen achtundvierzigsten Geburtstag. Und was da abging, willst du nicht wissen. Ihre Familie hat ihr ein Päckchen nach dem anderen hingeschoben. Sie sind nicht reich. Es waren lauter liebevolle, kleine Geschenke. Sie hatten Kerzen auf dem Tisch und Blumen ... und ...«

Maries Stimme zitterte.

Max starrte seine Tochter an, während sie frustriert fortfuhr:

»Eines weiß ich sicher: Dass ich nicht so dumm sein werde wie Mama und eine Beziehung eingehe, in der der Mann die Oberhand hat!«

 Max wurde bleich.

»Ich will mein eigenes Geld verdienen, und zwar so viel, dass mir niemand sagen kann, was ich für richtig und für falsch halten soll, nur weil er meint, dass er mich ernährt.«

Trotzig sah sie ihn an, aber in Max fiel eine Welt zusammen. Die Bücher, die er gelesen hatte, die ständigen Gespräche mit Volker ...

all das hatte ihn verändert, rapide verändert, und nun erkannte er: Seine Einstellung und Entwicklung waren weitreichender, als er das je erahnt hatte. Denn mit welcher Einstellung würde Marie ihre Kinder großziehen, sollte sie mal welche haben? Mit diesem Groll im Herzen und falschen Annahmen, die das Leben nur bitter machten? Mit der Angst, nicht existenzfähig zu sein, wenn man Kinder hat? War es das, was Väter und Mütter ihren Kindern beibrachten? Dass Karriere und Geld wichtiger waren als die elementarste Aufgabe der Welt: Ein Kind zu lieben, ihm Werte für die Zukunft mitzugeben und Stabilität für die Zukunft? Wenn Kinder von ihren Eltern geprägt wurden, wie wichtig war es dann, die eigenen Muster zu lösen, damit die Kinder nicht damit belastet wurden? Wie groß war wirklich seine Verantwortung für eine bessere Welt? Wie groß sein Anteil und Einfluss? Ein Universum an Erkenntnissen eröffnete sich für Max, als er merkte, was das bedeutete. Und wie zentral die Aufgabe einer Frau war, die sich entschloss, bei den Kindern zu bleiben.

Politiker dachten nur darüber nach, beiden Elternteilen zu ermöglichen, einer Arbeit nachzugehen, damit man sich und den Kindern ein Leben finanzieren konnte, das gar nicht mehr lebenswert war, weil die wichtigsten Komponenten darin fehlten: Fürsorge, Nestwärme, Vertrauen, eine Mutter, die ohne schlechtes Gewissen voll und ganz für ihre Kinder da sein konnte, wenn sie das wollte. Er dachte an die klassische Rollenverteilung und war sich plötzlich sicher, dass etliche Frauen diese befürworten würden, wenn zum einen das Geld dafür da wäre – aber vor allem, wenn nicht ihre Position als minderwertig angesehen werden würde – das, was auch er jahrelang getan hatte, das, was alle taten.

»... wenn ich überhaupt jemals eine Bindung eingehe«, holte ihn Marie aus seinen Gedankengängen heraus. »Irgendwann ist immer der Ofen aus. Hält ja eh nix. Wahre Liebe gibt es nicht. Letzten Endes geht's immer ums Geld.«

Sie blickte auf ihre Papiere und ihre Augen waren ein See voller Trauer.

›Ja, und auch der Glaube an Liebe geht verloren‹, dachte Max, ›weil wir nicht bereit sind, an uns zu arbeiten, sondern das tun, was in der Welt so üblich ist: Dem anderen die Schuld hinzuschieben‹.

Max tat das Herz weh, als er seine Tochter so mutlos sah. Es war ohnehin in den letzten Wochen porös geworden und nun war der Schmerz so groß, dass es riss – und heraus strömte etwas, was ihm gleichzeitig fremd und vertraut war. Er fühlte plötzlich deutlich, wie eine Instanz in ihm das Kommando übernahm, eine Instanz, die keine Fragen stellte, die absolut klar war, die ihn aufstehen und zu seiner Tochter gehen ließ. Er fasste sie unters Kinn und sah ihr ernst in die Augen.

Marie zuckte zuerst zurück und wollte sich wehren, aber dann sah sie den Ausdruck in seinem Gesicht und ihre starre Körperhaltung wurde weich.

»Marie«, sagte Max. »Ich mag viel falsch gemacht haben, aber ich liebe Lena. Ich liebe sie von ganzem Herzen. Und ich hoffe, dass diese Liebe sich irgendetwas einfallen lässt, dass sie wieder zu mir zurückkommt. Zu uns. Ich glaube an unsere Familie. Und ich werde Lena nicht einfach so kampflos aufgeben. Wir haben eine Krise, das ist wahr. Aber noch ist es nur eine Krise.«

Marie sah ihren Vater an und um ihre Lippen zuckte es. Ihre Augen wurden feucht und gewannen einen warmen Glanz.

»Wow, Paps«, sagte sie leise. »Ich hätte nie gedacht, dass es das noch gibt. Und dass ausgerechnet du das machst.«

»Was?«

»Um deine Frau kämpfen.«

Max sah zurück und sah in den Augen seiner Tochter Hoffnung und die Sehnsucht nach Liebe, die Sehnsucht, dass er, ihr Vater, ihr doch zeigen möge, dass es sie gab, dass es Werte gab wie Zusammenhalt, den Willen, Herausforderungen zu meistern, all das, was eine Ehe nicht leicht machte, aber all das, was Menschen veredelte, all das, was Liebe stärkte und reiner werden ließ.

»Das heißt nicht, dass ich gewinne«, sagte er leise.

»Es geht ja nicht ums Gewinnen, Papa. Es geht um das, was du gesagt hast. Um die Liebe. Dass es sie noch gibt. Dass du mir zeigst, dass es schön ist, eine Frau zu sein, wenn man eine sein will. Ob du Mama nun zurückgewinnst oder nicht.«

♫ ♫ ♫

Max lag lange wach im Bett. Marie und er hatten sich noch lange unterhalten und es schmerzte ihn, zu erkennen, dass er sich an kein einziges Gespräch in dieser Intensität mit ihr erinnern konnte und er so viele Einstellungen von ihr nicht gekannt hatte. Inzwischen realisierte er, wie er Lena unbewusst gezwungen hatte, so zu sein wie seine Mutter und die verdrehten Werte seiner Eltern zu leben. In einem weiteren Aufblitzen hatte er erkannt, dass das ein ewiger Kreislauf war: Dass unselige Muster von Generation zu Generation weitergegeben wurden, bis der Schmerz unerträglich wurde. Bis endlich mal einer aufhörte, Schuld und Liebe beim anderen zu suchen, und bereit war, auszubrechen.

Diese Unterhaltung hatte nicht nur sein Herz gewärmt, sie hatte ihm Mut gemacht. Es war tatsächlich so, wie sie alle sagten: Man kann aus jeder Situation etwas Positives gewinnen.

Marie hatte gefragt: »Papa? Was tust du, um Mama zurückzuholen? Ich meine, wenn sie es auch will?«

Sie hatte dabei geklungen wie ein kleines Kind.

Die Frage ließ ihn nicht los. Was wollte er tun? Was konnte er tun? Alles, womit er sie sonst sicher gemeint hatte, binden zu können, war dahin. Und sein gutes Aussehen zählte auch nicht. Es gab auch andere, die gut aussahen.

Er dachte an Volker:

»Jetzt hast du nur noch deine Liebe, die du in die Waagschale werfen kannst. Und du wirst doch hoffentlich nicht glauben, dass die leichter ist als deine vermeintlichen Fliegen-Fake-Gewichte.«

Er starrte mit offenen Augen an die Decke, dachte an die Meditation, an das, was er erlebt hatte, und flüsterte:

»Hey, wenn es stimmt, dass da eine Instanz in mir ist, wenn es stimmt, dass du da bist, dann rede mit mir. Ich höre zu.«

Er schloss die Augen. Es ertönte keine Stimme aus dem Off, die ihm den Weg wies. Nein, ihm schoss eine Idee in den Kopf, sogar mehrere. Ideen, die ihn elektrisierten und irgendwie lebendiger machten.

»Tatsächlich«, flüsterte er bewegt. »Es gibt dich!«

Er lächelte leicht und schlief endlich ein.

♫ ♫ ♫

Das Geschäft lief und lief und lief. Lena war rund um die Uhr beschäftigt und hatte plötzlich mit Größenordnungen zu tun, die ihr in den ersten Tagen gehörigen Respekt einjagten.

 Nur mit Mühe konnte sie sich freimachen für die zwei Tage in England, aber sie freute sich so sehr darauf, Matt zu sehen und sich bei ihm bedanken zu können. Sie sah auf ihr Handy. Wie immer waren kleine Nachrichten von Trixi darauf. Ihr »Lieb dich!« Oder »Freu mich auf dich!« Oder »Lust zu chatten?« Sie lächelte.

»Bin im Moment noch unter Strom – ich melde mich wegen unserem Date!«, schrieb sie zurück.

Dann fuhren ihre Finger unschlüssig über die Tastatur. Drückten auf das Profil von Max.

Sie war kurz davor, ein »Miss you« zu schreiben, als ihr bewusst wurde, dass er sich die ganzen Wochen nicht ein einziges Mal bei ihr gemeldet hatte.

Zögernd legte sie das Handy weg. Holte es wieder her. Er hatte gesagt, er wolle in sich gehen. Er redete mit Volker. Julia hatte auch das Gefühl, es drehe sich was.

Seine blauen Augen leuchteten aus dem Profilbild von WhatsApp.

»Miss you«, schrieb sie und drückte schnell auf Senden.

Die Nachricht ging nicht durch.

♫ After Tonight ♫

Justin Nozuka

Britta lief zur Höchstform auf. Seit dem Abend, als Max bei ihnen gewesen war, hatte sie rigoros die Seiten gewechselt und schwang sich nun zu seinem ultimativen Beschützer auf. Max hatte ihre Fantasie aufs Äußerste befeuert, vor allem aber ihr Mitgefühl.

»Mann, Mann, Mann, du bist ja komplett umgepolt!«, sagte Anke zu ihr.

»Überhaupt nicht«, erklärte Britta. »Ich stehe nach wie vor zu Lena und finde, sie hat recht, dass sie raus ist. Das war überfällig! Aber Max ist doch einsichtig und das muss man würdigen! Was ich will, ist, dass die beiden wieder zusammenkommen!«

»Hört sich vernünftig an«, erwiderte Anke zerstreut. Sie saß am Computer, recherchierte gerade etwas und war nicht so recht auf Brittas Helfersyndrom eingestellt.

Zehn Minuten später hielt ihr Britta mit leuchtenden Augen einen strukturierten Punkteplan entgegen, der Anke völlig vor den Kopf stieß.

»Sag mal, geht's noch?«, ächzte sie. »Das macht der nie mit! Nie! Und überhaupt! Er ist ein Mann! Spinnst du jetzt oder was?«

»Nee, gar nicht. Gib doch zu! Dich reizt das auch!«

»Britta! Max ist oberprüde!«

»Richtig! Das ist ja sein Problem! Genau da müssen wir ansetzen!«

♫ ♫ ♫

Kurze Zeit später bekam Max eine Einladung von den beiden Frauen, zu ihrer ersten ›Lektion‹, wie sie es nannten.

»Und Max«, sagte Britta eifrig zu ihm. »Bring Zeit mit! Du solltest dir an dem Abend auf keinen Fall mehr was vornehmen.«

Amüsiert über Brittas Dynamik sagte Max zu. Er war gespannt, was sie ihm erzählen wollten, aber erwartete sich nicht mehr als das, was er schon den Büchern entnommen hatte. Eigentlich hatte er sich gleich am nächsten Tag gefragt, ob das eine gute Idee gewesen war, die beiden aufzusuchen. Vor allem, weil er verdammtes Kopfweh von diesen elenden Schnäpsen bekommen hatte, das ihn eher ungnädig über seinen ersten Vorstoß denken ließ. Aber die Mädels waren so begierig darauf, ihm zu helfen, dass ihn das schon wieder rührte, und so tanzte er brav am Freitagabend bei ihnen an, froh, nicht alleine zuhause sitzen zu müssen. Auf seine Verbandsbrüder hatte er keine Lust, und zu Hause war es furchtbar einsam, seit Marie wieder gegangen war.

Anke öffnete die Tür, freundlich wie immer, und lotste ihn ins Wohnzimmer. Räucherstäbchenduft durchzog die Wohnung und es war extrem warm bei ihnen.

»Du meine Güte, ihr habt ganz schön eingeheizt«, sagte Max und zog seine Jacke aus. Auf dem Couchtisch stand eine Flasche Wein, eine Flasche mit Hochprozentigem und eine Teekanne.

»Ähm ... was habt ihr denn vor?«, fragte er misstrauisch mit Blick auf den Alk. »Ihr wisst doch, dass ich keinen Schnaps mag.«

»Deswegen haben wir ja auch Wein hingestellt«, meldete sich Britta. »Und Tee! Extra für dich! Setz dich!«

Sie hatte sich geschminkt und Max registrierte, wie rattenscharf sie aussah mit ihrem blonden Bob, den prallen Lippen und den weißen Zähnen. Ihre grauen Augen funkelten in freudiger Erwartung von was auch immer und resolut drückte sie ihn in den Sessel. Beide Frauen waren barfuß und betrachteten Max nun kritisch.

»Kannst du bitte Schuhe und Socken ausziehen?«, fragte Anke.

»Wie bitte? Warum denn?«

»Weil ich deine Füße sehen will.«

»Du willst meine Füße sehen?«, fragte Max verdattert. »Wozu soll das gut sein?«

Aber Anke kauerte sich schon vor ihn hin und zog ihm die Schuhe ab. Beunruhigt sah er, wie Britta die Schnapsgläser vollgoss.

»Das mit dem Schnaps habe ich aber schon verständlich rübergebracht, oder?«

»Ja, aber das ist wichtig«, setzte Britta eifrig dagegen und drückte ihm ein Glas in die Hand. »Erste Regel: Du musst uns vertrauen. Auf diesem Gebiet sind wir die Experten und du musst uns schlicht und einfach vertrauen. Also trink das mal, damit du lockerer wirst!«

»Davon krieg ich höchstens einen Mordsbrummschädel«, wehrte sich Max. »Hatte ich beim letzten Mal schon! Was wird das, Britta?«

»Das, worum du uns gebeten hast!«, rief sie mit einer solchen Vorfreude, dass ihm ganz anders wurde, während Anke das Licht dimmte und die Musikanlage bediente. TenCC tönte in den Raum und Max bekam die Panik, als er begriff, worauf sie hinauswollten.

»Hört mal, Mädels«, sagte er mit rauer Stimme, und stellte das Glas auf den Tisch. »Das geht nicht. No way! Keine Chance ... vergesst das, okay?«

Er war puterrot geworden und froh, dass Anke das Licht runtergefahren hatte und somit seine Gesichtsfarbe nicht mehr definierbar war. Der Raum füllte sich mit seiner Angst und den Erwartungen der Frauen, die Emotionen stießen aneinander und verursachten eine unangenehme Stimmung. Er sah zur Tür, aber die beiden stellten sich vor ihn und blockierten den Weg.

Max schwitzte unsäglich, als er sah, wie Anke langsam ihren Pulli über den Kopf zog. Es war heiß im Raum und blindlings griff er nach dem Shot und stürzte ihn hinunter. Britta stellte sich direkt vor ihn, bereit, die Knöpfe ihres Sweatshirts zu öffnen. Sie hatte einen sagenhaften Busen und er spürte, wie er darauf reagierte, spürte Erregung in seinem Körper und einen Moment lang hatte er die Hoffnung, dass dieser Albtraum, der ihn schon so lange quälte, wie durch ein Wunder vorbei wäre, und er hoffte es so sehr, dass er tatenlos weiter zusah, wie sie Knopf für Knopf ihre Fülle befreite, ihr Busen ihm fast entgegensprang und herrlich anzusehen war in den schwarzen Spitzendessous, die sie darunter trug. Sie schob ihren Finger unter den durchbrochenen Stoff, brachte ihre Brustwarze zum Vorschein und ungewollt keuchte Max auf.

Anke war so schlank wie Lena, ihr Körper eher knabenhaft, aber sie ließ ihn keineswegs kalt, als sie sich neben Britta stellte, als die beiden sich lasziv zur Musik bewegten, sich berührten, küssten, streichelten und einen erstklassigen Strip hinlegten. Und, oh ja, er war erregt, er war heiß, er konnte nicht verhindern, dass er reagierte, dass seine Hände zuckten, sein Unterleib von Blut durchströmt war und ihm noch heißer wurde, als Britta den Spitzen-BH fliegen ließ, ihm ein Stöhnen entfuhr, als Anke sich hinter ihn stellte, anfing, seine verhärteten Nackenmuskeln zu massieren und von hinten begann, sein Hemd aufzuknöpfen.

Berührung. Haut. Kontakt. Max schloss für ein paar Sekunden die Augen.

Ankes Wange lag an der seinen, ihr Haar floss an ihm vorbei, nahm ihm ein wenig die Sicht, ihr Atem hauchte an seinen Hals, er spürte ihre kleinen, festen Brüste an seinem Rücken und jetzt kam Britta, spreizte seine Beine, kniete sich dazwischen, und gab ihm vollen Blick auf ihren wunderbaren, prallen Busen. Max fühlte, wie das Blut in seinem Körper kreiste, er fühlte unbändiges Verlangen – und das wichtigste Teil machte nicht mit und blieb schlaff wie der Stängel einer verwelkten Pflanze.

Die Lust wich Verzweiflung und Scham, gefolgt von wachsender Panik. Selbst, wenn er gewollt hätte, er konnte nicht! Es fühlte sich entsetzlich an.

»Okay, stopp!«, sagte er heiser und versuchte, seine Beine zusammenzunehmen, was ihm aufgrund von Brittas kräftigem Körper nicht gelang. »Stopp, Mädels, ehrlich, ist gut gemeint, aber ich kann nicht mit anderen Frauen rummachen!«

»Hey, Mäxchen«, hauchte Britta, drängte sich an ihn, ihre Brustspitzen berührten seine Haut und wieder keuchte er auf. »Du bist in der Auszeit. Wie deine Frau.«

»Aber das bedeutet für keinen von uns, dass wir wild herumvögeln!«

»Wir vögeln nicht. Wir geben dir Nachhilfe, mein Süßer, das ist was ganz anderes.«

In Max flutschte die Panik hoch wie Erbrochenes. Verdammt noch mal, er musste aus dieser Nummer raus, bevor sie merkten, was los war!

»Aber … ich … kann nicht! Ich kann das nicht!« Er versuchte aufzustehen. Anke hinter ihm richtete sich sofort auf und ließ ihn los. Aber Britta war unsensibler und blieb, wo sie war. Als Max sich abrupt erhob, plumpste sie auf ihren Hintern.

»Ey, Mann, sei doch nicht so verklemmt!«, echauffierte sie sich und Max wurde rot, als Britta explizit auf seinen Schritt stierte und sichtlich enttäuscht war.

»Oh, wow, Anke«, sagte sie. »Ich glaube, er steht nicht auf uns.«

»Nein!«, stieß Max erleichtert hervor. »Ich stehe nicht auf euch! Und ich verstehe nicht, wie ihr mit einem Mann ... ihr seid doch Lesben!«

»Ja, aber manchmal sind wir eben bi«, erklärte Anke.

»Manchmal seid ihr bi«, wiederholte Max am Ende seiner Kräfte. Die Ereignisse der vergangenen Wochen, die Emotionsachterbahnen, Minderwertigkeitsgefühle, die Erlebnisse in Portugal und Berlin, die Qualen ... all das stürzte plötzlich massiv auf ihn ein. Er hatte keine Kraft mehr, war nicht gewappnet für solche Angriffe auf seinen Körper und auf sein Inneres. Sein Gesicht verzog sich. Er stand kurz vor einem Zusammenbruch.

»Sorry, wir haben nur gedacht, wir zeigen dir, was wir mögen und machen einen echten Anschauungsunterricht draus«, schmollte Britta. »So was kann man nicht in der Theorie üben.«

»Ihr wolltet wirklich, dass ich ... dass ich ... mit euch ... ins Bett gehe?«, presste Max hervor.

»Warum nicht? Du bist im Moment gerade frei! Warum nutzt du das nicht?«

»Weil ich nicht wirklich frei bin! Weil ich Lena liebe! Weil ich das alles mit Lena erleben will! Ich will es mit Lena herausfinden! Und weil ich sie nicht betrügen will!«

Mit einem Mal vermisste er seine Frau so sehr, schoss die Sehnsucht nach ihr, zusammen mit der Angst, sie könnte das ähnlich locker sehen wie Anke und Britta, wie Wasser aus einem defekten Hydranten so unkontrolliert in ihm hoch, dass Max in die Knie ging und weinte.

Anke und Britta wechselten einen Blick, zogen sich hastig die Pullis über, und hockten sich neben ihn. Sanft legte Anke den Arm um ihn.

»Max, entschuldige ... wir haben es wohl ein wenig übertrieben. Wir dachten, du könntest ein paar Streicheleinheiten gebrauchen.«

Aber Max brach endgültig zusammen und ließ zum ersten Mal seinen Tränen freien Lauf. Er weinte sich die Seele aus dem Leib und die beiden Frauen hielten ihn, trösteten ihn, legten sich mit ihm auf ihr Bett und hörten ihm zu, als er von seiner Liebe zu Lena erzählte, von seinem Bedürfnis nach einer intakten Familie, einem harmonischen Zuhause – und seiner Angst, dass Lena sich endgültig von ihm trennen wolle.

Unter Tränen erzählte er, dass Lena einen anderen kennengelernt hätte und der Riss in seinem Herzen schmerzte höllisch, schmerzte immer mehr, so stark, dass sein Herz brach, vollständig brach – und endlich war es offen.

Max redete und weinte, lag zwischen den Frauen, die ihn hielten und streichelten, sie tranken den Wein, der Max' Kopf angenehm lahmlegte, ihn etwas ruhiger werden ließ und schließlich, nach einiger Zeit, offenbarte er ihnen sein Problem.

»Ich bin für niemanden mehr interessant«, flüsterte er leergeweint. »Was nützt mir mein Aussehen, wenn ich nicht in der Lage bin, mit einer Frau zu schlafen ... mit diesem Problem.«

»Aber das ist doch gar kein Problem«, widersprach Britta und ihre Augen leuchteten warm. »Das ist doch fantastisch! Das ist die beste Voraussetzung für ein echtes Liebesspiel!«

»Wie, was meinst du damit?«, fragte Max verstört. Er lag zwischen Anke und Britta. Britta hielt ihn im Arm, was unglaublich guttat. Er ließ das einfach zu – was ebenso guttat.

»Du warst doch erregt«, sagte Britta. »Das habe ich deutlich gemerkt. Also spürst du was. Es ist ja nur so, dass er nicht steif wird.«

»Genau«, meinte Anke, richtete sich zögerlich auf, warf Britta einen Blick zu und sah wieder zu Max. »Wir haben alles vorbereitet. Wir könnten dir immer noch zeigen, was wir meinen.«

»Yep«, pflichtete Britta bei. »Irgendetwas sagt mir, dass du das dringend brauchst! Vor allem, dass du so überhaupt keine Ahnung von gar nichts hast!«

»Und du kannst jederzeit Stopp sagen«, warf Anke ein. »Wenn es dir zu viel wird, wenn du dich nicht wohlfühlst, hören wir auf, okay?«

»Aber ... ich ... wenn Lena das erfährt ...!«

»Sie erfährt es nicht.« Diesmal war Anke die Energische. »Außerdem: Sie ist vorerst weg. Und sie hat es so gewollt. Ihr habt Ehe-Stopp und du betrügst sie nicht. Du nimmst Nachhilfe. Und jetzt zieh dich aus. Du kannst deine Boxershorts anlassen, wenn dir das lieber ist.«

Max wehrte sich nicht mehr. Es war so warm und kuschelig bei den beiden, sein Kopf war ohnehin umnebelt und er brauchte dringend Zuwendung. Ehe er nachdenken konnte, hatten sie ihm sanft die Jeans abgestreift und die Socken ausgezogen.

»Leg dich hin«, kommandierte Anke. »Du musst nichts machen. Du sollst sogar nichts machen. Du darfst jetzt nur genießen.«

Sie holten heißes, aromatisiertes Wasser und kleine Frotteetücher, die Musik dudelte leise in den Raum, die Kerzen brannten und die zwei Frauen knieten rechts und links von ihm auf dem Bett. Etwas angenehm Heißes legte sich auf seinen verspannten Rücken. Tücher, die sie in das Wasser tauchten, auf seine Haut pressten und seinen Körper damit abfuhren. Unwillkürlich seufzte Max auf und ließ sich ein wenig mehr fallen. Federn kitzelten seine Haut, Seide strich darüber, Hände massierten ihn, er roch Orangenöl, spürte Finger auf seinem Körper, fühlte, wie sie seine Zehen weich kneteten, seine Beinmuskeln, den Rücken, die Schultern, über die Kopfhaut fuhren, fühlte überall Hände, sank in diese Zärtlichkeit, spürte, wie sie ihn umdrehten und eine von ihnen Küsse auf seinen Brustkorb setzte.

»Er ist so süß, nicht?«, hörte er Britta wispern. »Und so hübsch!«

Max' Mundwinkel zuckten ein wenig nach oben, aber er hielt die Augen geschlossen. Er lag in einem herrlichen Delirium und fühlte sich wie im Himmel, wollte das genießen, solange es ging, diese Massage, diese Berührung, diese Sanftheit und er ahnte, dass es das war, was Lena von ihm gewollt hatte. Etwas, was er ihr immer geben konnte.

Frauenhände liebkosten seinen Körper, er schlief ein wenig ein, wachte wieder auf und spürte, wie Brittas praller Busen sich an seiner Brust rieb. Unversehens schlug Max die Augen auf und die Lust schoss wie eine Granate durch seinen Körper.

Britta saß über ihm, sie war angetrunken, zog ihr Höschen aus und gab ihm Anweisungen. Anke gesellte sich dazu. Sie spielten mit Max, sprachen mit ihm, murmelten Geheimnisse in sein Ohr, kicherten, wenn er reagierte, sagten ihm, was sie mochten, streichelten ihn, streichelten sich selbst und er streichelte sie. Max war bis zum Anschlag erregt, Britta flüsterte ihm Dinge ins Ohr, die ihn fast wahnsinnig machten, sagte ihm wieder, wie sie es wollte, wand sich auf ihm, wand sich unter ihm, irgendwas machte er wohl richtig. Das machte ihn mutiger und neugierig – er fing an, die zwei Frauenkörper zu erforschen, sie zum Klingen zu bringen, wie Instrumente, denen er Töne entlockte, süße Töne, Töne, die ihn glücklich machten. Max gab jeden inneren Widerstand auf und ließ sich mit allen Sinnen in diesen liebevollen, erotischen Fluss fallen.

Alles war so bewusst und intensiv, es war schön, es war sanft, es war Genuss. Sie waren erregt und genossen schlicht dieses Verlangen, zögerten den Höhepunkt hinaus, weil er das Spiel abrupt beendet hätte, weil der Weg viel schöner als das Ziel war. Max wurde nicht steif, aber er befand sich in einem Zustand, der jenseits von dem war, was er jemals erlebt hatte. Britta stöhnte, ihre Hände fuhren über seinen Körper, ihr Mund war überall, brachte ihn zum Keuchen, sie hielt seine Hände fest, während Anke sich an seinem Unterleib zu schaffen machte. Max wurde fast wahnsinnig, weil es immer weiterging, weil sie es bis zum Exzess hinauszögerten. Seine Erregung wuchs und wuchs und löste sich schließlich in einem so gewaltigen Höhepunkt auf, dass er für Sekunden nicht mehr wusste, wo er war.

Es war viel schöner als alles, was er sonst so unter Sex verstanden hatte. Es war nicht einfach nur ein Höhepunkt, es war ein Glücksgefühl, ein vollendeter, natürlicher Abschluss von etwas Wunderschönem. Alle drei fühlten sich erfüllt, schliefen ein, ihre Körper aneinander gekuschelt, gesättigt von Liebkosungen und Zärtlichkeit.

Max fühlte sich seit Wochen endlich geborgen und sicher. Und zum ersten Mal seit langem war er völlig entspannt. Seine Tränen sowie dieses Erlebnis hatten seine Weltsicht auf immer verschoben. Weit verschoben. Die Dominosteine in ihm klickten und klickten. Endlos.

♫ ♫ ♫

Als er aufwachte, lag er allein im Bett. Anke und Britta hatten Frühstück gemacht und es duftete nach Kaffee, frischen Brötchen und Zuhause.

Er war ein wenig unschlüssig, was er von dem gestrigen Abend halten sollte, aber als er vom Bad zurückkam und das zärtliche Lächeln in den Gesichtern der Frauen sah, war er sich sicher, dass er diese Nacht nicht missen wollte. Dazu war es zu schön gewesen. Und nein, er hatte nicht das Gefühl, Lena betrogen zu haben. Warum, wusste er nicht. Ein bisschen war es so, wie es Lena mal ausgedrückt hatte: Das war so ein ›Ich-kann-nichts-dafür-Sex‹ gewesen, den Frauen sich oft wünschten, um ihr Gewissen zu rechtfertigen. Britta und Anke hatten ihn verführt, nicht er sie.

»Geht es dir gut?«, fragte Britta.

»Ja«, lächelte er. »Richtig gut. Danke, Mädels. Aber ich denke, es sollte trotzdem unser kleines Geheimnis bleiben.«

»Mach dir mal keine Gedanken«, grinste Anke. »Lena weiß, dass wir Tantra-Spezialisten sind. Ich denke, sie ist ganz froh, wenn du mal eine kleine Einweisung bekommst!«

»Da wäre ich mir nicht so sicher«, meinte er. »Treue war für uns ein ganz entscheidender Faktor in der Ehe.«

»Was man halt so unter Treue versteht«, entgegnete Anke ernst. »Du kannst die Dinge nicht über einen Kamm scheren, Max. In einer anderen Situation und bei einem anderen Mann wäre es ganz sicher Betrug. Aber in deinem Fall ist es etwas, was deine Ehe retten könnte. Und selbst, wenn es das nicht tut, dann bringt dich das im Bereich Beziehungen weiter. Du weißt doch jetzt so viel mehr.«

»Ja«, schlug auch Britta in die Kerbe. »Du hast es für Lena getan, *für* deine Ehe, und nicht, um aus ihr auszubrechen. Du hast es getan, weil du deine Frau liebst. Ich finde, das ist ein großer Unterschied.«

Max nickte.

»Und wir sind noch lange nicht am Ende«, grinste Anke spitzbübisch. »Volker hat gesagt, du kennst dich mit gar nichts aus. Noch nicht mal mit ein bisschen Spielzeug?«

Max lachte.

»Ja, die Teile sind mir unheimlich«, gab er zu. »Die Seite, die Volker mir empfohlen hat, hatte über neunhundert Vibratoren im Angebot!«

»Das hat dich geschockt, was?«, lachte Britta.

»Mehr noch die Bewertungen der Männer und Frauen – und die Kommentare drunter«, sagte Max. »Ich glaube, die Welt hat sich eine Zeit lang ohne mich gedreht.«

Er unterhielt sich noch gut zwei Stunden mit ihnen, bevor er aufbrach. Es war lange her, dass er so gut gefrühstückt hatte wie an diesem Morgen und trotz der Alkoholmenge hatte er kein Kopfweh, im Gegenteil: Er fühlte sich wunderbar entspannt und dachte über vieles nach. Etwas in ihm war vollständig aufgebrochen und verschaffte ihm Zugang zu ganz anderen Dimensionen.

Als er nach Hause kam – von der gemütlichen Wohnung in sein müffelndes Haus, hatte er das Bedürfnis, aufzuräumen und sauber zu machen. Er brauchte den ganzen Samstag – und war dann immer noch nicht fertig. Wie innen so außen.

♫ ♫ ♫

»Hey, Johannes«, sagte er. »Schön, dass du da bist! Wie geht es dir?«

»Soweit ganz gut. Und dir?«

»Besser.«

»Und Mama? Ist sie wieder da?«

Unwillkürlich sah sich Johannes um. Das Haus war sauber und doch war klar zu spüren, dass etwas fehlte.

»Nein, ist sie nicht. Stehst du mit ihr in Verbindung?«

»Ja, sie schreibt mir über WhatsApp. Aber nur so Unverbindliches. Und wie du es gewollt hast, habe ich nichts gesagt.«

»Ja, das ist gut, danke«, sagte Max.

»Und ... wie geht es jetzt weiter zwischen dir und ihr?«, fragte Johannes.

»Wir sprechen uns bald. Und dann müssen wir sehen.«

Johannes kniff die Lippen zusammen.

»Johannes, du bist noch jung«, fing Max an. »Aber immerhin schon dreiundzwanzig. Du hattest bisher noch keine Freundin.«

»Wie denn? Die Lernerei, die Auslandsaufenthalte ... das mit den Mädels ist nicht mehr so einfach, Paps.«

»Warum? Ich meine, hast du das Gefühl, es liegt an dir? Weil du dann deinen Verdienst teilen musst?«

Sein Herz klopfte, als er das fragte, er wurde rot und hoffte, dass Johannes das nicht auffiel.

»Ich würde gern das, was ich habe, mit einer Frau teilen, Papa«, sagte Johannes ernst. »Aber die Frauen sind nicht mehr bereit dazu. Zumindest nicht die in der Uni. Finde mal eine, die für dich und eine Familie ihre Karriere aufgibt. Sie sehen alle, dass Ehe nicht mehr funktioniert, dass es ein Modell ist, das ausstirbt, und alle haben Angst. Keiner glaubt mehr dran, dass es möglich ist, für immer zusammen zu sein. Und diese alten Ehen von früher, die Zeiten, als goldene Hochzeiten gefeiert wurden, die sterben buchstäblich aus. Vielleicht haben die auch nur deshalb solange gehalten, weil damals Scheidungen noch etwas Verpöntes waren.«

»Aber ... die meisten dieser Ehepaare sehen glücklich aus«, hielt Max schwach dagegen. »Zufrieden.«

»Na ja, Glück«, antwortete Johannes. »Was ist das? Bist du glücklich, Papa? Hättest du Mama glücklich machen können oder sie dich?«

»Nein«, sagte Max leise. »Sie kann mich nicht glücklich machen. Und ich nicht sie.«

Und als Johannes ihn erstaunt und fast enttäuscht ansah, fuhr er fort: »Weil du dich nur selber glücklich machen kannst. Das ist das, was wir in unserer Ehe versäumt haben. Beide. Wir haben vergessen, nach dem Glück zu streben. Wir haben immer nur die

Umstände oder den anderen dafür verantwortlich gemacht. Wir haben vergessen, dass Glück in uns wohnt und nie außerhalb von uns sein kann.«

»Oh, wow, tiefe Einsicht«, sagte Johannes einigermaßen verdattert. »Bist du jetzt spirituell geworden, oder was? Und was machst du jetzt, wenn du das weißt?«

»Ich hole sie mir wieder, Johannes«, antwortete Max. »Ich hole sie mir wieder, weil ich sie liebe und ich weiß, dass sie die Frau meines Lebens ist.«

»Und wenn sie nicht will?«

»Dann muss ich das akzeptieren. Aber sie wird trotzdem die Frau meines Lebens bleiben. Und ich bin bereit, solange zu kämpfen, bis sie ein klares, unwiderrufliches Nein ausspricht. Das hat sie bisher nicht getan. Und bis dahin werde ich nicht aufgeben.«

Als Max seinen Sohn ansah, bemerkte er zu seinem Erstaunen, dass er feuchte Augen hatte.

»Danke, Papa«, sagte er. »Du glaubst gar nicht, wie sehr mir das hilft. Ich war so verzweifelt, dass es auch zwischen euch nicht funktioniert. Ich dachte, es gibt keine echte Liebe mehr auf dieser Welt. Niemanden mehr, der bereit ist, daran zu glauben. Aber ... wenn ich das so mitbekomme, dann weiß ich, es gibt sie doch. Vielleicht zeigt sie sich nicht immer so, wie man es gerne hätte, aber ich bin dir so dankbar, dass du überhaupt sagen kannst, dass du Mama liebst. Dass du nicht böse geworden bist, wie so viele. Dass du sogar was daraus machst. Das bedeutet mir so viel!«

Max presste die Lippen zusammen und konnte fast die Tränen nicht zurückhalten. Er verstand. Es ging nicht darum, für immer zusammenzubleiben, wenn es nicht passte, es ging darum, die Liebe in sich zu entdecken. Und einen Menschen zu finden, mit dem man das ein Leben lang tun konnte, war ein fantastisches Unterfangen. Ein Unterfangen, das man Ehe nannte. Er verstand auf einmal, wie wichtig es war, an Liebe zu glauben und sie nie aufzugeben. Er verstand zum ersten Mal in aller Klarheit, wie wichtig diese Suche nach der eigenen Liebe war und welche Kreise das zog. Es betraf ihn, seine Frau, seine Kinder, deren ungeborene Kinder, alle Menschen, mit denen sie zusammen waren. Er verstand, dass seine veränderte Denkweise andere Energien in die Welt setzte ... er verstand auf einmal so viel, dass er kaum atmen konnte. Es fiel in ihn ein wie ein tosender Wasserfall und er konnte nur dasitzen und die Flut der Erkenntnisse über sich ergehen lassen.

Seine Arme öffneten sich, sein Sohn umarmte ihn. Es war ein rundes, gutes Gefühl.

»Wenn ich dir helfen kann, Paps«, sagte Johannes, »lass es mich wissen ... ich will Mama auch wieder. Ich will an eine Familie glauben, daran, dass es geht!«

Seine Worte waren wie ein Auftakt, wie ein Startzeichen für die Vorhaben, die Max gefasst hatte.

Wieder hatte er Volkers Worte im Ohr:

»Alles, was du jetzt in die Waagschale werfen kannst, ist deine Liebe zu ihr.«

Hoffentlich hatte er noch Zeit dafür.

Er ahnte gar nicht, wie berechtigt diese Sorge war.

♫ Versace On The Floor ♫

Bruno Mars

»Matt, ich bin im Whatley Manor und habe gesehen, das ist gar nicht so weit von deinem Zuhause entfernt!«

»Whatley Manor! Da hast du aber gut gewählt! Ja, ich wohne fast um die Ecke! Möchtest du kommen?«

»Aber Matt, heute bin ich dran! Ich habe schon alles arrangiert! Und ich freue mich so! Auf dich und darauf, dich einladen zu dürfen!«

Matt lachte. Wie immer war er glücklich, ihre Stimme zu hören, glücklich über jede Sekunde mit ihr und sie war wie immer gerührt davon.

Lenas Tage waren voll, sie konzentrierte sich wieder mal nur auf den Augenblick. Die Tage in Berlin verursachten immer noch Nachwehen und sie las oft ihre Aufzeichnungen durch. In die Zukunft mochte sie nicht schauen, dazu arbeitete das Ganze noch zu sehr nach. Sie spürte jedoch klar, dass sie das Gespräch mit Max nicht länger hinausschieben konnte.

Doch jetzt war sie hier, in England, in einem Hotel, dessen Gartenanlage und Interieur sie sofort verzaubert hatten. Galant hatte sie der Concierge durch die Räume geführt, die Bibliothek, die mit großen Ohrensesseln versehen war, das große Foyer, mit den gemütlichen und gleichzeitig stilvollen Polstermöbeln und dem charakteristischen Kamin. Er hatte ihr den luxuriösen Diningroom gezeigt und war sogar mit ihr in das Spa, das eine Fülle an Behandlungsmöglichkeiten bot, hochgegangen. Lena fühlte sich wie im Himmel und freute sich wie toll auf Matt, freute sich darauf, mit ihm einen zauberhaften Abend zu verleben.

Das ganze Universum schien sie dazu einzuladen. Sie entspannte in Sauna und Dampfkammer, gönnte sich eine Massage, ließ sich dann Kaffee aufs Zimmer bringen und bereitete sich auf den Abend vor.

Wieder zögerte ihre Hand zwischen zwei Bügeln. Das rauchblaue Seidenkleid hing im Schrank, die passenden Schuhe standen darunter. Daneben baumelte ein schwarz-goldenes, kurzes Versacekleid, zu dem sie sich ein paar absolut stylishe Stiefeletten geleistet hatte. Geld spielte plötzlich keine Rolle mehr – und ja, es war befreiend in gewisser Hinsicht, aber es beseitigte nicht die Qual, wenn sie an die zwei Männer dachte, die ihr Herz bewegten.

Sie griff nach dem schwarzen Kleid, schminkte sich, schlüpfte in die Stiefeletten und drehte sich vor dem Spiegel. Heute sah sie super aus! Ihre Augen strahlten vor Vorfreude, ihre Haut war gut durchblutet, das Haar saß – und sie wusste, unten saß Matt und wartete auf sie.

In einem Überschwang von Gefühlen drehte sich Lena um sich selbst und war voller Dankbarkeit für das Leben, selbst für die Schwierigkeiten, und fühlte eine so tiefe Verbindung mit sich selbst, wie sie sie nie zuvor gespürt hatte.

Es hatte sich so viel geändert! In so kurzer Zeit! Plötzlich kam ihr, wie sehr doch Liebe das Leben veredelte und alle Herausforderungen in ein weicheres Licht tauchte, in ein verständnisvolles Licht. Voller Dankbarkeit und Liebe dachte sie an Max und empfand keinen Widerspruch, mit der gleichen Intensität an Matt zu denken.

Gesättigt von dieser profunden Energie lief sie nach unten.

Da saß er, diesmal im Anzug, und er sah atemberaubend aus. Gedankenverloren weilte sein Blick auf dem wunderbaren Garten. Leise Pianomusik perlte durch das Foyer und als er Lena auf sich zukommen sah, stand er auf, schloss den Knopf seines Jacketts und wie so oft verbanden sich ihre Blicke. Ein paar Meter vor ihm breitete Lena ihre Arme aus und segelte auf ihn zu. Matt schmolz und umarmte sie sanft.

»Lena«, flüsterte er in ihr Haar. »Gott, ich freue mich so sehr, dich zu sehen!«

»Und ich erst!«, lächelte sie. »Du trinkst doch sicher ein Glas Cham... oh ... du warst schneller als ich!«

Sie lachte, als sie sah, dass er eine ganze Flasche geordert hatte.

»Matt, du weißt doch, ich trinke nicht viel! Du willst doch nicht, dass ich dich anlalle!«

»Nein, das will ich nicht. Deshalb bin ich auch deiner Kaffeesucht nachgekommen und habe uns einen doppelten Espresso bestellt. Und dann müssen wir noch einen nach dem Essen trinken – damit der Abend so lange wie möglich dauert!«

Sie lachte wieder. »Also dann!«, sagte sie vergnügt. »Stoßen wir auf einen ganz besonderen Abend an!«

Er lächelte, die Gläser klangen aneinander und es wäre so passend gewesen, sich zu küssen. Alles zwischen ihnen war so harmonisch, so stimmig und natürlich. Lena hatte das nun schon so oft zwischen ihnen festgestellt, dennoch warf es sie jedes Mal um.

»Ich kann es kaum glauben! Ich bin hier mit dir in England!«, sagte sie. »Und es ist so schön, mit dir hier zu sein.« Ihre Stimme klang dunkel und sie konnte sich nicht dagegen wehren, an Max zu denken. Es wäre auch schön gewesen, mit Max Champagner zu trinken.

»Ich weiß, was du denkst«, sagte Matt leise. »Es ist okay. Es geht immer noch alles viel zu schnell.«

»Das stimmt. Bin dir wirklich dankbar, dass du so verständnisvoll bist. Aber ...« Sie nahm wieder ihr Glas hoch und strahlte ihn an. »Heute Abend bist du die Hauptperson und du ahnst gar nicht, wie sehr ich das genieße, mich bei dir in aller Form bedanken zu können! Es ist mir ein so großes Bedürfnis!«

Matt lachte. »Aber ich habe doch gar nichts gemacht!«

»Doch! Du hast mir diesen geilen Grafiker vermittelt ... ich habe immer noch keine Ahnung, wie er das angestellt hat, aber die Umsätze überschwemmen uns! Inzwischen habe ich eine echte, kleine Firma mit zwei Festangestellten und drei Minijobbern. Matt, überleg dir mal, das alles ist innerhalb von sechs Wochen entstanden! Ich fasse es nicht!«

»Ja, das ist enorm«, sagte er. »Aber wahrscheinlich war einfach die Zeit reif dafür.«

»Anders kann ich es mir auch nicht erklären.«

»Und sonst, Lena, wie geht es dir sonst?«

»Wenn du eine Momentaufnahme willst: saugut! Wenn du eine längerfristige Prognose möchtest: miau. Keine Ahnung. Ich will heute einfach nur mit dir zusammen sein. Sonst nichts.«

Sie klang fast trotzig, ihre Augen blitzten und Matt strich ihr über die Wange.

»Du bist so süß, Lena. Und wenn du dich freust, bist du noch süßer! Du kannst das so rauslassen, das liebe ich an dir!«

Lena lachte wieder, zog ihr Handy aus der Clutch und zeigte ihm freudestrahlend die Umsatzkurve. Sie sprudelte und war voller Lebenslust und Vitalität. Matt wurde nicht müde, sie anzuschauen, lachte mit ihr über die Anekdoten, die sie zum Besten gab, und amüsierte sich wie immer über ihre Art, zu erzählen. Der Ober schenkte unauffällig Champagner nach und ehe sie sich's versah, steckte er die Flasche mit dem Hals voran ins Eis.

»Verflixt«, sagte Lena erschrocken. »Sag bloß, wir haben gerade eine Flasche Champagner gekillt?!«

»Sieht so aus«, schmunzelte Matt und verschwieg, dass sie das dritte Glas vor sich hatte.

»Irgendwie merke ich das heute gar nicht«, kicherte sie und hielt sich trotzdem lieber an Wasser. Dennoch perlte der Champagner in ihrem Kopf und setzte die Hemmschwelle, zu fühlen, was sie fühlen wollte, ziemlich nach unten.

Eine junge Frau vermeldete, dass ihr Tisch fertig sei, und führte sie in den Diningroom. Windlichter schufen ein warmes Licht auf den Tischen, in den Fensternischen, neben Blumengestecken – der Rahmen war hochromantisch. Lena berichtete von ihren Erlebnissen mit Nicole und die Atmosphäre gewann eine tiefere Note.

»Bist du mit deinen Lebensplänen ein wenig weitergekommen?«, fragte Matt.

Sie wusste, was er mit der Frage beabsichtigte und wich aus.

»Du machst das ja schon viel länger als ich und weißt, dass sich das alles erst setzen muss.«

»Ja, das weiß ich, Lena – und ich möchte dir sagen, dass ich dich auf keinen Fall zu irgendetwas drängen möchte. Wir kennen uns keine zwei Monate.«

»In diesem Leben«, setzte sie fast rebellisch hinzu, was ihm ein erfreutes Lächeln entlockte. Sie fuhr fort: »Ich habe in diesen wenigen Wochen intensiver gelebt als das letzte Jahrzehnt davor. Das macht mich schon nachdenklich.«

»Worauf führst du das zurück?«

»Dass ich endlich mal auf meine innere Stimme gehört habe«, antwortete sie.

Seine Hand tastete sich auf dem Tischtuch vor. Lena sah es und zu seiner Überraschung wich sie nicht aus, sondern ergriff seine Hand. Beide spürten den süßen, erotischen Schock, den die Berührung auslöste, den Strom, der durch ihre Körper lief. Verblüfft registrierte Matt, dass sie seine Hand nicht losließ, diesmal spielte sie mit seinen Fingern. Sie wollte die Verbindung halten, wollte diese belebende Elektrizität weiter spüren.

»Ich würde dich gern etwas fragen«, sagte Matt und drückte ihre Finger.

»Nur zu«, ermunterte sie ihn. »Du kannst mich alles fragen! Ich bin betrunken! Ich sage dir die Wahrheit.«

Er lachte leise.

»Als wir uns in Portugal verabschiedet haben, da hast du gesagt, dass du mich nicht gehen lassen kannst, ohne mir zu sagen, dass du mich liebst.«

»Ja, das stimmt«, antwortete sie, ohne zu zögern. »Und ich kenne den zweiten Teil deiner Frage. Du willst wissen, ob ich das ernst gemeint habe. Oder ob es nur dem Augenblick geschuldet war.«

»Exakt«, lächelte Matt, verzaubert von ihrer so ungeschminkten Offenheit.

»Die Antwort ist: Ja, ich liebe dich von ganzem Herzen und ich habe keine Ahnung, was das werden soll, weil ich auch Max liebe, meine Kinder liebe, meine Familie liebe – und weiß, dass ich nicht alles haben kann.«

Ihre Augen hatten sich verdunkelt, seine auch.

»Und was hast du vor?«, fragte er. »Bist du dabei, Entscheidungen zu treffen?«

»Nein. Gerade lebe ich von einer Sekunde zur anderen. Das ist mein derzeitiges Überlebensrezept. Ob es ein sinnvolles ist, weiß ich nicht. Aber irgendwann muss ich mich entscheiden. Wahrscheinlich eher, als mir lieb ist. Ich ... ich muss mit Max reden. Ich habe ihn seit sechs Wochen nicht gesehen. Das Gespräch ist überfällig.«

»Und als du in Berlin warst, mit Nicole, da ist es dir nicht klar geworden?«

»Mir ist vieles klar geworden«, sagte sie. »Aber das nicht. Ich habe erlebt, wie sehr wir, du und ich und Max, miteinander verbunden sind. Aber ich habe auch eine Frage an dich: Was hast *du* gesehen? Was hat dich zu diesen vielen Äußerungen veranlasst, die mich vermuten lassen, dass du weißt, was passiert?«

»Ich hatte gehofft, dass du es selbst siehst«, antwortete er und seine Stimme klang dunkel. »Ich kann es dir nicht sagen. Nicht ich. Und bitte, lass uns das Thema wechseln ... du hast übrigens noch immer nicht das Seidenkleid getragen!«

»Ja, stimmt«, lächelte sie. »Mal sehen, wann sich das ergibt. Und ob.«

Dann erzählte sie noch ein wenig von ihrer Firma, während das Dessert serviert wurde, der Abschluss eines leichten vegetarischen Acht-Gänge-Menüs mit verschiedenen Weinen. Aber Lena fühlte sich trotz der ungewohnten Alkoholmenge nicht betrunken, maximal beschwipst. Sie war noch munter und wach und wollte gerade einen Gang in die Bar vorschlagen, als Matt sagte:

»Hast du Lust, bei mir zu Hause ein Glas Champagner zu trinken?«

Sie schwieg. Sie wusste, was das bedeutete. Seine Worte waren wie ein Streichholz, das an eine leicht entzündbare Lunte gehalten wurde.

»Wenn du dafür sorgst, dass ich wieder hierher zurückkomme?«, versuchte sie, die Schranke noch unten zu halten. »Dann gerne. Obwohl es sicher vernünftiger wäre, dein Zuhause morgen bei vollem Bewusstsein zu erleben.«

Sie lächelte ihn an, aber der Blick, den er ihr zurückgab, war brennend und voll. Oh, ja, sie wusste, was das bedeutete. Sie wusste es genau und als sie aufstanden und er wie selbstverständlich ihre Hand nahm, flutete eine Hitzewelle durch ihren Körper, die mit den Wechseljahren überhaupt nichts zu tun hatte. Ihre Hand verkrampfte sich ein wenig in der seinen und er drückte sie beruhigend. Schweigend gingen sie nach draußen in die laue Sommernacht. Irgendwo plätscherte Wasser, die Grillen zirpten. Rosen dufteten. Musik drang aus den romantisch erleuchteten Sprossenfenstern des Hotels. Matt stand dicht bei ihr, als hätte er Angst, sie reiße im nächsten Moment aus. Sein Körper war wie ein Ofen, hatte diese verdammt aphrodisierende, alles in Flammen setzende Wirkung auf sie. Jede Zelle in ihr loderte lichterloh, jede schrie nach ihm. Und sie erinnerte sich daran, wie oft es schon in ihr gelodert hatte, wie oft sie schon in diesem Zustand der Erregung gewesen war – und wie unerfüllt das bisher geblieben war.

Das Taxi kam. Sie setzten sich auf den Rücksitz, ihre Schultern berührten sich. Ohne nachzudenken, lehnte sie ihren Kopf an ihn. Sie konnte nicht anders. Sie wollte den Moment, wollte nicht denken, nicht grübeln, wollte nur genießen und es fühlte sich richtig an.

Matts Herz schlug heftig und sie spürte es ... hörte es, merkte, wie er auf sie reagierte, wie erregt er war und er eisern nach vorne blickte, um sich zu beherrschen.

Sie dachte an das, was sie Matt gesagt hatte. Dass sie ihn liebte. Dass sie Max liebte. Aber heute war Matt bei ihr. Er war so lebendig und so warm und sie nahm seine Gegenwart mit einer Intensität wahr, die das Blut rasend schnell durch ihre Adern trieb. Sein Körper, seine Ausstrahlung waren wie eine Decke, in die sie sich hüllte, und unwillkürlich drängte sie sich dichter an ihn. Ihr Arm machte sich selbstständig, schlängelte sich um seine Mitte und zog ihn an sich.

Matt verlor die Beherrschung. Mit einem Keuchen fasste er sie um die Taille, drückte sie an sich, seine Lippen suchten ihren Mund und als Lena bereitwillig den ihren öffnete, entrang sich ihm ein Laut, und seine Zunge drang mit einem so hemmungslosen Verlangen in ihren Mund, dass sie vor Lust verging, allein schon von diesem Kuss, vom Kontakt ihrer Lippen, ihren Körpern, die zueinander strebten und Verschmelzung suchten. Lena fiel ins Bodenlose, fiel endlos, hatte das Empfinden, das Bewusstsein zu verlieren. Sie spürte seine muskulöse Brust an ihrem Oberkörper, seine fordernde Zunge in ihrem Mund, seinen Arm, der sie an sich presste – und alles in ihr brannte, glühte, drängte sich ihm entgegen. Sie versank vollständig in dieser Lust.

Wie lange die Fahrt gedauert hatte, wusste sie nicht, es musste eine Minute gewesen sein. Plötzlich stand das Taxi vor einem imposanten Tor, das sich automatisch öffnete, fuhr eine imposante Allee entlang, parkte an einem imposanten Kiesvorplatz, an dem imposante, alte Steinstufen zu einer imposanten Riesentür führten, die von einem diskreten Butler geöffnet und wieder geschlossen wurde.

Matt sagte etwas zu ihm, hatte Lena an der Hand und ließ sie nicht los, als er mit ihr in sein Wohnzimmer ging, das nicht weniger imponierend war. Es war heimelig warm, ein großes Feuer brannte in einem Kamin und zwei mit prickelndem Champagner gefüllte Gläser standen auf dem niedrigen Couchtisch.

Amüsiert fragte sie: »Wann hast du denn das arrangiert?«

»WhatsApp«, antwortete er, lächelte nur leicht und drückte ihr ein Glas in die Hand.

»Hey, Matt, ich bin schon betrunken«, sagte sie.

»Nur ein kleiner Schluck, um anzustoßen, dass du hier bist. Hier bei mir.«

»Okay, ein kleiner Schluck«, murmelte sie, stieß mit ihm an und nippte nur ein klein wenig vom Inhalt.

Sie sahen sich an und seine Augen verschlangen sie. Sie schlug die ihren nieder. Panik erfasste sie, als sie merkte, vor welchem Schritt sie stand. Diesmal musste sie sich mit den Konsequenzen befassen, ob sie wollte oder nicht. Das war etwas, was nicht mehr rückgängig zu machen war. Das war etwas, was ihre bisherige Weltordnung durcheinanderbringen würde.

Sie entschuldigte sich, ließ sich die Toilette zeigen. Alles hier war super luxuriös, aber sie hatte kein Auge dafür. Völlig durch den Wind zog sie ihr Handy aus der Clutch und tippte Worte hinein.

»Julia, bist du noch wach?« Es war kurz vor Mitternacht, die Chance, sie zu erwischen, lag bei einem Prozent. Und so war es auch. Julia meldete sich nicht.

»Julia! Ich brauche dich! Dringend!«

Julia blieb stumm.

Verzweifelt tippte Lena die nächste Nachricht hinein.

»Trixi, wo bist du? Bist du da?«

Nichts tat sich.

»Brauche deine Hilfe! Bitte!«

Und da, da flammten Buchstaben auf, Trixi war da. Ihre alte Freundin, sie war da! Gott sei Dank. Und antwortete.

»Hey Süße, bei dir alles okay?«

»Nein! Ich brauche dich! Bin mit Matt zusammen ... bin betrunken ... wir sind bei ihm ... und ich weiß nicht, was ich machen soll!«

Sie traf nicht immer die richtigen Buchstaben, hoffte, dass Trixi aus ihrem Geschreibsel das Richtige herauslesen würde.

»Was ist los?«, fragte sie alarmiert.

»Bin hier mit Matt!«

»Kommt er dir zu nah?«

»Das ist es nicht, Trixi. Er darf mir ruhig nah kommen, verstehst du? Das ist ja mein Problem. Aber ich liebe auch Max ... und ... fuck, Trixi ... mein Körper brennt ... ich glühe! Ich habe knapp dreißig Jahre ... dreißig Jahre ... weißt du ... ich hab' das nie gespürt ... nie ... dreißig Jahre nicht ... Nie ... hab nicht so viel Zeit ...!!!«

»Lena, du bist immer noch verheiratet!«

Lena starrte auf die Buchstaben, war außer sich, war panisch, fühlte tausend Emotionen in sich, tippte, löschte, vertippte sich wieder und wieder, und drückte schließlich auf das Mikro.

»Verdammt, Trixi«, hetzte sie flüsternd hinein. »Weißt du, ich will einmal so fühlen, wie sie es immer beschreiben, einmal will ich das erleben ... nur einmal ... du kannst nicht wissen, wie das ist ... dreißig Jahre lang, immer nur fünf Minuten, immer nur dieses unerfüllte, bittere Gefühl danach ... immer nur jemand sein, an dem sich jemand abreagiert ... du kannst das nicht verstehen ... ach verdammt ... ich brenne so ...! Wenn ich gehe, bin ich wieder enttäuscht, wenn ich bleibe, hasse ich mich!« Sie schluchzte. Ihre Stimme war heiser, sie war voller Angst, voller Verzweiflung. Sie schickte die Nachricht. Sah auf die Uhr. Sie musste zurück!

Buchstaben leuchteten auf.

»Woher weißt du, dass es mit Matt klappt?«

Wieder drückte sie aufs Mikro.

»Das spüre ich!«, presste sie flüsternd in das Mikro. »Und er ist jemand, dem ich etwas bedeute ... Trixi, sag mir, was ich tun soll! Ich liebe doch auch Max! Und will ihm nicht wehtun!! Und gleichzeitig möchte ich einmal erleben, wie das ist ... nur einmal, ein einziges Mal!«

Trixi blieb stumm. Lena weinte. Sie war verzweifelt. Saß auf dem Klodeckel und wusste nicht, wie sie dieses Verlangen unterdrücken sollte, das Verlangen nach Matt, das Verlangen nach Erfüllung, danach, endlich mal hemmungslos sein zu dürfen und Erwiderung zu finden. Sich einmal als Frau fühlen zu können, mit jemandem, den sie liebte. Sie wusste so sicher, wie sie hier saß, dass es mit Matt kein Fünf-Minuten-Sex sein würde. Panisch sah sie auf das Display. Nichts.

»Trixi! Sag was!«

Trixi meldete sich nicht.

Lena stand auf. Sah in den Spiegel. Wischte sich die Tränen ab. Öffnete die Tür. Das Smartphone piepte:

»Tu's«, stand da.

Sie schloss kurz die Augen.

Sie ahnte, Trixi war die Falsche für so eine Entscheidung, aber wie falsch, das wusste sie in diesen Sekunden noch nicht.

♫ ♫ ♫

Matt war nervös. Lena kam nicht. Auch er war sich klar, was diese Situation bedeutete. Auch er war unsicher.

Doch dann hörte er ihre Schritte. Hörte, wie entschlossen sie ging. Unwillkürlich schenkte er sich einen Whiskey ein. Er würde ihn brauchen, wenn er ihr gleich ein Taxi rufen würde.

Lena kam ins Wohnzimmer. Ihr Blick fiel auf das Glas und sie nahm es ihm ab.

»Ich glaube, wir haben beide genug getrunken«, murmelte sie.

»Zeigst du mir dein Schlafzimmer?«

Matt zuckte zusammen.

»Bist du sicher?«

Sie nickte. »Ja, Matt. Nur für diese Nacht. Wenn du das kannst, bin ich sicher.«

Er nahm sie an die Hand und lief mit ihr eine geschwungene Treppe hoch, führte sie in einen nobel eingerichteten Raum, in dem ebenso ein Feuer brannte und Champagner stand. Lena schlüpfte aus ihren Schuhen, fühlte den weichen, dicken Teppich unter ihren Füßen und stellte sich mit gesenktem Blick vor ihn hin. Dann drehte sie sich um und sagte: »Machst du mir bitte den Reißverschluss auf?«

Sie nahm ihr Haar zur Seite, seine Hände öffneten den Verschluss, das Kleid fiel zu Boden. Lena stand in Unterwäsche vor ihm und sanft drückte er einen Kuss auf ihren Nacken. Sie erschauerte, alle Härchen stellten sich auf und sie wandte sich ihm zu, knöpfte langsam sein Hemd auf, zog es aus der Hose, öffnete den Gürtel, den Knopf, den Reißverschluss, raschelnd glitt der Stoff auf den Teppich. Sie traten aus den Kleiderbündeln heraus, näher ans Feuer. Matt strich von ihren Handgelenken nach oben, seine warmen Hände legten sich auf ihre Schultern, sie schmiegte sich an ihn. Sein Oberkörper war nackt, der ihrige fast – zum ersten Mal traf ihre Haut aufeinander. Lena wurde es schwindlig.

»Matt«, flüsterte sie. »Ich liebe dich. Und ich will, dass du weißt, dass ich mit meinem Mann eine Auszeit vereinbart habe. Sonst könnte ich das nicht tun.«

»Es ist gut, Lena«, murmelte er rau.

Er war erregt, umschlang sie, küsste sie und mit einem Aufstöhnen ergab sie sich völlig seinen Zärtlichkeiten. Sie sanken zu Boden auf das weiche Fell vor dem Kaminfeuer, dessen Flammen Schatten auf ihre Körper warfen. Matt liebkoste Lena mit einer Hingabe, die sie an den Rand ihrer Beherrschung brachte. Sie stöhnte, ihre Beine schlangen sich um ihn, ihre Hände streichelten seinen Körper, fuhren durch sein Haar, ihre Lippen brannten von seinen Küssen. Sie erkannte sich selbst kaum wieder, wollte, dass er in sie eindrang, aber er verweigerte sich ihr, erforschte sie, brachte sie zum Schreien, brachte sie zum Wimmern. Lustvoll wand sich ihr Körper in seinen Händen und Lena erlebte sich, wie sie sich nie zuvor erlebt hatte. Sie hatte ein so dringendes Bedürfnis, jede Zelle an ihm zu erkunden und mit ihm Dinge zu tun, die sie noch nie vorher gemacht hatte, sie befand sich in einer völlig anderen Welt. Matts Körper war für sie so unsagbar schön, so unglaublich erotisch und er gab sich ihren Liebkosungen auf eine Weise hin, die ihr die Tränen in die Augen trieb. Seine Hände schienen überall zu sein, seine Zunge schien überall zu sein, sein Körper war auf ihr, neben ihr, unter ihr und sie drehte fast durch, weil er es immer noch hinauszögerte.

»Matt«, flehte sie. »Oh, bitte ... ich will dich spüren ... bitte ...«

Wieder presste sie sich an ihn, öffnete sich für ihn und endlich, endlich nahm er sie. Es war wie ein Ritual, wie ein Fest, wie eine Erlösung. Lena hatte die Augen offen, sie sah Matt an, der die seinen geschlossen hielt und mit einem so leidenschaftlichen Gesichtsausdruck immer tiefer in sie eindrang, bis es tiefer nicht mehr ging. Dann verharrte er, öffnete die Augen, strich ihr das Haar aus dem Gesicht und suchte ihren Mund.

»Beweg dich«, flüsterte sie.

»Nein«, wisperte er zurück. Er lag auf ihr, genoss diese unglaubliche Erregung und küsste sie. Fordernd presste Lena ihr Becken gegen ihn, in einer Lust und Erwartung, die fast nicht mehr auszuhalten waren. Aber sein Innehalten hatte die gewünschte Wirkung. Ihr brach der Schweiß am gesamten Körper aus und sie wurde unter ihm immer wilder, konnte nicht mehr an sich halten, meinte, in der nächsten Sekunde explodieren zu müssen, und hörte nicht auf, immer heftiger gegen ihn zu drängen.

»Lena, du Hexe«, flüsterte er. »Wenn du so weitermachst, garantiere ich für nichts.«

»Oh, genau das will ich«, stöhnte sie. Ihr Oberkörper wölbte sich ihm entgegen, sie keuchte, sie war geladen bis zum Anschlag.

Er lachte leicht, strich ihr wieder das wirre Haar aus dem Gesicht und sie sahen sich an. Lenas Gesicht war Hingabe pur, zeigte ihm, dass sie kurz vor der Explosion stand, und dieser Ausdruck ließ einen so heftigen Blutschwall in seinen Unterleib strömen, dass es mit Matts Beherrschung endgültig vorbei war. Er stöhnte auf und ließ endlich seiner Leidenschaft freien Lauf. Ihre Hände verflochten sich ineinander, Lena spürte das weiche Fell unter sich, bäumte sich ihm entgegen, jedem Stoß von ihm, und verging vor Lust. Noch nie hatte sie so etwas erlebt und als er explodierte und mit einem Laut auf sie herabsank, kam sie in einer Heftigkeit, die ihr den Atem raubte, die ihr die vollständige Kontrolle über ihren Körper nahm, sie in einen göttlichen Rausch schickte und in köstlichen Zuckungen zurückließ.

Minutenlang zitterte sie nach, bebte, klammerte sich an Matt und er hielt sie, hielt sie fest, streichelte sie, jeden Körperteil von ihr, bis sie weich, hingegeben, und völlig erschöpft vor ihm lag.

Sacht zog er sie an sich, betrachtete er ihr schlafendes, glückliches Gesicht, über das das Feuer Licht und Schatten warf. Sein Herz klopfte und brannte in Liebe für sie.

Es war so unverhofft geschehen und trotz der Vereinbarung, trotz ihrer Worte, wusste er nicht, ob er je wieder darauf verzichten wollte. Er wusste, morgen würde sie leiden – wegen Max. Morgen würde auch er leiden. Aber heute, heute Nacht war sie bei ihm.

Vorsichtig nahm er sie auf seine Arme und trug sie ins Bett. Vollkommen erfüllt kuschelte sich Lena an ihn.

»Ich liebe dich, Matt«, murmelte sie schlaftrunken. »Auch, wenn ich es nicht dürfte. Aber ich liebe dich.«

♫ ♫ ♫

Als sie aufwachte, schlief er tief und fest. Das Licht des Mondes leuchtete silbern auf seinem Gesicht und zärtlich betrachtete sie es. Sie wollte ihn nicht berühren, damit er nicht aufwachte, stand leise auf, ging ins Bad, wusch sich das Gesicht, trank zwei Gläser Wasser und schlüpfte dann wieder zu ihm ins Bett. Wohlig kuschelte sie sich an seinen Körper und schlief wieder ein.

Als sie das zweite Mal die Augen aufschlug, war er schon wach. Er lag auf der Seite und strich mit einem Finger über ihren Körper, über die Hüfte und weiter hinauf zu ihrer Schulter und seine Berührung erregte sie wie stets.

»Du siehst süß aus, wenn du ungeschminkt bist«, flüsterte er. »Das gefällt mir noch besser!«

Sie wurde rot und brummte verlegen: »Zu viele Sommersprossen.«
Er küsste sie auf die Nase, sie musste kichern, dann schlang sie ihre Arme um ihn, ihre Hände landeten auf seinem Po, strichen seine Wirbelsäule hinauf und Matts Unterleib regte sich.

»Mmmh«, seufzte sie. »Du bist so schön! Und das gestern war so schön! Oh, es war so verdammt schön mit dir!«

»Lena, warte«, sagte er leise, als sie mit ihren Liebkosungen fortfuhr. »Du bereust es nicht?«

Erstaunt hob sie den Kopf. »Bereuen?«, wiederholte sie verblüfft und stützte sich auf. »Matt, das war das Wunderbarste, was ich je erlebt habe! Wie könnte ich das bereuen?«

»Du bist gebunden, Lena.«

»Ja«, flüsterte sie. »Ich weiß. Aber ich bereue diese Nacht trotzdem nicht. Ich bereue nicht, für diese Zeit mit dir zusammen zu sein. Und ich hoffe, du auch nicht.«

»Nein, ich ganz bestimmt nicht«, sagte er und lächelte zärtlich. Sein Finger stupste sie an der Nase. Ihr Mund verzog sich zu einem schelmischen Lächeln:

»Dann ... hättest du dann was dagegen, wenn ich ...«

»Wenn du was ...?«

Sie deutete mit beiden Zeigefingern auf seinen Unterleib. »Wenn ich mich mal mit diesem Teil von dir beschäftigen dürfte? Wenn wir das von gestern wiederholen? Oder möchtest du, dass ich zurück ins Hotel gehe?«

»Nein! Um Gottes willen! Bei dem Angebot sag ich nicht nein! Bedien' dich!«

Lena lachte, kniete, nackt wie sie war, über ihm und sagte dann wesentlich ernster: »Morgen muss ich zurück, Matt. Und was danach ist, wissen die Götter. Wir haben nur noch einen Tag.«

Sie liebten sich den ganzen Vormittag. Dann bekamen sie Hunger und Lena frühstückte mit Matt an einem opulent gedeckten Tisch in seinem Wintergarten. Bewundernd glitt ihr Blick nach draußen in den üppigen Garten.

»Du hast ein so schönes Zuhause«, sagte sie. »Es ist so groß ... für jemanden, der allein wohnt. Selbst für eine Familie ist es sehr groß.«

»Ja, sehr groß«, bestätigte er und schenkte Kaffee nach. »Aber ich liebe diese Weiträumigkeit – und auch die Natur. Ich habe lange gesucht, bis ich dieses Haus gefunden habe.«

Es war ein altes Herrenhaus, das er kernsaniert hatte. An den entsprechenden Stellen waren große Panoramafenster mit Blick in den Garten eingebaut. Innen war es eine Mischung aus Moderne und Tradition, hatte allen Komfort, den man sich vorstellen konnte, eine fantastisch ausgestattete Küche, ein Kaminzimmer, ein Frühstückszimmer, zwei Wohnzimmer, fünf Schlafzimmer, drei Bäder und einen Spabereich, der in einem Extraflügel untergebracht war. Und wie in England üblich, waren die Außenmauern über und über mit Klematis, Rosen und Efeu berankt. Lena liebte diese Kombination aus altem Stein, Grün und Blüten.

Sein Chauffeur fuhr sie nach dem Frühstück zurück ins Hotel, sie zog sich um und kam wieder. Matt zeigte ihr seinen Garten, der eher einer Parklandschaft glich, mit einem echten ›walled garden‹, wo Blumen, Kräuter, Beeren und Gemüse für den Eigenbedarf angepflanzt wurden. Lena kriegte sich fast nicht mehr ein vor Begeisterung und wandelte staunend durch sein fantastisch angelegtes Anwesen. Matt schmunzelte über ihren Enthusiasmus, machte mit ihr eine Tour durch die herrliche, ursprüngliche Natur der Cotswolds und Lena war hin und weg. Hier war es grün, grün, grün! Schafe und Kühe weideten auf saftigen Wiesen, sie passierten Dörfer, in denen die Zeit seit dem Mittelalter stehen geblieben zu sein schien, fuhren über Straßen, die so schmal waren, dass keine zwei Autos nebeneinander passten, und kamen schließlich am Stourhead Garden in Wiltshire an, von dem Matt behauptete, er sei einer der schönsten Gärten des Landes.

Er sollte recht behalten. Das Grundstück warf sie um. Auf Anraten von Matt begannen sie mit dem Garten, einem riesigen Hanggrundstück, in dem italienische Elemente wie ein Pantheon oder der Floratempel malerisch hineingeflochten waren. Der Besitzer hatte es meisterhaft verstanden, die umliegende Landschaft zu nutzen, sodass man meinte, sie sei ein Teil der Anlage. Der Weg verlief im Uhrzeigersinn vom Haus um einen wunderschönen See herum und jeder Meter offenbarte herrliche Blicke in die grandiose Kombination von kultivierten und wilden Pflanzen, Baumriesen, Blütenteppichen, Wiesen, Tempeln, Brücken und Bauminseln. All das schuf eine Schönheit, die Lena still werden ließ, einfach, weil sie mit Worten nicht zu beschreiben war, und sie verstand, warum Matt es vorzog, in England zu leben, hier in dieser Ecke, in der die Natur erhalten und geschätzt wurde.

Schließlich gingen sie zum eigentlichen Ausgangspunkt, dem gut erhaltenen Herrenhaus, zurück, in dem noch viele Räume zu besichtigen waren. In einem der riesigen Wohnzimmer waren die Wände mit Gemälden bestückt. Links hinten hing ein lebensgroßes vom Hausherrn, rechts das seiner Frau, die in Stil und Aussehen heftig an Gustav Klimts Judith erinnerte.

Die Portraits waren außergewöhnlich und verrieten so einiges von der sexuellen Neigung des Hausherrn – und seiner Bewohner. Lenas Blick fiel auf etliche Akte und verweilte an einer Darstellung, die auch Matt mit Interesse betrachtete. Ein junges Mädchen war darauf zu sehen, das auf einer Chaiselongue lag, nackt bis zur Hüfte. Sie neigte ihren Kopf verschämt zur Seite und ihre Handgelenke waren mit feinen Handschellen gefesselt, die an einer Kette am Bettgestell fixiert waren. Das Bild verströmte eine eigenartige Energie, keine gewalttätige, sondern eine subtil erotische, die das Dilemma des Mädchens beschrieb. Sie war zwar verlegen, aber dennoch in Erwartung sinnlicher Freuden. Ihr Mund schien zu beben und ihr Oberkörper sich ein wenig vorzuwölben. Es war nur sie auf dem Bild zu sehen und doch erahnte man die Hand, die sie streichelte, erahnte man, was der unsichtbare Partner mit dem Mädchen machte, erahnte man, wie sehr diese Hand und die Person dahinter es genossen, diesen Mädchenkörper zum Leben zu erwecken, ihn sich bewegen zu sehen.

Matts und Lenas Blicke trafen sich und eine Flamme schoss simultan in beiden hoch. Er packte ihre Hand, sie rannten fast zum Auto. Eine Stunde später waren sie bei ihm zu Hause und liebten sich bis zur Erschöpfung, als könnten sie damit die Zeit aufhalten. Aber sie lief – ihre letzten Stunden waren angebrochen. Der Tag neigte sich dem Ende zu. Eng aneinander gekuschelt lagen sie zusammen. Lena richtete sich ein wenig auf und sah Matt in die Augen.

»Matt, glaubst du mir, wenn ich sage, dass ich dich liebe?«

Seine Hand strich über ihren Rücken, sanft, zart, nur mit den Fingerkuppen. Er antwortete nicht gleich.

»Ja, ich glaube dir«, flüsterte er dann, aber seine Augen waren ein See voller Trauer. »Und ich weiß, was du damit sagen willst. Ich habe nichts anderes erwartet.«

»Und was will ich dir sagen?«, fragte sie mit zugeschnürter Kehle.

»Dass du zurück musst. Zu deiner Familie.«

Sie sog die Wangenhaut zwischen ihre Zähne, biss darauf, um nicht zu weinen.

»Ich ... ich habe Max so lange nicht gesehen. Ich weiß nicht, wie das wird, wenn wir wieder aufeinandertreffen, weiß nicht, wie er inzwischen denkt. Vielleicht will er ja einen Schlussstrich ziehen.«

»Glaube ich nicht.«

Sie schwieg eine Weile.

»Macht es Sinn, in Verbindung zu bleiben?«, fragte sie mit dünner Stimme.

»Ich werde immer mit dir in Verbindung sein«, sagte Matt ernst. »Immer, Lena. Du musst mir auch glauben, wenn ich dir sage, dass ich dich liebe. Aber ich verstehe, dass du auch deinen Mann liebst. Einer muss verlieren und ich vermute, das bin ich.«

»Wenn du verlierst, verliere auch ich«, flüsterte sie.

»Ja, aber du hast deine Familie. Deine Kinder. Deinen Mann.«

Sie blieb stumm. Sie liebte Matt, sie liebte ihn so sehr und ja, es war wahr, sie liebte auch Max – überall war Liebe und doch tat es weh, weil ein starres Schema ihr verbot, zwei Männer auf die gleiche Weise zu lieben. Nie hätte sie gedacht, mal solche Gedanken im Kopf zu haben, in eine solche Situation zu geraten.

Unversehens drehte Matt sie auf den Rücken und beugte sich über sie. In seinen Augen und Mundwinkeln saß ein winziges Lächeln:

»Hey, Lena, ich warte auf dich.«

»Nein, Matt, das solltest du nicht tun. Ich weiß nicht, was kommt.«

»Vertrau mir. Ich bin bei dir, wenn du mich brauchst.«

Etwas in seiner Stimme war zu gleichen Teilen tröstlich und schmerzlich. Lena hatte keine Ahnung, wie er das fertigbrachte, aber der Trost gewann und sie lächelte.

Als er eingeschlafen war, stand sie auf, zog sich leise an und ging. Sie musste ihm nichts schreiben. Es gab nichts zu schreiben. Sie wussten beide, dass sie es war, die die Richtung bestimmen musste.

♫ Lay Me Down ♫

Sam Smith

Nachrichten auf ihrem Handy.

Julia: »Lena, was ist los? Hab es zu spät gesehen. Ruf zurück, ich mache mir Sorgen.«

Geschäftliche Anrufe, Paul, Volker, Britta und Anke ...

Lena hätte erwartet, dass auch Trixi ihr geschrieben hatte, aber seltsamerweise war nicht ein Buchstabe von ihr zu sehen.

Im Hotel angekommen packte sie, wie erwartet, das Elend. Obwohl sie sich einen Freifahrtschein geholt hatte, nutzte der letztlich nichts, weil sie tief innen eine Verbundenheit fühlte, die mit einer mündlichen Vereinbarung nicht so einfach aufs Eis gelegt werden konnte.

Es war an der Zeit, mit Max zu reden. Mit den Kindern zu reden. Ihrem Leben wieder eine Richtung zu geben. Aber was das für eine sein sollte, wusste sie immer noch nicht. Sie wusste nur, sie bereute es nicht, mit Matt diese Tage verlebt zu haben. Dazu war es zu wundervoll gewesen. Sie bereute nur, ihm Leid zuzufügen, denn nun war es für sie beide schwerer, sich zu lösen, schwerer, aufeinander zu verzichten. Sie stellte sich vor, wie das wäre, sich von Max scheiden zu lassen, und merkte, dass sie das genauso wenig wollte. Dass ihr Herz auch schlug, wenn sie an Max dachte, und dass sie sich nach ihm sehnte.

Niedergeschlagen versuchte sie, Trixi zu erreichen.

»Trixi, ich würde so gerne mit dir reden. Am besten gestern.«
Trixi antwortete nicht.
»Ich hätte Zeit«, schrieb Lena. »Bin im Moment noch in England. Fliege in ein paar Stunden zurück. Ich bin frei. Ich könnte zu dir kommen.«
Trixi antwortete nicht.
Lena arbeitete Mails ab, erledigte Geschäftliches. Ihr Flug ging morgen Vormittag und sie hielt es hier kaum aus, ohne Matt und mit diesem Durcheinander, in ihr.
Dann besah sie sich erneut den gestrigen Schriftverkehr mit Trixi. Ja, es war falsch gewesen, ausgerechnet sie zu fragen. Trixi, mit ihrer offenherzigen Einstellung zu Sex.
»Tu's«
Das Wort sprang sie an.
»Hey Trixi«, tippte sie ein wenig mutlos. »Du schweigst doch nicht mehr. Wir könnten reden.«
Eine Minute später: »Komm schon! Rede mit mir!«
Sie rief sie an. Trixi ging nicht ran.
Schließlich holte sie tief Luft und rief Max an. Aber auch er hob nicht ab.

♫ ♫ ♫

Es regnete in Strömen und die Nacht war kühl. Britta und Anke hatten sich ins Bett gekuschelt und unterhielten sich noch leise, als es plötzlich laut und fordernd an ihrer Tür klingelte. Erschrocken fuhren sie hoch. Es klingelte noch einmal, so schrill und dringend, als wäre es dem Besucher unmöglich, auch nur eine weitere Sekunde länger zu warten.

Britta sprang aus dem Bett, warf sich ein Negligé über und lugte verwundert durch den Spion. Max stand draußen, völlig durchnässt und mit einem Gesichtsausdruck, der sie die Stirn runzeln und eilig die Tür öffnen ließ.

»Komm rein!«, sagte sie. »Du erkältest dich!«

Max stolperte ins Haus. Anke war in den Flur gekommen. Ein erschrockener Laut entfuhr ihr, als sie sein Gesicht sah und ein Strom von Mitgefühl floss aus ihren Augen. Er musste nichts sagen. Behutsam zogen sie ihm die nassen Sachen aus, gingen instinktiv mit ihm um wie mit einem verängstigten Kind.

Max zitterte und ließ alles mit sich geschehen. Sie trockneten ihn ab, warfen einen Bademantel über seine Schultern, aber das Zittern hörte nicht auf.

»Max«, fragte Anke schließlich leise. »Was ist los?«

Er brach in Tränen aus. »Ich will heute nicht allein sein«, schluchzte er. »Versteht ihr? Ich will heute einfach nicht allein sein! Ich halte es nicht mehr aus, allein zu sein ...«

Ohne ein weiteres Wort zogen sie ihn ins Schlafzimmer, legten ihn zwischen sich und gaben ihm ihre Wärme. Max weinte und sie ließen seine Tränen fließen, streichelten ihn und murmelten beruhigende Worte in sein Ohr.

Instinktiv bettete Britta seinen Kopf an ihre Brust und Max konnte sich im Moment kein tröstlicheres Gefühl vorstellen, als gehalten zu werden und an der Brust einer Frau zu liegen. Es war das Gefühl eines Kindes, das an der Mutterbrust weilt, das Nahrung in der

Nähe weiß und Sicherheit. Ein Kind, das den Herzschlag der Mutter hört.

Aber erst als er leergeweint war, beruhigte er sich und wurde still. Max sank. Er sank in eine Ruhe, die ihn umfing und ihn von seinem Leid trennte. Mit einem Mal fühlte er, dass er frei sein konnte. Wenn er das Leid endlich losließ. Wenn er Lena endlich losließ. Wenn er den Gedanken losließ, sie haben zu müssen.

Und mit diesem Gedanken war ihm, als bräche das Eis unter ihm, als falle er in etwas Unendliches hinein, als zöge sein ganzes Sein in einen winzigen und gleichzeitig gewaltigen Punkt in ihm. Ihm war, als wäre er in das Auge eines Sturmes gekommen, das ihm erlaubte, in aller Ruhe dieses qualvolle Emotionsbündel anzuschauen, mit dem er sich identifizierte. Mit Erstaunen sah er sich selbst, den Max, der litt, aber daneben noch etwas anderes, etwas, das vollkommen frei von allem war. Es war dieser Moment, in dem er vollständig aufgab, sich vollständig hingab – und da passierte es: Eine Flutwelle an Glück und Liebe durchströmte ihn, so gewaltig und so durchdringend, dass er minutenlang das Gefühl hatte, nicht mehr zu atmen. Stumm badete er in dieser Liebe, spürte, wie sie ihn durchdrang, aus ihm herausschoss, sich ausbreitete und ihn frei machte. Er spürte ein Lachen in sich, ein vollkommenes Glücksgefühl und begriff, wie mickrig das war, was er bisher unter Liebe verstanden hatte. Es gab eine andere Art von Liebe, eine, die ihn niemals im Stich lassen würde. Niemals. Max war in Kontakt mit sich selbst.

Erst nach Stunden ebbte das ab, aber diese Momente, Minuten, Sekunden in diesem Zustand hatten einen weiteren irreversiblen Eindruck hinterlassen. Er wusste, er konnte wieder dahin zurück. Und er ahnte, er würde dieses Wissen bald brauchen.

Britta streichelte ihn und dankbar schlang er seinen Arm um sie. Anke rückte von hinten an ihn heran und Max lag zwischen den beiden Frauenkörpern, geborgen und sicher. Sein Herz war warm. Nun wusste er sicher, wo er hinwollte. Was sein Endziel war.

♫ Photograph ♫

Ed Sheeran

Mitten in der Nacht bekam Lena eine Nachricht von Trixi.

»Hallo Süße, wie geht es dir?«

»Oh, Trixi, ich bin so froh, dass du dich meldest! Hab mir schon Sorgen gemacht!«

»Wo bist du?«

»Immer noch in England. In ein paar Stunden fliege ich nach Deutschland.«

»Bist du allein?«

»Ja, natürlich.«

»Das ist gar nicht natürlich. Vorgestern warst du nicht allein. Wie ist es gewesen? Hast du's getan?«

»Nein.«

Lena hatte das Wort schneller geschrieben, als sie es gedacht hatte. Aber es war ihr unmöglich, mit irgendjemandem darüber zu sprechen. Diese zwei Tage gehörten nur ihr und Matt. Er hatte sich nicht gemeldet und sie erwartete das auch nicht.

»Nein?« Zig Fragezeichen folgten und eine Phalanx an verdreht aussehenden Smileys. »Du. Hast. Nicht?????«

Lena lächelte leicht. So wie sie Trixi kannte, war es ganz sicher ein schwer entrüstetes Nein.

»Nein«, schrieb sie wieder.

»Oh, sag, dass das nicht wahr ist! Du hattest Max' Einverständnis!«

»Das ist kein echtes Einverständnis. Ich habe ihn dazu gezwungen, das ist mir jetzt klar. Du hattest mit einem Satz so recht, Trixi: Ich bin immer noch verheiratet.«

»Heißt das, du schläfst erst mit dem Typen, wenn du geschieden bist?«

»Nein, das heißt es nicht. Ich will Max sehen. Ich will spüren, wie das ist, ihn wiederzusehen, verstehst du, was ich meine?«

»Ja, du machst es also abhängig von diesem Treffen?«

»Ja, irgendwie schon. Trixi, du hast mich auf diesem Weg so begleitet ... sag mir, wo ich hinkommen soll, dann könnten wir doch endlich reden. Bist du noch an der polnischen Grenze?«

»Nein, am Bodensee!«

»Das ist genial! Könnten wir uns in Zürich treffen?«

»Gute Idee! Wir sehen uns! Endlich!«

»Ja, endlich!«, schrieb Lena. »Dann lass uns das fest ausmachen. Ich komme zu dir, danach rede ich mit Max. Ich weiß auch schon genau, wo wir uns treffen! In Zürich gibt es ein Fundbüro. Es heißt Fundbüro2 und befindet sich gegenüber dem echten Fundbüro.«

»???«

»Ja, hört sich gut an, oder? Das ist ein Kunstprojekt. Man kann dort nur Immaterielles abgeben oder als gefunden melden. Dinge wie Zorn, Angst, Liebe, Glück, Zuversicht. Ein idealer Treffpunkt, was meinst du?«

»Ja, klingt perfekt!«

»Oh, Trixi, ich kann kaum glauben, dass wir uns nach all den Jahren wiedersehen! Ich freue mich so!«

»Ich kann es auch kaum glauben, meine Süße. Ich freue mich noch mehr!«

»Noch eine Frage, Trixi, ist dein Haar noch immer so blond wie früher?«

»Nein.« Sie schickte einen zerknirschten Smiley mit. »Es ist grau.«

♫ ♫ ♫

Lena stieg ins Flugzeug und jede Meile brachte sie weiter weg von Matt und von dem Land, das sie bereits nach diesem kurzen Aufenthalt lieben gelernt hatte.

»Dort könnte ich leben«, dachte sie und war bestürzt über diese Erwägung.

Eineinhalb Stunden später setzte sie ihren Fuß auf deutsche Erde und fuhr zu Paul.

Es gab genug zu tun, um sich abzulenken, der Schreibtisch war voll. Julia war inzwischen als Ganztagskraft bei ihnen beschäftigt, koordinierte das Büro, verbrachte einen halben Tag im Office und konnte alles Weitere von zu Hause aus erledigen. Sie war im siebten Himmel, das war genau das, was sie sich immer erträumt hatte.

Die beiden Freundinnen umarmten sich innig, als sie sich wiedersahen.

»Alles gut bei dir?«, wollte Julia wissen. »Wie war es in England?«

»Das muss ich dir in Ruhe erzählen«, sagte Lena. »Das geht nicht zwischen Tür und Angel. Wie geht es Max?«

»Er redet immer noch viel mit Volker. Und Britta und Anke haben sich zu seinen Schutzengeln aufgeschwungen.«

»Wie bitte? Anke? Und *Britta*? Wie geht denn so was?«

»Keine Ahnung, aber die drei sind auf einmal die dicksten Freunde. Wenn ich nicht wüsste, dass sie lesbisch sind, hätte ich gesagt, sie sind in Max verliebt, so zärtlich gehen die mit ihm um. Max hier, Max da, sie kochen zusammen und gehen mit ihm aus. Es ist total süß. Und du müsstest mal Britta sehen, wie die ihn anschaut! Wehe, jemand kommt Max zu nahe!« Sie kicherte.

»Häh?«, machte Lena. »Ich meine, bei Anke kann ich mir das noch vorstellen, aber ... Britta? Halloho? Unsere Wikinger-Emanze?«

»Ja, wirklich, ich weiß auch nicht! Du fällst um, wenn du das siehst!«

»Ich falle jetzt schon um«, sagte Lena und verstand die Welt nicht mehr. »Und du?«

»Ich bin so glücklich, dass ich hier so viel verdiene!«, sagte Julia. »Und noch mehr, dass ich einen echten Job habe!«

»Hat sich damit zu Hause bei dir etwas geändert? «, fragte Lena neugierig.

»Ja, weil es inzwischen so ist, dass ich den Mund aufmache und ihm sage, was Sache ist.«

»Und das liegt daran, dass du jetzt mitverdienst?«

»Nein. Es liegt daran, dass du gegangen bist. Dass du den Mund aufgemacht hast. Also habe ich ihn auch aufgemacht. Irgendwie habe ich ihn wohl anders aufgemacht als sonst. Oder es ist so, dass Ralf eben gesehen hat, dass Frauen gehen können. Dass ich mehr Geld verdiene, macht ihm zusätzlich unterbewusst Angst.«

»Diffiziles Thema«, grinste Lena. »Schwer zu sagen, was zuerst da war. Die Henne oder das Ei. Ich will nicht daran glauben, dass wir unseren Wert aus unserem Job und dem Verdienst beziehen, sondern, dass sich die Dinge erst ändern, wenn wir uns ein anderes Leben wert sind. Wenn wir unseren echten Wert erkennen, verstehst du?«

»Ja, ich verstehe dich gut«, lächelte Julia und legte den Arm um ihre Freundin. »Sehr gut sogar.«

♩ ♩ ♩

Den Abend danach saß Lena allein im Büro. Es war schon dunkel draußen, sie war den ganzen Tag unterwegs gewesen und wollte nicht ins Bett. Sie konnte nicht schlafen, weil sich sonst nur Matt, Max und das ganze Chaos in ihrem Kopf gedreht hätte. Lieber arbeitete sie länger.

Die Tagespost stapelte sich auf ihrem Schreibtisch und systematisch arbeitete sie sich durch Päckchen und Briefe. Schließlich hielt sie ein Paket in der Hand, das an sie persönlich und nicht an die Firma adressiert war.

Neugierig riss sie die Verpackung auf. Zu ihrer Überraschung entdeckte sie Ohrhörer, die auf einem in Leder gebundenen, edel aussehenden Fotoalbum lagen. Ihr wurde anders zumute. Das Album verströmte eine Energie, die sie berührte, noch bevor sie den Inhalt gesehen hatte. Vorsichtig nahm sie es heraus und schlug den schweren Einband auf. Auf der ersten Seite war ein USB-Stick aufgeklebt und darunter stand:

»Bitte hör mich an!«

Es war Max' Schrift. Es war das erste Zeichen seit Wochen, das sie von ihm erhielt.

Mit bebenden Fingern steckte sie sich die Stöpsel in die Ohren, den Stick an ihren Computer, und öffnete die darin befindliche Datei. Ein einzelner Song war darin enthalten: ›Photograph‹ von Ed Sheeran.

Sie klickte auf den Lautsprecher und mit der Musik im Ohr blätterte Lena auf die zweite Seite und fand handgeschriebene Zeilen von Max:

»Liebe Lena, danke für die wunderbaren Jahre, die du mir geschenkt hast, für die wunderbare Zeit mit dir – ich weiß nicht, ob diese Zeit schon zu Ende ist, aber sollte sie es sein, so kann ich für meinen Teil sagen, dass es die schönste Zeit meines Lebens war. Mit dir.«

Ihr floss schon an dieser Stelle das Wasser aus den Augen. Etwas schwang zwischen den Zeilen seines Textes heraus, eine Haltung, eine Demut, die sie bis ins Innerste traf. Haltlos liefen ihr die Tränen die Wangen hinunter und es wurde nicht besser, als sie die nächsten Seiten umblätterte.

Seiten, die mit Fotos beklebt waren, unter die Max jeweils einen kleinen Satz oder eine Bemerkung geschrieben hatte. *»Erinnerst du dich? Weißt du noch?«*

Fotos von ihnen, als sie jung waren, als sie sich kennenlernten, von ihrer Hochzeit, Babyfotos, glückliche Gesichter, zärtliche Blicke, die sie tauschten, Liebe, die sie füreinander fühlten, glückliche Erlebnisse, schöne Erinnerungen, festgehalten auf Bildern. Lena blickte in die runden, rotwangigen Kindergesichter, durchlebte ihren Veränderungsprozess, als sie heranwuchsen, fand Fotos von Urlauben, in denen sie zusammen am Strand spielten, Sandburgen bauten und Eis schleckten. Die Schulzeit, die Zuckertüten, die Geburtstage mit den Schokokuchen ... Lena im Abendkleid, mit Max auf dem Abschlussball von Marie und Johannes ... Max und sie am Strand, in inniger Umarmung, zusammen in einem Restaurant, braungebrannt, unbekümmert.

Max hatte gut ausgewählt. Lena erlebte eine gefühlvolle Reise durch eine glückliche, liebevolle Zeit, die die Sehnsucht nach ihrer Familie heiß auflodern ließ.

›Loving can hurt sometimes ... but it is the only thing that makes us feel alive...‹

Bedeutungsschwer klangen die Verse in ihrem Ohr, als sie schließlich bei den letzten drei mit Fotos bestückten Seiten angekommen war.

Ein einzelnes Foto von Max. Er schien mit seinen blauen Augen direkt in ihr Herz zu schauen. Darunter hatte er ein Stück Text aus dem Song ›Photograph‹ geschrieben. Beides brannte sich tief in Lenas Seele:

›Loving can heal, loving can mend your soul
And it's the only thing that I know ...
Remember that with every piece of you
love it's the only thing we take with us when we die‹

Sie blätterte um.
Ein Foto von ihr, aufgenommen auf der Wiese neben ihrem Haus. Es war Frühling, erste Sonnenstrahlen wärmten nach einem langen Winter die Erde, ließen frisches Grün sprießen und sie hielt ihr Gesicht der Sonne entgegen.
Unter ihrem Foto stand nur ein einziger Satz:

›...Wait' for you to come home‹.

Sie presste die Lippen zusammen, Tränen purzelten aus ihren Augen, sie hielt es fast nicht mehr aus. Nur noch eine Seite war beschrieben, ein letzter Text stand am Ende der Foto-Reise:

»Liebe Lena,
du warst und bist meine große Liebe. Egal, was passiert, egal, was du vorhast oder beschließt, ich danke dir für diese schönen Jahre, die wunderbaren Momente mit dir, die glücklichen Stunden. Ich danke für alles, was du je für mich und unsere Familie getan hast, für deine Liebe, für jedes Lachen von dir – ich schätze alles so unendlich und wünschte, ich hätte es früher getan.
Ich liebe Dich. Auf immer und ewig.
Dein Max«

Lena weinte, wie sie noch nie in ihrem Leben geweint hatte. Sie brauchte eine ganze Weile, um sich wieder dem Album widmen zu können.
Die restlichen Seiten waren leer, aber zwischen den Seiten steckte ein Umschlag, der mit Geschenkpapier umwunden war. Als sie das

Papier abriss, fielen ihr ein Hotelprospekt und ein weiterer Brief von Max entgegen.

»Meine süße Lena,
nun bist du am Ende des Albums angekommen. das war unser Leben bisher.
Es sind noch Seiten frei – vielleicht kommen noch Bilder? Fotos von unseren
Enkeln? Fotos von uns, wie wir zusammen alt werden?
Ich weiß nicht, mit welchen Bildern sich dein Leben noch füllen wird und ob es
mich weiterhin darin geben wird. Ob du dich nach diesen Wochen für oder gegen
mich entscheidest.
Ich werde alles akzeptieren.
Aber egal, wie du wählst – einmal noch möchte ich mit dir zusammen sein.
Auf Mauritius gibt es ein ruhiges, kleines, edles Hotel.
Flieg mit mir hin!
Du kannst entscheiden, ob es unsere Abschiedsreise oder ein neuer Anfang
wird.

In ewiger Liebe, Dein Max«

♫ Me Before You ♫ Fundbüro2
Orchestral/Craig Armstrong

Das Album, der Song, seine Zeilen, der Prospekt ... es war mehr, als sie ertragen konnte. Die Liebe zu ihrer Familie, zu Max, ihrem Zuhause überschwemmte sie.

Gleichzeitig vermisste sie Matt und mochte gar nicht wissen, wie es ihm ging. Sie fühlte nach allen eine so starke Sehnsucht, dass sie das Gefühl hatte, nur noch daraus zu bestehen, immer in dieser Zerrissenheit leben zu müssen, weil sie wählen musste. Sie brannte darauf, sich mit Trixi zu unterhalten.

So fuhr sie nach Zürich, mietete sich am Abend ins Hotel ein. Schlief schlecht in dieser Nacht, träumte von Matt, wachte immer wieder auf, weinte, träumte von Max, dachte an die Gespräche mit den Kindern, die sie vor sich hatte. Sie hatte Johannes wissen lassen, dass sie für zwei Tage in Zürich sei und ihn gerne sprechen wolle. Unruhig wälzte sie sich von einer Seite zur anderen, dann zückte sie ihr Handy und schrieb eine Nachricht an Marie, die sie erst später sehen konnte, sie war ja im Ausland:

»Hi, meine Kleine, wann genau sind deine Prüfungen zu Ende? Ich muss mit dir reden.«

Zu ihrer Überraschung reagierte Marie sofort und rief sie an.

»Hi, Mom, schön, dass du dich meldest! Wie geht es dir?«

Lena richtete sich im Bett auf. »Gut, mein Engel. So schön, deine Stimme zu hören! Und du? Wie laufen deine Prüfungen?«

»Bin zufrieden. Wo bist du?«

»In Zürich. Ich will Johannes treffen und eine alte Freundin, die ich dreißig Jahre lang nicht gesehen habe. Aber wie gesagt, ich muss mit dir reden.«

»Ich auch mit dir, Mama. Ich habe in zehn Tagen meine letzte Prüfung. Dann komme ich nach Hause.«

»Ist alles okay bei dir?«

»Ja, Mama, alles gut. Ich hoffe, bei dir auch.«

»Du musst schlafen, Marie, du hast sicher morgen einen strengen Tag vor dir.«

»Mama? Ich weiß, dass du von Papa weg bist.«

Lena presste die Lippen zusammen. Dann sagte sie mit wackliger Stimme:

»Ja. Für eine Zeit.«

Sie dachte an Matt und ihr Herz wurde schwer. So schwer, dass sie zu weinen anfing.

»Es tut mir leid, Marie, ich will dich nicht belasten. Du hast doch Prüfungen.«

»Das tust du nicht, Mama.«

»Ich ... ich erkläre dir alles, wenn du kommst, okay?«, schniefte Lena.

»Ja, das ist okay. Und Mama?«

»Ja, mein Schatz?«

»Ich find's gut, dass du weg bist.«

»Du findest es ...?«

»Ja, denn endlich hast du mal was getan, statt ständig nur Groll zu hegen. Ich finde das gut.«

Lena kämpfte mit den Tränen, dann ließ sie sie laufen.

»Ach, Marie«, sagte sie. »Danke. Danke, dass du das sagst. Aber du musst jetzt schlafen, mein Engel. Ich liebe dich. Und drücke dir für morgen alle Daumen!«

»Ich liebe dich auch, Mama. Dir auch alles Gute für morgen!«

Lena legte sich in die Kissen zurück. Wenn Matt nicht wäre, wäre alles so viel einfacher. Aber es gab ihn. Nicole hatte gesagt, dass es für alles einen Sinn gab. Aber den Sinn hinter dieser Sache konnte sie nicht sehen. Absolut nicht. Sie konnte sich maximal einen zurechtbiegen, aber keiner war gut genug, um eine echte Hilfe zu sein.

♫ ♫ ♫

Der nächste Morgen brach an nach einer mehr oder weniger schlaflosen Nacht und Lena war froh, aufstehen zu können. Sie frühstückte zeitig, führte Telefonate, checkte Mails. Die Zeit verging mit geschäftlichen Aktivitäten rasend schnell und sie war spät dran, als sie nach ihrer Handtasche griff und aufbrach.

Ihr Herz klopfte – sie war aufgeregt – in weniger als fünfzehn Minuten würde sie ihre alte Freundin in die Arme schließen!

Sie lief die wenigen Meter zum Werdmühleplatz, fand das echte Büro, fand das Fundbüro2, und stellte sich vor das Gebäude. Es war 14.00 Uhr, die Sonne schien, Autos fuhren vorbei, Menschen liefen vorbei, sie wartete.

Niemand kam.

Lena hielt nach allen Seiten Ausschau nach einer Frau mit wilden, grauen Locken und konnte niemanden entdecken. Noch machte sie sich keine großen Gedanken. Das war typisch Trixi! Mit Pünktlichkeit war sie immer auf Kriegsfuß gestanden. Instinktiv sah sie sich nach einem Coffeeshop um – es konnte durchaus länger dauern, bis sie auftauchte – und durchsuchte das Handy nach einer Nachricht von ihr. WhatsApp, Facebook, Mail, das Display war leer.

Dann bemerkte sie, wie sich jemand aus dem Passantengewimmel an der gegenüberliegenden Straße löste und auf sie zuzukommen schien. Die Person wurde immer wieder von Passanten verdeckt, tauchte wieder auf, war wieder weg ... blieb stehen, sah in Schaufenster ... täuschte sie sich? Vielleicht war das jemand ganz anderes und wollte gar nicht zu ihr? Doch schließlich löste sie sich endgültig von der Menge, kam näher und sie erkannte: Die Haare waren grau. Sie waren kurz. Lena wich ein wenig zurück. Es war nicht Trixi.

Es war Max.

Sprachlos starrte sie ihn an. Es war das erste Mal seit Wochen, dass sie sich sahen, und als sie in sein Gesicht sah, rutschte ihr das Herz im Sturzflug in den Magen und ließ sie schwindeln. Sie konnte nicht ausmachen, was das war, aber irgendetwas hatte sich grundlegend an Max verändert, etwas, was sie nicht benennen konnte, etwas, das ihr das Wasser in Strömen in die Augen trieb und die Liebe für ihn so emporflammen ließ, dass sie schier überwältigt davon war.

»Max«, hauchte sie zittrig, als seine blauen Augen sich in die ihren senkten. »Du ... hier?«

Er musste von Johannes erfahren haben, dass sie hier war ... Johannes hatte gewusst, dass sie sich mit Trixi treffen wollte! Ihr Blick hing an seinem Gesicht, als sähe sie ihn zum ersten Mal.

Er sah so anders aus! Sie versuchte, zu erfassen, was das war, und da kam es ihr: Er sah veredelt aus. Sein Gesicht war schmaler geworden und der Blick so intensiv, so voll, so tief, dass sie sich buchstäblich darin verlor. Ein scheues Lächeln stahl sich in ihre Mundwinkel, in ihre Augen.

Aber Max erwiderte ihr Lächeln nicht. Er verharrte in respektablem Abstand vor ihr, schluckte, zitterte leicht, hielt etwas in der Hand. Ihm war anzusehen, dass ihm das, was er zu sagen hatte, verdammt schwerfiel.

Begleitet von einer heißen Panikwelle schoss ihr der Gedanke in den Kopf: »Oh, mein Gott, er macht Schluss! Ich habe den Bogen überspannt!«

»Hallo Lena«, brachte er endlich hervor. »Ich ... ich bin Trixi.«

♪ ♪ ♫

Max hatte eigentlich pünktlich sein wollen. Er sah Lena vor dem Fundbüro stehen und wünschte sich nichts sehnlicher, als dass sie sich beide dort wiederfinden würden. Ihre Liebe und ihr gemeinsames Leben wiederfinden würden.

Er brauchte drei Anläufe, bis er es schaffte, zu ihr zu gehen, weil er Angst vor ihrer Reaktion hatte. Doch als er schließlich vor ihr stand, machten ihm ihre Augen Mut.

Sie leuchteten auf, als sie ihn sahen. Sie freute sich! Aber er wagte nicht, zu lächeln, angesichts dessen, was er sagen musste: Ich bin Trixi.

In den ersten Sekunden begriff sie nichts. Gar nichts. Ihre Augen blickten verstört und verständnislos wiederholte sie:

»Du bist ...«

Dann kam ihr mit einem Kanonenschlag, was das bedeutete. Max! War Trixi! Er war es, der die Nächte mit ihr durchgechattet hatte! Das Schweige-Retreat! Deswegen konnte sie, hatte er nicht reden können! Max war mehr oder weniger die letzten Wochen live mit dabei gewesen! Je mehr ihr die Tragweite dieser Offenbarung klar wurde, desto fassungsloser wurde sie. Max war Trixi! Oh, mein Gott, was hatte sie ihm alles geschrieben? Er wusste *alles*! Ihre Augen waren ein Ozean an Fassungslosigkeit. Max hätte sie am liebsten in den Arm genommen, aber er musste warten. Musste warten, bis sie vollständig verstand, was das bedeutete, warten, bis sie es verdaut hatte.

Völlig am Ende stand sie vor ihm, unfähig, etwas zu sagen, unfähig, etwas zu tun. Vorsichtig drückte ihr Max etwas in die Hände. Reflexartig öffnete sie sie und schaute nach unten. Zwei Kuverts. Einer mit Blumen, Herzchen und Schmetterlingen verziert. Sie drehte ihn um. Absender: Von Beatrix. Kein Nachname, keine Adresse. Das zweite Kuvert war aufgerissen und hatte einen Trauerrand. Automatisch zog Lena die darin befindliche Karte heraus.

»... meine geliebte Tochter Beatrix ... leider viel zu früh von uns gegangen ... in unsäglicher Trauer ...«

Trixi war im Alter von neunundvierzig Jahren gestorben. Es gab keine Trixi. Die Erkenntnis war wie ein Fausthieb in ihren Magen: Sie hatte mit einer Toten gechattet! Nein, sie hatte mit Max gechattet! Ihrem Mann, der sie auf ihrer Reise keinen Tag allein gelassen hatte! Der mehr wusste, als ihr lieb war! Sie hatte all ihre Probleme mit Max erörtert! Max, ihr Mann. Da stand er vor ihr.

Hilflos starrte Lena auf die Karte, auf den Blumenbrief, ihre Augen hakten sich an einer der vielen Botschaften fest, die das Kuvert schmückten:

»Ein letzter Gruß an meine beste Freundin!«

Ihr Herz schlug, das war das Einzige, was sie registrierte. Es schlug. Und jeder Schlag hämmerte ihr die Botschaft in ihr Hirn: Trixi ist tot. Max ist Trixi.

Wieder sah sie auf ihren Mann. Blind.

»Lena«, sagte er unglücklich. »Ich ... die Karte kam, kurz nachdem du gegangen warst. Und ich ... ich wollte dir einfach nah sein, verstehst du?«

»Nein«, flüsterte Lena. »Ich verstehe nicht. Du wolltest mir nachspionieren. Das ist es, was du wolltest.«

»Nein, Lena, das ist nicht, was ich wollte, wirklich nicht. Ich ...«

»Doch«, unterbrach sie ihn, am Ende mit den Nerven. »Doch ... genau das wolltest du ... ich ... es tut mir leid, Max, aber ich ... kann nicht ... ich ...«

Sie drehte sich um und lief weg.

»Lena!«, rief ihr Max verzweifelt hinterher. »Lena, bitte! Lauf nicht weg! Bleib hier!«

Aber Lena lief. Weg von dem Aufruhr in ihr, vor den Entscheidungen, die sie treffen musste und wusste doch, es hatte keinen Sinn. Aber sie war im Moment zu nichts anderem in der Lage.

Am Boden zerstört stand Max vor dem Büro und Tränen brannten ihm in den Augen. Er hatte so gehofft, sie würde es verstehen, aber wieder einmal hatte er alles falsch gemacht.

Ein Mann kam aus dem Gebäude und fragte mitfühlend:

»Kann ich Ihnen helfen? Haben Sie etwas verloren?«

»Ja«, flüsterte Max. »Ich habe meine Frau verloren. Ich habe mein Leben verloren.«

Die Tränen rollten ihm über die Wangen und der Mann fragte: »Wollen Sie das melden?«

Genervt glitt Max Blick über den Schriftzug »Fundbüro2« und ein unwilliger Laut entfuhr ihm. Er war schlicht am Ende seiner Kraft.

»Verzeihen Sie«, machte der andere weiter, »aber ich habe die Szene eben mitbekommen. Wissen Sie, hier kann man ja nur Immaterielles abgeben oder finden. Vielleicht mögen Sie ja die Dinge, die Sie jetzt nicht brauchen können, loswerden. Dinge wie Ratlosigkeit. Mutlosigkeit. Hoffnungslosigkeit. Und wenn Sie das abgeben, wäre doch Platz in Ihnen. Dann könnten Sie etwas finden – die Gegengifte zu all dem: Mut, Stärke ... Zuversicht ... Gottvertrauen ... was weiß ich!«

Max sah ihn an und seine blauen Augen wirkten, als verstünde er gar nichts.

»Ich meine ja nur«, fuhr der Mann fort und sein Blick war voller Mitgefühl: »Ihre Frau ist doch nichts Immaterielles. Sie haben Sie nicht verloren. Da vorne läuft sie doch!«

Und als Max ihn mit zusammengezogenen Augenbrauen immer noch stumm anstarrte, drängte er:

»Vielleicht sollten Sie den Mut finden, ihr nachzugehen. Vielleicht sollten Sie die Stärke finden, das jetzt durchzustehen. Oder sich klar werden, was Sie eigentlich finden wollen.«

»Die Liebe«, flüsterte Max und sah Lenas schlanker Gestalt hinterher.

»Liebe ist gut«, nickte der Mann erfreut, weil Max auf ihn reagierte. »Aber wissen Sie was? Liebe kann man nicht verlieren, weil alles aus Liebe besteht. Man kann nur glauben, sie verloren zu haben.«

Stumm sah Max auf den ihm völlig fremden Mann, der in dem Wunsch, ihm zu helfen, munter weiter vor sich hin philosophierte: »Vielleicht könnten Sie den Glauben abgeben, dass Sie die Liebe verloren haben? Oder den Glauben finden, dass es nie zu spät ist?«

Max' Stirn runzelte sich, dann trat er so schnell auf den Mann zu, dass der erschrocken zurückwich, weil er meinte, Max würde in seinem Schmerz ausrasten und ihn schlagen. Doch der fasste den Herrn mit beiden Händen am Gesicht, drückte ihm einen Kuss auf den Mund und sagte:

»Danke, Mann. Das hab ich jetzt gebraucht!«

Dann rannte er los. Lena hinterher.

♫ ♫ ♫

Max sah gerade noch, wie sie in einer Seitenstraße verschwand. Er nahm die Füße in die Hand, bog keuchend eine halbe Minute später in die gleiche Gasse ein, erblickte ein Hotel, hetzte hinein und erwischte sie noch am Aufzug.

»Lena«, keuchte er. »Warte! Es wird Zeit, dass wir reden!«

Völlig verstört sah Lena ihn an und hatte keine Ahnung, wie sie reagieren sollte.

»Lena? Ist alles okay?«

Er fasste sie am Arm, vorsichtig, als könne sie zerbrechen und sie nickte schwach.

In ihrem Kopf raste es. Es drängte sie, den Schriftverkehr mit Trixi durchzulesen, drängte sie, zu wissen, was Max alles mitbekommen hatte, wie er ihre Sätze aufgefasst und empfunden haben mochte. Sie wurde rot, wenn sie daran dachte, wie sie bei Trixi über ihn hergezogen war. Oh, mein Gott!

Und doch hatte er ihr das Fotoalbum und den Prospekt geschickt? Hatte ihr trotzdem versichert, auf eine so traumhafte Weise versichert, dass er sie liebe? Und stand nun vor ihr? Blickte sie an mit diesem Flehen in seinen blauen Augen, das ihr verriet, wie sehr er auf ein Gespräch hoffte? Ihre Kehle schnürte sich zu. Ihre Schultern sackten nach unten.

»Ja, du hast recht, Max«, murmelte sie. »Es ist überfällig. Wir sollten reden. Aber bitte ... gib mir noch zwei Stunden.«

Sie lehnte am Fahrstuhl, Max stützte den Arm seitlich neben ihr ab, immer noch außer Atem, und lächelte leicht auf sie hinunter. Und dieses Lächeln gab ihr den Rest. Noch nie hatte sie ihn so lächeln sehen. Es war eine Tiefe in diesem Lächeln, die ihr die Luft nahm, ein Lächeln, in dem seine ganze Seele lag, ein Lächeln, das ihre Seele streichelte. Stumm sahen sie sich für ein paar Sekunden an. Dann fragte er:

»Abendessen?«

»Ja«, sagte sie heiser und ihre Augen wurden feucht. »Abendessen. Gern, Max.«

Der Aufzug kam, die Türen schoben sich auseinander, sie trat ein und drückte auf den Knopf. »Wo wohnst du?«, fragte sie.

»Ich suche mir was. Ich hole dich ab.«

Die Türen schlossen sich. Max stand davor und sein Herz klopfte. Er hatte ein Date. Mit seiner Frau.

›Liebe kann man nicht verlieren, weil alles aus Liebe besteht.‹

Er hoffte, dass dieser Satz für ihn nicht nur ein spirituelles Zitat blieb.

♫ ♫ ♫

Lena saß auf dem Hotelbett und hatte Trixis Brief in der Hand. Sie konnte es nicht fassen, dass sie tot war. Für sie war sie in den letzten Wochen so lebendig gewesen und sie erinnerte sich an die starke Verbindung, die sie gefühlt hatte, in so mancher Nacht, in so manchem Chat. Es war Max gewesen, mit dem sie verbunden gewesen war!

Aufgewühlt betrachtete sie das Kuvert und die vielen, kleinen Botschaften, die darauf vermerkt waren: Der Umschlag war über und über mit Sprüchen versehen, beklebt und bemalt – so bunt und farbenfroh wie Trixi gewesen war, so bunt, wie sie ihr Leben gelebt hatte. Sie las die Worte darauf:

»Lieb dich!«

»Ein letzter Gruß an meine beste Freundin!«

»Take it easy! Das Leben ist zu kurz für schlechten Kaffee (und schlechten Sex!)«

»Was immer du tust – es ist richtig. Weil du es nicht besser weißt in diesem Moment.«

Lena fiel auf, dass der Verschluss des Briefes leicht gewellt war – hatte Max ihn geöffnet? Waren die Worte in Trixis Brief Anlass für seine Aktion gewesen?

Es standen noch mehr Botschaften auf dem Kuvert, aber sie legte den Brief zur Seite. Zuerst musste sie wissen, was sie Max, in der Annahme, er sei Trixi, alles geschrieben hatte.

Doch dann schoss ihr einer der letzten Chats wie ein Pfeil in den Kopf. Der Chat, als sie Trixi gefragt hatte, ob sie mit Matt schlafen sollte. Ihr Herz fing an zu rasen und sie öffnete WhatsApp, scrollte auf die Nachricht, las, was sie in Matts Toilette geschrieben, und heiser, aufgelöst, unter Tränen, als Sprachnachricht hinterlassen hatte:

›Hey Süße, bei dir alles okay?‹

›Trixi ... ich bin ... mit Matt zusammen, ich bin betrunken ... wir sind
bei ihm ... und ich weiß nicht, was ich machen soll!‹
›Was ist los?‹
›Bin hier mit Matt!«
›Kommt er dir zu nah?‹
›Das ist es nicht, Trixi. Er darf mir ruhig nah kommen, verstehst
du? Das ist ja mein Problem. Aber ich liebe auch Max ... und ...
weißt du ... und ... fuck, Trixi ... mein Körper brennt ... ich glühe!
Und ich habe knapp dreißig Jahre ... dreißig Jahre ... weißt du ... ich
hab das nie gespürt ... nie ... dreißig Jahre nicht ... Nie ... hab nicht
so viel Zeit ...!!!‹
»Lena, du bist immer noch verheiratet!‹
Sprachnachricht:
›Verdammt, Trixi ... aber weißt du, ich will einmal so fühlen, wie sie
es immer beschreiben, einmal will ich das erleben ... nur einmal ...
du kannst nicht wissen, wie das ist ... dreißig Jahre lang, immer nur
fünf Minuten, immer nur dieses unerfüllte, bittere Gefühl danach
... immer nur jemand sein, an dem sich jemand abreagiert ... du
kannst das nicht verstehen ... ach verdammt ... ich brenne so ...!
Wenn ich gehe, bin ich wieder enttäuscht, wenn ich bleibe, hasse
ich mich!‹
›Woher weißt du, dass es mit Matt klappt?‹
›Das spüre ich! Und er ist jemand, dem ich etwas bedeute ... Trixi,
sag mir, was ich tun soll! Ich liebe doch auch Max! Und ich will ihm
nicht wehtun!! Und gleichzeitig möchte ich einmal erleben, wie das
ist ... nur einmal, ein einziges Mal!‹
›Trixi! Sag was!‹
›Tu's‹

»Oh, mein Gott!«, flüsterte Lena.
Sie riss sich zusammen und begann von vorne. Las jeden Satz der
Konversation und krümmte sich manchmal, wenn sie an besonders
fiese Stellen kam, stellte sich vor, wie Max das empfunden haben
musste.
Doch dann las sie ihren letzten Chat:
›Wie ist es gewesen? Hast du's getan?‹

›Nein.‹

›Nein?«

›Du. Hast. Nicht?????‹

›Nein.‹

›Oh, nein! Sag, dass das nicht wahr ist! Du hattest Max' Einverständnis!«

›Das ist kein echtes Einverständnis. Ich habe ihn dazu gezwungen, das ist mir jetzt klar. Du hattest gestern mit einem Satz so recht, Trixi: Ich bin immer noch verheiratet.‹

Es rumorte heftig in ihr und ihr Blick fiel immer wieder auf das eine Wort:

›Tu's‹.

Wie viel Überwindung mochte ihn das gekostet haben? Und wie musste er in dieser Nacht gelitten haben?

Die Tränen brannten in ihren Augen. Sie dachte an das Album, an den Prospekt, an den Song von Ed Sheeran. Max hatte gewusst, dass sie mit einem anderen zusammen gewesen war. Und hatte ihr danach eine der schönsten Liebeserklärungen gemacht, die je eine Frau bekommen konnte.

Sie weinte und fühlte sich einfach nur schrecklich.

Dann sah sie auf die Uhr – noch eine Stunde, bis sie ihn sprechen konnte. Sie konnte es kaum erwarten, fühlte tiefe Sehnsucht nach ihm. Dachte darüber nach, warum er so anders auf sie wirkte – oder war sie anders?

Nach einer Zeit nahm sie Trixis Brief in die Hand und öffnete ihn:

»Meine liebe Lena, meine allerliebste, süße, schnuckelige, brave, anständige Lena!

Ich hätte noch so einige Attribute für dich, aber wenn du dich an die Zeit mit mir erinnerst, dann auch sicher an unsere Gespräche, und so wirst du wissen, wie ich dich sehe.

Dreißig Jahre, Lena, ich kann es kaum glauben. Dreißig Jahre liegen zwischen unserem letzten Treffen und heute. Glaubst du mir, wenn ich sage, dass du immer noch meine beste Freundin bist? Nach dir ist nichts Besseres gekommen.

Am Ende eines Lebens zieht man Resümee, wenn man Zeit hat. Und ich habe Zeit.

Ich sieche seit einigen Wochen dahin, mache mir Gedanken über mein Leben und verabschiede mich von Menschen, die mir etwas bedeuten und denen ich etwas bedeute. Traurigerweise muss ich zugeben, dass es davon so viele nicht gibt. Und dass ich jemandem schreibe, den ich dreißig Jahre lang nicht gesehen habe und den ich dennoch als meine immer noch beste Freundin bezeichne, lässt tief blicken.

Ich erinnere mich so gut an dich, und an alles, was wir damals so angestellt haben ... weißt du noch in den Sommerferien vor dem Abitur, als wir campen waren und diese rattenscharfen Typen – Rick und Thomas – kennengelernt haben? Beide hatten es auf dich abgesehen – keiner wollte mit mir! Ich war ganz schön eifersüchtig. Gerade Rick war wild auf dich. Du warst jung und ungebunden, er war hübsch, sehr hübsch sogar, und ganz offensichtlich in dich verliebt, aber du wolltest nicht. Ehrlich, damals habe ich das überhaupt nicht verstanden. Die brave Lena, die nur Sex wollte, wenn er mit tiefen Gefühlen verbunden war. Warum ich das schreibe? Weil mich diese Szene nie losgelassen hat. Rick wollte dich, aber er wollte auch Sex. Und da war ich und ich war wie immer offen dafür. Ich habe mit ihm geschlafen, aber keiner von uns hat es wirklich genossen. Er nicht, weil er eigentlich dich wollte. Ich nicht, weil ich wusste, ich bin nur Ersatz. Nein, ich war nicht in ihn verliebt – die Szene ist mir deswegen im Gedächtnis geblieben, weil sie mir einen Hauch davon offenbart hat, wie das ist, wenn man mit jemandem schläft, den man liebt. Es ist, als ob man Gold einen Duft zufüge. Heute sehe ich das so. Damals habe ich den Gedanken leider nicht weiterverfolgt.

Liebe Lena, ich hoffe, es geht dir gut. Ich hoffe es von Herzen. Ich hoffe, du bist glücklich mit deinem Max verheiratet, obwohl ich ihn nicht leiden kann. Konnte. Heute würde ich vielleicht anders über ihn denken (aber nicht über seine Mutter, die alte Schachtel!). Aber ich denke in jedem Fall anders über dich und deine damalige Entscheidung. Du warst so brav, so bieder, so schüchtern und so anständig und ich habe mich oft darüber lustig gemacht. Du wolltest Kinder, einen Mann, ein Zuhause, eine Familie – und ich wollte leben. Allein die Aussage ist schon aufschlussreich. Ich dachte wohl, eine Familie zu haben, heißt ›nicht leben‹. Nun, ich habe nach meinem Verständnis gelebt. Aus vollen Zügen. Mit allen Sinnen. Ich hatte Sex in allen Variationen, mit Frauen, mit Männern, mit mehreren, bin in der Welt umhergereist, man kann sagen: Ich habe kaum etwas ausgelassen. Habe ich gelebt? Hast du gelebt? Bist du glücklich, Lena? Mich würde das brennend interessieren. Ich bin's nämlich irgendwie nicht – obwohl ich doch alles hatte. Obwohl ich nie Verantwortung tragen musste.

Heute frage ich mich, welche Spuren ich hinterlasse. Ich meine, ich habe kein Mittel gegen Krebs erfunden (was ich jetzt brauchen könnte), kein wichtiges Buch geschrieben, keine Karriere gemacht und bin allein. Und da ist dieser Gedanke, der mich nicht loslässt: Wenn man schon ein Leben hat, dann sollten einen die Jahre doch füllen, statt einen so leer zu hinterlassen.

Aber ich fühle mich leer, weil ich zu sehr damit beschäftigt war, alles zu erleben, und meinte, damit käme ich zur Erleuchtung. (Ich habe sogar mal eine Woche lang ein dreimonatiges Schweige-Retreat mitgemacht).

Ich habe meine Partner gewechselt, wenn sie mir zu unbequem wurden, oft, sehr oft, immer öfter, weil ich mit den Jahren nicht einfacher, sondern komplizierter wurde, weil niemand es mir wert war, meine Freiheit aufzugeben und die Opfer zu bringen, die du erbracht hast. Auch, weil ich gesehen habe, dass die meisten nur vor sich hinleben, ohne tiefe Gefühle und ohne Sinn.

Aber am Ende habe ich verloren. Denn am Ende, das merke ich jetzt, bin ich vor mir selbst ausgerissen.

Immer dann, wenn es mit einem Partner schwierig wurde, wenn eine Herausforderung kam, habe ich ihn einfach in den Wind geschossen und mir den nächsten gesucht. Dachte, das sei schlau. Dachte, das sei Freiheit. Nun erkenne ich, dass das schlicht dumm war. Oder noch krasser ausgedrückt: Es war feige. Ja, ich war feige, ich wollte meine Themen nicht lösen, war sicher, wenn es nicht klappt, läge es am jeweiligen Partner. Ich war nicht bereit, mit jemandem Krisen zu meistern. Es ist so viel einfacher, zu sagen, dann gehe ich eben.

Ich habe lange nachgedacht, Lena. Lange über das Thema ›Ehe‹ sinniert. Ich war immer der Meinung, das ist ein rudimentäres Organ aus der Zeit der Dinosaurier und deiner Schwiegermutter. Etwas vollkommen Unnötiges, das ausstirbt und keiner mehr braucht. Leider ist das ja auch so: Es stirbt aus, aber nicht, weil es unnötig ist, sondern weil keiner mehr dran glaubt.

Inzwischen ist mir klar, dass eine Ehe die eigene Entwicklung ziemlich vorantreiben kann. Weil man am Partner seine eigenen Ecken und Kanten erkennt und das, was gelöst werden sollte.

Bevor ich sterbe, Lena, möchte ich, dass du weißt, dass ich dich dafür bewundere, dass du diesen Weg gegangen bist. Du hast Kinder in die Welt gesetzt, hast auf so vieles verzichtet, was dir wichtig war – und liebst deine Familie. Letzteres finde ich erhaben, so einfach dieser Halbsatz auch scheint. Denn inzwischen glaube ich, dass man etwas Größeres nicht tun kann. Weil man damit die schönsten Spuren hinterlässt, Spuren der Liebe. Spuren in den Chromosomen deiner Kinder, die sie weitergeben können. Du hast so vieles aufgegeben – deine Karriere, deine Wünsche, für Toilettenputzen und Schwiegermutterbekochen, und nie wird es dir jemand danken. Das ist so sicher wie das Amen in der Kirche. Dein Mann wird sich an deine Dienstleistungen gewöhnen, deine Kinder erst recht – sie werden dich nur als das sehen, was du letztendlich gewählt hast zu sein: ein Dienstbote. Jemand, der ihnen das Leben bequem macht. Und sie werden das einfordern, ohne an dich zu denken.

Woher ich das weiß? Ich habe unzählige Familien, Frauen, Entwicklungen beobachten dürfen.

Und doch, heute sitze ich allein in meinem Bett und wünschte, es wäre jemand hier. Jemand, der mich liebt und den ich liebe, trotz aller Widrigkeiten. Und jemand, der bereit gewesen wäre, den schwierigen Weg der Ehe mit mir zu gehen mit dem Ergebnis, mich selbst zu finden. Ich war immer der Meinung, dass wir nur deswegen auf die Erde plumpsen – um zu erkennen, wer wir wirklich sind. Dieser Meinung bin ich immer noch. Aber ich dachte, das kann ich allein am besten. Das ist der größte Trugschluss meines Lebens. Jedes Mal, wenn das Bild im Spiegel unangenehm wurde, bin ich abgehauen. Du bist geblieben, nun schon dreißig Jahre lang.

Ich habe dein Bild auf FB entdeckt – nein, ich habe keinen Account, aber du hast ja einen und so habe ich gesehen, dass du noch mit Max zusammen bist. Ja, und obwohl ich das Eheleben doch auf die ungünstigste Weise beschrieben habe, obwohl es tatsächlich bei vielen so abläuft, merke ich, dass es nicht die Ehe ist, die schuld ist und abgeschafft werden müsste, sondern die Meinung über die Ehe. Die Annahme, der Partner sei schuld, wenn etwas nicht funktioniert. Der Wahnsinn, zu glauben, wenn der Partner sich ändert, wäre man glücklich. Inzwischen weiß ich, dass jede Unebenheit in einer Partnerschaft mit einem selbst zu tun hat. Allein diese Erkenntnis gäbe jeder Ehe oder Beziehung eine deutliche größere Chance und die Tiefe, die sie verdient.

Ich schreibe dir das alles, weil ich nicht will, dass du mich so in Erinnerung behältst, wie ich war, als ich lebte. Sondern mich kennst, wie ich war, als ich ging.

Also sterbe ich. Ich bin nicht traurig darüber. Ich habe auch keine Angst davor. Ich habe in diesem Leben einige Erkenntnisse gewonnen, die ich in meinem nächsten einsetzen werde – und hoffe, dich dann wiederzusehen.

Ach, Lenalein, weißt du noch? Wir haben so oft darüber gesprochen, dass die Welt ein Spiegel ist. Durch diesen Brief flackere ich wieder in deinem Spiegelbild auf, wenn auch nur kurz. Aber wenn du ihn liest, werde ich nicht mehr da sein.

Welcher Teil in dir ist damit erlöst?

Lieb dich! Lieb dich sehr! Lieb dich noch mehr! Lieb dich für immer ...

Deine alte Freundin
Trixi

PS: Du hättest mit Rick schlafen sollen! Er war richtig gut!«

Langsam ließ Lena den Brief sinken.

Welcher Teil in dir ist erlöst, wenn ich gehe?

Sie war sich nicht sicher, ob sie beim Abendessen mit ihrem Mann überhaupt ein anständiges Wort herausbringen würde. Sie fühlte sich völlig paralysiert.

♫ From The Sky ♫

Peter Bradley

Es klopfte an ihrer Tür. Lena riss sie auf und Max stand davor. Er hielt eine langstielige Rose in seinen Händen und reichte sie ihr unbeholfen.

»Für dich«, sagte er und lächelte. Gerührt nahm sie sie entgegen und öffnete die Tür etwas weiter.

»Danke Max«, erwiderte sie warm. »Komm rein!«

Stumm beobachtete sie ihn, als er ins Zimmer trat. Er war so schmal geworden! Und diese feine Ausstrahlung, die ihn umgab! Sie war zutiefst berührt. In seinen Bewegungen lag etwas Verlorenes ... und sein Gesicht ... irgendetwas war mit seinem Gesicht passiert, etwas, das ihr jedes Mal die Tränen in die Augen trieb, wenn sie nur den Blick darauf richtete.

Um sich zu fassen, ging sie ins Bad, holte Wasser für die Rose, versuchte, zu begreifen, welche Änderung mit ihm vorgegangen war und ihr kam nur ein Wort in den Sinn: Max strahlte Demut aus, sie fand keinen passenderen Ausdruck dafür. Demut, Widrigkeiten auf sich zu nehmen und sie durchzustehen. Demut, Dinge zu akzeptieren und doch für etwas Besseres zu kämpfen. Aber sie spürte auch deutlich Traurigkeit und das Leid, das er durchlebt hatte.

All das hing so schwer im Raum, dass es ihr die Luft nahm und sie nur noch den einen Wunsch hatte: Ihm diese Traurigkeit zu nehmen, ihn wieder lachen zu sehen, egal, um welchen Preis. Und den Preis kannte sie. Sie wusste, der Preis hieß Matt. Ihr Herz schlug heftig gegen ihre Rippen. Sie war kurz davor im Internet gewesen und hatte Matt aufgerufen, weil sie sich auch nach ihm sehnte. Das hatte sich als nicht sehr förderlich erwiesen.

Sie kam aus dem Bad, stellte die Rose in das Glas und lehnte sie gegen die Wand.

»Das ist lieb von dir«, sagte sie und drehte sich zu ihm um.

»Hätte ich wohl öfter machen sollen«, antwortete er und lächelte leicht.

Sie sagte nichts darauf, ihr Kopf war immer noch voll.

»Wollen wir gehen?«, fragte er. »Ich habe auf dem Weg ein schönes Restaurant entdeckt – mit einer Menge vegetarischer Gerichte!«

»Ja, lass uns gehen, Max, ich bin froh, dass wir reden.«

»Ich auch, Lena«, sagte er und in seine Augen kam so etwas wie Hoffnung. »Du bist nicht böse auf mich?«

»Um Gottes willen, nein!«, flüsterte sie und hatte schon wieder Tränen in den Augen. »Warum sollte ich böse sein?«

»Wegen ... Trixi?«, fragte er verwundert mit einem ›Da-versteh-doch-einer-diese- Frauen-Blick‹.

Sie lächelte leicht. »Nein, Max, ich habe überhaupt keinen Grund, böse zu sein. Ich hoffe, du bist mir auch nicht böse.«

»Nein«, erwiderte er ernst. »Im Gegenteil. Ich ... ich glaube, ich habe die Zeit genutzt.«

»Ja, das hast du«, bestätigte sie leise. »Das ist so spürbar.«

Erfreut lächelte er. Er war so süß, so aufrichtig, es war einfach rein gar nichts mehr von der Starrheit oder Gleichgültigkeit zu spüren, die sie zu ihrer Reise getrieben hatte.

»Das heißt ... du hast den Schock schon verkraftet, dass ich Trixi bin?«

Sie lachte leise. »Ja, das ist ein Schock! Ich bin dabei, ihn zu verarbeiten. Aber dir wird es an so manchen Tagen auch einen Schock versetzt haben.«

Sie dachte an sein ›Tu's!‹ ... und ihr wurde heiß.

»Ja, so einiges war nicht leicht«, sagte Max und fühlte sich unwohl, weil Lena immer noch nicht alles wusste. Aber er war fest entschlossen, heute mit allem reinen Tisch zu machen.

Sie nahm ihre Handtasche und drehte sich zu ihm um.

»Max«, sagte sie. »Wenn wir jetzt reden ... lass uns offen sein. Ich möchte, dass weder du noch ich Angst vor der Wahrheit haben müssen.«

Panik flackerte in seinem Blick und er fragte sich, welche Wahrheit sie meinte. Dass sie Matt liebte und ihn verlassen wollte? Plötzlich fühlte er sich müde von diesen Wochen voller Unruhe, dem heftigen Auf und Ab der Gefühle, dem Leid und der Verzweiflung. Oh ja, er war furchtbar müde ... am liebsten hätte er sich hier und jetzt auf das Bett gelegt und den ganzen Kummer weggeschlafen. Er fühlte Lenas forschend besorgten Blick auf ihm. Das machte die Sache nicht besser. Fast schweigend liefen sie aus dem Hotel, gingen nebeneinander, nahmen sich nicht wie sonst an die Hand, fanden kaum einen Anfang. Beide waren sie zum Platzen gefüllt und der Druck so groß, dass nichts aus ihnen herauskam. Schließlich räusperte sich Max und sagte:

»Das mit Trixi tut mir so leid.«

»Was?«, fragte sie zurück. »Dass du sie benutzt hast oder dass sie tot ist?«

»Beides«, antwortete er. »Obwohl sie mich nicht leiden konnte.«

»Ach ja, du hast ja ihren Brief gelesen.«

Vorsichtig lugte er zu ihr. »Sauer?«

»Nein, Max. Es ist okay. Ich kann dich verstehen.« Sie stupste ihn leicht am Arm und lächelte etwas. »Du warst gut, als Trixi. Ich habe es dir wirklich abgenommen! Vor allem, weil du die Sache mit Rick und Thomas erwähnt hast. Das wussten wirklich nur sie und ich! Ich hatte das schon längst vergessen.« Sie kicherte. »Sehr geschickt das alles, wirklich.«

Froh, dass sie darüber lachen konnte, hoben sich seine Mundwinkel etwas.

»Ja«, gab er zu. »War spannend, in ihre Rolle zu schlüpfen, es hat etwas mit mir gemacht. Ich meine, ich musste plötzlich jemanden spielen, der sexuell total offenherzig ist ... und du kennst mich ja. Ich war das genaue Gegenteil.«

»Wow«, sagte Lena. »Du sagst ›war‹? Heißt das, es hat sich was geändert?«

»Gewaltig! Ich kann eigentlich gar nicht mehr verstehen, warum ich so prüde war.«

»Was ist denn mit dir los?«, entgegnete sie verblüfft und verlangsamte ihren Schritt. »Und was heißt das genau? Dass du mich demnächst zum Gruppensex aufforderst?«

»Würde doch mal Spaß machen«, rutschte es ihm unwillkürlich heraus und er dachte an Britta und Anke.

»Max!«, rief sie. »Wer hat dir denn diesen Floh ins Ohr gesetzt? Volker?«

»Nein, der bestimmt nicht! Bin von ganz alleine drauf gekommen!«

»Okay, mal langsam ... was meinst du damit, es hätte sich etwas geändert ... *gewaltig* noch dazu?«

»Das erzähle ich dir beim Essen«, sagte er und wurde rot. »Das möchte ich gerne noch ein wenig nach hinten verschieben.«

Sie warf ihm einen skeptisch-verwunderten Blick zu, aber Max starrte stur geradeaus.

»Aber du kommst nicht um das Thema herum«, prophezeite sie ihm. »Ich habe es mir hiermit geistig notiert.«

»Ja, kein Ding, mach nur, wir haben doch gesagt, wir wollen offen sein. Das Gleiche gilt für dich, Lena. Ich denke, du musst mir auch so einiges erzählen.«

»Kann ich mir nicht vorstellen – du weißt doch schon alles!«, konterte sie. »Schlaue Sache, das mit dem Brainstorming! ›Schreib doch mal auf, was dich stört‹ ... echt, ich fasse es nicht!«

Max lachte. Sie waren inzwischen am Restaurant angekommen, bekamen ihren Tisch und bestellten.

»Ja, das war hilfreich«, gab er zu. »Vor allem, weil ich nachvollziehen konnte, warum du Probleme hattest, mir das alles zu sagen.«

»Und wie geht es dir damit?«, fragte sie neugierig.

»In erster Linie war ich dankbar, es zu erfahren«, sagte Max. »Weißt du, ich fing an, zu verstehen. Und dass es Trixi war, der du es sagtest, gab dem Ganzen eine Ehrlichkeit, die wir so nicht aufgebracht hätten. Das mit dem Fünf-Minuten-Sex. Und die Geldgeschichte.«

»Hm. Ja, die Sache mit dem Fünf-Minuten-Sex.«

»Ach, Lena, das war hart, das zu lesen. Es war so einiges hart zu lesen. Allein deshalb hat sich deine Reise schon gelohnt. Ich komme mir vor wie der totale Arsch.«

»Ich will nicht, dass du so über dich denkst«, entgegnete sie heftig. »Weil du kein Arsch bist.«

»Ich würde mich freuen, wenn du nicht so über mich denkst.«

»Tu ich nicht, Max. Wenn ich gewusst hätte, was die paar Zeilen an Trixi bewirken, hätte ich dir schon viel eher einen Brief geschrieben.«

»Ja, wäre vielleicht eine Lösung gewesen«, sagte er und wurde zu ihrer Überraschung nervös. Dann schluckte er und sagte: »Das Schreiben hat sehr geholfen. Aber noch mehr habe ich verstanden, als du mit Matt getanzt hast. In Portugal. Als er seine Hand auf deinen Rücken gelegt hat ... da habe ich zum ersten Mal begriffen, was du mir sagen wolltest. Dass du nicht den Sex meinst, sondern Hände, die dich streicheln ... und alles, was sich hinter einer solchen Geste verbirgt.«

Lena verfärbte sich und in ihr fiel alles zusammen.

»Du ... du warst in Portugal?«, krächzte sie und versuchte krampfhaft, ihre Gedanken zu sortieren. »Du bist mir nachgeflogen?«

Max stocherte in seinem Essen herum und blieb stumm. Sie wurde panisch:

»Max?«

Er sah hoch. Schuldbewusst, trotzig.

»Du ... weißt, wer Matt ist?«

»Ja«, sagte er leise. »Durch den Chat mit Trixi wusste ich ja, wo du bist. Ich war auch in Berlin.«

»In Berlin! Du warst in Berlin?«, hauchte sie und ihr Herz setzte einen weiteren Schlag aus.

»Lena«, versuchte er zu erklären. »Ich war außer mir ... du bist von einem Tag auf den anderen einfach weg! Ich wollte mit dir reden. Ich bin nach Berlin gefahren, um dich unten in der Bar abzufangen – ich wusste ja, dass du da hinwolltest, du hast es Trixi geschrieben. Eigentlich wollte ich an deine Zimmertür klopfen, aber ich hatte Angst, dass du nicht aufmachst ... also habe ich unten gewartet. Du bist ja auch gekommen. Allerdings nicht zu mir. Zu Matt.«

»Max, ich schwöre, ich dachte, er wäre du! Ich dachte, du spielst mir einen fiesen Streich und willst mich testen!«

»Ich weiß, Lena. Ich habe alles gehört. Ich saß genau neben euch.«

»Du hast neben uns ...« Ihre Stimme versagte ihr und sie meinte, ihr Kopf müsse zerspringen. »... neben uns? Du hast uns ... belauscht?«

»Ja, Lena, zwangsweise. Ich konnte doch nicht wissen, wo du dich hinsetzt. Und dann kommst du und gehst auf einen anderen Mann zu! Verdammt, und der Typ war so offensichtlich in dich verliebt! Am Ende bist du auch noch mit ihm essen gegangen! Versteh doch, ich war völlig fertig!«

Nervös fuhr er sich durchs Haar. »Ich habe ihn gegoogelt – und danach war ich erst recht erledigt. Dachte, gegen den habe ich nie eine Chance! Meine einzige Hoffnung war, mit dir über Trixi in Verbindung zu bleiben und herauszufinden, was ich besser machen kann!«

»Oder herauszufinden, was ich tue!«, sagte sie erstickt und ebenso mit den Nerven am Ende wie er. Der Tag hatte es in sich. Ihr Kopf versuchte, zeitliche Abfolgen zu rekonstruieren, und ließ Max' WhatsApp-Nachricht am Ende des ersten Abends mit Matt in ihrem Kopf aufleuchten: »Lena, ich halte mich an unsere Abmachung ...«

Erneut schnürte es ihr die Kehle zu.

»Warum hast du mir dann die Auszeit genehmigt?«, fragte sie erstickt. »Nachdem du mich mit Matt gesehen hast? Das ist doch ...«

»Weil ich wusste, dass du sonst gleich gehst«, erwiderte er. »Du hast es ja gesagt. Aber ich wollte eine Chance, und ja, ich wollte auch wissen, wo du bist. Dann hast du geschrieben, dass du nach dem Essen mit Matt abgereist bist – und ich habe aufgeatmet. Du hast Trixi erzählt, dass du nach Portugal geflogen bist, im Fortaleza wohnst ... und später, dass du auf das Festival gehst. Ja, und zu dem Zeitpunkt hattest du dich Trixi ja schon anvertraut und so vieles preisgegeben. Ich wusste so viel mehr von dir und flog nach Cascais, weil ... weil ich dich dort zum Tanzen auffordern wollte. Weil ich dir zeigen wollte, dass ich mich geändert habe, weil ich dir beweisen wollte, dass ich es besser kann. Ich habe mir alles so schön ausgemalt! Aber auf einmal war da Matt. Du kannst dir nicht vorstellen, was in mir los war. Er war es, der mit dir getanzt hat. Nicht ich.«

Lena blieb stumm. Wie sehr musste ihn das getroffen haben! Sie und Matt zu sehen, erst Berlin, dann Portugal ... mein Gott ... und die Sache in England! Wieder sah sie sich auf der Toilette sitzen und das Wort ›Tu's‹ flatterte in ihrem Kopf wie ein Banner im Sturm. Er hatte also in der Sekunde, als sie ihn um Rat gebeten hatte, überdies gewusst, dass Matt kein nichtssagender One-Night-Stand war. Er hatte ihr geraten, mit ihm zu schlafen, obwohl er gesehen hatte, welche Gefühle sie und Matt füreinander hegten. Und welche Größe hatte Max bewiesen, ihr nach all dem das Album, den Song und den Prospekt zu schicken!

In ihr war nur noch Chaos und ihr Herz kurz vorm Bersten. Max saß vor ihr und wirkte ruhig. Er wirkte ergeben. Ihr fiel kein anderes Wort dafür ein. Er hatte eine Stille an sich, die ihr direkt ins Herz ging.

»Was ... was weißt du über Matt und mich?«, fragte sie heiser.

»Ich weiß, dass er dich liebt. Es hat mich sehr erschreckt, das zu sehen. Es war so klar. Matt hat sich auf den ersten Blick in dich verliebt. Er hat es ja auch gesagt, in Berlin. Dass er dich im KaDeWe entdeckt hat. Das Dumme ist, ich kann ihn verstehen. Ich habe mich damals auch auf den ersten Blick in dich verliebt.«

»Aber ... warum hast du dich nicht bemerkbar gemacht? Mir nicht gesagt, dass du da bist?«

»Aber Lena, was hätte das denn gebracht?«

Sie schwieg. Sie bewunderte Max immer mehr und umso mehr schmerzte sie sein Leid.

»Bist du noch mit ihm in Verbindung?«, fragte er.

»Nein«, flüsterte sie. »Nein.«

»Würdest du gerne mit ihm in Verbindung sein?«

Matts Worte kamen ihr in den Sinn: ›Wir sind immer verbunden, Lena. Nichts in der Welt kann das ändern‹. Aber was sollte sie zu Max sagen?

»Du ... du hast mir geraten, mit ihm zu schlafen«, stieß sie heiser hervor und ihre Augen brannten vor Tränen. »Warum, Max?«

»Weil ich dich unendlich liebe, Lena«, erwiderte er in einer so klaren, nichts fordernden Selbstverständlichkeit, dass endgültig alles in ihr zusammenstürzte und sie kaum seinen Worten folgen konnte: »Weil ich fast dreißig Jahre lang nicht auf dich geachtet habe. Weil ich dich verstehen konnte. Ich habe dir diese Nacht von Herzen gegönnt, auch, wenn es verdammt wehgetan hat.«

»Max«, flüsterte sie und die Tränen liefen ihr die Wangen hinunter. »Ich ...«

»Weißt du«, fuhr er fort, als habe sie nichts gesagt. »Dieser Matt ... er hat einfach alles. Und er liebt dich aufrichtig. Es gibt nichts, was fehlt. Er hat Hände, die dich streicheln. Ich kann dich verstehen, wenn du dich für ihn entscheidest.«

Lenas Herz brach. Sie war völlig überschwemmt von Emotionen wie Ereignissen. Max hingegen verlor mit ihrem Schweigen jeden Mut.

Er hatte alles auf eine Karte gesetzt. Hatte um seine Frau gekämpft, war offen gewesen, hatte alles gesagt. Hatte seine ganze Liebe in die Waagschale geworfen – dafür, dass sie nun schwieg. Er wusste, was das bedeutete.

Lena dachte an Matt, an seine wunderbaren graugrünen Augen, an die wunderbaren Tage, die wunderbare Nacht mit ihm und die Tränen liefen und liefen. Und hier saß Max, ihr Mann. Sie sah in seine Augen, sie waren rot, sie waren verzweifelt, die gesamte Qual der letzten Wochen stand in seinem Gesicht und gleichzeitig eine so stille Akzeptanz – Lena hielt das fast nicht mehr aus.

»Max«, flüsterte sie. »Ich *habe* mich entschieden. Schon bevor wir uns getroffen haben.«

»Okay.« Er schluckte. »Und ... wann war das? Ich meine, wann hast du deine Entscheidung getroffen?«

Es war unwichtig, wann sie sie getroffen hatte, aber sie spürte, wie er sich scheute, die eigentliche Frage zu stellen: ›Wie? Wie hast du dich entschieden?‹

»Als ich von England nach Deutschland geflogen bin«, flüsterte sie. Max' Herz rutschte ins Bodenlose.

»Okay«, sagte er wieder.

»Bitte, Max«, bat sie. »Können wir gehen? Ich ...«

Er nickte stumm, winkte dem Ober, sie zahlten und machten sich auf den Weg.

Die nicht gestellte, unbeantwortete Frage hing zwischen ihnen wie ein Damoklesschwert und Max war es, als dünne sich der Faden mit jedem Meter, den sie gingen, aus. Bis er reißen musste und das Schwert endlich seinen Kopf durchbohren würde. Fast sehnte er diese Sekunde herbei, weil alles davor unmenschliche Qual war.

Am Hotel angekommen, drehte sich Lena um. Max sah ihr in die Augen. Der Abschied war gekommen, er erwartete das Schwert, erwartete die Guillotine. Sie standen am Eingang, sie lehnte sich gegen die Mauer.

»Du hast mich nicht gefragt, wie ich mich entschieden habe, Max.« Ihre Augen standen noch immer voller Tränen.

»Ich glaube, ich weiß die Antwort«, entgegnete er und wollte nur noch weg.

»Du ... du hast gesagt, dass du mich liebst«, fuhr sie heiser fort. Max sah zur anderen Straßenseite und in ihr tobte ein Sturm. »Und ... ich kann gar nicht glauben, dass du das tust ... ich ... ich kann es nicht verstehen. Du hast so gelitten und ich habe keine Ahnung, ob du noch mit mir zusammen sein willst, nach all dem ... ich ...«

Sie brach in Tränen aus. Max stand sprachlos vor ihr.

»Ob ich ... mit ... dir...? Lena, was soll die Frage?«

»Ich habe dir so wehgetan, Max«, schluchzte sie. »Und alles, was ich will, ist, dass du trotzdem noch bereit bist, mit mir zu leben. Ich liebe dich, Max, so sehr, dass ich es mit Worten wirklich nicht ausdrücken kann.«

Er atmete aus, eine einzelne Träne rollte seine Wange herunter. Sekundenlang stand er ohne eine Regung vor ihr und Lena dachte, er habe die Nase voll, er würde gehen, sie hatte ihm zu viel zugemutet. Wie ein paar Stunden davor stützte er seine Hand an der Mauer neben ihrem Kopf ab, sah auf sie hinunter, ein kleines, ungläubiges, ernstes Lächeln in den Augen und Mundwinkeln.

»Du liebst mich?«

Sie nickte, unfähig, etwas zu antworten. Alles, was sie wollte, war, ihn zu berühren, die Qual in seinem Gesicht weg zu streicheln, und mit nassen Augen sah sie zu ihm hoch.

»Bitte, Max, bleibst du heute Nacht bei mir?«

»Ja«, flüsterte er. »Ich bleibe bei dir. Nicht nur für diese Nacht. Für immer, wenn du mich lässt.«

Sie schlang die Arme um ihn und presste ihn an sich, spürte die alte, neue Vertrautheit, spürte, wie ein Glücksgefühl sie durchströmte, spürte, wie richtig das war und wie sehr die Liebe für ihn aus ihr herausströmte und ihn umfing.

Max verging in ihrer Umarmung und ein großes Stück der wochenlangen Belastung lockerte sich. Ihre ehrliche Liebe erreichte und wärmte ihn. Aufatmend umfing er mit beiden Händen ihr Gesicht, suchte ihren Mund und setzte sanft seine Lippen auf die ihren, streichelte ihr Haar, hielt sie fest. Lange standen sie so, dann lösten sie sich in stummem Einverständnis, nahmen sich an die Hand und gingen Richtung Aufzug.

Sie redeten nicht mehr viel. Als sie im Bett lagen, begann Max, Lena zu streicheln. Langsam fuhr seine Hand ihren Rücken hinunter. Er spürte, wie sie unter seinen Fingern leicht erbebte und ihm kam es wie ein Wunder vor. Die Gesten waren so klein und so zart und hatten doch diese enorme Wirkung. Doch nach ein paar Minuten drückte Lena ihn sanft in die Kissen.

»Du bist müde«, sagte sie mit einem zärtlichen Lächeln. »Und erschöpft. Der Tag war aufreibend. Irgendetwas sagt mir, dass du dringend Schlaf brauchst.«

»Aber ich ...«

»Schschsch«, unterbrach sie ihn. »Dafür haben wir alle Zeit der Welt. Das reißt nicht aus. Du kannst mir ein andermal zeigen, was sich so gewaltig bei dir geändert hat.«

Sie lächelte leicht, er nickte, entspannte sich und sie kuschelte sich an ihn.

»Das genügt mir schon«, murmelte sie. »Deine Haut zu fühlen. Dich zu fühlen. Mehr muss gar nicht sein.«

Noch einmal richtete sie sich halb auf und sah ihm ins Gesicht. »Wenn ich dich jetzt streichle, dann bedeutet das nur, dass ich dich streicheln will. Sonst nichts.«

»Ja, Lena«, wisperte er zurück und schloss die Augen. »Ich verstehe. Ich werde es genießen. Weil du in Liebe streichelst. Weil du damit so viel mehr berührst als nur meine Haut. Das ist so schön.«

Lena sah auf ihn hinunter, sah, wie er dankbar die Augen schloss, wie er endlich zur Ruhe kam und ihr Herz zerfloss vor Liebe. Sanft fuhr ihre Hand über seinen Brustkorb, hoch zu seinen Schultern, massierte ein wenig seinen Nacken, streichelte sein Gesicht. Max schlief ein. Ein seliges Lächeln lag um seinen Mund und Lena hätte dafür sterben mögen. Es war so viel.

♫ Afterall ♫

William Fitzsimmons

Die Tage danach waren geruhsam. Gemeinsam besuchten sie Johannes, der sich wie verrückt freute, sie zusammen zu sehen. Er war so dankbar darüber, dass er darauf bestand, seine Eltern in ein sündhaft teures Restaurant einzuladen. Es wurde ein wunderbarer, harmonischer Abend und Max hielt dauernd Lenas Hand, streichelte sie, wann er nur konnte, und auch sie suchte ständig irgendein Stück Haut von ihm, über das sie mit ihren Fingern fahren konnte.

Sie gingen spazieren, redeten viel und mit jedem Gespräch fiel die Belastung auf beiden Seiten mehr und mehr von ihnen ab.

»Wie hast du das nur ausgehalten?«, fragte Lena. »Als du in Portugal warst und mich mit Matt hast weggehen sehen ... du hast doch bestimmt da schon geglaubt, dass ich mit ihm im Bett lande.«

»Ja, das habe ich«, erwiderte er. »Aber Gott sei Dank gab es ja Trixi. Sie hat mich so oft vor dem Totalabsturz gerettet.«

Verdutzt sah Lena ihn an.

»Na ja«, erklärte er. »Ich habe mit dir in dieser Nacht gechattet ... und daher gewusst, dass du alleine bist.«

Es musste trotzdem für ihn hart gewesen sein und als sie ihm einen Blick zuwarf, lächelte er. Lena war mehr und mehr fasziniert von der Änderung, die mit ihm vorgegangen war.

»Du ... du bist so vollkommen anders«, sagte sie leise. »Ich kann es nicht fassen, Max. Aber du strahlst etwas aus, was mich zutiefst berührt. Was hast du gemacht? Woher kommt das?«

»Ich habe viel mit Volker geredet ... mit Julia und Britta und Anke ... und deine Bücher gelesen ...«

»Wow«, sagte sie beeindruckt. »Hat dich das nicht gelangweilt?«

»Doch, am Anfang hätte ich die Bücher am liebsten gegen die Wand gefeuert. Aber immer stand irgendein Satz drin, der mich nicht losgelassen hat.«

»Welche Sätze waren das?«

»Zum Beispiel, dass wir nie die Kontrolle über die Dinge haben. Dass wir uns nur einbilden, sie zu haben. Und wenn dann Dinge nicht so geschehen, wie unser Kopf das sich vorstellt, leiden wir. Ich habe lange gebraucht, um zu verstehen, wie das Leben ohne Kontrolle, ohne Wollen und Haben, überhaupt funktionieren soll. Und erst, als mir klar wurde, dass es ein inneres Glück gibt, das der Kopf gar nicht kennt – erst dann machte das Ganze Sinn.«

»Da hast du dir ja eines der härtesten Textstücke ausgesucht!«, staunte Lena. »Und sogar verstanden! Ich habe so viel länger dafür gebraucht. Und bin auch nicht sicher, ob ich das so leben kann.«

»Ja, es war die harte Tour, aber ich musste ja. Vielleicht ging es deswegen schneller. Volker hat mich sogar mal zu einer Meditation gezwungen.«

Lena lachte, als sie das hörte. »Ach, du Armer! Du und Meditation? War das nicht Folter für dich?«

»Nein, es war ... es war total schön«, sagte Max versonnen. Überrascht hörte Lena zu, spürte wieder diese so feine, hoch schwingende Energie an ihm, vor allem, als er fortfuhr: »Da habe ich plötzlich diese zwei Ichs von mir gesehen. Den wütenden und frustrierten Max und dieses Größere ... und mir war auf einmal klar, dass es meine Entscheidung ist, mich für dieses Große in mir oder für den leidvollen Max zu entscheiden.«

Endgültig verblüfft blieb sie stehen. »Mein Gott, Max«, sagte sie bewegt. »Du hast ja einen Riesensprung gemacht!«

Er zuckte mit den Schultern. »Weiß ich nicht«, antwortete er gleichmütig. »Aber was ist mit dir? Gibt es etwas, was dich verändert hat?«

Lena berichtete von ihren Sessions mit Nicole und Max hörte aufmerksam zu.

»Ich weiß, du glaubst nicht an Reinkarnation«, sagte sie. »Aber in diesen Sessions habe ich gemerkt, wie viel wir schon miteinander erlebt haben und wie oft wir schon zusammen waren. Wie oft du mein Leben gerettet hast und ich das deine. Und wie sehr ich dich liebe.«

»Hast du das vorher nicht gewusst?«, scherzte er.

»Doch, natürlich. Ich habe dich nie nicht geliebt, Max«, erwiderte sie. »Deswegen fiel es mir ja so schwer, zu gehen. Und doch ist so viel Gutes daraus entstanden.«

Sie konnte nicht verhindern, in diesem Moment an Matt zu denken.

»Ja, zum Beispiel, dass dein Geschäft auf einmal so läuft«, sagte Max. »Das freut mich.«

»Freut dich das wirklich, Max?«

»Nein. Im Grunde macht es mir Angst.«

»Es macht dir Angst?« Verblüfft schaute sie ihn von der Seite an. »Warum?«

»Als du kein Geld hattest und der Sex schlecht war, bist du trotzdem bei mir geblieben. Jetzt hast du Geld und kannst gehen. Weil du auch irgendwo besseren Sex haben kannst. Was mich zu der Schlussfolgerung führt: Du bist also nur bei mir geblieben wegen des Geldes. Deswegen macht es mir Angst.«

Er sagte es halb scherzhaft, halb ernst und sie ging auf seine Tonlage ein:

»Nein, Max, ich bin bei dir geblieben, obwohl der Sex schlecht war und du nie auf mich eingegangen bist. Das ist doch der totale Liebesbeweis.«

»Du bist bei mir geblieben, weil ich dich ernähren konnte.«

»Stört es dich, wenn ich zugebe, dass das für mich ein wichtiger Faktor bei der Wahl meines Traummannes ist? Dass er in der Lage ist, für mich und unsere Kinder zu sorgen?«

Max dachte nach. »Im ersten Moment hört es sich blöd an – ich meine in einer Welt, in der Emanzipation so großgeschrieben wird. Aber tief unten bin ich stolz, dass ich das leisten kann. Ich weiß ja, dass ich nicht der Einzige bin, der dir das bieten kann.«

Er wurde rot, auch seine Gedanken gingen zu Matt. »Und du bist trotzdem bei mir. Du musst mich also doch lieben.«

Diesmal grinste er breit und sie lachte und umarmte ihn.

»Ja, ich liebe dich! Aber ich finde es gut, dass ich Geld verdiene. Und ich finde es gut, dass ich damals bei den Kindern geblieben bin. Ich weiß, das ist ein Privileg, das nicht jeder hat. Und das ist eben mein Lebensmodell. Andere brauchen andere Modelle, das soll jeder für sich herausfinden.« Sie stupste ihn neckend am Arm: »Bist du stolz, dass du eine gut verdienende Unternehmerin an deiner Seite hast?«

»Daran muss ich mich erst gewöhnen«, brummte er.

»Ist doch geil für dich! Jetzt kannst du dein ganzes Geld behalten! Verdiene ich eigentlich im Moment nicht sogar ein wenig mehr als du?«

»Scheiße, echt?«, fragte er bestürzt. »Ist nicht dein Ernst, oder?«

»Ähm ... doch?«

»Ach, du Schande! Dann werde ich wohl ein paar andere Qualitäten auspacken müssen, damit du bei mir bleibst! Wir Männer haben's echt nicht leicht.«

»Na ja, die Unterschiede zwischen Ehemännern sind so gering, dass man ruhig den ersten behalten kann.«

Geschockt sah Max seine Frau an.

»Hab ich gelesen!«, rief sie. »In einer Frauenzeitschrift!«

Erleichtert lachte er und sah sich dann um. »Lena, warte, ich muss mal irgendwo ins Gebüsch.«

»Schon wieder? Du warst doch grade«, foppte sie ihn.

»Das ist nicht so einfach für uns Männer«, brummte er. »Es ist nicht so, dass der Mann muss und zum Baum geht. Es ist so, dass der Mann einen Baum sieht und muss. Und hier stehen so viele Bäume!«

Sie brach in Lachen aus und gab ihm einen Schubs.

»Na, dann auf zum Wildpinkeln«, sagte sie vergnügt. »Lass dich nicht von der Schweizer Polizei erwischen! Teilweise verlangen die bis zu fünftausend Euro!«

»Ach, du Schande«, ächzte Max. »Lass uns aus diesem Land rausfahren! Kannst du kurz Schmiere stehen?«

Sie kicherte und wartete, bis er fertig war, dann schlenderten sie zurück. Max legte den Arm um sie, drückte ihr alle paar Minuten einen Kuss irgendwohin, genoss so sichtlich alle Kleinigkeiten, dass sie mit jedem Schritt gerührt war. Sie schwiegen eine Weile, hingen ihren Gedanken nach und schließlich stellte Max die Frage, vor der sie Angst gehabt hatte:

»Was ist mit Matt, Lena?«

Sie atmete tief durch.

»Ich bin bei dir, Max«, sagte sie leise. »Nicht bei Matt.«

»Ja, aber was fühlst du für ihn?«

Ihre Schultern waren angespannt. Sie setzte ein paar Mal zu einer Antwort an und nichts kam aus ihrem Mund. Max blieb stehen und konfrontierte sie.

»Lena, wir haben uns Ehrlichkeit versprochen«, sagte er. »Ich weiß, dass du für ihn etwas empfindest. Du musst das nicht leugnen.«

Sie starrte in Max' blaue Augen und Matt war in ihrem Kopf. Das Bild, als er im Whatley Manor auf sie gewartet hatte, den Blick aus dem Fenster gerichtet. Allein. Ihre Lippen zuckten.

»Er … er ist mir nicht egal«, flüsterte sie. »Aber ich habe mich für dich entschieden, Max. Und das sollte alles sein, was zählt.«

»Aber …«

»Max«, unterbrach sie ihn gequält. »Ich habe Matt nie etwas versprochen. Er weiß das.«

Sie setzte sich wieder in Bewegung. Max folgte ihr zögernd.

»Du bleibst nicht mit ihm in Verbindung?«

»Nein, Max, auf keinen Fall. Das wäre wirklich dumm.«

Er schloss auf, legte den Arm um sie. Sie war froh, dass er nichts weiter dazu sagte. Und mehr noch: Er wusste, dass ihr die Entscheidung trotz allem wehtat und gab ihr Zeit, damit fertig zu werden.

Erst nach einer Weile fingen sie wieder an miteinander zu reden, suchten sich ein Restaurant, aßen zu Abend und liefen dann zurück ins Hotel.

Als sie sich zu ihm ins Bett legte, stützte er sich auf und sah auf sie hinunter.

»Ich würde gerne ein paar Dinge nachholen«, wisperte er. »Zieh dich aus, Lena, ich will dich spüren.«

»Nur, wenn du das auch machst«, flüsterte sie zurück, küsste ihn, streichelte ihn, raunte ihm Dinge ins Ohr, die Max keuchen ließen. Er war erregt, wie immer, ohne eine Erektion zu haben, aber das störte sie beide nicht. Lena streifte ihm die Kleidungsstücke ab, kniete über ihm, hauchte ihm heiße Küsse auf seine Haut, strich mit ihren Händen über seinen Körper und wie Anke und Britta wisperte sie: »Du musst gar nichts tun, Max, bleib einfach liegen.« Aber das konnte er nicht. Seine Finger fuhren über ihren Körper, über ihren hübschen Hintern, über ihre Brust, und alles war sanft und zart und doch so explosiv. Jede Berührung war gesättigt von ihrer Liebe und Max staunte, wie leicht erregbar seine Frau war, welch heftige Reaktion ein Finger, der über ihre steife Brustwarze strich, hervorrief und wie ungehemmt sie inzwischen war. Auch er hatte durch Britta und Anke viel Scheu verloren und war begierig, sein neu erworbenes Wissen anzuwenden. Lena war völlig überwältigt, wand sich in seinen Händen und war so angeheizt, dass sie geradezu über ihn herfiel. Sie war glücklich, wenn er stöhnte, wenn er ihr seine Erregung zeigte und er war glücklich über die Wirkung, die er bei ihr entfachte. Sie schaukelten sich höher und höher, bis sie sich an ihn klammerte und er zum ersten Mal ihr Fleisch an seinem Unterleib zucken und pulsieren fühlte, bis sie mit wild klopfenden Herzen aufeinander sanken.

Schwer atmend barg Lena ihren Kopf an seiner Schulter und Max hielt seine Frau sanft umschlungen, spürte ihr Herz rasen und war vollkommen glücklich.

»Oh, was habe ich da nur all die Jahre verpasst!«, flüsterte er in ihr Ohr. »Meinst du, du kannst noch mal? Ich will das unbedingt wieder fühlen.«

Mit einem tief befriedigten Lächeln legte Lena ihren Kopf auf seine Brust.

Morgen würden sie zurückfahren. Sie hatte das Umherreisen dicke satt und freute sich wie verrückt darauf, endlich wieder nach Hause zu kommen.

♫ Hymn For The Child Inside ♫

Martin Ermen

Der Alltag hatte sie wieder. Nur dass der Alltag alles andere als ein Alltag war. Ihre Beziehung hatte eine wunderbare Tiefe gewonnen. Sie gingen ins Kino, gingen tanzen, machten vieles gemeinsam, gaben sich auch den Freiraum, den jeder brauchte, und natürlich redeten sie viel.

»Mann«, sagte Max, als es um die Geldfrage ging. »Ich kann es gar nicht mehr verstehen. Ich war so blöd.«

»Nein, warst du nicht«, widersprach sie. »Ich habe die Situation genauso gebraucht, wie sie war, und du auch, damit wir zu uns finden. Wir haben das Beste daraus gemacht.«

»Ja«, stimmte er zu. »Diese Betrachtungsweise ist wirklich erleichternd – für beide Seiten.«

Max brannte darauf, seine Frau zu erkunden, und bereitete mit Eifer und einer rührenden Hingabe einen besonderen Abend vor. Er holte sich noch mal Ratschläge von Britta und Anke – etwas, was er Lena nicht verriet und selbst die vorlaute Britta für sich behielt – und überraschte sie dann mit einem Portfolio an Liebeskünsten, das Lena in jeder Hinsicht sprachlos machte. Das Entscheidende war, dass er das nicht tat, um irgendetwas wiedergutzumachen, sondern einfach, weil er sie liebte.

Es lief nicht auf dieses ›Sex auf Bestellung‹ hinaus oder die Vorgabe: ›heute steht Sex im Kalender‹. Sie waren zärtlich und wenn sich mehr ergab, war das schön, wenn nicht, war es auch in Ordnung. Es war stressfrei und das tat beiden gut. Aber immer dann, wenn es heftiger wurde, war Max geradezu erschüttert, wie einfach es war, mit Lenas Körper zu spielen, ihr die süßesten Töne zu entlocken, wie schön es war, wenn sie ihre Beine und Arme um ihn schlang, sich auf ihn setzte und Dinge tat, die ihnen vorher nie in den Sinn gekommen waren. Seine Erektionsprobleme spielten überhaupt keine Rolle, im Gegenteil, es war so, wie ihre Freunde es gesagt hatten – es war der Boden für ein echtes Liebesspiel und oft schöner als der eigentliche Akt je hätte sein können.

Max war glücklich und hütete sein Eheleben wie einen kostbaren Schatz.

Lena war ebenso glücklich. Das Leben mit Max war einfach wunderschön und die Tatsache, dass er inzwischen eng mit ihren Freunden verbunden war, machte es noch runder.

Aber sie dachte auch oft mit wehem Herzen an Matt. Er war der Preis, den sie für die glückliche Ehe, die sie mit Max führte, zahlen musste. Sie liebte Max über alles, das Gefühl war echt. Sie wollte ihn glücklich sehen.

Aber sie hätte auch Matt gern glücklich gesehen.

♫ ♫ ♫

Ihre Clique freute sich wie toll, dass sie wieder zusammen waren, und sie verbrachten Grillabende, Kinoabende und Spieleabende miteinander. Bei diesen Gelegenheiten konnte Lena live erleben, wie sich das Verhältnis zwischen Anke, Britta und Max geändert hatte.

Sie flogen auf ihn zu, wenn sie ihn sahen, und strahlten ihn an. Britta legte immer den Arm um ihn und umsorgte ihn, als sei er ihr Kind. Anke wiederum strich ihm oft über den Rücken, manchmal auch über die Wange und die Tonlage, in der sie mit ihm redeten, hatte sich komplett gedreht.

Auch Volker und Julia waren voller Respekt für Max und Lena konnte das nachvollziehen. Er hatte sich auf eine Weise geändert, die mit Worten nicht erklärbar war. Es war, als schiene ein Licht aus ihm. Ein stilles Glück lag um ihn, ein Glück, das jeden bewegte, der in seiner Nähe war.

Inzwischen war auch Ralf, Julias Mann, mit dabei und fügte sich in die Clique, als ob er schon immer dazu gehört hätte. Die Ereignisse hatten niemanden unverändert zurückgelassen.

Volker dachte sehr darüber nach, sich zu binden, Julia und Ralf hatten einen guten Konsens gefunden und Britta ... ja, Britta zerfloss, wenn sie Max sah. In ihr war eine Liebe für ihn erwacht, die geradezu ergreifend war. Sie hatte ihr Männerbild ziemlich relativiert und eine so resolute Kehrtwende hingelegt, dass jeder nur so staunte.

»Mann«, sagte Volker und zwinkerte Britta gutmütig zu. »Irgendwie haben wir hier verkehrte Welt. Was ist denn nun mit der Emanzipation?«

»Männer sind etwas Wundervolles«, erwiderte sie mit Inbrunst und legte den Arm um Max. »Ja, ehrlich, ich schäme mich, dass ich Unterschiede gemacht habe zwischen Mann und Frau.«

»Oh, oh, solche Töne aus deinem Mund!«, ließ sich Ralf vernehmen. »Hab' ich jetzt 'ne Chance bei dir?«

»Bring du erst mal dein Sexleben auf die Reihe«, pampte Britta ihn in alter Manier an. »Du mit deiner Auslaufmodell-Einstellung und deinem Macho-Gehabe musst erst mal lernen, was eine Frau glücklich macht!«

»Ui, ich glaube, wir haben dich zu früh gelobt!«, versuchte Volker den tief erröteten Ralf zu schützen. »Ich dachte, du liebst Männer?«

»So kann man das nicht stehenlassen«, erklärte Britta. »Ich habe nachgedacht. Und der Schluss, den ich ziehe, ist sehr einfach. Es gibt Männer, die Sackgesichter sind. Es gibt Frauen, die Sackgesichter sind. Es gibt Frauen, die Männer ausnutzen und es gibt Männer, die Frauen ausnutzen. Es hat immer schon starke Frauen gegeben – trotz Patriarchat. Und immer schon Pantoffelhelden. Und Lena hat uns klargemacht: Jeder sucht sich die Beziehung, die er gerade braucht. Es geht also nicht um die Schuldfrage, denn wenn man anfängt, Schuldige zu suchen, vergrößert das nur die Wut. Und wem nützt das was? Überhaupt keinem. Im Gegenteil. Es setzt nur eine weitere negative Schwingung in die Welt.«

»Wer hätte gedacht, dass solche Worte mal von dir kommen!«, sagte Volker. »

Britta ärgerte sich: »Ich meine, Emanzipation im Sinne von ›gleiche Rechte und Möglichkeiten‹ ist unabdingbar«, setzte sich etwas angesäuert nach. »Aber ich würde nie mehr eine Frau als unterdrückt ansehen, weil sie zu Hause bei ihren Kindern bleiben will. Oder gar als minderwertig.«

»Und du, Lena?«, fragte Anke und wandte sich ihr zu. »Zu welchem Schluss bist du gekommen?«

»Zu mehreren«, antwortete sie. »Zum einen: Wenn man darauf wartet, den eigenen Wert von außen bestätigt zu bekommen, tut das nur weh. Und zum anderen: Manche Frauen lieben es, zu Hause zu sein. Manche lieben es, zu arbeiten. Das Ganze in ein Schema pressen zu wollen und mit ›gut‹ oder ›schlecht‹ zu bewerten, erscheint mir sinnlos, weil es die Individualität untergräbt. Und was das Mutter- und Hausfrauendasein angeht – und vor allem unseren Wert – da habe ich inzwischen eine ganz andere Meinung: Wir sind Mütter. Wir sind die Untergrundarbeiter in dieser Welt. Diejenigen, die das Fundament für eine bessere Welt schaffen, weil wir etwas sehr Wichtiges tun: Wir tun die Dinge aus Liebe, wir lieben, ohne eine Gegenleistung zu fordern. Wir lieben selbstlos. Es ist auch nicht wahr, dass nichts zurückkommt. Wir werden so reich auf immaterielle Weise entschädigt: Mit dieser satten Zufriedenheit, ein Kind im Arm zu halten, es lächeln, es aufwachsen zu sehen. Wir schaffen Kindern ein Zuhause und füllen es mit Liebe. Wir sind für die Liebe da – und nicht für Karriere, Geld und dem ständigen Run nach Wachstum. Und das kann keiner, der seiner Karriere hinterherjagt, nachempfinden. Und ich finde, wir bilden damit einen wichtigen Ausgleich in dieser Welt. Wir schaffen das Gegengewicht zum Profitdenken, wir geben ein Beispiel! Wir halten die Welt in den Angeln! Ja, ich finde: Wir Mütter und Hausfrauen sind die wahren Helden dieser Welt! Könnte ich heute noch mal zurück, würde ich die gleiche Entscheidung treffen: Für meine Kinder da zu sein. Aber ich würde sie treffen mit dem Wertbewusstsein, das ich heute habe.«

Max lächelte sie an.

»Die Tage habe ich ein Zitat gelesen«, sagte er. »Das setzt vielleicht einen guten Schlusspunkt. Es lautet: ›Die eigentliche Aufgabe deines Lebens ist, deinen wahren Wert zu erkennen.‹«

♫ ♫ ♫

Ein paar Wochen später saß Lena mit Max beim Frühstück.

»Übrigens, Lena, das wollte ich schon so lange ansprechen – Johannes hat mir gesagt, dass deine Blutwerte nicht in Ordnung sind«, sagte er. »Ich war vor Wochen bei Ernst und er hat mir keine echte Auskunft gegeben.«

»Ach, das«, sagte sie leichthin. »Mir geht es gut, Max. Es ist ein Verdacht auf eine seltene Krebsart, aber sie muss nicht ausbrechen.«

Max war schockiert. »Das hört sich nicht gut an, Lena.«

»Aber ich bin doch in Behandlung. Ernst hat mir Mittel gegeben. Er sagt, er kriegt das in diesem Stadium noch hin.«

»Und ... hast du dein Blut noch mal untersuchen lassen? Hat sich etwas gebessert?«

»Nein, ich habe seitdem keine Tests mehr machen lassen.«

»Warum nicht?«, fragte er beunruhigt. »Das ist doch wichtig! Mir ist es wichtig!«

Sie lächelte ihn an. »Ja, gut, dann lasse ich mich mal durchchecken, wenn es dich beruhigt. Wirst sehen, es ist sicher noch auf dem alten Stand – oder besser geworden.«

»Ich will es genau wissen«, beharrte er.

»Aber du gehst mit und kümmerst dich endlich mal um deine Blase – du stehst nachts immer noch zu oft auf.«

»Ich war brav – ich habe das schon längst gemacht!«, sagte er. »Bin voll durchgecheckt.«

»Und dein Ergebnis?«

»Ernst war lange in Urlaub. Aber er meinte, das mit der Prostata ist normal.«

»Ja, siehst du – und mir fehlt auch nichts. Ganz sicher.«

Max nahm sie in den Arm. Er würde es nicht verkraften, wenn mit ihr was wäre.

♫ ♫ ♫

Lena ging zum Arzt und ließ einen Generalcheck machen.

»Du hast Mini-Blutschwämmchen«, stellte Ernst fest. »Diese kleinen roten Punkte auf deiner Haut. Da scheint mit deiner Leber was nicht in Ordnung zu sein.«

»Nein, die habe ich schon immer«, wehrte sie ab. »Das ist nichts Neues. Wie war dein Urlaub?«

»Absolut super! Meinen Lebensabend verbringe ich auf jeden Fall im Süden«, antwortete Ernst. »Aber jetzt habe ich erst mal hier eine Menge aufzuarbeiten. Du siehst, es stapelt sich. Max war ja auch neulich da ... um seine Toilettengänge muss ich mich auch noch kümmern. Aber ich habe ihn vor einer Woche auf der Straße getroffen – er sieht gut aus! Übrigens wollte er Auskunft über deinen Gesundheitszustand.«

»Ja, kann er haben«, sagte Lena. »Brauchst du das schriftlich?«

Ernst versprach, anzurufen, sobald die Ergebnisse vorlägen, es würde aber ein bisschen dauern, weil sein Terminkalender so voll sei.

Lena war das egal. Wenn Max sie nicht gedrängt hätte, hätte sie die Sache auf sich beruhen lassen. Sie fühlte sich gesund.

♫ ♫ ♫

Die Kinder kamen nach Hause und gemeinsam planten sie den Urlaub auf Mauritius.

»Mauritius«, staunte Marie. »Das ist ja mal ein Urlaubsziel!«

»Ja, und hast du das Hotel gesehen, das Max ausgesucht hat?«, freute sich Lena. »Unglaublich schön!«

Sie zeigte ihnen den Prospekt und verriet ihnen, dass sie sogar Suiten gebucht hatten. Johannes und Marie bekamen leuchtende Augen und gingen mit Lena so liebevoll um, dass sie ganz geplättet war.

»Eigentlich hatte ich doch mit ihnen reden wollen«, sagte sie zu Max, »über das, was mir sonst so gegen den Strich gegangen ist. Aber es ist völlig unnötig! Marie hat den Müll entsorgt, eingekauft und gesaugt. Und Johannes hat von alleine Holz hereingebracht? Und mich gefragt, ob er mir irgendwie helfen kann? Du hast ihnen was gesteckt, oder?«

Max lachte. »Nein, wirklich nicht«, sagte er und hob die Hände.

»Ich staune«, sagte Lena und dachte an Nicole, die gesagt hatte: »Ändere dich und du findest eine andere Welt. Wirklich wertvoll fühlst du dich nur dann, wenn du dich an das koppelst, was du wirklich bist.«

Lena war glücklich.

♫ ♫ ♫

Nach einer Woche rief Max den Arzt an.

»Hast du Lenas Untersuchungsergebnisse?«, fragte er.

»Nein, sie war doch eben erst bei mir. Im Labor staut sich gerade alles, dauert noch.«

»Würdest du mir einen Gefallen tun?«

»Wenn es sich mit meinen ethischen Grundsätzen vereinbaren lässt, immer.«

»Sagst du mir zuerst Bescheid? Vor Lena?«

»Ja, das kann ich machen, Max, keine Frage.«

♫ ♫ ♫

Lena dachte oft an Matt. Öfter als ihr lieb war. Sie wusste, es war besser, ihm nicht zu schreiben. Aber manchmal saß sie vor dem Handy und tippte erste Buchstaben, weil sie ihn vermisste. Sie nährte die Liebe für ihn in ihrem Herzen und hoffte, dass er es schaffte, glücklich zu sein. Irgendwie. Sie konnte es drehen und wenden, wie sie wollte, aber sie liebte nun mal beide Männer. Matt und Max. Aber sie wusste, sie musste Matt vollends loslassen – damit er innerlich frei werden konnte, damit er die Chance für eine neue Liebe hatte.

Eine Woche später meldete sich Ernst bei Max.

»Max, wäre schön, wenn du mal in meine Praxis kommen würdest.«

»Hast du den Befund von Lena?«

»Ja, Max«, sagte Ernst und räusperte sich. »Den habe ich. Aber das besprechen wir alles, wenn du hier bist, okay?«

Max war unruhig und versuchte, das erfolglos vor Lena zu verbergen. Sie merkte es und fragte:

»Was ist los? Gibt es Schwierigkeiten in deiner Praxis?«

»Nein, nein, alles gut«, erwiderte er.

Aber in der Nacht kuschelte er sich an sie und streichelte sie, bis sie seine Hand festhielt und sagte:

»Mäxchen, du musst schlafen, du hast morgen einen langen Tag vor dir.«

»Hast du eigentlich mit Ernst schon einen Termin ausgemacht?«, fragte er.

»Nein, mich interessiert das nicht, wenn ich ehrlich bin. Ich fühle mich gut.«

Max verstand nicht, wie sie so lässig mit ihrer Gesundheit umgehen konnte. Er war froh, dass er Ernst gebeten hatte, ihm zuerst Bescheid zu geben, aber er war besorgt, weil der Arzt sich so merkwürdig angehört hatte. Oder bildete er sich das ein? Vielleicht war Ernst nur überarbeitet? Max war nervös und fieberte dem Gespräch entgegen.

♫ ♫ ♫

Der Urlaub stand an und sie freuten sich alle sehr darauf, allein schon deswegen, weil es der erste Familienurlaub seit Jahren war.

Max war in seiner Praxis beschäftigt, Lena in ihrer Firma und die Kinder genossen ihre Semesterferien zu Hause. Lena ließ es sich nicht nehmen, sie zu verwöhnen, und doch war es anders als vorher, weil nun jeder mit anpackte und nichts mehr eine Selbstverständlichkeit war. Trotzdem stemmte sie den Haushalt und den Job und wirkte dabei so vital und energiegeladen, dass Max seine Bedenken vergaß.

Als er zum Arzt fuhr, teilte er Lenas Zuversichtlichkeit. Doch schon die Begrüßung zerschlug seinen Optimismus. Übersensibel registrierte Max, dass seinem Kollegen die übliche Nonchalance abhandengekommen zu sein schien.

Beklommen saß er auf dem Stuhl vor dessen Schreibtisch.

»Ja, also, der Befund ... und die Blutwerte«, sagte Ernst und schaute auf die Papiere. Es fiel ihm offensichtlich schwer, die Diagnose zu verlesen. Er fixierte den Tisch und saß angespannt auf seinem Chefsessel. Selbst während er sprach, hob er seinen Blick maximal auf halbmast, als schaffe er es nicht, Max in die Augen zu schauen.

»Also, es sieht nicht gut aus«, murmelte er der Glasplatte entgegen und räusperte sich. »Um ehrlich zu sein, es sieht alles andere als gut aus. Es ... ich weiß gar nicht, wie mir das so durchrutschen konnte.«

»Ernst!«, entfuhr es Max. »Sag mir, was los ist!«

Ernst blickte auf. Diesmal hielt er Augenkontakt – und die Innenränder seiner Augen färbten sich rot. Er sagte es ihm. Nüchtern, scheinbar emotionslos und direkt. Er beschönigte gar nichts, legte als Beweis die Werte vor, die Cross-Untersuchungen, alles.

Als er geendet hatte, saß Max totenblass auf seinem Stuhl.

»Tut mir so leid, Max«, sagte Ernst mit feuchten Augen. »Mir ... mir geht das auch unglaublich nah. Das weißt du. Ich weiß gar nicht, was ich sagen soll.«

Bis ins Mark getroffen starrte Max ihn an. Er brachte kein Wort hervor.

»Ich wünschte, ich hätte dir etwas anderes sagen können«, fügte Ernst hilflos hinzu. »Es tut mir so leid. So leid ... sag mir, wenn du Hilfe brauchst. Ich bin für euch da.«

Max nickte. Als Zahnarzt musste er seinen Patienten solche Dinge nicht sagen. Aber er verstand, dass jedes weitere Wort alles nur schlimmer gemacht hätte.

Wie betäubt stand er auf. Setzte sich in sein Auto, fuhr in den nächstgelegenen Wald und weinte.

♫ ♫ ♫

Lena kuschelte sich an Max, drückte ihren Po an seinen Unterleib und seufzte wohlig. Sie war müde vom Tag und döste schnell weg. Max lag wach. Er streichelte sie und Tränen flossen still über seine Wangen. Sie hatte ihn nicht nach dem Ergebnis gefragt, sie ging einfach davon aus, dass alles in Ordnung war. Mit übermenschlicher Anstrengung hatte er seine Gemütsverfassung heute vor allen verborgen.

Als sie tief und regelmäßig atmete, legte er sich auf den Rücken, starrte in die Dunkelheit, und dachte nach. Sah auf die Uhr. Es war 22.50 Uhr.

Leise stand er auf und ging in die Küche. Lenas Handy lag auf der Anrichte und er nahm es, scrollte die Kontaktliste durch und fand die Nummer von Matt. Sie hatte sie nicht gelöscht, aber sie hatte auch nie mehr angerufen. Er ging in sein Büro, schloss die Tür und drückte auf den Button. Er wusste, Matt würde rangehen, wenn er die Nummer im Display sah. Und so war es.

»Lena!?«, erklang seine leicht heisere Stimme. Verwundert, hoffnungsvoll, aufgewühlt. Alles auf einmal.

Max holte tief Luft.

»Guten Abend«, sagte er. »Ich bin Max Burghof, Lenas Mann. Ich würde gerne mit Ihnen über meine Frau sprechen.«

♫ ♫ ♫

»Lena«, sagte Max am nächsten Morgen. »Wir könnten doch auch ein wenig länger auf Mauritius bleiben, als nur acht Tage, was meinst du?«

»Hey! Das wäre super! Kannst du dir das zeitlich leisten?«, fragte sie und sah ihn erfreut an. »Oh, das wird so schön! Sonne, Strand und Meer – und ein paar faule Tage! Das können wir alle gebrauchen! Juhu!«

Sie drehte sich lachend, schmatzte Max einen dicken Kuss auf den Mund und holte dann ihren Laptop. »Guck mal«, sagte sie zu ihm.

»Ich habe ein richtig geiles Kleid entdeckt! Das wäre doch was für den Abend! Gefällt es dir?«

Max lächelte und strich ihr eine Haarsträhne aus dem Gesicht. Dann besah er sich das Foto.

»Du wirst super darin aussehen«, meinte er. »Aber das Kleid kaufe ich! Wehe, du nimmst das von deinem Geld!«

»Oh, dann danke!«, freute sie sich und klickte auf ›Bestellen‹.

»Und, Lena?«

»Ja?«

»Hast du schon einen Termin bei Ernst?

»Nein«, sagte sie mit einigermaßen schlechtem Gewissen, weil Max dauernd so drängte und sie es immer noch nicht geschafft hatte. »Aber ich rufe gleich mal an. Warst du schon dort?«

»Ähm ... nein, auch noch nicht.«

»Dann könnten wir ja zusammen hin – spart ihm sicher Zeit.«

»Weißt du was? Wir machen das nach dem Urlaub. Vorher ist es bei mir ein wenig eng.«

»Perfekt«, sagte sie befriedigt, klappte den Laptop zu, nahm ihre Gartenschere und ging summend in den Garten.

Wehmütig sah Max ihr hinterher.

♫ How Would You Feel ♫

… Spending my life falling deeper in love with you
Ed Sheeran

Die Tage auf Mauritius waren von Beginn an ein Traum. Die Insel war ein Traum, die Anfahrt zum Hotel, das Hotel, die Suiten, das Personal, der Strand, die Umgebung – es war ohne Zweifel ein Paradies.

Das Meer glitzerte türkisfarben, eine leichte Brise wehte, als sie nach dem langen Nachtflug im Hotel ankamen. Eine junge Frau reichte ihnen kühle Erfrischungstücher und aus dem Frühstücksraum duftete es nach Kaffee und buttrigen Croissants. Ihr Aufenthalt begann mit einem opulenten Frühstück am Meer, während das Personal ihre Koffer ins Zimmer brachte.

Die Kinder bekamen sich fast nicht mehr ein vor Begeisterung, als sie ihr riesiges Zimmer bezogen. Im Nullkommanix hatten sie ausgepackt und erkundeten das Gelände. Max und Lena tranken auf der Terrasse ihr erstes kühles Glas Wein, schliefen dann in der Sonne, machten einen Strandspaziergang und fühlten sich trotz des langen Fluges schon am ersten Tag vollkommen entspannt.

Es war der Auftakt zu vierzehn wundervollen, romantischen, glücklichen Tagen.

Sie wachten auf und die Sonne schien an einem blauen Himmel, sie frühstückten am Meer, atmeten die salzige Luft, liefen kilometerweit am Strand entlang, machten Bootstouren, aßen gegrillten Fisch auf einsamen Inseln, saßen abends nach dem Abendessen noch bei einem Cocktail zusammen und unterhielten sich. Johannes, an dem ein Comedian verloren gegangen war, berichtete über Erlebnisse in der Uni, über die sich alle schieflachten, aber sie redeten auch über das, was im letzten Vierteljahr los gewesen war.

»Das hat euch sicher geschockt«, meinte Lena. »Aber ich wüsste wirklich nicht, wie ich das hätte besser machen sollen.«

»Du hast es ja besser gemacht, indem du uns alle geschockt hast«, sagte Marie.

»Genau«, meinte Johannes. »Und außerdem sehen wir, dass eine Krise etwas Gutes sein kann. Sich zu streiten ist nicht schlimm. Aber die meisten können nicht fair bleiben und sind unfähig, sich wieder zu vertragen – das ist das, was mich am meisten frustet.«

»Stimmt«, hakte Marie ein. »Ihr habt was draus gemacht – und wir wissen jetzt, dass es auch so geht. Das macht echt Hoffnung.«

»Es hätte aber auch anders ausgehen können«, sagte Max. »Für manche ist es wirklich besser, wenn sie sich trennen.«

»Das sehen wir ja auch so«, sagte Johannes. »Wir hätten nicht gewollt, dass ihr zusammenbleibt, wenn es nicht mehr geht oder ihr unglücklich seid. Aber ihr wärt euch nicht böse gewesen. Ihr wärt anständig geblieben. Ihr hättet auch aus dieser Situation etwas Gutes gemacht.«

»Trotzdem bin ich froh, dass ihr zusammenbleibt«, sagte Marie. »Es ist so schön, euch beide zu sehen. Wirklich!«

Gerührt lächelte Lena ihre Kinder an. Sie sah zu Max, der ernst vor sich hinblickte und mit seinen Gedanken woanders zu sein schien.

»Ach herrje«, flachste sie. »Sieht fast so aus, als seist du anderer Meinung!«

Sein Blick kam wieder zurück und er lächelte.

»Apropos zusammen«, sagte er. »Möchtest du tanzen?«

Er zog Lena auf die Tanzfläche, legte seinen Arm um sie und liebkoste sie beim Tanzen. Immer wieder küsste er ihr Haar, ihr Gesicht, rieb seine Wange an der ihren, wenn der Song kuschlig genug dafür war.

»Ich verliebe mich jeden Tag ein bisschen mehr in dich«, flüsterte er in ihr Ohr. »Obwohl ich dich doch schon so abartig liebe. Aber es geht immer noch mehr.«

»Ich mich auch in dich«, murmelte sie und hob ihren Blick. Max' blaue Augen leuchteten fast überirdisch in dem diffusen Licht der Tanzbar.

»Und weißt du was? Ich kann mir keinen schöneren Lebensinhalt vorstellen«, wisperte er weiter. »Der beste Lebensinhalt überhaupt: Dich jeden Tag noch ein bisschen mehr zu lieben.«

»Oh, mein Gott, Max, wer hätte gedacht, dass ein Poet in dir steckt?« Lena lachte. »Nie hätte ich geglaubt, dass das mal so schön mit dir wird!«

Max lächelte sie an und zog sie dann wieder ganz zu sich heran.

Lenas Kopf lag an seinem Herzen. Es pumpte ruhig und regelmäßig und sie war bis in die kleinste Zelle ihres Seins dankbar für diesen Mann. Ihr Blick fiel auf ihre Kinder, die auf den Loungemöbeln saßen und sie zärtlich und zufrieden angrinsten.

Max liebte Lena jede Nacht und streichelte sie noch lange, nachdem sie schon eingeschlafen war.

♫ ♫ ♫

»Hey, Johannes, was ist los? Gibt es Probleme?«

Sie saßen beim Abendessen. Johannes war später dazugestoßen, weil er noch seine Mails hatte checken wollen.

»Ja, verdammt! Sie haben mir den Praktikumsplatz gestrichen! Einfach so! Die Firma, bei der ich mich beworben habe, sagt, sie hätten das verpeilt! Sie haben die Stelle aus Versehen an zwei Leute vergeben und jetzt stehe ich da und habe gar nichts!«

»Kannst du dich nicht noch bei anderen Firmen bewerben?«

»Doch, schon, aber so kurzfristig nehmen mich nur noch die Kleinen. Bei den Großen geht nichts mehr, aber ein Praktikum in einer Pipifax-Firma kann ich mir schenken.«

Er war frustriert, er hatte sein Studium perfekt geplant und ein Praktikum in einer namhaften Firma war wichtig für seinen CV. Lena und Max wussten das.

»Ich kann ja mal im Kollegenkreis fragen«, sagte Max. »Aber ich fürchte, die Größenordnung, die du dir vorstellst, haben die nicht auf Lager.«

»Ja, kann ich mir denken«, erwiderte Johannes mutlos. »Und ich habe auch niemanden mehr in petto. Meine Kontakte sind alle schon durchtelefoniert.«

Missmutig stocherte er in seinem Essen herum und trank dann fast das ganze Glas Sekt auf einmal leer. Keiner sagte etwas.

Auch Lena schob das Gemüse auf ihrem Teller hin und her. Dann räusperte sie sich:

»Vielleicht kann ich dir helfen.«

»Meinst du deine Firma?«, fragte Johannes.

»Aber, Johannes! Die ist doch mini! Nein, aber ich … ich kenne jemanden, der dir vielleicht helfen könnte«, sagte sie und ihr Herz klopfte wie verrückt. Sie sah zu Max hinüber, der ihr mit einem freundlichen Blick antwortete. Ermutigt fuhr sie fort:

»Er ist Unternehmer – und wenn er in seinen eigenen Firmen nichts hat, kann ich mir vorstellen, dass seine Verbindungen weit genug reichen, dich an jemanden zu vermitteln. Sicher bin ich natürlich nicht, aber man könnte es versuchen.«

Wieder sah sie Max an. Ihr Herz pumpte wie wild und sie hoffte, er würde das nicht falsch interpretieren. Aber Max lächelte und meinte heiter:

»Ist doch 'ne super Idee! Frag ihn doch mal! Mehr als Nein sagen kann er ja nicht.«

»Wer denn?«, fragte Johannes neugierig.

»Er heißt Matt Wolters«, sagte Lena und konnte nicht verhindern, dass ihre Stimme ein wenig zitterte. Verlegen räusperte sie sich wieder: »Wie gesagt, ich weiß nicht genau, welche Firmen er hat … aber du kannst ja mal googeln, ob …«

Johannes' Unterkiefer war abrupt nach unten geklappt.

»*Matt … Wolters?*«, japste er. »Ähm, Mudder, meinst du *den* Wolters, dem KOBACS gehört? Und Robo-Synx? Unter anderem?«

»Ähm, keine Ahnung, ob ihm das gehört, kann schon sein. Was ist Robo-Synx?«

»Aber Mama!«, rief Marie. »Das ist die größte Firma im Bereich Robotik! Die haben derzeit ein Firmenwachstum von dreißig Prozent im Jahr! Und einen Umsatz von ich weiß nicht wie vielen Millionen!«

Johannes hatte sein Handy rausgezogen und Matt Wolters eingegeben. Drei Sekunden später hielt er Lena das Display hin und fragte:

»Meinst du *den*?«

Matts Gesicht leuchtete ihr in neun verschiedenen Ausführungen entgegen. Mit Bart, ohne Bart, jünger, älter, lächelnd, lachend, ernst ... und ihr Herz tat einen Sprung.

»Ja«, sagte sie leise und suchte Max' Hand. »Das ist er.«

»Woher kennst du Matt Wolters?«, fragte Johannes entgeistert.

»Ich habe ihn in Portugal kennengelernt und wir sind ins Gespräch gekommen. Und da er Unternehmer ist, hat er mir die Nummer von dem Grafiker gegeben, der unsere Firma so gepuscht hat, und die von Nicole, von der ich ja auch erzählt habe.«

»Das ... das wäre ja der Wahnsinn!«, rief Johannes aufgeregt und bekam sich fast nicht mehr ein. »Und du meinst, du kommst an den ran? Ich meine, es würde ja reichen, seinen PA an die Strippe zu kriegen ... meinst du, wir haben eine Chance?«

»Ja, glaube schon«, schmunzelte sie. »Irgendwo habe ich noch sein Kärtchen. Und die Nummer von seinem PA habe ich auch.«

»Kannst du den gleich morgen mal anrufen?«, bettelte Johannes und seine Augen leuchteten.

»Ich gebe dir Matts Nummer und du rufst ihn am besten selbst an. Beruf dich auf mich. Das wird sicher funktionieren.«

»Du hast seine *Durchwahl*?«

»Ich glaube, es ist seine Privatnummer«, sagte sie verhalten.

»Seine *Privatnummer*!« Johannes kreischte fast. »Ich fass es nicht! Unsere Mutter kennt Matt Wolters! Und sagt uns nichts!«

Sie stürzten sich auf die Internetseite und lasen sich gegenseitig vor, was Matt alles besaß. Lena hielt das fast nicht aus, immer wieder spähte sie besorgt zu Max, aber der hörte sich lächelnd und entspannt das begeisterte Gerede seiner Kinder an, zog Lena zärtlich an sich und drückte ihr einen Kuss auf ihr Haar.

Als die Unterhaltung schließlich auf Autos umschwenkte, erhob sie sich und lief ans Meer.

♫ ♫ ♫

Sie saß am Strand, ließ Sand durch ihre Hand rieseln und starrte auf die vom Mond beschienenen Wellen. Still setzte sich Max zu ihr.

»Du vermisst ihn«, sagte er leise.

»Ja«, flüsterte sie. »Heute Abend vermisse ich ihn. Aber wenn ich bei ihm wäre, würde ich dich vermissen.«

Max legte den Arm um sie.

»Es ist okay«, raunte er. Sie legte den Kopf an seine Schulter.

»Ich weiß nicht, wie du es schaffst, so zu denken«, erwiderte sie. »Ich bewundere dich unendlich dafür. Und liebe dich umso mehr! Es ist ein so seltsames Gefühl, weil es mir doch genügen müsste, einfach diese Liebe zu fühlen.«

Max drückte sie ein wenig fester, aber er sagte nichts darauf.

»Weißt du, es heißt immer, dass alles zu unserem Besten geschieht«, fuhr sie mit erstickter Stimme fort. »Aber das mit Matt und dir ... das verstehe ich nicht. Was das mit dem Besten zu tun hat. Es ist nur Quälerei. Für dich, für mich und für Matt.«

»Für mich ist das keine Quälerei«, sagte Max und schob sie ein wenig von sich, um ihr in die Augen sehen zu können. »Quält es dich?«

»Ich bin glücklich mit dir, Max, falls es das ist, was du meinst. Es ist schöner denn je. Und wenn ich bei dir bin, quält mich gar nichts.«

Sie verstummte und Max erahnte das Ungesagte. An diesem Abend war ihre Sehnsucht nach Matt deutlich spürbar. An diesem Abend tat sie ihr weh.

Max horchte in sich hinein und konnte nichts von Eifersucht entdecken. Er lächelte leicht. »Würdest du ihn gern treffen?«, fragte er.

»Nein«, antwortete sie. »Das wäre gar nicht gut.«

»Aber du hast doch gesagt, du liebst ihn.«

»Schon, aber ich habe mich für dich entschieden, Max. Ich liebe dich und will nicht ohne dich sein.« Sie lachte leicht. »Warum rede ich überhaupt drüber? Ich verletze dich nur damit.«

»Nein, das ist okay, Lena, wirklich. Du verletzt mich nicht.«

»Das kann ich mir nicht vorstellen«, widersprach sie leise. »Ich bin mir sicher, du spielst mir was vor.«

»Nein, wirklich nicht, Lena. Habe ich dir überhaupt schon gebeichtet, dass Anke und Britta mich verführt haben? Als du weg warst?«

»Was?« Entrüstet fuhr ihr Kopf in die Höhe. »*Verführt?* Was heißt das? Heißt das, du ... du warst mit ihnen ... *im Bett?* Aber ... sie sind doch lesbisch!«

»Eindeutig bi«, berichtigte Max und grinste. »Also, Britta hat einen dermaßen geilen Busen ...«

»Max!«, rief Lena und wusste nicht, was sie denken sollte. Sie wurde hochrot, weil ihr die Nacht mit Matt in den Kopf schoss. Sie war die Letzte, die etwas sagen durfte!

»Bist du jetzt sauer auf mich?«

»Ich will wissen, wie das passiert ist! Und was!«

»Also das ›Was‹ ist mir zu ausführlich«, erklärte er gelassen. »Das willst du vielleicht auch gar nicht so genau wissen.«

»Ähm ... Max? Bist du das? Rede ich gerade mit Max, meinem Mann?«

»Ehrlich, Lena, es war eine meiner schönsten Nächte überhaupt. Abgesehen von denen mit dir natürlich.«

Mit offenem Mund starrte sie ihn an, er sah ihr in die Augen, und plötzlich musste sie kichern.

»Du verarschst mich!«, sagte sie, aber schlagartig fiel ihr ein, wie Britta und Anke mit Max inzwischen umgingen. Ihre Augen weiteten sich. »Du verarschst mich«, wiederholte sie, wesentlich unsicherer. »Die beiden lassen doch keinen Mann in ihr Bett! Wie soll das denn gehen?«

Max Augen blitzten schalkhaft. »Mich schon!«, sagte er selbstgefällig.

Ihr Mund öffnete sich und nichts kam heraus.

»Eigentlich war ich schuld«, berichtete er. »Ich habe sie sozusagen angestiftet.«

Er erzählte, wie das damals abgelaufen war und Lena war gerührt und schockiert zugleich.

»Du ... wolltest Nachhilfe nehmen?«

»Ja, und hab sie bekommen«, antwortete er. »Allerdings hatte ich eindeutig nur Theorie im Sinn. Die beiden haben es halt wörtlich genommen.«

»Aber ... das passt doch gar nicht zu deiner Einstellung!«, rief sie perplex. »Du bist doch jemand, der ...«

»Manchmal ist es eben gut, wenn man seine Einstellung ändert«, grinste Max. »In diesem Fall war es so. Zuerst war ich total panisch ... aber dann habe ich mich in die Situation ergeben. Ich glaube, ich war ziemlich besoffen.«

»Und ... wie war das für dich?«, fragte sie, noch immer fassungslos von dieser Offenbarung. Max schlang die Arme um seine angezogenen Knie.

»Es war verdammt schön«, sagte er mit warmer Stimme und so offen, dass sie jede Zurückhaltung verlor. »Es war wirklich eines der schönsten Erlebnisse in meinem Leben. Die beiden haben mir beigebracht, was Zärtlichkeit ist. Es war, als ob sie das Eis aufgebrochen hätten. Ich möchte das nicht missen. Und sie haben mir dann hinterher klargemacht, es getan zu haben, weil sie wollten, dass du und ich wieder zusammenkommen. Kein Satz war ehrlicher als dieser.«

Auch Lena forschte nach Eifersucht. Und auch sie konnte nichts davon finden. Sie lachte auf.

»Oh, mein Gott«, giggelte sie. »Mein Mann geht mit zwei Lesben ins Bett!«

Und als er sie gespielt brüskiert ansah, sagte sie zärtlich:

»Hey Max, dass du Nachhilfe genommen hast ... das geht mir so ans Herz!«

»Aber du vermisst Matt trotzdem.«

»Damit komme ich klar. Es ist nur manchmal so. Und wenn ich mit dir zusammen bin, denke ich sowieso nicht an ihn.«

Er legte wieder den Arm um sie. Sie spürten den kühlen Sand unter ihren Hintern und an den Fußsohlen und sahen beide zu den Sternen hoch. Lena kuschelte sich an seinen warmen Körper und schloss die Augen. Max Stimme drang zu ihr:

»Lena? Als du bei Matt warst, in England, bei ihm im Haus ... als du Trixi angerufen und um Rat gebeten hast ... hast du in dieser Nacht mit ihm geschlafen?«

Sie schlug die Augen auf, blieb ihm ein paar Sekunden die Antwort schuldig. Ihr Herz klopfte so laut, dass sie meinte, er könne es hören. Dann sagte sie:

»Ja. Ich habe mit ihm geschlafen. Und es war schön. Ich möchte das auch nicht missen. Ich habe endlich gewusst, dass ich eine echte Frau bin.«

Max schwieg. Vorsichtig spähte sie zu ihm hin und traute ihren Augen kaum: Er lächelte. Und dann traute sie ihren Ohren kaum:

»Wenn du Matt so vermisst«, sagte er, »was hältst du davon, wenn du ihn einfach besuchst, wenn du dir einmal im Jahr diese Auszeit nimmst ... und mit ihm zusammen bist?«

»Max!«, rief sie verstört und befreite sich aus seinem Arm. »Was soll das? Du bist doch derjenige, der nicht damit leben kann! Und ehrlich ... ich weiß nicht, ob ich damit leben könnte! Ich würde wohl dauernd darüber nachdenken, dass ich dich im Grunde verletze und du es mir nur nicht sagst! Nein, ich kann das nicht!«

»Und wenn ich dir schwöre, dass es mich nicht verletzt?«

»Max!«

Völlig verstört starrte sie ihn an.

»Was wäre, wenn ich es sogar begrüßen würde, dass du es tust?«, fragte er und sah ihr direkt in die Augen.

»Ich würde dich für verrückt halten«, flüsterte sie, doch dann erstarrte sie. Ein Schock fuhr ihr in die Glieder. »Nein«, fuhr sie dann fort und wurde zunehmend panisch. »Ich wäre misstrauisch! Ich würde dich fragen, ob du wieder mit Britta und Anke ins Bett willst!«

»Nein«, antwortete er. »Ich will nicht mit Anke und Britta ins Bett. Das würden die jetzt auch gar nicht mehr zulassen.«

Er saß auf dem Sand, die Arme um die Knie geschlungen, den Blick zum nachtblauen Himmel gerichtet, an dem die Sterne in unvorstellbarer Pracht funkelten.

»Max«, drängte Lena argwöhnisch. Ihre ungute Ahnung verdichtete, verstärkte sich, und ihr kam in den Sinn, dass er neulich bei Ernst gewesen war und nach ihren Blutwerten gefragt hatte. Beunruhigt fragte sie: »Ist alles in Ordnung?«

»Ja, Lena«, lächelte Max. »Es ist alles super. Wirklich. Sag mal, erinnerst du dich noch an das Fundbüro2 in Zürich?«

»Das werde ich wohl nie vergessen«, erwiderte sie, immer noch aufgewühlt, hoffend, er würde erklären, was das alles bedeutete.

»Das war ein so guter Treffpunkt«, sagte er. »Dieser Mann da vor dem Büro ...« Er lachte leise. »Der Typ hat wahrscheinlich keine Ahnung, wie sehr er Schicksal gespielt hat mit seinem Gebrabbel.«

Lena beruhigte sich ein wenig.

»Oh, ja, das Fundbüro. Mir ist das Herz so in den Magen gesackt, als ich dich nach all den Wochen wiedergesehen habe. Ich habe mich Hals über Kopf wieder in dich verliebt.«

Sie setzte sich zwischen seine Beine, lehnte ihren Rücken an seine Brust und er umfing sie mit seinen Armen.

»Wenn wir heute noch mal dort wären, was würdest du abgeben?«, fragte er. »Und was würdest du finden wollen?«

Sie dachte nach. Dann sagte sie:

»Neulich habe ich einen Satz in einem meiner Bücher gefunden. Da stand: ›Niemand will sich großartig darum bemühen, sein oder ihr Leben in ein Paradies zu verwandeln, aber alle möchten, dass andere etwas dafür tun‹. Ich fürchte, das war meine Einstellung zum Leben. Die habe ich abgegeben.«

»Aber was würdest du jetzt noch abgeben?«, bohrte er nach.

»Den Glauben, etwas sollte anders sein, als es gerade ist.«

»Und was willst du finden?«

»Die Einsicht, dass das Schicksal gütig ist. Immer.«

»Ist das Schicksal gütig, Lena?«, fragte er und seine Stimme zitterte. Zutiefst beunruhigt sah sie ihn an und die dunkle Ahnung katapultierte sich wieder an die Front, wurde schwärzer und verklumpte sich in ihrem Magen.

»Max, du verheimlichst mir doch was! Ist wirklich alles okay?«

»Es war nie mehr in Ordnung«, erwiderte er fest. »Und ich finde, du hast es perfekt ausgedrückt, Lena. Es ist immer etwas Höheres am Werk. Etwas eben, das das Gesamtbild kennt, und daher ist alles gut, wie es ist. Man sollte die Dinge wirklich im größeren Rahmen sehen. Wie zum Beispiel deine Flucht!«

Innerlich aufatmend durch seine sichere Antwort, schob sie energisch alle Ängste in die Ecke. Die Nacht war so schön. Hier mit Max zu sitzen war schön. Sie wollte sich das nicht nehmen lassen.

»Und was würdest du im Fundbüro abgeben?«, wollte sie wissen, »Alle negativen Regungen, alle bösen Worte und alle niederen Gefühle, weil das Leben für schlechten Kaffee zu kurz ist.«

Sie lachte. »Und was würdest du gern finden?«

»Mich«, sagte Max und schaute wieder zu den Sternen empor. »Denn, wenn ich mich finde, wenn ich herausfinde, wer ich wirklich bin, hätte ich alles.«

Sie war immer noch sprachlos, wenn er solche Antworten gab. Die Entwicklung, die er in dieser kurzen Zeit gemacht hatte, war so profund, und, so kam es ihr oft vor, viel rasanter und tiefer verlaufen als ihre eigene.

Als sie nachts im Bett lagen, schlang sie ihren Arm um ihn und zog ihn zu sich heran. Sie war schon halb am Eindösen, als sie schlaftrunken fragte: »Hast du das ernst gemeint mit Matt?«

»Sehr ernst, Lena. Ruf ihn an! Du hast meinen absoluten Segen dazu.«

»Und du willst wirklich nicht wieder zu Anke und Britta?«

»Nein, meine Süße, sicher nicht.«

»Ich gehe nicht zu Matt. Und ich rufe ihn auch nicht an. Ich habe mich entschlossen, mit dir zusammen zu sein.«

»Aber wir können nicht mehr zusammensein, Lena«, flüsterte er, als sie eingeschlafen war, und es nicht mehr hören konnte.

♫ ♫ ♫

»Mama«, rief Johannes. »Ich habe mit Matt Wolters telefoniert! Stell dir vor, er hat mir das Du angeboten! Gleich im ersten Telefonat! Der war total von der Rolle, als er gehört hatte, dass ich dein Sohn bin!«

»Und? Kann er dir helfen mit einem Praktikumsplatz?«

»Ob er mir helfen kann? Der hat mir ad hoc drei Firmen aufgezählt, nach denen ich mir die Finger geleckt habe! Ich bin dir so dankbar, Mama! Das ist so super! Damit kann ich richtig angeben in meinem CV!«

»Das ist schön«, sagte Lena und lächelte. »Ich freu mich für dich!«

»Gleich nach dem Urlaub fliege ich mit Marie mal hin«, erklärte Johannes mit strahlenden Augen. »Für Marie hat Matt nämlich auch einen Praktikumsplatz! Und er hat uns sogar angeboten, für die Übernachtung zu sorgen der war so nett! Oh, mein Gott, ich bin per Du mit *Matt Wolters!*«

»Tja«, sagte Lena. »Da siehst du mal, was für nette Leute ich kenne!«

Sie grinste Max an: »Wie zum Beispiel Britta und Anke ...«

Max rollte die Augen nach oben. »Oh ja, die sind *sehr* nett«, gab er zurück. »Richtig nett, wirklich! Ich kann dir ja mal zeigen, wie nett die sind. Du wirst begeistert sein!«

Lena lachte und er zog sie mit sich fort, Richtung Schlafzimmer.

Johannes und Marie sahen ihnen lächelnd nach.

»Hättest du gedacht, dass verheiratet sein so schön sein kann?«, fragte Johannes.

»Nicht die Spur«, antwortete Marie. »Und dass die in dem Alter noch so aktiv sind ... meine Fresse, das gibt doch richtig Hoffnung.«

»Find ich auch«, grinste Johannes. »Macht Lust aufs Altwerden, oder?«

»Ja, ich hoffe, wir machen das auch mal so.«

♫ ♫ ♫

Sie kamen zurück nach Hause, von der Sonne gebräunt, glücklich und ausgeruht.

Lena stürzte sich in ihre Firma und hatte alle Hände voll zu tun.

Max ging in seine Praxis und die Kinder flogen nach England – zu Matt. Danach reisten sie gleich wieder an ihre jeweiligen Studienorte und berichteten Lena via Skype, wie der Termin verlaufen war.

»Mama, du ahnst es nicht, das war der Hammer!«, sprudelte Marie. »Das ist der absolute Wahnsinnstyp! Ich weiß gar nicht, wo ich anfangen soll! Und der schaut so saugut aus!« Hyperaktiv wedelte sie mit ihren Händen vor ihrem Gesicht herum, als habe sie sich verbrannt.

»Stell dir vor«, schaltete sich Johannes hinzu. »Er hat uns von Heathrow mit seiner Limousine abholen lassen und uns privat in seinem Anwesen begrüßt! Wir sind umgefallen!«

»Und das Landgut müsstest du mal sehen!«, rief Marie. »Ich habe ihn gefragt, ob ich Fotos machen darf und er hat gemeint, für den privaten Gebrauch ... schau mal, Mama, wie der wohnt! Das hältst du nicht aus!«

Sie zeigten ihr Fotos vom Garten, vom Wohnzimmer, von ihren Gästezimmern, vom Frühstückszimmer ...

»Ich wünschte, du wärst mit dort gewesen, Mom«, sagte Marie. »Das war oberaffengeil! Matt ist einer der nettesten Menschen, die ich kenne! Er hat uns seine Firmen gezeigt, uns persönlich vorgestellt und uns sogar angeboten, bei ihm zu wohnen, wenn wir mal in England sind.«

»Ja, unfassbar«, mischte sich Johannes ein. »Also, wenn das mal kein segensreicher Zufall ist, dass du ausgerechnet dem über den Weg gelaufen bist!«

»Er lässt liebe Grüße ausrichten«, sagte Marie. »Und er hat gesagt, er würde sich sehr freuen, dich mal wiederzusehen.«

♫ ♫ ♫

Eine Woche nach dem Urlaub hatte Lena endlich ihren Arzttermin.

»Ernst, ich komme wegen der Befunde. Max lässt mir einfach Ruhe und ...«

Der Arzt warf ihr einen äußerst merkwürdigen Blick zu.

»Hat Max nicht mit dir darüber geredet?«

»Er war doch noch gar nicht bei dir!«

»Doch, Lena, er war bei mir. Schon vor ein paar Wochen.«

»Was?«, fragte sie und in ihrem Kopf begann es sich zu drehen. »Er ... ich ... Moment mal ... er kennt den Befund schon?«

»Ähm, ja ... er kennt ihn.« Sie sah in sein Gesicht und alles in ihr fiel auseinander.

»Okay, Ernst, was ist los?«, fragte sie mit rauer Stimme.

»Komm erst mal rein, Lena. Setz dich.«

Schlagartig herrschte eine bedrohliche Stimmung und mit klopfendem Herzen nahm sie auf dem Besucherstuhl Platz. Max' Angebot, Matt zu kontaktieren, kam ihr in den Sinn und ihr wurde schwummrig zumute.

Angespannt saß sie auf der Kante, so wie Max knapp vier Wochen davor, während Ernst sich hinter seinen Schreibtisch verschanzte.

»Ich mache es kurz, Lena«, sagte er in einer sehr nüchternen Art, so nüchtern, dass Lena wusste, es musste etwas Ernstes sein, sonst würde er sich nicht hinter dieser Nüchternheit verschanzen müssen. Sie bekam kaum Luft und wartete darauf, dass er endlich seinen Mund öffnete. Es schien wie in Zeitlupe zu geschehen und die Worte schienen wie in Slow Motion verzerrt aus seinem Mund zu kommen, drangen wie Sirup in ihr Ohr, tröpfelnd, ätzend, alles zerstörend:

»Max hat Bauchspeicheldrüsenkrebs im fortgeschrittenen Stadium. Ich gebe ihm nur noch ein paar Wochen. Es tut mir leid, Lena. Aber es ist nichts mehr zu machen.«

♫ Broken ♫
Ólafur Arnalds

Er war im Wohnzimmer, als sie nach Hause kam. Hantierte mit der Fernbedienung herum, sie hatten die B&O-Anlage aufrüsten lassen und Max kannte sich mit der neuen Software nicht aus.

»Sag mal«, meinte er, »weißt du, warum der Lautsprecher plötzlich nicht mehr funktioniert? Die Beosound geht, aber der Apple TV ...«

Er sah in ihr Gesicht und ließ langsam die Fernbedienung sinken. Ihre Lippen bebten, ihre Augen standen voller Wasser. Max' Schultern sackten nach unten.

»Du warst bei Ernst.«

Sie nickte. Dann brach sie in Tränen aus und warf sich ihm an den Hals.

»Du darfst nicht gehen«, schluchzte sie. »Max, du darfst nicht gehen! Ich liebe dich, ich liebe dich! Ich will nicht, dass du gehst!«

Sie war außer sich und wollte doch stark sein – wie musste es nur in Max aussehen?

Sie wollte nicht akzeptieren, was Ernst ihr gesagt hatte, was Max' Gesicht ihr sagte, wollte, dass er weitere Untersuchungen machen ließ, dass er sich nach Alternativen umsah, sprach von Spontanheilungen und neuen Behandlungsmöglichkeiten, aber Max schmetterte sanft alles ab.

Er nahm sie an die Hand, zeigte ihr mehrere Befunde, Berichte, die er schon vor Mauritius eingeholt hatte, Unterlagen, die bestätigten, dass es keine Hoffnung gab, nur noch Tagezählen. Nur noch die Möglichkeit, mit Schmerzmitteln alles erträglich zu halten. Er hatte gewusst, dass Mauritius sein letzter Urlaub sein würde.

Lena brach zusammen. Sie befand sich in einem Ausnahmezustand. In den ersten Tagen konnte sie sich nicht fassen, weinte nur dauernd, wich ihm nicht von der Seite, klammerte sich nachts an ihn, hatte Angst, dass er Schmerzen hatte, sprach mit Ernst, surfte im Netz, beschwor ihn, sich von weiteren Ärzten untersuchen zu lassen, obwohl das sinnlos war, obwohl er das schon längst getan hatte.

Erst nach vier, fünf Tagen sickerte sich die unumstößliche Tatsache in ihrem Kopf: Die Tage mit Max waren gezählt. Er würde nicht mehr lange bei ihnen sein.

♪ ♪ ♫

Bald kamen die Kinder, denen sie am Telefon schon etwas angedeutet hatte. Und sie fürchtete sich davor, ihnen die ganze Wahrheit sagen zu müssen.

Es wurde auch genauso schrecklich, wie sie es sich vorgestellt hatte.

Sie waren am Boden zerstört, weinten und mochten es, genau wie Lena, nicht glauben.

Der Einzige, der heiter und ruhig blieb, war Max.

Er redete mit Marie, er redete mit Johannes, immer und immer wieder, und er schaffte es, dass sie sich fassten. Lena hatte keine Ahnung, wie er das fertigbrachte.

Mühsam riss sie sich zusammen, wollte wenigstens den Kindern Trost und Stütze sein und rettete sich in übliche Aktivitäten. Sie bekochte sie, machte es allen so gemütlich wie möglich, aber sowie sie in Max' Gesicht sah, war es um sie geschehen. Sie konnte und konnte sich einfach nicht mit dem Gedanken abfinden, ihn zu verlieren. Jetzt wusste sie, warum er immer so müde gewesen war!

Es war ein Hohn! Ihre eigenen Werte waren fantastisch und die von Max tödlich. Sie war vor Monaten bereit gewesen, sich zu trennen. Nun trennte er sich von ihr auf so endgültige Weise.

Bitter dachte sie an die Unterhaltung zwischen ihr und Max, an die Worte, die sie so leichtfertig von sich gegeben hatte, am Strand, in dieser lauen Sommernacht:

›Aber was würdest du jetzt noch abgeben?‹, hatte er gefragt.

›Den Glauben, etwas sollte anders sein, als es gerade ist.‹

›Und was willst du finden?‹

›Die Einsicht, dass das Schicksal gütig ist. Immer.‹

Ja, es war ein Hohn. Es war totaler Hohn. Schöne Sprüche, die ihr nicht halfen.

Die Kinder mussten wieder abreisen. Sie hatten keine Semesterferien, aber sie riefen fast jeden Tag an und erkundigten sich nach ihrem Vater.

♫ Come What May ♫
Alfie Boe

Max arbeitete nicht mehr. Es ging ihm gut. Man sah ihm nichts an. Er nahm seine Schmerzmittel und wurde schnell müde, aber ansonsten wirkte er fast vitaler als vorher. Lena hatte Angst. War das das berühmte Aufblühen vor dem Tod?

Er war viel im Garten, beobachtete versonnen die Ameisen, die gleichmütig ihrer Bestimmung nachgingen, verlor sich im Anblick eines Blattes, das im Wind tanzte und hatte immerfort dieses Leuchten an sich, das Lena wahnsinnig machte, weil sie es nicht mitempfinden konnte. Ein Leuchten, dass ihr zeigte, dass er mit allem abgeschlossen hatte, dass er frei war, viel freier als sie. Und doch fand sie keinen Trost darin, sondern nur qualvolle Endgültigkeit.

Sie ließ ihn kaum allein, beeilte sich, wenn sie einkaufen ging, überließ die Geschäfte bis auf Weiteres Paul und Julia. Julia, die Gott sei Dank inzwischen so eingearbeitet war, dass sie den Status quo halten konnte. Lena zahlte ihr einfach mehr. Das Geld war ihr ohnehin egal, sie hätte es so gern hergegeben, hätte sie damit Lebenszeit für Max kaufen können.

Die Clique war außer sich, als sie es ihnen mitteilten. Britta war schier zu Boden gegangen und konnte nicht aufhören zu weinen. Alle weinten, aber sie versuchten, das Beste aus der Situation zu machen, veranstalteten gemeinsame Abende, an denen viel gelacht wurde, aber immer war da dieses untergründige, blöde Gefühl, zu wissen, dass es das letzte Mal sein könnte.

Max lächelte zu all ihren Bemühungen. Er las immer noch viel, saß in der Sonne, wenn sie schien, und freute sich über alles, was ihm widerfuhr. Britta brachte ihm Leckereien vorbei, Anke einen besonderen Tee, Julia die letzten Blumen aus ihrem Garten, und Volker unterhielt sich mit ihm. Es waren die einzigen Stunden, in denen Lena nicht mit Max zusammen war, weil sie spürte, dass er diese Gespräche mit Volker brauchte.

Nachts lagen sie zusammen im Bett, streichelten und berührten sich, dankbar für jede kleine Geste.

»Wenn ich darüber nachdenke, welche Probleme ich mir vor Monaten gemacht habe«, flüsterte Lena, »dann schäme ich mich bis in die Tiefen meiner Seele dafür.«

»Aber Lena«, sagte Max. »Das solltest du nicht tun. Du hast doch vollkommen richtig gehandelt. Und der beste Lehrmeister ist nun mal der Tod. Du weißt, er macht das Leben erst schön.«

»Nein, er macht das Leben nicht schön«, wisperte sie erstickt. »Er nimmt ihm das Schöne, weil er uns trennt, weil er unser gemeinsames Leben beendet.«

»Aber was wir jetzt haben, hätten wir nicht, wenn der Tod nicht wäre«, antwortete er ernst. »Wir würden es nie in dieser Tiefe empfinden. Niemals.«

»Aber wie schaffst du das, nicht traurig zu sein? Dass wir unser Leben nicht mehr teilen können? Uns nicht mehr sehen können?«, fragte sie verzweifelt. »Ich mache nun schon so lange spirituelle Übungen, aber so weit bin ich nicht, dass ich … so *lächeln* kann wie du.«

»Ich weiß nicht«, antwortete er. »Natürlich würde ich immer ja zu einem Leben mit dir sagen, Lena, das weißt du. Aber ich habe diese Möglichkeit nun mal nicht. In mir blitzen so viele Erkenntnisse auf, die das Sterben in ein anderes Licht tauchen … und die es schön machen. Ein Gedanke davon ist, dass du nur eine Erscheinung von mir bist – eine, die mich zu meinem wahren inneren Selbst treibt. Das ist ein Satz, den du mir sogar mal gesagt hast – und ich bin nur eine Erscheinung für dich – mit dem gleichen Ziel.«

Lena schluckte. »Kannst du das wirklich so sehen?«, flüsterte sie. »Das sind schöne Sätze, aber wenn man sie leben muss, werden sie irgendwie grausam.«

»Aber das sind sie nicht. Weißt du, in der Zeit, als du weg warst, da hatte ich so einige Erlebnisse. Ich bin mit diesem inneren Selbst, von dem immer geredet wird, in Berührung gekommen – und das war so verdammt schön! Es war so erhaben! Und damit habe ich eine weitere Erkenntnis gewonnen, nämlich, dass ich ja gar nicht wirklich fort sein werde. Wenn ich dieses innere Selbst bin, das du auch bist – und ich spüre das, Lena – wohin soll ich denn dann gehen?«

»Aber ... dein Körper wird gehen«, flüsterte sie. »Deine schönen blauen Augen, deine Hände, die mich streicheln, dein Mund, der mich küsst. All das geht, Max, und es tröstet mich wenig, zu sagen, du bist trotzdem da – in welcher Form auch immer.«

Seine blauen Augen leuchteten in der Dunkelheit. Sein Arm lag um ihre Schultern und sie schmiegte sich an seinen warmen Körper.

»Ich mache mir Vorwürfe, dass ich gegangen bin«, flüsterte sie. »Wenn ich das gewusst hätte, hätte ich jede Sekunde mit dir genossen.«

Seine Hand schloss sich ein wenig fester um ihre Schulter.

»Ach, Lena«, meinte er. »Das ist ein Trugschluss. Wir wären nicht in dieser Tiefe zusammen, wärst du nicht gegangen. Ich bin dir so dankbar dafür, dass du das getan hast. Und ja, ich habe gelitten, ja, es hat wehgetan. Aber wäre das nicht passiert, wüsste ich heute nicht das, was ich jetzt weiß. Ich hätte mich nie mit diesen Themen beschäftigt. Ich habe Stunden, Tage, Wochen in deinen Büchern gelesen. Als du gegangen bist, waren sie das Einzige, was mir von dir geblieben ist. Und sie haben mit mir gesprochen.«

»Was haben sie dir denn gesagt?«

»Am Anfang nicht viel. Ich wollte ja nur eine Grundlage, damit ich mit dir als Trixi kommunizieren kann. Aber dann habe ich mich festgelesen, mich von einem Buch zum anderen treiben lassen und da gab es zwei Geschichten, die mich nie losgelassen haben.«

»Welche sind das?«

»Die von dem König, der erfährt, dass er in sieben Tagen stirbt, kennst du sie?«

»Ja, ich kenne sie«, sagte sie. »Was hat dich daran berührt?«

»Dass er nicht gejammert und geklagt hat. Verstehst du? Er hat nicht panisch jemanden gesucht, der sein Leben rettet. Nein, er hat sich sofort auf die Suche nach jemandem gemacht, der ihm sagen kann, wie er sich am besten auf den Tod vorbereitet. Das hat mich verblüfft – und mir sehr zu denken gegeben. Und plötzlich war ich in der gleichen Situation wie er.«

»Du hast damals schon gewusst, dass du krank bist?«, fragte sie bestürzt und richtete sich ein wenig auf. »Schon als ich ging?«

»Nein«, erwiderte er. »Aber ich war so fertig. Und dann die Sache mit Matt. Ich hätte mich am liebsten von der Brücke gestürzt. Aber aufgrund der Lektüre – und Trixis Brief, die ja auch im Sterben lag – fing ich an, über den Tod nachzudenken. Mit welchem Bewusstsein ich gehen will. Welche Spuren ich hinterlasse. Wie meine Kinder mich in Erinnerung haben werden. Als alter, verbitterter Macho, der seine Muster nicht gelöst hat, wollte ich nicht gehen.«

Er lächelte wieder und das Lächeln berührte Lena bis in die Tiefen ihrer Seele. Auf einmal wurde es ruhig in ihr und zum ersten Mal begann sie mit dem Versuch, sich auf Max' Heiterkeit einzustimmen und ahnte, dass sie es ihm genau damit leichter machen konnte: Damit, ihn nicht ständig runterzuziehen, sondern lieber auf sein Niveau zu kommen. Ja, das fühlte sich viel richtiger an, als Unabänderliches zu beklagen.

Nach einer Weile fragte sie sanft: »Und die zweite Geschichte?«

»Die zweite Geschichte ...«, sagte Max versonnen. »Ja, die zweite Geschichte ... die habe ich zu Beginn überhaupt nicht begriffen. Es ist die vom Mistkäfer und dem Prinzen.«

»Ach«, reflektierte Lena nachdenklich, »da war mal was. Ich kann mich nur vage daran erinnern. Ging es darin nicht um den Heiligen Narada, der bei Lord Vishnu, dem höchsten Gott, etwas abgeben sollte? Und der lässt ihn an der Tür warten, mit der Begründung, er müsse noch seine Gebete, Meditationen und was nicht alles zu Ende machen?«

»Ja, exakt, das ist sie«, bestätigte Max.

»Erzählst du sie mir? So, wie du sie verstanden hast?«

Erwartungsvoll richtete sie sich ein wenig auf und Max lächelte zärtlich.

»Ach, Lena, du bist süß! Du bist immer noch so süß wie vor dreißig Jahren!«

»Sag nicht so was«, flüsterte sie. »Sonst muss ich wieder weinen. Erzähl mir lieber die Geschichte!«

Er schob sich ein wenig am Kopfteil des Bettes hoch und fing an: »Also, Narada wartet vor der Tür und der Wächter sagt ihm, dass Vishnu keine Zeit hat, weil er meditiert. Weil er über die große Frage nachdenkt: ›Wer bin ich?‹, und als er dann endlich auftaucht, fragt ihn Narada verwundert, warum Vishnu, der Gott der Götter, der Ursprung der Welt, sich eine solche Frage stellt.

›Du bist doch der Letzte, der sich fragen müsste, wer er ist‹, sagte Narada zu ihm. ›Oder der Erste, der wissen sollte, wer er ist. Warum stellst gerade du diese Frage in deiner Meditation? Das verstehe ich nicht.‹

Vishnu antwortete: ›Wenn du das nicht verstehst, dann flieg zur Erde. Frag einen Mistkäfer. Er wird dir die Antwort geben.‹

Narada flog los, fand einen Mistkäfer und stellte seine Frage. Aber sowie seine letzten Worte verklungen waren, rollte sich der Käfer auf den Rücken und war tot. Erstaunt eilte Narada zurück zu Vishnu und berichtete, was geschehen war: ›Ich habe die Frage gestellt, aber der Käfer ist gestorben!‹

›Kein Problem‹, antwortete Vishnu. ›Dann fliege noch einmal zur Erde. Du wirst einen großen Teich finden, auf dem ein herrlicher Schwan schwimmt. Stell dem Schwan deine Frage. Er kann sie beantworten.‹

Narada tat wie ihm geheißen. Er flog zu dem See, fand den Schwan und stellte seine Frage. ›Wer bist du?‹ Der Schwan flatterte mit einem Schrei auf, dann glitt sein langer Hals langsam aufs Wasser und er war ebenfalls tot. Narada war fassungslos. Eilig kehrte er zurück zu Vishnu und sagte nervös:

›Nun habe ich schon zweimal diese Frage gestellt – auch der Schwan ist tot!‹

›Mach dir nichts draus‹, erwiderte Vishnu entspannt. ›Begib dich nochmals zur Erde. In einem Königreich ist gerade ein Prinz geboren worden. Frag ihn. Er weiß die Antwort.‹

Narada wand sich und voller Unbehagen sagte er: ›Vishnu, ich will nicht vorlaut sein, aber der Mistkäfer hatte keine Verwandten – und auch nicht der Schwan. Aber bedenke, sie sind gestorben, als ich meine Frage gestellt habe! Was, wenn ich dem Babyprinzen die Frage stelle und ihm dasselbe passiert? Was werden seine Eltern sagen?‹

›Vertrau mir‹, sagte Vishnu. ›Geh und frage den Babyprinzen.‹

Schwer beunruhigt kam Narada zum Palast, in dem der Prinz geboren worden war. Als er eintrat, war die Gesellschaft hell entzückt, einen Heiligen in ihrem Kreis zu haben, und erachteten das als gutes Omen. Mit klopfendem Herzen näherte sich Narada dem Baby und in dem Moment, in dem er seine Frage stellte, verwandelte sich der Prinz in pures Licht – sein Körper war ebenfalls gestorben. Narada war entsetzt. Aber der Prinz sprach zu ihm und sagte: ›Ich danke dir, dass du mir diese Frage gestellt hast. Einst war ich ein Mistkäfer, doch durch deine Frage wurde ich zum Schwan. Du hast mir erneut die Frage gestellt, ich wurde zum Prinzen und schließlich wurde ich Licht.‹

Narada flog zurück zu Vishnu und sagte: ›Danke, meine Frage ist beantwortet.‹

Max schloss seinen Arm ein wenig fester um Lena. Sie schwieg ein Weilchen.

»Wenn ich ehrlich bin, kann ich mit dieser Geschichte nicht viel anfangen.«

»Ging mir auch so. Ich dachte, was soll das? Das ist der größte Mist, den ich je gelesen habe. Aber nun verstehe ich sie. Du hast die Auszeit genommen, um zu dir selbst zu finden – und weißt du noch, als wir telefoniert haben, da habe ich zu dir gesagt, ich werde auch auf eine Reise gehen, eine Reise nach innen ... und wärst du nicht gegangen, hätte ich das nie getan. Denn wenn man das tut, kommt man an dieser ewigen Frage nicht vorbei. Wir mussten sie uns beide stellen: Wer sind wir wirklich? Diese Frage veredelt alles, verstehst du? Diese Frage lässt dich wachsen. Sie macht aus einem Mistkäfer einen Schwan, aus einem Schwan einen Prinzen und aus dem Prinzen das, was wir wirklich sind: Licht.«

Vollkommen erschüttert über diese tiefe Wahrheit und sein Wissen blickte Lena ihrem Mann in seine leuchtenden, blauen Augen – und erkannte einmal mehr, welche Entwicklung er in diesen wenigen

Monaten gemacht hatte. Er hatte das Leid genutzt – und war transformiert.

Max hatte nichts verloren. Er hatte alles gewonnen, alles erreicht, was es zu erreichen gab. Sie erkannte: Er hatte keine Angst und er fühlte kein Bedauern. In ihm war nur Liebe, pure, reine Liebe.

Sanft senkten sich ihre Lippen auf die seinen. Es bedurfte keiner Worte mehr. Jedes einzelne wäre nur banal gewesen. Sie spürte in diesem Moment nur noch Größe.

♫ You Are Quietly Disappearing Before Me ♫

Owsen

Nach dieser Nacht wurde sie ruhiger und endlich konnten sie sich auf einer Ebene unterhalten, die auch ihm guttat.

»Max?«, fragte sie eines Tages. »Hättest du auch glücklich sein können, wenn ich nicht zu dir zurückgekommen wäre?«

»Ja«, antwortete er. »Nach einer Zeit bestimmt. Weil es so schön mit mir ist. Weil ich darin versinken kann. Weil das so genug und so viel ist.«

Es half ihnen, darüber zu reden, weil es sie zwang, sich damit auseinanderzusetzen, und doch hatte Lena ihre Einbrüche und weinte so manches Mal.

»Du bist doch diejenige, die jahrelang spirituelle Übungen absolviert hat. Was ist denn jetzt damit?«, fragte er sie.

»Du bist doch derjenige, der das immer negiert hat«, lächelte sie schmerzlich. »Wie kannst du so ruhig sein?«

»Weil ich spüre, dass es gut so ist«, antwortete er leise. »Auch, wenn ich dich jetzt schon vermisse. Und Marie und Johannes.«

Wenn er so etwas sagte, merkte sie, dass er ebenfalls mit Einbrüchen zu kämpfen hatte, dass er stark sein wollte für sie, und die Liebe für ihn kannte keine Grenzen. Es wurden diese Momente, in denen sie ihm helfen konnte, und so stützten sie sich gegenseitig, fügten sich in das Unvermeidliche und taten das, was ihnen geblieben war: Jede Sekunde auszukosten, jede Sekunde Liebe zu fühlen, jede Sekunde dankbar zu sein, dass sie noch diese Sekunde hatten.

Der Himmel strahlte in einem tiefen Azurblau und die Farben des Herbstes hoben sich malerisch davon ab. Es war eine traumhaft schöne Kulisse, die ihnen jeden Tag aufs Neue bestätigte, wie wunderbar die Welt war.

Die Tage wurden kürzer und Max wegen der Medikamente zunehmend schneller müde. Oft gingen sie früh ins Bett, wie auch heute. Sie lasen noch ein wenig, dann aber löschte Max sein Licht und schlief ein.

Lena knipste auch das ihre aus und lag wach neben ihm. Sie dachte an die Kinder, an Marie und Johannes, mit denen sie regelmäßig über Skype redete, die, wann immer es ihnen möglich war, nach Hause kamen und sich in den letzten Wochen auf auffallend ruhige Weise in die Situation ergeben hatten. Behutsam schlang sie ihren Arm um Max Körper. Er war noch dünner geworden.

Max war warm, sein Herz pochte, sein Atem floss ein und wieder aus. Lena fühlte das Leben in ihm und legte ihren Kopf an seine Brust. Wie lange würde sie sein Herz noch schlagen hören, wie lange sich seine Brust noch heben und senken? Wo würde sein Atem hingehen, wenn er aufhörte zu fließen?

Sie liebte ihn so sehr, dass sie fast wahnsinnig wurde, wenn sie daran dachte, dass er bald nicht mehr hier sein würde. Und ja, Max hatte recht – was nützte ihr das spirituelle Gequatsche, wenn sie es in der Praxis nicht anwenden konnte?

Er war meist heiter, war die Tage beschäftigt mit Dingen, vor denen Lena am liebsten die Augen verschlossen hätte. Er räumte seinen Schreibtisch auf, legte Ordner an, sortierte Altes aus, zeigte ihr die Unterlagen mit den Vermögenswerten, regelte alle notariellen Dinge und schrieb viel. Er verbrachte Stunden am Schreibtisch, aber, bis auf wenige Momente, war er stets sonnig. Es war ein so eklatanter Unterschied zu dem Max, den sie vor ein paar Monaten hier zurückgelassen hatte.

Zürich kam ihr in den Sinn, die Minuten, als sie ihn gefragt hatte, warum er ihr geraten habe, mit Matt zu schlafen.

›Weil ich dich unendlich liebe, Lena‹, hatte er geantwortet und ihr schnürte es immer noch die Luft ab aufgrund seiner so selbstlosen, klaren Antwort. ›Weil ich dich unendlich liebe‹.

»Ich liebe dich auch unendlich«, flüsterte sie in die Dunkelheit. »Unendlich.«

Ihr Geist blieb an diesem Wort haften. Unendlich. Wie oft hatte sie davon geredet, dass Liebe ewig sei, alles überdauere, all die Phrasen, derer man sich bediente, wenn es einem gut ging und das Leben leicht war? Was nützten sie jetzt, in einer solchen Situation? Was hieß das, dass Liebe unendlich war, wenn doch Max' Körper endlich war, wenn er bald nicht mehr hier sein würde, sie ihn nicht mehr berühren konnte?

Die Tränen rollten ihre Wangen hinab und es tat so weh, dass sie wusste, sie musste etwas unternehmen, sonst würde sie zusammenbrechen, wenn es so weit war.

Sie erinnerte sich an Nicole, die gesagt hatte: ›Wenn du deine Meditationen nicht dafür nutzt, immer stärker mit der Quelle in dir in Verbindung zu kommen, dann lass es lieber. Diese Quelle ist dein wahrer Anker – die Liebe in dir.‹

Die Liebe in dir. In dir … in dir … wie ein Echo verklangen die Worte in Lenas Kopf und sie beschloss aus reiner Verzweiflung, sich darauf einzulassen und mit ihrem Inneren zu kommunizieren. Zum ersten Mal ließ sie bewusst von dem Leid in ihr ab, und konzentrierte sich auf ihr Herz. Konzentrierte sich auf das, was ewig war.

›Leid ist nur ein Gedanke‹, hörte sie Nicole sagen. ›Ein Gedanke, den du ablegen kannst. Was wäre, wenn du ihn nicht denkst?‹

Was dachte sie denn? Dass es einfach furchtbar war, Max zu verlieren. Dass er aus dem Leben gerissen wurde, jetzt, wo es doch so besonders schön zwischen ihnen war.

»Es ist nicht furchtbar, ihn zu verlieren, es ist wunderbar, dass ihr so viele Jahre miteinander gehabt hattet. Und es ist so wunderbar, dass er geht, wenn es am schönsten war«, sagte die Stimme in ihr.

»Aber ich hätte so gern noch viele Jahre mit ihm gehabt!«, begehrte sie auf.

»Die hast du aber nicht. Aber du hast die Liebe zu ihm. Wirst du ihn nicht mehr lieben, wenn sein Körper gegangen ist? Du wirst ihn immer lieben und du weißt das. Er ist ein Teil von dir.«

Lenas Kopf blieb stumm. Die sanfte Stimme in ihr sprach weiter: »Er wird nicht aus dem Leben gerissen. Er geht langsam und er verabschiedet sich auf eine wunderschöne Weise von dir. Und da du ihn liebst, wird er ewig bei dir sein – weil Liebe ewig ist.«

»Ja«, sagte Lena traurig zu dieser Stimme. »Das klingt schön. Aber den Schmerz nimmt es mir nicht. Es ist, als sei er jetzt schon gegangen – ich vermisse ihn.«

»Du wirst ihn nicht vermissen. Du kannst ihn gar nicht vermissen«, sagte die Stimme. »Weil er du ist. Hast du vergessen, dass alles ein Spiegel ist? Alles, was du siehst, hast du in dir. Du hast Max in dir. Er kann dich gar nicht verlassen. Und alles, was du an ihm gehabt zu haben glaubst, kannst du in dir selbst finden. Es gibt keinen Unterschied zwischen dir und ihm. Und wenn du das weißt, wenn du endlich spürst, dass er du ist, kann er nicht sterben. Denn ohne das Märchen von Leben und Tod gibt es nur Liebe. Und deswegen geht Max nicht. Er ist für immer bei dir. Nicht nur für eine Zeit.«

Die Tränen liefen wieder mal in Strömen hinunter. Aber etwas in diesem inneren Dialog hatte einen ersten tröstlichen Impuls gesetzt, den sie vertiefen wollte. Leise stand sie auf, ging in ihr Meditationszimmer, zündete eine Kerze an. Sie sank auf das Polster, horchte ganz bewusst nach innen und verband sich. Es gelang mühelos, als habe diese Instanz nur auf sie gewartet. Sie spürte, wie eine liebevolle und heitere Präsenz sie vollständig übernahm und tröstend einhüllte. Mühelos sank sie tiefer und ihr war, als gleite sie in eine Sonne hinein, in deren Strahlen sie sich vollständig auflöste. Und da, auf einmal, brach die Liebe so stark hervor, dass sie einen Heulkrampf bekam. Es schüttelte sie auf ihrer Matte, sie versuchte, leise zu sein, um Max nicht zu wecken, aber sie weinte und weinte, sie wusste nicht wie lange. Und als die Tränen endlich versiegt waren, atmete sie tief ein und ließ sich noch weiter fallen.

Eine leise Freude stieg in ihr auf. Ein kleines Lächeln in ihrer Seele und dieses Lächeln war wie ein Pflanzenssprössling, der einen ganzen Berg knackte. Ein Riss ging durch die verhärteten Krusten ihrer Trauer, brach sie auf und hervor strömte noch mehr Liebe, ein Meer voller Liebe, das Lena den Atem nahm, so unvorstellbar mächtig, dass sie völlig davon überschwemmt wurde.

Lange badete sie darin, ließ alles los, konzentrierte sich nur noch darauf, diese Liebe strömen zu lassen. Und sie strömte, sie floss. Lena wurde ruhig, glich sich aus und endlich spürte sie ein frohes

Gefühl in sich, spürte sie eine klare Heiterkeit. Die Heiterkeit, die Max schon die ganze Zeit zum Ausdruck gebracht hatte. Das Spiel des Lebens. Dinge kommen und gehen. Personen kommen und gehen. Wenn du sie festhältst, tut es weh. Wenn du verstehst, wenn du erkennst, woraus Dinge und Menschen gemacht sind, woraus du gemacht bist, dann bist du verbunden mit dem, was ewig bleibt. Dann hast du alles.

Sie dachte an Max, als er auf ihre Frage, was er finden wolle, gesagt hatte: ›Mich. Denn wenn ich herausfinde, wer ich wirklich bin, habe ich alles.‹

Max hatte es viel eher verstanden als sie. Er hatte sich schon vor seinem Tod gefunden. Sie senkte den Kopf, hielt die Augen immer noch geschlossen.

Ein strahlender Max tauchte vor ihrem inneren Auge auf, so klar und real, dass sie meinte, er stünde tatsächlich vor ihr.

»Lena«, sagte er zu ihr. »Es ist so schön! So unendlich schön! Das glaubt einem keiner! Es gibt überhaupt keinen Grund, traurig zu sein!«

Sie lächelte. »Ja, Max«, flüsterte sie in die Dunkelheit. »Ich freue mich so, dass es dir gut geht.«

Seine Liebe umfing sie, die ihre umfing ihn, sie lösten sich auf in dieser Liebe, bis nur noch das existent war.

Lange saß Lena in dieser Empfindung.

Dann ging sie wieder ins Bett.

Max atmete, er seufzte leise und sie legte sich vorsichtig zu ihm, schlang wieder ihren Arm um ihn. Sein Herz schlug. Sein Brustkorb hob und senkte sich. Lena schloss die Augen und schlief ein.

Am Morgen wachte sie auf und hielt ihn immer noch im Arm. Aber Max atmete nicht mehr.

♫ ♫ ♫

Sie küsste sein Gesicht. Seine starren Lippen. Blickte ein letztes Mal in die toten, blauen Augen. Ihre Hand strich darüber, Max war noch warm, die Lider ließen sich herunterziehen.

»Auf Wiedersehen, mein Engel«, flüsterte sie. »Ich liebe dich.«
Es war so still. Die Zeit schien stehen zu bleiben. Eine erhabene
Energie breitete sich aus, füllte alles mit Licht, mit Wärme, mit einer
alles durchdringenden Dankbarkeit und einer liebevollen Tiefe, ja,
einer stillen Freude, die mit Worten nicht zu beschreiben war.
Sonnenstrahlen tanzten ins Zimmer. Lena richtete sich ein wenig
auf. Sie sah auf Max, der neben ihr lag, er wirkte glücklich.
»Das bin nicht ich, Lena«, hörte sie seine Stimme laut und deutlich.
»Das ist nur eine Hülle. Ich bin hier. Bei dir. Ich bin überall. Ich bin
unsterblich! Ich bin in deinem Herzen! Spürst du mich?«
Sie schloss die Augen.
»Ja, ich spüre dich«, flüsterte sie. »Alles Gute, Max. Ich wünsche dir
alles, alles Gute und alle Liebe dieser Welt.«
Max lächelte. Sie wusste, dass er lächelte. Er streichelte mit seinem
Lächeln ihre Seele.
Und dann ging er vollständig ins Licht.

♫ Moving Letters ♫

Enya Haas

Noch eine halbe Stunde blieb sie im Zimmer. Dann stand sie auf. In ihr war es still. Sie griff zum Telefon, rief Ernst an, duschte, zog sich an, informierte behutsam die Kinder und setzte sich dann an Max' Schreibtisch.

Er hatte unzählige Briefe geschrieben und sie alle in einem Karton gesammelt.

Der erste war für sie – er hatte eine Bemerkung auf das Kuvert geschrieben:

»Wenn du den Brief in der Hand hältst, möchte ich, dass du lächelst, noch bevor du ihn aufmachst. Die größte Freude machst du mir damit, wenn du froh bist und lachst.«

»Oh, Max«, flüsterte sie. »Gib mir ein wenig Zeit.«

Und dann weinte sie doch.

♫ ♫ ♫

Die Kinder kamen und Lena stand bereit, ihnen Trost und Hilfe zu vermitteln. Sie weinten zusammen, nahmen Abschied von ihm, bevor die Bestatter kamen und seinen Körper aus dem Zimmer trugen.

Zu ihrer Überraschung fassten sich die Kinder relativ rasch und die Tränen, die ihnen über die Wangen liefen, waren auch Tränen der Dankbarkeit.

Am Abend saßen sie zusammen und erinnerten sich an das Leben mit ihm, daran, dass er der schlechteste Witze-Erzähler der Welt gewesen war und über seine Unart, Filme, die sie gemeinsam geschaut hatten, lautstark zu kommentieren und an den romantischsten Stellen die Stimmung zu verderben.

Lena wunderte sich sehr darüber, dass die Kinder so gefasst waren, aber sie wollte an diesem Abend nicht danach fragen. Eher glaubte sie daran, dass das Elend wahrscheinlich noch kommen würde, wenn die Aussegnung stattfand, wenn sie sich der Endgültigkeit stellen mussten.

Sie hatte die Clique über WhatsApp verständigt – und ihnen gesagt, dass sie im Moment nicht reden wolle und dass Max für jeden von ihnen ein Schreiben verfasst habe.

In der Nacht zog sie los und warf die Umschläge in die Briefkästen. Wie so oft konzentrierte sie sich auf den Moment.

Doch als sie allein im Bett lag, den Geruch von Max in der Nase, vermisste sie ihn schrecklich. Sie nahm seinen Brief, der auf ihrem Nachttisch lag, und öffnete ihn:

»Meine über alles geliebte Lena!

Nun bin ich gegangen – und alles, was mir bleibt, ist, mich bei dir für diese wunderschöne Zeit mit dir zu bedanken. Ich möchte dir danken, weil du mir in diesem Leben so viel gegeben und mich so vieles gelehrt hast.

Jede Zärtlichkeit, jedes liebe Wort, jeder Kuss von dir ist in meinen Zellen gespeichert. Immer, wenn du mich gestreichelt hast, hast du meine Seele berührt. Wenn du mich gestreichelt hast, lächelte alles an mir, weil ich spürte, dass du mich liebst. Du hast meine Seele gestreichelt – mein Leben lang.

Ist Liebe nicht ein gewaltiges Ding? Sie überwindet so viel. Sie lässt Stolz vergessen und jede moralische Vorstellung, geht über jede Grenze und tut immer das Richtige. Egal, welche Wertesysteme uns gerade übergestülpt werden – Liebe hat das wahre Unterscheidungsvermögen. Man geht nicht mit anderen ins Bett? Wir mussten es beide tun, um zu uns zu finden. Und es war so schön, Lena, es war für dich schön und für mich auch.

Und so habe ich durch dich mit Staunen herausgefunden, dass Liebe magisch ist, dass sie frei ist, weil sie sich keinen Deut darum schert, was andere denken, weil sie sich in kein Schema der Welt pressen lässt. Sie geht unkonventionelle Wege, unabhängig von den trendigen Moralvorstellungen des Kopfes. Liebe muss noch nicht einmal verzeihen, weil sie weiß, dass es nichts gibt, was zu verzeihen wäre, und mit Stolz hat sie schon gar nichts zu tun.

Sie nimmt mir sogar die Angst vor dem Tod. Ich dachte immer, wenn mir mal so etwas passiert, würde ich damit nicht klarkommen. Du hast mir einmal gesagt, das Schicksal sei gütig. Als ich meine Diagnose erfuhr, war ich kein Stück davon überzeugt. Aber heute weiß ich, dass das stimmt. Denn Schicksal ist ein Synonym für Liebe – und Liebe weiß, was wir brauchen. Das alles spüre ich in einer kristallenen Klarheit.

Das ist der Grund, warum es mir so gut geht, Lena. Und ich möchte, dass es auch dir gut geht, auch, wenn ich nicht wie sonst bei dir sein kann – glaube mir, es ist nur für diese Zeit, aber nicht für immer. Ich weiß, wir werden uns wieder begegnen. Und willst du wissen, warum ich so sicher bin?

Weil ich mit dem Wunsch sterben werde, dich wiedersehen zu wollen und ein glückliches Leben mit dir zu führen. Und ich denke, wir haben in diesem Leben schon mal keinen schlechten Start hingelegt, oder?

Ich bin überzeugt, dass Liebe Wünsche erfüllt, wenn sie gut sind. Und mein Wunsch, dich wiederzusehen, ist ein guter Wunsch, weil er von Liebe durchtränkt ist. Weil ich mit dir Liebe erleben konnte. Du hast mir deine Liebe nie besser zeigen können, als in dem Moment, als du gingst. Denn erst da habe ich sie gespürt. Ist es nicht seltsam, dass Schmerz so etwas Wunderbares wie Liebe hervorrufen kann? Ich habe das nur nicht gleich erkannt. Es scheint paradox, aber geht man ein wenig in die Tiefe, versteht man, dass Schmerz im Grunde nur ein gedankliches Gebilde ist. Ach, meine süße Lena! Wenn ich gleich mit dem richtigen Verständnis über dein Gehen gedacht hätte, hätte ich gelacht und gesagt: ›Oh, sie hat so recht!‹ Ich hätte nicht leiden müssen, es sind immer nur die Gedanken über die Situation, die uns leiden lassen.

Und so weiß ich, dass das, was passiert, genau das ist, was wir brauchen. Dass jede Sekunde, wie sie ist, perfekt und wie für uns gemacht ist. Das gilt auch für meinen Tod.

Was ist gütig daran, wenn ich gehe? Ich gehe in Liebe, in tiefer Liebe. Ich ströme über vor Liebe für dich, für unsere Kinder und für mich. Und ich hoffe sehr, dass ihr das feiert.

Liebe Lena, ich weiß, dass du jetzt weinst. Aber auch wenn meine Mutter grüne Punkte vor die Augen bekommt, möchte ich, dass du eine Feier veranstaltest mit DJ und allem Drum und Dran. Es muss richtig pompös sein, okay? Und ich möchte, dass du dich in Schale wirfst! Ich möchte, dass du dich aufdonnerst und mit unseren Freunden Champagner trinkst! Ich möchte, dass ihr tanzt und euch freut, dass es mir so gut geht. Dass ich ein so schönes Leben mit dir und Marie und Johannes hatte. Ja, ich möchte, dass ihr mich gebührend hinüber geleitet in ein Leben, das ich noch nicht kenne – und auf das ich sehr gespannt bin. Und da kann ich keine langen Gesichter gebrauchen!

Ach, meine liebe, süße Lena, meine wunderbare Frau, wir sehen uns wieder! Ich werde mich an dich erinnern in meinem nächsten Leben. Ich werde dich erkennen und mich, wie in diesem Leben, auf den ersten Blick in dich verlieben. Ich werde deine Hände erkennen, die mich berührt haben, und ich werde mich an deine warmen, braunen Augen erinnern, denn immer, wenn du mich in Liebe angesehen hast, hast du meine Seele gestreichelt.

In tiefer und ewiger Liebe
Dein Max

♫ All You Need Is Love
The Beatles

Zusammen mit den Kindern und ihren Freunden richteten sie die Feier aus.

Volker bot sich an, mit Marie und Johannes zu sprechen, und war ebenso erstaunt wie Lena, wie reif sie waren und wie gefasst sie mit dem Tod ihres Vaters umgehen konnten. Es war nicht nötig, ein Gespräch zu führen, und so kümmerte er sich um Britta, die einen echten Zusammenbruch erlitt und nicht aufhörte, zu weinen. Volker nahm sich ihrer an, wie er das mit Max vor nicht allzu langer Zeit getan hatte. Er war eine unschätzbare Hilfe und auch Julia stand verlässlich zur Stelle.

Die Clique war eine Einheit, Lena hatte treue Freunde um sich.

In ihr selbst war es ruhig. Max hatte ihr mit seinen letzten Worten ein Fundament bereitet, das sie sicher und gelassen durch die stressigen Tage führte.

Sie mieteten ein Restaurant, organisierten den DJ, und schickten bunte Karten an alle, die Max auf seiner Feier haben wollte. Er hatte eine Liste gemacht, die zwischen normalen Trauergästen und denen unterschied, die er auf der Party sehen wollte. Als Lena sich mit ihren Freunden traf, kringelten sie sich über die Bemerkungen, die er neben die Namen geschrieben hatte.

»Der geht zum Lachen in den Keller! Wehe, der kommt! Keine Einladung zur Feier.«

»Das ist ein Arsch. Vielleicht könnt ihr ihm bei Gelegenheit ausrichten, dass ich fand, dass er ein Arsch ist? Vielleicht hilft es ja? Seiner Frau zum Beispiel?«

»Willi musst du unbedingt einladen! Ich habe noch eine Postkarte mit einer Alkoholikerfahndung in meinem Schreibtisch, die schickst du ihm! Er lacht sich bestimmt schlapp!«

»Meine Sprechstunden-Bienchen ... unbedingt! Die sind so süß! Und die singen so gerne! Ich habe ihnen geschrieben, dass ich ein Lied von ihnen hören will!«

Die Liste war lang, es waren über hundert Leute darauf verzeichnet und gemeinsam arbeiteten sie sie ab, bestellten das Essen, das sich Max gewünscht hatte (»Ich will ein Spaghetti-Gelage! Mit allen Soßen, die ich liebe!«), hielten Rücksprache mit den Gästen, die verunsichert über die bunt beklebte Karte und den darin geforderten Dresscode (»Farbenfroh! Schwarz ist verboten! Cocktailkleider!«), noch mal nachhakten.

»Ja«, sagte Lena zu so vielen. »Max will das so! Putz dich raus und komm auf jeden Fall in Feierlaune! Ja, auch zur Aussegnung!«

Mit jeder Aktion steigerten sie sich in eine gute Laune und in den Humor, den Max beim Verfassen seines letzten Willens gehabt haben musste, öffneten schließlich eine Flasche Sekt, stießen auf Max an und freuten sich darauf, alles für seinen letzten Gang so zu richten, wie er sich das gewünscht hatte.

Und als Lena im Bett lag, war ihr Herz so voll, dass sie hätte juchzen können. Sie spürte Max, als läge er neben ihr, und sie flüsterte in die Nacht:

»Hey, Max! Es ist so schön mit dir! Ich liebe dich!«

♫ ♫ ♫

Zur unendlichen Überraschung des Pfarrers fand sich also eine illustre, aufgedonnerte und gut gelaunte Partygesellschaft zur Urnen-Aussegnung ein. Eine der Wenigen, die Schwarz trug, war, Lenas Schwiegermutter. Die wollte leiden, weil das so üblich war, und Lena hatte Marie abgestellt, sich um sie zu kümmern.

Ein großes Foto von Max stand vorne am Altar, seine blauen Augen blitzten charmant in den Raum und er lächelte verschmitzt, als wolle er sagen:

»Jetzt brennt mal die Bude ab! Und lasst es richtig krachen!«

Lena musste lächeln, als sie in die geliebten, blauen Augen sah, und begrüßte den Pfarrer, einen jungen Mann, der einigermaßen konsterniert über genau dieses Lächeln war. Sie teilte ihm mit, dass sie mit dem Mesner alles besprochen hätte. Ob er sich vorstellen könne, die formellen Parts etwas nach hinten zu verlegen?

Der Priester kapierte gar nichts von dem, was sie sagte. Er schob ihre für ihn wirren Aussagen auf ihre Trauer und brummelte etwas in seinen Bart, was sie nicht verstand. Aber er wurde zusehends verwirrter, als die Gäste sich rein gar nicht wie Trauernde verhielten. Sie redeten und witzelten, setzten sich nicht in die Bänke, wie es sich gehörte, lasen sich gegenseitig etwas vor und ... *lachten*? Was sollte das bedeuten?

Das erfuhr er in den nächsten Minuten.

Zu des Pfarrers Entsetzen trat einer nach dem anderen aus der Menge hervor, stellte sich vor das große Foto auf der Staffelei und grüßte Max persönlich:

»Hey, Max! Wir sind hier!«, ließ sich der Präsident seines Klubs vernehmen. »Wie du es gewollt hast! Deine ganzen Stammesbrüder! Wir bringen dir auch nachher ein Ständchen! Danke für die Einladung! Und den netten Brief! Hab mich schlapp gelacht! Und ich wollte dir sagen: Du warst ein Pfundskerl!«

Er hob die Hand zum Gruß, klopfte sich dann mit der Faust aufs Herz und setzte sich dann auf einen freien Platz.

Der Nächste trat vor, sein alter Schulfreund Pierre, er zögerte, fühlte sich nicht ganz wohl in seiner Haut, dann aber gab er sich einen Ruck:

»Also, Max, nachdem du der schlechteste Witzeerzähler der Nation warst, dachte ich mir, ich gebe dir noch einen richtig Guten fürs Jenseits mit.«

Er warf einen kurzen Blick auf den Geistlichen, dem der Unterkiefer herunterklappte und der deutlich hörbar flüsterte:

»Der wird doch hier in der Aussegnungshalle nicht einen Witz erzählen wollen?«

Lena legte ihm beruhigend die Hand auf den Unterarm, neigte sich zu ihm und sagte:

»Am besten, Sie gewöhnen sich dran!«

»Also, Max«, dröhnte Pierre, während die anderen gespannt zu hörten: »Ein Mann bemerkt, dass bei einem WM-Endspiel der Platz neben seinem Sitznachbarn noch frei ist und er fragt: ›Weshalb ist der Platz neben Ihnen nicht besetzt?‹

Der antwortet: ›Der war für meine Frau, die leider verstorben ist.‹

›Und weshalb haben Sie dann kein anderes Familienmitglied mitgenommen?‹

›Die können nicht, die sind alle noch bei der Beerdigung!‹«

Die Leute lachten unterdrückt und mit der Hand vor dem Mund, aber einige konnten sich nicht beherrschen und platzten laut heraus. Der junge Geistliche fing an zu schwitzen und war vollkommen überfordert mit dieser Situation. Hektisch sah er sich um.

»Hören Sie«, zischte er Lena zu. »Unterbinden Sie das!«

»Ja, aber wie denn?«, fragte sie unschuldig. »Die Leute wollen sich verabschieden, das ist doch schön!«

Sie selbst war bewegt. Es fiel den Leuten sichtlich nicht leicht, die Etikette zu durchbrechen, aber sie taten es für Max. Ihre Freundschaft zu ihm war ihnen wichtiger als Vorschriften und steife Anordnungen. Lena hätte zu gern gewusst, was er in die einzelnen Briefe geschrieben hatte, denn so viele taten ihm den letzten Gefallen und sagten ihm ein paar persönliche Worte.

»Du hast gesagt, wir sollen dich nicht vermissen, Max, aber du hast einen Ehrenplatz in unserem Herzen«, ließ sich der Vorsitzende seines Fachverbandes vernehmen. »Und du hast völlig recht,

Kumpel, dich auf diese Weise zu verabschieden. Wir lassen die Puppen tanzen! Und hoffen sehr, dass du im Jenseits mit tanzt!«

Seine Sprechstundenhilfen trippelten nach vorne, in Petticoatkleidern in Grün, Gelb, Rot und Blau, mit Frisuren im 50er-Jahre-Stil und knallrotem Lippenstift auf dem Mund.

»Du warst der beste Chef im Universum«, sagte Sabine im gelben Kleid, »auch, wenn du bis zum Schluss nicht in der Lage warst, die Kaffeemaschine zu bedienen! So oft dachte ich, der kann sich doch mal selbst 'ne Tasse ziehen! Aber jetzt hätte ich dir so gern noch mal einen Kaffee gemacht!«

Petra im blauen Kleid war dran. Unter sichtbarem Lampenfieber kramte sie einen Zettel hervor und ihre Hand zitterte samt der Notiz wie Espenlaub. Sie sandte dem sprachlosen Pfarrer, der nicht wusste, ob er einschreiten oder die Leute gewähren lassen sollte, einen entschuldigenden Blick und las dann vor:

»Lieber Herr Burghof, wir waren ja nie per Du, aber jetzt, wo es ohnehin zu spät ist, kann ich Ihnen ja sagen, dass ich unsterblich in Sie verliebt war, und alles dafür gegeben hätte, an Ihrer Seite zu sein. Sie sind mein Held!«

Lena sah zu Julia und sie grinsten sich an.

Karin im roten Kleid war die Nächste, eine burschikose, furchtlose, junge Frau. Ungeniert stellte sie sich vor das Foto und rief:

»Und Sie hatten wirklich einen total knackigen Arsch!«

Entrüstetes Raunen und unterdrücktes Gelächter brandete durch die Kirche und die junge Frau hielt sich erschrocken die Hand vor den Mund. Der Pfarrer stieß einen empörten Laut aus, wandte sich an Lena und fauchte: »Das ist pietätlos!«

Lena zuckte treuherzig mit den Schultern und hob die Arme. Sie würde ganz bestimmt nicht einschreiten, aber der Priester war nun aufgestanden und seine Augen rasten unschlüssig hin und her.

Tanja im grünen Kleid stand nun vor Max' Bild. Auch sie hielt einen Zettel in der Hand.

»Lieber Herr Burghof«, las sie mit einer so unsicheren Schulmädchenstimme ab, dass der Geistliche seine Habachtstellung ein klein wenig zurückfuhr. »Sie haben mich gebeten, das zu tun oder zu sagen, was wir schon immer mal tun oder loswerden wollten. Zuerst dachte ich, Sie sind nicht mehr ganz richtig im Kopf, weil ein Begräbnis nicht der richtige Ort für so was ist.«

Der Pfarrer nickte so heftig, dass Lena meinte, sein Kopf fiele ab.

»Aber Sie haben auch geschrieben: Wenn nicht jetzt, wann dann?«, fuhr Tanja fort. »Ich habe Nächte darüber nachgedacht und mich dazu entschlossen, Ihrem Wunsch nachzukommen. Sie haben gesagt, wir sollen heute feiern und uns freuen, aber ich bin trotzdem traurig, dass Sie nicht mehr bei uns sind. Und deswegen mache ich das jetzt ganz allein für Sie, weil es das letzte ist, was ich für Sie tun kann.«

Der Priester zuckte. Tanja sah so unschuldig aus in ihrem grünen Kleid, ihre Stimme war kindlich und ihre aufgeregte, kleine Rede hatte jeden im Saal berührt, selbst den Pfarrer, und als Tanja ihm mit bebenden Lippen einen weiteren um Entschuldigung heischenden Blick sandte, setzte er sich tatsächlich wieder hin.

Tanja räusperte sich, ihre Kolleginnen gruppierten sich in ihren hübschen, bunten Kleidern um sie, und dann begannen sie a capella ›Halleluja‹ zu singen.

Klar und rein schallten ihre Stimmen durch den Saal, jeder Ton schien ihnen Max' Gegenwart zu verdeutlichen, es war, als ob er jedem die Hand gäbe. Die Melodie vereinte sie, ließ sie gemeinsam für den Menschen fühlen, der er gewesen war. Die Stimmen der Mädchen trieben allen die Tränen in die Augen. Ergriffen sangen die Leute den Refrain mit und eine wunderbare, erhabene Stimmung begann sich im Raum auszubreiten.

Dann wechselte das Quartett auf das fröhlichere ›Don't worry, be happy‹, und die Gemeinde schnippte mit den Fingern, alle bewegten sich im Takt, lächelten sich zu und durch die Synchronizität der Bewegungen und Stimmen bildete sich ein Gemeinschaftsgefühl, das von tiefem Respekt und tiefer Verbundenheit dem Verstorbenen gegenüber zeugte.

Der Raum war erfüllt von Musik, erfüllt von bewegten Stimmen. Die vier Mädchen waren bei ihrem Schlusspart angekommen und stimmten: ›Love is all around me‹ von Wet Wet Wet an. Ihre

Kleider swingten, während die Leute die Textstücke, die sie kannten, mitsangen.

Vorsichtig linste Lena zum Pfarrer. Er saß auf seinem Stuhl, hatte völlig aufgegeben, und sein Gesicht war weich. Offensichtlich hatte er sich entschlossen, dieser kuriosen und verselbstständigten Zeremonie als Zuhörer beizuwohnen. Einer nach dem anderen sagte ein kurzes Wort zu Max und es war, als sei er unter ihnen.

Dann saßen endlich alle und die offizielle Feier konnte beginnen. Der Pfarrer blickte nach oben zum Organisten, der zu seiner Überraschung dem Mesner zunickte, der wiederum einen Knopf drückte. Die Instrumentalversion von ›Me before You‹ von Craig Armstrong strömte in den Raum und füllte die Menschen. Sie wurden still, sie wurden andächtig – etwas, was dem Pfarrer gefiel, und so seufzte er nur gottergeben und nickte Lena zu, die bittend mit ihren Blättern vor ihm stand.

»Danke«, formte sie stumm mit ihren Lippen, stellte sich ans Rednerpult und faltete ihre Zettel auseinander.

»Meine Lieben«, sagte sie bewegt. »Ich stehe heute hier im Namen von Max und möchte euch allen danken, dass ihr ihm diese letzte Freude gemacht habt. Vielen von euch hat er einen Brief geschrieben und so gibt es nicht mehr viel, was zu sagen wäre.«

Sie hielt inne, schloss kurz die Augen. Der Song lief leise im Hintergrund.

»Max und ich haben uns in den letzten Wochen so oft über das Schicksal unterhalten«, sagte sie in die Musik hinein. »Über so vieles. Und obwohl er doch allen Grund gehabt hätte, sein Schicksal zu verdammen, hat er genau das Gegenteil getan. Max war es, der uns gestützt und getröstet hat. Mir ist in diesen Tagen so bewusst geworden, wie viel Größe er hatte und wie stark er war – und wie weise. Ich fragte ihn, wie er es schaffe, nicht traurig zu sein, wenn er doch gehen muss, uns verlassen muss und er antwortete mir: ›Weißt du, es wird immer unterstellt, dass eine Lücke gerissen wird, wenn ein geliebter Mensch geht, aber vielmehr habe ich, so kurz vor meinem Tod, das Gefühl etwas zu füllen, mich auszudehnen, größer zu werden, Liebe zu intensivieren. Die Liebe zu dir, für Johannes, für Marie, für alle Menschen‹. Und dann sagte er einen

Satz, den ich nie vergessen werde." Sie machte eine kleine Pause, ehe sie fortfuhr und ihre Lippen bebten:

„Er sagte: ›Lena, wenn ich eines verstanden habe, dann, dass Liebe überall ist. Liebe verschwindet nirgendwohin. Es gibt keine Situation, in der sie nicht existiert.‹

Ich habe lange über diese Sätze nachgedacht. Zuerst waren sie für mich nichts weiter als Phrasen. Doch dann wurde mir klar, dass meine Liebe für Max ewig bleiben wird, auch, wenn er geht. Sie verschwindet tatsächlich nirgendwohin. Und ich bin mir auch sicher, dass seine Liebe für uns bleiben wird, egal, wo er jetzt ist. Weil ich sie spüre. Und wenn ich mich so umschaue, dann bin ich mir sicher, dass es euch geht wie mir: Dass ihr Max spürt, dass ihr spürt, dass er hier ist. Max hat recht: Liebe ist unendlich. Liebe verschwindet nirgendwohin. Und wir sind diejenigen, die dafür sorgen, dass es so bleibt und so sein kann – indem wir lieben. Jeden Tag. Jede Sekunde.«

Sie stoppte kurz, die Tränen liefen ihr hinunter. Im Raum war es still. Ihre Stimme zitterte, als sie weitermachte:

»Er hat mich gebeten, euch noch ein paar Zeilen vorzulesen und das werde ich jetzt tun.« Noch immer strömte die Melodie in den Raum. Die Menschen waren bewegt. Sie hörten ihr zu, hingen an ihren Lippen.

»Liebe Freunde«, las sie dann vor. »Normalerweise ist eine Beerdigung etwas Trauriges, man nimmt Abschied von einem Menschen, den man mochte, den man, so Gott will, geliebt hat. Man betrauert den Verstorbenen (was bei näherer Betrachtung völliger Blödsinn ist) und bedauert die Hinterbliebenen, was ich noch eher verstehen kann.

Aber ich möchte euch heute fragen, euch, die ihr noch lebt, euch, die ihr noch Sekunden, Minuten, Stunden, Tage, Wochen, Jahre voller Leben vor euch habt, ob es denn sinnvoll ist, die Welt mit einer Trauer zu füllen, die völlig unnötig ist? Ob es nicht so viel sinnvoller wäre, sie mit Liebe und Freude zu füllen? Das ist der Grund, warum ich euch gebeten habe, diesen Tag mit mir zu feiern.

Nutzen wir doch dieses Fest dafür, uns bewusst zu machen, dass es letztlich immer nur darum geht: Glücklich und dankbar zu sein – und Liebe zu geben.

Und da nun diese Zeilen in einer Kirche verlesen werden: Eines habe ich in den letzten Wochen erfahren dürfen: Gott ist nicht jemand oder etwas außerhalb von uns. Er ist in uns, in Form von Freude, Glück, Freundlichkeit, Vertrauen ... und er wird lebendig, wenn ihr das lebt. Wenn ihr jemandem etwas Nettes sagt. Wenn ihr innehaltet, bevor ihr etwas Böses tun oder sagen wollt, und etwas anderes daraus macht. Wenn ihr nicht zulasst, von niederen Regungen wie Wut, Trauer oder gar Hass überwältigt zu werden.

Wir sollten uns jeden Tag daran erinnern, welche Gedanken und Gefühle wir in die Welt setzen. Fast hätte ich geschrieben: Ihr habt noch alle Zeit der Welt dafür. Aber das stimmt ja nicht. Ihr habt auch nur noch eine begrenzte Zeit – also: Nutzt sie! Nutzt sie, um zu lieben! Freut euch an den Kleinigkeiten des Lebens, sie sind das Beste daran und sie machen das Leben erst groß.

Ich wünsche euch von Herzen alles Liebe und Gute, wünsche euch, dass ihr euch auf die Suche nach der wahren Liebe in eurem Leben macht – der Liebe zu euch selbst.

In ewiger Verbundenheit, Euer Max.«

Lenas Stimme hatte bei der einen oder anderen Stelle gewackelt und sie endete im letzten Drittel des Songs. Die Musik umhüllte die Gäste. Max' Worte schwebten im Raum wie feine Lichtfäden, und auf allen Gesichtern lag ein Lächeln. Aber viele weinten auch.

Dann spielte der Mesner die Beatles ein mit ›All You Need is Love‹ und die Gäste standen auf, nahmen die Zettel in die Hand, die Julia ausgeteilt hatte, und sangen den Text, bis der Song mit der lautstarken Parole ›All You Need is Love!‹ durch den Saal brandete.

Lena hörte Max lachen. Ihr Blick fiel auf das Foto von ihm und ihr war, als zwinkere er ihr zu. Unwillkürlich zwinkerte sie zurück.

Der Pfarrer war inzwischen vollkommen überwältigt und wehrte sich gegen gar nichts mehr. Die Gemeinde steigerte sich mit dem Beatles-Song in eine dermaßen gute Laune, dass sie tanzend und lachend die Halle verließen. Da Max unter einem Baum bestattet werden wollte, blieb ihnen der Gang auf den Friedhof erspart.

Im Konvoi fuhren sie zum Restaurant, wo der DJ schon wartete. Und als sie eintrafen, spielte er in voller Lautstärke ›Mr. Blue Sky‹, was die Stimmung schon zu Beginn nach oben katapultierte. Der dicke Vorstand der Zahnarztgilde groovte in den Saal hinein und der DJ, derselbe, der an Lenas Geburtstag engagiert worden war, war begeistert, diesmal voll auf seine Kosten zu kommen. Versiert ging er auf die Stimmung der Leute ein, wählte die richtigen Songs und hielt die Leute auf der Tanzfläche – es wurde eine grandiose Party.

Aufgekratzt, leicht angetrunken und mit schmerzenden Füßen fiel Lena um zwei Uhr morgens ins Bett.

»Mensch, Max«, lachte sie leise in die Stille ihres Schlafzimmers. »Wer hätte gedacht, dass du eine solche Partynudel bist!«

♫ Rideaux Lunaires ♫
Chilly Gonzales

Marie und Johannes blieben nach der Aussegnung noch drei Tage bei ihr, dann fuhren sie wieder los, ein wenig besorgt, ob es Lena nicht zu einsam war in dem großen Haus.

»Ach, wo«, beruhigte sie sie. »Ich habe doch meine Freunde und meine Firma – es gibt genug zu tun.«

Das war fast untertrieben. Massen an Arbeit lagen vor ihr und Lena stürzte sich ins Geschehen, löste Julia in der Firma ab, arbeitete den Berg an Kondolenzpost auf, kümmerte sich um ihre Schwiegermutter, die den Tod ihres Sohnes nicht verwand und nur noch jammerte und klagte.

Die Firma boomte nach wie vor und diesmal gab es den gewünschten Mundpropaganda-Effekt. Sie wuchsen und Paul atmete auf, dass Lena wieder einsatzbereit war. Er brauchte dringend Zeit zum Entwickeln der nächsten Produkte.

Die Ereignisse hielten Lena auf Trab.

Kurz darauf verstarb ihre Schwiegermutter. Sie folgte ihrem Sohn sieben Wochen nach dessen Tod. Ein weiterer Wust an Aufgaben stürzte auf Lena ein. Das Haus ihrer Schwiegermutter musste entrümpelt, instandgesetzt und verkauft werden. Lena musste sich in Dinge einfinden, die sonst Max erledigt hatte, und jagte von einer Aktion zur nächsten. Die Zeit raste dahin und es gab kaum Zeit zum Nachdenken.

Wochen wurden zu Monaten.

Sie traf sich mit ihren Freunden, die sich rührend um sie kümmerten. Auch die Kinder halfen, wo sie konnten, kamen ab und an zu Besuch, was sie zusätzlich ablenkte. Johannes stand kurz vor seinem Abschluss und bewarb sich bereits für den Master an verschiedenen Unis im Ausland.

»Ich hoffe, die Ereignisse belasten dich nicht zu sehr, Johannes«, sagte Lena zu ihm. »Wie ist das mit deinen Prüfungen? Fühlst du dich denn gefestigt? Und könntest du sie verschieben, wenn du noch Zeit für dich brauchen solltest?«

»Das kriege ich schon hin, Mama«, sagte Johannes und lächelte. Beide, Marie und er, waren so viel tiefer geworden im letzten Dreivierteljahr.

›Mein Gott‹, dachte Lena, ›Neun Monate! Und die Welt hat sich gedreht!‹

Prüfend sah sie ihre Kinder an.

»Sagt mal«, wollte sie wissen. »Ich weiß, Papa hat euch einen Brief geschrieben ... und viel mit euch geredet ... aber trotzdem ... ihr habt das alles so gut verarbeitet! Das mit Papa und nun auch Oma ... ihr habt diese Gelassenheit an euch, die ich an Max schon so bewundert habe. Woher kommt das?«

Marie sah Johannes an und er sie. Beide zögerten.

»Hey«, sagte Lena mit gerunzelter Stirn. »Was soll das? Ich bin's! Eure Mutter!«

»Ja, weißt du ...«, begann Johannes. »Wir haben eigentlich versprochen, nichts zu sagen.«

»Wem?«, wollte sie wissen. »Max?«

Ihre Kinder wechselten einen Blick. Dann wandte sich Marie entschlossen ihrer Mutter zu und sah ihr in die Augen:

»Matt, Mama. Wir reden von Matt. Er hat das ja alles mitbekommen, weil wir Praktikum in seinen Firmen gemacht haben. Er hat uns aufgefangen. Und uns angeboten, uns zu helfen. Als wir ihn fragten, wie, hat er uns Nicole empfohlen und sie einfliegen lassen.«

»Ja«, fügte Johannes hinzu. »Und es war mega. Wir haben so viel verstanden, es war so viel leichter, es zu ertragen und anzunehmen.«

»Matt hat alles bezahlt«, fügte Marie hinzu. »Aber er wollte nicht, dass du das weißt.«

Lena blieb stumm.

Matt.

Sie hatte sich bislang geweigert, an ihn zu denken. Dazu waren Max' blaue Augen noch viel zu präsent. Aber die Worte ihrer Kinder schoben Matts Gesicht davor. Sie schob es wieder weg. Aber es tauchte immer wieder auf.

Matt. Sein graugrüner Blick. Seine Küsse. Seine Hände, die sie gestreichelt hatten.

Wie er wohl inzwischen über die Situation dachte? Sie erinnerte sich an ihren letzten Tag, als er sich über sie gebeugt hatte.

›Hey, Lena, ich warte auf dich.‹

›Nein, Matt, das solltest du nicht tun. Ich weiß nicht, was kommt.‹

›Vertrau mir. Ich bin bei dir, wenn du mich brauchst.‹

Er hatte sich seitdem nie mehr gemeldet. Und sie sich nicht bei ihm. Sie musste davon ausgehen, dass er sich inzwischen umorientiert hatte – ab dem Moment, als sie zu Max zurückgegangen war. Da sagte Johannes in ihre Gedanken hinein:

»Er wollte Blumen schicken. Er war ganz unglücklich, dass er es nicht tun konnte, weil Papa in einem Friedwald beerdigt wurde.«

Lena presste die Lippen zusammen und Sehnsucht nach Matt überfiel sie. Heftige, nicht wegzudiskutierende, alles umfassende Sehnsucht. Unwillkürlich versetzte sie sich in seine Lage. Eine Karte wäre makaber gewesen, seine Anwesenheit erst recht … ein Anklingeln nach diesen Ereignissen auch … er hatte keine Wahl gehabt, als stumm zu bleiben. Wenn, dann hätte sie sich melden müssen, was sie nicht getan hatte. Was würde sie an seiner Stelle denken? Sie wusste, dass er nach ihrer Rückkehr zu Max nur eines hatte tun können: Sie loslassen. Und damit war die Wahrscheinlichkeit, dass er inzwischen liiert war, sehr hoch.

Die Sehnsucht brannte in ihr genauso wie die Hoffnungslosigkeit. Ihr Blick hob sich und traf auf den ihrer Kinder.

Marie lächelte zärtlich und plötzlich umarmte sie sie spontan.

»Ach, Mama«, sagte sie. »Matt hat so oft nach dir gefragt auf eine Weise, die ...« Sie brach ab und nahm Lenas Hand. »Willst du ihn nicht anrufen?«

♫ ♫ ♫

›Willst du ihn nicht anrufen?‹

Nachts lag sie im Bett, dachte an die wenigen, aber so herrlichen Tage mit Matt, an seine so feine Art, an die Nacht mit ihm.

»Max«, flüsterte sie. »Soll ich Matt anrufen, was meinst du? Wer weiß, ob er mich noch will!«

»Lena, Mäuschen«, hörte sie Max' Stimme. »Wie lange willst du denn noch warten?«

♫ ♫ ♫

»Hi, Matt, hier ist Lena.«

»Lena!« Seine Stimme wankte. »Du rufst an! Nach so langer Zeit! Ich ... wie geht es dir?«

Er klang vorsichtig und das verunsicherte sie enorm. Sie musste darauf gefasst sein, dass er inzwischen gebunden war.

»Es geht mir gut, Matt«, antwortete sie ebenso verhalten. »Und warum ich anrufe ... ich glaube, ich bin dir noch ein Abendessen schuldig.«

Ihr Herz klopfte heftig bei dieser Ansage. Matt blieb stumm und ihr Mut sank. Sie sah ihn vor sich, das Telefon am Ohr, fühlte, wie er nach Worten suchte, und das Herz rutschte ihr vollends in die Hose.

»Bist du noch dran, Matt?«, fragte sie schließlich ernüchtert.

»Ja, ich bin noch dran«, sagte er leise. »Lena, ich ...«

»Matt ... das mit dem Abendessen ... das muss nicht sein ... ich dachte nur ...«

Sie brach ab. Matt sagte immer noch nichts. Eigentlich hatte sie noch hinterhersetzen wollen, dass sie dann das Kleid tragen könne, aber das schluckte sie aufgrund seiner Reaktion tunlichst hinunter.

Sie holte noch einmal tief Luft.

»Geht es dir gut, Matt? Hast du ... bist du inzwischen ...«

»Lena«, stieß er endlich hervor. »Ich dachte, du rufst nie mehr an! Ich dachte, du ...«

Matt saß am Telefon und sein Herz schlug wilde Kapriolen. So lange hatte er darauf gewartet, so verdammt lange, und er war kurz davor gewesen, die Hoffnung aufzugeben, sich anderweitig umzusehen und dem Unvermeidlichen ins Auge zu sehen.

»Was?«, fragte sie. »Was dachtest du?«

Ihre Hand, die das Telefon hielt, zitterte plötzlich und war schweißnass.

»Dass du doch andere Wege gehen willst«, antwortete er leise.

Diesmal war sie es, die schwieg. Sie nahm das Telefon vom Ohr und hielt es sich an ihre Brust. ›Oh, Gott‹, dachte sie, ›das kann alles oder nichts bedeuten!‹

Aber sie wollte ihn nicht einfach so plump darauf ansprechen, ob er inzwischen eine andere Beziehung hätte. So hob sie den Hörer wieder an ihr Ohr.

»Ich hatte die gleichen Bedenken wie du, Matt«, sagte sie und ihre Stimme wackelte. »Und ich will nicht einfach so in dein Leben einbrechen ... aber es wäre so schön, wenn ich dich mal wiedersehen könnte ... wenn du nichts dagegen hast. Würdest du mit mir ausgehen?«

»Ob ich mit dir ...?« Seine Stimme versagte ihm fast. »Wo? Wann? Sag bitte gestern! Lena! Was redest du denn da? Ich warte seit Jahren darauf, dass du endlich in mein Leben einbrichst!«

Ein erleichtertes Lachen entfuhr ihr. Sie presste das Smartphone genauso fest an ihr Ohr, wie er es tat, als ob sie sich damit näher sein könnten, und wilde Glücksgefühle durchströmten sie.

»Wo bist du?«, fragte sie.

»Zuhause. In England!«

»Hast du heute Abend schon was vor?«

»Heute Abend? Heißt das ... Lena, heißt das, du bist hier?«

»Ja, ein paar Kilometer von dir entfernt. Im Whatley. Ich ...«

»Oh, mein Gott, du bist hier!«, fiel er ihr ins Wort und er hörte sich so aufgedreht an, dass Lenas schwindlig wurde vor Freude. Seine Stimme tönte weiter in ihr Ohr: »Du bist hier! Ich fasse es nicht! Ich bin in zehn Minuten bei dir und hole dich ab!«

»Warte ... ich habe hier einen Tisch für uns gebucht, um 19.00 Uhr ... und ...«

»Nein«, sagte er entschieden. »Ich halte es keine Sekunde länger aus! Ich komme! Okay?«

»Ja«, lächelte sie selig. »Ja, natürlich ist das okay! Ich bin da, Matt! Ich warte auf dich am Parkplatz!«

Er beendete das Gespräch mit ihr so schnell, dass sie vermutete, dass er schon währenddessen auf dem Weg zu seinem Auto gewesen war. Lena schlug die Hände vors Gesicht und vibrierte vor Glück. Ihr Blick fiel auf das rauchblaue Seidenkleid, das auf dem Bett lag und das sie am Abend hatte anziehen wollen. Sie warf es sich über und ihre Vermutung, er sei schon während des Telefonats ins Auto gesprungen, schien so falsch nicht gewesen zu sein, denn als sie wenige Minuten später am Tor ankam, raste ein Aston Martin auf das Grundstück des Hotels und parkte mitten auf der Straße. Matt entdeckte Lena vor dem schweren Holztor. Er ließ den Wagen stehen, riss die Wagentür auf und lief auf sie zu.

Lena war völlig überwältigt, als sie ihn nach all der Zeit wiedersah und die Wirkung war so stark, dass sie weiche Knie bekam und sich gegen das Holz lehnen musste.

Auch Matt wurde langsamer und blieb schließlich ganz stehen. Beiden wurde in diesen Sekunden bewusst: Es war ihr erstes Treffen, das eine Zukunft für sie bereithielt.

Mit diesem Gedanken flutete ein solches Glücksgefühl durch Lenas Körper., dass sie meinte, im nächsten Moment abheben zu müssen. Sie löste sich von der Tür, lief ihm entgegen und Matt breitete weit seine Arme aus. Ein Laut entrang sich ihnen, als sie sich endlich wieder umschlungen hielten. Lena fühlte seinen

Körper, seine Wärme, seinen Mund an ihrer Wange, presste sich immer wieder an ihn.

»Matt«, flüsterte sie nach Minuten schließlich. »Du fühlst dich so gut an! Oh, mein Gott, ich habe dich so vermisst!«

Sein Mund lag auf ihrem Haar, er konnte noch immer nichts sagen. Er war so emotionsüberschwemmt, dass er nichts anderes tun konnte, als sie immerfort wortlos an sich zu drücken.

Doch dann nahm er ihr Gesicht in seine Hände und senkte seinen Mund auf ihre Lippen. Er küsste sie sanft, vorsichtig, als ob er die Tatsache, dass sie hier war, noch immer verdauen müsse. Lena schlang ihre Arme um seinen Hals und fuhr mit ihrer Hand durch sein Haar. Seine Zunge wurde fordernder und sie spürte den altvertrauten körperlichen Konsens zwischen ihnen. Sanft schob sie sich ein wenig weg und lächelte ihn an. Seine Mundwinkel zuckten.

»Mein Gott, Matt, ich kann es kaum glauben! Wir haben Zeit! Stell dir vor, diesmal haben wir endlich richtig viel Zeit!«

»Ja«, wiederholte er aufgewühlt. »Wir haben Zeit! Und du hast das Kleid an! Und die Schuhe!« Dann lachte er befreit: »Endlich!«

Wieder fielen sie sich in die Arme, fühlten sich, spürten sich, bis sie seine Hand nahm und fragte:

»Was machen wir mit unserer Zeit? Worauf hast du Lust? Tee?«

»Ja!«, sagte er glücklich. »Tee! Eine gute Idee! Aber nicht hier! Ich möchte jetzt nicht in der Lobby eines Hotels sitzen. Ich will dich bei mir haben! Bei mir zu Hause!«

»Ja, kein Ding, dann lass uns fahren! Eigentlich wollte ich ja mit dir hier zu Abend essen, damit das Kleid zur Geltung kommt ... und mit dir Champagner trinken!«

»Es gibt keine bessere Gelegenheit für Champagner als jetzt! Das können wir auf gar keinen Fall nach hinten schieben!«, insistierte er eifrig und sie musste lachen.

Wieder blickte er zu ihr, als könne er es immer noch nicht fassen, dann packte er sie freudestrahlend, schwang sie herum, bis sie quiekte:

»Oh, Gott, Lena!«, rief er. »Du bist tatsächlich hier! Du bist in England! Bei mir!«

Er nahm sie an die Hand und lief mit ihr zum Auto. So losgelöst und glücklich hatte Lena ihn noch nie erlebt, es war die reine Freude, ihn anzusehen. Immer wieder glitt sein Blick zu ihr. Ihr Herz hüpfte und sanft drückte sie seine Hand.

»Es ist so wunderbar, dich wiederzusehen«, sagte sie warm. »Es ist noch viel wunderbarer als ich mir das vorgestellt habe.«

»Du hast mich so lange warten lassen!«, beschwerte er sich vorwurfsvoll.

»Es war viel los, Matt. Das mit Max. Und dann ist kurz danach auch seine Mutter gestorben.«

»Oh«, sagte er betroffen. »Das tut mir so leid!«

»Ja, es war dauernd etwas anderes – und wie gesagt, ich wusste nicht, wie du inzwischen über die Sache denkst.«

»Aber Lena, ich habe mich doch klar genug ausgedrückt!«

»Ja, das hast du. Aber ... es ist trotzdem so ungewöhnlich, weißt du ... und ... es liegen ja doch einige Monate zwischen unserem letzten Treffen und heute.«

»Hast du wirklich geglaubt, ich orientiere mich um?«, fragte er ungläubig.

»Du hast das ja auch von mir geglaubt!«, gab sie zurück. »Aber ich wäre glücklich, wenn wir da weitermachen könnten, wo wir aufgehört haben.«

»Hervorragend!«, stimmte er zu und schenkte ihr ein vielsagendes Lächeln. »Und ich weiß noch genau, wo wir aufgehört haben!« Demonstrativ legte er seine Hand auf ihr Bein und Lena stieß unwillkürlich einen Laut aus.

»Oh, Matt, nimm deine Hand da weg!«, rief sie. Irritiert sah er sie an.

»Was ist los?«, fragte er beunruhigt.

»Ich fürchte, wir kommen nicht zum Teetrinken, wenn du sie da lässt! Es ist immer noch so wie vor fast einem Jahr!«

Er lachte erleichtert und platzierte ostentativ seine Hand erneut auf ihrem Oberschenkel.

»Wir können den Tee auch danach trinken!«, schlug er enthusiastisch vor. »Dagegen hätte ich nichts! Gar nichts! Im

Gegenteil: Je länger ich darüber nachdenke ... eigentlich ist das eine grandiose Idee!«

Sie kicherte. »Du bist wie immer zu schnell, Matt!«

»Bin ich das?« Er grinste sie an. »Hast du nicht gerade gesagt, dir ginge es genauso?«

»Was soll nur dein Butler denken?«, seufzte sie. »Ich komme zu dir ins Haus und bin innerhalb von Minuten in deinem Schlafzimmer verschwunden! Das war nun zwei Mal schon so!«

»Ich bin sicher, er freut sich, wenn er noch ein wenig Zeit hat, den Tee zuzubereiten«, konterte Matt und strich mit seiner Hand etwas höher.

»Matt!«, rief sie gespielt entsetzt. »Es wirkt! Tu die Hand da weg! Du musst fahren!«

»Das geht schon, keine Panik«, murmelte er und ließ die Hand, wo sie war. Lena stand tatsächlich schon wieder unter Strom, durch seine Gegenwart, seine Berührung und dann auch durch die lange Abstinenz. Sie verstummte und genoss die Wärme seiner Finger auf ihrer Haut. Auch er war still geworden. Als sie vor dem Tor standen, das sich leise automatisch öffnete, fragte er:

»Wie lange bleibst du?«

»Ich habe noch kein Rückflugticket. Mein Kätzchen ist versorgt. Marie ist zu Hause und kümmert sich um alles. Sie hat Semesterferien.«

Mit ihrer Antwort setzte sich etwas in ihm. Seine Schultern sackten nach unten und ein gesättigtes, frohes Lächeln umspielte seine Mundwinkel.

»Dann ... dann hätten wir wirklich Zeit für Tee?«, fragte er leise. »So richtig Zeit?«

Sie lächelte zurück. »Jede Menge, Matt! Und so viel du willst! Ich habe übrigens noch nie Tee bei dir getrunken! Weil du mich immer gleich in dein Bett geschleppt hast!«

Sein Gesicht sprach Bände, es war ein Ausbund an Glück, jede Anspannung fiel von ihm ab und er strahlte mit einem Mal eine so tiefe, stille Freude aus, dass Lena die Tränen in die Augen traten.

Als er den Wagen vor der Steintreppe parkte, ließ er kurz die Hände auf dem Lenkrad und sammelte sich. Es war ihm anzusehen, dass er sich mit allen Sinnen vergegenwärtigte, dass es diesmal kein Zusammensein für nur wenige Stunden war. Dass Lena frei war. Dass sie hier war. Dass sie gekommen war, um zu bleiben.

Langsam stieg er aus, öffnete ihre Tür und reichte ihr die Hand. Ganz bewusst ging er mit ihr Hand in Hand die Stufen nach oben, küsste sie vor der Tür und Lena hatte ihn im Verdacht, er wolle sie über die Schwelle tragen, als sein Butler öffnete.

Matt bat um Champagner und Tee und ging mit ihr ins Wohnzimmer. Es war kühl draußen, das Feuer brannte und sie setzten sich vor dem Kamin auf den Boden, weil ihnen die Sessel zu weit auseinanderstanden. Matt zog sie sofort zu sich her, schlang seine Arme um sie, suchte ihren Mund und küsste sie hungrig. Lena versank in seinen Armen, in seinem Kuss, versank in diesem Glücksgefühl, am richtigen Ort mit dem richtigen Mann zu sein.

»Ich fühle mich wie ein Teenager«, murmelte sie, weil er sie nach allen Regeln der Kunst abknutschte und nicht aufhörte, sie zu küssen.

Der Butler kam herein und sie lösten sich voneinander. Mit einem Lächeln stellte er ein großes Tablett mit Tee, Scones, Clotted Cream und kleinen Sandwiches ab, zwinkerte Lena kurz zu, stellte den Eiskübel mit dem Champagner daneben, schenkte die Gläser voll und verschwand wieder.

Lena hatte sich auf einen der Sessel gesetzt und hielt ihr Glas in der Hand.

»Ich glaube, meine Kinder kennen dein Haus besser als ich«, sagte sie. »Danke Matt, für alles, was du für sie getan hast.«

»Weißt du, was ich mir vorgestellt habe, als Marie und Johannes hier waren?«, fragte er und seine Augen leuchteten. Er saß auf dem Boden, den Rücken an ihren Sessel gelehnt. »Sie saßen mit mir am Tisch, als ob es meine Kinder wären. Sie waren so offen und haben mit mir geredet, als sei ich jemand Vertrautes. Und dann habe ich mir vorgestellt, dass du auch hier wärst. Ich habe uns alle in meiner Küche gesehen, wir haben zusammen gekocht, zusammen gegessen, zusammen gelacht. Wir ... wir waren eine Familie.«

Lena war berührt von seinen Worten.

»Oh«, sagte sie leise. »Das hört sich an, als ob du tatsächlich immer noch sicher bist. Mit allen Konsequenzen?«

»Aber Lena! Natürlich bin ich das! Du nicht?«

»Doch! Du warst es doch, der gesagt hat, ich soll dem Schicksal vertrauen! Und hast trotzdem gedacht, ich hätte mich umorientiert!«

»Letztendlich konnte ich ja nicht wissen, was du tust.«

»Hast du gewusst, dass Max geht?«, fragte sie.

»Ja«, sagte er leise. »Ich habe es gewusst. Ich habe es lange davor gewusst. Ich habe es sogar vor Max geahnt.«

»Vor Max?«

»Ja. Du hast mich nach dem tiefen Grund meiner Scheidung gefragt ... weißt du noch? Cynthia hatte vor mir gespürt, dass unsere Gefühle zueinander eher freundschaftlicher Natur sind und sie glaubte, dass wir mit anderen Partnern glücklicher wären. Ich hatte das zunächst nicht wahrhaben wollen. Sie hatte damals eine Freundin, die war ziemlich durchgeknallt, aber die sagte uns eines Tages aus heiterem Himmel, dass Cynthia innerhalb des nächsten Jahres mit einem anderen Mann verheiratet sein würde.«

»Oje«, meinte Lena. »Das muss dich ziemlich schockiert haben.«

»Es hat uns beide schockiert. Das Ding war: Es ist genauso eingetroffen. Das hat uns eigentlich noch mehr schockiert, weil das nicht alles war, was ihre Freundin prophezeit hatte. Cynthia hatte damals von ihrer Freundin wissen wollen, ob auch ich eine neue Liebe finden würde und da sagte sie mir, es wäre sehr unwahrscheinlich, die Frau zu bekommen, die ich liebe. Sie hat ziemlich genau die Ereignisse erwähnt, die dann eingetreten sind.«

»Aber du ... du wusstest doch damals von keiner Frau, die du liebst«, sagte Lena verständnislos.

»Stimmt. Daher habe ich das alles als Humbug abgetan, als dumpfe Unkerei. Durch meine Reisen bin ich allerdings mit mehreren Methoden in Berührung gekommen, Muster und Blockaden aufzulösen und während dieser Arbeit stand so oft dein Gesicht klar vor mir. Immer und immer wieder.«

Lena lachte verwundert. »Du hast mich also schon gekannt, bevor wir uns getroffen haben?«

»Genau. Ich meine, es war nicht so, dass ich mich nach der Trennung von Cynthia nicht habe verlieben wollen – ich war mehr als offen dafür. Ich habe Frauen angesprochen, oder sie mich. Aber es war einfach keine dabei, in die mich so heftig verliebt habe, dass ich ein Leben mit ihr hätte verbringen wollen. Kannst du dir vorstellen, wie es in mir aussah, als plötzlich im KaDeWe die Frau live vor mir stand, die ich schon so oft gesehen hatte? Ich habe zu dir gesagt, es habe in diesem Moment etwas bei mir ausgehakt – es gibt tatsächlich keinen besseren Ausdruck dafür.«

Lena schüttelte den Kopf. »Wenn ich das nicht selbst erlebt hätte, hätte ich wirklich geglaubt, du seist ein Psychopath. Ich verstehe, warum du mir das nicht sagen konntest.«

»Ja, es ist schräg. Deshalb musste ich dir nach Portugal folgen. Ich wollte dich nicht wieder verlieren.«

»Und ... du hast das auch mit Max gewusst? Hat das diese Frau auch erwähnt?«

»Ja, aber ich wollte es nicht glauben. Es war zu hart. Ich dachte, die spinnt da was zusammen. Als du zu deinem Mann zurückgingst, war ich bereit, dich loszulassen. Doch dann hat mich Max angerufen.«

»Er hat ... dich angerufen?«

»Ja, er wollte wissen, wie ernst es mir mit dir ist. Du kannst dir vorstellen, dass ich am Anfang nicht recht wusste, worauf er hinauswill. Ich habe ihm gesagt, dass ich seine Ehe respektiere, dich aber über alles liebe. Und da hat er mich gebeten, mich um dich zu kümmern. Er hat mir bestätigt, dass er todkrank ist und nicht mehr lange da sein wird. Er sagte aber auch, dass du das entscheiden musst. Wir haben uns lange unterhalten.«

Lena schwieg.

»Dein Max war ein großartiger Mensch, Lena«, sagte Matt mit warmer Stimme. »Wirklich. Ich bewundere ihn sehr. Und kann so gut verstehen, dass du ihn liebst.«

Sie lächelte leicht, weil er nicht die Vergangenheitsform gewählt hatte.

»Ja, ich liebe ihn«, erwiderte sie. »Aber du weißt, dich liebe ich auch.«

Er ergriff ihre Hand.

»Dann ... dann sollten wir seinem Wunsch nachkommen, was meinst du? Du weißt, es wäre das Schönste auf der Welt für mich, mich um dich kümmern zu können! Und um deine Kinder.«

»Bist du sicher?«, schmunzelte sie. »Du hättest auf einen Knall eine Familie! Und musst dich sogar in den nächsten Jahren auf Enkel einstellen!«

»Oh, mein Gott«, seufzte er. »Eine Familie! Wie wunderschön! Ich habe auch lange genug darauf gewartet!«

»Dann fang an«, lachte sie und breitete ihre Arme aus. »Max hat gesagt, das Wichtigste ist, Liebe zu leben! Wir sollten keine Sekunde vergeuden, was meinst du?«

Liebe Leserinnen und Leser!

Zunächst großen Dank, dass Sie das Buch gekauft und gelesen haben! Ich hoffe sehr, dass es Ihnen gefallen hat, und würde mich freuen, wenn Sie sich die Mühe machen und eine Rezension bei Amazon verfassen. Es muss nichts Großes sein, aber eine Bewertung hilft nicht nur uns Autoren – sie hilft auch anderen Lesern.
Sie können, falls Sie eine Meinung äußern wollen oder Fragen haben, auch gerne über meine Facebook-Seite Kontakt mit mir aufnehmen oder über meine Homepage:
www.subina-giuletti.de
Mail: info@subina-giuletti.de

Ich freue mich immer über einen Austausch, Feedback und Anregungen!
Wenn Sie ein signiertes Buch haben möchten, können Sie dieses unter dast-verlag@t-online.de versandkostenfrei bestellen.
Alles Liebe,

Ihre
Subina Giuletti

Hilfreiche Infos

♫ das Fundbüro2 in Zürich existierte – ich las darüber in unserem Lokalblättchen und war von dem Projekt sofort fasziniert.

♫ ein paar Worte zur Schlussszene und generell zu Matt: Einem Bekannten von mir ist genau das passiert: Er hat seine große Liebe immer wieder im Traum gesehen. Klingt abgefahren, ich weiß. Aber die Tatsache, dass er sie nach Jahren dann tatsächlich gefunden hat (in einer Skihütte!), hat mich sehr berührt – und seine Geschichte hat mich nie losgelassen.

♫ Wer den Soundtrack zum Buch haben möchte: Er ist bei Deezer unter dem Buchtitel »Weil du meine Seele streichelst ... « abrufbar.

♫ Die Geschichte vom Mistkäfer und dem Prinzen habe ich, wie so oft, in einem Ashram gefunden unter dem Titel: „Dust on the feet of the saints".

♫ Wie das Buch entstanden ist:
Wenn Leser mir schreiben, antworte ich in der Regel darauf. Mit manchen entsteht ein Brief-Kontakt und ganz viele öffnen sich in diesen Mails auf eine Weise, für die ich einfach nur dankbar bin. Immer wieder ist dabei in den Wochen, als ich noch mit „Absturz nach oben" beschäftigt war, ein Thema aufgetaucht, nein zwei: Sex and Money. Das kam so oft, dass ich dachte: Das hat was zu bedeuten! Und dabei habe ich gerade über diese Themen Dinge erfahren, die mir so nicht bewusst waren. Beide waren lange Zeit Tabu-Themen – und sind es teilweise heute noch. Sex vielleicht inzwischen ein bisschen weniger – aber die Geldfrage in einer Beziehung wird, so scheint mir, immer diffiziler.
Was hat Geld mit Sex zu tun? Wie wirkt sich das in einer Beziehung aus? Ist Sex wichtig für eine gut funktionierende Beziehung? Das, was mir sonst immer so begegnet ist, war die Ansicht: Männer

wollen immer mehr Sex als Frauen. Aber gerade in den Mails, die mich erreichten, war das Gegenteil der Fall. Frauen wollten, Männer konnten/wollten nicht. Hört sich das kurios an?

Mich hat das neugierig gemacht und ich bin dem Thema ein wenig hinterhergegangen und habe einen anonymen Chat ins Leben gerufen, in der Frau und Mann ungeschminkt ihre Meinung äußern konnten. Wie vereinbart wurde der Chat inzwischen wieder gelöscht.
Eine tiefe Verbeugung vor allen, die sich beteiligt haben – ein Riesendankeschön für eure ungenierten, wütenden, frustrierten, nachsichtigen, verständnisvollen, traurigen, verzweifelten, aufmunternden, hoffnungsvollen und vor allem aufschlussreichen Beiträge!

Alles Liebe
Eure
Subina

Ein großes Dankeschön

- an meine wunderbare Familie – allem voran meinem Mann – für seine so unendliche Geduld, sein Verständnis und den Spaß, den wir miteinander haben!
- An Manuela - die mit mir durch alle Höhe und Tiefen des Entstehungsprozesses geht. Diesmal war es besonders heftig!
- An Frau Susanne Marchev für die wertvollen Anregungen und akribischen Korrekturen!

und ein besonderes Dankeschön an meine Leser, die mir immer wieder Mut machen, auf dieser Schiene zu bleiben, vor allem an diejenigen, die sich mit einer entwaffnenden Offenheit an dieser Diskussion beteiligt haben. Ich danke Euch von Herzen.

Bibliografie

Absturz nach oben, Band 1, Aufbruch
Absturz nach oben, Band 2 Durchbruch,
Absturz nach oben, Band 3 Ausbruch (Band 2 und 3 sind in einem Band enthalten)
Try hard to love me
Before you judge me try hard to love me
Tropfen im Ozean
Life Chat
Herzbauchgefühl
Herzschlagfinale
Hey Babe! Irgendwann gehörst du mir
Herzgoldstaub
Weil du meine Seele streichelst
Zeit für Engel ...Zeit für dich
Sterne gibt es überall
Moonlight-Radio - auf einer Frequenz mit dir
Verrat mir deine Träume
Maisies Garten
Solange wir zu träumen wagen
Die Magie der Liebe
Sternenstaubgeflüster – damit dein Herz wieder singt
Bewusstseinssprung mit KI? Spirituelle Dialoge mit einer künstlichen Intelligenz